Als Orientierungshilfe für den Leser
verzeichnen wir hier eine Liste
wichtiger Personen des Romans
in der Reihenfolge ihres Auftretens

Maste[illegible]
Sir Franklin Frank[illegible] [illegible]shire
u[illegible]
[illegible]
M[illegible]

Sechs Nymphen
Mr. Chafer, ein Makler
Blatchford, ein Kutscher
Mrs. Sophie Nelham, Sir Franklins Schwester
Mrs. Polly Playwright, eine Zofe
Der Ehrenwerte Viscount *Chichley*
Miss Moll Riggs, eine Dirne
Mrs. Aspasia Woodvine, Mrs. Playwrights Schwester
Sam Rummidge, ein Gastwirt
Mrs. Jopling Rowe, eine Madam
Miss Xanthe Holden, eine Salondame
Miss Rose Stibbs, eine zweite
Miss Constance Moran, eine dritte
Miss Sally Reed, eine vierte
Miss Cissie Minards, eine fünfte
Miss Ginevra Briere, eine sechste
Sir Philip Jocelind, ein verarmter Edelmann
Lady Frances Brivet, eine adlige Dame
Bob Tippett, ein Cockney
Will Pounce, ein Dorfbursche
Harry Riggs, ein junger Mann
William Langrish, ein zweiter
George Float, ein dritter
Ben und *Tom Maidment,* zwei Brüder
Spencer Middlemas, ein reifer Gentleman
Ein Onkel von Xanthe
Dessen Frau
Robin, ein Diener

Ein Schneider
Dessen Frau
Gossage, ein Lehrjunge
Mordan, ein zweiter
Ein Onkel von Sir Philip Jocelind
Robert, sein Lakai
Mary, Roberts Schwester
John Riggs, ein Bruder von Moll
Mr. Ambrose Forfeit, ein Rechtsanwalt
Sechs Nixen
Sergeant Gross, ein Gesetzeshüter
Fünf junge Damen von vornehmem Stande
David Ham, ein junger Schausteller
Miss Jenny Portland, eine Primaballerina
Miss Pussy Markham, eine zweite
Mademoiselle Louisa Veron, Tänzerin
Monsieur Jean Fiorentino, Tänzer
Drei Schurken
Carlo Gaskill, Anführer einer Zuhälterbande
Bill, ein Arbeiter
Zwei junge Ordenskandidatinnen
Mrs. Damerel, eine Landadlige
Lady Curd, eine vornehme Matrone
Miss Priscilla und *Miss Louise Minuet*, zwei junge Damen
Miss Mary Yately, eine reiche Erbin
Albert, ein Lakai
Die Ehrenwerte *Mathilda Yately*, Miss Yatelys Tante

1. KAPITEL

Andys Abenteuer

Gewiß war uns schon manch pikante Geschichte über das ausschweifende Leben in London zu Ohren gekommen, doch staunten Sir Franklin Franklyn (von Alcovary in der Grafschaft Hertfordshire) und ich nicht schlecht, als wir entdeckten, daß sein Haus in der City zu den bekanntesten Bordellen zählte, deren diese Stadt sich rühmen durfte.

Nach einer langen, aber dank der linden Frühlingslüfte durchaus angenehmen Reise rumpelte unsere Kutsche endlich, gegen acht Uhr an einem schönen Abend, über die Straße von Edge Ware an Tyburn vorbei und hielt zu guter Letzt vor dem Portal eines stattlichen Herrenhauses in der Brook Street, gleich hinter dem Grosvenor Square, einem der vornehmen, neuangelegten Plätze der Hauptstadt. Seinem Architekten machte das Haus alle Ehre, nur daß leider der Putz von den Mauern bröckelte und der Eingang einigermaßen ungepflegt wirkte. Allein, das überraschte uns nicht weiter, denn Franks Eltern hatten ihr Stadtpalais unseres Wissens seit zwanzig Jahren nicht mehr benutzt, ja dem Vernehmen nach war es, abgesehen von einem Hausverwalter, gänzlich unbewohnt. Doch die wohlgegliederte Fassade stimmte uns hoffnungsfroh, auch wenn vor allen Fenstern die Laden angelehnt waren und die dicke Staubschicht auf den Scheiben verriet, daß hier schon lange niemand mehr gelüftet hatte.

Froh, uns endlich die Beine vertreten zu können, sprangen wir aus dem Wagen und ergingen uns auf dem Pflaster, bis mein Freund (denn so nannte ich ihn, da wir einander seit Kindesbeinen eng vertraut waren) ungeduldig wurde und einen Hagel von Stockschlägen auf die Tür niederprasseln ließ, die sich im nächsten Moment auch wirklich auftat, freilich nur einen Spaltbreit. In der so entstandenen düsteren Öffnung erschien ein abgezehrtes Gesicht, das uns schweigend musterte.

«Was gibt's, Gentlemen?» erkundigte sich der Bursche.

«Nun mach schon auf, Kerl!» herrschte mein Freund ihn an.

«Gewiß, Sir. Doch zuvor sagt mir, wer Euch geschickt hat.»

«Niemand schickt mich, du Schafskopf», rief mein Freund, indes ich ihm über die Schulter spähte.

Es wunderte mich nicht, daß der Mensch offenbar weder Sir Franklins Gesicht noch seinen Rang erkannte, denn meines Wissens hatte mein Freund bisher noch keinerlei Verbindung mit seinem Hausverwalter aufgenommen, und zu dem Besuch in der Stadt hatten wir uns erst tags zuvor so plötzlich entschlossen, daß die Zeit nicht mehr ausreichte, um das Haus herrichten zu lassen oder dem Verwalter unser Kommen anzuzeigen. «Falls das Bettzeug klamm ist, so wird es uns nicht schaden, eine Nacht auf dem Fußboden zu schlafen», hatte Frank gesagt.

«Ei, Gentlemen, ich warte», sagte der Mensch.

«Willst du wohl gleich den Eingang freigeben?» rief Frank gebieterisch, und da die Ungeduld ihn übermannte (denn er war nun einmal ein Heißsporn), warf er sich mit der Schulter gegen die eichene Tür. Weil aber der Dienstbote sich von innen bloß mit einem Fuß dagegengestemmt hatte, stürzte er nun fluchend und unter lautem Gepolter zu Boden, worauf wir uns hurtig an ihm vorbeidrängten und die Halle betraten.

Das Haus war offenbar sehr weitläufig und geräumiger, als die schmale Giebelfront von außen vermuten ließ, denn es hatte eine gehörige Tiefe und bot Platz für eine hohe, elegante Eingangshalle mit einer herrschaftlichen Steintreppe, die nach oben führte, und etliche Türen zu beiden Seiten. Verwundert stellten wir fest, daß an dem Leuchter, der von der Decke herabhing, die Kerzen brannten; ganz so, als ob man uns erwartet hätte – aber das war ja unmöglich. Noch mehr verwunderten wir uns freilich über eine auffallende Erscheinung, die sich eben jetzt auf der Treppe zeigte – ein kräftiges, dralles Frauenzimmer, so reichlich in schmucken Satin und Plüsch gewandet, daß sie aussah wie ein aufgepolsteter Diwan, und mit einem so leuchtend roten Haarschopf, daß man ihn nur für eine Perücke halten konnte.

«Heda, Primp, was ist das für ein Lärm?»

Primp, denn so hieß offenbar der arme Tropf von einem Türhüter, rappelte sich eben erst von den Fliesen hoch, auf denen er so unsanft gelandet war. Und dabei brummelte er etwas von Gentlemen und Ungeduld und roher Gewalt und daß er schließlich nur das Haus habe schützen wollen...

«Nun, meine Herren», rief die Erscheinung, während sie zu uns herunterstieg, «Mrs. Saunter steht zu Ihren Diensten, und wenn Sie denn gar so ungestüm sind, werden wir gewiß ein Mittel finden, Ihren Appetit zu stillen.»

Unter diesen Worten war sie in der Halle angelangt, und obwohl die Kerzen nur trübes Licht spendeten, fanden wir doch unseren ersten Eindruck bestätigt, daß nämlich diese Person keine Wirtschafterin war – oder allenfalls eine sehr ungewöhnliche. Ihr Gesicht unter der sonderbaren Perücke war so dick mit Schminke und Puder zugekleistert, daß die Maske hie und da dünne Risse aufwies und im übrigen scheinbar von drei wunderlich geformten schwarzen Schönheitspflästerchen zusammengehalten wurde. Grellrote Tupfer auf beiden Wangen wetteiferten mit dem Scharlach ihrer Lippen.

Mir schien es an der Zeit, der Person ein Licht aufzustecken.

«Madam», nahm ich das Wort, «Sie können freilich nicht wissen, wer dieser Gentleman ist...» Doch weiter kam ich nicht, denn Frank rammte mir den Ellbogen so heftig in den Magen, daß mir der Atem stockte.

«Freut mich sehr, daß Sie uns behilflich sein wollen, Ma'am!» sagte er mit einer galanten Verbeugung. «Ist es gestattet, sich im Hause umzusehen?»

«Was denn! Keine Erfrischung vorab, Gentlemen? Nicht einmal ein Täßchen Tee? Doch nein, ich sehe ja, daß Ihre Lebensgeister gar zu feurig sprühen, um an Tee Genüge zu finden. Nun, wie wäre es statt dessen mit einer Flasche Claret, dieweil Sie sich ans Werk begeben? Bitte mir zu folgen.»

Mit einer einladenden Handbewegung rauschte sie uns voran zur Treppe, deren harmonischer Schwung gleichwohl nicht darüber hinwegtäuschte, daß sie ebenso verwahrlost war wie das übrige Haus. Porträts – ohne Zweifel die Bildnisse verblichener Franklyns – hingen schief an den Wänden, in der Balustrade fehlten ein paar Säulen, was aussah, als habe man dem Geländer die Zähne eingeschlagen, die Stufen waren brüchig und verlangten dringend nach einem Besen. Als wir den luftigen Treppenabsatz der ersten Etage erreichten, standen wir vor einer Flügeltür, die wohl nur ins große Empfangszimmer führen konnte.

Und wirklich betraten wir einen schmucken Raum, dessen Einrichtung zwar nicht mehr der Mode entsprach, sich früher aber gewiß recht hübsch ausgenommen hatte. Die Fensterladen waren geschlossen und der Salon war in sanften Kerzenschein getaucht. Soweit ich sehen konnte, waren Sofas und Sessel nach gewohnter Manier im Raum gruppiert, noch ergänzt durch allerlei Kissenberge, die sich auf dem Boden türmten, aber ich schenkte dem

Mobiliar nur bedingte Aufmerksamkeit, denn mein Blick richtete sich wie gebannt auf das halbe Dutzend junger Frauen, die höchst aufreizend gekleidet – oder vielmehr entkleidet – im Zimmer Platz genommen hatten, als ob sie hier zu Hause wären. Es war just eine Szene, wie Mr. Rowlandson sie mit Vergnügen auf seine Leinwand gebannt hätte: wohin das Auge schaute, überall traf es auf ein nacktes Körperteil – hier ein schlanker, nur notdürftig unter einem dünnen Batistschleier verborgener Schenkel, dort ein nachlässig über eine Sessellehne gestreckter Arm, da ein Busen, dessen knospige Blüten im weichen Kerzenlicht rosig schimmerten. Ein Mädchen in einem durchsichtigen Überwurf, der die schöne Brust nur scheinbar vor neugierigen Blicken verhüllte, hatte ein Zeichenbrett auf den Knien und arbeitete am Porträt einer anderen Nymphe, die – gänzlich nackt – bäuchlings auf einem Kissenlager posierte und mich mit ihren göttlichen Pfirsichhälften blendete. Die übrigen Damen widmeten sich nicht minder ungezwungen ihrem Zeitvertreib: eine schminkte sich das Gesicht, eine andere blätterte in einem Buch und eine dritte beugte sich über eine Stopfarbeit.

Ein verstohlener Seitenblick auf meinen Freund belehrte mich, daß Frank sich nicht minder für das Schauspiel interessierte als ich, denn wir waren beide hitzige Jünglinge, die noch keine zwanzig Lenze zählten, und hatten seit Wochen auf weibliche Gesellschaft verzichten müssen – abgesehen von Franks Schwester Sophie, der ich freilich ebenso freundschaftlich verbunden war wie ihm, weshalb sie normalerweise nicht für frivole Liebesspiele in Betracht kam (obwohl es, wenn familiäre Zärtlichkeit ins Sinnliche umschlug, schon manch ein Lanzenstechen gegeben hatte, was uns stets wechselseitig höchste Lust bereitete und das Freundschaftsband zwischen uns dreien nur um so fester knüpfte).

Im Augenblick war ich halb und halb darauf gefaßt, daß Frank sich entrüsten würde, denn so reizvoll die Szene vor unseren Augen sich auch in einem Bordell ausgenommen hätte, entsprach sie doch keinesfalls dem, was ein Mann in seinem eigenen Salon vorzufinden hofft, selbst wenn die Damen sich einer Schönheit rühmen durften, wie man sie in besagten Etablissements nicht alle Tage antrifft; jedenfalls nicht nach meiner Erfahrung, die sich allerdings (wie den Lesern einer früheren Chronik bekannt sein dürfte) auf die Provinz beschränkte und noch keine Vergleichsmöglichkeit mit der Hauptstadt kannte, in der ich eben erst angekommen war. Doch wer beschreibt mein Erstaunen, als mein Freund ohne Säumen seinen

Stock zu Boden warf und sich in Windeseile seiner Kleider entledigte.

«Nur zu, Andy!» rief er. «Wir wollen keine Zeit verlieren! Hat sich die Reise nicht gelohnt, wenn uns am Ziel gleich solche Köstlichkeiten erwarten?»

Ich zögerte nicht lange, seinem Beispiel zu folgen. Während ich mich auszog, lamentierte die dralle Kommandöse dieser Dirnenkompanie: «Sir, wenn Sie die Liebenswürdigkeit haben wollen, sich eine dieser Schönen zu erwählen, werde ich Sie in ein Privatgemach geleiten. Im übrigen haben wir noch gar nicht über die Bedingungen verhandelt!»

Doch bevor sie noch mit ihrem Gezeter zu Ende war, hatte Frank, mittlerweile im Adamskostüm und mit stolz gehißter Fahne seinen Kitzel bekundend, sich auf das ebenfalls paradiesisch gewandete Modell der Künstlerin geworfen. Kaum daß er sich die Zeit nahm, sie auf den Rücken zu drehen und in die Hand zu spucken, um seinen Schaft mit Speichel einzureiben, da drang er auch schon mit schier trunkener Verve in sie ein, was, wenn auch vielleicht im ersten Moment überraschend, ja vielleicht sogar schmerzhaft für die Holde, ihr alsbald offenkundig Lust bereitete, denn nach anfänglich ängstlichem Protestgeschrei bog sie sich seinen Stößen bald schon begierig entgegen, ja grub ihm die Finger ins Gesäß, um ihn noch fester an sich zu ziehen, bis beider Bäuche wie beifallspendend über den Erfolg ihrer Vereinigung aneinanderklatschten (ein Geräusch, das die Freundinnen der Dame unwillkürlich mit neidvollem Gelächter begleiteten).

«Die Bedingungen können wir später aushandeln», keuchte Frank, als er seinen Ritt für einen Moment unterbrach. «Vorderhand, Ma'am, wünsche ich nicht mehr belästigt zu werden!» Und damit griff er nach dem Busen seiner Dame und drückte die Brustwarzen so fest zwischen Zeigefinger und Daumen, daß sie in wonnigem Schmerz aufkreischte.

Unterdessen stand auch ich nackt da und zögerte nur noch, weil die ungewohnt große Auswahl mich verwirrte. Doch da näherten sich mir auch schon zwei Mädchen aus eigenem Antrieb. Eine preßte ihren Mund auf den meinen, wobei sie meine Unterlippe behutsam zwischen ihre kleinen, scharfen Zähne faßte. Die andere sank unterdessen vor mir auf die Knie, und gleich darauf spürte ich ihre weiche Zunge über meinen Schambogen schnellen.

Derweil Frank sich zielstrebig zum letzten ergötzlichen Sprung anschickte, währte es nicht lange und ich fand mich umgeben von den fünf verbleibenden jungen Damen, die allesamt begierig schienen, auch ein paar Liebeswonnen zu erhaschen, denn sie hatten sich in ihrer eigenen Gesellschaft offenbar gelangweilt. Eine bot mir den allerköstlichsten Venusmund, der zu meiner Verwunderung völlig enthaart war und meinem eigenen Mund folglich ungemein zart schmeckte. Dies war meine erste Begegnung mit einem so seidigen Feigenblatt, und in meiner begreiflichen Erregung nahm ich kaum wahr, daß zwei andere Mädchen unterdessen meine nackten Füße zwischen ihre Oberschenkel gezogen hatten und mich ermunterten, sie mit den Zehen zu kitzeln, während die beiden Letzten im Bunde meine Hände über ihre Körper führten, so daß ich bald eine steife Brustwarze, bald eine glatte Pobacke unter den Fingern spürte. Von Zeit zu Zeit beugte eines der Mädchen sich nieder, um mein fast schmerzhaft pralles Hochrelief zu küssen, meine Trauben verführerisch zwischen den Händen zu rollen oder meine Brustwarzen mit der Zunge zu kitzeln – das währte so lange, bis ich in wahnsinniger Verzückung das Mädchen, dessen Möse ich ausgeschleckt hatte, um die Taille faßte, sie rittlings auf mich setzte und so zurechtrückte, daß sie wie ein weicher, geschmeidiger Handschuh über meinen Ständer glitt. Als der volle Haarbusch, der seine Wurzel zierte, mit ihrer ungewöhnlich zarten Muschel in Berührung kam, da lachte die Schöne vor Entzücken hell auf.

Fast gleichzeitig durchlief ein konvulsivisches Zucken meinen Körper, und schon entlud sich mein Liebessaft. Ach, ich bedauerte nur – und, so dünkt mich, die Nymphen mit mir –, mein Unvermögen, einer jeden von ihnen gleichermaßen Lust zu spenden.

Verständlicherweise hatte ich seit einer Weile nicht mehr auf Frank geachtet, der nach wie vor einzig mit dem Aktmodell beschäftigt war. Doch jetzt vernahm ich auf einmal einen spitzen Schrei und hob gerade noch rechtzeitig den Kopf, um zu sehen, wie Frank mit verzückter Miene von hinten in seine Schöne eindrang, die, über eine Stuhllehne gebeugt, auf uns herabblickte. Die beiden hatten offenbar, ohne daß ich es bemerkt hatte, irgendwann ihre Stellung verändert, so daß sie nun zugleich mein und meiner Gespielinnen Plaisir verfolgen und dabei die eigenen Wonnen steigern konnten.

In lustvoller Erschöpfung ließen Frank und ich uns endlich ermattet zurücksinken, während unsere Damen mit warmen Handtüchern, die sie aus einem anderen Zimmer geholt hatten, unsere erhitzten, dampfenden Leiber erfrischten, uns den Schweiß von Brust und Hintern rieben und mit zartem Feingefühl jene Körperteile säuberten, die eben noch so feurig am Werk gewesen waren.

Nicht lange danach erschien die Anführerin des Trüppchens mit einem Tablett, auf dem sie uns Wein kredenzte, und während wir tranken, beendeten die Mädchen ihre wohltuenden Dienste. Sie hatten sich nicht die Zeit genommen, ihre Blöße zu bedecken, und ihre Posen, während sie sich bald bückten, bald wieder aufrichteten, waren so liebreizend, daß sich in mir schon die Bereitschaft zu einer zweiten Runde regte. Das mir liebste dieser paradiesischen Wesen gewahrte es und legte mir in einer Manier die Hand auf, die mir leicht zum Verhängnis geworden wäre, hätte Frank mich nicht mit einem bedeutungsvollen Blick ermahnt, ehe er sich erhob und sein Hemd überstreifte. Viel zu schnell für meinen Geschmack waren wir angekleidet, nahmen Abschied von unseren Schönen und verließen den Salon. Oben an der Treppe wartete bereits unsere Wirtin.

«Sie verzeihen wohl, Sir», sagte sie, «aber ich muß Sie nun gütigst bitten, mir einen Obolus von 20 Guineen für unsere Mädchen auszuhändigen. Zwar waren die lieben Dinger offenkundig entzückt, Ihnen ihre Dienste anbieten zu dürfen, aber ich habe meine Auslagen, den Unterhalt des Hauses...»

«Ah, Madam», fiel Frank ihr ins Wort, «ich sehe, es ist an der Zeit, mich vorzustellen. Ich bin Sir Franklin Franklyn von Alcovary. Mein Name ist Ihnen wohl nicht unbekannt, oder?»

Sprachlos vor Schreck wich die Frau mit offenem Mund zurück. «Sir», stammelte sie endlich, «ich bitte um Vergebung, Sir, ich hatte ja keine Ahnung...»

«Das habe ich bemerkt», fiel Frank ein, «doch vielleicht könnten wir uns nun in Ihr Kontor verfügen, wo Sie mir gütigst Aufschluß über die Führung dieses Hauses geben wollen?»

Um es kurz zu machen: Mrs. Saunter erzählte uns, das Haus diene ihres Wissens schon seit zehn Jahren als Bordell. An sie war eines Tages ein gewisser Thomas Bidwell herangetreten, der sich als der Verwalter von Sir Franklin, also Franks Vater, ausgegeben und ihr erklärt hatte, er wolle das Haus zu günstigen Bedingungen vermieten.

«Ich leitete damals», so sagte sie, «das Haus in der Frith Street, von dem Sie gewiß gehört haben... Nein? Nun, die Herren sind noch sehr jung, aber es war ein berühmtes Etablissement, allerdings recht beengt, und deshalb bin ich gern hierher übergesiedelt, wo sich mehr Raum bot und ich meinen Fohlenstall vergrößern konnte. Ja, und seitdem sind wir hier.»

Wie sich herausstellte, wurden allmonatlich nicht weniger als 200 Goldguineen entweder an Mr. Bidwell oder an seinen Vertrauensmann ausgehändigt, und das Geld hatte zweifellos seinen Weg in die Schatztruhen des jüngst verblichenen Sir Franklin gefunden – womit sich das Rätsel löste, wieso der geizige Baronet bei seinem vorzeitigen Ableben ein so unerwartet großes Vermögen hinterlassen konnte. Klar war auch, daß Mrs. Saunter weder vom Hinscheiden des alten Herrn noch von Mr. Bidwells plötzlichem Tod gewußt haben dürfte, denn sie hatte seinem Kommissionär Mr. Higgens bis zu eben dieser Woche regelmäßig den Mietzins entrichtet – ein Punkt, über den wir, wie Frank anmerkte, mit Higgens ein Wörtchen würden reden müssen.

«Tja, Mrs. Saunter», sagte Frank, «es tut mir leid für Sie – allein, ich beabsichtige hier Wohnung zu nehmen, also müssen Sie das Haus räumen – und zwar rasch.»

Mrs. Saunter ließ sich dadurch nicht im mindesten aus der Fassung bringen.

«Zufällig, Sir», sagte sie, «trage ich mich schon seit geraumer Zeit mit dem Gedanken, nach Hammersmith überzusiedeln – bei den mondänen Herrschaften ist die Gegend gerade sehr en vogue, und ich habe bereits einen Pachtvertrag für ein großes Haus unterzeichnet, mit dessen Ausstattung ich auch schon fast fertig bin. Dort werde ich die Möglichkeit haben, meine Gäste nicht bloß für ein, zwei Stunden zu unterhalten, sondern für ein ganzes Wochenende. Manche Herren sind nämlich der Ansicht, ein Abend in der Gesellschaft solcher Mädchen, wie ich sie gemeinhin anbiete, sei gar zu kurz, und diese Heißsporne werden die Möglichkeit, eine Liebelei über mehrere Tage fortsetzen zu können, sehr begrüßen. Sie beide, meine Herren, gehören, wenn Sie mir die Bemerkung gestatten –» hier beäugte sie uns mit vielsagendem Lächeln – «anscheinend selbst in diese Kategorie, und Ihr Besuch wird mir draußen in Hammersmith stets willkommen sein. Einstweilen darf ich Ihnen heute nacht ein Zimmer im Obergeschoß anbieten, das stets für Mr. Bidwell bereitet war, der manchmal bei uns zu übernachten pflegte, wenngleich sein Erscheinen, um die Wahrheit zu gestehen, durchaus nicht immer willkommen war, denn er bestand darauf, daß sich ihm drei der Mädchen gleichzeitig widmeten, und an einem gutbesuchten Abend verursachte mir das gravierende Einbußen. Was freilich nicht heißen soll», schloß sie, «daß ich den Herren heute nacht keine solche Betreuung vergönnen würde, sollten Sie's wünschen, denn der Abend ist ungewöhnlich ruhig.»

Frank bezeugte mit einer knappen Verbeugung sein Einverständnis, und Mrs. Saunter führte uns nach oben in ein kleines, doch, wie es schien, behagliches Zimmer, in dem ein einziges großes Bett stand. Nicht lange danach war unser Gepäck von dem nicht eben wohlgelaunten Primp heraufgebracht worden, und wir hatten in einem nahe gelegenen Restaurant, aus dem Mrs. Saunter die Speisen für ihre Kunden bezog, ein paar Koteletts bestellt. Das Fleisch mundete uns köstlich, ebenso wie die zweite Flasche Claret, die Mrs. Saunter «mit besten Empfehlungen des Hauses» heraufschickte, und als wir uns an beidem gütlich getan hatten, fühlten wir uns so ermattet von der Reise und den Erlebnissen, die uns am Ziel überrascht hatten, daß wir ohne weitere Umstände unsere Kleider ablegten und schlafen gingen.

Am nächsten Morgen weckte mich eine weiche Hand auf meiner Schulter, und als ich die Augen aufschlug, dachte ich im ersten Moment, es sei noch Nacht, denn die Kerzen, die uns den Weg zu unserer Lagerstatt gewiesen und die wir vor dem Einschlafen ausgeblasen hatten, brannten wieder und schienen eben jetzt auf das Gesicht meines Nymphchens vom Vorabend, das sich über mich beugte und sanft an meiner Schulter rüttelte. Doch dann sah ich hinter ihr einen weißen Lichtstrahl die Umrisse der Fensterladen nachzeichnen und begriff, daß es schon heller Tag war.

Frank regte sich neben mir, und als ich zu ihm hinüberspähte, sah ich seine Partnerin von gestern über sein Kissen gebeugt. Auf den Nachttischen rechts und links des Betts standen Tabletts mit heißer Schokolade, Tassen und... Aber als ich eben im Begriff war, unser Frühstück näher in Augenschein zu nehmen, da gewahrte ich, wie eine Hand, allerdings nicht die meine, sich um meinen Schwanz schloß, der, wie oft beim Erwachen, sein Morgenständchen brachte. Ich ließ die fremde Hand gewähren und wehrte mich auch nicht, als meine Dame die Decke zurückschlug und sich niederbeugte, um mein Zepter zwischen die Lippen zu nehmen. Vielmehr gestattete ich mir die Freiheit, meinerseits eine Hand unter das hauchdünne Gewand zu schieben, das allein ihre Blöße bedeckte, und mich an ihrer Wirbelsäule entlang bis zu dem Spalt hinabzutasten, der den Eingang zu ihrem entzückenden Schatzkästlein bezeichnete.

Frank und ich waren so müde gewesen, daß wir sogar auf einer schmalen Pritsche geschlafen hätten, doch nun merkten wir, daß das Bett, das wir geteilt hatten, kaum einen Meter breit war. Und als die Mädchen ihre leichten Kleider ablegten und Anstalten machten, hereinzukommen, um uns nebeneinander zu besteigen wie Zwillingspferde in einem Stall, da sahen wir gleich, daß dieses Bett nicht genug Platz für sie bot. Also erhoben wir uns zwinkernd, so als ob wir's geplant hätten, von unserem Lager, packten je ein Mädchen an den Hüften und warfen es, jeder von seiner Seite, übers Bett, so daß sich, als wir uns ans Werk machten, mein Kopf neben Franks emsigem Hinterteil wiederfand, während ich im nächsten Augenblick die Hand seines Mädchens zwischen meine Schenkel und die meiner Gespielin gleiten spürte, wo sie hinauflangte, bis sie mir die Hoden streicheln konnte, was meine ohnehin wachsende Lust um einen wohligen Kitzel bereicherte.

Frank, der etwas vor mir ans Ziel gelangte, richtete sich auf und fing an, mir auf die Hinterbacken zu schlagen, die sich neben ihm hoben und senkten, ein Ansporn, der mich, im Verein mit dem köstlich schlüpfrigen Freudental meines Mädchens, binnen kurzem dazu brachte, dem Anlaß Tribut zu zollen. Darauf erhoben wir uns wie ein Mann und stellten die Mädchen auf die Füße – wonach sie, ohne sich auch nur die Zeit zum Ankleiden zu nehmen, die Schokolade einschenkten und uns die Tassen an die Lippen führten.

Wir lagen ein Weilchen still, bis der rasche, durch den soeben vollführten Ritt verursachte Galopp unserer Herzen sich zum bloßen Trab gemäßigt hatte; dann sprang Frank fluchend aus dem Bett.

«Schluß mit diesem verdammten Kerzenlicht!» rief er. «Wir wollen Gottes ehrlichen Sonnenschein hereinlassen!» Damit stürmte er zum Fenster, warf rasch die Riegel zurück und öffnete die Laden. Einen Moment lang waren meine Augen geblendet, doch dann, als sie sich an das Licht gewöhnten – oh, welch ein Anblick bot sich ihnen! Das Zimmer, das im schummrig freundlichen Kerzenschein so einladend gewirkt hatte, entpuppte sich als schäbig und schmutzig und wäre mit den verdreckten und zerrissenen Vorhängen, den abgetretenen Teppichen und den, nun, da man sie deutlich sehen konnte, fleckigen und schadhaften Leintüchern nicht einmal gut genug für einen Bettler gewesen. Dicke Spinnweben hingen von der Gardinenstange und drängten sich zuhauf in den Ecken, während alle möglichen Flecken und Wucherungen die Wände verunzierten.

Die Mädchen hatten hastig ihre spärlichen Gewänder übergeworfen, aber auch das konnte unsere Ernüchterung nicht mildern, denn die noch entblößten Partien waren schmuddelig und ungewaschen, ihre Kleider – falls das formlose, vergilbte Zeug, das jetzt an ihnen herunterhing, diesen Namen überhaupt verdiente – schienen nicht minder ungepflegt, und ihre Gesichter, die bei Kerzenschein leidlich hübsch gewirkt hatten, verrieten nun, daß die Damen ein gewisses Alter überschritten und ihre amourösen Praktiken, die sie zweifellos meisterlich beherrschten, auf langem und dornigem Weg erworben hatten.

Unser staunendes Erschrecken entging ihnen offenbar nicht, denn sie wandten sich verschämt ab und strebten hastig der Tür zu.

«Aber nein, bitte, bleibt!» rief Frank so freundlich, wie er es eben vermochte – und er galt allerorten als Mann von außergewöhnlichem Charme. «Bitte, meine Damen, leisten Sie uns doch auf ein Täßchen Gesellschaft.» Damit winkte er sie zurück und reichte der einen seine eigene Schokolade; ein Beispiel, dem ich nur zu gern folgte, denn ich hatte gesehen, daß die Tasse gesprungen und schmutzig war und die Flüssigkeit darin von rötlichgrauer Färbung.

Die Mädchen – oder vielmehr Frauen – saßen kerzengerade auf dem Bett, während wir Breeches und Hemden überstreiften. Und als wir dann angekleidet vor ihnen standen, schien ihnen das Mut einzuflößen, denn sie wurden bald schon zutraulicher, und Frank fing an, sie über ihre Unterkunft zu befragen. Ja, sie wohnten hier im Haus, ebenso wie ihre vier Gefährtinnen – alle miteinander in einem einzigen Raum über dem Gesellschaftszimmer, und zwar waren sie im ehemaligen großen Schlafgemach untergebracht. Mrs. Saunter sorgte gut für sie – was, wie sich herausstellte, hieß, daß sie ausreichend verköstigt wurden, einen kleinen Anteil ihres Verdienstes behalten durften und eine gewisse Freiheit zugebilligt bekamen, womit es ihnen weitaus besser ging als ihren Bekannten, die in ähnlichen Etablissements arbeiteten, denn (so sagten sie) es kam häufig vor, daß ein Mädchen nur für ein, zwei Nächte aufgenommen und dann wieder auf die Straße geworfen wurde, wo es sehen konnte, wie es seinen Weg machte.

Die beiden hatten sich ihren Lebensunterhalt von Kindheit auf damit verdient, den Männern zu Gefallen zu sein, denn es stand ihnen keine andere Laufbahn offen, es sei denn, sie hätten niedrigste Magddienste verrichten wollen; als Huren konnten sie sich dagegen wenigstens ein bißchen Geld für ihre alten Tage sparen und bis dahin ein halbwegs angenehmes Leben führen.

Und was für Männer frequentierten nun eigentlich das Haus? erkundigte sich mein Freund. Da stellte sich rasch heraus, daß – was auch immer Mrs. Saunter behaupten mochte – die Freier aus den niedrigsten Kreisen stammten. Manch einer wurde grob und mißhandelte die Mädchen, andere schlichen sich ohne zu zahlen davon, einige wenige schleppten sogar Krankheiten ein – doch als sie unser Erschrecken bemerkten, versicherten die beiden hastig, daß sie bestimmt nicht die Lustseuche hätten, auch wenn Mally, eines der anderen Mädchen, letzte Woche hinausgeflogen sei, weil sie sich auf den Docks, wo sie bekanntermaßen gern und oft herumstrich, von irgendeinem Seemann die Französische Krankheit eingefangen hatte.

Vielleicht war die Hast, mit der Frank sich bei den Mädchen für ihre Dienste bedankte und sie hinauskomplimentierte, nicht sehr galant, doch wir konnten es kaum erwarten, sie loszuwerden. Im Handumdrehen entledigten wir uns sodann unserer Breeches, griffen nach der Seife, und obwohl das Wasser in den für unsere Morgenwäsche bereitgestellten Krügen eiskalt und, wie ich fürchte, verschmutzt war, schrubbten wir unsere Schwänze so emsig, daß sie hernach durch unsere Toilette mehr wundgescheuert waren als von der ersten Bumserei seit etlichen Tagen.

Keineswegs überzeugt, nun die Ansteckungsgefahr gebannt zu haben, zogen wir uns an, richteten uns her, so gut es ging, und waren eben im Begriff, das Zimmer zu verlassen, als jemand an die Tür klopfte. Es war Primp, der uns melden wollte, daß Mrs. Saunter und Mr. Chafer uns unten erwarteten.

Nach Chafers unterwürfigem Blick zu schließen, hatte Mrs. Saunter Franks Identität preisgegeben. Chafer war ein dünnes Männchen, ganz in Schwarz, und kicherte ohne Unterlaß, was er erfolglos dadurch zu verbergen suchte, daß er immer wieder in seine Faust hüstelte. Wir erfuhren, daß auch er nichts von Bidwells Tod gewußt hatte. Man hatte ihn in dem Glauben gelassen, sein Herr besuche Franks Vater auf Alcovary, und da so etwas schon öfter vorgekommen und Bidwell mehrmals geraume Zeit fortgeblieben war, hatte Chafer sich keine Gedanken über dessen langes Ausbleiben gemacht und bis heute weder vom Tod des Baronets noch vom Hinscheiden Bidwells etwas geahnt. Zu unserem Glück war Bidwell ein solcher Tyrann gewesen, daß sein Vertreter es nicht gewagt hatte, ihn zu betrügen. Die Miete war wie üblich auf das vorgesehene Konto geflossen, und – ja, gewiß doch würde Chafer Sir

Franklin mit Freuden zu Coutts Bank begleiten, wo er das Konto überprüfen und sich von der Richtigkeit seiner, Chafers, Angaben überzeugen könne.

Der Mann war offensichtlich sehr beeindruckt von der leibhaftigen Begegnung mit einem Adelssproß, mochte der auch noch so jung sein, denn er begab sich unter vielen Bücklingen und Kratzfüßen rückwärts zur Tür hinaus. Wir blieben mit Mrs. Saunter allein zurück. Frank trat, wie er es schon oben in unserem Zimmer gemacht hatte, ans Fenster, und ungeachtet der Proteste unserer Wirtin – «Nein, ich bitte Euch, Sir Franklin, oh, bitte nein, ich habe noch nicht Toilette gemacht...!» – stieß er die Laden weit auf. Wenn auch auf den ersten Blick sichtbar wurde, daß der vormals elegante Salon nur noch ein tristes Schlachtfeld war, so schien es doch nichts im Vergleich mit dem Wrack, als das uns Mrs. Saunter gegenüberstand, die jetzt verzweifelt um sich blickte und nach etwas suchte, womit sie ihr Gesicht hätte verbergen können. Sie fand freilich nichts Größeres als ein Notizbuch, das ihr bleiches Antlitz mit den grell geschminkten Wagen und schwarz umrandeten Augen nur höchst unzureichend verdeckte.

Frank blieb von untadeliger Höflichkeit – wie allen gegenüber, deren Vergehen ihn nicht persönlich betrafen.

«Würde es Ihnen konvenieren, Madam, das Haus binnen einer Woche zu räumen?» fragte er.

«Durchaus, Sir Franklin, durchaus», beteuerte sie. «Ich bitte Sie, Sir, betrachten Sie sich schon jetzt als Hausherr.»

«Seien Sie beruhigt, das tue ich», versetzte Frank in festem Ton und blinzelte mir dabei verstohlen zu.

«Und werden Sie einstweilen in Ihrem Zimmer oben wohnen bleiben?»

«Nein, das glaube ich nicht», antwortete Frank. «Vielleicht mieten wir uns eine Weile in der Nachbarschaft ein, denn ich plane einige Renovierungsarbeiten...»

«Aber gewiß», fiel Mrs. Saunter ein, «ein Gentleman von Ihrem Stande... Ich bin mir natürlich durchaus bewußt, daß dieses Haus ein bißchen heruntergekommen ist, allein, es kam mir nicht zu, Mr. Bidwell darauf anzusprechen, und Ihr verstorbener Herr Vater hat uns, wie Sie wissen, nie mit seinem Besuch beehrt...»

Nein, ihm hatten die guten Einkünfte genügt, und das, wie wir erfahren hatten, über zehn Jahre lang. Wir hingegen waren nicht geneigt, länger als unbedingt nötig hier zu verweilen. Primp erschien bald darauf mit unserem Gepäck in der Halle und öffnete uns die Tür zur Straße, wo wir einen Augenblick in der Frühlingssonne stehenblieben und tief Atem schöpften. Franks Kutscher lehnte ein paar Schritte weiter an einem Geländer.

«Ah, Blatchford», rief Frank, «ich darf wohl annehmen, du hast eine Bleibe gefunden?»

«Ganz in der Nähe gibt's ein sehr gediegenes Gasthaus, Sir», versetzte der Mann, der seinen Herrn gut genug kannte, um sich eine angenehme Unterkunft zu wählen, egal, ob es ihm aufgetragen wurde oder nicht. «Die Pferde konnte ich schön warm und sicher im Stall unterbringen. Soll ich jetzt Ihr übriges Gepäck herschaffen, Sir?»

«Nein, danke, Blatchford», sagte Frank. «Wir werden nicht hierbleiben.»

Dem Blick nach zu urteilen, mit dem der Kutscher die Front des Hauses musterte, hatte er das vorausgeahnt.

«Hab ich mir gleich gedacht, Sir, und mir deshalb die Freiheit genommen, im Gasthaus nach Zimmern zu fragen. Da wäre am Hanover Square eine vornehme Suite für 50 Guineen zu haben, Sir. Zu mieten durch einen gewissen Mr. Plant auf Nummer 14. Wenn Sie sich die Zimmer ansehen wollen, Sir?»

Nach einer Verbeugung für Mrs. Saunter («Jawohl, Sir Franklin, fühle mich sehr geehrt, Sir Franklin, werde das Haus binnen fünf Tagen räumen, Sir Franklin, wäre jederzeit hocherfreut über Ihren Besuch...») schritten wir die Brook Street hinunter – eine so breite und vornehme Straße, daß Frank, wie er mir eingestand, sich schämte, ausgerechnet hier für den Besitzer eines so heruntergekommenen Hauses zu gelten – und ließen uns von Blatchford zu einem hübschen Platz ein Stück weiter östlich führen. Binnen einer Stunde hatten wir in einem der angrenzenden Häuser eine reizende Wohnung im ersten und zweiten Stock inspiziert – Salon, Ankleide- und Speisezimmer und zwei Schlafgemächer («Warme Mahlzeiten liefert das Gasthaus *Blenheim* in der Bond Street, Gentlemen, keine zwei Minuten von hier», erklärte Mr. Plant) – und sie auf einen Monat im voraus gemietet.

Sobald wir allein waren, ließen wir uns heißes Wasser nach oben bringen, legten unsere Kleider ab und säuberten uns gründlich. Danach fühlten wir uns schon viel wohler in unserer Haut, und wenig später strebten wir frisch gewandet dem *Blenheim* zu, einem Speisehaus für alleinstehende Herren, wo wir ein exzellentes Frühstück einnahmen. Danach folgte ein Spaziergang durch den neuen Hyde Park im Westen der Stadt, wo die frisch gepflanzten jungen Bäumchen eben im ersten Frühlingsgrün schimmerten. Gemächlich schlenderten wir hinunter zum Serpentine und folgten seinem Ufer bis zu jenem schönen Gehege, das auf einer Seite vom Gärtlein des Aufseherhäuschens gesäumt wird, auf der andern von Kensington Gardens mit seinen noblen Anlagen und auf einer dritten von der Parkmauer. Davor hatte eine Frau Tisch und Stühle aufgeschlagen und bot Gläser für Besucher feil, die von der in ein marmornes Becken gefaßten Mineralquelle kosten wollten. Die Kinder tranken direkt aus diesem Bassin. Doch die Bediensteten, deren Herrschaft in ihrer Kutsche oben auf dem Hauptweg hielt, warteten artig, bis die Reihe an sie kam, einen Krug mit dem heilkräftigen Naß zu füllen, das in großen Mengen ins Reservoir hinaufgepumpt wurde.

Wir schlugen den Fußpfad ein, der aus dieser Einfriedung in die Stadt zurückführte. Ich war nicht der erste, der die Rede darauf brachte, wieso ausgerechnet Sir Franklin sein Haus zu einem Bordell gemacht hatte. Frank sagte, überrascht habe ihn diese Entdeckung eigentlich nicht. Seines Wissens besaß die Familie keine Reichtümer, sein Vater konnte sich unmöglich durch eigenen Fleiß und Arbeit ein Vermögen verdient haben, folglich mußte das beträchtliche Erbe, das ihm nach Sir Franklins Tod zugefallen war, aus heimlicher, ja zwielichtiger Quelle stammen. Frank war sicher, daß seine Mutter nichts davon gewußt und daß Bidwell, als er einen Angriff gegen ihre Tugend unternommen, dabei nicht so sehr an eine Liebesheirat gedacht hatte als daran, sich auf diesem Weg einen Teil des Kapitals anzueignen.

«Doch jetzt gehört das Geld mir, Andy», rief er und setzte verschmitzt hinzu: «Ob es dich wohl überraschen wird, zu hören, was ich damit vorhabe?»

Ich konnte es mir beim besten Willen nicht denken.

«Was ist dir denn an dem Abenteuer der vergangenen Nacht am wunderlichsten vorgekommen?» fragte er.

Die Tatsache, daß seines Vaters Haus sich als Bordell entpuppt hatte, gab ich zur Antwort.

«Gewiß, aber an dem Haus selbst, was ist dir da aufgefallen?»

«Na ja...» begann ich zögernd.

«Warst du nicht erstaunt darüber, wie heruntergekommen alles ist? Und heute morgen, als wir das Tageslicht ins Zimmer ließen, hast du da nicht Entsetzen, ja Ekel verspürt?»

Das mußte ich freilich zugeben.

«Und die Damen?» forschte er weiter. «Ich war nicht minder begierig auf eine kleine Rammelei als du und will nicht bestreiten, daß mir unser Empfang sehr angenehm war. Aber war der Anblick unserer Gespielinnen bei hellem Tageslicht nicht weit weniger reizvoll, als du's dir gewünscht hättest? Ganz zu schweigen von der Möglichkeit, daß sie uns hätten anstecken können?»

Ich runzelte die Stirn.

«Nun», fuhr Frank fort, als wir an der Wiese entlangschlenderten, auf der bereits Kühe und Rotwild grasten, «wir werden sehen, was sich mit soviel Schmutz und Schlamperei verdienen ließ, und dann werden wir sehen, was man unter anderen Bedingungen verdienen *kann*.»

Mir fiel bei seinen letzten Worten wohl die Kinnlade herunter, denn er schlug mir lachend auf die Schulter.

«Ja, Andy», rief er, «ich werde sehen, was ein bißchen Pflege und Geld, ein wenig Organisation und Planung aus dem Haus in der Brook Street machen können. Ich kann mir wahrlich vorstellen, welcher Spezies die Individuen zuzurechnen sind, die das Etablissement bisher frequentiert haben. Wenn wir das Haus herausputzen, ein paar Mädchen der besseren Sorte engagieren, für Bequemlichkeit sorgen und Sauberkeit garantieren – also dann können wir ungeachtet dessen, wie hoch die Tarife meines Vaters auch lagen, getrost das Fünffache verlangen. Ich war schon immer der Meinung, daß sich mit Vögeln ein Vermögen machen läßt, mein Junge, und jetzt werden wir die Probe aufs Exempel statuieren!»

Dabei lachte er so ansteckend, daß ich nicht anders konnte als einzustimmen, und im nächsten Moment lehnten wir, zum Erstaunen der Passanten, japsend und wiehernd an einem Baum und hielten uns die Seiten.

Als wir uns wieder halbwegs gefaßt hatten, gingen wir eine Weile schweigend nebeneinander her. Die Sonne stand noch tief am Frühlingshimmel, aber an den Ästen schwollen schon kleine Knospen, und die Stadt fing an, sich zu regen – obgleich es hier im Park fast so war wie daheim bei uns auf dem Lande. Verstohlen fuhr ich mir mit der Hand unter die Rockschöße und kniff mich in den Po. Stand ich, Andrew Archer, vormals Lakai, Lautenspieler, Kindheitsgefährte und nun Vertrauter von Sir Franklin Franklyn von Alcovary, stand ich tatsächlich im Begriff, Teilhaber eines Bordells zu werden? Es sah ganz danach aus. Ich warf einen Seitenblick auf Frank, und mir schien, daß er mich seinerseits mit einer gewissen Besorgnis musterte. Da lächelte ich ihm zu, und er legte mir gerührt den Arm auf die Schulter.

«Erkundigen wir uns doch einmal, wie hoch Coutts Bank unser Barvermögen beziffert», schlug er vor, und wir machten auf dem Absatz kehrt und schritten der inneren Stadt zu.

2. KAPITEL
Sophies Bericht

Ich machte mich ganz allein auf den Weg nach London; nicht einmal eine Zofe begleitete mich, als ich im Dorf Alcovary die Postkutsche bestieg. In der Familienequipage waren nämlich mein Halbbruder Frank und unser Freund Andy schon eine Woche vor mir nach der Hauptstadt aufgebrochen, und sie hatten auch unseren Kutscher mitgenommen. Ich war zurückgeblieben, um das Haus zu bestellen, in dem während unserer Abwesenheit nur ein einziger Bediensteter nach dem Rechten sehen würde.

Meine Freunde werden von einem früheren Bericht her wissen, daß ich trotz meiner zarten Jugend schon genug Lebenserfahrung gesammelt hatte, um einer Reise, wie sie mir bevorstand – in nur acht Stunden würden wir die 50 Meilen zwischen meinem Elternhaus und dem Ziel zurückgelegt haben –, gänzlich furchtlos entgegenzusehen. Im übrigen fuhr ich mit der beruhigenden Gewißheit, daß in der Stadt mein eigenes Haus auf mich wartete – oder vielmehr das Haus, welches meinem verstorbenen Gatten, Mr. Nelham, gehört hatte, einem Gentleman, dessen Mangel an Menschlichkeit und Wärme durch seinen außerordentlichen Geiz wettgemacht wurde. Nach seinem Tod fand ich mich als Erbin eines erheblichen Barvermögens wieder und hatte obendrein ein Haus im Londoner Viertel Soho geerbt, das er anscheinend erworben hatte, um sich das Geld für eine Mietwohnung zu sparen, wenn er im Britischen Museum oder einem ähnlichen Hort verstaubter Dokumente seine entsetzlich langweiligen Recherchen anstellte. Meinem Bruder war es nicht gelungen, etwas über das Anwesen, das unser verstorbener Vater in London besessen hatte, in Erfahrung zu bringen. Ich hatte mit meinen Nachforschungen mehr Glück. Mein Haus, so erfuhr ich, sei klein und eher bescheiden ausgestattet. Die Wirtschaft führte eine gewisse Mrs. Polly Playwright, deren Briefe an mich von einem berufsmäßigen Schreiber abgefaßt und mit einem schlichten Kreuz unterzeichnet waren. Dennoch schien sie, soweit ich das aus der Ferne beurteilen konnte, ehrlich und brav zu sein.

Und tatsächlich war es ein fröhliches, rundes, gutmütiges Gesicht, das mich begrüßte, als ich gegen vier Uhr nachmittags an die Tür des schmalbrüstigen Hauses in der Frith Street pochte; ja, fast hätte ich es für das Gesicht eines wackeren Bauernmädchens halten können, wäre es nicht, wie die meisten Stadtgesichter, recht blaß gewesen. Polly machte einen Knicks und bat mich einzutreten. Dann hieß sie den Träger, der mein Gepäck den ganzen Weg vom Gasthof *White Hart* in Piccadilly, der Endstation der Postkutsche, hinter meiner Sänfte hergetragen hatte, seine Last im Flur abzusetzen. Hurtig, hurtig, drängte sie und gab ihm zu seinem Shilling-Sixpenxe-Wegelohn einen so mageren Obolus, wie ich nicht gewagt hätte ihm anzutragen. Als der Bursche sich beklagen wollte, schalt sie ihn ob seiner Undankbarkeit.

Ich brauchte nicht lange, um das Haus in Augenschein zu nehmen, das tatsächlich nur aus ein paar übereinandergeschachtelten Räumen bestand: im Keller die Küche, das Empfangszimmer im Parterre, darüber erst das Schlafzimmer und dann eine kleine Dachkammer, die Polly bewohnte. Sie hatte mir bereits mitgeteilt, das Haus sei kaum möbliert und die vorhandene Einrichtung alt und unbequem. Daraufhin hatte ich ihr Geld geschickt, womit sie einfache, aber bequeme neue Möbel angeschafft hatte. Ihre Wahl, so schien mir, zeugte von einem weit ausgesuchteren Geschmack, als ich erwartet hätte. Mit Rücksicht auf die Kühle des Frühlingsnachmittags brannte ein kleines Feuer im Kamin. Polly deckte im Salon den Tisch, und von ihr mit Eifer und Geschick bedient, aß ich mit großem Appetit.

Kaum konnte ich es erwarten, meinen Bruder und unseren Freund wiederzusehen und das Haus kennenzulernen, das unserem Vater gehört hatte. Frank hatte mir lediglich mitgeteilt, es sei vorerst nicht bewohnbar, und hatte mir eine Adresse in der Nähe angegeben, wo er und Andy für die nächste Zeit untergekommen waren.

Nach dem Essen machte ich mich, von Polly begleitet, unverzüglich auf den Weg dorthin. Der brave Hausknecht eines benachbarten Wirtshauses war unser Führer, denn obwohl Polly den Weg zum Hanover Square sehr gut kannte, bedeutete sie mir, es sei ratsam, einen Mann als Beschützer mitzunehmen – nicht aus Furcht vor Diebstahl oder gar roher Gewalt, obschon auch das nicht ausgeschlossen sei auf Londons Straßen, sondern um zu verhüten, daß irgendein Gentleman mich belästigte, weil er mich für eine «gemeine Frauensperson» hielt, wie Polly sich ausdrückte. Ich reimte mir zusammen, daß sie damit wohl eine Hure meinte, verschwieg ihr allerdings, daß ich durchaus imstande wäre, mich selbst zu schützen, sollte ein solcher Zwischenfall eintreten, denn noch kannte ich sie nicht gut genug, um zu wissen, daß es zwischen uns keiner Schranken bedurfte, ja, daß ich mich ihr in völliger Offenheit anvertrauen konnte.

Nachdem ich den ganzen Tag in der Kutsche gesessen hatte, freute ich mich auf etwas Bewegung, und ein halbstündiger Spaziergang bedeutete keine Anstrengung für mich. Unser Weg führte nordwärts zur Oxford Street, der wir ein Stück weit in westlicher Richtung folgten, bis wir eine Abzweigung zum Hanover Square einschlugen, wo wir bald darauf an die Tür zu Franks Wohnung klopften.

Die liebevollen Umarmungen und Küsse, mit denen ich empfangen wurde, hätten einem ahnungslosen Beobachter den Eindruck vermitteln können, wir wären nicht bloß eine Woche, sondern ein ganzes Jahr voneinander getrennt gewesen, aber wir waren uns nun einmal sehr zugetan und hatten, wie ich an anderer Stelle bereits geschildert habe, erst vor relativ kurzer Zeit eine lange Trennung erdulden müssen, weshalb wir nun nur noch widerstrebend auseinandergingen und jedesmal froh waren, wenn wir wieder zusammentrafen. Im Nu floß der Claret, wir erzählten einander, was sich inzwischen ereignet hatte, und ich erfuhr zu meinem Erstaunen, daß die beiden das Haus unseres Vaters als Bordell vorgefunden hatten. Erst diese Woche waren die Huren ausgezogen, und nun wurde es renoviert. «Zu welchem Zweck wohl?» fragte Frank mit, wie mir schien, durchtriebenem Lächeln.

«Nun, ich nehme doch an, du hast vor, dort zu wohnen», antwortete ich.

«Das magst du wohl annehmen», sagte Frank, «aber wie könnten wir ein so großes Haus voll kriegen und dabei noch verdienen?»

Mir war, als ob Andy und Polly, die einander schon geraume Zeit mit wechselseitigem Wohlgefallen beäugt hatten, einander zuzwinkerten.

«Darf ich raten, meine Herren?» mischte sich Polly jetzt ganz unerwartet ins Gespräch. «Mit Verlaub, Ma'am –» sie knickste vor mir – «aber haben die Herren nicht vielleicht vor, das frühere Geschäft weiter zu betreiben?»

Frank machte ein betretenes Gesicht, doch dann lachte er hell auf. «Fürwahr, Sie haben's getroffen, Mistress Playwright!» rief er.

«Ein Bordell?» fragte ich.

«Was für meinen Vater gut genug war, ist wohl auch gut genug für mich», sagte Frank, «und ich habe das Gefühl, daß ein wirklich erstklassiges Etablissement der Stadt zur Zierde gereichen und großen Zulauf finden würde.»

«Wie recht Sie haben, Sir!» rief Polly. Doch als sie spürte, daß sie sich mit ihrer Einmischung zu weit vorgewagt hatte, verstummte sie errötend. Da mir allerdings nichts ferner liegt, als mich auf eine snobistische Haltung Dienstboten gegenüber zu kaprizieren, ermunterte ich sie, doch fortzufahren.

«Hast du etwa gar Erfahrung auf diesem Gebiet?» fragte ich sie.

«Nein, Ma'am, nicht direkt», antwortete Polly, «aber ich weiß, daß viele Herren hier in der Stadt eine Abneigung hegen gegen den Schmutz und die Vulgarität des Gewerbes. Viele der Mädchen meinen es durchaus gut, doch sie werden von den Kupplern furchtbar ausgenutzt, und ein anständiges Haus...»

Bei der Vorstellung eines anständigen Hurenhauses mußten wir ganz einfach lachen. «Und doch», nahm Frank das Wort, «schwebt mir genau das vor, und ich sehe schon, daß Mrs. Playwright uns eine große Hilfe sein wird.»

Er füllte die Gläser aufs neue, und wir tranken auf Polly, die vor Freude errötete und uns Bescheid tat, indem sie ihr Glas hob und es auf einen Zug leerte. Als wir uns im folgenden nach ihrer Geschichte erkundigten, stellte sich heraus, daß Mr. Nelham sie vor vier Jahren, als sie eben sechzehn gewesen war, in Dienst genommen hatte. Eines Tages hatte er Polly weinend auf einer Türschwelle irgendwo unten am Fluß entdeckt und ihr eine Stellung angeboten – ein, wie mir schien, für ihn ganz uncharakteristischer Akt der Nächstenliebe, hinter dem allerdings vermutlich das Kalkül steckte, eine verzweifelte junge Frauensperson sei gewiß um geringeren Lohn zu haben als andere.

«Und Ihren Titel, *Mistress* Playwright, tragen Sie wohl ehrenhalber?» fragte Frank.

«Nicht doch, Sir», widersprach sie und erzählte dann, daß sie vor vier Jahren die Frau eines jungen Seemanns von ungewisser Herkunft geworden sei, der ihr vor einem Richter seinen Namen gegeben habe und «mich dann in einem Hof hinter Newgate zweimal nahm, bevor er mich verließ und auf Nimmerwiedersehen verschwand». Die Angelegenheit mit dem Richter erschien uns eher fragwürdig, auch wenn wir das natürlich nicht laut sagten. Doch die arme Polly wurde über der Erinnerung (und zweifellos unter dem Einfluß des Clarets) ganz rührselig und vergoß ein paar Tränen, was Andy, dessen Blicke immer begehrlicher auf ihrem wogenden Busen ruhten, zum Anlaß nahm, den Arm um sie zu legen und ihr noch einmal nachzuschenken. Und während Frank und ich uns eingehender mit seinen Plänen befaßten, die freilich noch nicht sehr weit gediehen waren, machte Andy mit seinen Annäherungsversuchen offenbar Fortschritte, denn als ich mich nach einer Weile umwandte, sah ich, daß seine Linke in Pollys Ausschnitt geschlüpft war und ihre Brust streichelte, während die Rechte eben unter ihrem Rock zum Knie emporwanderte.

Ich saß, wie gesagt, mit dem Rücken zu dem Paar, Frank dagegen konnte die beiden beobachten, während er sich mit mir unterhielt, und der Anblick ihrer wachsenden Intimität hatte ihn offenbar nicht unberührt gelassen, denn ich konnte unter seinen Breeches eine Schwellung erkennen, die – wie ich schon entdeckt hatte, als wir noch ganz unschuldige Kinder gewesen – ein untrügliches Zeichen erwachender Leidenschaft darstellte.

«Das ist wirklich nicht recht, Andy!» rief er jetzt. «Du und Polly, ihr laßt Bruder und Schwester ohne jedes Mittel zur Befriedigung, während ihr euch das höchste Vergnügen gönnt!» Und während er noch so sprach, schob er sich zwischen die beiden und fing an, behutsam die Verschnürung an Pollys Mieder zu lösen. Sie riß die Augen weit auf und drehte sich erschrocken nach mir um. Aber ich lächelte zustimmend, denn ich ahnte die Wahrheit – daß sie sich nämlich nicht ungern von gleich zwei ansehnlichen jungen Männern den Hof machen ließ, und wirklich standen sowohl Frank als auch Andy in der Blüte ihrer Jugend, da jeder Teil des Mannes die weiblichen Sinne reizt, *ein* Teil freilich ganz besonders.

Nicht lange und das Mädchen war vollkommen nackt – ein hübscher Anblick, denn obwohl sie üppig gebaut war, hatten ihre vollen

Brüste, die stämmigen Schenkel und breiten Hüften durchaus Proportion, so daß ihr praller Busen (der an einer zarteren Person zu üppig gewesen wäre) Pollys Figur sehr wohl anstand. Daß sie männlichen Blicken ebenso verführerisch erschien wie weiblichen, bezeugte schon die Tatsache, daß mein Bruder und sein Freund sich im Nu ihrer Kleider entledigten und jetzt ihr wie mir den augenfälligen Beweis dafür lieferten, wie begierig sie waren, ihre Bewunderung durch Taten auszudrücken.

Ich muß gestehen, daß der Anblick mich innerlich recht entflammte. Unwillkürlich beugte ich mich vor, legte meine Hand auf Andys feste Hinterbacken und versenkte einen Finger in die Spalte zwischen ihnen, und zwar dergestalt, daß er, wie ich wohl wußte, nicht widerstehen konnte. Und wirklich überließ er Polly den Gunstbezeigungen meines Bruders und wandte sich statt dessen mir zu. Er zog mich zu sich empor, nahm mich in seine Arme und begann ohne Aufenthalt mein Mieder zu lösen.

Ich sollte hier anmerken, daß wir seit unserer Kindheit an derlei Intimität gewöhnt waren – und daß die Abenteuer meines Lebens tatsächlich mit dem Tag ihren Anfang nahmen, an dem meine Mutter uns beide mit Frank zusammen im Bett überraschte, wo wir einer des anderen Körper erforschten, und das, obwohl wir damals kaum alt genug waren, jenen Akt auszuführen, an dem wir uns versuchten. Allein, seit wir vor sechs Monaten nach mancherlei Wechselfällen wieder zusammengefunden hatten, war Andy mir stets mit einer gewissen Zurückhaltung begegnet. Zwar liebten wir uns gelegentlich, doch (so wähnte ich) nur, weil niemand anderer zur Hand war, denn er schien in mir eher eine Schwester zu sehen als eine Geliebte – was ich zwar bedauerte, aber auch verstehen konnte, schließlich hatten Frank und ich Andy stets so behandelt, als ob er zur Familie gehöre.

Selbst jetzt war mir, als habe er von Polly nur abgelassen, weil ich es wünschte, und nicht, weil er mir den Vorzug gab, und das versetzte mir einen schmerzhaften Stich. Doch als er nun meine Kleider zu meinen Füßen hinabgleiten ließ und ihnen mit den Lippen folgte, indem er erst meinen Hals küßte, dann über die rosigen Spitzen meiner Brüste strich und schließlich mit der Zunge über meinen Leib fuhr, bis ich spürte, wie sie sich meiner empfindsamsten Stelle näherte – da löschte meine Lust jede andere Empfindung aus. Bald schon lagen wir beide vor dem flackernden Feuer und spendeten uns gegenseitig die höchsten Wonnen.

Das Liebesspiel mit einem Partner, dessen Gepflogenheiten uns vertraut sind, hat erhebliche Vorzüge, und wenn unsere amourösen Beziehungen gegenwärtig auch recht sporadisch waren, so wußte ich doch sehr gut, welche Berührung durch Lippen und Finger Andy Lust bereitete, genau wie umgekehrt er es verstand, mich bis aufs äußerste zu erregen – nämlich indem er das Zungenspiel in meiner Liebesgrotte durch ein leichtes Zwicken der Titten mit Daumen und Zeigefinger akkompagnierte; oder er streichelte erst meinen Nacken und ließ die Hand dann an Schulter und Arm hinabgleiten, bis sie in meinem Kreuz ruhte und er mich mit aller Macht an sich pressen konnte. Ich erinnerte mich auch, welche Glut ich entfachen konnte, wenn ich meine Zähne in seine Schenkel grub, entsann mich der Lust, die ich ihm spendete, wenn ich über seinen flaumigen Hintern strich, bis meine Finger tiefer glitten und an seinen Trauben spielten, und endlich an die fast schon im Höhepunkt gipfelnde Verzückung, die meine Lippen hervorriefen, wenn sie die Spitze seines aufgerichteten Schwertes umschlossen und in sanft kreisenden, rhythmischen Bewegungen daran saugten.

Polly und Frank erlebten unterdessen ganz andere Wonnen, denn da sie einander fremd waren, konnten sie nur durch Experimentieren herausfinden, was dem Partner Lust bereitete. So entrang sich zum Beispiel Franks Mund ein erstaunter Schmerzensschrei, als das Mädchen die Zähne allzu fest in eine Brustwarze grub, und sie schüttelte energisch den Kopf, als er mehrere Finger in ihre Scham versenkte – die sie, das war deutlich, lieber anderweitig besetzt wissen wollte, denn binnen kurzem hatte sie ihn auf den Rücken gerollt und sich seiner rittlings bemächtigt. Dabei nahm sie aber seinen Sporn noch nicht in sich hinein, sondern wiegte sich erst auf ihm hin und her, was Frank offensichtlich halb Lust und halb Schmerz bereitete, eine Mischung, die mindestens so erregend wie unangenehm war.

Da er seinem Flehen mit Blicken und Gesten gleichermaßen Ausdruck verliehen hatte, packte er sie schließlich kurzerhand um die Mitte und hob sie empor, so daß sie auf seinen Sporn niedersank bis zum Heft. Endlich also tat Polly es mir gleich und ließ sich prall ausfüllen von jenem Zauberstab, der uns recht eigentlich erst zur Frau macht. Und dann beschworen wir beide unsere Liebhaber, sich zu zügeln, auf daß wir einige Minuten der Wollust genießen könnten vor jenem Moment, der, leider fast immer allzu zeitig, des Mannes höchste Wonne und (nur zu oft) die tiefste Enttäuschung der Frau markiert.

Bald jedoch spornten wir die Herren zu heftigeren Stößen an, denn das heiße Zucken des Schwerts in der Scheide hatte uns anderen Sinnes werden lassen, und beide stießen wir nahezu gleichzeitig einen Entzückensschrei aus, als wir den Höhepunkt nahen fühlten und unsere Liebhaber uns ihre Hingabe bewiesen, indem sie ihre Lebenssäfte in uns ausgossen. In dem Augenblick aber, da wir erschöpft zurücksanken, gewahrte ich zu meiner eigenen Überraschung, daß ich Pollys Hand ergriffen hatte. Und sie beugte sich zu mir herüber, um mich, deren Kopf jetzt auf dem Schenkel meines Bruders ruhte, auf die Wange zu küssen. Im nächsten Moment wurde ihr klar, was sie getan hatte, und das Blut schoß ihr in die Wangen, doch ich beruhigte sie mit einem Wink, und von dem Moment an waren wir nicht nur Herrin und Bedienstete, sondern verschworene Gefährtinnen, auch wenn die gesellschaftlichen Verhältnisse uns äußerlich noch so weit voneinander trennen mochten.

Nachdem er mich auf den Mund geküßt hatte, löste Andy sich nun aus mir, griff nach einem Handtuch und rieb mir zärtlich die Schenkel ab, bevor er daranging, sich selbst zu säubern. Polly, die sich offenbar noch nicht aus ihrer Stellung lösen mochte, blieb ein Weilchen wie festgenagelt sitzen, doch als das Zepter, nachdem es seine Pflicht getan, ihr schließlich entschlüpfte, da kniete sie nieder, um es zu küssen, ehe auch sie sich reinigte. Nackt, wie Gott uns geschaffen, saßen wir vor dem warmen Feuer, Hand in Hand und Schenkel an Schenkel. Nach einer guten Weile streifte Polly ihr Kleid über, trat ans Fenster und rief, ohne uns zu fragen, dem Hausknecht zu, daß er heute abend nicht mehr benötigt würde. Sie warf ihm noch eine Münze hinunter, und dann zogen wir uns ins Schlafgemach zurück, wo ein breites Bett unser aller ermattete Glieder aufnahm und wir eine angenehm ruhige Nacht verbrachten.

Als wir am nächsten Morgen erwachten, waren wir alle wie ein Knäuel ineinander verschlungen – ein angenehm warmes und wohliges Gefühl für jemanden, der sich andernfalls in einer fremden Stadt vermutlich recht allein gefühlt hätte, und ich konnte nicht umhin, mir zu gratulieren, daß ich meine erste Nacht in London nicht in einem notabene einsamen Bett in der Frith Street hatte zubringen müssen. Doch abgesehen von mir – ich hatte gewiß nicht vorhergesehen, daß ich beim Erwachen meinen Bruder Frank in den Armen meiner Zofe erblicken würde. Polly schlug die Augen auf, reckte sich und tappte mit bloßen Füßen zum Fenster, um die Vorhänge aufzuziehen. Sie schenkte mir ein sanftes Lächeln, begleitet von einem ebenso freundlichen wie respektvollen Gruß, der deutlich werden ließ, daß sie sich unseres Standesunterschieds vollauf bewußt und bereit war, ihn zu respektieren.

Einer nach dem anderen wuschen wir uns – und zwar auf höchst luxuriöse Weise, denn wie bei den meisten Häusern in dieser Gegend (so erklärte man mir) wurde auch hier dreimal wöchentlich das Wasser durch bleierne Rohre zu einer großen Zisterne auf dem Dach gepumpt, und obwohl es dann erst noch erhitzt werden mußte, floß es doch reichlich und war frisch, und die von einem eigens dafür angestellten Mann heraufgeschleppten großen Badebottiche erleichterten es den Stadtmenschen, stets sauber und wohlriechend aufzutreten.

Zum Frühstück gab es frisches, warmes Brot aus einer nahe gelegenen Bäckerei und eine Kanne Schokolade (ich persönlich zog damals heiße Schokolade dem mehr in Mode stehenden Kaffee entschieden vor; das neumodische Teetrinken indes galt noch weitgehend als ungesund). Polly kehrte anschließend in die Frith Street zurück, wo, wie sie vorgab, viel Arbeit auf sie wartete, und ich begleitete Frank und Andy zum Haus meines Vaters in der Brook Street, das ich genauso vorfand, wie sie es beschrieben hatten. Die Räume standen leer und waren schändlich verwüstet. Die Möbel hatte man abtransportiert, und nun starrten uns öde Wände entgegen, von denen allenthalben der Putz bröckelte. Die Holztäfelung mußte dringend ausgebessert und gestrichen werden und in den Fußböden war kaum noch ein Dielenbrett heil. Nachdem die beiden mich durch das Haus geführt hatten, meldete ein Klopfen an der Tür die Ankunft einiger Handwerker, die Frank beauftragte, alle nötigen Arbeiten durchzuführen und sämtliches Balkenwerk weiß zu streichen (mit Ausnahme der Täfelung im großen Salon des ersten Stocks, die als erlesenes Kunstwerk gelten konnte). «Und wenn ihr damit fertig seid», sagte er zu dem Meister, «werde ich weitere Aufträge für euch haben, denn ich habe große Pläne mit dem Haus.» Diese Pläne versprach er, mir vorzulegen, sobald sie Gestalt angenommen hätten. Sie würden, so stellte er in Aussicht, etliche Besonderheiten bergen.

Während die Männer sich an die Arbeit machten, schlenderten wir drei ins Freie, und meine beiden Begleiter zeigten mir die Stadt – deren Sehenswürdigkeiten und weltläufiges Flair mir, die ich bisher nur Provinzstädte wie Bristol oder Southampton kannte, als wahre Offenbarung erschienen.

Wir spazierten durch die Bond und die Albemarle Street, über den Berkeley Square und Piccadilly, durch die St. James's Street und den gleichnamigen Park, durch die Pall Mall und über den St. James's Square und verschiedene andere vornehme Boulevards entlang. Gutgekleidete Damen und Herren drängten sich auf den Gehsteigen – auffallend viele Leute trugen Schwarz (Frank erklärte mir, das hänge mit der Staatstrauer für Prinzessin Charlotte zusammen, die erst vor wenigen Wochen gestorben war). Dessen ungeachtet bot sich mir eine beachtliche Modenschau. Nicht minder beeindrukkend fand ich das Verkehrsgedränge in alle Richtungen, denn unablässig zogen Tragsessel und Kaleschen an uns vorüber. Kutscher mit Dreispitz und Troddeln, Lakaien mit Kokarde und Stöckchen verliehen dem Defilée Würde und obendrein eine gar fröhliche Note – allein, Andy versicherte mir, es sei dies rein gar nichts im Vergleich mit der Prachtentfaltung, die man an den Wochenenden im Hyde Park zu sehen bekäme.

Reihenweise warteten die Droschken warteten am Straßenrand; manche der armen, geschundenen Klepper stärkten sich aus Futtersäcken, die ihnen um den Hals hingen. Gelegentlich rumpelten riesige Kohlenwagen vorbei, gezogen von starken, zottigen Pferden. Und wie ich hörte, pflegte man an den Markttagen oft sogar das Vieh durch die vornehmen Straßen in jenen Teil der Stadt zu treiben, wo die Tiere dann verkauft und in aller Öffentlichkeit geschlachtet wurden.

Ich merkte bald, daß jenes Viertel, in dem Frank und Andy Quartier genommen hatten und das den Namen Mayfair trug, das beste und vornehmste von ganz London sein mußte, denn anderswo standen die Häuser längst nicht so wohlgeordnet und alte und moderne Bauwerke waren oft kunterbunt durcheinandergewürfelt. Ach, und erst die vielen Läden – Kurzwaren-, Geflügel- und Fischhändler bis hin zum Metzger! Oder die offenen Plätze und Anlagen, die Parks mit ihren bequemen Spazierwegen, die Palisaden aus Eisen sowie die Einfriedungen aus festem Mauerwerk, wo immer es einer Einfriedung bedurfte! Die zahllosen Equipagen mit ihren edlen Pferden, die mächtigen Zugpferde. Welche Geschäftigkeit, welcher Luxus, welch unendliche Vielfalt, welch ein Gewimmel!

Die Männer hielten sich aufrechter und wirkten größer als die Bauern auf dem Lande, wo ich den Großteil meines Lebens verbracht hatte, und sofern es Gentlemen waren, kleideten sie sich nach der allerneuesten Mode. Kurz gesagt, ich bekam einen beachtlichen

Vorgeschmack auf diese Stadt, die ich bald die meine zu nennen hoffte.

In Piccadilly verabschiedete ich mich von meinem Bruder und unserem Freund, denn ich wollte noch einen Spaziergang zur neuen Burlington Arcade machen und mich dort in den hübschen Läden der Putzmacher mit ihren Hüten, Seiden und Schuhen, Stickereien und Pelzen umschauen, die, wie Frank mir erzählt hatte, mit dem größten Geschmack und Stilgefühl in den Auslagen dargeboten wurden. Es überraschte mich ein wenig, daß gar so viele Damen ohne Begleitung hier herumschlenderten, denn mein Bruder hatte es heimtückischerweise versäumt (es sei denn, er hätte die Wahrheit selbst nicht gekannt, was ich mir freilich kaum vorstellen kann), mir zu erklären, daß diese Arkaden nicht nur als reizender Ausstellungsort für hübsche Waren galten, sondern ebenso für jene Damen, denen der Sinn danach stand, sich das Geld zur Beschaffung des begehrten Flitters zu verdienen. Und er hatte auch nicht erwähnt, daß die meisten Geschäftsleute hinter oder über ihren Läden Räume bereithielten, die für ein, zwei Shilling stundenweise zu vermieten waren.

Meiner Unwissenheit wurde indes bald Abhilfe geschaffen, als ich, etwa in der Mitte der Arkaden, stehenblieb, um ein Schaufenster mit Kupferstichen zu bewundern, die teils mystische Szenen, teils fremdländische Schauplätze vorstellten. Aus purer Neugier betrat ich den Laden und fragte, ob ich mir einige der Bilder genauer ansehen dürfe. Hinter einem Kontortisch stand eine Frau in mittleren Jahren, die mir einen artigen Knicks machte, mir eine Mappe reichte und mich in ein Hinterzimmer führte, wo ein gemütliches Sofa und ein Tisch standen, an den ich mich setzte und meine Mappe aufschlug. Der geneigte Leser kann sich wohl denken, wie erstaunt ich war, als ich sah, daß es sich bei den Abbildungen zwar in der Tat um antike Szenen handelte, in denen Götter und Göttinnen verherrlicht wurden, die aber, statt daß ihre Blöße dezent durch den Faltenwurf eines Stoffes oder ein Blatt verdeckt gewesen wäre, nicht nur völlig nackt, sondern obendrein noch mitten im muntersten Verkehr miteinander dargestellt waren. Hier sah ich das Urteil des Paris, auf dem der hübsche Götterjüngling, seine Männlichkeit fröhlich emporgereckt, wollüstig mit den drei um seinen Beifall wetteifernden Kandidatinnen spielte; da rammten Satyrn ausgelassen ihren haarigen Schaft in die Ritzen lieblicher Mädchen oder Nymphen; hier war Vulkanus am Werk, während auf einer Ruhestatt hinter ihm Mars, nur mit einem funkelnden Helm bekleidet, zwischen den Beinen von Venus lag, die einen Schenkel auf raffinierte Weise so abgewinkelt hatte, daß man sein Zepter, umschlossen von ihrer reizenden, begierigen Scham, hervorlugen sah; dort lag Lotis auf der Erde und starrte verwundert auf des Priapus Mantel, der durch ein riesiges Etwas unter seinen Falten, das in Augenschein zu nehmen sie sich offenbar fürchtete, emporgehoben wurde…

Ich hatte dergleichen nie zuvor gesehen und war ganz in die Bilder vertieft, als eine leise Stimme hinter mir fragte, ob ich frei sei. Ich schaute auf und erblickte einen jungen Mann – vielleicht noch jünger als Frank – in einem Anzug von unübertrefflichem Schnitt, der seinen Körper umschloß wie angegossen. Zu einem blauen einreihigen Rock trug er eine lederne Weste und ebensolche Beinkleider nebst Schaftstiefeln. Sein großes blütenweißes Halstuch war vielfach gefältelt, so daß sein Kinn Mühe hatte, sich daraus zu erheben. Den Aufzug komplettierte ein makellos gebürsteter Zylinder. Das Gesicht des Herrn schien offen und empfindsam, und ein paar Augen blitzten daraus hervor, die Esprit, Lebhaftigkeit und Humor verrieten.

«Wie belieben, Sir?»

«Ich fragte, Ma'am, ob Sie frei seien?»

«Frei wozu?» fragte ich ganz naiv zurück.

Der Jüngling zögerte, als überlege er (und das mit gutem Grund), ob ich ihn womöglich zum besten hielte. Dann erwiderte er: «Für solche Freuden, wie sie Ihnen auf diesen Blättern vor Augen geführt werden.»

Nun waren in meinem Leben schon öfter Männer mit eindeutigen Absichten an mich herangetreten, aber noch keiner hatte mich so direkt angesprochen, und ungeachtet der zarten Jugend des Burschen sprang ich empört auf und und schalt ihn aufs strengste: «Es erstaunt mich, Sir, daß Sie solche Reden einer Dame gegenüber wagen, deren Namen Sie nicht einmal kennen und die von einem Jüngling Ihres Alters gewiß mehr Respekt erwarten darf!»

Das war ein bißchen hinterhältig von mir, die ich höchstens ein oder zwei Jahre älter sein konnte als er. Ich schätzte ihn nämlich trotz seines dem Anschein nach so sicheren Auftretens auf nicht mehr als sechzehn oder siebzehn, und er errötete auch prompt, trat einen Schritt zurück und stammelte: «Madam, sollte ich Sie beleidigt haben, dann bitte ich selbstverständlich um Verzeihung. Aber da ich Sie ohne Begleitung an diesem Ort fand, an dem…» Dabei wanderte sein Blick zu einem Vorhang im Hintergrund des Raums, der, wie ich erst jetzt bemerkte, ein wenig beiseite gezogen war, so daß er den Blick auf ein Bett freigab.

Natürlich erriet ich sofort den wahren Sachverhalt und begriff, warum der Junge sich mir so unverblümt genähert hatte. Er, dem noch immer die Schamröte im Gesicht stand, wollte sich eilends entfernen, aber ich schuldete ihm eine Erklärung für meinen Irrtum.

«Sir», sagte ich, «es tut mir leid, daß ich eben so schroff gewesen bin. Aber Sie müssen wissen, ich stamme vom Lande und kannte daher den Ruf dieses Ortes nicht. Ich trat ganz arglos hier ein, um mir ein paar Stiche anzuschauen, deren Motive – und ich bitte Sie, mir zu glauben – mich ebenso schockierten wie meine schroffe Ablehnung Ihres Antrages Sie überrascht hat.»

Der Jüngling zog den Hut, und zum Vorschein kam ein reizend zerzauster Blondschopf.

«Ma'am», sagte er, «bitte vergeben Sie mir. Jetzt verstehe ich Ihre Reaktion durchaus. Dieser Ort ist, fürchte ich, nichts für eine ehrbare Dame wie Sie. Männer, die bedauerlicherweise allzu schwach und anfällig sind für Gelüste, die einer Lady nichts bedeuten, kommen hierher, damit Damen wie Sie nicht durch unsere Zudringlichkeit belästigt werden. Ich bitte Sie nochmals um Verzeihung...»

Das war denn doch zuviel! «Gelüste, die einer Lady nichts bedeuten...» Also wirklich! Dem Jungen gebührte eine Lektion.

«Ach, Sir», sagte ich, «es mag ja sein, daß die Damen der feinen Londoner Gesellschaft den Gelüsten, von denen Sie sprechen, abhold sind. Bei uns auf dem Lande allerdings ist das anders...» Und damit trat ich vor ihn hin, preßte meinen Mund auf seine Lippen und schob die Zunge dazwischen, während ich gleichzeitig meinen Körper fest an den seinen schmiegte.

Nach der ersten Verblüffung blitzte es in seinen dunklen Augen auf, und dann – sei es, weil er mich irrtümlich doch für eine Gunstgewerblerin hielt, sei es, weil er meinen Worten Glauben schenkte (die natürlich genau der Wahrheit entsprachen) – warf er seinen Hut zu Boden, hob mich mit einer Leichtigkeit empor, die größere Kraft verriet, als man ihm zugetraut hätte, und trug mich zum Bett, wo er sich kaum Zeit nahm, die Vorhänge zu schließen, ehe er erst mich, dann sich selbst entkleidete.

Mir wurde bald klar, daß dieses Kind zwar vorwitzig zu reden verstand, aber ansonsten nicht nur unerfahren, sondern noch völlig ohne jedes Verständnis für die hohe Kunst des Liebesspiels war. Nicht zum erstenmal bedauerte ich die Frau, deren Gatte unerprobt vom Altar ins Bett steigt. Dieser Jüngling war von so schöner Gestalt, daß mein erster Tribut darin bestand, unter seinem schlanken weißen Körper hervorzuschlüpfen und, neben dem Bett kniend, den langen, bleichen Zauberstab mit der Purpurspitze, der aus einer Wolke blonden Haares unter seinem Bauch hervorragte, zu küssen. Allein, kaum hatten meine Lippen ihn umfangen, da durchlief ein heftiger Schauer den Körper des Jungen, und ich fuhr hastig zurück – aber es war schon zu spät, denn die Muskeln seiner schlanken Schenkel strafften sich, er erbebte vom Kopf bis zu den Zehen, und ein Stöhnen entfloh seinen Lippen, als eine milchweiße Fontäne aus seinem Stößel spritzte und all meine Hoffnung auf Befriedigung zunichte machte.

Er hatte den Anstand zu erröten, ja bedeckte sogar vor Scham die Augen, aber ich zog seine Hände fort und küßte ihn auf die Lippen; in einem so blutjungen Menschen fließen die Säfte fast ohne Unterlaß und er würde im Nu wieder erstarkt sein. Ich wischte ihm mit seinem Taschentuch die Brust ab, wohin die Gewalt des Krampfs den Nektar gelenkt hatte. Dann legte ich mich neben ihn und streichelte seinen Körper sanft erst mit den Händen, dann allmählich nur mit den Fingern und schließlich mit den Fingernägeln, die ich gegen seine Brustwarzen schnippte, bis diese sich zusammenzogen und so aufrecht standen wie meine eigenen. Ich spürte, wie sich an meinem Schenkel etwas regte, was den Beginn seiner Erholung anzeigte. Doch er lag unterdessen ganz untätig da und machte nicht einmal eine Geste zu meinem Körper hin, der doch förmlich nach Befriedigung schrie. Also kniete ich mich rittlings auf seine Brust und führte meinen Zeigefinger in jene Öffnung ein, die am dringlichsten nach einer zärtlichen Berührung verlangte.

Seine Augen weiteten sich vor Staunen, denn obwohl er gewiß schon mit anderen Knaben gespielt hatte und genau wußte, auf welche Weise sie sich selbst erregen konnten (oder auch gegenseitig, wie ich es bei Andy und meinem Bruder beobachtet hatte, wenn wir beim gemeinsamen Spiel spürten, wie die Hitze in unseren Körpern aufflammte), war es ihm offensichtlich nie in den Sinn gekommen, daß Frauen den gleichen Hang haben könnten, sich selbst Erleichterung zu verschaffen. Nach einer Weile streckte er mit einem Blick, als wolle er mich erst um Erlaubnis bitten, die Hand aus und ließ sie sich so gelehrig von mir führen, daß er mich bald lustvoller erregte, als ich es mit eigener Berührung je vermocht hätte. Binnen kurzem keuchte und stöhnte ich, und um meine Wonnen noch zu steigern, spürte ich seine Hände unter meinem Hintern, wie sie mich hochhoben, so daß er mit seiner Zunge dahin gelangen konnte, wo er, das hätte ich schwören mögen, zuvor noch nie eine Frau berührt hatte.

Inzwischen langte ich hinter mich und liebkoste sanft seinen Liebesquell, der hart wie Elfenbein wurde, so daß ich bald nicht mehr widerstehen konnte, sondern seine Schultern ins Kissen zurückdrückte und tieferglitt, bis ich mich vorsichtig (aus Angst, mich noch einmal der höchsten Freuden zu berauben) erheben und seinen Schaft in mich hineingleiten lassen konnte. Ich sah, wie erst die Spitze, dann der herrlich geformte Schlegel in mich glitt und wie sich schließlich mein dunkles Haar mit seinem blonden verwob. Dann begann ich, immer noch sehr behutsam, mich über ihm zu heben und zu senken. Sein Blick traf den meinen, und zwischen unseren Augen schienen Funken hin und her zu fliegen, als meine Bewegungen allmählich rascher wurden und ich spürte, wie er mir entgegenstieß. Endlich, und diesmal mit wundervoller Verzögerung, brachen sich die Wogen seiner Lust just in dem Moment in mir, als ich – doppelt erregt durch das Glück, ihm Freude zu spenden, und durch meine eigene Lust – ebenfalls den Höhepunkt erreichte.

Wir küßten einander zärtlich und zogen uns schweigend an. Er machte Anstalten, seine Börse zu öffnen, besann sich dann aber eines Besseren.

«Ma'am», sagte er, «ich weiß nicht...»

Ich legte ihm den Finger an die Lippen.

«Es war mir ein großes Vergnügen», sagte ich. «Sie müssen nämlich wissen, daß ich mich nicht jedem Mann in die Arme werfe, der mir über den Weg läuft. Aber es freut mich, daß ich Sie glücklich machen konnte.»

«Darf ich Sie einmal besuchen?»

«Gewiß. Ich habe zwar noch keine Karte, da ich gerade erst vom Lande hierher gezogen bin, aber...»

Er zog eine Schreibtafel hervor und notierte nach meinem Diktat meinen Namen und die Anschrift.

«Vielleicht haben Sie ja eine Karte?» fragte ich.

Er griff in seine Tasche und reichte mir eine zierliche Visitenkarte. Daraufhin verbeugte er sich, lächelte und war im nächsten Augenblick verschwunden. Die Frau, die den Laden vorn betreute, ließ einen Entzückensschrei hören, wie ihn nur ein sehr großzügiges Trinkgeld hervorgerufen haben konnte. Ich warf einen Blick auf die Karte.

Viscount Chichley

7 Charles Street, W.
Wenscombe, Buckingshamshire

Dies, dachte ich bei mir, könnte eine nützliche Bekanntschaft werden, und verstaute die Karte sorgfältig in meinem Ridikül. Die Frau im Laden bedachte ich mit einer, wie ich hoffe, hinreichend kühlen Verbeugung. Sie war eben dabei, mit wortreichem Geplauder einen wohlbeleibten Mann und eine ebenso üppige, nicht mehr ganz junge Frau hinzuhalten, während – ich sah's aus dem Augenwinkel – hinter mir ein Mädchen hastig das Bett zurechtmachte.

3. KAPITEL
Andys Abenteuer

Zwei Tage nach der erwarteten, aber nichtsdestoweniger höchst beglückenden Ankunft der lieben Sophie in London – und nach meiner erfreulichen Begegnung mit ihrer vortrefflichen Zofe Mrs. Playwright – meldete Frank, als er aus der Brook Street in unsere Suite am Hanover Square zurückkehrte, daß die Arbeiten am Haus seines Vaters gut vorangingen. Er schlug mir auf den Rücken und sagte: «Tja, mein Junge, jetzt heißt es für uns, ernstlich ans Werk zu gehen! Als erstes müssen wir den Warenbestand des Geschäfts, an das wir uns wagen wollen, ein bißchen unter die Lupe nehmen.»

Ich hatte mich schon gefragt, wie er die Frauen, die in der Brook Street angestellt werden sollten, zu finden hoffte, da wir doch beide völlig fremd waren in der Stadt und uns mit ihren Gepflogenheiten nicht auskannten. Zwar zweifelte ich nicht daran, daß es in London, genau wie anderswo, genügend Pritschen gab, und ich hatte auch schon gehört, in welchen Vierteln der Stadt man sie am ehesten antreffen könne. Aber was die Rekrutierungsmethoden anbelangte, so wähnte ich, Frank müsse wohl mit dem vorliebnehmen, was sich gerade anbot, falls wir nicht das Glück hätten, auf jemanden zu stoßen, der uns gründlich einweihen konnte.

«Fürs erste werden wir bloß ein halbes Dutzend Mädchen brauchen», sagte Frank, «und zwar sollten sie in Statur und Größe möglichst unterschiedlich sein. Ich bin sicher, unser guter Geschmack und unsere unterschiedlichen Ansichten über die Vorzüge einer Frau werden uns zum Erfolg führen, wenn wir nur unserer Nase trauen.»

«Du meinst wohl eher unserem Eichelmast», sagte ich, was ihn zum Lachen brachte. Er hieß mich, meine zweitbesten Kleider anzulegen: «Denn», so sagte er, «wir wollen weder reich erscheinen noch arm; auf solche Weise nämlich werden wir Mädchen aufspüren, deren Hauptaugenmerk dem Spiel statt dem Golde gilt.»

Ich hatte erhebliche Zweifel, ob es viele solch uneigennützigen Frauenzimmer gäbe, allein, ich folgte seinem Rat, und in passabler, aber unauffälliger Kleidung machten wir uns um halb sieben Uhr abends auf den Weg. Zuerst lenkten wir unsere Schritte nach Haymarket, wo sich schon viel Publikum drängte, darunter eine erkleckliche Anzahl Frauen der Klasse, die wir suchten. Die ganze Straße sowie die nördlich davon gelegene Regent Street badeten in gleißendem Licht – die Läden, Cafés, die Türkischen Bäder, Versammlungshallen und Konzertsäle machten allesamt mit einer Opulenz auf sich aufmerksam, wie man sie, so möchte ich meinen, nirgendwo anders als in einer europäischen Hauptstadt antreffen kann. Auf den ersten Blick ließen sich die Mädchen in raschelnder Seide, Satin und Spitze ausmachen, die inmitten der eleganten Menge paarweise oder in Grüppchen flanierten. Manche waren hochgewachsen, elegant, weltklug, mit bleichen Wangen und arroganter Miene; andere waren anscheinend erst vor kurzem vom Lande in die Stadt gekommen, denn ihre Wangen strahlten noch rosig von der Arbeit an der frischen Luft, doch jetzt waren offenbar auch diese Schönen entschlossen, ihr Betätigungsfeld unter ein schützendes Dach zu verlegen.

Daneben gab es, ich kann's nicht leugnen, auch schlampige alte Weiber, die ihrem Gewerbe noch nachgingen, lange nachdem ein Leben voller Laster und Ausschweifung sie zum Wrack gemacht hatte; solche boten sich winselnd für ein paar Pence an und wurden bisweilen von einem jungen Grünschnabel abseits der Hauptstraßen in eine enge Seitengasse geführt.

Wir aber richteten unser Augenmerk auf die eleganten Dämchen, von denen manche vornehm gekleidet und offenbar sehr kultiviert waren, ja durchaus den Stil einer richtigen Lady hatten und anscheinend auch gebildet waren, so daß zu vermuten stand, sie seien durch irgendein Unglück in ihre momentane Notlage geraten. Später sollte ich erfahren, daß manche von ihnen vormals Putzmacherinnen oder Näherinnen in einem vornehmen Stadthaus gewesen waren, wo vielleicht der Gatte ihrer Herrin sie um ihre Tugend gebracht hatte, oder aber ein Zerwürfnis mit der eigenen Familie hatte sie zur Prostitution verdammt. Andere, die als Zofen gedient hatten, waren entweder von den Lakaien des Hauses oder von ihrem Herrn zu Fall gebracht worden und gaben sich nun hemmungslos der Sinnenfreude hin.

«Höre», sagte Frank, «wir können nicht gut paarweise auf die Jagd gehen, und darum werde ich mich jetzt von dir trennen. Es ist – warte! – genau sieben Uhr. Ich schlage vor, wir treffen uns um neun bei *Fenton's* in der St. James's Street, um unsere Erfahrungen auszutauschen. Sollte dir ein geeignetes Mädchen begegnen, dann notiere dir Namen und Adresse und sage ihr, wir würden uns mit ihr in Verbindung setzen – du kannst ruhig andeuten, worum es geht, hüte dich allerdings vor Versprechungen und verrate auch nicht, wo wir wohnen.»

Damit machte er kehrt und schlenderte in entgegengesetzter Richtung die Straße entlang. Ich sah, wie er ein Mädchen in einem leuchtend gelben Kleid erst musterte, dann auf sie zutrat und nach einem kurzen Wortwechsel mit ihr in einer dunklen Gasse verschwand.

Um die Menge in Ruhe in Augenschein nehmen zu können, betrat ich das *Royal Coffee House* und suchte mir einen Platz beim Fenster, von wo aus ich die Vorbeiflanierenden ungestört mustern konnte. Es dauerte nicht lange und ich fing den Blick eines Mädchens auf, das eine Trauerhaube trug, unter dessen gleichfalls schwarzem Umhang aber ein grünes Kleid hervorblitzte. Den Blick unverwandt auf mich gerichtet, kam sie über die belebte Straße direkt auf mein Fenster zu und blieb davor stehen. Wie es schien, um die ausgehängte Speisekarte zu studieren, doch sie strich langsam mit der Zunge über die Unterlippe und warf verstohlene Blicke auf mich, da ich ihren Appetit offenbar ebenso reizte wie die Gerichte, die auf der Karte angepriesen wurden. Sie hatte ein feines, wenngleich recht blasses Gesicht, umrahmt von tiefschwarzem Haar. Der

Schwung ihrer Brauen war makellos, die Augen leuchteten tief und verlockend. Ich stand auf, warf ein paar Münzen auf den Tisch und ging hinaus, wo sie ohne zu zögern neben mich trat und mit leiser Stimme fragte: «Ich glaube, Sir, daß wir miteinander Bekanntschaft schließen werden?»

«Dessen bin ich ganz sicher», erwiderte ich.

«Möchten Sie, daß ich Sie heimbegleite?»

Ah – daran hatte ich nicht gedacht. «Vielleicht, Ma'am, wüßten Sie ein Plätzchen …?»

«Gewiß», sagte sie, «wenn Sie mir folgen wollen.»

Sie hängte sich zierlich an meinen Arm und führte mich den Haymarket hinauf. Anfangs war mir ein wenig beklommen zumute, doch ein Blick in die Runde überzeugte mich, daß fast alle Männer, die uns begegneten, ein ähnliches Mädchen am Arm hatten. Wir bogen in die Orange Street ein und von dort in eine mir unbekannte Straße und hielten endlich vor einem kleinen Gasthaus, dessen Schankstube leer war, bis auf ein paar alte Männer, die an einem Tisch würfelten.

Meine Sirene begrüßte den Wirt, der, angetan mit einer weißen Schürze, hinter der Theke stand und nachlässig Gläser polierte.

«Mr. Rummidge», sagte sie, «dürfen wir das Zimmer benutzen?»

«Sicher doch, Moll», kam die Antwort. Und dann, an mich gewandt: «Das macht einen Shilling, Sir, und zwar im voraus.»

Ich fischte eine Münze aus der Tasche, er reichte dem Mädchen einen Schlüssel und eine brennende Lampe, und wir stiegen zwei enge Treppen hinauf. Oben angekommen, sperrte meine holde Freundin eine Tür auf und komplimentierte mich in ein kleines, aber sauberes Zimmer, in dem nichts weiter stand als ein Tischchen mit einer Waschschüssel und einem Stück Seife darauf und natürlich ein Bett. Soweit ich sehen konnte waren die Leintücher halbwegs sauber, wenn auch frühere Benutzer sie schon arg zerwühlt hatten. Moll stellte die Lampe auf den Tisch, verschloß die Tür und begann ohne Umschweife sich auszuziehen – was mir keine andere Wahl ließ, als ihrem Beispiel zu folgen.

Sobald wir beide nackt voreinander standen, trat sie dicht an mich heran und legte ohne weiteres ihre kleine Hand auf mein Gemächt (wie kalt diese Berührung war – und doch, wie erregend!), und dabei sagte sie: «Vielleicht möchtest du mir ein bißchen Geld geben, Süßer?» Ich konnte nicht umhin, festzustellen, daß ihre Ausdrucksweise, seit wir hier heraufgekommen waren, spürbar gelitten hatte.

Als ich mich nun nach ihrem Honorar erkundigte, stellte sich heraus, daß sie eine halbe Guinee erwartete. Ich zog das Geld aus der Tasche und gab es ihr. Sie prüfte das Gold mit den Zähnen und schob es dann lächelnd in ihren Ridikül.

«So, Süßer, und wie hast du's nun am liebsten? Saftpresse, Klistier mit Busen, Duttelfick oder was Ausgefallenes? Wenn's zu ausgefallen ist, könnt's allerdings noch 'n paar Shilling teurer werden...»

Nein, nein, versicherte ich ihr, mir genüge ein ganz gewöhnlicher Verkehr – freilich hatte ich, um die Wahrheit zu sagen, keine Ahnung, was die sonderbaren Begriffe, die sie aufgezählt hatte, bedeuten mochten.

Tatsächlich machte ich mir auch keine Vorstellungen von ihren Praktiken. Nachdem sie mich gründlich gesäubert hatte, neigte sie den Kopf zu meinem Schoß hinunter, und gleich darauf spürte ich ihre weichen, warmen Lippen auf mir, begleitet vom Streicheln ihrer Hände über Hüften und Schenkel.

Um den Leser nicht zu langweilen – denn es ist stets mein Bestreben, die bloße Wiederholung schlüpfriger Details zu vermeiden –, will ich mich mit der Versicherung begnügen, daß sie fürwahr eine Meisterin ihrer Kunst war und diese mit aller gebotenen Hingabe und Freude ausübte, was wiederum mir zum reinsten Aphrodisiakum ward (ich habe nämlich schon oft festgestellt, daß Frauen, die allein zur Befriedigung ihres Partners am Akt teilnehmen, keine echte Lust erwecken können, ja, daß der Verkehr mit ihnen kaum mehr Befriedigung verschafft als der mit der eigenen Hand). Es mag natürlich sein, daß die Zuckungen ihres Körpers in meinen Armen nur gespielt und daß die kleinen Freudenschreie (ähnlich dem Wiehern eines jungen Fohlens) ebenso geheuchelt waren wie ihre überschäumende Wonne am Schluß, als sie sich so stürmisch an mich klammerte, daß ich um meine Rippen bangte – ja, all dies könnten ausgeklügelte Schauspielertricks gewesen sein –, aber ich glaube es nicht.

Als wir hinterher erschöpft auf dem Bett lagen, streichelte sie meinen Körper mit, wie mir schien, liebevoller Zärtlichkeit und küßte mich sanft, während sie mit einem feuchten Lappen meine erhitzten Glieder abrieb.

«Ich danke Ihnen, Sir», sagte sie, «es ist recht lange her, seit ich das letzte Mal eine so flotte Gigue getanzt habe.»

«Nicht doch, Moll», versetzte ich, «du bist es, der Dank gebührt», wiewohl ich annehme, daß tatsächlich nicht jeder ihrer Kunden den Einfallsreichtum an den Tag legte, mit dem ich sie in Wallung zu bringen suchte, und den sie offensichtlich genoß. Das Gespräch verstummte, denn mir fiel kein Thema ein, das einer solchen Situation angemessen gewesen wäre.

«Bist du mit deinen Geschäften zufrieden?» fragte ich schließlich.

«In dieser Stadt ist immer Frühling», antwortete sie lächelnd, «auch wenn mir nur selten ein Abend einen so charmanten Freund wie dich beschert.» Damit beugte sie sich nieder und knabberte an meinem Ohrläppchen. «Ich hoffe doch, daß wir uns wiedersehen.»

«Das hoffe ich auch», sagte ich. «Wo kann ich dich finden?»

«Du kannst hier nach mir fragen», erwiderte sie, «*Rummidge's Coffee House* in der Whitcombe Street – Moll Riggs. Nach sechs bin ich immer in der Nähe und Sam Rummidge unten richtet mir gern was aus.»

Ich langte nach meinem Notizbuch und brachte das Nötigste zu Papier. «Dann werden wir uns wiedersehen», sagte ich, «dessen bin ich ganz sicher.»

«Ein Bursche, der so ausstaffiert ist wie du, der kommt nicht lange ohne Schaukelpferd aus.»

Selbst noch nackt, half sie erst mir beim Anziehen. Sie reichte mir ein Kleidungsstück nach dem andern, zog mir die Hose hoch, knöpfte mir das Hemd zu – und erst, als das geschehen war, machte auch sie Toilette. Jetzt, da ich genauer hinsah, merkte ich freilich, daß sie außer dem dünnen grünen Fähnchen und dem Cape darüber nichts am Leibe trug.

«Tja», sagte sie, als sie meinen Blick auffing, «manchmal ist es nötig, daß ich mich rasch entblättern kann, und der Winter ist ja nun zum Glück vorbei. Die Abende in der Stadt sind jetzt schon regelrecht schwül.»

Zu meinem Erstaunen war es bereits Viertel vor neun – in der Hitze der Leidenschaft hatte ich ganz die Zeit vergessen. Nicht so freilich meine Partnerin, denn als sie sich anschickte, die Tür aufzuschließen, da sagte sie mit reizendem Zögern in der Stimme: «Ich stelle fest, Sir, daß wir gut hundert Minuten miteinander beschäftigt waren, und das sind vierzig mehr, als ich normalerweise...» Sie unterbrach sich mit einem dezenten Hüsteln. Da fischte ich noch einmal 2 Shilling und Sixpence aus der Tasche, worüber sie sich hocherfreut zeigte.

Nachdem ich mich von Moll verabschiedet hatte, kehrte ich über

Haymarket zurück in die St. James's Street und betrat *Fenton's Coffee House*, wo Frank mich mit den Worten begrüßte: «Ich habe ein Solbad für uns bestellt.» Als er meinen fragenden Blick auffing, erklärte er, daß man in diesem Haus für 7 Shilling und Sixpence geheizte Meerwasserbäder nehmen könne – mir erschien das furchtbar teuer, aber da mein Freund bezahlte, erhob ich keine Einwände. Frank versicherte mir, Meerwasserbaden sei gegenwärtig der letzte Schrei in London. Das Wasser, so hieß es, werde demnächst durch Rohrleitungen direkt aus Brighthelmstone herbeigeschafft, jenem Badeort, den der Prinzregent bevorzugte. Einstweilen mußte man aber noch mit künstlichem Meerwasser vorliebnehmen.

«Es gibt mehrere große öffentliche Badehäuser», sagte Frank, «eines übrigens gleich hier in der St. James's Street, aber ich wollte erst einmal ein kleineres Etablissement aufsuchen.»

Man wies uns in den rückwärtigen Teil des Hauses, wo wir uns alsbald in einem mittelgroßen Raum mit vier geräumigen Holzzubern wiederfanden, die alle mit dampfendem Wasser gefüllt waren. Wir stiegen in eine Wanne und fanden uns tatsächlich in warmem Salzwasser wieder. Das Rezept für ein solches Bad bestand darin, die Wanne mit Wasser zu füllen und ein ungefähr der Wassermenge entsprechendes Quantum gewöhnlichen Meersalzes hinzuzugeben. So ein Bad bleibt jahrelang frisch, und man kann sich selbst bei Frost und Schnee daran laben, ohne eine Erkältung fürchten zu müssen. Frank tauchte prustend neben mir auf und fragte, ob ich denn noch nie im Meer geschwommen sei – und wahrhaftig, sieht man von dem kurzen Bad auf der Flucht vor der Preßpatrouille im vergangenen Jahr in Portsmouth ab, so mußte ich seine Frage verneinen.

«Ah», sagte er, «unser Prinzregent hat in Brighthelmstone die Mode aufgebracht, und jetzt ist sie schon bis nach London vorgedrungen. Übrigens heißt es, so ein Bad in Meerwasser sei auch sehr gesund.»

«Alles ausgemachter Blödsinn», ließ sich eine Stimme vernehmen, und der Kopf eines älteren Herrn, dessen Gesicht ein mächtiger Backenbart zierte, tauchte über dem Rand eines benachbarten Zubers auf.

Er stellte sich uns als Major Trumball vom Sanitätskorps eines unserer großen Regimenter vor. Erst kürzlich sei er von einer Inspektionsreise in die Türkei zurückgekehrt – wo man, wie er versicherte, viel mehr von der Badekunst verstand als bei uns und im übrigen auch mehr zu bieten habe, schon bedingt durch das heiße Klima und dann dank des reichlichen Vorrats an, wie er sich ausdrückte, «den reizendsten Puzenjungen östlich von Zypern, so liebestoll wie ein Sack voller Nutten, und im Dunkeln nicht minder anstellig als diese».

Was nun die heilkräftigen Eigenschaften des Salzwassers angehe, fuhr er fort, so sei das meiste davon Mumpitz und eben eine Mode, die «dieser närrische Fettwanst» (so sprach er von unserem gnädigen Regenten) in die Welt gesetzt habe, weil er eine Ausrede brauchte, um mit seiner Mätresse, einer gewissen Mrs. Fitzherbert – ein Name, den ich bei der Gelegenheit zum ersten-, aber nicht zum letztenmal hören sollte –, nach Brighthelmstone entwischen zu können.

«Meerwasser taugt einzig zur Entspannung der Muskeln», fuhr unser neuer Bekannter fort, «und für diesen Zweck sollte man's auch empfehlen, aber für keinen sonst – wahrhaftig, nicht einmal säubern kann man sich darin, denn Seife hat eine starke Abneigung gegen Salzwasser.»

Mir kam der Mann entsetzlich langweilig vor, und so verwunderte es mich denn ein wenig, daß Frank die Unterhaltung mit ihm beflissen weiterpflegte. Er fragte ihn, ob seiner Meinung nach das Baden in frischem, heißem Wasser – selbst täglich genossen – nicht eine unverändert schöne Annehmlichkeit sei, und erhielt eine zustimmende Antwort.

«Körperpflege und Reinlichkeit werden jetzt von unseren Herren im Kriegsministerium sehr viel diskutiert», sagte der Major. «Im Felde läßt sich das natürlich nicht durchhalten, aber hier in den Kasernen experimentieren wir mit Maschinen, die heißes oder zumindest warmes Wasser in die Quartiere pumpen, und wir fordern die Männer auf, täglich darin zu baden, und die Ergebnisse, die wir bisher auswerten konnten, zeigen, daß Reinlichkeit der Gesundheit unbedingt förderlich ist.»

«Ich nehme an, der Hosenkatarrh macht ihnen viel zu schaffen, wenn die Männer in einer so großen Stadt stationiert sind?» fragte Frank.

«Sie sagen es, Sir, aber auch da hilft nicht viel mehr als Vorsicht und Körperpflege. Die Spanische Muse ist wahrhaftig Strafe genug, und wenn wir am Beispiel eines armen Betroffenen vorexerzieren, wie man sich davor hüten kann, dann treffen mit der Zeit selbst die schlimmsten Rauhbeine Vorsorge.»

«Aber wie stellen Sie das an?»

«Mit Kondomen, Sir», versetzte der Major. «Ich hab mir manchmal schon gewünscht, wir könnten jedem Mann eins überstülpen, ehe wir ihn aus der Kaserne lassen. Allein, was die Überredungskunst vermag, das setzen wir immerhin ein. Und mittlerweile benutzen auch die Dämchen, die ja selbst in ständiger Angst leben, diesen Verhütungsschutz, der sich als ein wahrer Segen erwiesen hat.»

Einen mächtigen Wanst vorausschickend, wuchtete der Major sich über den Wannenrand.

«War mir ein Vergnügen, Ihre Bekanntschaft zu machen, Gentlemen», schnarrte er und trollte sich.

Der Major war kaum zur Tür hinaus, da kamen drei Frauen mit Eimern voll dampfend heißem Wasser herein. Ohne lange zu fragen, kippten sie es in unseren Zuber und amüsierten sich königlich über unsere Entsetzensschreie – das Wasser war nämlich fast kochend!

Als die Frauenspersonen sich wieder zurückgezogen hatten, wollte Frank wissen, wie ich den Abend genutzt hätte. «Du meinst, du hast nur ein einziges Mädchen gefunden?» fragte er. «Also bei dem Tempo wird's 1850, ehe wir unsere Pferdchen beieinander haben!»

Na, und wie viele er denn aufgetan habe, erkundigte ich mich, worauf er lachend erwiderte, so an die zwanzig – doch ich fand bald heraus, daß er lediglich einige in Frage kommende Mädchen auf der Straße angesprochen und sich die Adressen, unter denen man sie erreichen konnte, hatte geben lassen. Als ich weiterfragte, wie er denn da wissen könne, ob ihre Leistungen hielten, was der Augenschein versprach, war er um eine Antwort verlegen und meinte nur kleinlaut, sie würden vor einer endgültigen Anstellung schon noch gründlich geprüft werden. Schließlich kamen wir überein, daß jeder nach seiner Methode vorgehen dürfe (wenngleich ich darauf hinwies, daß nach der meinen binnen zehn, höchstens zwölf Tagen ein Stall voll erprobter und zuverlässiger Expertinnen im Liebesspiel beisammen wäre). Aber, so forschte ich weiter, was habe er sich da eigentlich für eine Grille in den Kopf gesetzt – wolle er am Ende den Bädern in der St. James's Street Konkurrenz machen?

Nein, erwiderte er, aber in den Kellern in der Brook Street, da wolle er immerhin eines einrichten. Als er bemerkt habe, wie groß die Bäder momentan in Mode seien, da habe er sich an das erinnert, was er an der Universität über die Badekultur im alten Rom gehört habe oder auch von Reisenden über die noch immer existierenden Bäder in der Türkei. Gewiß, manche davon hatten gigantische Ausmaße, aber es gab auch kleine, die sich vielleicht sogar in einem modernen Privathaus einbauen ließen.

«Noch vor ein paar Jahren», fuhr er fort, «als man bloß alle zwei Wochen Wasser in Eimern geliefert bekam, wäre das natürlich unmöglich gewesen, aber nun, da das Wasser durch Leitungen in jedes Haus fließt, sollte es doch möglich sein, es aller Orten so zu nutzen, wie wir es im Augenblick tun ...»

Aber so ein Umbau wäre gewiß furchtbar kostspielig, wandte ich ein. «Schon, aber denk doch nur an die Reklame!» rief Frank. «Die Neugierigen würden uns das Haus einrennen, und obendrein hätten wir, worauf ich schon spekulierte und was der Major mir soeben bestätigt hat, den Vorteil, daß sowohl die Mädchen als auch die Freier sauber wären. Ich möchte nämlich nicht nur die Männer vor Ansteckung bewahren, sondern die Frauen desgleichen. Nach dem, was ich gehört habe, wächst die Furcht vor der Französischen Krankheit beständig, und der Ruf, davor sicher zu sein, würde uns mehr nützen als alles andere. Aber», räumte er ein, «ich habe leider festgestellt, daß unseren Plänen ein Hindernis im Wege steht.»

Und das wäre?

Der Umstand, erklärte er, daß das Gesetz zwar einer Dame nicht verbiete, ihren Körper zu verkaufen, und auch eine andere Dame nicht daran hindere, einen solchen Handel in die Wege zu leiten, daß es aber unerbittlich jeden Mann verfolge, der aus diesen Geschäften mit der Lust Profit zu ziehen trachte.

«Und deshalb», schloß er, «brauchen wir eine Frau, die das Etablissement für uns leitet.»

Wir schwiegen einen Augenblick, und ich glaube, wir dachten dabei beide an dasselbe, getrauten uns jedoch nicht, es auszusprechen.

«Sophie», begann Frank schließlich, «würde ich zwar in dieser Sache durchaus zu Rate ziehen, allein ...»

«Sophie als Bordellvorsteherin, o nein, das gefällt mir nicht!» rief ich.

«Zwar wissen wir, daß sie dem Spiel nicht abhold ist», sagte Frank, «aber du hast recht, eine solche Stellung würde auch ich ihr nicht gern anbieten. Doch wir könnten zumindest mit ihr darüber sprechen und hören, was sie davon hält.»

Das Wasser kühlte allmählich ab, und so stiegen wir aus der Wanne – mit rosig glänzender Haut und angenehm prickelnden Empfindungen –, trockneten uns ab, zogen unsere Kleider an und machten uns auf den Weg zur Frith Street, wo wir Sophie zwar nicht antrafen, dafür aber Polly Playwright, die vor einem ordentlichen Feuer saß und sich freute, uns mit einer Tasse Schokolade bewirten zu dürfen. Nach einer Weile erkundigte sie sich bei Frank nach dem Gedeihen seiner Pläne, und er gestand ihr, welche Probleme das Gesetz und seine Verordnungen uns in den Weg legten.

«Sie müssen auf jeden Fall eine Madam engagieren», entschied Polly.

«Ja, ja, aber wen?»

Polly besann sich einen Moment, dann sagte sie: «Ich wollte es Sie eigentlich nicht wissen lassen, denn viele Herren würden es als eine Schande betrachten, aber ich glaube, ich kann Ihnen eine geeignete Dame vorstellen – eine mit einschlägiger Erfahrung, die ein paar Jahre selbst die Mätresse einiger vornehmer Herren der Stadt gewesen ist.»

Polly erklärte uns im folgenden, daß es neben den Straßenmädchen und denen, die in Häusern arbeiteten, wie Mrs. Saunter eines führte, noch andere Gewerblerinnen gab – in der Regel schöner und intelligenter als die vorgenannten –, die einem einzelnen Mann als Mätresse dienten – sei es einem Adligen, einem Offizier der Garde oder einem reichen Geschäftsmann aus der City oder von der Börse. Diese Frauen nahmen wöchentlich zwischen 20 und 30 Pfund ein – manche sogar weitaus mehr –, während ihre armen Schwestern, die am Haymarket ihrem Gewerbe nachgingen oder in Theatern und verrufenen Wirtshäusern auftraten, in der gleichen Zeit selten mehr als 10 oder 12 Pfund verdienten.

Pollys Schwester Aspasia – in Wirklichkeit hieß sie Nan, doch zu Beginn ihrer Laufbahn hatte sie jenen wohlklingenden Namen angenommen –, Aspasia also hatte seit ihrem siebzehnten Lebensjahr unter der Obhut des bekannten Finanziers Mr. Peregrine King gestanden, der sich auf den ersten Blick in sie verliebt und ihr binnen vierzehn Tagen seinen Schutz angetragen hatte. Aspasia hatte ohne Zögern eingewilligt, denn Mr. King war damals trotz seines hohen Alters noch ein stattlicher Mann gewesen, und er hatte ihr ein Haus mit Blick über den Regent's Park eingerichtet, ihr pro Jahr 2000 Pfund ausgesetzt und war, so oft er konnte, zu ihr geeilt, um seine Zeit in ihrer Gesellschaft zu verbringen.

«Sie holte mich aus Ipswich, wo wir beide aufgewachsen sind, nach London und machte mich zu ihrer Zofe», erzählte Polly, «denn sie lebte damals in vornehmem Stil, hatte ihre eigene Kutsche und eine Loge im ersten Rang der Oper. Ihr Gönner wurde ihrer Reize mit der Zeit nicht etwa überdrüssig, sondern sehnte sich im Gegenteil immer glühender nach ihrer Gesellschaft und war unglücklich, wenn er nicht in ihrer Nähe sein konnte. Doch leider», fuhr Polly fort, «konnten Mr. Kings erotische Leistungen kaum Schritt halten mit seiner Großzügigkeit, und nach etwa achtzehn Monaten sah Aspasia sich außerstande, den Nachstellungen eines jungen, aber mittellosen Gardeoffiziers noch länger zu widerstehen. Eines Abends nun entdeckte Mr. King diesen armen Menschen in Aspasias Loge in der Oper. Sie stellte ihn als ihren Cousin vor, aber die Begegnung machte ihren Beschützer mißtrauisch, und er beschloß, sie schärfer zu überwachen. Eine Zeitlang entging sie, freilich durch puren Zufall, der Entdeckung, aber der Verrat eines Lakaien, den wir beide zu freundlich behandelt hatten, führte dazu, daß Mr. King eines Abends unangemeldet erschien und Aspasia mit ihrem Gardeoffizier und einer Flasche Champagner nackt beim fröhlichen Liebesspiel in eben dem Bett überraschte, das er so großzügig finanziert hatte. Am nächsten Tag gab Mr. King meiner Schwester mit ein paar sarkastischen Bemerkungen den Abschied und schenkte ihr noch 500 Pfund.»

Mit diesem Geld hatte Aspasia eine Wohnung in der Curzon Street gemietet und sich in die Reihen derer begeben, die sich, dem Rang nach unter der Mätresse eines einzigen Herrn stehend, mehreren Liebhabern widmen, deren Besuch sie zu unterschiedlichen Zeiten empfangen. Ein solches Leben erfordert natürlich einiges Geschick und Fingerspitzengefühl, doch Aspasia besaß beides in hohem Maße. Sie zögerte nicht, jedem Mann, an dem sie Gefallen fand, ihre Gunst zu schenken, und wenn sie, sei es auf einem mondänen Ball oder auch in Vauxhall, von einem solchen Herrn angesprochen wurde, dann zückte sie ihren Kalender und nannte ihm Zeit und Stunde, da er sie in ihren Räumen besuchen durfte. Dieses Leben führte sie nun schon seit fünf Jahren und hatte sich in dieser Zeit recht angenehm mit einem halben Dutzend Liebhabern arrangiert, die mit Freuden für ihren Unterhalt sorgten.

«Meine Schwester würde Sie gewiß gern beraten», schloß Polly, «und falls Sie annehmbare Bedingungen bieten, könnte sie sich vielleicht sogar bereitfinden, Ihr Etablissement selbst zu leiten.»

Ganz aufgeregt über diese frohe Kunde, fragte Frank, ob wir dieses Juwel von einer Frau nicht sofort aufsuchen könnten, und obwohl es mittlerweile recht spät geworden war, stimmte Polly zu, allerdings unter dem Vorbehalt, daß wir, sollte Aspasia einen Gast bei sich haben, unseren Besuch würden verschieben müssen.

Wir ließen eine Droschke kommen und waren binnen einer halben Stunde in der Curzon Street. Polly meldete uns an, und da ihre Schwester frei war, wurden wir schon nach wenigen Minuten in einen hübschen Salon geleitet.

Ich glaube, nur wenige Männer könnten einer Schönheit wie Aspasia widerstehen. Obschon um einige Jahre älter als Polly war sie doch die schlankere von beiden, und desgleichen waren ihre Haltung anmutiger und ihre Schönheit edler, feiner – wenngleich es noch herauszufinden galt, ob sich auch ihr Temperament und ihre Glut mit der ihrer Schwester messen konnten. Im übrigen hatte sie sich – ohne Zweifel dank ihres ständigen Umgangs mit der eleganten Welt – ein erstaunlich sicheres Auftreten erworben, das sich aufs schönste mit ihrem Esprit, ihrem Humor und einem natürlichen Charme verband – ohne Ausnahme Eigenschaften, die sie mir auf Anhieb empfahlen und die Frank, das sah ich sofort, gleichermaßen für sie einnahmen.

Nachdem sie uns vorgestellt hatte, erläuterte Polly mit wenigen Worten, daß Frank die Absicht habe, in der Brook Street das – wie sie sich ausdrückte – «nobelste Privatetablissement von ganz London» zu eröffnen.

«Das», warf ihre Schwester ein, «wird aber ein teures Unterfangen.»

«Ich brauche keine Kosten zu scheuen», versicherte Frank, und tatsächlich hatte ein Besuch in Coutts Bank in der vorigen Woche uns die schöne Genugtuung verschafft, daß wir über weit mehr Kapital verfügten, als wir erwartet hatten.

«Wenn das so ist», sagte Aspasia, «dann steht Ihrem Erfolg nichts im Wege.» Und auf Franks Bitten hin erklärte sie, daß es in London zwar vielleicht annähernd zwanzigtausend Prostituierte gäbe, von denen freilich die meisten ohne besondere Ambitionen arbeiteten, einfache Huren seien, nichts weiter, und wenn man einmal diejenigen an beiden Enden des Liebesspektrums ausklammere – hüben die, welche ein reicher Galan aushielt oder die über eine eigene Wohnung verfügten, und drüben die, zu denen sich die Armen drängten –, dann bliebe nur eine kleine Minderheit übrig, die in sogenannten Mamsellenhäusern zusammen lebten, von denen es viele in der Gegend um den Langham Place gäbe, aber auch einige so weit außerhalb wie Pimlico oder Brompton. Diese Mädchen bezeichne man als «Pensionsgäste», weil sie einen Teil ihrer Einkünfte an die Madam abführen müßten, die das Bordell leite. «Solche Häuser sind oft ziemlich verrufen, werden regelmäßig von der Polizei überprüft, und die Pächter dieser Etablissements sind ständig in Prozesse verwickelt, welche freilich anscheinend so langwierig und kostspielig ausfallen, daß die städtischen Organe es vorziehen, derlei Querelen ‹inoffiziell› zu verhandeln. Die wenigen Ausnahmen, die ihre Häuser anständig führen, läßt man ungeschoren, allerdings nur, wenn der Wachmann ihres Viertels gelegentlich zu einer kleinen Nebeneinnahme kommt.»

Aber stimmte es denn nicht, erkundigte sich Frank, daß nur Frauen, die ein solches Haus führten, vor Strafverfolgung sicher seien, Männer dagegen gerade nicht?

Doch, sagte Aspasia, das habe schon seine Richtigkeit, aber wenn das Etablissement sauber sei und korrekt geleitet würde, dann drücke die Polizei schon ein Auge zu, vorausgesetzt, es finde sich eine Dame, die zumindest pro forma ihren Namen dafür hergebe.

Und standen solche Häuser beim Publikum in hoher Gunst? fragte Frank weiter.

Aber gewiß, antwortete Aspasia. Die Männer frequentierten sie, und zwar zum einen, weil sie privat geführt wurden – denn manch einem Herrn, der ein bedeutendes Amt bekleidet, ging Diskretion über alles –, zum anderen, weil sie sich bei den Mädchen in einem solchen Etablissement vor ansteckenden Krankheiten sicher glaubten (was vielfach, wenn auch nicht immer, durchaus zuträfe). Ein Haus, das Annehmlichkeiten bot, ohne vor lauter Luxus einschüchternd zu wirken, eines, in dem die Preise hoch genug waren, um Respekt zu gebieten, ohne indes gleich in Halsabschneiderei auszuarten, ein solches Haus mußte nach Aspasias Ansicht ganz einfach Erfolg haben. Die Garantie eines regelmäßigen Einkommens von etwa 15 Guineen die Woche würde uns in den Stand setzen, Mädchen der ersten Garnitur zu engagieren und uns ihrer Treue zu versichern.

Und wäre Aspasia vielleicht geneigt, uns bei unserem Projekt zu beraten?

«Mit Vergnügen, Sir Frank. Es trifft sich gut, daß ich im Augenblick über einige freie Zeit verfüge, da ich gegenwärtig nur zwei Herren betreue. Vielleicht könnte ich das Haus bei Gelegenheit in Augenschein nehmen und mich dabei näher mit Ihren Plänen vertraut machen?»

Sehr gern, erwiderte Frank, das wäre überaus hilfreich für uns, zumal er keine Ahnung habe, was zur Zeit bei Ausstattung und Mobiliar die Mode sei.

Als sie das hörte, erwies uns Aspasia (wie ich sie weiterhin zu nennen gedenke, denn ihr Nachname wurde nie benutzt, auch nicht unter Freunden, obschon mich dünkt, daß er den Geschäftsleuten bekannt war) die Freundlichkeit, uns ihre übrigen Räume zu zeigen. Der Salon, in dem wir gesessen hatten, war reizend eingerichtet und ein doppelarmiger Kandelaber beleuchtete die hübschen Möbel, Teppiche und Vorhänge aufs Vorteilhafteste. Gleich daneben lag ein unterteiltes Ankleidezimmer. Die eine Hälfte davon, die Aspasia selbst benutzte, enthielt all jene Utensilien, die dem zarten Geschlecht so besonders kostbar sind, als da wären Parfums und Pomaden, und in einem großen Schrank hingen ihre Kleider. Die andere Seite dagegen war nur mit einem Spiegel, einem Stuhl und ein paar Kleiderhaken ausgestattet. Auf einem Tischchen lagen außerdem Rasierzeug und Seife bereit. Beide Abteile verfügten zudem über eine große Badewanne, freilich nicht, wie ich es gewohnt war, aus Holz, sondern aus leichtem Metall. Frank und ich hatten dergleichen noch nie gesehen, aber Aspasia erklärte, ihr Mädchen könne diese Wanne leichter entleeren, da sie sich umkippen ließ und man das Wasser in Eimer gießen konnte, statt es mühsam auszuschöpfen.

«Wenn ich Sie recht verstanden habe», fuhr sie fort, «dann sind Sie, was die Sauberkeit betrifft, einer Meinung mit mir, und ich habe die Erfahrung gemacht, daß selbst jene Herren – gewöhnlich die älteren –, die sich normalerweise gegen regelmäßiges Baden sträuben, dazu zu überreden sind, wenn ich ihnen meine Hilfe anbiete. Und wenn ein Mann besonders schüchtern oder nervös ist, kann warmes Wasser sehr entspannend auf ihn wirken, was natürlich dem Liebesspiel höchst förderlich ist.»

Als nächstes führte sie uns in ihr Schlafzimmer, in dessen schlichter Einrichtung ein großes Bett dominierte, das mindestens vier Personen Platz geboten hätte. Ringsherum waren mehrere verstellbare Spiegel gruppiert.

«In diesem Gewerbe braucht man nur wenig Handwerkszeug», erklärte Aspasia, «und die einzig unabdingbaren Voraussetzungen sind ausreichend Platz und Komfort. Beengte Verhältnisse schätze ich ganz und gar nicht, und sie gestatten ja auch wirklich nicht jene Bewegungsfreiheit, die, wenn nicht nur eine hastige Konvulsion gefragt ist, nun einmal zu wahrer Lust gehört.»

Während sie sich bückte, um eine Falte am Bettvorhang zu glätten, suchte Frank meinen Blick und bedeutete mir mit einem Wink, ich solle mich mit Polly zurückziehen. Als wir seinem Wunsch gehorchten, sah ich eben noch, wie er Aspasia die Hand auf die Schulter legte, und zwar mit einer Geste, in der sich sein erhitztes Gemüt unzweifelhaft verriet. Gewiß hatten schon die Nachforschungen des Abends ihn in Wallung gebracht, und da unsere neue Freundin ihm offenbar sehr gefiel, stand ihm nun der Sinn nach handfesteren Explorationen.

Polly und ich, wir setzten uns draußen auf ein bequemes Sofa. Ich sah sie an, und sie lächelte mir zu. Ich sagte, ich könne nur hoffen, daß ihre Schwester Franks Annäherungsversuch nicht für unverschämt halten würde.

An dem Tag, entgegnete sie, an dem ihre Schwester keine Lust mehr auf ein Schäferstündchen mit einem jungen Mann verspüre, der von so angenehmem Äußeren sei wie mein Freund, also an dem Tag würden die Schweine das Fliegen anfangen. Und dabei drückte sie meinen Arm, als wolle sie sagen, daß auch was sie anginge die lieben Rüsseltiere noch nicht allzu bald mit diesem Wunder rechnen dürften.

Mein Problem war natürlich, daß ich erst vor einer Weile mein Pulver bei meiner Freundin vom Haymarket verschossen hatte, und wie meistens, wenn ich einer neuen Partnerin begegne, hatte ich mich recht verausgabt, weshalb ich nun dermaßen erschöpft war, daß ich kaum mit rascher Erholung rechnete.

Aber ich hatte Pollys Zielstrebigkeit unterschätzt. Sie war entschlossen, sich ihr Vergnügen nicht nehmen zu lassen. Erst einmal schmiegte sie sich an mich und schlang meinen Arm um ihren Hals, so daß meine Linke ihrem wogenden Busen, den das Kleid nur notdürftig verdeckte, hübsch nahe kam. Und binnen weniger Minuten betastete meine Hand tatsächlich und gleichsam wie aus eigenem Entschluß prüfend die ihr nächstgelegene weiche Kugel. Polly ihrerseits legte die Hand auf den Teil meines Körpers, von dem man normalerweise erwarten durfte, daß er der Schönheit Tribut zollte, indem er sich aufrichtete. Allein, diesmal regte sich nichts, und mein Stab blieb schwach wie ein Lämmerschwänzchen, was Polly unmöglich entgehen konnte.

Doch statt das etwa übelzunehmen, lächelte sie bloß, hauchte mir einen Kuß auf die Lippen, und während sie meinen Blick mit halb freundlichen, halb spöttischen Augen gefangenhielt, begann sie in aller Ruhe, sich auszuziehen – erst bückte sie sich, um die Schuhe abzustreifen, dann langte sie unter ihren Rock und rollte die Strümpfe herunter, wobei sie es nicht versäumte, mich sekundenlang einen so betörend weißen Marmorschenkel sehen zu lassen, daß einer schon weitaus kühler hätte sein müssen als ich, um darob nicht einen leisen Schauer zu verspüren. Endlich beugte sie sich vor, ergriff den Saum ihres Kleides und hob es wie den Vorhang vor einer Bühne, um mir die Wonnen zu enthüllen, die darunter verborgen lagen – die ebenmäßige Linie ihrer Waden, darüber die vollen Schenkel (mit einem schwarzen Haarbüschel dazwischen, denn Polly verachtete die abscheuliche neue Mode, wonach Frauen eine Unterhose trugen), die tiefe Rundung ihres Nabels, eine schmale Taille über den üppigen Hüften, und endlich, als sie das Kleid vollends über den Kopf zog, jene beiden herrlichen Paradiesäpfel, die – zumindest schien es mir so – das Bewundernswerteste an ihr waren.

Langsam drehte sie sich sodann vor mir, um mir ihre Figur aufs vorteilhafteste vorzuführen – erst von vorn, dann von hinten, wo die schwellenden Pfirsichbacken ihres prallen Hinterns mich dazu verlockten, sie mit den Händen nachzuzeichnen. Doch als ich mich eben vorbeugte, entwischte sie mir und hielt mich auf Abstand, bis ich mir endlich meiner Männlichkeit wieder voll bewußt wurde und mein Ständer sich in meinem Schoß hochreckte, daß ich Angst bekam, er würde meine Breeches sprengen. Und als Polly mich nun aus meinem Sitz hochzog und mir aus den Kleidern half, da konnte ich mit Stolz einen Bolzen von solcher Kraft vorweisen, wie sie, das darf ich wohl sagen, in ganz Mayfair keinen zweiten gefunden hätte. Polly umarmte mich und sank dann vor mir nieder, bis ihre Brüste sich wie schmiegsame Polster um mein Zepter schoben und es mit dem köstlichsten Gewebe ganz und gar einhüllten – sodann rollte sie ihre Glocken in einer Weise hin und her, die mir ganz ungemeine Lust bereitete. Ungeachtet meiner kaum überstandenen Erschöpfung fühlte ich mich auf einmal zu allem fähig, und ich hob sie mit solcher Kraft empor, daß sie, während meine Arme die ihren stützten und sie die Beine um meine Taille geschlungen hatte, mein strotzendes Gemächt in ihrer Venusspalte empfangen konnte. Bald schon nötigte mich freilich das Bedürfnis nach mehr Bewegungsfreiheit, uns beide auf dem Teppich hinzulagern, wo ich ihrer Schönheit mit dem größten Vergnügen Gerechtigkeit widerfahren ließ. Polly ihrerseits war so begierig auf den Ritt, daß ich durchwegs eine glatte, ja schlüpfrige Bahn vorfand, was unsere Wonnen nur noch steigerte. Erst als wir die Tür gehen hörten und mein lieber Frank und Pollys Schwester sich lächelnd über uns beugten, erreichten wir ein Finale, das ebenso prickelnd wie erschöpfend war.

Nach einer letzten Umarmung kamen wir ein wenig verlegen auf die Füße. Doch dann ließen wir uns von den Freunden dazu ermuntern, ihrem Beispiel zu folgen und unsere nunmehr befriedigten Körper im Bad zu erfrischen, bevor Frank und ich uns empfahlen und an den Hanover Square zurückkehrten. Frank hatte mit der schönen Aspasia vereinbart, daß sie das Haus in der Brook Street begutachten würde, sobald die Handwerker mit ihrer Arbeit fertig waren.

4. KAPITEL
Sophies Bericht

Am Morgen nach meiner Begegnung mit dem Vicomte weckte Polly mich um neun und brachte mir ein Billett, das mit einem Einspänner aus der Charles Street herübergeschickt worden war. «Meine liebe Mrs. Nelham», las ich, «in der Hoffnung, daß Sie wohlauf sind, werde ich mir erlauben, Ihnen um die Mittagszeit meine Aufwartung zu machen. Es wäre mir eine große Freude, Ihnen einige der Sehenswürdigkeiten Londons zeigen und Sie später zum Souper nach Ranelagh einladen zu dürfen. Ihr sehr ergebener Chichley.»

Der Leser wird sich denken können, wie geschwind ich aus dem Bett sprang und welch hektisches Treiben anhob, bis ich endlich meine Toilette gewählt und Polly angewiesen hatte, mein bestes Kleid herauszuputzen. Ich bedauerte es zutiefst, daß ich bisher noch keine Gelegenheit gefunden hatte, meine Garderobe zu ergänzen, aber immerhin führte ich in meinem Gepäck zwei Gewänder von erster Qualität mit, die ich gegen Ende der vorigen Saison in Cambridge gekauft hatte. Von diesen beiden erschien mir eines durchaus elegant genug für den Anlaß: es war aus nilgrüner Gaze mit langen Ärmeln, und ich überredete Polly (die im Umgang mit der Nadel großes Geschick bewies), das Dekolleté tiefer zu setzen (besonders an den Ecken) und außerdem ein dunkelblaues Band in die Passe einzuziehen. Dazu trug ich ein dunkelblaues Samtcape und natürlich mein niedliches Häubchen mit dem Stirnkranz und der großen Schleife über der rechten Schläfe. Ich glaube, ich brachte meine Schönheit, sofern ich denn überhaupt Anspruch darauf erheben darf, voll zur Geltung; und wirklich war, als Chichley Punkt zwölf hereintrat, in seinen Augen eine so beifällige Bewunderung zu lesen, wie ich sie mir glühender nicht hätte wünschen können.

Er geleitete mich unverzüglich zu einer schmucken Kutsche (die er, wie ich später erfuhr, bei seinen Aufenthalten in London regelmäßig für eine Guinee pro Woche zu mieten pflegte) und schlug fürs erste eine Spazierfahrt vor, die wir denn auch gleich antraten: von Piccadilly die St. James's Street hinunter, vorbei am Palace und seinen hübschen Gärten im äußersten Westen der Stadt; weiter nach Whitehall Palace, das sich am Nordufer der Themse von Privy Gardens bis hin zu Scotland Yard erstreckt. Hier, in unmittelbarer Nachbarschaft zum Banqueting House, befinden sich etliche Adelssitze, darunter das Haus des Earl of Fife und das des Herzogs von Buccleugh.

«Ich hoffe», sagte Chichley, «daß ich in nicht allzu ferner Zukunft das Vergnügen haben werde, Sie den Herrschaften zu präsentieren.»

Ich vergaß zu erwähnen, daß der edle Jüngling – denn als solcher erschien er mir nun einmal mit seinem offenen, kindlich-unbefangenen Antlitz von fast jungfräulicher Klarheit – so elegant ausstaffiert war, daß mein Bruder und sein Freund (wären sie zugegen gewesen) sich schwerlich neben ihm behauptet hätten. Zu enganliegenden blaßgelben Beinkleidern, die seine schlanke Taille und das wohlgeformte Gesäß aufs vorteilhafteste betonten, trug er ein Paar schwarze Stiefel aus weichem Leder, die knapp bis unters Knie reichten, von dem eine gelbe Quaste gar zierlich herabhing. In der Taille raffte ein breiter Bund die Pantalons dergestalt, daß man hätte glauben können, Chichley trage einen Petticoat unter der Weste. Ein Rock, ebenfalls gelb, doch von etwas dunklerer Tönung und mit Stehkragen, vervollständigte den Anzug, zu dem er wie schon gestern eine blütenweiße Musselinkrawatte trug, die nicht weniger als fünfmal gefältelt war.

Während wir ostwärts die innere Stadt durchquerten, beobachtete ich mit großem Vergnügen das bunte Treiben in den Straßen. Je näher wir Saint Paul's Cathedral kamen, desto seltener wurden die eleganten Spaziergänger, an deren Stelle nun vermehrt Händler und

Geschäftsleute auftraten. Und es wimmelte von Gassenjungen, fünf- bis zehnjährigen Knirpsen, die mit großen Reifen durch die Menge flitzten, Korken im Rinnstein tanzen ließen und Wettschwimmen damit veranstalteten oder einander über die hölzernen Pfeiler nachsetzten und sich mit Fäusten und Steinen bekämpften – von letzteren traf einer das Fenster unserer Kutsche, was mich erschrocken zusammenfahren ließ und meinem Freund den Vorwand lieferte, nach meiner Hand zu greifen und sie innig zu drücken.

Nach angemessener Frist erreichten wir den Tower von London, jenen gewaltigen, düsteren Bau, bei dessen Anblick den Besucher unwillkürlich ein leises Unbehagen anwandelt. Ich jedenfalls hatte mir an diesem Ort keinerlei Zerstreuung erwartet und war daher angenehm überrascht, als wir eine ganz reizende Menagerie vorfanden, zu der man uns für einen Shilling Zutritt gewährte. Hier konnten wir Löwen, Leoparden, Tiger und Waschbären ganz aus der Nähe bestaunen und außerdem noch ein seltsames, aber sehr friedfertiges Tier, das Ameisenbär genannt wird und angeblich aus Kanada stammt. All diese Kreaturen, die zum Schutz der Besucher nur in vergitterten Käfigen ausgestellt wurden, fand ich hochinteressant und meist auch ausnehmend schön.

Inzwischen war es fast drei Uhr nachmittags geworden und Chichley führte mich ohne Säumen zu *Tom's Coffee House* in Cornhill, wo schon zahlreiche Handelsleute aus Frankreich und anderen Ländern beim Lunch saßen. Unser Mahl wurde sogleich bereitet und in einem hübschen, mahagonigetäfelten Separée im Obergeschoß serviert, das Chichley im voraus bestellt hatte und in dem ein Tisch mit feinstem weißem Linnen und echtem Tafelsilber gedeckt war. Trotz des Vorhangs blieb mir nicht verborgen, daß im Hintergrund des Raums ein Bett stand. Als Chichley sah, daß ich es bemerkt hatte, geriet er ein wenig in Verlegenheit und stammelte, er habe es mir ersparen wollen, in dem Gedränge unten in der Gaststube zu speisen. Ich war ebensowenig im Zweifel über das Dessert, das mein schöner Freund mir offerieren würde, als über meine Bereitschaft, es anzunehmen, waren doch meine Gedanken in der vergangenen Nacht fast ausschließlich um die Begegnung von gestern nachmittag gekreist. Aber ebenso stark wie meine Sinnenlust war gegenwärtig auch mein Appetit auf die Köstlichkeiten, die uns aufgetragen wurden und die Chichley mit eben der Sorgfalt ausgewählt hatte, welche er jedem Aspekt des gesellschaftlichen Lebens zu widmen schien. Es gab gedünsteten Fisch in Austernsauce, gefolgt von

Brathuhn mit Spinat und Kartoffeln, einem Ragoût à la Française, Makkaroni, Gebäck und schließlich Walnüsse, Rosinen und Mandeln. Dazu wurde Champagner gereicht, von dem wir einen ganzen Liter tranken.

Während des Essens erzählte Chichley mir einiges von sich: Sein Vater war vor einem Jahr gestorben, und er selbst hatte daraufhin sowohl den Titel geerbt als auch den Familiensitz in Buckinghamshire, ein schönes Anwesen mit ausgedehnten Ländereien unweit von Aylesbury. Außerdem war, wie es schien, auch ein stattliches Vermögen vorhanden. Er habe, so gestand Chichley, eigentlich nichts weiter zu tun, als seine Verwalter zu beaufsichtigen. Da er ein aufgeweckter junger Mann war, befriedigte ihn das natürlich nicht, und er beabsichtigte, die politische Laufbahn einzuschlagen. «Denn», so sagte er, «es bedarf noch großer Anstrengungen, ehe mit den Mißständen in unserem Land aufgeräumt und die Freiheit der Bürger gesichert ist.» Die Londoner Gesellschaft hätte keiner mir anschaulicher beschreiben können als er, denn seine Jugend verlieh ihm den Mut, sie vorurteilsfrei zu analysieren, und seine angeborene Intelligenz half ihm, ihr Wesen zu ergründen und ihre Eigenarten aufzuspüren.

Als wir Hunger und Durst gestillt hatten, trat eine Gesprächspause ein, der ich jedoch ein Ende machte, ehe das Schweigen peinlich wurde. Inzwischen war mir nämlich klargeworden, daß ich das entscheidende Wort würde sprechen müssen. Also erhob ich mich und tat, um meinem Freund aus der Verlegenheit zu helfen, wie wenn ich eben jetzt erst das Bett im Hintergrund entdeckt hätte.

«Euer Lordschaft...» stammelte ich.

«Mrs. Nelham... Sophie», rief er, «willst du mich nicht Robert nennen?»

«Mit dem allergrößten Vergnügen, Robert», erwiderte ich und fuhr dann fort: «Ob du wohl Nachsicht mit mir haben wirst, wenn ich um eine kleine Verschnaufpause bitte? Die Anstrengungen unseres Ausflugs haben sich zwar bisher aufs schönste gelohnt, aber um auch recht genießen zu können, was noch vor uns liegt, möchte ich gern ein wenig ruhen.»

Er machte eine leichte Verbeugung, schien aber unschlüssig, wie er sich nun weiter zu verhalten habe – was ich ganz bezaubernd fand, denn nach einem Ritt wie dem unserigen vom Nachmittag zuvor hätte jeder erfahrene Mann sich inzwischen längst ohne alle Förmlichkeiten über mich hergemacht.

«Ich bitte Sie, sich nicht zu entfernen», sagte ich.

Mein Häubchen und das Cape lagen bereits auf einem Stuhl, und es dauerte nur Sekunden, bis ich das einzig verbleibende Kleidungsstück über den Kopf gestreift und mich auf das weiche Lager gestreckt hatte. Vielleicht hatte Robert mich in seinem Übereifer am Vortag nicht genau genug betrachtet, jedenfalls trat er jetzt, ohne Anstalten zu machen, sich seinerseits zu entblößen, neben das Bett und sah mich einfach nur an, wobei ich in seinen Augen die zärtlichsten Empfindungen lesen konnte. Endlich flackerte auch eine Frage in seinem Blick auf, die ich mit herzlich beifälligem Zwinkern bejahte, und nun erst entledigte auch er sich seiner Kleider, die er, wie ich amüsiert feststellte, Stück um Stück sorgfältig zusammengefaltet über einen Stuhl hängte. Schon wollte er sich zu mir legen, als er sich besann und die Tür abschließen ging, was mir zum erstenmal Gelegenheit gab, seinen Körper zur Gänze in Augenschein zu nehmen. Er hatte zweifelsohne die Figur eines Jünglings, besaß dabei aber alles, was wahre Männlichkeit auszeichnet: Schlank war er und feingliedrig, doch die muskulösen Schenkel und der stramme Hintern wiesen ihn als geschulten Reiter aus. Über der schmalen, ja knabenhaften Taille wölbten sich die breiten Schultern eines Mannes, der sich von klein auf mit Leibesübungen ertüchtigt hat – wie ich später erfuhr, hatte er sich während seines Studiums in Cambridge im Rudern hervorgetan. Der Gedanke, daß ich ihm während meines recht unglücklichen Aufenthalts vor nur anderthalb Jahren in eben dieser Stadt ahnungslos hätte begegnet sein können, faszinierte mich.

Als er sich jetzt umdrehte und meinen prüfenden Blick gewahrte, hielt er wie schützend die Hand über sein Geschlecht. Sobald er aber zum Bett zurückgekehrt war und sich neben mich gelegt hatte, richtete ich mich auf, um seine fast unbehaarte Brust (nur ein zarter Flaum kränzte die Warzen) zu bewundern und vor allem den krausen blonden Schopf zu inspizieren, aus dem sich ein neugieriger Hobel emporreckte und inzwischen nur allzu begierig schien, die Bekanntschaft mit meinem Körper zu erneuern. Ich schmiegte meine Wange an dieses kitzlige Lustwäldchen, um jene empfindsamste Stelle des männlichen Körpers zwischen Hoden und After zu liebkosen, und dabei war mir, als rage ein mächtiger Turm über mir auf, dessen ansehnliche Spitze erst rot, dann lila anschwoll.

Unterdessen hatte Robert sich umgedreht, so daß er nun seinerseits meine intimen Zonen ergründen konnte – für ihn, wie er mir später gestand, das erste Mal, daß er die Anatomie einer Frau in Augenschein nahm, denn abgesehen von unserem einmaligen Zusammentreffen am Vortag hatte er bislang nur mit gewöhnlichen Prostituierten verkehrt, deren Körper nicht so reizvoll waren, als daß sie ihn zu mehr als einem Penny-Fick (um es einmal vulgär auszudrücken) animiert hätten. Seine behutsam forschenden Finger machten alsbald seiner Zunge Platz, die erst ganz zart und dann immer feuriger über meine Schamlippen schnellte, bis ein heftiges Beben all meine Glieder durchzuckte – woraufhin er sogleich den Kopf hob und fragte, ob er mir etwa weh getan habe! Ich antwortete nur mit einem überaus zufriedenen Seufzer, und er nahm seine Liebesdienste wieder auf.

Robert besaß eine ungeheuer rasche Auffassungsgabe und hatte schon bei unserem ersten Ritt gelernt, daß eine gemächliche Gangart der beste Garant für ein gelungenes Finale ist. Also zog er jetzt von Zeit zu Zeit meinen Kopf sachte zwischen seinen Schenkeln hervor, um zu verhindern, daß womöglich ein verfrühter Höhepunkt unserer Lust ein vorschnelles Ende setzte. Doch sobald die ersten heißen Wellen über meinen Körper hinspülten und ich mich dem Gipfel der Ekstase näherte, beachtete ich seine Signale nicht mehr, sondern saugte mich mit den Lippen an seinem Glied fest, und als die Woge sich in mir brach, da spürte ich gleichzeitig das salzige Zeugnis seiner Lust in der Kehle.

Im nächsten Moment enthüllte seine bange Frage, daß er befürchtete, ich könne Anstoß an dieser Art Liebesspende nehmen. Aber ich drückte einen Kuß auf seine Lippen und versicherte ihm, daß in einer wahrhaft innigen Vereinigung Gedanken an Unanständigkeit oder Anstößigkeit außer Kraft gesetzt seien – worauf sein Körper sich spürbar entspannte. Es dauerte nicht lange und wir waren eins in des anderen Armen eingeschlafen.

Heftiges Rütteln an der Tür und die Stimme eines Dienstmanns weckten uns einige Stunden später. Robert antwortete mit einem Gebrüll, wie ich es ihm so derb gar nicht zugetraut hätte. In bildkräftiger Sprache gebot er dem Störenfried, uns in Ruhe zu lassen und sich zu entfernen. (Sein Gezeter hatte etwa folgenden Wortlaut: «Pack dich, du Hurensohn, oder ich schneid dir die Eier ab und stopf dir damit das Maul!»)

Sowie der lästige Mensch verscheucht war, küßte er mich als erstes und erkundigte sich, ob ich mich ausgeruht fühle. Als ich das bejahte, fragte er weiter, was ich, bevor wir unsere Erkundungsfahrt fortsetzten, von einer zweiten Lustpartie hielte. Statt einer Antwort rollte ich mich auf den Rücken und zog ihn auf mich, wo er bald eine konventionellere Heimstatt für sein Zepter fand als zuvor und mit langsamen, anmutigen Bewegungen daranging, mich einem neuerlichen Höhepunkt entgegenzuführen. Er war so schön anzuschauen und in seiner liebevollen Huldigung so aufrichtig und ehrlich, daß ich seine Leidenschaft in vollem Maße erwiderte und zärtlich seinen Rücken bis hinunter zu den wohlgerundeten Pobacken streichelte, so lange, bis seine Stöße allmählich immer ungestümer und dringlicher wurden. Ich konnte mich eines Lächelns nicht erwehren, als er, einen Lustschrei ausstoßend, erschöpft zur Seite sank – freilich nicht ohne die besorgte Frage, ob mir etwa nicht das gleiche Maß an Befriedigung zuteil geworden sei wie ihm. Da konnte ich ihn nun gleich eine weitere Lektion lehren: daß nämlich im Gegensatz zum Mann mit seinem Zwang zur sprühenden Lust uns Frauen oft schon eine schlichte Liebkosung zufriedenstellt.

«Demnach ist also bei euch die natürliche Reizschwelle tiefer angesiedelt?» fragte er.

Ich verneinte und hielt dagegen, daß es einer Frau mitunter sogar möglich sei, drei- oder viermal in ebenso vielen Minuten den Gipfel der Lust zu erreichen, etwas, worum die Männer uns doch wohl nur beneiden könnten, denen nach dem ersten Blitz eine gehörige Wartezeit abgenötigt wird, ehe es ein zweites Mal funkt. Im übrigen fänden wir Frauen unsere Befriedigung vielleicht auf vielfältigere und subtilere Art als die Männer.

Ich sah wohl, daß ihm dies Rätsel trotz meiner Erklärungsversuchen dunkel blieb, aber ich besann mich, daß er ja fast noch ein Kind war, und beschloß, dies ernste Thema vorerst nicht weiter zu vertiefen. Statt dessen schob ich die Hände unter seine Hüften und stemmte ihn über mir in die Höhe – was er mit überraschtem Gelächter quittierte, denn soviel Kraft hattte er mir nicht zugetraut. Dann kniete er neben mir nieder und küßte erst meinen Mund, dann meine Brüste und schließlich die Stelle, die ihm eben erst so viel Lust gespendet hatte. Als wir uns endlich ankleideten, zeigte ein Blick auf seine Uhr, daß es bereits auf halb sieben ging.

Während seine Kutsche uns in den Westen Londons trug, beschrieb Chichley mir die beiden größten Vergnügungsparks der Stadt – Vauxhall und Ranelagh. Vauxhall liege bei Lambeth, im Süden von London, und sei vor zehn Jahren nur ein einfacher Teegarten mit ein bißchen Musik gewesen, den jedermann für ein angemessenes Eintrittsgeld von einem Shilling besuchen konnte. Als jedoch in der Nachbarschaft ähnliche Gartenrestaurants eröffnet hatten, habe der Besitzer von Vauxhall seinen Ehrgeiz dareingesetzt, sein Etablissement zum schönsten von allen zu machen, mit dem Resultat, daß es dort heutzutage zwei Shilling Eintritt kostete – und an Abenden, wenn das weitverzweigte Netz der Wandelgänge, zwischen denen bunte Lampions und transparente Malereien aufs geschmackvollste verteilt seien, besonders festlich illuminiert werde, müsse man sogar noch mehr bezahlen.

Allabendlich spielte ein Orchester unter dem Dirigenten Mr. Brookes auf, und Robert nannte mir auch etliche Sänger, die in Vauxhall auftraten – Mrs. Bland, Mrs. Franklin, Miss Tyrell, Miss Daniels, Mr. Dignum, Mr. Gibbon und so weiter.

«Heute abend wird es dort allerdings ziemlich ruhig sein», sagte Robert, «und deshalb habe ich Ranelagh vorgeschlagen, aber ich werde dich auch nach Vauxhall führen, wenn es dort einmal ganz besonders interessant ist. Erst kürzlich hat der Besitzer ein überaus raffiniertes Feuerwerk eingeführt, um seinen Garten noch reizvoller zu machen. Dabei hat Vauxhall ohnedies an guten Abenden bis zu fünfzehntausend Menschen angelockt, lauter gutbetuchte Leute mit tadellosen Manieren, versteht sich.»

Die Zeit verging mir wie im Flug über diesen und anderen Schilderungen der Sehenswürdigkeiten Londons, wie beispielsweise das Britische Museum, wo es seit neuestem herrliche Marmorskulpturen zu bewundern gab, die Lord Elgin aus Athen geholt hatte (übrigens derselbe Lord Elgin, dessen Frau eine so turbulente Affäre mit Mr. Ferguson, einem Mitglied des Unterhauses, hatte, daß die Ehe des Paars darüber in die Brüche ging). Unterdessen hatten wir die zwei Meilen bis zum Dorf Chelsea zurückgelegt, an dem einstweilen nur die Ranelagh-Gärten nebst der herrlichen Rotunde bemerkenswert waren. Wir kamen gerade zur rechten Zeit, denn es wurde eben geöffnet, und nachdem Robert eine halbe Guinee für unsere Eintrittskarten bezahlt hatte, lustwandelten wir durch die Anlagen bis zu besagter Rotunde, wo dem eleganten Publikum eine schöne Promenade zur Verfügung stand und außerdem ein treffliches Orchester aufspielte. Man wies uns in eine kleine Loge, wo alsbald das Souper aufgetragen ward, und obgleich mir schien, als hätten wir eben erst gegessen, genossen wir doch ein oder zwei Glas Wein und knabberten an einem Kotelett, während wir dem Konzert lauschten, in dessen Verlauf die liebreizendsten Melodien zur Aufführung gelangten. Anschließend gab man eine hübsche Maskerade zum besten sowie eine possierliche Pantomime, in der ein adrettes jungen Pärchen (sittsam gekleidet) sehr zierlich, doch nicht minder feurig den Liebesakt darstellte – akkompagniert von Mrs. Mackenzie, die eine Ballade von Borns zum Vortrag brachte:

> Sagt an, Madam, ich bitt Euch sehr,
> Madam, ich zahl's Euch teuer:
> Was mißt ein Dolch, der gut geführt
> Schürt einer Frau das Feuer?
> Die Alte sich die Fotze kratzt,
> Ihre Fotze scharf und toll –
> «Nach dem, was man so spricht und schwatzt,
> Hat's Ideal neun Zoll.»

Mein Freund wurde im Verlauf des Abends immer zärtlicher, zugleich aber auch spürbar in sich gekehrt, bis er schließlich nach einigem Stocken die Frage wagte, ob er mich nicht in einem Häuschen, das ihm in Chiswick gehöre, etablieren und mit einer Apanage von 1 000 Pfund pro Jahr zu seiner Gefährtin machen dürfe?

«Ich muß mich verheiraten», gestand er freimütig, «man erwartet es von mir, aber die junge Dame, die meine Familie schon vor langer Zeit für mich auserwählt hat, kann mein Herz nicht entflammen, und um dir die Wahrheit zu sagen, ich könnte den Ehestand nur ertragen, wenn es mir vergönnt wäre, gleichzeitig eine Freundin wie dich an meiner Seite zu wissen, die mich zu trösten versteht.»

Manch eine Frau hätte sich zweifellos empört über die versteckte Andeutung, daß ich zwar gut genug sei für das Bett Seiner Lordschaft, nicht aber für seine Tafel. Allein, auch wenn die Gesellschaft derlei heuchlerische Entrüstung fordern mag, so nützt es doch nichts, die Augen davor zu verschließen, daß ein Mann in Chichleys Lage immer wieder versuchen wird, das Problem auf althergebrachte Weise zu lösen.

«Mein lieber Robert», gab ich ihm zur Antwort, «ich werde mich stets geehrt fühlen, dich als meinen Freund betrachten zu dürfen, und ich hoffe, daß uns noch viele solch schöner Rendezvous wie heute vergönnt sind, aber ich bin nun einmal nicht die Frau, die sich mit einem Leben in Müßiggang zufriedengibt. Nein, ich beabsichtige, mir eine sinnvolle Beschäftigung zu suchen, auch wenn ich bis jetzt noch nicht entschieden habe, in welchem Metier ich mich nützlich machen werde. Bitte verzeih mir, daß ich dein hochherziges Angebot ausschlage, und sei versichert: Wenn überhaupt ein Mann mich zu einem solchen Schritt überreden könnte, dann du.» Diese Worte besiegelte ich mit dem zärtlichsten Kuß.

Roberts Enttäuschung war unverkennbar, aber er war doch zu sehr Gentleman, um weiter in mich zu dringen. Statt dessen goß er mir noch ein Glas Wein ein, worauf wir uns anschickten, die kommenden Darbietungen zu genießen. Nach Schluß der Vorstellung brachte er mich in die Frith Street zurück, wo wir zärtlich Abschied nahmen. Zu meiner Verwunderung stellte ich fest, daß Polly noch nicht zu Hause war. Aber ich dachte mir nichts weiter dabei, ging bald zu Bett und schlief auch rasch ein.

Am nächsten Morgen hörte ich Pollys ergötzlichen Bericht über Franks und Andys Abenteuer vom Abend zuvor. Die Enthüllungen des Mädchens über seine Schwester schockierten mich nicht etwa, sondern weckten vielmehr den dringlichen Wunsch, selbst Aspasias Bekanntschaft zu machen.

Wie ich Chichley schon hatte wissen lassen, war es meine feste Absicht, mir irgendeine Beschäftigung zu suchen, denn fortgesetzter Müßiggang erschien mir nun einmal als Sünde. Allerdings wollte ich mir vorab etwa eine Woche Frist gönnen, um die Stadt so gründlich wie möglich kennenzulernen. Zu der Zeit, von der hier die Rede ist, war das noch weit weniger schwierig als heute, denn London maß damals nur ungefähr zwei Meilen die Breite, und wenn es sich auch schon auf eine Länge von vielleicht sieben Meilen erstreckte, so wurden die östlichen Ausläufer vom Hafenviertel in Anspruch genommen, während ansonsten Finanz- und Geschäftsbetriebe viel Raum einnahmen – lauter Bereiche, die mich wenig interessierten.

Da ich gegenwärtig kein anderes Ziel hatte, unternahm ich einen Spaziergang zum Britischen Museum, wo, wie ich erfuhr, eine der Einlaßstunden zwölf Uhr mittags war. Mich interessierten hier die Skulpturen, von denen Chichley gesprochen hatte und die überall als außergewöhnliche Kostbarkeiten gerühmt wurden.

Ich fand jenen stattlichen Nationalhort antiker Schätze, Bücher und Kuriosa der Natur in einem herrschaftlichen Anwesen, das vormals dem Herzog von Montague gehört hatte – in der Great Russell Street in Bloomsbury, zu Fuß nur zehn Minuten von der Frith Street entfernt. Bedingt durch die Lage der Ausstellungsräume mußte ich viele Säle durchqueren, bevor ich bei den Marmorskulpturen anlangte, aber auch die Stücke in den Vorzimmern fesselten mich so, daß ich dieses Warten keineswegs als Strafe empfand. Zwei Räume enthielten beispielsweise ägyptische Kunstschätze, welche die Franzosen während des letzten Kriegs in Alexandria erbeutet hatten. Es folgten weitere ägyptische Ornamente, einschließlich zweier großer schwarzer Marmorbildwerke aus dem Grabmal der Cleopatra, jener strahlendsten aller Königinnen, sowie viele Exponate aus Griechenland und dem antiken Rom, von denen das eine oder andere umständlich so placiert war, daß etwa der erigierte Ständer eines Fauns oder jener Athlet auf einem Bronzegefäß, der eine Vase auf der Spitze seines Zepters balancierte, nicht des Betrachters Gefühl für Sitte und Anstand beleidigen konnten.

Endlich gelangte ich in den Saal, der die marmornen Relikte beherbergt, die Lord Elgin aus Griechenland herübergebracht hat. Es handelt sich dabei offenbar um Fragmente des Parthenon-Frieses, einer Schöpfung des großen Bildhauers Phidias, und anderer Baudenkmäler auf der Akropolis, samt und sonders Wunderwerke der Bildhauerkunst. In der Tat konnte ich der Verlockung nicht widerstehen, trotz der Gegenwart einiger anderer Besucherinnen mit der Hand über die Glieder der ausgestellten Krieger zu streichen, denn diese Figuren sind so lebensecht, daß man die Künstler, welche sie schufen, gar nicht hoch genug preisen kann; ja, es versetzt einem einen regelrechten Schock, bei der Berührung kalten Marmor statt warmen Fleisches unter den Fingern zu spüren.

In einem angrenzenden Raum wurden Erfrischungen dargeboten, und während ich eine Weile in mich gekehrt dasaß, um den Eindruck der Plastiken auf meinen Geist wirken zu lassen, erheiterte mich das Gespräch zweier Damen am Nebentisch, die über jene Skulpturen redeten, als ob sie lebendig wären, und sich ausmalten, wie sie sich ihrer annehmen würden. Dieser Jüngling wäre der rechte Zeitvertreib für einen Nachmittag, jener für eine Saison, während man den dort drüben sogar mit Freuden heiraten würde – nur daß er als Ehemann leider alsbald seinen Reiz verlöre.

«Ist es nicht seltsam, Maria», sann die jüngere der beiden laut, «wie unsere Männer, kaum daß wir verheiratet sind, all ihre Vitalität und den Drang, uns zu erobern und zu lieben, einbüßen – und damit auch all ihre Faszination?»

«Meine Liebe», gab die andere zurück, «das ist nun einmal ein Naturgesetz. Unfair dabei ist bloß –» hier senkte sie die Stimme – «daß die Männer sich weiter mit ihren Huren und ausgehaltenen

Frauenzimmern amüsieren können, während wir in den Mond gucken oder, falls wir uns einen Liebhaber nehmen, Schmach und Schande riskieren. Warum nur gibt es keine geeigneten Etablissements, wo auch wir diskret unser Vergnügen finden können? Das wäre wahrhaft eine beispiellose Annehmlichkeit!»

Die Freundin stimmte ihr zu, und nach kurzem bedauerndem Schweigen wandte das Gespräch der beiden sich abermals den diversen Vorzügen der in Stein verewigten Krieger zu, die sie eben gleich mir bewundert hatten.

Auf dem Heimweg kreisten meine Gedanken unablässig um diese erstaunliche Unterhaltung, die ich zufällig mitangehört hatte.

Es hatte durchaus seine Richtigkeit, daß einer Dame, deren Mann keinen Gefallen mehr an ihr fand, sofern sie nicht Moral und Gesellschaft mißachtete, nichts anderes übrigblieb, als den Freuden der Sinne rigoros zu entsagen. Gewiß, es gab notorische Frauen, die so reich waren, daß sie sich einen Liebhaber leisten konnten und trotzdem ihren Platz in der Gesellschaft behielten – manchmal sogar mit stillschweigender Duldung des Ehemannes –, aber den meisten blieb solcher Trost versagt.

Zu Hause angekommen, lud ich Polly ein, mit mir Schokolade zu trinken, und erkundigte mich nach einigen belanglosen Plaudereien, ob man noch nie versucht habe, ein Bordell für Damen einzurichten.

Sie habe noch nie von einem gehört, das erfolgreich gewesen sei, antwortete sie, wurde dann aber nachdenklich, ging einen Moment hinaus und kam mit einer Seite aus einem alten Journal zurück. «Das habe ich vor drei Jahren aus einem Blatt mit dem Titel *Kabinett der Sinne* aufgehoben, weil ich dachte, es könnte vielleicht noch einmal von Nutzen sein», sagte sie und reichte mir das vergilbte Papier. «Die Mrs. Wilson, die dieses Inserat aufgegeben hat, stand – das weiß ich von meiner Schwester – als Madam einem gutgehenden Bordell für Herren in der Jermyn Street vor.»

Die Annonce war nur kurz und enthielt einen Aufruf zur «Beförderung des Ehebruchs auf seiten verheirateter Frauen und der Unzucht seitens alleinstehender Damen und Witwen». Angekündigt wurde lediglich der Plan, ein Haus einzurichten, in dem gut gewachsene Männer voll Kraft und Ausdauer sich jenen Damen widmen würden, die dafür ein paar Guineen zu opfern bereit waren.

«Ich habe nie gehört, daß Mrs. Wilson ihr Projekt verwirklicht hätte», sagte Polly, «ja, ich glaube sogar ziemlich sicher, daß nichts daraus geworden ist. Aber Aspasia weiß vielleicht genauer Bescheid.»

Da ich ohnehin schon gespannt darauf war, diese vielgerühmte Schwester meiner Polly kennenzulernen, erkundigte ich mich bei letzterer, ob sie uns nicht miteinander bekanntmachen wolle. Polly war durchaus nicht abgeneigt und führte mich noch am selben Abend gegen sieben Uhr in die Curzon Street, wo die Dame und ihr Domizil für mich ebenso faszinierend waren wie vordem für Frank (Polly hatte mir nämlich berichtet, wie rasch mein Bruder den Reizen ihrer Schwester erlegen war).

Polly entschuldigte sich bald und ließ mich mit Aspasia allein, die mir anfangs nicht ganz soviel Herzlichkeit bezeigte wie meinem Bruder und seinem Freund – was indes wohl schlicht und einfach daran lag, daß sie das männliche Geschlecht dem weiblichen vorzog. Aber sie war durchaus entgegenkommend, und als ich das Thema, das mich hergeführt hatte, anschnitt, da bestätigte sie, daß ihre Bekannte, Mrs. Wilson, an dem Experiment zwar seinerzeit großes Interesse gezeigt, es aber nie erreicht hatte, den Damen der Stadt ein Domizil mit ähnlichen Annehmlichkeiten bieten zu können, wie umgekehrt die Männer sie gleich an verschiedenen Orten genießen durften.

Aspasia begriff rasch, was mir vorschwebte, und gestand, daß sie selbst schon mit ähnlichen Gedanken gespielt habe.

«Aber so ein Institut würde eine Mengel Kapital erfordern», gab sie zu bedenken. «Denn während die meisten Männer in diesem Bereich über ein bißchen Schmutz hinwegsehen – ja eigentlich das Liederliche sogar ganz angenehm empfinden –, erwarten Damen stets Sauberkeit und Komfort, Würde und Eleganz, und ein Haus diesen Stils würde einen Aufwand von mehreren tausend Pfund erfordern. Aus diesem Grund hat Mrs. Wilson das Projekt schließlich auch aufgegeben.»

«Ich glaube, sagen zu dürfen...» begann ich, wurde indes vom Läuten der Türglocke unterbrochen, und kurz darauf meldete das Mädchen zwei Herren, die ihr auf dem Fuße folgten – Mr. Winslow, ein rundlicher, jovialer Mann von etwa 50 Jahren, und sein gleichaltriger Freund Mr. Mulville, der freilich fast mager zu nennen war und eine bekümmerte Miene zur Schau trug.

Aspasia erhob sich, um die Herren zu begrüßen.

«Sie verzeihen wohl, daß ich George mitgebracht habe», sagte Mr. Winslow, «und wie ich sehe, paßt es in der Tat recht gut, denn

Ihre charmante Freundin –» damit verneigte er sich zu mir hin – «wird sich seiner ohne Zweifel mit Freuden annehmen.»

Aspasia verbeugte sich leicht, legte aber, da sie sah, daß ich etwas einwenden wollte, hinter dem Rücken der Herren den Finger an die Lippen und bat die beiden, uns für einen Augenblick zu entschuldigen.

In ihrem Ankleidezimmer gestand sie mir, daß ihr sehr viel daran gelegen sei, Mr. Winslows Wünschen zu willfahren, denn er sei ein außerordentlich großzügiger Kunde, der überdies regelmäßig bezahle.

«Polly hat mir einiges über Sie und Ihr Leben erzählt», fuhr sie fort, «und Sie verzeihen mir gewiß, wenn ich die Behauptung wage, daß Sie Ihre Liebesdienste zwar natürlich nie für Geld anbieten würden, aber andererseits doch wohl nicht abgeneigt sind...»

Ich war schon im Begriff, das Ansinnen als unverschämt zurückzuweisen (besonders, da Mr. Mulvilles Äußeres mir nachgerade zuwider war), doch dann besann ich mich, wie nützlich Aspasia mir sein würde, falls ich meinen Plan weiterverfolgen sollte, und hielt es daher für das Beste mitzuspielen.

«Ausgezeichnet, meine Liebe!» rief Aspasia. «Ich überlasse Ihnen mein Bett. Tom werde ich im Nebenzimmer unterbringen.» Mit diesen Worten führte sie mich in ihr Schlafzimmer und ließ mich allein. Ich begann ohne weitere Umstände, mich auszuziehen, so daß Mr. Mulville mich bei seinem Eintreten im Bett sitzend vorfand, den Busen von einem Laken geschützt – das allerdings meine Reize nicht gänzlich verhüllte.

Er trat sogleich ans Bett und zerrte mir stumm das Laken fort. Dann packte er mich an beiden Armen, zog mich auf die Füße und in seine rauhe Umarmung. Die metallenen Knöpfe an seiner Jacke bohrten sich mir schmerzhaft ins Fleisch, während seine Zähne (umgeben von struppigem Bart und Schnurrbart, wie sie waren, kamen sie mir vor wie fremdartige Folterinstrumente) mir die Lippen wundbissen.

Er machte sich nicht einmal die Mühe, sich auszuziehen, sondern knöpfte lediglich seine Breeches auf und förderte ein langes, dünnes Instrument zutage – anscheinend war es ebenso fleischlos wie vermutlich sein Körper, hätte man ihn zu sehen bekommen. Alsdann warf er mich aufs Bett und drang ohne alle Umstände in mich ein. Ich war darüber sehr erbost, wollte aber um Aspasias willen auch nicht so mit dem unverschämten Kerl verfahren, wie ich es andernfalls getan hätte, nämlich derart, daß er in kürzester Zeit außerstande gewesen wäre, sein momentanes Geschäft fortzusetzen. Doch so, wie die Dinge nun einmal standen, beschloß ich, mich eingedenk der Hilfe, die ich mir von meiner neuen Freundin erwartete, brav zurückzulegen und Mr. Mulville gewähren zu lassen.

Mein Problem bestand darin, daß der Mann es offenbar darauf abgesehen hatte, seine Vorstellung stundenlang auszudehnen. Dabei ging er höchst merkwürdig zu Werke – ganz im Gegensatz zu den wiegenden Bewegungen eines wahrhaften Frauenliebhabers kamen seine Stöße kurz, ruckweise und abgehackt, ja fast wie ein Zupfen und Vibrieren, das mich nach ein paar Minuten gleichwohl zu erregen begann, auch wenn mir seine Person noch so zuwider war und seine kratzigen Kleider mich noch so sehr störten. Kurz gesagt, ich befand mich bald in einem Zustand hitzigster Aufwallung, der sich steigerte und steigerte, bis ich schließlich ebenso flammend wie unerwartet den Gipfel der Lust erreichte. Mr. Mulville ignorierte indes meinen unwillkürlichen Aufschrei und rackerte verbissen weiter fort, bis mein Körper ein zweites und drittes Mal mit den Wonneschaudern der Klimax reagierte. Nach, wie mir schien, einer guten halben Stunde, sah ich über seine Schulter hinweg, wie die Tür aufging und Aspasias neugieriges Gesicht hereinspähte. Ich schnitt ihr eine hilflose, ja flehentliche Grimasse, aber sie verschwand wieder, und ich mußte noch geraume Zeit still liegen, körperlich und seelisch gleichermaßen ausgelaugt, bis der Mann, dem anscheinend keine Befriedigung zuteil geworden war, sich endlich abrupt von mir losmachte, ohne ein Wort des Dankes oder der Erklärung sein noch immer hartes Glied in die Hose zurückstopfte und grußlos aus dem Zimmer marschierte. Bis ich mich wieder halbwegs erholt hatte, waren beide Männer längst fort.

Aspasia, die mir einigermaßen beschämt entgegentrat, erfrischte meine Lebensgeister erst einmal mit einer Tasse Kaffee. «Meine Liebe», sagte sie, «was da geschehen ist, tut mir aufrichtig leid. Ich fürchte, die Herren sind beide keine empfehlenswerten Liebhaber, und Mr. Winslow übernahm ich aus dem Grund selbst, weil er bisweilen eine Vorliebe für die Peitsche an den Tag legt, eine Praxis, die viele Frauen verabscheuen. Ich ahnte schon, daß sein Freund Ihnen wenig Galanterie bezeigen würde, aber zumindest...» Sie hob vielsagend die Brauen.

«Ich muß zugeben», räumte ich ein, «daß sich eine Art von Befriedigung einstellte. Aber es muß doch gewiß unangenehm sein, wenn man in einem Gewerbe wie dem Ihren immer wieder solchen Zudringlichkeiten ausgesetzt ist?»

«Da haben Sie allerdings recht», versetzte meine neue Freundin, «aber wie immer im Leben stellt sich auch hier die Frage nach dem Verhältnis von Einsatz und Profit, und ein angenehmes Leben hat schließlich allerhand für sich. Außerdem darf ich wohl sagen, daß Geschäft und Vergnügen sich von Zeit zu Zeit durchaus vereinbaren lassen...»

Ich dachte unwillkürlich an Chichley und konnte ihr folglich nur zustimmen.

Doch zurück zum Grund meines Kommens. «Sie halten es also für möglich», fragte ich, «daß ein Haus, so wie es mir vorschwebt, florieren könnte?»

«Gewiß», erwiderte Aspasia, «sofern man einige Vorsicht walten läßt. Zum Beispiel sollte ein solches Etablissement außerhalb der Stadt liegen – aber wiederum nicht so weit entfernt, daß man es nicht binnen, nun, sagen wir einer Stunde erreichen könnte. Das Haus Ihres Bruders beispielsweise wird für die Herrenwelt ideal sein, denn man erwartet von einem Gentleman, daß er in solchen Häusern verkehrt, weshalb auch kein Mann sich genieren würde, wenn man ihn dort hineingehen sähe. Die Damen allerdings verlangen einen diskreteren Ort: Hammersmith etwa oder Chiswick böten sich da an. Das Gebäude sollte groß genug sein für fünf bis sechs Räume mit jeweils eigenem Ankleidezimmer, und auch bei der Ausstattung müßte man auf Komfort und Eleganz achten. Außerdem bedarf es zusätzlicher Einrichtungen, die in einem Freudentempel für Herren nicht nötig sind. Was die Rekrutierung Ihres Stalls angeht, so dürften Sie nach meinem Dafürhalten damit keine Schwierigkeiten haben – es gibt viele junge Männer, deren Appetit auf Frauen sich nicht auf eine einzige Gespielin beschränken läßt. Die Männer müssen allerdings aufs sorgfältigste ausgewählt und geprüft werden, denn es werden naturgemäß keine Gentlemen darunter sein. Die Damen werden einander informieren – ja, Sie können sich getrost darauf verlassen, daß die Klientel Ihr Etablissement ganz von selbst bekanntmachen wird –, und mithin dürfte trotz aller Diskretion keiner Ihrer Hengste lange unbekannt bleiben. Die sogenannte feine Gesellschaft wird Ihren Jünglingen den Zutritt verwehren, was indes den Vorteil hat, daß Sie den besten von ihnen zur Legende machen können, ja er sollte nachgerade zum Helden und Zugpferd auf eigene Rechnung avancieren.

Diese jungen Männer müssen im übrigen geschickt und diskret zur Schau gestellt werden. Ich betone noch einmal den gravierenden Unterschied – kein Mann würde sich scheuen, einen Saal voller Huren zu betreten und sich diejenige herauszusuchen, mit der er am liebsten das Bett teilen möchte, aber wir Frauen haben in der Regel mehr Schamgefühl, weshalb ein Raum vonnöten wäre, wo die Damen sich die Jünglinge hinter einem Wandschirm oder einer ähnlichen Vorrichtung verborgen ansehen könnten.

All dies dürfte, wie ich bereits mehrfach angedeutet habe, kostspielig werden, aber falls Sie die Mittel besitzen (ich möchte diesbezüglich nicht indiskret sein und in Sie dringen), dann würde sich die Investition nach meinem Dafürhalten mehr als lohnen – obgleich wir stets berücksichtigen sollten, daß Investitionen ebensogut zum Ruin führen können wie zum Reichtum.»

Ich stimmte ihr in allen Punkten zu, ja fand meine Meinung durch ihre Ausführungen weitgehend bestätigt. Abschließend bedankte ich mich für ihren Rat und äußerte die Hoffnung, daß wir uns, wenn sie erst mit meinem Bruder zusammenarbeitete, öfter sehen würden, so daß ich auch fürderhin von ihren kritischen Ausführungen würde profitieren können – hier setzte ich hinzu, daß ihr als Gegenleistung natürlich ein paar Guineen zustünden, denn Miss Aspasia stand entschieden zu der festen Überzeugung, daß man nichts umsonst hergeben solle.

Sie machte einen Knicks. «Ich bin mit allem einverstanden, Madam. Und ich hoffe, daß ich Sie in Zukunft Sophie nennen darf? Offensichtlich sind Sie gerade so sehr Geschäftsfrau wie ich, und ich freue mich schon auf unser nächstes Zusammentreffen.»

Noch einmal entschuldigte sie sich für mein Erlebnis mit Mr. Mulville, hinter dem sich, was mich nicht völlig überraschte, der bekannte Prediger einer geheimbündlerischen, aber sehr populären Kirche verbarg. Diese Sekte tolerierte außerehelichen Geschlechtsverkehr, solange die Lebenssäfte dabei nicht vergossen wurden – eine Doktrin, die wohl einiges erklärte. Aspasia begleitete mich zur Tür, und ich kehrte in nachdenklicher Stimmung in die Frith Street zurück, wo ich noch am selben Abend Polly in mein Vertrauen zog. Sie nahm meinen Plan begeistert auf.

«Ach, was für ein Spaß das werden wird!» rief sie aus und klatschte lachend in die Hände.

Daran hatte ich noch gar nicht gedacht, aber das gute Mädchen hatte natürlich wieder einmal recht.

5. KAPITEL

Andys Abenteuer

Die nächsten vierzehn Tage waren wir hauptsächlich mit den Umbauten des Hauses in der Brook Street beschäftigt. Die Kellerräume – oder vielmehr Küchentrakt und der eine angrenzende Keller – sollten auf Franks Wunsch hin in ein Bad umgewandelt werden, und zu dem Zweck war bereits ein großer Holzkohlenofen in der ehemaligen Anrichte aufgestellt worden. «Denn», so meinte Frank, «was wir zum Essen brauchen, können wir von außerhalb kommen lassen, und um den Wein zu lagern, wird sich schon anderswo ein Plätzchen finden.» Vorderhand wurden im Keller sämtliche Vorratsschränke abgebaut, die Weinregale und Kohlenbehälter fortgeräumt und man grub Kanäle in den Boden, in welchen Halbrohre verlegt und mit Gittern abgedeckt wurden, so daß darunter heißes Wasser zirkulieren und der Dampf ins darüber gelegene Gemach aufsteigen konnte. Blatchford sollte offenbar als Heizer und Faktotum fungieren, wovon er freilich noch nichts wußte, und ich fragte mich denn auch, wie er seine Versetzung vom Bock einer schmukken Equipage in den Qualm eines rußigen Heizungsraums wohl aufnehmen würde. Allein, das mochte sich mit der Zeit schon finden, und Frank würde es dem guten Mann zweifellos so reichlich lohnen, daß Blatchford etwaige Skrupel gegen den zusätzlichen Profit abwägen und für nichtig befinden würde.

An einem Ende des großen Kellers wurden zwei tiefliegende Mulden für die Bäder ausgeschachtet und mit erstklassigem italienischem Marmor verkleidet. Selbiger schmückte auch die zierlichen Stufen, die an einem Ende zu den künftigen Wannen hinunterführten. Diese boten jeweils zwei Personen Platz und waren außerdem so tief, daß die Badenden ohne Mühe darin untertauchen konnten – einmal vorausgesetzt, wir würden nicht nur lauter Kunden mit Gardemaß bekommen. Gleich am Fuß der Treppe wurde ein kleines Gelaß eingerichtet, das als Wärmeraum dienen sollte, in dem die Besucher der Ruhe frönen konnten, bevor sie sich in die oberen Gemächer zurückzogen. Dieses ganze Konzept, so erklärte mir Frank, basiere auf römischem Vorbild. Und zum Beweis zeigte er mir Skizzen von Männerbädern, die man in Pompeji, unweit von Neapel, ausgegraben hatte. Das Dampfbad war in der Antike unter dem Namen *Su-*

datorium bekannt, während das Warmbad *Kaldarium* hieß. Streng nach klassischem Muster hätte es eigentlich auch noch ein *Frigidarium* oder Kaltbad geben müssen, aber wie Frank ganz richtig bemerkte, würde niemand in die Brook Street kommen, um sich abzukühlen. Außerdem gehörte bei den Römern noch eine Turnhalle für gymnastische Übungen zum Ensemble, aber wir gingen davon aus, daß unsere Gäste sich die erforderliche Bewegung mit der dafür gebotenen Energie im Oberstock verschaffen würden.

Das Erdgeschoß war in einen einzigen großen Salon umgewandelt worden, worin die Mädchen sich ungeniert frei bewegen und wo unsere Gäste sich entsprechend ungezwungen mit ihnen bekanntmachen konnten. Frank hatte in einem Handelshaus in der Bond Street die elegantesten Möbel bestellt und die Wände mit der allerentzückendsten dunkelgrünen Seibe bespannen lassen, die zudem genau auf die schweren Fenstervorhänge abgestimmt war. Was die Beleuchtung anging, so hatte Frank die modernen Gaslampen – oder «Glühstrümpfe», wie sie auch genannt wurden –, die ein ehrgeiziger Hersteller uns andienen wollte, abgelehnt, denn, so urteilte mein Freund, nichts sei vorteilhafter und schmeichelnder für ein Frauenantlitz als sanftes Kerzenlicht. Und dieser Einsicht folgend, hatte er die ausladenden Kandelaber eines Anwesens am Grosvenor Square erstanden, das eben auf Gasbeleuchtung umgestellt wurde.

Im Obergeschoß – übrigens war die kalte Steintreppe unterdessen mit feinsten tiefroten Läufern verkleidet worden – hatte man den einen großen Saal in vier Kammern unterteilt, die sich freilich bei der Fertigstellung als lauter hübsche, eigenständige Gemächer entpuppten, denn Frank hatte auf Aspasias Rat hin das Mobiliar den Räumlichkeiten angepaßt und nur bei den Betten auf Großzügigkeit geachtet. Ansonsten beschränkte sich die Einrichtung auf eine Sitzgelegenheit sowie Frisiertoilette mit Waschbecken und Handtüchern, aber diese Toilette bestand immerhin aus Mahagoni und Rosenholz und hatte Bronzeornamente und Intarsien vorzuweisen. Die Ausstattung ließ also nichts zu wünschen übrig, doch der Wandschmuck dieser Gemächer war es, worin Frank sich selbst übertroffen hatte. Im *New Monthly Magazine* war er auf den Artikel eines gewissen Mr. Francis Marsock gestoßen, eines Künstlers, der dort über einige der Gemälde berichtete, die bei den jüngsten Ausgrabungen in Herculaneum, einer alten Römersiedlung unweit von Pompeji, entdeckt worden waren. Obgleich der Artikel sich auf eher dezente Anspielungen beschränkte, hatte Frank doch erraten, daß es sich bei den Bildern um erotische Darstellungen handeln müsse, und tatsächlich bestätigte Mr. Marsock, als Frank sich mit ihm in Verbindung setzte, daß die fraglichen Motive an den Wänden eines Bordells gefunden worden seien. Frank beauftragte den Künstler sogleich, einige der Werke in Freskomanier an den Wänden in der Brook Street zu reproduzieren. Und Marsock tat dies in herrlich warmen Brauntönen, welche einem die sengende Sonne des Südens gar trefflich vors geistige Auge führten. Dargestellt waren hübsche Frauenspersonen, die deutlich erregten Römerherren auf den Schoß kletterten, sowie Satyrn und Nymphen in jeder nur erdenklichen Kopulationsstellung, daneben Jünglinge und zarte Mädchen, die sich auf höchst phantasievolle Weise amüsierten.

Wie teuer Frank diese Kunstwerke bezahlen mußte, wage ich nicht zu schätzen, und ich fragte auch nicht danach. Aber als ich doch einmal mein Erstaunen über die Aufwendigkeit seines Projekts zu erkennen gab, da antwortete er bloß, wenn ein Plan sich zu verwirklichen lohne, dann lohne es sich auch, ihn in großem Stil zu verwirklichen.

Wir besprachen eben mit den Arbeitern die Aufteilung der Räumlichkeiten auf der zweiten und dritten Etage, wo die Schlafzimmer unserer Mädchen vorgesehen waren (Frank hatte nämlich entschieden, daß sie im Haus wohnen sollten – freilich nicht wie Gefangene, denn sie würden pro Woche einen ganzen und außerdem nochmals einen halben Tag zur freien Verfügung haben), da erreichte uns ein Billett von Aspasia, worin sie uns für den nächsten Morgen mit der Kutsche zu sich bestellte und alles mitzubringen bat, was wir für eine Nacht außer Haus benötigten – mithin nicht mehr als Rasierzeug und ein Hemd zum Wechseln.

Als wir uns tags darauf zur angegebenen Stunde in der Curzon Street präsentierten, erwartete diese interessante Dame uns bereits im Reisekleid neben sich einen kleinen Portemanteau, den Blatchford zu den unseren aufs Dach beförderte. Aspasia stieg unterdessen ein und setzte sich uns gegenüber.

«Wohin, Madam?» fragte der Kutscher.

«Nach Brighthelmstone», antwortete die Lady, und los ging die Fahrt in Richtung Süden über die Westminster Bridge, einen überaus schmucken Bau. Der warme Sonnenschein nötigte uns schon bald, ein Fenster herunterzulassen, damit es im Innern der Kutsche nicht zu stickig würde. Blatchford, der glücklicherweise ein sehr selbständig denkender Bursche war, brauchte keine Weisungen, denn er hatte einige Zeit damit verbracht, die Stadt und das Umland an Hand verschiedener Karten zu studieren, die er sich bei Hatchard's in Piccadilly besorgt hatte, und war nun imstande, in einem Areal zwischen Cambridge im Norden, Windsor im Westen und bis hin zur Küste irgendwo zwischen Themsemündung und Portsmouth jedes gewünschte Ziel zu erreichen!

Aspasia erklärte uns während der Fahrt, daß sie durch eine Freundin von einem kleinen Institut mit einigem Ruf gehört habe, welches unweit von Brighthelmstone an der Küste bei Worthing liege und demnächst geschlossen werde, weil besagte Freundin, die nebenbei auch die Madam des Etablissements sei, sich in den wohlverdienten Ruhestand zurückziehen wolle. Die Mädchen, deren Schönheit und Bildung gleichermaßen gerühmt würden, stünden also demnächst zur Verfügung. Das wäre für uns von großem Vorteil, denn zum einen wären die jungen Dinger in London unbekannt und würden folglich die Kunden neugierig machen und anlocken, zum anderen aber wären wir durch ihre Vertrautheit untereinander gegen Eifersuchtsprobleme gefeit, die andernfalls bei der Gründung eines Freudenhauses viel Ärger heraufbeschwören könnten. Sollte nämlich aus irgendeinem Grund eines der Mädchen beliebter sein als die übrigen und entsprechend öfter verlangt werden, so konnte das die Harmonie des Hauses spürbar trüben, ja sie hier geschürt durch Neid, dort durch Dünkel sogar allzu leicht vergifteten.

«Und außerdem», schloß Aspasia, «kenne ich meine alte Freundin gut genug, um dafür garantieren zu können, daß ihre Mädchen selbst für die feinste Gesellschaft den nötigen Schliff mitbringen und trotzdem gelernt haben, jede Variante sinnlicher Begierde zu befriedigen.»

Die Temperatur in der Kutsche war inzwischen merklich gestiegen, weshalb wir die Vorhänge zuzogen und uns im warmen Halbdunkel wohlig einlullen ließen, während der Wagen durch die Dörfer Thornton Heath und Croydon, Sanderstead, Warlingham und Limsfield rollte. Trotz der grauenhaften Straße mit ihren tiefen Rinnen und Furchen, die alle Augenblicke sämtliche Knochen in meinem Leib durcheinanderrüttelten (und das, obwohl die Straße nach Brighthelmstone besser war als die meisten anderen im Land, weil nämlich der königliche Zahlmeister persönlich sie regelmäßig benutzte, um sich aus London fortzustehlen und in die Arme seiner Mätresse zu flüchten), nickte ich nach einer Weile ein, wurde aber irgendwann von einem unterdrückten Schrei geweckt, den niemand anders als die Dame mir gegenüber ausgestoßen hatte. Unter halbgeöffneten Lidern entdeckte ich in ihrem Schoß ein wogendes Auf und Ab und begriff im nächsten Moment, daß mein Freund sich seines Schuhs entledigt hatte (der verlassen auf dem Boden stand) und mit dem bloßen Fuß unter Aspasias Rock bis zu dem Punkt vorgedrungen war, wo seine forschenden Zehen ohne Zweifel ein empfindliches Ziel gefunden hatten, dessen Berührung die Dame sehr ergötzte – denn was sonst war wohl die Ursache für den leisen Aufschrei, den ich vernommen hatte?

Was meinen Freund betraf, so sah ich aus dem Augenwinkel, daß unter seinen Breeches eine unmißverständliche Leidenschaft für die Dame glühte – eine Glut, die wohl alsbald unerträglich heftig zu brennen anfing, denn er bestürmte Aspasia mit flehender Gebärde. Sie aber blickte erst zu mir herüber, um zu prüfen, ob ich wach sei. Doch ich stellte mich weiter schlafend, denn wer war ich, daß ich mich beider Lust hätte in den Weg stellen dürfen? Aspasia, die sich täuschen ließ, beugte sich nun vor und knöpfte Franks Breeches auf. Zum Vorschein kam ein Ding, das offenbar der Schrumpfung bedurfte, sollte es sich je wieder in der engen Kniehose wohl fühlen. Aspasia nahm es in die Hand und neigte den Kopf darüber, während mein Freund sich seufzend in seinem Sitz zurücklehnte und die Hand in ihren Ausschnitt schob, um eine ihrer schwellenden Brüste zu umspannen. Die Schöne revanchierte sich unterdessen mit trefflichem Eifer für Franks Dienste von vorhin: Auf und nieder schnellte ihr Kopf, während sein Atem immer rascher ging, bis er schließlich in ein Stöhnen mündete, das den Gipfel seiner Lust anzeigte. Der Leser mag wohl ermessen, wie dieses Schauspiel auf mich wirkte; allein, ich war fest entschlossen, weiter den Schlafenden zu mimen, und vertraute darauf, daß der kecke Zeuge meiner Erregung, den ein prüfender Blick auf meinen Schoß unweigerlich entdeckt hätte, einem Traum zugeschrieben würde – und tatsächlich schaffte ich es, nachdem ich Frank und Aspasia Zeit gelassen hatte, sich zu erholen und ihre Kleidung zu ordnen, mit Gähnen mein Erwachen recht glaubhaft darzustellen und mich sodann ganz harmlos zu erkundigen, wo wir denn inzwischen seien. Just in dem Augenblick zügelte Blatchford die Pferde und fragte, ob wir haltmachen und eine Erfrischung zu uns nehmen wollten.

Wir lunchten einfach, aber gut in einem Gasthaus in Horsham, wo man uns Schellfisch und Kartoffeln nebst Buttermilch und Ale auftischte. Frisch gestärkt erreichten wir nach kurzer Fahrt Brighthelmstone, wo wir uns vom Meer, das unbewegt und ruhig in der Sonne glitzerte, westwärts wandten und die Küstenstraße entlangfuhren, bis wir nach Worthing kamen, das noch vor zehn Jahren kaum mehr als ein einfaches Dorf gewesen war, jetzt aber neben den elenden Fischerhütten, die nach wie vor den Strand säumten, Unterkünfte für die ersten Familien des Königreichs bot und – zumindest während der Saison – Brighthelmstone als Feriensitz hochgestellter Familien und Landedelmänner Konkurrenz zu machen begann.

Wir durchquerten den Ort und fuhren (nach Aspasias Weisung) auf der Küstenstraße weiter, bis wir zu einem schmucken Torbogen kamen, der die Einfahrt zu einem auffallend schönen Haus markierte, das wohl vor etwa 80 Jahren erbaut worden war. Auf unser Klopfen erschien ein einfacher, gleichwohl höflicher Diener, der uns in den Salon führte, wo wir von einer reizenden alten Dame (meiner Schätzung nach nur wenige Jahre jünger als das Haus) begrüßt wurden, die Aspasia freudig bewegt in ihre Arme schloß.

Nachdem man uns vorgestellt und Tee angeboten hatte, den wir aber dankend ablehnten, führte die alte Dame uns in ein großes Empfangszimmer im rückwärtigen Teil des Hauses, wo wir die Mädchen, deretwegen wir hergekommen waren, sittsam versammelt fanden; ja, fast hätte man glauben können, sie erwarteten den Besuch des städtischen Vereins zur Einhaltung des Königlichen Dekrets wider Laster und Unmoral.

«Schüchtern» wäre vielleicht trotzdem nicht ganz das passende Attribut gewesen für die reizende Schar, denn hätten wir sie als gewöhnliche Kunden am Abend besucht, so wäre uns gewiß ein begeisterter Empfang bereitet worden. Und doch wirkten sie zurückhaltend wie scheue Kätzchen, so daß mir, um die Wahrheit zu sagen, Zweifel kamen, ob eines dieser Mädchen wohl schon jemals mit einem Herzensfreund das Bett geteilt hatte, geschweige denn mit einem Gentleman, der für das Vergnügen bezahlte – ja, ich fragte mich sogar, ob Aspasia nicht von ihrer Freundin zum Besten gehalten worden sei, zumal auch diese durchaus nicht wie die Madam eines Freudenhauses aussah.

Frank hatte indes seine eigene Vorstellung davon, wie man sich den rechten Eindruck von den Mädchen verschaffen könne.

«Ladies», sagte er, «holen Sie Ihre Mäntel! Wir wollen den Abend in Brighthelmstone verbringen.»

Im Nu liefen alle aufgeregt durcheinander, und ehe man sich's versah, war die ganze Gesellschaft in Kutschen untergebracht, die Madam rasch in einem nahe gelegenen Mietstall bestellt hatte. Eine halbe Stunde später langten wir bereits in der benachbarten Stadt an, die, wie alle Welt weiß, natürlichen Liebreiz und vornehme Eleganz aufs anmutigste in sich vereinigt. Wir hießen die Kutscher warten und spazierten zu Fuß zum Pavillon – von dem es heißt, er habe den Prinzen nicht weniger als 50000 Pfund gekostet – und weiter durch einige der schönen Straßen, in denen schon lebhaftes und fröhliches Treiben herrschte, obgleich die Saison noch gar nicht begonnen hatte. Mrs. Jopling Rowe, wie unsere ältere Freundin hieß, unterrichtete mich über die Veränderungen, die in der Stadt vor sich gegangen waren, seit der Thronfolger sein Augenmerk auf sie gerichtet hatte:

«Von Jahr zu Jahr wird das Gedränge ärger», klagte sie, «und wo die Leute unterkommen sollen, die für diesen Sommer avisiert sind, kann ich mir beim besten Willen nicht vorstellen, denn schon in der letzten Saison war die Stadt so überfüllt, daß kein halbwegs passables Haus unvermietet blieb. Die einzigen, die noch auf Gäste warteten, verlangten 12 bis 14 Guineen die Woche, und das schlankweg bis Weihnachten. Aber», fuhr sie fort, während wir hinter Frank und den Mädchen herschlenderten, die sich, entzückt von seinem amüsanten Geplauder, um ihn drängten, «das Publikum ist nicht mehr nach meinem Geschmack. Natürlich gibt es Ausnahmen: allen voran Lady Charlotte Howard, die Gattin des Generalmajors, der gegenwärtig auf der Halbinsel dient, und Tochter von Lord Rosebery. Dann wäre da noch ein prominenter Sproß der Gesellschaft aus Bath zu nennen – Lady Aldborough. Ihr gehört eines der besten Häuser in Brighton, und sie gibt oft lustige kleine Feste und Tanzveranstaltungen, auf denen man sich prächtig amüsieren und übrigens auch ausgezeichnet speisen kann.»

Inzwischen waren wir in einem schmucken Gasthaus mit Blick aufs Meer angelangt, wo wir auf Franks Kosten vorzüglich aßen und tranken. Unter dem Einfluß des Weins tauten die Damen merklich auf, befolgten indes nach wie vor in höchstem Maße die Etikette. Hierüber äußerte ich mich Mrs. Jopling Rowe gegenüber, zu deren Linken ich mich an der Tafel placiert fand, sehr lobend.

«Mein lieber Mr. Archer», versetzte sie, «ich habe bei meinen Schützlingen stets Wert auf ein Benehmen gelegt, das selbst in der feinsten Gesellschaft nur Bewunderung hervorrufen würde, und ich habe den Mädchen eingeschärft, daß ihr Verhalten, wenn sie allein sind mit, äh –» (sie blickte in die Runde, um sich zu vergewissern, daß niemand uns belauschte) «– mit ihren Herren, niemanden etwas angeht, daß sie hingegen in der Öffentlichkeit ganz Dame zu sein haben. Und ich wage zu behaupten, meine Erziehung war von Erfolg gekrönt.»

«Das war sie allerdings, Madam. Aber wie, wenn Sie mir die Frage gestatten, wie haben Sie die jungen Damen denn ausfindig gemacht?»

«Auf ganz verschiedene Weise, deren Schilderung Sie nur ermüden würde», lautete ihre Antwort, «aber ich darf wohl sagen, daß die Kinder, hätte ich mich ihrer nicht angenommen, allesamt als Dienstboten geendet hätten, mit ein paar kümmerlichen Pence die Woche und unter vermutlich schauderhaften Lebensbedingungen. Vielleicht hat Aspasia Ihnen erzählt, daß ich einige Jahre ein sehr erfolgreiches Putzmachergeschäft in der Bond Street hatte, mit einem kleinen Hinterzimmer sowie zwei Kammern im Obergeschoß für Herrenbesuche, und ich glaube, ich darf sagen, daß zu meiner Kundschaft Herren der feinen Gesellschaft des Kontinents ebenso zählten wie Mitglieder unseres britischen Hochadels.

Aber dann zog ich vor etwa acht Jahren des gesunden Klimas wegen nach Brighton, wo ich mit der Zeit all diese reizenden Kinder um mich scharte. Fünf Jahre lang habe ich sie nach bestem Vermögen erzogen, unterstützt von diversen Lehrerinnen am Ort, die sie in Musik, Körperhaltung, Französisch und anderen schönen Künsten unterrichteten. Danach erklärte ich den Mädchen, sollten sie den Wunsch haben, mich zu verlassen, dann stünde es ihnen frei, sich in der Umgebung nach einer Stelle als Gouvernante umzusehen. Oder aber sie könnten in das Etablissement eintreten, das ich einrichten wollte und wo sie neben einer angemessenen Beteiligung an den Einkünften freies Logis erhalten würden. Und ich bin stolz, sagen zu dürfen, daß alle sich unabhängig voneinander zum Bleiben entschlossen haben und mir all die Jahre über treu geblieben sind. Doch nun ist die Zeit gekommen, daß ich mich ganz zurückziehen möchte, und als Aspasia mir vom Vorhaben Ihres Freundes berichtete – das dem meinen im wesentlichen ganz ähnlich ist und den Mädchen außerdem Gelegenheit verschaffen würde, die Annehmlichkeiten einer Metropole kennenzulernen, da habe ich meinen

Schützlingen die Situation erklärt. Mit welchem Ergebnis, das sehen Sie ja selbst.»

In der Tat waren die Mädchen wie verzaubert von meinem Freund und von Aspasia, die ihnen die Vorzüge Londons in leuchtenden Farben schilderte, und als wir nach Worthing und in Mrs. Jopling Rowes Haus zurückgekehrt waren, scharten sie sich ohne jede Spur von Schüchternheit oder Zurückhaltung um Frank, um seinem Angebot zu lauschen. In der Tat hatten sich mittlerweile zwei der Schönen an mich angeschlossen. Sie saßen rechts und links von mir auf einem Sofa und küßten und umarmten mich zärtlich. Aber sie hörten damit auf, als Frank ihre Aufmerksamkeit forderte.

«Meine Damen», sagte er, «erlauben Sie mir, daß ich einen Augenblick ernsthaft zu Ihnen spreche. Sie haben, glaube ich, von Ihrer liebreizenden Beschützerin gehört, daß ich mich mit der Absicht trage, in London ein Etablissement ganz nach dem Vorbild des Ihren zu errichten. Dort würden Sie Unterkunft und Verpflegung erhalten, wären vor etwaigen Belästigungen durch die stete Anwesenheit Mr. Archers, meiner Wenigkeit oder eines anderen männlichen Beschützers gefeit und bekämen jede Woche anderthalb freie Tage sowie als Lohn ein Drittel der Einkünfte – und da ich für jeden Besuch fünf Guineen zu berechnen gedenke, bedeutet das für Sie jeweils ein Pfund, sieben Shilling und Sixpence. Ich gehe davon aus, daß jede von Ihnen nicht weniger als fünf Gentlemen pro Woche empfangen dürfte, und aller Wahrscheinlichkeit nach würden es sogar bedeutend mehr sein.»

Ihren Mienen nach zu schließen, überschlugen die Mädchen den in Aussicht stehenden Gesamtlohn und stellten fest, daß der erheblich größer war, als sie sich hätten träumen lassen!

«Sie brauchen mir nicht sofort zu antworten», fuhr Frank fort, «aber ich möchte Sie bitten, in zwei Wochen, am Montag, dem 5. Mai, in die Brook Street zu kommen, denn drei Tage später möchte ich mein Etablissement dortselbst eröffnen.»

Die Mädchen wechselten Blicke, und dann ergriff eine von ihnen das Wort. «Sir Franklin, ich spreche für uns alle, wenn ich sage, daß wir keine Bedenkzeit brauchen, sondern uns freuen würden, Ihr großzügiges Angebot auf der Stelle annehmen zu dürfen!» Die anderen gaben mit einem Kopfnicken ihr Einverständnis, und alle eilten herzu, um erst ihn, dann mich zu küssen; und wie eins zum andern führt, fingen wir an, zu kosen und zu tändeln, und bald gewahrte ich, daß Aspasia und Mrs. Jopling Rowe hinausgegangen waren – vermutlich, um gemeinsame Erinnerungen auszutauschen – und uns mit den munteren Mädchen alleingelassen hatten.

Frank lag alsbald auf dem Boden und lachte hellauf vor Vergnügen, während zwei Mädchen ihn entkleideten. Ich hatte unterdessen auf meinem Sofa je eine Schöne zur Seite, die hier einen Knopf aufmachten, dort eine Hand unter meine Kleider schoben, während eine dritte, die hinter mir stand, meinen Kopf zurückbog und sich über mich beugte, so daß ich den Honig von ihrer zwischen geöffneten Lippen spielenden Zunge schlecken konnte.

Es gibt Augenblicke, in denen die Lust sich dermaßen steigert, daß sie beinahe schon wieder an ihrem eigenen Feuer verbrennt, und als ich mich nun binnen kurzem mit meinem Freund in einer Gruppe von sechs entzückenden Mädchen befand – allesamt waren wir nackt wie am Tag unserer Geburt und jeder bemüht, dem anderen größtmöglichen Genuß zu verschaffen –, da überspülten mich solch mächtige Wonnewogen, daß mir um ein Haar die Sinne geschwunden wären und ich gezwungen war, mich für einen Moment aus dem Getümmel zurückzuziehen und still zu beobachten.

Die sechs Mädchen waren körperlich und, wie wir später feststellen sollten, auch ihrem Temperament nach alle verschieden. Figürlich war eine jede reizend proportioniert, und die Spannbreite reichte von der Überschlanken bis hin zur üppigen Venus, von der langbeinigen Gazelle bis hin zur molligen Statur.

Die grazilste von allen, Xanthe, die sich im Augenblick damit begnügte, über Frank gebeugt dessen Wangen zu küssen, war, wie ihr Name treffend vermuten ließ, eine Blondine. Wenn man sie, so wie ich gegenwärtig, von hinten sah, hätte man sie fast mit einem Knaben verwechseln können, so schmal waren ihre Hüften, so schlank und straff die Schenkel, abgesehen von jener Rundung des Gesäßes, die niemand irrtümlich für die eines Mannes gehalten hätte. Die reizenden Schenkel mit ihrer samtenen milchweißen Haut waren weit gespreizt und enthüllten ein entzückendes Nest aus winzigen blonden Löckchen, die mit dem Brenneisen hätten gedreht sein können, so fest und wohlgeformt boten sie sich dem Blick des Betrachters dar. Xanthes Brüste waren klein und hingen, wenn sie sich wie eben vorbeugte, wie kleine Zitronen herab, und Frank begnügte sich von Zeit zu Zeit damit, eine dieser zarten Früchte zu ergreifen und an seine Lippen zu führen, wobei Xanthes gelöstes Haar jedesmal seine Wange streifte.

Rose wirkte beinahe wie Xanthes Zwillingsschwester, denn sie war fast ebenso schlank, aber ihr Haar, das ihr in wahren Kaskaden über die Schultern fiel, war tiefdunkel. Gegenwärtig hob und senkte sie sich auf Franks Unterleib, und sein Schaft (so groß, daß man es für gefährlich hätte halten mögen, ihn in eine so schmale Scheide zu stecken) verschwand bald in ihrem Körper, bald kam er wieder zum Vorschein, und jedesmal, wenn er sichtbar wurde, war er in köstlichen Tau gebadet, was nichts anderes heißen konnte, als daß ihre Verzückung der seinen in nichts nachstand. Auf der oberen Hälfte ihrer rechten Brust saß ein dunkler Schönheitsfleck, der die ansonsten strahlend weiße Haut nur um so effektvoller betonte. Xanthe und Rose waren eher ernsthafte Naturen und einander so innig zugetan, daß man fast den Eindruck haben konnte, eine jede zöge die Gesellschaft der anderen dem Umgang mit männlichen Partnern vor.

Hinter Rose kniete Constance, die fast so dunkelhäutig wie eine Negerin war und deren Fleisch aufs pikanteste von Roses kremiger Haut abstach, wenn sie sich dann und wann an den Rücken der Freundin schmiegte. Ihre Brüste mündeten in fast schokoladenfarbenen Warzen, die sich in süßer Erregung aufrichteten, während sie um Xanthe herumgriff, um bald mit einer Brust zu spielen, bald die Hand tiefer gleiten zu lassen und die stählerne Härte von Franks Zepter zu ertasten oder die prallen Trauben darunter zwischen den Fingern zu rollen. Constance, so sollte ich später erfahren, war nicht nur von Natur aus dunkelhäutig, sondern tat noch das ihre dazu, denn sie hatte die Vorliebe, sich nicht nur den Sommer über, sondern sogar im Winter, sobald die Sonne auch nur eine Spur von Wärme verriet, nackt ins Freie zu legen. Es überraschte mich nicht, als ich hörte, daß sie mit diesen Sonnenbädern Will, den Jungen – oder besser Jüngling –, der dem Haus als Faktotum diente, für sich entflammt hatte. Mittlerweile waren die beiden fast so etwas wie ein Ehepaar, außer daß Will Constances Wunsch respektierte, auch fürderhin ihrer Gewohnheit folgend männlichen Besuchern ihre Gunst zu spenden. Den Verdienst steuerte sie Wills Ersparnissen bei, und eines Tages, wenn es Zeit für ihren Rückzug aus dieser Art Geschäftsleben wurde, wollten sich die beiden ein Gasthaus kaufen.

Zwei andere Mädchen – Sally und Cissie – hätte man niemals fälschlich für Knaben gehalten, denn beider Figur war üppig erblüht, und wenn sie sich bewegten, erzitterten ihre anmutigen Rundungen gar aufreizend; gleichwohl waren sie ausgelassene Rangen, die in kindlicher Freude Lust spendeten, indem sie, wie eben jetzt, bald Franks Oberkörper streichelten, bald seine Brustwarzen zwickten und ihre Finger über Brustkorb und Bauch wandern ließen, während sie ihn gleichzeitig ermunterten, seine Hände nach ihren Liebesgrotten auszustrecken, ja mitunter nahmen sie seine Finger auch in den Mund und lutschten daran (eine Praxis, die ihn, nach der Art zu urteilen, wie er den Kopf bald nach rechts, bald nach links wandte, regelrecht in Ekstase versetzte).

Es blieb noch die brünette Ginevra, die, auch wenn sie mit kaum wahrnehmbarem Akzent sprach, offenkundig französischer Herkunft war. Sie hatte sich bisher damit begnügt, mit den Gliedern ihrer Freundinnen zu spielen, denn Franks Körper war ihr unerreichbar, jetzt aber wandte sie sich mir zu und meinte, ich dürfe nicht ausgeschlossen bleiben von den Freuden der anderen. Oder, erkundigte sie sich, wolle ich etwa nicht daran teilnehmen? Ihr Körper war muskulös und fühlte sich nachgerade hart an, denn sie trieb über die Maßen gern Sport und ritt täglich durch das Hügelland hinter der Stadt. Gleich vielen Frauen vom Kontinent (wie ich auf meinen Abenteuern dortselbst entdecken konnte, von welchen in einer künftigen Erzählung die Rede sein soll), machte Ginevra keinen Gebrauch vom Rasiermesser, das unsere britischen Frauen heutzutage ja zu einem wesentlichen Bestandteil ihrer Toilette erhoben haben, und folglich sprossen unter ihren Achselhöhlen aufreizende Haarlocken und ihre Beine waren nicht wie die der meisten Frauen nur mit einem leichten Flaum, sondern fast mit einer Art Pelz bedeckt.

Als Antwort auf ihre Frage zog ich sie an mich und bettete mein Gesicht zwischen zwei ganz entzückende, weiche und doch feste Glocken, von deren jeder ich einen leichten Salzgeschmack leckte, wobei ihre Spitzen sich lustvoll aufricheten. Entzückt schob sie ihre Hand zwischen meine Beine und lachte hell auf über das, was sie dort fand – denn, so sagte sie, sie habe schon befürchtet, ich hätte mein Pulver vorzeitig während des Entkleidungsrituals verschossen und sei noch nicht wieder zu Kräften gekommen. Statt dessen fand sie nun hier einen Schlüssel, der jedes Schloß ausgefüllt hätte!

Lächelnd erklärte ich ihr, daß ich, gerade um eine vorschnelle Entladung zu vermeiden, zeitweilig aus dem Spiel ausgeschieden sei. «Jetzt aber», fuhr ich fort, «wenn's dir recht ist...» – und damit drückte ich sie sanft auf die Couch nieder, legte mich zwischen ihre üppigen Schenkel und glitt in ein wohlpräpariertes Refugium.

Nicht weit von uns entfernt hatte Frank (der mir an Ausdauer und

Vitalität immer schon voraus war) sich nun auf die Knie erhoben und beugte sich über die auf allen vieren kauernde Xanthe, die in dieser Stellung seinen noch immer unbefriedigten Hobel empfing. Neben ihr stand Rose, die ein Bein über Franks Schulter geschlungen hatte, so daß seine Zunge ihr Befriedigung verschaffen konnte, während Sally und Cissie rechts und links von ihm seine Hände führten, auf daß er auch sie zur höchsten Lust stimuliere.

Der Anblick dieses Schauspiels zusammen mit der balsamisch schlüpfrigen Umarmung, in der Ginevra mich gefangenhielt (eine so typisch weibliche Umarmung, daß sie den feinen Schnurrbart, der, wie ich jetzt wahrnahm, ihre Oberlippe zierte, Lügen strafte), taten ihre Wirkung, und mit einem Wonneschauer, der mir beinahe das Bewußtsein raubte, erreichte ich den Gipfel der Lust.

Als nach einer Weile auch Frank beglückt war, setzten wir uns alle zusammen und plauderten. Die Mädchen begehrten von London zu hören, das sie bisher noch nie besucht hatten, und wünschten, Vergleiche zwischen der Metropole und Brighthelmstone anzustellen. Doch es war ein langer Tag gewesen, und Frank und ich zogen uns bald auf ein Zimmer zurück, das man für uns zurechtgemacht hatte. Die Mädchen forderten uns auf, zu wählen, welche von ihnen uns begleiten sollten, falls wir es nicht gar vorzögen, mit ihnen allen das große Zimmer zu teilen, das sie bewohnten, aber ich war rundum zufrieden und wollte nur mehr schlafen – meinem Freund erging es nicht anders, zumal er, wie der geneigte Leser sich erinnern wird, an diesem Tag gleich zweimal beglückt worden war!

Am nächsten Morgen fanden wir beim Erwachen – fast wie an unserem ersten Morgen in der Brook Street – zwei fürsorgliche Gestalten über uns gebeugt – aber wie groß war doch auch wieder der Kontrast zu damals! Jetzt waren die Vorhänge aufgezogen, die goldenen Strahlen der Morgensonne ergossen sich durch das Fenster auf die makellos reinen Gewänder der Mädchen – es waren Xanthe und Rose – und brachen sich in den weißen Tassen und Untertassen, die nebst der Kanne Schokolade auf dem Nachttisch bereitstanden.

Wir lehnten uns gegen die Kissen, die unsere beiden Feen aufschüttelten und bequem für uns herzurichten wußten, und Xanthe und Rose frühstückten mit uns noch warmes, frisches Brot und Marmelade, während sie fröhlich über ihre Zukunftsträume plauderten – ob ihre Garderobe wohl ausreichend sei für London, ob die Männer dort stärker geschminkte Gesichter verlangen würden.

Es klang gerade so, als unterhielten sich zwei Schulmädchen über ihren Umzug in ein neues Pensionat, und ich staunte aufs neue über die makellose Erziehung, die jene außergewöhnliche Dame, unter deren Fittichen sie bisher gelebt hatten, ihnen sowohl in Haltung wie Manieren hatte angedeihen lassen.

Ich erkundigte mich, ob sie mit dem Handel, den Mrs. Jopling Rowe ihnen angeboten hatte, auch wirklich zufrieden gewesen seien.

«Aber durchaus», erwiderte Xanthe. «Unsere praktische Ausbildung besorgten zwei Gentlemen aus der Bekanntschaft unserer Madam. Zu diesen brachte sie uns zu gegebener Zeit mit der Bitte, uns in die Pflichten einzuweisen, von denen sie hoffte, daß sie uns sowohl vergnüglich wie auch nützlich sein würden. Unsere Lehrherren standen in mittleren Jahren, waren freundlich und zuvorkommend und führten uns mit rücksichtsvollen Zärtlichkeiten zum vollen Verständnis unseres Geschlechts und seiner Fähigkeiten. Überdies bemühten sie sich so fleißig, uns in all die Freuden einzuweihen, die eine Frau genießen kann, daß wir uns schon gleich nach der ersten Begegnung auf die zweite freuten und so fort.»

«Aber müßt ihr nicht manchmal auch Männern zu Gefallen sein, die alles andere als galant und rücksichtsvoll sind?» fragte ich.

Gewiß sei dies mitunter der Fall, erwiderte Rose, aber die meisten Männer seien, so urteilte sie, doch freundlich, wenn man sie nur recht zu umwerben wisse, und Mrs. Jopling Rowe habe ja auch Will, der aus dem Dorf stammte, nicht nur als Stallburschen, Gärtner und Hausdiener eingestellt, sondern mit der ausdrücklichen Auflage, daß er stets im Haus zugegen sei, wenn Gäste kamen, auf daß er jederzeit eingreifen könne, um die Mädchen vor etwaigen Unannehmlichkeiten zu schützen.

Unterdessen hatten wir unser Morgenmahl beendet. Die Mädchen waren aus ihren schlichten Gewändern geschlüpft und lehnten sich der Bequemlichkeit halber neben uns in die Kissen zurück, wobei die ungezwungene Nacktheit unseres Grüppchens sie kein Jota in Verlegenheit brachte. Und wenn ich auch nicht für meinen Freund sprechen kann, so gestehe ich doch für meinen Teil, daß mein Gleichmut beträchtlich ins Wanken geriet, als Xanthe, die neben mir lag, mir mit köstlich weichem Händchen Brust und Bauch zu streicheln begann. Und als dann die Laken verrutschten und ein Glied sichtbar wurde, das ihrer Artigkeit weit mehr zu bedürfen schien, verlagerte sie prompt ihre Liebesdienste, indem sie erst Daumen und Zeigefinger zwischen den Lippen befeuchtete und dann so lange um die Spitze meines Zepters kreisen ließ, bis mir war, als ziehe sich mein ganzer Unterleib zu einem einzigen lustvollen Knoten zusammen.

Unterdessen konnte ich, während ich meinerseits Xanthes Nacken, Schultern und Rücken liebkoste, sehen, wie Frank die üppigen Konturen von Roses Körper erforschte, die jetzt auf dem Rücken lag, den schönen Leib von einladender, begehrlicher Röte übergossen.

Ich stützte mich auf den Ellbogen und versuchte, auch Xanthe auf den Rücken zu drehen, aber zu meinem Erstaunen glitt sie kokett beiseite und rollte sich auf den Bauch. Aus dieser Lage blickte sie heiß verlangend zu mir auf – und in der Tat bot ihr Rücken mit diesen schmalen Hüften und dem herrlichen, mit feinem Flaum bedeckten Hinterteil – wie zwei rosig überhauchte Pfirsiche zum Anbeißen – einen höchst verführerischen Anblick. Ohne Zögern legte ich mich denn auf sie und schmiegte meinen Leib zwischen jene köstlichen Zwillingskugeln. Doch als ich eben hinablangte, um sie fester an mich zu ziehen, da griff sie schon ihrerseits nach mir und lenkte meinen Stab so, daß er in sie eindrang, wobei ich die Öffnung enger fand als erwartet. Allein, sie bezeugte solch lebhaftes Entzücken, bewegte sich so frei und wohlig und stieß solch lustvolle Seufzer aus, daß ich erst nach etlichen Minuten und zu meinem nicht geringen Erstaunen begriff – nämlich als sie meine Hand nahm und zwischen ihre Schenkel führte –, daß ich mich hatte verleiten lassen, einen unbekannten Hafen anzulaufen und keineswegs den, da ich hatte ankern wollen.

So verwirrend diese Entdeckung auch war – jetzt schien es für Einwände zu spät, und in der Tat brachte ein letztes Hinundherwackeln dieses wahrhaft göttlichen Hinterteils mich in Fluß, während Xanthe fast gleichzeitig vor Wonne aufstöhnte und erschöpft in die Kissen sank!

Ich blinzelte zu Frank hinüber: Er und Rose hatten uns offenbar schon eine ganze Weile interessiert beobachtet, und als er nun meinen Blick auffing, hob er fragend die Brauen.

Nach einer Weile erhoben wir uns und unternahmen einen Morgenspaziergang über die Klippen, wobei Frank seiner Freude über den Erfolg unserer Expedition Ausdruck verlieh. Und als wir etwas später aufbrachen, nachdem wir uns zuvor von Mrs. Jopling Rowe verabschiedet hatten («Wie groß das Haus mir vorkommen wird und wie leer, wenn sie alle ausgeflogen sind!» sagte sie traurig), da winkten die Mädchen mit ihren Taschentüchern und riefen uns nach, wie sehr sie sich auf ein baldiges Wiedersehen freuten. Ja, diese Reise hatte sich allem Anschein nach tatsächlich gelohnt.

Auf der Rückfahrt drehte sich unser Gespräch einzig und allein um die Details unseres Projekts, und ich trat dafür ein, daß wir zu unserer Mädchenschar – die Frank ursprünglich auf sechs hatte beschränken wollen – noch Miss Riggs, meine Bekannte vom Haymarket, hinzunähmen. Die sechs aus Worthing waren zwar unleugbar entzückend und gewiß auch temperamentvoll und wollüstig genug, aber andererseits so geschliffen und vornehm, wie es zwar sehr vielen Männern gefallen mochte, einige aber auch abschrecken konnte, weshalb wir, so argumentierte ich, einen ungeschliffenen Diamanten in unserem Haus wohl gebrauchen konnten.

Und so machten wir uns noch am selben Abend, nachdem wir uns von Aspasia verabschiedet und ein leichtes Dinner eingenommen hatten, auf den Weg in die Whitcombe Street, wo *Rummidge's Coffee House* ebenso verwaist war wie bei meinem ersten Besuch – abgesehen von der Provision für das Zimmer im Oberstock schien sein Geschäft herzlich schlecht zu gehen.

Moll sei, sagte er, vor ein paar Minuten nach oben gegangen, würde aber sicher gleich wieder herunterkommen, und ob wir nicht solange einen Kaffee trinken wollten? Gleich darauf stellte er zwei Tassen mit nicht eben appetitlich aussehender dunkler Flüssigkeit vor uns hin, und wir richteten uns wohl oder übel darauf ein, zu warten, bis Moll ihren Kunden abgefertigt hätte. Doch schon nach zehn Minuten schreckten uns lärmende Stimmen auf, die keinen Zweifel daran ließen, daß dort oben ein Streit im Gange war. Gleich darauf ertönten schrille Schreie und ein dumpfes Poltern wie von einem Kampf. Wir sprangen auf, liefen zur Treppe, und ohne zu überlegen, ob wir nicht vielleicht bei einer Fremden eindringen würden (wir wußten schließlich nicht, ob Moll die einzige Frau in diesem Etablissement war), machten wir alsbald das Zimmer ausfindig, aus dem der Lärm, der sich inzwischen bedrohlich gesteigert hatte, erscholl. Frank rammte mit der Schulter gegen die Tür, und das Schloß gab auf der Stelle nach. Wir stürmten ins Zimmer und sahen Moll unbekleidet in einer Ecke liegen. Über sie gebeugt stand ein Bulle von einem Mann, der ebenfalls nackt war und gleichwohl angezogen wirkte, so dicht war der schwarze Haarwuchs auf seinem mächtigen Hintern und Rücken. In der erhobenen Hand hielt er ein Ding, das aussah wie ein Stuhlbein. Bei unserem lautstarken Auftritt fuhr er herum und griff uns auf der Stelle an wie ein wildgewordener Stier. Doch Frank und ich hatten zum Glück beide den gleichen Gedanken: Im letzten Moment sprangen wir jeder beiseite, und dann, als er an uns vorbeistürmte, packten wir ihn jeweils an einer Schulter und versetzten ihm einen Stoß ins Kreuz, der ihn zum Eingang hinausbeförderte. Das ganze Haus schien zu erzittern, als er die Treppe hinunterpolterte (wie ich vermute, ohne dabei viele Stufen zu berühren). Dann trat völlige Stille ein.

Voller Angst, daß wir den Kerl vielleicht getötet hätten, trat ich auf den Teppenabsatz hinaus. Sam Rummidge, der über dem leblosen Körper stand, blickte zu mir hoch.

«Schmeißen Sie seine Sachen runter, Sir», sagte er, «der is bloß für 'n Weilchen hinüber. Ich kenn ihn – von Maiden Lane her. Passiert schon mal bei ihm, wenn er 'n paar gehoben hat.»

Ich sammelte einen Armvoll übelriechender Kleider zusammen und warf das Bündel die Treppe hinunter, ehe ich oben die Tür hinter mir zumachte. Frank hatte sich unterdessen um Moll gekümmert, über deren Rücken ein dunkler Striemen lief und davon zeugte, daß zumindest ein Schlag des brutalen Kerls sein Ziel erreicht hatte.

Unter Tränen entschuldigte sie sich dafür, uns inkommodiert zu haben. «Ich hatte mal bloß 'ne arg schlechte Woche, Gentlemen», jammerte sie, «sonst hätte ich den nich genommen, nie un nimmer nich, wo ich doch weiß, daß der bloß Ärger macht. Aber...»

Frank legte ihr den Finger an die Lippen, und dann brachten wir das arme Mädchen gemeinsam zu Bett, hüllten sie in Decken und Laken, und ich ging ein Schlückchen Brandy holen, womit wir sie bald so weit belebten, daß sie ihre Furcht überwand.

Nach einer Weile begann Frank, nachdem wir uns erst mit Blicken verständigt hatten, dem armen Ding zu erklären, daß wir gekommen seien, sie zu fragen, ob sie nicht künftig in einem Freudenhaus arbeiten wolle, das wir in der Brook Street eröffnen würden; er bot ihr die gleichen Bedingungen, zu denen wir auch die Mädchen in Worthing engagiert hatten.

Moll willigte sogleich ein. «Wenn Sie das Haus leiten, meine Herren», sagte sie, «dann komm ich gern.»

Und habe sie denn, erkundigte sich Frank, für die nächsten vierzehn Tage genug zum Leben? Indes, noch ehe ihr Zeit zum antworten blieb, drückte er ihr schon 10 Guineen in die Hand (damit sie auch merke, daß wir ernste Absichten hätten), worauf sie ihn anstarrte wie einen Prinzen aus dem Märchen und ihn im Überschwang ihrer Dankbarkeit voll auf den Mund küßte.

Danach zogen wir uns zurück und kamen auf dem Weg nach draußen an Mr. Rummidge vorbei, der sich noch immer über unseren koloßhaften Angreifer beugte, welcher nun ächzend in einer Ecke lag. Der Mensch würde doch hoffentlich Moll nicht noch einmal bedrohen, wenn wir fort wären, fragten wir besorgt.

«Keine Sorge, die Herren», versetzte Sam, «der schläft bloß seinen Rausch aus.»

Die arme Moll hatte den Grobian offensichtlich genau im falschen Moment zwischen Krakeelen und dumpfer Betäubung erwischt.

Wir ließen die Whitcombe Street hinter uns und bummelten ein wenig durch die Straßen. Doch plötzlich, als wir eben am Drury Lane Theatre vorbeikamen, begann es zu regnen. Also schlüpften wir hinein, suchten uns zwei Plätze und sahen gerade noch den letzten Akt von *Richard III.* mit Edmund Kean in der Titelrolle. Ich habe selbst (wie ich anderswo bereits zu schildern die Ehre hatte) einige Erfahrung mit Provinzbühnen, war aber noch nie einem solch überragenden Genie begegnet: Seine Kraft war erstaunlich, seine Erscheinung dem Äußeren nach schön und gleichzeitig, der Rolle gemäß, böse und abschreckend. Seine ungestüme Leidenschaft sprang von der Bühne auf das ganze große Theater über; die erhitzten Gesichter der Frauen verrieten gespannte Aufmerksamkeit, und auch die Männer geizten nicht mit ihrer Bewunderung.

Als die Vorstellung zu Ende und der Beifall verebbt war, brannte ich darauf, diesem wundervollen Schauspieler meine Referenz zu erweisen, und überredete Frank, mich zum Bühneneingang zu begleiten, wo wir dem Türsteher eine halbe Guinee zusteckten und uns dann in die Schlange derer einreihten, die sich vor der offenen Tür seiner Garderobe drängten.

Da saß der gefeierte Mann mit entblößtem Oberkörper und wischte sich die Schminke vom Gesicht. Eine dralle Schlampe ging ihm dabei zur Hand, eine von der Sorte, wie wir sie nicht im Traum für unser Haus engagiert hätten. Während sie so tat, als assistiere sie ihm, indem sie die Tücher, mit denen er sein Gesicht abrieb, fortwarf, sah ich deutlich, daß ihre Hand seine Schenkel streichelte und noch mehr – ein Schauspiel, das unter den Damen in unserem Kreis jedes kühnere Herz in Wallung brachte, ja ich spürte förmlich, wie ihre Körper ein Feuer verströmten, als ob ich von läufigen Hündinnen umgeben wäre.

Als ich Frank mein Erstaunen darüber bekundete, daß der große Mime in aller Öffentlichkeit solche Freiheiten dulde, behauptete ein Mann neben mir, das sei nun einmal so bei Kean, und es wisse doch ohnehin jeder, daß er zwischen den Akten hinter der Bühne jeweils eine halbe Flasche Brandy und eine Hure verputze. Damals war ich geneigt, das als Theaterklatsch abzutun, allein, inzwischen habe ich die Geschichte schon vielfach wiederholen hören, stets mit der Versicherung, sie sei vollkommen wahr.

Wir stimmten in die Hochrufe der Menge ein – die Mr. Kean so gelassen entgegennahm, als kämen sie ihm von Rechts wegen zu (was ja auch durchaus der Wahrheit entsprach) – und bahnten uns dann einen Weg die Treppe hinunter und quer über die Bühne, wo ein buntes Völkchen von Schauspielern und Musikern einander gute Nacht wünschten – letztere gewahrte ich mit einem kleinen Freudenschauer, fühlte ich mich doch in gewissem Sinne als einer der ihren, auch wenn ich meine Gitarre seit Wochen nicht mehr angerührt hatte, und ich beschloß, wieder mit dem Üben zu beginnen, denn wer konnte wissen, ob mein Spiel uns nicht bald schon von Nutzen sein würde?

Frank hatte nur Augen für die Schauspielerinnen, und es kostete mich viel Mühe, ihn davon zu überzeugen, daß es keinen Sinn habe, sich einer von ihnen zu nähern, da die meisten dieser Thespisjüngerinnen ehrbare Frauen seien – im Gegensatz zu den Mädchen, die in einigen der unlizenzierten Theatern auftraten. Frank äußerte sogleich den Wunsch, eine dieser Bühnen aufsuchen zu wollen. Allein, es war spät geworden, und wir mußten den Besuch auf ein andermal verschieben.

6. KAPITEL

Sophies Bericht

Meine vordringlichste Aufgabe war es nun, ein geeignetes Anwesen zu finden und dieses dann für meine Zwecke herzurichten. Sobald ein passendes Objekt gefunden war, würde ich das Haus in der Frith Street verkaufen; wohnen konnte ich auch in dem neuen Etablissement, das sich auf die Weise obendrein leichter würde kontrollieren lassen, und mit dem Verkaufserlös – gewiß einer nicht unbeträchtlichen Summe, denn mein jetziger Besitz lag im Herzen der Metropole – nebst dem Kapital, das mir schon zur Verfügung stand, ließe sich gewiß eine luxuriöse Ausstattung finanzieren.

Natürlich war ich mir bewußt, daß ich trotz allem ein Risiko einging, das ich freilich willig in Kauf nahm, rechnete ich doch fest mit meinem Erfolg.

Also studierte ich fleißig die Zeitungsinserate und schickte Polly jeden Morgen nach dem *Daily Advertiser*, der *Times*, dem *True Briton* und *Morning Herald*, dem *Morning Chronicle*, der *Morning Post* und der *Press*. Abends holte sie mir den *Star*, die *Sun*, den *Courier*, den *Traveller* und den *Globe* und an den Wochenenden kamen noch die *General Evening Post* hinzu und der *London Chronicle* sowie der *Observer* und der *Weekly Dispatch*. Jeden Abend war ich mit der Lektüre all dieser Blätter beschäftigt, während ich tagsüber die Vororte bereiste, um Häuser zu besichtigen, die zum Verkauf standen, und – was nicht minder wichtig war – auch die jeweilige Nachbarschaft gründlich in Augenschein zu nehmen, denn die mußte natürlich über jeden Verdacht erhaben sein, sollte mein Institut Damen von Geschmack, Vermögen und gesellschaftlichem Rang anlocken – kurz gesagt solche, die nicht nur willens waren, Geld auszugeben, sondern sich auch welches zu beschaffen wußten.

Bis dahin war mir noch nicht aufgefallen, wie vielfältig die Atmosphäre der Londoner Vororte war – oder vielmehr der umliegenden Dörfer, denn mehr waren sie eigentlich noch nicht zu der Zeit, von der hier die Rede ist. Mein erster Ausflug führte mich ins nördlich von London auf einem Hügel gelegene Hampstead. Hier nahmen Polly und ich zunächst den Lunch im *Spaniard Inn* in der Nähe von Caen Wood, der Lieblingseinkehr des Lordoberrichters Mansfield, und promenierten dann an den herrlichen Villen und eleganten Herrenhäusern vorbei, die in diesem schönen Viertel das Straßenbild bestimmen, einem Viertel zudem, dessen in vielfacher Hinsicht günstige Lage es den Londonern als Sommerfrische ebenso empfiehlt wie als Ruhesitz für den Lebensabend. Mietangebote auf befristete Zeit gab es hier in Hülle und Fülle – und zwar in allen Preislagen von 2, 3 Guineen bis hin zu 20 pro Monat, und es waren wirklich entzückende Häuser, oft mit Blick auf Schloß Windsor, Leith Hill, Boxhill oder andere Aussichtspunkte im Umkreis von 20, 30 Meilen.

Wir besichtigten eine geräumige Villa gleich neben Caen Wood, doch sie war für meine Zwecke fast schon zu groß, und im übrigen fürchtete ich sowieso, daß Hampstead zu weit vom Zentrum entfernt läge und die Damen für ein paar Stunden Vergnügen keine so weite Fahrt auf sich nehmen würden.

Nach unserer Besichtigung spazierten wir im hellen Sonnenschein zu einem Areal großer Teiche unterhalb von Caen Wood, die Kentish Town, Camden Town und Tottenham Court Road mit Wasser versorgen; doch kaum, daß wir uns zu einer kurzen Rast auf einer Bank niedergelassen hatten, als aus einem grünen Dickicht etwa ein Dutzend unbekleideter Jünglinge ins Freie stürmten. Offenbar pflegte man hierorts das ganze Jahr über zu baden, und diesen ungewöhnlich warmen Frühling 1818 genoß man natürlich erst recht und nutzte ihn nach Herzenslust. Ungeachtet des Umstands, daß alle Altersstufen zwischen zehn und zwanzig vertreten waren, zeigten die Jünglinge, als sie unser gewahr wurden, keinerlei Verlegenheit, sondern stürzten sich ohne Zögern in die Fluten, wo sie sich alsbald bei sportlichen Spielen tummelten. Wohl fünf Minuten verfolgten wir entzückt das Spiel der goldenen Sonnenstrahlen auf ihren jungen Körpern. Manche schwammen auf dem Bauch, so daß die Wellen um ihre verführerischen Hintern plätscherten, andere paddelten auf dem Rücken, und wenn das Wasser sich sekundenlang über ihren Körpern teilte, kam ein weißes, geschmeidiges Etwas, umkränzt von dunklem Haargestrüpp, zum Vorschein; nach einer Weile kletterten einige, indes andere sich unermüdlich weitertummelten, ans Ufer, wo sie sich ins Gras legten und von der Sonne trocknen ließen.

Der geneigte Leser möge nicht etwa annehmen, daß Polly und ich uns abgewandt hätten. Vielmehr nutzten wir unseren Aussichtspunkt weidlich. «Denn», um mit Polly zu reden, «eine so idyllische Szene ist dem weiblichen Auge allezeit eine Labsal.

Welch ein idealer Rekrutierungsort für uns!» rief Polly unvermittelt aus. Und damit hatte sie ohne Zweifel recht – nur, wie sollten wir die Jünglinge ansprechen? Gleich unter uns, keine zwei Meter entfernt, lag ein hinreißender Knabe, ein Handwerksbursche offenbar, nach seinen stählernen Muskeln zu schließen, im Halbschlaf; auf seiner breiten Brust und den kräftigen Schenkeln (trotz einer Gänsehaut herrlich anzuschauen) glitzerten Wassertropfen; die Gelegenheit schien günstig, bei ihm den Anfang zu machen mit der verlockenden Offerte, seine Gottesgaben gegen klingende Münze in den Dienst der Damenwelt zu stellen (und zwei ihrer Vertreterinnen, die auf diese Gunst brannten, waren just zur Stelle!). Doch ehe wir zur Tat schreiten konnten, schreckte uns eine helle, wohlklingende Stimme auf. Ein Jüngling beugte sich zwischen uns über die Rückenlehne der Bank und wünschte uns einen guten Tag – ohne sich im geringsten dafür zu genieren, daß er uns, die wir züchtig bekleidet waren, splitternackt entgegentrat, wenn auch ein Balken der Lehne jenes wesentliche Glied verdeckte, auf welches das Auge einer Dame andernfalls gewiß als erstes geflogen wäre.

«Sie werden mir verzeihen, meine Damen, wenn ich Sie darauf aufmerksam mache, daß Sie sich in ein Revier dieser schönen Heide verirrt haben, das normalerweise der Männerwelt vorbehalten ist», sagte er – aber mit einem Lächeln, das seinen Worten selbst den Anschein von Kränkung benahm.

Ich wollte schon zu einer Entschuldigung ansetzen, doch er hob beschwichtigend die Hand: «Bitte, Madam, sagen Sie nichts. Es ist mir ein Vergnügen, Ihre Bekanntschaft machen zu dürfen.»

Ich fragte, ob er und seine Kameraden öfter hier zu finden seien.

«Ja, Ma'am, manche von uns das ganze Jahr über, andere erst, wenn es Frühling wird, und dann natürlich den ganzen Sommer durch. Dies hier ist einer der angenehmsten Badeplätze nördlich von London.»

Und welchem Beruf gingen die Gentlemen nach, daß sie es sich leisten konnten, mitten am hellen Nachmittag Wassersport zu treiben?

Manche, versetzte er, seien einheimische Handwerker, die augenblicklich keine Anstellung hätten; einige wenige seien Gentlemen ohne Beschäftigung, die übrigen noch zu jung, als daß sie schon einen Beruf ergriffen hätten.

«Aber Sie müssen mich nun entschuldigen, meine Damen», unterbrach er seine Erklärungen. «Ich sehe da meinen Freund aus dem Wasser steigen, und es wird Zeit für uns, die Kleider anzulegen und uns auf den Weg zu machen. Sie verzeihen wohl, daß ich nicht in der Lage bin, meinen Hut vor Ihnen zu ziehen.»

Er grüßte uns trotzdem, indem er die Hand an seine feuchten Locken hob, richtete sich dann auf und schritt davon, wobei er stolz seinen Körper zur Schau stellte, dem ich – und ihrem Blick nach zu urteilen auch Polly – nur zu gern Liebesdienste gezollt hätte. Doch dann ging er einem anderen jungen Mann entgegen, der gleich ihm völlig nackt war, und gemeinsam wandten sie sich dem Dickicht zu, einer den Arm um des anderen Taille geschlungen, wobei die Finger eines jeden so lasziv und zärtlich auf der Haut des Freundes ruhten, daß Polly und ich annehmen mußten, diese zwei seien nicht «Für der Weiber Lust gerüstet», wie Shakespeare es formuliert.

Also erhoben wir uns und traten den Rückweg zur Stadt an, freilich nicht ohne uns einzuprägen, daß es sich vielleicht lohnen würde, die Fische in den Teichen von Hampstead näher unter die Lupe zu nehmen.

Zwei Tage später fuhren wir zu einer weiteren Hausbesichtigung in das kleinere Dorf Highgate, das etwa gleich weit von London entfernt liegt wie Hampstead und, wenn es auch nicht über dessen Vielfalt und Eleganz gebietet, landschaftlich vielleicht noch hübscher gelegen ist. Eine Hauptverkehrsstraße Richtung Norden führt durch den Ort, was für uns hätte von Vorteil sein können, aber Highgate verfügt andererseits über eine Vielzahl von Vergnügungsstätten, die das Niveau senken, und obgleich das Haus, welches man uns angeboten hatte, geräumig und komfortabel war, entschieden wir uns dagegen.

Kew lag zwar zauberhaft, aber zu weit westlich; Richmond war noch abgelegener – 8 Meilen vom Hyde Park Corner entfernt, und obgleich die königlichen Gärten viele Besucher anlokken, schien das eigentliche Dorf doch außerhalb des Bereichs zu liegen, der uns als Standort vorschwebte – auch wenn eine Villa am Nordufer der Themse, gleich bei der eleganten Brücke, überaus schön war.

Es geschah auf dem Rückweg von Richmond, daß wir in Hammersmith Station machten, um Brandenburgh House zu besichtigen, das einst Prinz Rupert gehört hatte und mit großem Aufwand restauriert worden war, bevor es der Markgraf von Ansbach, der Lady Craven ehelichte, für nicht weniger als 85 000 Pfund erwarb. Auf Anfrage erhielten wir die Erlaubnis, das Haus zu besichtigen, dessen prunkvoller Salon, die Galerie sowie Halle und Bibliothek ausnahmslos von fürstlichem Geschmack und erhabener Pracht zeugen. Im Westflügel, unweit des Flusses und mit dem Haupthaus durch einen Wintergarten von 140 Metern Länge verbunden, befindet sich ein elegantes kleines Theater, in dem die Markgräfin ihre Gäste gelegentlich mit dramatischen Aufführungen unterhält, ja, wo sie mitunter sogar selbst als Dichterin wie auch als Schauspielerin in Erscheinung tritt.

Durch eines der Fenster in Brandenburgh House erspähte ich eine schneeweiße kleine Villa auf seperatem Grundstück, deren Gärten bis hart an die Themse hinunterreichten, und fragte die Hausbesorgerin, die uns führte, wem denn dieser reizende Besitz gehöre.

Ich erhielt den Bescheid, dies sei die Villa von Sir Nicholas Jocelind, einem ehrwürdigen Londoner Handelsherrn, der hier draußen lange Jahre seinen wohlverdienten Ruhestand genossen habe. Vor sechs Wochen aber sei er verstorben und habe seiner Familie einen solchen Schuldenberg hinterlassen, daß den Erben wohl nichts anderes übrigbleiben würde, als die Villa zu verkaufen.

Der Leser mag sich vorstellen, wie geschwind Polly und ich uns bei der freundlichen Matrone bedankten, um am Theater vorbei den Weg zu jener schmiedeeisernen Pforte einzuschlagen, hinter der sich ein Pfad durch dichtes Gesträuch zu einem entzückenden kleinen Haus hinschlängelte, dessen schmucken Eingang zwei imposante Säulen flankierten. Wir klopften an die Tür, aber da niemand öffnen kam, bogen wir um die Hausecke und traten durch ein Pförtchen in der hohen Mauer, die den Garten auf dieser Seite umgab, in einen kleineren und augenscheinlich privaten Garten, den dichte Hecken vor neugierigen Blicken der Außenwelt schützten und der offenbar bis hinunter zum Themseufer reichte. Hier fanden wir einen zweiten Eingang, klopften abermals, konnten allerdings auch diesmal nichts erreichen.

Doch als wir schon unverrichteterdinge den Rückzug antreten wollten, rief uns ein wackerer Jüngling an, der eine Schaufel geschultert hatte und dessen fast nackter Körper von oben bis unten mit schwärzlichem Schlamm bedeckt war. Ich wappnete mich schon für ein Scharmützel mit einem Bauernlümmel, doch als der Mensch zu sprechen anhub, da vernahm ich einen kultivierten Akzent und eine wohltönende, ja faszinierende Stimme.

«Meine Damen», sagte er, «ich bedaure, daß ich nicht an der Tür war, um Sie gebührend zu empfangen. Ich nehme an, Mr. Barlow hat Sie hergeschickt, damit Sie sich das Haus ansehen? Ich muß mich für meinen Aufzug entschuldigen, aber ich habe unten im Bootshaus gearbeitet, und das war den Winter über förmlich im Schlamm versunken.» Dabei gestikulierte er zum Fluß hinunter. «Erlauben Sie, daß ich Sie jetzt hereinlasse, meine Damen», fuhr er fort, «und wenn Sie so freundlich sein wollen, sich umzusehen, während ich Toilette mache, dann stehe ich Ihnen alsbald zur Verfügung, um alle Ihre Fragen zu beantworten.»

Seine funkelnden braunen Augen trafen die meinen, denn er hatte inzwischen erraten, daß ich die Herrin war und Polly nur meine

Begleiterin. Ein offenes, gewinnendes Lächeln huschte über seine vollen Lippen. Er bückte sich, um einen Stein beiseite zu rollen, der gleich neben der Hintertür lag und unter dem ein Schlüssel zum Vorschein kam. Den hob er auf, öffnete und trat beiseite, um uns den Vortritt zu lassen.

«Bitte sehen Sie sich nur ungeniert überall um», sagte er. «Ich werden Ihnen in... nun, sagen wir einer halben Stunde? ... wieder zur Verfügung stehen.» Damit geleitete er uns durch den Flur, wies uns den Weg zur Küche und entfernte sich dann über einen gefliesten Gang.

Das ganze Haus war herrlich eingerichtet, wenn auch in etwas altmodischer Manier. In der Küche blitzten Töpfe und Pfannen, als habe man sie eben erst frisch poliert auf ihre Borde gestellt. Anrichte und geräumige Keller befanden sich in handlicher Nähe. Am Ende des Korridors führte eine Verbindungstür in den Haupttrakt der Villa, dem ein hübscher Speisesaal vorgelagert war. Durch diesen gelangten wir in ein Kabinett, das – nach der Pfeifensammlung in einer Glasvitrine auf dem Tisch zu schließen – dem verblichenen Sir Nicholas als Rauchzimmer gedient hatte. In den Speisesaal zurückgekehrt, entdeckten wir noch zwei Türen, von denen eine in die Diele beim Vordereingang führte, während hinter der andern, gleich vis-à-vis, ein weitläufiger Salon lag, gefolgt von einem Musikzimmer mit allerhand Notenschränken und einem auffallend schön verzierten Cembalo – das, wie ich feststellte, als ich mit den Fingern über die Tasten strich, auch einen herrlichen Klang hatte. An der Rückfront der Villa endlich schloß sich eine Bibliothek an, die sich über die ganze Breite des Hauses erstreckte und in der ich eine verlockende Sammlung literarischer Kleinodien fand.

Polly und ich sahen einander an und lächelten triumphierend.

Sodann stiegen wir die Treppe hinauf und warfen einen Blick in die fünf Schlafzimmer im Obergeschoß, die allesamt trefflich ausgestattet waren und deren Mobiliar unseren Zwecken vollauf genügen würde, sofern wir die Betten gegen etwas komfortablere austauschten. Nur eine Tür, an der Rückseite des Hauses, war noch übrig, und als wir die öffneten, stand vor uns in einer Wanne der junge Mann, der uns eingelassen hatte. Sein Körper war schwarz-weiß gestreift wie der eines exotischen Tieres und Flöckchen weißen Seifenschaums bedeckten seine Männlichkeit. Als er uns gewahrte, drehte er sich hastig um und bescherte uns so eine Rückenansicht, die kaum weniger interessant war als der Anblick von vorn, denn da er erst seinen Unterleib gesäubert hatte, lief der Schlamm in dünnen Rinnsalen vom Oberkörper herab und hinterließ schwarze Streifen auf Hinterteil und Beinen.

«Ich bitte um Verzeihung, Sir», stammelte ich – worauf er mich über die Schulter hinweg anlächelte.

«Nicht doch», sagte er, «ich habe Sie schließlich aufgefordert, sich gründlich umzusehen. Nun, dies ist, wie Sie unschwer erraten werden, das Badezimmer meines Onkels gewesen.»

Durfte ich daraus schließen, daß er jetzt hier der Hausherr war?

«Sir», sagte ich, «Sie sind sehr galant. Aber vielleicht könnte ich Ihnen behilflich sein?» Und kaum hatte ich die Frage ausgesprochen, da drehte ich mich auch schon rasch um und machte der enttäuschten Polly die Tür vor der Nase zu. Na ja, es gibt nun einmal Situationen, da die Herrin ihren Vorrang der Zofe gegenüber geltend machen muß.

«Ich fürchte», sagte der junge Mann, als ich mich ihm näherte, «daß Ihr Kleid Schaden nehmen könnte. Der Flußschlamm ist nämlich sehr hartnäckig...»

Die Lösung dieses Problems lag auf der Hand, und im Nu war ich aus meinem Kleid geschlüpft, worauf er mir lächelnd den Lappen reichte, mit dem er sich gewaschen hatte und mit welchem ich ihm nun genüßlich Schultern, Rücken, Unterleib und Beine säuberte. Sobald Schlamm und Dreck entfernt waren, kam statt der zähen, braungebrannten Gestalt eines Menschen, der gewohnt ist, im Freien zu arbeiten, ein makellos weißer Körper zum Vorschein, und als er sich nun wieder umdrehte, erblickte ich eine ebenso perlweiß glänzende Brust, belebt einzig durch zwei Augäpfelchen, die so rosig schimmerten wie die eines jungen Mädchens – indes weiter unten ein Apparat, der nicht im geringsten mit der Anatomie des schwachen Geschlechts in Einklang zu bringen war, sich angriffslustig emporreckte und mich mächtig anzog. Und als ich diesen nun berührte – bloß, um den Seifenschaum abzuwischen, der ihn noch immer wie eine schneeige Wolke umgab –, da erwies er sich als völlig steif wie sonnenwarmer Marmor; dabei war er, wie der Seufzer, der den Lippen des Jünglings entfloh, bezeugte, sehr wohl in der Lage, Empfindungen zu übertragen.

Der schöne Fremde streckte die Arme nach mir aus, aber ich wich zur Seite, ergriff das Badetuch, das auf einem Stuhl bereitlag, hüllte ihn darin ein und fing an, jedes Körperteil mit sanftem und doch festem Druck trockenzureiben. Daß dabei meine Hände an seinem

Leib auf und ab glitten, war offenkundig nicht dazu angetan, die Glut, welche in ihm schwelte, einzudämmen. Endlich nahm er mir das Badetuch fort, schleuderte es durchs Zimmer und riß mich in leidenschaftlicher Umarmung an sich. Er preßte seine Lippen auf die meinen und erforschte mit der Zunge meinen Mund, dieweil unten sein stattlicher Belmonte den Weg zwischen meine Schenkel fand, wo ich ihn voller Ungeduld, auch mein zweites Lippenpaar zu erforschen, zucken spürte.

Im nächsten Moment hatte der Fremde mich mit einer Kraft, die man seiner schlanken Statur gar nicht zugetraut hätte, emporgehoben, stieß mit dem Fuß die Tür auf und trug mich über den Gang geradewegs in ein Schlafgemach – wo, wie Polly und ich zuvor schon bemerkt hatten, das Bett erst vor kurzem benutzt worden war. Das also war sein Zimmer, und jetzt machte er es zu dem meinen, indem er der Decke über uns die instimsten Teile meiner Anatomie enthüllte, während er mich drehte wie ein Äffchen seine Nuß, um aus jedem nur erdenklichen Blickwinkel alle Details erst mit den Augen, dann mit Fingern und Lippen abzutasten, und zwar in solch zärtlichem Liebesspiel, daß ich klar erkannte – hier war kein Novize am Werk. Endlich kniete er sich aufs Bett, und ich setzte mich rittlings auf seine Schenkel, die Arme um seinen Nacken geschlungen, während er mit beiden Händen meine Pobacken umspannte und mich auf seinem noch immer eisenharten Ständer hob und senkte, bis wir gleichzeitig den Höhepunkt der Lust erlebten und danach erschöpft niedersanken, beide den Kopf einträchtig auf das einzige Kissen gebettet.

Nach einer Weile richtete er sich auf und küßte mich zärtlich auf die Lippen.

«Ich brauche dir nicht mit Worten zu sagen, welche Wonnen du mir geschenkt hast», flüsterte er, und ich ließ ihn durch mein Lächeln wissen, daß er mich gewiß ebensosehr beglückt habe.

«Darf ich dich nach deinem Namen fragen?»

Ich gab mich zu erkennen und erkundigte mich dann, wie er hieße.

«Philip Jocelind», antwortete er. «Eigentlich sogar Sir Philip, denn als mein Onkel kürzlich verstarb, da erbte ich seine Titel und leider auch seine Schulden. Ich denke, du weißt ja bereits, daß der desolate Stand des Familienvermögens mich zwingt, diese Villa zu verkaufen.»

Mit wenigen Worten schilderte er mir sein Schicksal. Schon im zarten Alter verwaist, war er bei seinem Onkel, dem einzigen Blutsverwandten, aufgewachsen; nach dem Studium brach er zu einer Bildungsreise nach Italien auf, von der man ihn ans Totenbett seines Onkels zurückbefahl. Bei der Testamentseröffnung erfuhr er, daß der alte Mann völlig mittellos gestorben war und ihm nichts als den Familiensitz hinterlassen hatte, welchen der arme Philip jetzt notgedrungen veräußern mußte.

«Ich verkaufe das Haus nur ungern», gestand er, «aber ich habe kein Geld, und bis ich gelernt habe, welches zu verdienen, muß ich schließlich von etwas leben!»

«Vielleicht», versetzte ich, «könnten wir gemeinsam eine Lösung finden, denn die Villa hier böte die ideale Lage für ein Geschäft, das ich...»

«Ach, und darum hast du dir von Barlow die Besichtigungserlaubnis geben lassen?» unterbrach er mich.

Ich erklärte ihm, daß ich seinen Makler überhaupt nicht kannte, sondern die Villa rein zufällig entdeckt hatte, und erkundigte mich dann, ob er an einem Projekt interessiert sei, wonach ich das Haus entweder kaufen oder mieten würde, er aber – je nach Wunsch und natürlich nur, wenn mein Plan ihm gefiele – darin wohnen bleiben und sogar eine Stellung bekommen könne.

Er war natürlich sehr gespannt, näheres zu hören, und wiewohl ich vielleicht Gefahr lief, mir sein Mißfallen zuzuziehen – ein Risiko, das mir nach den Ereignissen der letzten Stunde, in der er sich als feuriger junger Liebhaber bewährt hatte, freilich nicht allzu groß erschien –, setzte ich ihm meinen Plan auseinander.

Philip reagierte ganz so, wie ich es erwartet hatte: Er zeigte sich zuerst interessiert, dann amüsiert und schließlich hellauf begeistert. Er schlug vor, wir sollten das Thema beim Dinner weiterspinnen – worauf wir uns ankleideten und Polly suchen gingen, die sich unterdessen in der Bibliothek mit einer Reihe von Büchern über Hochzeitsriten nordamerikanischer Indianerstämme unterhalten hatte. Bei unserem Eintritt hob sie die Brauen, wie um mich wissen zu lassen, daß sie über die Situation völlig im Bilde sei. Doch als ich ihr sagte, Sir Philip würde uns vielleicht helfen, da strahlte sie vor Glück. Und nachdem sie ihm vorgestellt worden war und er sie (wie ich mit Freuden beobachtete) mit einer Herzlichkeit bar jeder Herablassung begrüßt hatte, begaben wir uns zu dritt in die Stadt und dort ins *Royal Hotel and Tavern* an der Pall Mall, das nach Sir Philips Versicherung bei hohem wie niederem Adel den besten Ruf genoß, weil man dort die erlesensten Köstlichkeiten auftischte und je nach Jahreszeit das Ausgefallenste, was die Natur an Früchten hervorbrachte. Wir ließen uns einen ruhigen Tisch geben und setzten uns zur Beratung nieder.

Unser neuer Freund stand unserem Plan sehr wohlwollend gegenüber und interessierte sich lebhaft für seine praktische Anwendbarkeit; an seinem Erfolg, sagte er, hege er keinen Zweifel, und mit Freuden würde er uns seine Hilfe anbieten. Als ich mein Erstaunen darüber zu erkennen gab, daß ein Gentleman mit Adelstitel bereit sei, seine Talente in den Dienst eines solchen Unternehmens zu stellen, antwortete er lachend, für ihn mache es keinen Unterschied, ob nun Sir Franklin Franklyn ein Freudenhaus in der Brook Street zum Amüsement der Herrenwelt betreibe (ich hatte ihm nämlich von Franks Projekt erzählt) oder ob Sir Philip Jocelind in Hammersmith ein Bordell zum Vergnügen der Damen protegiere. Dieser Logik konnten wir nichts entgegensetzen.

Philip zog einen Bleistift aus der Tasche, griff nach einer Serviette und begann unverzüglich, eine Reihe von Umbauvorschlägen für Riverside Lodge (so nämlich hieß sein Haus) zu notieren: Das Kabinett seines Onkels, meinte er, könne in einen Aufenthaltsraum für die Burschen umgewandelt werden, und zwischen diesem und dem Speisesaal stelle er sich einen Durchbruch vor – eine Art Fenster mit eingelassenem Sichtschutz. «Etwa so», setzte er erklärend hinzu, «wie die Gitter, hinter denen die Maurenfürsten in ihren Palästen ihre Frauen vor neugierigen Blicken schützen.» Diese Sichtblende sollte aus durchbrochenem Holz gefertigt sein, so daß die Damen auf ihrer Seite des Fensters im verdunkelten Zimmer ungeniert ins andere Gemach hinüberspähen und die dort wartenden Männer begutachten könnten, ohne dabei selbst gesehen zu werden!

Hier war ich offensichtlich einem Mann begegnet, der nicht nur meine Neigungen teilte, sondern auch meinen Unternehmungsgeist. Aber, gab ich zu bedenken, das größte Problem sei doch wohl, die Hengste für unseren Stall zu beschaffen, eine Ausdrucksweise, die er höchst ergötzlich fand.

«Nun», versetzte er, «es wäre natürlich ein leichtes, Personal auf Zeit zu bekommen. Unter unseren jungen Soldaten gibt es nämlich genügend Kavaliere, die gern ein-, zweimal die Woche, so, wie ihr Dienst es erlaubt, einen Abend in Hammersmith verbringen würden und die derzeit noch gezwungen sind, in den Parks zu arbeiten…»

Ich bat ihn, sich näher zu erklären.

Daraufhin berichtete er, insbesondere der St. James's Park sei dafür bekannt, daß dort jeder Hans Andersen einen Burschen auftreiben könne, der ihm den Dudelsack spiele oder ihm gar, bei entsprechender Bezahlung, das Braunkehlchen mache…

Hier mußte ich um Übersetzung der mir unverständlichen Bildsprache bitten, worüber sich Polly nicht wenig amüsierte, doch dann erklärte sie mir mit gedämpfter Stimme, daß Sir Philip von jenen Männern spreche, die Verkehr mit Gleichgeschlechtlichen pflegen und besondere Lust aus dem Umgang mit der einzigen männlichen Öffnung schöpfen, die sie zu empfangen in der Lage ist – etwas, wovon auch ich schon gehört hatte und was ich mir, bei rascherem Kombinationsvermögen, selbst hätte zusammenreimen können.

«Indes», nahm wieder Sir Philip das Wort, «legen sich die meisten dieser Burschen nur des Geldes wegen hin. Sie spielen ihre Rolle und denken dabei an ihre holde Freundin vom zarten Geschlecht. Ich bin sicher, die jungen Dachse würden sich in eurem Etablissement sehr viel wohler fühlen.»

«Aber wäre es nicht besser, einen festen Stall aufzubauen», gab ich zu bedenken, «so daß die Damen, die wiederkommen möchten, auch sicher sein können, daß sie ihren Favoriten beim nächsten Besuch noch vorfinden?»

Philip stimmte mir durchaus zu, wußte jedoch nicht, wie das zu bewerkstelligen sei. Allein, er vertraute darauf, daß sich Mittel und Wege finden würden, und sei es (schlug er vor), indem Polly und ich uns selbst auf Entdeckungsfahrt begäben, was uns, wie er vermutete, nicht gar so sehr zuwider sein würde.

Hier wurden wir von einer Stimme dicht hinter mir unterbrochen, die niemand anderem als Chichley gehörte, der eben eingetreten war und eine außergewöhnlich schöne und prächtig gewandete junge Brünette am Arm führte.

«Meine Liebe», sagte er zu ihr, «erlaube, daß ich dir Misses Sophie Nelham und Misses Playwright vorstelle – Misses Nelham, das ist Lady Frances Brivet.»

Wir erhoben uns, und ich stellte Sir Philip vor.

«Lady Frances und ich haben soeben unsere Verlobung bekanntgegeben», sagte Chichley mit einem Blick, den nur ich zu deuten verstand – es war eine Mischung aus vordergründigem Stolz und heimlichem Tadel. Ich wünschte dem jungen Paar viel Glück, wenn auch vielleicht nicht ohne eine Spur von Wehmut, und dann wurden sie an einen Tisch in unserer Nähe geleitet.

Sir Philips Neugier war erwacht. Er hatte in Cambridge von Chichley gehört, der an der Universität anscheinend im Ruf eines Muttersöhnchens stand, hatte er sich doch nie am Studium der zwischengeschlechtlichen Beziehungen beteiligt, das bekanntlich von alters her mit zum Bildungskanon eines Gentleman gehört. Ich unterließ es, ihn darüber aufzuklären, daß der junge Mann diesbezüglich inzwischen sehr viel nachgeholt hatte, und Polly und ich lauschten gleichermaßen amüsiert den Mitleidsbekundungen, die Sir Philip für Lady Frances fand, weil die Ärmste sich einem Eunuchen anverlobt habe. Nur mit einem Blickwechsel bestätigten wir einander unseren Verdacht, daß der Dame, sollte sie Chichley in dem Glauben heiraten, er würde ihr den Dienst in seinem Bett ersparen, eine Enttäuschung bevorstand. Dem äußeren Anschein nach war sie ausgesprochen kühl und hochmütig, und so schien es mir fraglich, ob er mit ihr zufrieden sein würde.

Dann aber wandten wir uns wieder unseren Plänen zu und beratschlagten, wie die Räumlichkeiten, die uns in Riverside Lodge zur Verfügung standen, am besten genutzt werden konnten. Sir Philip war der Meinung, einige der Zimmer im Obergeschoß sollten eine Luxusausstattung bekommen und jenen Damen vorbehalten bleiben, die unser Etablissement mit einem längeren Aufenthalt zu beehren wünschten. Dagegen könne man die Bibliothek in vier oder fünf kleine Kabinette unterteilen, in denen sich die Kundinnen vergnügen mochten, die nur einen Abend bleiben wollten.

«Ich fände es außerdem sehr vorteilhaft, wenn ihr im Sommer an den Wochenenden Gartenparties veranstalten würdet. Die Anlagen sind überaus reizend, die Themse fließt ein Stück weit über privaten Grund, so daß auch eine Möglichkeit zum Bade besteht, und ich könnte mir gut vorstellen, daß manche Dame, deren Gatte auf Reisen oder sonstwie verhindert ist, gern zwei, drei Tage in angenehmer Herrengesellschaft außer Haus verbringen würde.»

Mir schien dies ein ausgezeichneter Vorschlag, auch wenn er neuerliche Probleme aufwarf – wie etwa das der Verpflegung –, an die ich bisher noch nicht gedacht hatte.

Sir Philip weigerte sich, die Bedingungen für den Kauf oder die Vermietung seiner Villa mit mir auszuhandeln. Das, sagte er, sei Sache seines Maklers, denn sein Onkel habe hohe Schulden hinterlassen, die er nun begleichen müsse. «Andernfalls würde ich mich natürlich freuen, als gleichberechtigter Partner in dein Geschäft einzutreten.»

«Nun, und welche Rolle möchtest du, so wie die Dinge liegen, übernehmen?» fragte ich.

«Dies zu entscheiden ist eigentlich deine Sache. Wer mich kennt, weiß, wie sehr ich dem schönen Geschlecht zugetan bin, und doch bin ich mir nicht sicher, ob ich meine Reize, sofern ich denn darauf Anspruch erheben darf, gleich für Geld zu Markte tragen möchte.»

«Mir scheint», ließ Polly sich vernehmen, «daß wir keinen Beschützer nach Art der herkömmlichen Freudenhäuser brauchen werden – jedenfalls keinen im üblichen Sinne. Es könnte aber ganz nützlich sein, einen Friedensstifter im Haus zu haben, der gegebenenfalls die jungen Adonisse beschwichtigt, denn gleich uns Frauen sind auch die Männer durchaus nicht immer imstande, Streit und Hader zu vermeiden, sobald sie auf engem Raum zusammen leben müssen.»

«Wenn das so ist, könnte ich dann nicht sozusagen euer Majordomus werden?» fragte Sir Philip. «Die Haushaltsführung überwachen und außerdem die jungen Männer beaufsichtigen? Wenn es dir recht ist, Sophie, könnte ich mein altes Zimmer behalten, und ein anderes würden wir für dich reservieren. Dann blieben immer noch drei Räume für Langzeitgäste. Die früheren Dienstbotenquartiere unter dem Dach – die ihr, glaube ich, noch nicht gesehen habt – sind erstaunlich geräumig und komfortabel, und ich bin sicher, daß Mrs. Playwright sich dort wohl fühlen würde. Ja, wenn großer Andrang herrscht, könnten sogar wir beide dort hinaufziehen – es wäre auf alle Fälle gut, die Kammern oben herrichten zu lassen.»

Dann und wann wurde unser Gespräch unterbrochen, weil die Kellner mit immer neuen Gerichten an unseren Tisch traten, denn Sir Philip war offenbar entschlossen, uns eine geradezu fürstliche Gastfreundschaft zu erweisen: Das Menü begann mit Kabeljau, gefolgt von Truthahn in Selleriesauce und gebratenen Waldschnepfen, und zum Schluß durften wir unter einer Vielzahl von Früchten wählen. Dazu kredenzte man uns erst Champagner, dann Constantina und endlich Sauternes und Portwein. Als der Tisch abgeräumt wurde, verlangte Philip nach Papier.

«Und jetzt», sagte er, «müssen wir unser Inserat aufsetzen.»

Polly und ich wechselten einen Blick: Sir Philip betrachtete sich mittlerweile offensichtlich als festen Partner in unserem Unternehmen, aber wir erhoben keine Einwände – das würden wir später besprechen.

Er saß eine Weile schweigend da und schrieb, und ich betrachtete unterdessen die Damen und Herren an den umliegenden Tischen – einschließlich Chichley und Lady Frances, die ganz in ihr Gespräch vertieft schienen. Dennoch schweifte ihr Blick von Zeit zu Zeit ab, während sein Auge ein-, zweimal dem meinen begegnete und dabei ein leises Bedauern verriet...

Endlich warf Sir Philip den Stift beiseite und reichte mir das Blatt. In schönen, klaren Schriftzügen las ich folgenden Text:

BEKANNTGABE

An alle Damen,
die der Trägheit ihrer Eheherren
überdrüssig sind

Wenige Meilen vom Stadtzentrum entfernt habe ich ein weitläufiges, luxuriöses Anwesen erworben, das diskret über eine Privatstraße in der Nähe einer von hochachtbaren Damen häufig frequentierten Stätte zu erreichen ist.

In einer hübschen Villa wurde ein großer Salon nebst angrenzenden Boudoirs in höchster Eleganz und komfortabler Ausstattung entworfen. Daselbst erwarten Sie die exzellentesten Vertreter des männlichen Geschlechts, die ich ausfindig machen kann. Je nach Geschmack frönen die Kavaliere ihren Vergnügungen und befinden sich dank Wohlleben und Müßiggang immerfort im Zustand höchster Erregbarkeit.

Einige stattliche, elegant gekleidete Jünglinge spielen Karten, musizieren etc., während andere, mehr sportlich begabte, sich in vollkommener Nacktheit im Ringkampf oder anderen Disziplinen üben. Kurz gesagt, das Angebot ist so vielfältig, daß jede Dame einen Gespielen finden wird, der ihren Neigungen entspricht.

Sie, verehrte Besucherin, brauchen den Salon nie zu betreten, sondern nehmen meine jungen Hengste hinter einem Sichtschutz verborgen in Augenschein. Haben Sie Ihre Wahl getroffen, so läuten Sie nur nach dem Zimmermädchen, rufen es an das vergitterte Fenster, zeigen ihm den jungen Adonis, und schon wird er zu Ihnen ins Boudoir geführt. Hier können

Sie seine Dienste ganz nach Belieben im Dunkeln genießen oder auch bei Licht. Für diejenigen, die ihre Anonymität garantiert wissen möchten, liegen Masken bereit.

Die Damen können je nach Wunsch eine Stunde bei uns verbringen oder auch einen ganzen Abend und sich dabei mit einem oder auch mit einem Dutzend Männern vergnügen – ohne die geringste Furcht vor Indiskretion. Eine Dame von siebzig, ja achtzig Jahren kann nach Herzenslust einen schmucken, kräftigen Jüngling von zwanzig Lenzen genießen, und um den Geist für den sublimsten Liebesrausch empfänglich zu machen, ist jedes Boudoir mit Aretinos exquisitesten Posen nach Giulio Romano und Ludovico Carracci ausgemalt, zwischen denen große Spiegel hängen, die Ihre Phantasie beflügeln helfen. Auf einer Anrichte stehen ferner die erlesensten Leckerbissen und prickelnde Weine bereit.

Ich habe alle erdenkliche Mühe darauf verwendet, die Sicherheit und Ordnung meines Hauses zu gewährleisten, und darf nun mit Stolz verkünden, daß jedwede Entdeckung durch eindringende Patrouillen oder gar einen erzürnten Hahnrei von Ehemann gänzlich ausgeschlossen ist. Kein männliches Wesen außer den im Hause Beschäftigten wird in den Tempel vorgelassen (und die obengenannten sind vertrauenswürdige, erprobte und von mir persönlich bestellte dienstbare Geister, die für ihre Arbeit reichlich entlohnt werden und über den Verdacht eitler Neugier erhaben sind).

Zum Unterhalt meines Instituts, das natürlich erhebliche Kosten verursacht, wird von jeder Kundin eine Subskription von 100 Guineen per annum erhoben (dieser Preis versteht sich ausschließlich der Erfrischungen, welche jeweils direkt zu begleichen sind).

Nachdem ich es mir dergestalt zur Aufgabe gemacht habe, meinem eigenen Geschlecht einen bisher traurig vernachlässigten, gleichwohl aber hochbegehrten Dienst zu verschaffen, vertraue ich nun darauf, daß die Damenwelt mich in meiner anstrengenden Unternehmung großzügig unterstützen wird, und empfehle mich Ihnen, geschätzte Damen, als Ihre sehr ergebene

Sophie Nelham

Ich muß zugeben, daß dieses Schriftstück mich sehr beeindruckte – auch wenn mein erster Gedanke beim Lesen der war, daß die hier geschilderte Ausstattung der Villa mein ganzes Kapital aufzehren würde. Sir Philip erriet meine Sorge wohl sofort, denn er beeilte sich, darauf hinzuweisen, daß der Wortlaut eines Inserats sich nie ganz mit dem angepriesenen Objekt decke und daß es Mittel und Wege gebe, ohne allzu großen Kostenaufwand mittels schummriger Beleuchtung und ähnlicher Kunstgriffe die erstaunlichsten Effekte hervorzuzaubern.

Und die geforderte Subskription? Sei die nicht zu hoch? In diesem Punkt war Polly mit Sir Philip einig: Sie versicherte, daß nach den Erfahrungen ihrer Schwester 100 Guineen für viele Damen eine Kleinigkeit bedeuteten, und er betonte, die verlangte Summe sei vergleichsweise moderat und jedenfalls für den Unterhalt eines Etablissements, wie es uns vorschwebte, das absolute Minimum.

Jetzt war es zweifellos an der Zeit, daß Polly und ich uns über Sir Philips Rolle bei unserem Projekt verständigten. Daß er ein untadeliger Kavalier und anregender Liebhaber war, obendrein auch noch ein kluger Kopf, all das stand außer Frage, aber wollten wir ihn auch in unsere Dienste nehmen? Ein Mann, den wir zuerst dabei überrascht hatten, wie er ein Flußbett ausschachtete, war gewiß nicht zimperlich und sicher auch nicht arbeitsscheu, und vorausgesetzt, daß er keine Neigung zeigen würde, die ganze Organisation von Riverside Lodge an sich zu reißen, stünde alles zum Besten.

Ich nickte Polly zu und stand auf. Aber sie errötete und folgte meinem Beispiel nur zögernd – woraus ich schloß, daß Sir Philips Fuß unter dem Tisch nicht nur mit dem meinen getändelt hatte.

Ein Kellner eilte mit der Rechnung herbei und reichte sie Philip, der sie mit solcher Verlegenheit entgegennahm, daß ich erriet, er würde sie nicht bezahlen können – eigentlich hätte ich mir das, bei einiger Überlegung, auch gleich denken können. Die Unbefangenheit, mit der er uns zum Essen genötigt und selbst nach Herzenslust zugelangt hatte, bekam nun einen etwas fragwürdigen Beigeschmack. Aber ich war ihm nicht böse, sondern beglich ohne viel Aufhebens die Zeche, worauf wir das Lokal verließen und ich mich anschickte, Sir Philip adieu zu sagen.

Allein, er trat nervös von einem Fuß auf den andern und sagte leise: «Es ist schon ein bißchen spät für den weiten Weg zurück nach Hammersmith, zumal dort nur ein kaltes, einsames Haus auf mich wartet...»

Mir war das Notturno, das er mir vor nur wenigen Stunden geboten hatte, noch in wohliger Erinnerung, doch ich sah auch, daß Polly sich über jedwedes Angebot seinerseits freuen würde, und darum sagte ich, daß sich, sofern er uns in die Frith Street begleiten wolle, vielleicht auch einen Sessel finden würde, in dem er die Nacht verbringen könne.

Und so wandelten wir zu dritt durch die sanfte Abendluft, Arm in Arm mit ihm, den wir in die Mitte genommen hatten. Als wir in meinem Haus angelangt waren und er es hinreichend bewundert hatte, trat ein peinliches Schweigen ein, das ich freilich beherzt zu brechen wußte: «Ich möchte mich nun zu Bett begeben, Sir, wenn Sie mich also gütigst entschuldigen wollen. Polly, ich darf es wohl dir überlassen, ein Eckchen für Sir Philip zu finden?» Damit zog ich mich zurück.

Während ich mich in meinem Bett ausstreckte, hörte ich nicht ein, sondern zwei Paar Füße leise zu Pollys Kammer hinaufschleichen, die gleich über meinem Zimmer lag, und ehe der Schlaf mich übermannte, vernahm ich, so gedämpft sie auch waren, doch jene Laute, die Mann und Frau entschlüpfen, wenn sie sich jenem angenehmen Spiel hingeben, dem wir alle uns mit Freuden widmen, sofern ein liebenswerter Partner zur Hand ist.

7. KAPITEL
Andys Abenteuer

Während der kommenden Wochen war Frank hauptsächlich damit beschäftigt, die Handwerker bei ihren Arbeiten am Haus zu beaufsichtigen und sich zu vergewissern, daß seine Pläne auch wunschgemäß in die Tat umgesetzt würden, und er legte dabei einen Fleiß und eine Detailversessenheit an den Tag, die ich ihm, ich gestehe es freimütig, gar nicht zugetraut hätte. Aspasia hatte unterdessen von Mrs. Jopling Rowe die Maße der fünf jungen Damen ihres Etablissements in Worthing erhalten und (auf Franks Kosten) eine Reihe von Kleidern für sie in Auftrag gegeben, die als Überraschung gedacht waren – sowohl zur Freude der Mädchen als auch zur Augenweide ihrer künftigen Partner.

Ich wurde aufgefordert, die Maße von Moll Riggs zu beschaffen, und also machte ich mich beizeiten auf den Weg zu Sam Rummidge, der mir allerdings nur sagen konnte, daß Moll seit unserer letzten Begegnung nicht mehr bei ihm gewesen sei – ja, sie habe ihm erzählt, daß sie sich aus dem Gewerbe zurückziehe, weil sie nämlich ein großes Vermögen geerbt habe (womit sie meiner Schätzung nach nur auf das Geschenk anspielen konnte, das Frank ihr gemacht hatte). Nach einigem Zureden wies Sam mir, weil ich schließlich Molls ganz besonderer Freund sei, den Weg zu ihrer Wohnung, die bei St. Giles lag, nicht weit von Seven Dials, in einem Viertel also, das mir bisher fremd geblieben war.

Ich machte mich gleich auf den Weg – über die Strand und dann die enge St. Martin's Lane hinauf, wo ich zu meinem Erstaunen ausgerechnet auf Blatchford, unseren Kutscher, stieß, der einen jungen Burschen bei sich hatte, den er mir als Bob Tippett vorstellte. Dieser Bob war ein Cockney, ein waschechter Londoner aus dem East End, der (so erriet ich) am Rande der Legalität arbeitete, sich zwar nie direkt eines Verbrechens schuldig machte, aber auch nicht vor einer kleinen Gaunerei zurückschreckte, und den Blatchford sich warmhielt, um London und das Treiben der Großstadt besser kennenzulernen. Sie verbrächten den Vormittag mit eben solchen Studien, erklärte Blatchford, und Tippett sei gerade dabei, ihm einige der notorischen Diebe und Betrüger des Viertels zu zeigen.

Blatchfords Einladung, mich ihnen auf ein Stündchen anzuschließen, nahm ich gern an, denn meine Kenntnisse der Metropole und ihrer Gepflogenheiten lagen kläglich im argen. Als erstes führte Tippett uns in eine Bierschenke, wo er uns bei einem Krug Ale über mehrere Individuen aufklärte, darunter einen stillen, intelligent wirkenden Mann, der ein namhafter Falschmünzer und eben erst aus zehnjähriger Haft entlassen worden war, die er für Falschmünzerei und das Vertreiben von Falschgeld bekommen hatte. Bei ihm saß sein Freund und Gehilfe, der achtgab, daß kein Hüter des Gesetzes in die Nähe kam, während sein Meister Geschäfte machte, und der den Sack mit dem Falschgeld trug, wenn sie gemeinsam auszogen, um es zu niedrigen Preisen zu verkaufen – in der Regel wurden Fünf-Shilling-Stücke für 10 Pence angeboten.

Tippett erklärte, daß man Falschgeld nicht nur verkaufen, sondern auch leicht «umsetzen» könne, indem der betreffende Gauner einem Händler einen echten Sovereign zum Wechseln gab, dessen «Klang» auf der Ladentheke geprüft und für gut befunden wurde. Dann aber entdeckte der Falschmünzer, daß er doch Kleingeld bei sich habe, und steckte die echte Münze wieder ein. Am Ende stellte der Mann dann fest, daß sein Wechselgeld leider trotzdem nicht reiche, und rückte jetzt einen falschen Sovereign heraus, den der Ladenbesitzer in der Regel ohne neuerliche Prüfung wechselte.

Nachdem wir unser Bier getrunken hatten, gingen wir in die Bow Street, wo Tippett uns auf drei junge Taschendiebe aufmerksam machte, die aussahen wie achtbare Obst- und Gemüsehändler in ihren Gehröcken aus gutem dunklem Tuch und mit ihren schmukken Mützen auf dem Kopf. Als nächstes gewahrten wir einen elegant gekleideten Mann, der Arm in Arm mit einem ebenso distinguierten Begleiter promenierte. Beide trugen imposante Uhrketten und Ringe und wirkten im übrigen ganz vertrauenerweckend und freundlich, ja, als ich den Blick des einen auffing, blieb er stehen und fragte, ob wir nicht ein Gläschen mit ihnen trinken wollten. Aber Tippett schüttelte den Kopf, und wir gingen weiter. Als wir außer Hörweite waren, erklärte er, die beiden seien bekannte Falschspieler auf der Suche nach einem Opfer, dem sie beim Kartenspiel sein Geld abknöpfen könnten. Einen jungen Mann von höchst angenehmem Äußeren und geschmackvollem Aufzug erkannte er als Einbrecher. Als nächstes begegneten wir abermals zwei Taschendieben in Anzügen aus hochfeinem schwarzem Tuch, die eben ein elegantes Speiselokal betraten. Und nicht weit entfernt stand an einer Straßenecke wieder ein listiger Einbrecher von etwa 24 Jahren – sein Kumpan, wußte Tippett zu berichten, war vor zwei Wochen auf frischer Tat ertappt und eingesperrt worden.

Moll wohnte in einem Haus in der Church Lane, einer engen Gasse, die mir auf den ersten Blick wie für den Karneval dekoriert schien. Doch wir erkannten bald, daß die Holzstecken, die aus den Fenstern der oberen Etagen auf die Straße hinaushingen, keinen Festschmuck trugen, sondern nur zum Trocknen aufgehängte Wäsche und Kleidungsstücke – Baumwollröcke, Laken, Hosen, Unterzeug und Westen; manches war zerschlissen und geflickt, anderes alt und ausgebleicht. Unten auf der Straße tummelten sich Leute niederen Standes, manche lachten und tranken miteinander, andere lungerten nur herum und beobachteten einander mit, wie es schien, mißtrauischen Blicken – immerhin machten sie alle einen halbwegs sauberen und ordentlichen Eindruck.

In dieser Straße befanden sich etliche Logierhäuser, deren Vermieter zum Teil skrupellos auf ihren Profit bedacht waren. Tippett zeigte uns ein Haus, die Nummer 20, das für 21 Pfund pro Jahr an einen Geizkragen verpachtet war, der die Räumlichkeiten für insgesamt 90 Pfund weitervermietete. Die einzelnen Parteien unterteilten ihre Wohnungen noch einmal, so daß am Schluß ein Gewinn von über 150 Pfund heraussprang – Wohnraum war in London so knapp, daß solche Wucherer leichtes Spiel hatten, auch wenn die Leute hier im Viertel bettelarm waren und manch eine junge Frau sich zur entwürdigendsten Art der Prostitution gezwungen sah.

Molls Wohnung befand sich offensichtlich in einem solchen Logierhaus, und nachdem ich mich mit Dank von meinen Gefährten verabschiedet hatte, betrat ich durch eine Pforte im Souterrain (die Haustür war nämlich anscheinend seit Jahren nicht mehr benutzt worden und sah aus, als könne selbst rohe Gewalt sie nicht öffnen) eine Küche, in der allerhand Leute um eine Reihe von Tischen versammelt saßen fast so wie in einem Speiselokal; manche lasen, andere rauchten ihre Pfeife, wieder andere labten sich an Kartoffeln, Brot und Fisch. Hier und da lag einer – vielleicht betrunken – an seinem Platz und schlief.

Als ich nach Miss Riggs fragte, wies man mich in den zweiten Stock. Nachdem ich die steilen Stiegen erklommen hatte, fand ich mich auf einem dunklen Treppenabsatz wieder, wo ich drei Türen zur Auswahl hatte. Aufs Geratewohl klopfte ich an einer, die sich auch gleich öffnete. Heraus trat eine junge Frau mit einem schon recht großen Kind, das nichtsdestoweniger fleißig an ihrer Brust nuckelte. Ich erkundigte mich nach Molls Wohnung, und die Frau deutete auf eine der beiden anderen Türen. Als ich dort klopfte, vermeinte ich ein «Herein!» zu hören, welcher Einladung ich denn auch ohne Säumen folgte. Ich betrat ein kleines, mit Möbeln vollgestopftes Zimmer, in dem gleichwohl den meisten Platz ein großes Bett einnahm, auf dessen Kissen gegenwärtig zwei Köpfe ruhten – einer davon gehörte Moll.

Ich murmelte eine Entschuldigung und wollte mich schon zurückziehen, aber Moll setzte sich, ohne auf Sitte und Anstand zu achten (sie war nämlich nackt), im Bett auf und begrüßte mich mit Namen. Dann stupste sie ihren Gefährten in die Rippen, woraufhin ein verwirrter Jüngling von vielleicht sechzehn Lenzen sich neben ihr aufrichtete.

«Na so was! Mr. Archer!» rief Moll. «Das ist aber nett, daß Sie mich besuchen kommen! Darf ich vorstellen...» Hier unterbrach sie sich kichernd, und das ohne Zweifel deshalb, weil ihr aufgegangen war, daß dies weder der Ort noch die Stunde für Förmlichkeiten waren, und fuhr dann fort: «Das is mein Bruder George, Sir. Fix, fix, George, pack dich!» Der junge Mann schlug folgsam die Decke zurück, sprang aus dem Bett, zog eine zerrissene Hose über, griff nach seinem Hemd und zwängte sich an mir vorbei. Unter der Tür brummelte er halblaut etwas, das ich aber nicht verstand.

«George arbeitet nachts, Sir», erklärte Moll. Ich hielt es für das Beste, mich nicht näher nach seinem Beruf zu erkundigen. «Tja, Sir, und nun? Soll ich aufstehen oder wollen Sie sich zu mir legen?» fragte sie. Ich setzte mich aufs Bett und erklärte, ich sei nur gekommen, um mich nach ihren Maßen zu erkundigen – ein Ansinnen, das sie zu verwirren schien. In der Tat konnte sie meine Frage zunächst gar nicht beantworten, denn sie hatte noch nie ein Bandmaß gesehen und wußte weder wie groß sie war noch welchen Brust- oder Taillenumfang sie hatte.

Wir lösten das Problem mittels einiger Stücke Schnur, die ich auf dem Fußboden fand. Moll schlug die Decke zurück, schlang einen Faden um ihre Taille und markierte den Umfang mittels eines Knotens; in gleicher Weise maßen wir anschließend ihren Brustumfang sowie Körpergröße und Armlänge. Der Frage, ob sonst noch etwas benötigt würde, stand ich ratlos gegenüber, worauf sie zum Scherz anfing, mir Maß zu nehmen, was damit begann, daß ich meine Kleider ablegen mußte, und im Abmessen meiner Geschlechtsteile gipfelte, einer Probe, deren Resultat ich hier aus Furcht, der Prahlerei beschuldigt zu werden, lieber nicht mitteilen möchte. Moll forderte mich sodann auf, das stolze Werkzeug nun auch zum Einsatz zu bringen, ich hatte aber einige Bedenken wegen der Reinlichkeit und war schon halb entschlossen, zu warten, bis sie mir diese garantieren könne, als sich unten auf der Gasse ein furchtbarer Lärm erhob. Moll sprang neugierig aus dem Bett und eilte ans Fenster. Und als sie es aufmachte und sich hinauslehnte, da erblickte ich jenes bezaubernde offene Dreieck zwischen Schenkeln und Fötzchen, welches das schöne Geschlecht auszeichnet – ein Anblick, der so verlockend war, daß ich nicht widerstehen konnte, sondern hinter sie trat, um die Lücke zu schließen; ein Impuls, den sie mir, nach den köstlichen Schlängelbewegungen ihres Körpers zu urteilen, durchaus nicht verübelte.

So vertieft war ich in die Aufgabe, uns beiden Lust zu spenden, daß ich völlig übersah, wie ungeschützt wir uns all den schaulustigen Passanten unten auf der Straße präsentierten. Bewußt wurde mir das erst, als laute Bravorufe heraufklangen und ich gewahrte, daß die Menge, die eben noch einer Rauferei zugesehen hatte, durch einen scharfsichtigen Bengel auf uns aufmerksam geworden war und nun wie gebannt verfolgte, was sich an unserem Fenster tat, ja uns mit Zoten anheizte, die ich hier nicht wiederzugeben wage aus Angst, damit meine zartfühlenden Leserinnen zu schockieren. Moll ließ sich nicht in Verlegenheit bringen, ja sie machte sich nicht einmal die Mühe, ihren Busen mit den Händen zu bedecken, vielmehr winkte sie ihren Freunden auf der Gasse zu und hielt den Kopf gesenkt, damit meine Stöße von unten noch besser zu beobachten waren, was ihr der Pöbel mit erneutem Hurrageschrei dankte.

Auf mich hatte dies leider ganz und gar nicht den Effekt, den Moll sich erhofft haben mochte – im Gegenteil! Mein Mut und mein Schwanz ließen mich beide im Stich; ersteres veranlaßte mich, ins Halbdunkel des Raums zurückzutreten, und letzterer schrumpfte auf das Maß einer Erbsenschote. Moll wurde darüber bedauerlicherweise recht ungehalten, freilich nicht mehr als ich, der ich ihr die Schuld an dieser unzeitigen Unterbrechung unseres Liebesspiels gab. Sie versuchte es wiedergutzumachen, indem sie vor mir auf die Knie sank und sich alle Mühe gab, mich aufs neue zu erregen, was ihr jedoch nicht gelang. Daraufhin sammelte ich meine Maßschnüre ein und sagte ihr kühl adieu. Als ich aus dem Haus trat, empfing mich ein übriggebliebenes Grüppchen von Schaulustigen mit derben Witzen, was meine Laune nicht eben besserte. Indes, noch ehe ich am Hanover Square anlangte, bedauerte ich schon, mich so frostig von Moll verabschiedet zu haben, und lächelte unwillkürlich in Gedanken an die frivole Szene, die ich am Ende doch selbst herbeigeführt hatte. Vor unserer Wohnung stieß ich auf Blatchford, den ich mit einer halben Guinee und einer versöhnlichen Botschaft zu Moll zurückschickte. Sehr viel später erfuhr ich, daß sie das Geld in der Meinung empfing, es stamme aus Blatchfords eigener Tasche, und ihn daraufhin ermunterte, zu vollenden, was ich begonnen hatte. Doch seine Ehrlichkeit bewog ihn am Ende, meine Botschaft zu übermitteln, was sie merklich beruhigte, denn das arme Ding hatte schon befürchtet, meine Verstimmung könne vielleicht zur

Folge haben, daß ihr die Anstellung in der Brook Street wieder entzogen würde.

Mir war unterdessen der Gedanke gekommen, daß Bob Tippett sich großartig in unseren Haushalt einfügen könnte, denn es hieße am Ende wohl doch, zuviel von Blatchford zu verlangen, wenn er als einziger Mann die Öfen heizen, ein Auge auf unangenehme Kunden haben und außerdem weiterhin seinen Pflichten als Kutscher und Faktotum für Frank und mich nachkommen sollte.

Es dauerte gar nicht lange, und der Tag, an dem unsere jungen Damen erwartet wurden, brach an. Frank und ich begaben uns gleich nach dem Frühstück in die Brook Street hinüber, wo Blatchford uns bereits in der Halle empfing. Er meldete, Moll sei bereits früh um neun in einer Droschke vorgefahren. Sie habe nichts bei sich gehabt als eine Art altes Tischtuch, vollgestopft mit Wäschestücken. Als Frank sich näher nach dem Bündel erkundigte, gestand Moll, daß es in der Tat ihre gesamte Garderobe enthielt. Er überredete sie, die Sachen in eine Kammer im Obergeschoß zu schaffen, wo Aspasia sie gleich nach ihrem Eintreffen durchsehen würde; in Wahrheit ging er davon aus, daß die von ihm heimlich bestellten neuen Kleider Moll vollauf genügen würden.

Bob Tippett, der auch schon eingetroffen war, hatte Moll draußen in der Halle mit allerhand Neckereien unterhalten. Jetzt aber stand sie überwältigt von dessen Pracht in unserem renovierten Salon; selbst im fahlen Morgenlicht (die Fenster waren nur mehr mit duftigen Gardinen verhüllt, durch die ungehindert die Sonnenstrahlen hereinfielen, denn wir wollten die Kerzen erst nach Einbruch der Dunkelheit entzünden) wirkte der neugestaltete Raum sehr eindrucksvoll. Frank und ich waren in der Diele, wo er mir eben die kleine, aber bequeme Kabine zeigte, die er dort für Aspasia hatte installieren lassen, als ein rätselhafter Schrei uns in den Salon hinüberstürzen ließ, wo wir Moll, zwischen Staunen, Furcht und Bewunderung schwankend, am Fenster stehen sahen. Als wir zu ihr traten, erkannten wir draußen Aspasia, die eben aus einer gemieteten Sänfte stieg – sie bevorzugte dieses altmodische Fortbewegungsmittel untertags, weil man damit aufs Trottoir ausweichen und so das Verkehrsgewühl in den Hauptstraßen meiden konnte.

Als wir unsere Freundin eingelassen hatten, stellte ich Moll nicht minder zaghaft vor, als dem armen Ding selbst zumute war, denn obgleich Aspasia mir zugestimmt hatte, daß zumindest ein Mädchen gröberen Schlags eine treffliche Ergänzung unseres Angebots darstellen würde, war ich mir doch keineswegs sicher, ob sie und Moll miteinander auskommen würden. Aber ich hatte nicht bedacht, daß Aspasia, obschon keine geborene, sondern bloß eine arrivierte Lady, gänzlich frei war von jenen Airs und Attitüden, mit denen Möchtegern-Aristokraten ansonsten so gern protzen. Kurz und gut, es währte nicht lange, und die beiden plauderten ganz unbefangen miteinander, wobei Moll eine Begeisterung für unser Projekt an den Tag legte, die sie nicht einmal Frank und mich hatte spüren lassen.

Am Spätnachmittag verfügten wir uns nach Charing Cross, wo wir vor dem Gasthaus *Swan* die Kutsche aus Brighthelmstone erwarteten. Unsere jungen Damen bildeten das Gros der Passagiere, und sie hatten teils im Wageninnern, teils auf dem Bock Platz gefunden. Die Mädchen draußen reisten unter der Obhut von Will Pounce, ihrem Diener (und Constances Favorit), den ich, um die Wahrheit zu sagen, völlig vergessen hatte. Ein Kaufmann, der die Fahrt zwischen Rose und Cissie eingezwängt zugebracht hatte, stolperte jetzt mit dem geistesabwesenden Antlitz eines Menschen ins Freie, dem Visionen vor Augen gaukeln. Die Mädchen waren so aufgeregt, daß wir sie fast nicht bändigen konnten, und Blatchford und ich, wir waren schon froh, als es uns gelang, sie daran zu hindern, sogleich in die umliegenden Straßen auszuschwärmen. Endlich gelang es uns doch, die aufgescheuchte Schar samt ihrem Gepäck auf drei Droschken zu verteilen und sie – die halb aus den Fenstern hingen, um so viel wie möglich von London sehen zu können – in die Brook Street zu befördern, wo das Haus mit seiner Pracht sie augenblicklich zum Schweigen brachte – und das, obwohl ihr Heim in Worthing durchaus auch geräumig gewesen war, nur hatte Mrs. Jopling Rowe dem Geschmack einer früheren Epoche gehuldigt, so daß das Raffinement unserer Ausstattung die Mädchen nun nachgerade erschreckte.

Frank und ich traten unbemerkt beiseite, um über das weitere Schicksal von Will Pounce, den Frank ebenso vergessen hatte wie ich, zu beratschlagen. Wir waren uns schnell einig, daß man den armen Jungen nicht vor die Tür setzen könne, denn zum einen hatten wir ihm indirekt eine neue Anstellung versprochen, zum andern mußten wir Constance, seine Freundin, berücksichtigen und womöglich auch die anderen Mädchen, denn sie alle waren ja an seine Gesellschaft und seinen Schutz gewöhnt. Und im übrigen war Bob Tippett bisher ja noch eine ziemlich unbekannte Größe für uns.

Also gaben wir Blatchford den Auftrag, Pounce in seiner Unterkunft ein Quartier zu besorgen, und vereinbarten, ihn unserem guten Kutscher als Faktotum zur Seite zu stellen.

Nachdem wir die Mädchen Aspasias Obhut empfohlen hatten, gingen Frank und ich zum Dinner in *Dolly's Beef-Steak House* am King's Head Court und machten anschließend die Runde in verschiedenen anderen Speiselokalen, die von Herren eines gewissen Niveaus frequentiert wurden – so das *Marlborough Head* in Bishopsgate (wo die Herren vom *South Sea House* ihre Mahlzeiten einzunehmen pflegten), ferner Guidons französisches Restaurant in der Poland Street, das *Constitution* in der Bedford Street usw. Und indem wir hier und da eine halbe Guinee springen ließen, gelang es uns, die Kellner willfährig zu machen und Absatz für die Visitenkarten zu finden, die Frank hatte drucken lassen und auf denen außer der Adresse in der Brook Street nichts weiter stand als: «Angenehme Damengesellschaft garantiert – unter der Aufsicht von Madame Aspasia», denn wir waren überzeugt, daß es keiner weiteren Reklame bedürfe. Quer über eine Reihe von Karten lief der Stempel: «Neueröffnung», gefolgt vom Datum und dem Versprechen einer Gratismahlzeit, Wein inklusive.

Ein paar Tage später – um genau zu sein, 24 Stunden vor der offiziellen Eröffnung unseres Hauses – dinierte ich im *Royal Hotel and Tavern* mit einem gewissen Sir Philip Jocelind, einem Bekannten von Sophie. Dieser junge Mann und ich sollten später in der Brook Street als Kunden auftreten und dort aufgenommen werden wie Fremde (was zumindest Sir Philip ja auch war), um so das Betragen der Mädchen ebenso zu prüfen wie die Qualitäten des neuen Etablissements.

Nach zwei Flaschen Claret und etlichen Gläsern Portwein – denn seltsamerweise sah ich dem bevorstehenden Erlebnis mit einiger Nervosität entgegen – langten wir um neun Uhr vor dem Haus an. Auf unser Klopfen hin öffnete Pounce, der sich in seiner hübschen nagelneuen Lakaienuniform noch etwas unbehaglich zu fühlen schien – sein Haar war übrigens nicht gepudert, um bei aller Eleganz doch auch eine gewisse Ungezwungenheit zu signalisieren. Der gute Junge bat uns einzutreten, und dann kam uns auch schon Aspiasa entgegen – ganz in vornehmes Schwarz gekleidet, wovon sich einzig das Funkeln ihres Schmucks (sämtlich aus Privateigentum) abhob.

«Guten Abend, Gentlemen», sagte sie. «Darf ich Ihnen kurz die Regeln unseres Hauses erläutern? Eine Gebühr von 5 Guineen verschafft Ihnen die Begegnung mit einer Dame Ihrer Wahl, allerdings für nicht länger als drei Stunden. Im Preis inbegriffen ist ferner die Benutzung unseres Dampfbads, das in London einzigartig ist und getreulich den vielbewunderten türkischen Bädern nachempfunden wurde.»

Wir taten so, als würden wir unsere Guineen vor sie hin zählen, und dann führte Aspasia uns in den Salon, in dem nun in anheimelndem Kerzenlicht sieben der liebreizendsten Damen, die man sich nur vorstellen kann, versammelt waren. Ich hatte Mühe, meine früheren Freundinnen wiederzuerkennen, so stark waren sie verändert. Die schlichten Gewänder, die sie ehedem getragen hatten, waren durch hinreißend moderne Kreationen ersetzt, welche die Schönheit der Grazien dergestalt zur Geltung brachten, daß man Aspasia, die ja die Roben ausgewählt hatte, nur rückhaltlos bewundern konnte.

Wie sich leicht denken läßt, war keines der Mädchen so radikal verändert wie meine liebe Moll, deren frischer, unverstellter Charme jetzt durch das tiefe Dekolleté eines kostbaren karminroten Gewandes betont wurde, dessen Schnitt sich klug die Waage hielt zwischen dezent und frech; im übrigen lag das Kleid so eng an, daß die Reize ihres Körpers zwar betont wurden, gleichzeitig aber raffiniert verborgen blieb, was sich am verlockendsten dahinter zu verstecken schien.

Ginevras zarter rosiger Teint kam aufs trefflichste in einem champagnerfarbenen Crêpe de Chine-Kleid zur Geltung, das ihre mit Grübchen gesegneten Arme gänzlich frei ließ; an den Handgelenken schaukelten schlichte, doch gleichwohl elegante Armreifen aus geflochtenem Haar. Sie strahlte eine sinnlich-schmachtende, durch und durch feminine Melancholie aus, die ihr unnachahmliche Anmut verlieh. Nicht minder betörend wirkte Rose, deren Teint, obschon dunkler als der von Ginevra, doch von gleichermaßen zarter Beschaffenheit war, nur daß ihrer Haut jener Zinnoberhauch mangelte und die blauen Schläfenadern weniger deutlich sichtbar waren. Rose trug ein Kleid aus silberweißem Lamé, mit Gaze unterfüttert, und dazu einen hellblauen türkischen Turban mit goldenen Fransen. Die weiten, gerade geschnittenen Ärmel verbargen zum Glück nicht das Ebenmaß ihrer anmutigen Arme. Xanthe trug ein Kleid aus gelbem Satin, das in der Taille von einem goldenen Band zusammengehalten wurde. Ihre üppigen blonden Locken fielen frei und schmucklos in den Nacken, und auch Hals, Arme und Finger auf Geschmeide gänzlich verzichteten, auf daß die zarten Formen um so eindrucksvoller wirken konnten. Constances Robe war aus durchwirkter weißer Louis XV-Gaze über weißem Satin, was die Fremdartigkeit ihrer dunklen Haut unterstrich und sie noch sinnlicher und anziehender erscheinen ließ, als ich sie in Erinnerung hatte; ein Paar entzückender Ohrringe betonte das vollkommene Oval ihres Gesichts.

Allein, ich kann der Beschreibung unserer Damen nicht noch mehr Raum geben; so mag es denn genügen, zu sagen, daß es Aspasia – ohne auch nur eine der jungen Frauen vorher gesehen zu haben – in ihrer Klugheit gelungen war, jeder einzelnen ein Kleid zu beschaffen, das nicht nur zu ihrem Typ paßte, sondern diesen erst recht zur Geltung brachte. Und ich konnte mir keinen jungen Mann denken, der nicht – so wie eben jetzt Sir Philip und ich – unschlüssig gewesen wäre, welcher Schönen er den Vorzug geben sollte, denn es gehörte mit zum eleganten Erscheinungsbild der Damen, daß man gleich den Eindruck bekam, wir sollten sie durch unsere Gunst auszeichnen, und nicht umgekehrt.

Nach wenigen Augenblicken des Staunens nahm Aspasia uns beim Arm und führte uns hinaus in die Halle.

«Nun, Gentlemen, haben Sie Ihre Wahl getroffen?» fragte sie.

Sir Philip entschied sich für Sally, während ich Xanthe auserkor. Aspasia nickte.

«Pounce wird Sie nach unten führen und die Mädchen werden Ihnen alsbald folgen», sagte sie.

Unten wurden wir aufgefordert, unsere Kleider abzulegen, und Pounce erwies sich als durchaus höflich und hilfsbereit, wenngleich nicht besonders geschickt beim Falten unserer Sachen, die er sich lässig über den Arm warf und davontrug. Unterdessen wurden wir – in große Badetücher gehüllt – ins Schwitzbad geleitet. Blatchford war offenbar den ganzen Tag an der Arbeit gewesen, denn dichte Dampfschwaden verhüllten den Raum, und die Temperatur war so wohlig angenehm, daß wir im Nu die Tücher abgeworfen hatten, nackt über die Fliesen auf die beiden Wannen zutappten und hineintauchten – jeder für sich in eine.

«Ich wußte gar nicht, daß Ihr Freund den Osten bereist hat», sagte Sir Philip.

Das habe er auch nicht, erklärte ich, vielmehr sei dieses Bad hier den römischen Thermen nachempfunden, die er auf Illustrationen aus Pompeji studiert habe. Mein neuer Freund sparte nicht mit seinem Lob und legte sich mit wohligem Seufzer zurück – wozu sich im nächsten Moment gleich noch mehr Grund bot, als nämlich die beiden Mädchen eintraten. Auch sie waren inzwischen entkleidet und in Tücher gehüllt, die anmutig zu Boden glitten, als die Nixen zu uns in die Wannen stiegen.

Die Hitze hatte bereits eine gewisse Lethargie über unsere Glieder gebreitet, und der Anblick der beiden Schönen in ihrer rosigen Nacktheit stimulierte unsere entspannten Sinne, so daß wir keinen anderen Wunsch hatten, als uns zu erheben und die beiden dorthin zu führen, wo wir sie umarmen konnten. Sie waren nicht abgeneigt, und in der Tat sollten wir erfahren, daß einer der Vorzüge des Schwitzbades darin besteht, daß sogar Herren, die von der Nachtluft frösteln oder aus irgendeinem anderen Grund nicht in amouröser Laune sind, rasch in einen Zustand der Leidenschaft versetzt werden, der sofortiger Linderung bedarf, was zur Folge hat, daß die Hemmungen sich rascher lösten, als es unter anderen Umständen der Fall wäre.

Also stiegen wir aus dem Bad, und ich sah, daß Sir Philip ebenso zur *amour* gerüstet war wie ich. Die Mädchen führten uns in den Warmluftraum und nötigten uns, auf Bänken, bedeckt mit Badetüchern und weichen Kissen, Platz zu nehmen. Wir legten uns nieder, und Sally und Xanthe brachten Schüsseln mit warmem Wasser und Seife, womit sie unseren Lustquell wuschen, nicht ohne uns dabei mit gewissen Gesten und Liebkosungen in Erwartung kommender Freuden anzustacheln – in meinem Falle sogar so weit, daß ich mich, ich gestehe es, gezwungen sah, Xanthe um Einhalt zu bitten und meine Toilette mit eigener Hand zu beenden, auf daß ich nicht womöglich im nächsten Moment ihre und meine Wonnen verscherzt hätte. Sir Philip hatte, wie ich aus dem Augenwinkel erspähte, keine solchen Hemmungen. Er ruhte an Sallys Busen und massierte ihren Leib mit dem seinen; sein Schwanz vergnügte sich auf ihrem Bauch, während sein Mund an ihren Ohrläppchen knabberte, so daß sie jetzt schon lustvoll stöhnte.

Dann, als wir trockengerieben waren, lagen wir ein Weilchen neben unseren Damen, immer noch eingelullt von der Hitze und vom Dampf, der uns den Schweiß aus den Poren trieb und unsere Körper schlüpfrig machte, fast als hätte man sie mit Öl eingerieben, und sie waren jedenfalls ebenso gleitfähig für tastende Hände und forschende Finger.

Nach einiger Zeit erhoben sich die Mädchen, hüllten sich wieder in ihre Badetücher und führten uns nach oben zurück, wo man unterdessen taktvoll Draperien und Wandschirme so angeordnet hatte, daß wir den Blicken etwaiger Neuankömmlinge von der Straße her entzogen wurden. Im Obergeschoß, wo die Suite mit den Ruhegemächern lag, trennten wir uns: Sir Philip und Sally zogen sich in eine Kemenate zurück, Xanthe führte mich in eine andere. Drinnen erblickte ich ein schönes Wandgemälde, das ein hübsches junges Ding auf dem Rücken liegend zeigte, wie es eben die Beine über die Schultern eines bärtigen Kriegers schlang, der sich anschickte, mit seinem kraftstrotzenden Instrument, gegen das sie offenbar keinerlei Abneigung zeigte, in sie einzudringen.

Xanthe geleitete mich zum Bett, zog mir das Handtuch fort und erkundigte sich, ob mir kalt sei. Doch erhitzt wie ich war, empfand ich die kühle Luft, die über meinen Körper strich, als sehr angenehm, und ich spürte neue Kräfte in mir aufsteigen, als sie nun ihrerseits das Badetuch fallen ließ und mich fragte, ob ich irgendeine Vorliebe für ein bestimmtes Spiel hätte. Ich sei, gab ich zur Antwort, mit allem einverstanden, sofern es nur ihr die gleiche Lust bereiten würde wie mir – worauf sie sich neben mich legte und anfing, mit ihren geschmeidigen Händen meinen Körper zu streicheln und sich dabei ganz allmählich immer näher und näher an meinen Lebensmittelpunkt heranzutasten. Als sie endlich dort angelangt war, gesellten sich zu ihren Fingern auch die Lippen, was meine Empfindungen abermals gefährlich nahe an den Siedepunkt brachte.

In dem Bestreben, auch sie zu erfreuen – ich habe nämlich von jeher das Liebesspiel nur dann wahrhaft genossen, wenn auch das Objekt meiner Begierde einen besonderen Genuß dabei empfindet –, richtete ich mich auf, drehte mich so, daß mein Kopf neben ihren Füßen zu liegen kam, und kniete mich mit den Beinen rechts und links von ihrem Körper über sie, wodurch, wenn ich mich bückte, meine Zunge über ihren Bauch und die Schenkel schnellen konnte, bis sie endlich jene köstliche Öffnung fand, in der die weibliche Sinnlichkeit sich konzentriert. Umgekehrt brauchte sie nur ein ganz klein wenig den Kopf zu heben, um mich in den Mund nehmen zu können, während sie die Hände frei hatte, um ungehindert damit über meinen Körper zu wandern, mir Brust und Hüften zu stimulieren, dann über meinen Rücken hinabzufahren bis zu den Lenden und mit den Fingern in der Spalte zwischen meinen Pobacken zu spielen, was solch köstliche Empfindungen wachrief, daß ich die

Schenkel weit und immer weiter spreizte, um ihren tastenden Fingern Raum zu geben.

Inzwischen keuchte sie lustvoll und hätte mich endlich beinahe abgeworfen, ehe sie die Position der Maid auf dem Fresko nachahmte, worauf es nur noch Augenblickswerk war, mich aufzurichten und mit ihrem Körper zu verschmelzen. Und beide waren wir so glücklich über die Vereinigung, daß wir schon nach drei, vier Stößen meiner Lenden gleichzeitig den Höhepunkt erreichten und mit einem Aufschrei in die Kissen niedersanken.

Ein Weilchen lagen wir noch wohlig erschöpft beieinander, dann aber erwachte in mir die Neugier, festzustellen, was sonst noch im Haus vorging, und ich sah mich nach meinen Kleidern um. Xanthe erklärte, ich könne danach läuten, holte aber unterdessen schon aus einem kleinen Wandschrank zwei reizende Seidenroben, die, wie sie sagte, für diejenigen gedacht seien, die sich nur eine Zeitlang entspannen und vielleicht etwas dabei essen oder trinken wollten, was man ebenfalls durch Klingelzeichen bestellen konnte. Heute abend allerdings, da wir noch ganz *entre nous* waren, würde für alle unten serviert werden. Und nach diesen Erläuterungen führte sie mich hinunter in den Salon, wo Frank und Aspasia sich inzwischen zu den Mädchen gesellt hatten, und die ganze Gesellschaft begrüßte uns mit Hurrarufen, worauf mir, fürchte ich, das Blut ins Gesicht stieg.

Man hatte einen Tisch aufgeschlagen, auf dem eine Auswahl kalter Speisen bereitstand sowie mehrere Flaschen Rotwein, Weißwein und Rosé. Als wir alle mit Gläsern versorgt waren, wandte sich Constance an Frank mit der Bitte, ob man nicht auch ihrem Freund Will einen Schluck bringen könne.

«Wie konnte ich den nur vergessen!» rief Frank. «Bitte geh und hole ihn her, und bring Blatchford und Tippett auch gleich mit. Sie können das Feuer jetzt ausgehen lassen und sollen mit uns essen und trinken.»

Während wir uns nach Herzenslust gütlich taten, erkundigten Frank und Aspasia sich eingehend, wie mir das Haus gefalle. Was die Ausstattung betraf, so hatte ich keinerlei Kritik anzumelden. Gewiß, Pounces Umgangsformen waren noch ein bißchen grob, aber Zeit und Erfahrung würden dem abhelfen, und die Badeeinrichtungen würden ganz bestimmt ein großer Erfolg bei der Kundschaft werden.

«Ja, ich rechne auch damit, daß die uns als erstes ins Gespräch bringen», sagte Frank. Und als Sir Philip und Rose sich unter uns mischten, ebenfalls in seidene Gewänder gehüllt, da war Jocelind gleich mir voll des Lobes für Ausstattung und Führung des Hauses.

Nun gesellten sich auch Pounce, Blatchford und Tippett der Runde zu – das Trio war ulkig anzuschauen, denn Pounce steckte noch immer in seiner respektablen Lakaienuniform, Tippett trug schlichte Alltagskleider und Blatchford hatte nur dünne Pantalons an und darüber ein bis zur Taille aufgeknöpftes Hemd (schließlich hatte er den ganzen Abend über das Feuer in Gang gehalten).

Wir aßen mit großem Appetit und spülten die Leckerbissen mit viel Wein hinunter; danach bat Frank mich, mit ein wenig Musik aufzuwarten.

Ich huschte hinaus und holte meine Gitarre, auf der ich seit Wochen nicht mehr gespielt hatte. Dennoch gelang es mir bald, ein, zwei Melodien vorzutragen, was die Damen nicht wenig entzückte.

Unterdessen hatte Tippett seinen Rock abgelegt, und Pounce war aus seiner Lakaienjacke geschlüpft, hatte die Perücke über eine Stuhllehne gehängt und Constance auf seinen Schoß gezogen. Seine Hand glitt alsbald unversehens in ihr Dekolleté.

«Pounce», sagte Frank mit gespielter Strenge, «das Kleid der jungen Dame war sündhaft teuer, und ich wäre sehr ungehalten, wenn es schmutzig würde.»

Pounce ließ betreten den Kopf hängen.

«Gewiß, Sir», stammelte er und zog seine Hand zurück, worauf Constance einen Schmollmund zog.

«Wäre es nicht das beste», fuhr Frank nun mit verschmitztem Lächeln fort, «wenn Miss Constance das Kleid ausziehen würde?»

Prompt hellten die Gesichter des Paars sich wieder auf. Constance glitt für einen Moment von Pounces Schoß und ließ ihr Kleid fallen. Dann nahm sie ihren alten Platz wieder ein, wo sie freilich schon bald auf seltsame Art zu zappeln begann, so als störe sie da etwas – oder mache ihr vielleicht auch Plaisir…

Frank hatte offenbar beschlossen, daß alle Hausbewohner sich gleich wohl fühlen sollten, denn jetzt zog auch er ohne falsche Scham seine Kleider aus und forderte Aspasia auf, es ihm nachzumachen, worauf er sie in die Arme nahm und sich mit ihr im Walzertakt drehte. In kürzester Zeit fanden sich alle zum Hupfdohlenreigen zusammen – Tippett zufolge nannte man so auf Cockney einen Tanz, bei dem alle Beteiligten nackt sind. Frank tanzte, wie gesagt, mit Aspasia, Pounce mit Constance, Tippett hatte Sally im Arm und Sir Philip schwenkte Cissie im Kreis; Xanthe und Rose hatten sich Brust an Brust zusammengefunden, während Moll und Ginevra rechts und links von mir Platz genommen hatten, wo Ginevra mein Gitarrenspiel bewunderte, dabei zärtlich einen Arm um meinen Nacken schlang und mit den Lippen an meinem Ohr zupfte, während Moll ihre Fingerfertigkeit an einem ganz anderen Instrument unter Beweis stellte.

Zu gegebener Zeit hatte das sinnliche Wiegen des Walzers Tippett und Sally so sehr erregt, daß sie, eins in den Armen des anderen, zu Boden sanken, woraufhin Frank verkündete, daß in diesem Fall jedes Paar eingeladen sei, die Boudoirs im Obergeschoß aufzusuchen – und auch wenn Tippett und seine Schöne inzwischen zu eng miteinander verschmolzen waren, als daß sie ohne Beschwerden hätten aufstehen können, löste sich die übrige Gesellschaft doch rasch auf. Trotz der Liebesdienste meiner beiden holden Engel war ich noch nicht wieder bereit für ein zweites Gefecht. Also entschuldigte ich mich bei den beiden und wanderte allein mit meiner Gitarre durchs Haus – vom Keller bis hinauf zu den Dachkammern –, um den geilen Pärchen aufzuspielen, die in ihrer stürmischen Liebesglut vergessen hatten, die Türen zu schließen. Im schönsten der oberen Räume war Frank ganz und gar von Aspasias Reizen gefesselt – anscheinend faszinierten die Umarmungen der reiferen Frau ihn trotz der blutjungen Dinger, die den ganzen Abend um ihn herum gewesen waren, immer mehr. Aspasia ruhte halb liegend, halb sitzend auf dem Bett, hielt seinen Kopf zwischen den Schenkeln und bot, wie ihre wunderschön gewölbten Brüste sich vor Leidenschaft hoben und senkten, in der Tat einen erhebenden Anblick. Als ich zum nächsten Kabinett weiterging, sah – nein, hörte – ich Cissie auf dem Höhepunkt ihrer Lust kreischen, während Sir Philip, wieder ganz erstarkt, worum ich ihn nicht wenig beneidete, gleich einem ungezähmten jungen Füllen zwischen ihren Beinen auf und nieder fuhr.

Pounce und Constance lagen in ruhigerer Umarmung im dritten Zimmer. Sein Körper war fast so dunkel wie der ihre – nur um seine Lenden zog sich ein weißer Streifen, denn da er nicht wie sie einfach müßig in der Sonne lag, sondern im Freien arbeitete, war er es gewohnt, sich neugierigen Blicken durch einen Schurz zu entziehen. Selbst neu erregt von diesen Szenen, winkte ich Ginevra, die sich mir auf meinem Rundgang angeschlossen hatte, mit mir in jene vierte Kammer zu kommen, die ich zuvor mit Xanthe geteilt hatte. Allein, als ich auf die Schwelle trat, fand ich auch dieses Gemach bereits besetzt: Xanthe lag, noch erhitzt von meiner Umarmung, nun in ergötzlichem Kampf mit ihrer Freundin Rose. Die beiden hatten jeweils den Kopf den Füßen der Partnerin zugewandt, ihr langes, volles Haar floß über die Lenden der Gespielin, die Hände umklammerten fest den Po, der selbst sich wiederum in unmißverständlichem Rhythmus hob und senkte.

Ginevra langte um mich herum und schloß leise die Tür. Dann führten Moll und sie mich, ohne ein Wort zu sprechen, hinunter in den Warmluftraum, wo sie mich zwischen sich auf weiche Handtücher betteten, mein Gesäß an Mollys Bauch gepreßt, deren Hände auf meinen Hüften lagen und so die Stöße dirigierten, mit denen ich nun Ginevra befriedigte, deren Gesicht mir zugewandt war, während sie ein Bein über meine Hüfte geschlungen hatte, so daß es Ginevras und meinen Leib umfing.

Am nächsten Morgen erwachten wir alle drei fröstelnd von der kühlen Luft, der die angenehme Wärme des Abends gewichen war, und aufgeschreckt durch den Lärm, mit dem Blatchford die glimmenden Aschenreste schürte, um für den Abend ein neues Feuer anzufachen, denn heute sollte ja die offizielle Eröffnung stattfinden.

Der Tag verging zunächst damit, die Unordnung des vergangenen Abends zu beseitigen – das heißt, es mußte geputzt werden, die schmutzigen Leintücher waren durch frische zu ersetzen (Frank hatte einen scheinbar unerschöpflichen Vorrat an Laken und Handtüchern angeschafft – «Denn», so sagte er, «ich will, daß bei uns alles jederzeit blütenrein und frisch ist.»), und endlich hatten wir uns zu vergewissern, daß jede noch so geringfügige Kleinigkeit bis aufs I-Tüpfelchen geregelt war.

Sophie und Polly kamen gegen Mittag, und ohne ihr die Ereignisse des Abends ganz genau zu schildern – auf Grund meiner Gefühle für Sophie habe ich Hemmungen, ihr zu entdecken, daß ich auch Verkehr mit anderen Frauen pflege, obgleich ich sicher bin, daß sie nicht annimmt, ich würde das Leben eines Eunuchen führen –, konnte ich ihr gleichwohl versichern, daß unsere «Generalprobe» gut geklappt hatte. Nach einem Rundgang durch das Haus äußerte sie sich denn auch sehr lobend. Ihre eigenen Pläne gedeihen, so scheint es, dank Sir Philips Hilfe auch recht gut. Ich für mein Teil bin dem Herrn noch nicht so nahegekommen, daß man uns als Freunde bezeichnen könnte, und er steht seinerseits mit mir gewiß auch nicht auf vertraulichem Fuß, aber Sophie weiß er sich offenbar nützlich zu machen, und das vielleicht in mehr als einem Sinn, denn als sie einander begrüßten (nachdem er ja die Nacht hier verbracht hatte), da schien mir, sie hänge sich sehr viel herzlicher an seinen Arm, als ich das bei einem Angestellten erwartet hätte – und ein solcher, will sie mich glauben machen, ist er oder soll er jedenfalls werden. Ich muß gestehen, daß ich mir den Spaß erlaubte, ihn unverzüglich nach Cissies Wohlbefinden zu fragen, aber mein Hieb ging ins Leere, denn er antwortete ganz gelassen, daß er glaube, ihr jede erdenkliche Befriedigung verschafft zu haben, worauf Sophie mir lachend adieu sagte und ging.

Den Erfolg unseres ersten Abends brauche ich vielleicht nicht eigens zu schildern. Zwar erschien der erste Gast erst um sieben, und wir waren bis dahin schon in Sorge, ob überhaupt jemand kommen würde, dann aber riß der Besucherstrom nicht mehr ab, so daß unsere vier Kemenaten dauernd besetzt waren, die Mädchen, als sie sich einmal ausgezogen hatten, gar nicht mehr in die Kleider kamen, und Frank sie bitten mußte, ihre Partner nach bestem Vermögen auch in den unteren Regionen des Hauses zu befriedigen. Diese Aufgabe erfüllten sie ohne große Mühe, indem der Warmluftraum zu einem weiteren Schlafzimmer wurde (als welches er ja Ginevra, Moll und mir schon die Nacht zuvor gedient hatte), und Moll widmete sich einem Herrn direkt im Schwitzbad, dessen Effekt scheinbarer Schwerelosigkeit sie später nicht genug rühmen konnte – ja, sie schwärmte förmlich von ihrem «Schwebefick», wie sie ihn nannte und den sie so erquicklich gefunden hatte, daß sie ihn uns allen zur Nachahmung empfahl.

Der letzte Gast verließ nicht vor drei Uhr morgens das Haus. Da waren wir denn alle rechtschaffen müde, die Mädchen aus naheliegenden Gründen, Blatchford, weil er die ganze Nacht über den Ofen besorgt hatte, Frank und Aspasia, weil sie sich ohne Unterlaß um die Gäste gekümmert hatten, Pounce vom Hinundherdirigieren der Kutschen, und ich armer Musikus, weil ich mir die Finger wundgespielt hatte. Die Mädchen hatten die Nacht zuvor sehr viel Freude an den Gitarrenklängen gehabt und waren der Meinung, die Musik trage erheblich zur Verschönerung der Atmosphäre bei – eine Wirkung, die ich durchaus nicht in Abrede stellen will, aber ich muß mich bei solchem Marathonspiel doch viel zu sehr plagen, als daß ich es zur Dauereinrichtung werden lassen möchte!

Ehe wir uns schlafen legten, rief Frank die Mädchen zusammen und gab bekannt, daß unser Haus genau 100 Guineen eingenommen habe.

«Ich habe noch einmal über eure Entlohnung nachgedacht», fuhr er fort, «und bin zu dem Schluß gekommen, daß es gerechter ist, wenn eine jede von euch, statt ihren Anteil der Gebühr zu erhalten, die ein Herr für seine Betreuung bezahlt, einen Prozentsatz der Gesamteinnahmen bekommt. Und so habe ich denn beschlossen, jeder von euch ein Siebtel vom dritten Teil des Abendertrags zu überlassen. Und zwar bekommt ihr diesen Anteil ohne Einschränkung – das heißt, sollte beispielsweise eine von euch krank werden oder ihren Urlaub nehmen, laufen die Zahlungen trotzdem weiter. Falls eine von euch auffallend mehr respektive weniger bei den Kunden gefragt sein sollte als die übrigen, dann müßten wir das eventuell in Zukunft durch eine Sonderregelung berücksichtigen, aber im Moment halte ich so etwas für ausgeschlossen.»

Dann gab er jedem Mädchen 6 Guineen – bedeutend mehr, als ihr regulärer Anteil für diesen ersten Abend betrug und somit eine hochherzige Geste, die sie ihm denn auch mit strahlendem Lächeln dankten. Ich fragte mich, ob er seine Großzügigkeit nicht ein wenig übertrieb, denn schließlich mußte er auch den drei Männern ihren Lohn bezahlen und obendrein die Kosten für Renovierung und Unterhalt des Hauses herauswirtschaften – allein, ich konnte nur auf seinen Instinkt vertrauen und darauf, daß er über mehr Geschäftssinn verfügte als ich, und mußte im übrigen abwarten, was die Zukunft bringen würde.

8. KAPITEL

Sophies Bericht

Der Eifer, mit dem Frank und Andy ihre Pläne vorantrieben, führte zu einer derart überhasteten Eröffnung ihres Etablissements, daß ich mir beim besten Willen nicht vorstellen konnte, wie sie den Betrieb reibungslos bewältigen wollten.

Doch ich muß gestehen, daß die Einrichtung des Hauses in der Brook Street an Schönheit und Komfort all meine Erwartungen übertraf. Polly und ich besichtigten das Institut am Vortag seiner Eröffnung und waren vom Erfolg der Umgestaltung ebenso angetan wie mein Bruder. Und wie Philip – denn jetzt, da wir Partner sind, rufen wir einander einfach beim Vornamen – mir hinterher versicherte, ist die Führung des Hauses ebenso untadelig wie seine Ausstattung.

Über die Damen, die Frank beschäftigt, habe ich mir noch kein schlüssiges Urteil gebildet. Bei der ersten kurzen Vorstellung gefiel mir ihr sittsames Betragen recht wohl – abgesehen von einer Cockney-Person, die eindeutig von der Straße kommt und das auch mit jedem Wort sowie auf vielerlei andere Weise verrät. Trotzdem scheint auch sie wohlmeinend und anstellig und hat jedenfalls in Andy einen warmen Fürsprecher (der damit eine Vorliebe fürs Derbe und Gewöhnliche bekundet, die ihre Ursache womöglich in seiner eigenen, bekanntlich alles andere als vornehmen Herkunft hat).

Doch um auf meine eigenen Pläne zurückzukommen: Ich hatte schon bald die nötigen Anordnungen getroffen, um durch den Anwalt meines verstorbenen Gatten, einen ehrbaren Mann, der meine Geschäfte weiterhin betreut wie vordem die von diesem Geizkragen Mr. Nelham (und mich dünkt, er dient mir mit weit größerer Freude), Sir Philip die Riverside Lodge abzukaufen. Das Haus in der Frith Street wurde ohne große Mühe zu einem ausgezeichneten Preis an einen Kaufmann aus York veräußert, der seine Geschäfte in die Hauptstadt verlegen wollte, und so hatte ich denn das Vergnügen, Sir Philip Jocelind einen Scheck über eine Summe auszustellen, die ihn für geraume Zeit aller finanziellen Probleme entheben würde.

Philip hätte es in der Tat nicht besser treffen können, denn er lebte weiterhin in der Villa, die von Kindheit an sein Heim gewesen war, und hatte obendrein das Vergnügen, sie ganz nach den Modernisierungswünschen, mit denen er sich schon seit einiger Zeit trug, verschönern zu können: Von einem Reservoir, das auch das Brandenburgh House nebenan speiste, wurden – mit beträchtlichem Kostenaufwand – Wasserleitungen verlegt, und Einrichtungsgegenstände wurden zum Teil ausgetauscht, wenngleich wir die alten Möbel, soweit möglich, behielten, wollten wir doch die Atmosphäre eines angenehmen Privathauses bewahren, in dem unsere Gäste sich wahrhaftig als Gäste fühlen sollten, egal, wie hoch der Preis auch war, den sie für dieses Privileg bezahlen mußten.

Zwei, drei Wochen arbeiteten wir an der Neugestaltung des Hauses – oder besser gesagt, Polly und ich arbeiteten, während Philip unentwegt kam und ging; ihm hatte ich nämlich die Aufgabe übertragen, unseren Stall mit jungen Burschen zu versorgen. Zwar würde ich sie überprüfen, ehe ihre Anstellung verbindlich wurde, aber es schickte sich nun einmal nicht für mich, in solcher Mission durch London zu streifen, wie verlockend mir das auch, sobald mich eine meiner koboldhaften Launen anwandelte, erscheinen mochte. Immerhin legte ich Philip nahe, er möge doch gelegentlich einen Ausflug zu den Teichen von Hampstead unternehmen, denn das Schauspiel, welches sich Polly und mir dort geboten hatte, war in meiner Erinnerung noch immer nicht verblaßt.

Eines Nachmittags, als Polly und ich gerade beim Tee saßen, trat Philip herein und meldete, daß die Vorbereitungen abgeschlossen seien und sechs junge Männer, mit denen er sich abgesprochen habe, am nächsten Tag vor uns erscheinen würden! Und da Polly und ich uns eben zum erfolgreichen Abschluß unseres Unternehmens beglückwünscht hatten, konnte nun gleich der Eröffnungstermin für das Etablissement festgesetzt werden – wir einigten uns auf eine Frist von sieben Tagen, binnen der Philip versprach, die Handzettel (ganz im Tenor seines vor einiger Zeit erstellten Entwurfs) an eine Reihe von Läden zu verteilen, deren Besitzer sodann gegen ein kleines Entgelt dafür sorgen würden, daß sie in die Hände einer für uns geeigneten Klientel gelangten.

«Und heute abend», sagte er, «sollten wir uns zur Feier des Tages etwas wirklich Schönes gönnen. Ich habe mir erlaubt, Karten für den Ball Verkehrt zu besorgen.»

Von einem solchen Fest hatte ich noch nie gehört, aber Polly versicherte mir, es handle sich dabei zwar nicht gerade um ein Muster an Vornehmheit, der Ball werde aber gleichwohl von vielen Damen und Herren der besten Gesellschaft besucht. «Außerdem», setzte sie hinzu, «amüsiert man sich dort immer ganz prächtig.» Mehr wollte sie nicht verraten, sondern sie machte sich sogleich mit Feuereifer daran, unsere Ballkleider herzurichten, und am frühen Abend setzte sie mich an meinen Toilettentisch, um mir das Haar mit einer Sorgfalt und einem Raffinement zu frisieren, das ich nicht bei ihr vermutet hätte.

Der Ball fand in einem großen Haus irgendwo südlich der Themse statt – wo genau, weiß ich bis zum heutigen Tag nicht zu sagen, denn es war schon dunkel, als wir aufbrachen. Unsere Kutsche brachte uns bis zu einem stattlichen Portal, wo wir von einem Lakaien in Empfang genommen wurden, der uns erst in eine Garderobe führte, wo wir unsere Capes ablegen konnten, und dann über eine Freitreppe nach oben, wo eine hochgewachsene, distinguierte Dame wartete, die (so flüsterte Philip mir ins Ohr) alljährlich den Ball organisierte. Ich knickste vor ihr, wurde aber sogleich von starker Hand emporgezogen und aufs freundlichste von einer höchst aparten, rauhen Stimme willkommen geheißen.

Aus dem Ballsaal schlugen uns die Klänge eines Wiener Walzers entgegen, und als wir eintraten, erblickte ich ein Bild überschäumender Fröhlichkeit, farbig und bewegt, ja einen wahren Wirbel maskierter Tänzer – denn jeder trug eine Maske, manche aus schlichtem schwarzem Satin, andere aus reichbestickter bunter Seide, manche auch aus bemalter Leinwand.

Einen Augenblick lang standen wir still und sahen zu, und allmählich dämmerte mir, was es mit diesem Fest auf sich hatte, denn wenngleich viele Gäste ganz bürgerlich und harmlos wirkten, waren doch etliche keineswegs das, wofür sie sich ausgaben. Die erste Person, deren Verstellung ich durchschaute, war eine vierschrötige Frau, die ganz in meiner Nähe stand und den Wein so geschwind in sich hineinkippte, daß sie sich gewiß nicht mehr lange würde auf den Beinen halten können. Das mächtige Gesäß, das sich unter ihrem seidenen Kleid abzeichnete, war irgendwie zu massiv, zu quadratisch, und ihre entblößten Schultern waren zwar bleich und unbehaart, doch schienen sie mir allzu großporig und derb – genau wie ihr Gesicht (das ich nur im Profil sah) mit den stark geschminkten Lippen und dicken Hängebacken. Aber dann, als sie eben die Hand nach einem neuen Glas auf dem Tablett eines vorbeieilenden Lakaien ausstreckte, ließ sie ihren Ridikül fallen, und wie sie sich danach bückte, verrutschte ihr Kleid, und ich gewahrte, daß ihr gewaltiger Hängebusen anscheinend nicht aus Fleisch und Blut war – es sah vielmehr aus, als steckten zwei ausgestopfte Beutel in ihrem Mieder.

Ich blickte mich erstaunt nach Polly um, die mir verschmitzt zublinzelte.

«Bohnensäckchen, Madam!» flüsterte sie. Und nun fiel es mir wie Schuppen von den Augen, und als ich mich umblickte, gewahrte ich, daß viele der Damen im Saal in Wirklichkeit verkleidete Herren waren – manche spielten ihre Rolle mit solcher Verve, daß sie zur Karikatur abrutschten, andere wieder betrugen sich so artig und anmutig, daß nur ihre starken Fesseln und Handgelenke sie verrieten.

Ich war noch nie in Gesellschaft von Herren gewesen, die sich daran ergötzten, das andere Geschlecht nachzuahmen, und ich hatte auch nicht das Gefühl, daß sie mich besonders interessieren könnten – um so mehr überraschte es mich, Philip von Zeit zu Zeit mit einem dieser Maskierten tanzen zu sehen, ja, er und seine Partner plauderten und scherzten sehr angeregt, und als er wenig später mich zum Tanz aufforderte, fragte ich ihn, was ihm denn an solcher Gesellschaft Vergnügen bereite. Darauf antwortete er nur knapp, er fände die Leute eben «amüsant» und wollte sich weiter nicht zu dem Thema äußern.

Glücklicherweise waren genügend echte Damen und Herren anwesend, wenn diese auch größtenteils nur gekommen schienen, um über die anderen zu lachen – eine Beobachtung, die mich bekümmerte. Von Zeit zu Zeit sah ich Polly im Gespräch mit anderen Damen – ich meine, echten Damen –, während ich mich damit begnügte, das Treiben aus einer Ecke des Saals zu verfolgen und, sowie mir jemand zu nahe kam, verlegen das Mobiliar zu betrachten.

Aber irgendwann wurde ich doch aufgespürt – zum Glück von einem jungen Mann, der Kleidung nach sogar ein Gentleman, der mich artig anredete.

«Ma'am, wie ich sehe, sind Sie ohne Begleitung. Darf ich Ihnen ein Glas Wein reichen?» – sprach's und offerierte mir auch schon mit zierlicher Verbeugung den Trunk, den ich gern entgegennahm.

«Sie scheinen sich hier nicht ganz wohl zu fühlen, wenn Sie mir die Bemerkung gestatten», sprach er weiter.

Ich gestand, daß seine Beobachtung zutreffend sei.

«Ist dies etwa Ihr erster Ball Verkehrt?»

Ja, antwortete ich, aber nicht nur das; bis vor einer Stunde hätte ich nämlich noch keine Ahnung gehabt, was darunter zu verstehen sei.

«Es war nicht sehr freundlich von Ihrem Kavalier, Sie darüber im unklaren zu lassen», sagte der junge Mann in ernstem Ton und mit einfühlsam gesenktem Kopf.

Statt einer Antwort neigte auch ich stumm den Blick.

«Sie sind wohl noch nicht lange in London?» forschte er weiter, und als ich dies bestätigte, fuhr er fort von ähnlichen Veranstaltungen zu sprechen, die ursprünglich – so sagte er – als Treffpunkt jener Herren begründet worden seien, die ihr Vergnügen darin fanden, Frauenkleider anzulegen, ja sich gar für Frauen auszugeben – auch wenn keineswegs all diese Männer Eunuchen seien (weder wirkliche noch eingebildete); vielmehr ergötzten sich viele von ihnen sehr gern am Liebesspiel mit Frauen und hätten bloß ganz harmlos ihre Freude an Seide und Satin, Gaze und Kattun.

«Es gibt allerdings Leute, die Herren mit solchen Vorlieben begaffen wie die exotischen Tiere im Tower», räumte er ein. «Und es gibt andere, die – um es rundheraus zu sagen – nur durch die Umarmung eines Partners vom eigenen Geschlecht erregt werden können und die hier Anschluß zu finden hoffen. So ist der Ball denn auch rasch populär geworden. Sie werden mir meine Offenheit verzeihen, Ma'am», schloß er, «aber es schadet nichts, wenn man sich auskennt.»

«Ganz recht, und ich bin Ihnen für Ihre Aufklärung dankbar, Sir», sagte ich und war es auch wirklich, nicht nur für seine erhellenden Ausführungen, sondern auch für seine Gesellschaft. Er war von schmächtiger Statur und meiner Schätzung nach noch sehr jung, denn seine Stimme, so schien mir, klang noch ganz wie die eines Knaben. Seine Manieren waren indes untadelig, und die Art, wie er mir den Hof machte, ließ nichts zu wünschen übrig.

«Vielleicht», nahm er nach einer Weile wieder das Wort, «möchten Sie sich auf ein paar Minuten von dem Lärm hier erholen? Ich weiß ein paar Ruheräume, wo wir uns ein Weilchen niedersetzen können. Dort würde ich Ihnen dann, sollten Sie es wünschen, gern Näheres berichten.» Dabei legte er mit rührend zärtlicher Geste die Hand auf meinen bloßen Arm, und ich spürte den leichten Druck seiner Finger, eine offenkundige Aufforderung zum Flirt.

Warum eigentlich nicht? dachte ich und sah mich verstohlen um. Alle Welt amüsierte sich; Polly plauderte angeregt mit einem älteren Herrn, dessen Schnurrbart keinen Zweifel über sein Geschlecht zuzulassen schien; Philip konnte ich im Augenblick nirgends entdecken. Ich schaute zu meinem Kavalier auf und meinte, hinter seiner Maske ein paar verführerische dunkle Augen funkeln zu sehen. Wieder neigte ich den Kopf, worauf er meinen Arm nahm, mich aus dem Saal und über einen Korridor auf einen zweiten führte, von dem viele Türen abgingen, hinter denen ich hier und da Lustgestöhn zu hören vermeinte. Endlich kamen wir an eine Tür, die einen Spaltbreit offenstand, und nachdem er erst leise angeklopft hatte, um sich zu vergewissern, daß der Raum auch wirklich leer sei, trat mein Kavalier beiseite und ließ mich als erste eintreten.

Ich erblickte vor mir ein kleines Boudoir oder vielleicht auch Ankleidezimmer, das mit ein paar Stühlen und einer Chaiselongue eher schlicht möbliert war. Doch bevor ich noch Zeit hatte, mich gründlicher umzuschauen, hatte mein neuer Freund mich auch schon in die Arme geschlossen, seine Lippen auf die meinen gepreßt und spielte mit zärtlicher Zunge in meinem Mund, bis er dortselbst auf die meine stieß, während seine Hände meinen Rücken abtasteten und nach der Schleife an meinem Schnürkorsett suchten. Sein Angriff kam zwar plötzlich, aber schließlich traf er mich weder unerwartet noch kam er ungelegen, war ich doch in den letzten Wochen so von meinen Geschäften in Anspruch genommen worden, daß für die Liebe gar keine Zeit mehr geblieben war.

Der Jüngling nestelte mein Kleid auf, streifte es mir sanft von den Schultern und trat einen Moment zurück, wobei das Mieder bis zur Taille herabfiel und meinen Busen entblößte – der, wenn ich selbst das sagen darf, zu den schönsten Zierden meiner Person gehört. Ich spürte, wie er den Atem anhielt, ehe er den Kopf neigte, um eine nach der anderen die beiden rosigen Spitzen zu küssen, während ich mich nun daranmachte, ihm den Rock von den Schultern zu streifen und sein Rüschenhemd aufzuknöpfen. Er stand lächelnd da und ließ mich gewähren – ein Lächeln, das nur um so verschmitzter strahlte, als er sah, wie meine Miene wechselte, sobald ich unter seinem Hemd nicht die erwartete breite Männerbrust fand, sondern ein Paar kleine, vollkommen gerundete, unbeschreiblich weibliche Äpfelchen. Unwillkürlich fuhr ich zurück. Das Lächeln auf seinem – ihrem – Gesicht erlosch.

«Madam, ich bitte Sie!» rief sie aus. «Ich habe mich doch wohl nicht getäuscht? Gewiß war Ihnen klar...?»

Aber mein Gesicht verriet ihr nur allzu deutlich, daß ich völlig ahnungslos gewesen war. Da raffte die Schöne unverzüglich, wenn auch mit einer gewissen Kälte, ihr Hemd zusammen und fing an, es wieder zuzuknöpfen.

«Ich bitte um Verzeihung, Madam», stammelte sie. «Wenn ich gewußt hätte...»

Doch da trat ich – fast gegen meinen Willen – einen Schritt vor, legte ihr die Hände auf die Schultern und hauchte ihr einen Kuß auf den Nacken, gleich unter den Ansatz der kurzen schwarzen Locken. Strahlend drehte sie sich um, nahm mich in ihre Arme, so daß unsere Brüste sich eng aneinanderschmiegten, und führte mich im nächsten Moment zu der Chaiselongue, auf die wir, einander immer noch umschlungen haltend, niedersanken.

Um die Wahrheit zu sagen, hatte ich mich auf die Umarmung

eines Mannes gefreut, so daß nun eine gewisse Enttäuschung unvermeidlich war. Allein, ich hatte mich schon zu sehr entflammt, als daß mein Feuer auf der Stelle erloschen wäre, und meine früheren Erfahrungen hatten mich gelehrt, daß die Umarmungen eines Partners vom eigenen Geschlecht durchaus nicht immer widerwärtig sein müssen.

Der Körper meiner neuen Freundin war alsbald ganz entblößt, indem ich ihr erst die Stiefel und dann die Breeches auszog und dabei eine Figur zutage förderte, die schlank, aber gleichwohl sehnig wie die eines Knaben war. Tatsächlich hatte dieser Körper, bis auf den Busen (der, wenn sie auf dem Rücken lag, fast überhaupt nicht mehr vorstand) und das seidige Gestrüpp zwischen ihren Beinen, aus dem sich eben kein steifer Apparat reckte, durchaus der eines Jünglings von fünfzehn oder sechzehn Jahren sein können. Ich habe eine wesentlich vollere Figur, was freilich meiner Partnerin sehr zu gefallen schien, denn nachdem sie meinem Oberkörper bereits gebührend gehuldigt hatte, sah sie nun verzückt zu, wie ich aus dem Kleid stieg, und bewunderte meine Hüften und Schenkel nicht nur von vorn, sondern drehte mich auch hin und her, um meinen Leib von allen Seiten in Augenschein nehmen zu können. Schließlich bettete sie mich auf den Rücken und kniete sich zwischen meine Beine (eines ihrer Knie fest gegen mein Geschlecht gepreßt), um mir Gesicht, Hals, Busen und Arme so stürmisch mit glühenden Küssen zu bedecken, daß sie mich, auch wenn ich nicht ohnehin schon entschlossen gewesen wäre, ihre Artigkeiten zu genießen, gewiß dazu hätte überreden können – denn was wirkt aphrodisischer als Bewunderung, zumal wenn sie sich wie hier fast bis zur Anbetung steigert?

Es hat wohl niemand eine bessere Vorstellung davon, wie der harte, feste Körper eines Mannes sich anfühlt als ich, die ich aber auch das Unbehagen kenne, das uns beschleicht, wenn seine kratzige Wange sich an der zarten Haut unserer Scham reibt. Aber ich muß gestehen, daß dieser feste und ein bißchen unweibliche Körper sich so weich und geschmeidig an den meinen schmiegte, daß mir seine Zärtlichkeiten nicht minder erregend waren als die eines Mannes. Gewiß, ein wesentliches Etwas fehlte dem lieben Mädchen, aber wie die wahrhaft Einfühlsamen unter den Männern wissen, ist es nicht immer das männliche Glied, das uns Frauen in Ekstase versetzt, und dieses Mädchen brachte mich mit den Huldigungen ihrer zarten Finger und dann der samtenen Zunge einmal und dann noch einmal über die Klippe höchster Lust. Mehrfach versuchte ich, sie zu einer Veränderung ihrer Lage zu überreden, damit ich ihr in gleicher Weise zu Diensten sein könne, aber das lehnte sie entschieden ab und blieb in halb kniender Stellung über mir, den Kopf in meinem Schoß vergraben, so daß ich nur ihre Schultern erreichen und vielleicht noch ihre kleinen Brüste streicheln konnte – die jetzt fast steif waren vor Entzücken –, ehe mich die Lust abermals überwältigte, diesmal so heftig, daß ich fast das Bewußtsein verlor.

Als ich meiner Sinne wieder mächtig war, hatte sie sich ausgestreckt und ihren Kopf auf meinen Bauch gebettet. Ich richtete mich halb auf und versuchte erneut, sie in die Arme zu schließen, doch sie entwand sich mir, stand einen Moment in gertenschlanker Nacktheit da und sagte: «Bitte, Madam, bemühen Sie sich nicht. Ich bin vollauf zufrieden damit, daß ich Ihnen Lust bereiten durfte, und möchte Ihnen keinesfalls zur Last fallen.»

Ich spürte aber unterdessen das heftige Verlangen, ihrem entzückenden Körper meine Reverenz zu erweisen, allein, ehe ich noch Worte finden konnte, ihr das begreiflich zu machen, war sie schon wieder in die Männerhose geschlüpft, knöpfte sich das Hemd zu und stand abermals als Jüngling vor mir.

Mit einer gemessenen Verbeugung verschwand sie und ließ mich seltsam unbefriedigt zurück. Außerdem hätte ich gar zu gern gewußt, wer sie war. In Gedanken versunken kleidete ich mich an und kehrte in den Ballsaal zurück, wo inzwischen eine merkwürdige Mattigkeit eingekehrt war, denn viele Gäste hatten sich zurückgezogen, manche in verschwiegene Räumlichkeiten hier im Haus, andere waren fortgegangen, und über die verbliebene Festgesellschaft hatte sich eine Art Müdigkeit und Überdruß gesenkt. Philip war noch immer nirgends zu entdecken, aber Polly kam durch den Saal auf mich zu. Sie erzählte mir im Flüsterton und zweifelsohne verärgert, daß ihr ein ungewöhnlich gutaussehender junger Mann den Hof gemacht habe, der, sobald sie sich allein fanden, in ihr Dekolleté langte, aber seine Hand, kaum daß er entdeckte, ihr Busen sei aus Fleisch und Blut statt aus Watte, wütend zurückzog. «Auf das Kompliment, für eine Frau Mampe gehalten zu werden, hätte ich sehr wohl verzichten können!» schimpfte Polly – doch als sie mich lachen sah, hellte sich unwillkürlich auch ihr Gesicht auf, und wir beschlossen, den Heimweg anzutreten; Philip mochte allein den Rückweg finden. Ich konnte mich des Gefühls nicht erwehren (obwohl ich Polly nichts davon sagte), daß Philip eine merkwürdige Wahl getroffen hatte, als er uns ausgerechnet auf diesen Ball einlud. Und wo steckte er eigentlich? Ich hatte ihn zuletzt mit einer jungen Person tanzen sehen, die ebensogut männlichen wie weiblichen Geschlechts hätte sein können. Der Eindruck, den ich bei unserer ersten Begegnung gewonnen hatte – vornehmlich seine Reaktion, als ich mich ihm näherte –, deutete in keiner Weise darauf hin, daß er sich etwa zu Partnern vom eigenen Geschlecht hingezogen fühlte; außerdem hatte Andy mich wissen lassen, daß Philip sich im Etablissement meines Bruders nach Herzenslust amüsiert habe.

Doch ich war jetzt zu müde, um dem Rätsel weiter nachzuforschen. Also begab ich mich zu Bett und schlief ein, lange bevor irgendein Geräusch in seinem Zimmer, gleich neben dem meinen, seine Rückkehr ankündigen konnte – falls er denn überhaupt vor dem Morgen heimfand.

Um welche Zeit Philip nach Hause kam, weiß ich wie gesagt nicht, aber er erschien immerhin am nächsten Mittag – zu der Stunde, da wir uns gewöhnlich zusammenfanden, um die Arbeiten im Haus zu überprüfen und bei einem Glas Wein zu besprechen, was noch zu erledigen sei. Heute hatte es den Anschein, als bliebe nichts mehr zu tun übrig außer der Begutachtung jener jungen Männer, die Philip ausgewählt hatte; dieses Treffen war für den Nachmittag angesetzt. In der Zwischenzeit begaben wir uns in die ehemalige Bibliothek seines Onkels, die jetzt in eine Reihe von kleinen, aber komfortablen Boudoirs unterteilt war, deren jedes wir in anderen Farben, aber mit dem gleichen Mobiliar ausgestattet hatten. Schöne, faltenreiche Vorhänge hingen vor den Fenstern oder bedeckten in jenen Gemächern, die fensterlos waren, ein Stück Wand, wo eines hätte sein können – im ersteren Fall, um die Intimsphäre zu gewährleisten, und in letzterem, um dem Eindruck von Stickigkeit und Schwüle vorzubeugen. Ferner gab es in jedem Boudoir ein niederes Sofa, Sonderanfertigungen eigens für unser Haus aus der Werkstatt eines Schreiners in Chiswick, den Philip empfohlen hatte. Das Besondere an diesen Ruhebetten war, daß sie breit genug für zwei, ja sogar drei Personen waren und außerdem sorgsam gefedert: zwar bequem, aber doch nicht zu weich, denn nichts ist dem Liebesakt so abträglich wie ein übermäßig weiches Bett.

Bis auf einen kleinen Wandschrank und einen Waschtisch mit Schüssel und Krug, der ständig mit warmem Wasser gefüllt und mit frischen Handtüchern bestückt sein sollte, war das schon die ganze Einrichtung. Ich war sehr angetan und ebenso Philip, der darauf bestand, auf jedem einzelnen Sofa herumzuhüpfen, um sich ihrer

Geschmeidigkeit und Widerstandsfähigkeit zu versichern. Ich hatte halb und halb das Gefühl, es wäre ihm lieb gewesen, wenn ich mich an dieser Erprobung beteiligt hätte, aber aus verschiedenen Gründen hielt ich mich zurück.

Um drei Uhr nachmittags bekamen Polly und ich Besuch von Aspasia, die eingeladen war, erst die Räumlichkeiten zu begutachten und dann mit uns das lebende Inventar auszuwählen. Zu dritt gingen wir in das ehemalige Speisezimmer, aus dem inzwischen ein hübscher Salon geworden war. Ein Wandschirm vor dem zum angrenzenden Kabinett durchgebrochenen Guckfenster entzog es unbefugten Blicken, während unter dem Fenster nach draußen ein Tisch aufgeschlagen war, an dem die Geschäftskontrakte zwischen den Gästen und unserem Haus ausgeschrieben werden konnten, welche die Zahlung der jährlichen Subskription sicherstellten. Der fällige Betrag konnte entweder gleich in voller Höhe oder monatlich in Raten von 20 Pfund beglichen werden – dann allerdings kamen 40 Pfund pro Jahr an Zinsen hinzu.

Ich schloß die Vorhänge, um den Raum zu verdunkeln, und führte dann Aspasia und Polly hinter den Wandschirm, wo dicht am durchbrochenen Holzgitter des Guckfensters drei Stühle bereitgestellt waren. Normalerweise, erklärte ich Aspasia, stände hier natürlich nur ein Stuhl, wenngleich kein Einwand erhoben würde, sollten zwei oder drei Freundinnen sich das Vergnügen machen und ihre Partner gemeinsam aussuchen wollen.

Das Gitter war so fein geschnitzt – auch hier hatte Philip einen Handwerker entdeckt, der ein echtes maurisches Fenstergitter aus dem Britischen Museum für uns kopierte –, daß ich den Raum dahinter klar und deutlich sehen konnte. Am Morgen hatte ich es bereits von der anderen Seite ausprobiert, und obwohl Philip mir von drüben zurief, daß er jede Rüsche an meinem Kleid erkennen könne, war ich völlig außerstande, wahrzunehmen, ob und daß man mich beobachtete.

Auch dieser Raum, der den jungen Burschen zum Ausruhen und außerdem zu ihrer Zurschaustellung vorbehalten war, besaß eine behagliche und gleichwohl elegante Einrichtung. An den Wänden verteilt standen etliche Sofas, auf denen sie sitzen oder sich ausstrecken konnten; am Fenster (vor dem nur hauchdünne Gardinen hingen, denn es ging auf den Privatgarten hinaus, und man brauchte kaum zu befürchten, daß irgendein Neugieriger von dort hereinspähte) stand ein Tisch mit Stühlen ringsum fürs Kartenspiel bereit.

Auf einem anderen Tisch würden Tageszeitungen und Wochenjournale ausliegen, und direkt in der Fensternische war ein kleines Billard aufgebaut.

Ich hatte mich kaum bequem zurechtgesetzt, da ging drüben auch schon die Tür auf und Philip führte den ersten jungen Mann herein.

«In diesem Zimmer werden Sie sich aufhalten, wenn Sie sich gerade nicht den Gästen widmen müssen», hörte ich ihn sagen – denn Töne drangen ungehindert von einem Raum in den andern.

«Bitte entkleiden Sie sich und hängen Sie Ihre Sachen in den Schrank neben der Tür. Ihre Mitbewerber werden auch gleich hier sein.»

Dieser erste junge Mann – er mochte etwa zwanzig Jahre alt sein – war dunkelhaarig und gut gebaut, ja, als er seine Kleider ablegte, kam ein Körper zum Vorschein, der nicht nur erstaunlich muskulös, sondern trotz der frühen Jahreszeit schon sonnengebräunt war. Ich vermutete – zu Recht, wie sich herausstellen sollte –, daß er zu dem Badeclub von Hampstead gehörte. Seine breiten, kräftigen Schultern schienen das zu bestätigen, denn sie waren ebenso wie die Schenkel gut entwickelt, was vom regelmäßigen Schwimmen kommen mochte und wohl auch von der Beschäftigung, der er bisher nachgegangen war.

«Ausgezeichnet», flüsterte Aspasia, «so ein Hengst ist wichtig – einer, mit dem fast jedes Frauenzimmer gern einen Ritt wagen würde.»

Aber wir hatten noch nicht lange den Anblick seines Körpers genossen, der aufs schönste Anmut mit Kraft und Männlichkeit verquickte, als Philip auch schon den zweiten Jüngling hereinführte – ebenso dunkel, aber schmächtiger als der erste – und ihm mit den gleichen Worten die nötigen Weisungen erteilte.

«Das ist ja 'ne komische Mode hier», sagte der erste.

«Da hast du recht», antwortete der zweite. «Ich heiße William, und du?»

«Harry», erwiderte der erste und streckte die Hand aus, die der andere kurz schüttelte. Dann fing er an, sich auszuziehen, während Harry sich, die Hände über dem Kopf verschränkt, auf eine gepolsterte Bank hinstreckte.

William war sowohl dem Aussehen wie auch der Sprache nach (er redete leiser und kultivierter als Harry) eher der Gentleman von beiden. Seine Glieder schienen weniger gut trainiert und sein blasser Körper war fast unbehaart und schlanker, obgleich ebenso wohlgeformt, nur vielleicht weniger nach sportlichen Maßstäben. Seine Arme wirkten fast mädchenhaft, sein Brustkorb war eher schmächtig, aber der Bauch glatt und straff und ohne ein Gramm Fett. Seine Kleider faltete er nach dem Ausziehen sehr sorgfältig zusammen und legte sie ordentlich auf ein Bord. Dann setzte er sich, offenbar etwas unbehaglich, in einiger Entfernung von seinem neuen Bekannten auf einen Stuhl.

«Was hältst du von der Geschichte hier?» fragte Harry.

«Ich denke, ich weiß nicht mehr darüber als du», antwortete William. «Man hat mir nur gesagt, daß wir einigen Damen – ähem – unsere Gunst bezeigen sollen.»

«Nenn das Kind doch ruhig beim Namen – wir sind zum Ficken hier», sagte Harry, «und ich träum schon mein Leben lang davon, daß ich dafür mal bezahlt krieg!»

«Nicht nach meinem Geschmack, der Dünne da», flüsterte Aspasia, «aber es gibt Frauen, die sich gern mit solch schmächtigen Naturen abgeben, weil sie bei ihnen ihre mütterlichen Instinkte ausleben können.»

Ehe ich noch antworten konnte, erschien unversehens der dritte Anwärter für unseren Stall – der zu meinem wie meiner Begleiterinnen Erstaunen ein Schwarzer war. Als er den beiden anderen sein breites Lächeln schenkte, blitzten strahlend weiße Zähne auf.

«Und dies», sagte Philip, «ist George. Ihn einzuweisen überlasse ich euch zweien.»

Harry maß George mit, wie mir schien, ziemlich mißtrauischem Blick. William dagegen, der doch der Reserviertere von beiden zu sein schien, erhob sich zu meiner Verwunderung rasch, trat näher und stellte sich und seinen Gefährten vor. George antwortete mit ein paar freundlichen Worten, und seine Stimme war, wenngleich tief und dunkel wie sein Gesicht, doch einschmeichelnd und gepflegt und zeugte von angenehmem Charakter. Neugierig sah ich zu, wie George sich auszog – seine Kleider waren übrigens von passabler Qualität, wenn auch nicht modisch im Schnitt –, denn ich hatte bisher kaum je einen Farbigen gesehen, und nackt natürlich überhaupt noch keinen. Schultern, Rücken und Gesäß (er stand nämlich mit dem Rücken zu mir) waren von ebenso tiefem, matt leuchtendem Braun wie das Gesicht, ja von einem fast lila Schimmer überhaucht. Seine Kehrseite war herrlich fest und so wohlgerundet, daß sie förmlich zu Liebkosungen aufforderte, und sein Körper war im übrigen so schön proportioniert, daß ich geneigt war, diesen George für ein von Philips glücklichsten Entdeckungen zu halten. Als er seine Hose auszog, war mir, als glitte ein Ausdruck des Entsetzens über die Gesichter der beiden anderen Männer. War George womöglich irgendwie verunstaltet? Das wäre fürwahr ein Jammer gewesen. Aber als er sich umdrehte, um seine Kleider fortzuräumen, sah ich, was die beiden anderen schockiert hatte – ein Glied von solchen Ausmaßen, daß ich mir die Augen reiben und mich vorbeugen mußte, um besser sehen zu können, denn ich glaubte zu träumen. Obgleich dieser Schwanz offensichtlich nicht erregt war, schien er mir doch gerade so mächtig wie sonst nur die kampfbereiten Waffen des starken Geschlechts. Welch ungeheure Dimensionen er wohl erst annehmen mochte, wenn man ihn zum Stehen bewegte? Würden nicht die meisten Damen Angst haben, daß dieser gewaltige Dolch sie aufschlitzen könnte? Ich jedenfalls war ganz schön erschrocken, nur siegte letztlich meine Neugier, und ich hätte doch gar zu gern mitangesehen, wie dieser Eichelmast sich aufrichtete. Als George sich setzte, lag sein Penis quer über einem Schenkel und wirkte so dick wie sein Handgelenk, denn bis auf dieses eine wesentliche waren seine Glieder eher schlank und zart.

Polly hatte in ihrer Aufregung die Finger in meinen Arm gekrallt und umklammerte ihn so fest, daß ich bestimmt blaue Flecken bekommen würde, doch in meiner Verblüffung hatte ich ihren eisernen Griff im Moment kaum gespürt.

«Tja», meinte Aspasia trocken, «da ist euch fürwahr ein echter Prachtkerl ins Netz gegangen! Ich habe bisher noch keinen Schwarzen nackt gesehen, aber von ihrer Überlänge hatte ich doch schon einiges gehört, und wie ich jetzt feststelle, waren's keine Übertreibungen. Entweder, liebe Sophie, wird dieser Mensch ein sensationeller Erfolg oder …»

Offensichtlich teilte sie ziemlich genau meine Bedenken.

Die drei Männer saßen schweigend beisammen, bis Philip mit zwei Neulingen eintrat.

«Ben und Tom», sagte er, «das hier sind Harry, William und George. Sie werden euch zeigen, wo ihr eure Sachen unterbringen könnt.»

Gleich Harry und William vor ihnen starrten auch die beiden Neuen wie gebannt auf Georges erstaunliche Waffe und tauschten dann schmunzelnd einen Blick.

«Welche Chance haben wir schon gegen den?» fragte Tom, worauf der ganze Kreis in Gelächter ausbrach. Sogar George stimmte mit ein, obgleich er eben noch so ausgesehen hatte, als geniere er sich – vielleicht war er ja noch nie nackt vor andere Männer hingetreten.

Ben und Tom waren, wie sich herausstellte, Brüder. Beide waren blond, klein von Statur und ziemlich untersetzt, ja alles an ihnen wirkte drall und rund – Po, Schenkel und Waden, das Schmerbäuchlein (das freilich noch nicht direkt fett zu nennen war) und die Brust, auf der sich etwas wölbte, das aussah wie ein unterentwickelter Busen. Und doch hatten die beiden absolut nichts Feminines an sich, auch wenn ihre eigentliche Männlichkeit so klein wirkte, daß man sie beinahe hätte übersehen können.

«Also, das nenn ich 'n Kontrast», staunte Harry, der von allen in der Runde die deutlichste Sprache zu führen schien. «Deiner –» er deutete mit dem Kopf auf George – «ist der größte, den ich je im Leben gesehen hab. Habt ihr Neger alle so 'n Mordsding?»

«Ich glaube, ich bin besonders reich gesegnet», antwortete George bescheiden.

«Das will ich meinen», versetzte Harry, «aber –» und hier wandte er sich an Ben und Tom – «was George zuviel hat, das habt ihr zuwenig. Bei euch reicht's ja kaum, wenn ihr euch zusammentut!»

«Bei mir hat sich noch keine beschwert», sagte Ben.

«Das kannst du mir doch nicht erzählen!» rief Harry.

«Nein, ehrlich», beteuerte Tom – sowohl er als auch sein Bruder sprachen mit liebenswerter, fast ein bißchen kindlicher Ernsthaftigkeit –, «du machst dir ja keinen Begriff, wie wir wachsen...»

Doch hier öffnete sich abermals die Tür und Philip führte den letzten Prüfling herein, der bei weitem älter war als alle übrigen – ein Mann von etwa 40 Jahren mit graumelierten Schläfen. Er hielt sich sehr gerade, und als Philip ihn vorgestellt hatte – er hieß Spencer –, grüßte er mit fast militärischem Kopfnicken in die Runde, ehe er den anderen den Rücken kehrte und sich bedächtig auszuziehen begann – ohne Prahlerei oder falsche Scham. Er hatte sich gut gehalten, denn obwohl auch die Haare auf seiner Brust schon grau wurden, zeugte nur ein leichter Ansatz um die Taille davon, daß er vielleicht nicht mehr ganz so gut in Form war wie die übrigen.

«Also, das nenne ich eine ausgezeichnete Idee», flüsterte Aspasia. «Von Zeit zu Zeit sehnt sich eine Frau nach einem älteren Mann, und obgleich alle Welt behauptet, daß man so einen mit Leichtigkeit findet, sind sie doch in aller Regel entweder häßlich oder treue Ehemänner!» Spencer mit seinem ein wenig militärischen Gehabe schien den Übermut der Jüngeren gedämpft zu haben, und eine Weile saßen sie schweigend beisammen.

«Ich gratuliere», sagte Aspasia leise. «Soviel Erfahrung hätte ich Ihnen gar nicht zugetraut – wo haben Sie diese Gentlemen nur alle gefunden?» Ich mußte zugeben, daß nicht ich die Kandidaten aufgetrieben hatte, sondern Philip, dem Aspasia in der Brook Street ja bereits nähergekommen war.

«Ah», sagte sie, «Sir Philip muß mithin verborgene Qualitäten haben. Nicht jeder Mann hat einen so scharfen Blick dafür, was einer Dame gefällt.»

Doch nun öffnete sich drinnen wieder die Tür, Philip trat ein und wandte sich, uns den Rücken zugekehrt, an die Runde.

«Gentlemen», hub er an, «ich habe Ihnen allen das gleiche Angebot gemacht, und Sie haben sich ausnahmslos mit den Bedingungen einverstanden erklärt – nämlich daß jeder von ihnen 5 Pfund pro Woche als Pauschale bekommt und weitere 3 Pfund für jedes Zusammentreffen mit einem Gast. Essen und Trinken sind frei, Quartier allerdings bekommen Sie nur, wenn eine Dame Sie über Nacht zu engagieren wünscht. Soweit abgemacht?»

Alle nickten.

«Schön, dann erlauben Sie mir noch ein Wort zur Hausordnung. Sie haben sich täglich um elf Uhr morgens hier einzufinden, falls Sie nicht über Nacht bleiben müssen oder eigens für einen früheren Termin bestellt werden. Gleich nach Ihrer Ankunft werden Sie baden und sich dann in diesen Raum hier verfügen. Wir erwarten von Ihnen, daß Sie sich bis Mitternacht oder auf speziellen Wunsch auch länger auf Abruf bereithalten. Bei schönem Wetter dürfen Sie sich natürlich in den Anlagen ergehen, müssen aber stets in Hörweite der Glocke bleiben, die geläutet wird, sobald eine Besucherin angekündigt ist beziehungsweise eintrifft. Wir gehen davon aus, daß mit der Zeit mehr und mehr Ladies nach Voranmeldung erscheinen werden, was es uns erlauben würde, die Hausordnung etwas lockerer zu handhaben, aber das bleibt vorerst abzuwarten.

Um den Damen ihre Wahl zu erleichtern, würden wir es begrüßen, wenn Sie hier in diesem Raum unbekleidet auftreten, doch wenn sich der eine oder andere irgendein leichtes Gewand ausdenken möchte, von dem er meint, es könne reizvoll auf das schöne Geschlecht wirken, so haben wir nichts dagegen – nur daß es, sollte Ihr Aufzug zur Folge haben, daß man Sie nicht einigermaßen regelmäßig anfordert, selbstverständlich in Ihrem eigenen Interesse läge, Ihren Entschluß noch einmal zu überdenken.

Wie Sie sehen steht ein Billard bereit, ferner ein Spieltisch mit Karten sowie Journale und Zeitungen. Sollten Sie selbst noch irgend etwas anderes zum Zeitvertreib mitbringen wollen, dann wenden Sie sich bitte ohne Zögern an mich.»

Er warf einen Blick auf den Notizzettel in seiner Hand.

«Ach ja – wenn Sie die Glocke hören, dann wissen Sie, daß eine oder mehrere Damen eingetroffen sind, und von dem Zeitpunkt an müssen Sie sich in dem Bewußtsein verhalten, daß man sie beobachtet. Hinter diesem geschnitzten Fenster –» es wirkte, als deute er direkt auf uns – «befindet sich ein Raum, aus welchem die Damen Sie sehen können, ohne selbst gesehen zu werden. Man wird ihnen Ihre Vornamen sagen, worauf die Dame ihre Wahl trifft und in ein Boudoir geführt wird. Dann bekommen Sie mitgeteilt, wer ihr Gesellschaft leisten soll. Der Betreffende gibt der Dame etwa fünf Minuten, um sich zurechtzumachen, zieht dann eine der Roben über, die Sie in dem Schrank dort drüben finden –» er deutete auf eine Nische – «und geht zu ihr hinein. Man erwartet von Ihnen in Gegenwart der Damen untadeliges und zufriedenstellendes Betragen. Das heißt», fuhr er in schärferem Ton, der wohl Harrys vorwitziges Lachen strafen sollte, fort, «Sie werden sich nach Kräften bemühen, die Damen körperlich zu befriedigen, sich aber dabei benehmen, wie man es von einem Gentleman erwartet. Auf welche Art Sie dem Eros huldigen, bleibt völlig Ihnen überlassen, nur haben Sie sich dabei nach den Wünschen der jeweiligen Dame zu richten und dürfen ihr keinesfalls Liebesdienste aufdrängen, die sie nicht verlangt, denn Sie müssen sich stets vor Augen halten, daß hier bei uns der gewohnte Lauf der Dinge umgekehrt ist – die Dame ist nicht dazu da, Ihre Leidenschaft zu stillen, vielmehr ist es Ihre Aufgabe, *sie* glücklich zu machen. Ist das klar?»

Wieder bedeuteten die Angesprochenen mit stummem Nicken ihre Zustimmung.

«Sehr schön. Es bleiben dann nur noch zwei Punkte. Erstens: Denken Sie daran, daß die Damen hinter diesem Fenster genau verstehen, was hier im Zimmer gesprochen wird, denn es wird von keiner Glasscheibe verschlossen. Also halten Sie die Zunge im Zaum. Zweitens: Sie dürfen keinen Treffpunkt mit einer Ihrer Kundinnen außerhalb dieser Villa vereinbaren, und falls doch jemand dabei ertappt wird, ist er auf der Stelle entlassen.»

Er hielt inne.

«Irgendwelche Fragen? Nein? Nun, vielleicht haben Sie sich gewundert, warum ich Sie schon für diese Besprechung bat, Ihre Kleider abzulegen. Das geschah deshalb, weil eben jetzt drei Damen hinter dem Gitter sitzen, die Sie schon die ganze Zeit über beobachten.» Bei diesen Worten kam Bewegung in die Runde, aber alle reagierten anders – Ben kreuzte die Schenkel, während Harry ein Bein von der Ruhebank auf den Boden stellte, um seine Männlichkeit ostentativ zur Schau zu stellen. Spencer setzte sich, sofern das überhaupt möglich war, noch aufrechter, während George eine Hand über sein Zepter legte – ein hilfloser Versuch, es zu verbergen.

«Die Damen werden jetzt ihre Wahl treffen und drei von Ihnen zu sich bitten. Das bedeutet selbstverständlich nicht, daß diejenigen, die nicht aufgerufen werden, sich in irgendeinem Sinn zurückgesetzt zu fühlen brauchen; derlei Minderwertigkeitsgefühle dürfen Sie übrigens auch in Zukunft bei keiner Gelegenheit aufkommen lassen.»

Nach diesen Worten ging Philip hinaus, und die Zurückgebliebenen warfen sich aus den Augenwinkeln unbehagliche Blicke zu. Nur Harry lächelte mit scheinbar völligem Gleichmut auf ungezwungene, ja freche Art gegen das Gitter hin, während er gleichzeitig zwischen seine Schenkel faßte und die Genußwurzel dort unten hochhob, so als halte er sie uns zur Prüfung hin. Ich spürte, wie Polly an meiner Seite regelrecht erschauerte.

Wir standen auf und traten auf die andere Seite des Zimmers, wo Philip schon auf uns wartete und die Vorhänge zurückgezogen hatte. Aspasia blinzelte ins helle Licht und sagte: «Sir Philip, ich gratuliere Ihnen.»

«Sie meinen also, die Burschen sind brauchbar?»

«Großartig sind sie!»

Er sah mich an, und ich erklärte mit einem Nicken mein Einverständnis.

«Das hast du wunderbar gemacht», sagte ich dann.

«Und nun wünschen die Damen, die Ware zu probieren?»

Ich sah Aspasia an.

«Was denn, ich darf als erste wählen? Dann entscheide ich mich für den älteren Herrn – wie hieß er doch gleich? –, richtig, Spencer», sagte sie.

Das überraschte mich ein wenig. Ich hatte gedacht, mit Gentlemen eines gewissen Alters hätte sie schon von Berufs wegen genug zu tun, allein, es kam mir nicht zu, Aspasias Wünsche in Frage zu stellen. Also wandte ich mich kommentarlos an Polly.

«Ja, wenn Sie nichts dagegen haben, Ma'am», sagte sie, «dann möchte ich gern den ersten, den mit dem Schalk im Blick.»

«Harry», sagte Philip. «Und du, Sophie?»

«George», sagte ich.

Polly kicherte.

«Na, da wünsch ich Ihnen aber viel Glück», sagte sie. «Sollen wir gleich nach dem Doktor schicken oder erst hinterher?»

«Hm», murmelte ich mit gespieltem Ernst, «ich finde bloß, daß ich der Wissenschaft etwas schuldig bin!»

Einzeln begaben wir uns in die Boudoirs, wo ich zumindest nicht lange brauchte, um aus meinen Kleidern zu schlüpfen. Nach einem leisen Klopfen öffnete sich gleich darauf die Tür, und herein trat der hochaufgerichtete junge Neger in einer schneeweißen Robe, die an ihm zweifellos feierlicher, ja keuscher wirkte als an irgendeinem der anderen Kandidaten.

Ich hatte mich auf dem Diwan niedergelassen und winkte ihn nun lächelnd heran.

Wie vermutlich nicht anders zu erwarten war er ein wenig nervös, kam aber folgsam näher und blieb unschlüssig neben dem Diwan stehen. Wieder lächelte ich, und diesmal teilten sich auch seine Lippen, so daß ich mit einem Aufblitzen seiner unglaublich weißen Zähne belohnt wurde. Ich langte nach dem Gürtel, der allein sein Gewand in der Taille zusammenhielt, zog einmal kräftig, und schon ging der lose geschlungene Knoten auf. Die Robe öffnete sich und im ersten Moment hatte es den Anschein, als sei überhaupt kein Körper darunter, so dunkel war er, doch dann ließ George mit einer raschen Bewegung der Schultern das Gewand fallen und stand nun in all seiner Schönheit vor mir. Meine Blicke hefteten sich unwillkürlich auf jene Hauptattraktion, die wohl jede Betrachterin gefesselt hätte. Und als er sah, was mein Auge bannte, konnte er sich abermals eines Lächelns nicht erwehren und trat vor, so daß ich die Hand ausstrecken und dieses erstaunliche Glied anfassen konnte – es war, als hielte ich einen Unterarm gepackt, nur daß das Fleisch ganz weich und geschmeidig war.

Ich zog den hübschen Burschen zu mir herunter, und er streckte sich der Länge nach neben mir aus. Sein Körper war samtig und glatt, die Haut fast ölig, und jenes mächtige Glied reichte quer über meinen Bauch. Der feste, harte, drahtige Haarbusch ringsum kitzelte, als er sich an mich preßte. Während ich gleichzeitig die Arme um seine Schultern und die Beine um seine Mitte schlang, spürte ich ein gewisses Zucken, worauf ich seinen Rücken der Länge nach zu streicheln begann, sanft die Rundung seines Hinterns kitzelte und, indem ich dabei die ganze Zeit über seine wulstigen Lippen zwischen den meinen hielt, mein möglichstes tat, um ihn in Erregung zu versetzen. Dann rollte ich mich auf die Seite und richtete mich auf, um die Früchte meiner Anstrengungen in Augenschein zu nehmen.

Wer beschreibt mein Erstaunen, als ich nicht die geringste Veränderung entdecken konnte – oder vielmehr nur eine des Steigungswinkels, sein Apparat nämlich war immer noch gleich groß, wenngleich er jetzt ganz steif und hart emporragte. Als er meine Verblüffung gewahrte, fragte George leise: «Hoffentlich habe ich Sie nicht enttäuscht, Ma'am?»

Statt einer Antwort beugte ich mich nieder und küßte den nun unnachgiebig harten Stab.

«Wir sind nicht wie eure Männer», fuhr er fort. «Wir wachsen nicht – wir sind von Anfang an so groß!»

Mir machte es nichts aus; der ungewöhnliche Anblick dieses glänzenden blauschwarzen Schwanzes hatte mich nun einmal fasziniert, und so führte ich denn seine Spitze in mich ein und preßte darauf nieder, bis er ganz zwischen meinen Schamlippen verschwand. Dann bewegte ich mich in sanftem Rhythmus auf und ab, während George den Kopf hob und mit einer Miene, aus der ich schloß, daß diese Erfahrung offenbar neu sei für ihn, meinen Brüsten das Kompliment zollte, sie mit seinen wundervoll weichen, dicken Lippen zu massieren, wobei er gleichzeitig meine Taille mit festem Griff umspannte, um mich zu rascherem Tempo anzuspornen.

Auch wenn er noch sehr jung war, so schien er mir – anders als Chichley beispielsweise – entweder ein besonders routinierter Liebhaber oder ein wenig unsensibel zu sein, denn ich gelangte zweimal zum Höhepunkt und immer noch war sein Schaft vollkommen hart und steif. Endlich zwang mich die Erschöpfung, von ihm abzulassen, und ich rollte keuchend neben ihn.

«Es tut mir leid», sagte ich, «bin ich dir denn nicht hübsch genug?» Es widerstrebt mir nämlich, einen Mann unbefriedigt zu lassen.

«Ganz im Gegenteil, Ma'am», stammelte er, «es ist bloß...» und hier brach er verlegen ab.

«Wenn ich dir irgendwie behilflich sein kann...?»

Statt einer Antwort richtete er sich auf, schob ein Bein über meinen Leib, so daß er sich rittlings auf mich setzen konnte, und während seine Linke an meinem Körper spielte, rieb er mit der Rechten seinen Schaft mit wahrhaft beängstigender Heftigkeit, alldieweil ich, um die Reizung wenn möglich noch zu steigern, seine Trauben massierte. So gewaltsam verfuhr er mit sich, daß ich schon fürchtete, er würde sich ein Leid zufügen, doch kaum war eine Minute vergangen, da stieß er einen Seufzer aus und ein, zwei Tropfen milchweißer Flüssigkeit fielen auf meinen Bauch.

«Sie sehen, Ma'am, ich muß solche Gewalt anwenden, daß ich eine Lady leicht verletzen könnte...»

Ich war sicher, daß mancher Lady derart heftige Stöße willkommen wären, wenngleich ich angesichts der Riesenhaftigkeit seines Zepters bezweifelte, ob mein Körper sie ausgehalten hätte. Allein, er sah so verlegen und schuldbewußt drein, daß ich mich aufrichtete und ihn auf die Wange küßte.

«Das macht durchaus nichts, George. Ich danke dir.»

Wir lagen noch eine kleine Weile entspannt beisammen, ehe er sich erhob, nach einem Handtuch griff und mich damit abrieb. Dann reichte er mir meine Kleider, sagte mir Lebewohl und ließ mich allein, auf daß ich in Ruhe Toilette machen konnte.

Polly und Aspasia waren sehr gespannt auf mein Erlebnis, als wir kurz darauf wieder zusammentrafen, doch ich sagte bloß, sie müßten schon ihre eigenen Erfahrungen machen, denn ich war der Meinung, es würde nichts schaden, sie in dem Glauben zu lassen, ich sei in der Lage, einen Bolzen der Größe aufzunehmen, auf die sie Georges Schwanz – *in extenso!* – schätzten. Die beiden waren ihrerseits sehr zufrieden; Spencer, so versicherte mir Aspasia, sei ein erfahrener und rücksichtsvoller Gentleman, während Pollys Auserkorener, der athletische Harry, sich als durchaus reger Kavalier bewiesen hatte, wenngleich er, wie sie sagte, ein «ungeschliffener Diamant» sei, womit sie ihn mit dem Mädchen Moll aus der Brook Street gleichsetzte – wie auch ich es in Gedanken schon getan hatte.

Ich ließ die beiden ihren Tee allein nehmen und ging hinüber in den Aufenthaltsraum der Burschen, die sich inzwischen wieder angekleidet hatten, und gab mich ihnen als die Hausherrin zu erkennen (eine Enthüllung, die George mit gehörigem Staunen aufnahm und die übrigen, so schien mir, mit einigem Neid auf ihn erfüllte). Wir würden, so erklärte ich, das Institut in fünf Tagen eröffnen, und zwar mit einer Abendgesellschaft, zu der nur geladene Gäste zugelassen wären. Die Männer schienen rundum zufrieden – besonders, nachdem ich einem jeden eine Guinee für ihr Erscheinen zu dieser Probe überreicht hatte –, und als sie davonzogen, hatte es ganz den Anschein, als ob sie bereits Freundschaft geschlossen hätten.

9. KAPITEL
Andys Abenteuer

Die Entwicklung in der Brook Street ging auffallend ruhig vonstatten. Unsere Mädchen widmeten sich ihrer Arbeit mit all dem dienstfertigen Eifer, den man sich nur wünschen konnte, und in, wie es schien, fast außergewöhnlich freundschaftlicher Eintracht. Dies unterstrich nur die Weisheit von Franks Entschluß, eine bereits zusammengehörende Gruppe zu engagieren, statt in den Straßen Londons wahllos eine Reihe von Frauen aufzulesen, die dann womöglich ein Großteil ihrer Zeit zermürbender Rivalität und interner Buhlerei geopfert hätten. Sogar Moll, die den anderen zu Beginn ja fremd gewesen war, erfreute sich bald allgemeiner Beliebtheit, konnte sie doch den Mädchen «ein Licht aufstecken» – wie sie es ausdrückte –, was das Leben der Londoner Unterschicht betraf, während sie umgekehrt gern bereit war, von ihnen jene taktvollen und zugleich liebenswürdigen Umgangsformen zu erlernen, deren Mangel bei sich sie nur zu bereitwillig eingestand.

Das Geschäft ging vom ersten Tag an rege, und als mit der Zeit der Ruf unseres Hauses durch Mundpropaganda immer weiter verbreitet wurde, konnten unsere sieben Damen den Ansturm kaum noch bewältigen, so daß Aspasia hin und wieder gezwungen war, sich persönlich um die Bedürfnisse überzähliger Gäste zu kümmern – wenngleich «gezwungen» wahrscheinlich das falsche Wort dafür ist, da sie im allgemeinen nur zu gern bereit war, mit einem sympathischen Besucher, der ihr seine Reverenz erwies, das Ritual der Liebe zu zelebrieren.

Indes, es kam ein Tag, da wir uns, praktisch zum erstenmal, am frühen Nachmittag noch ohne Kundschaft fanden – was wir auf das unwirtliche und stürmische Wetter zurückführten, denn normalerweise pochte es bereits kurz nach eins, wenn wir eben erst geöffnet hatten, an unsere Türe. Ein Weilchen saßen wir müßig herum, dann begaben Frank und Aspasia sich in die Bond Street, um nach einem Stoff zu suchen, mit dem ein Gartenzimmer ausgeschlagen werden sollte, das Frank an der Rückfront des Hauses, eben zum Garten hin, anbauen ließ, weil wir allmählich mehr Platz brauchten. Die Mädchen und ich blieben allein zurück und begannen in gelöster Stimmung zu plaudern. Zuerst erzählte ich ihnen von meiner Gefangennahme durch die Preßpatrouille (die ich in einem früheren Buch geschildert habe), und sie hörten mir gespannt zu, wenn auch ohne sonderliche Zeichen von Überraschung, denn da sie die letzten paar Jahre an der Küste gelebt hatten, waren ihnen jene Schurken nicht fremd, welche die Straßen unserer Städte durchkämmen, um taugliche Männer zwangsweise zum Flottendienst zu verpflichten.

Als ich schließlich mit meinem Bericht zu Ende war, erkundigte ich mich, ob mich nicht umgekehrt eines der Mädchen mit der Geschichte ihres Lebens unterhalten wolle, und nach einigem Zögern erklärte sich Xanthe dazu bereit.

«Ich stamme», hub sie an, «aus einer ehrbaren Familie in der Nähe von Brighthelmstone. Mein Vater war ein Kaufmann mit einem prosperierenden Geschäft und meine Mutter rühmte man in der ganzen Gegend für ihren Liebreiz. Indes, als ich gerade sieben Jahre alt war, erlitt der Handel meines Vaters – im Zuge des letzten Krieges – solch schwere Verluste, daß er binnen kurzem völlig zugrunde gerichtet war und seine Gläubiger uns auf die Straße warfen. Selbst unsere scheinbar besten Freunde wandten sich von uns ab – ja, so grausam sind die Menschen. Den Gram, meiner Mutter nicht mehr jenen Komfort bieten zu können, an den sie ihr Leben lang gewöhnt war, überstand mein Vater nur wenige Tage; dann, obschon die arme Frau sich mit keinem Wort beklagte, erdrosselte er sie in einem Anfall grauenhafter Gewissensqual und stürzte sich anschließend über die Klippen. Ich blieb verwaist zurück und irrte durch die kalte Nacht, bis Nachbarn mich fanden und mir eine Weile Unterschlupf gewährten, ehe sie mich in die Obhut einer Tante väterlicherseits gaben, die in einem kleinen Dorf keine hundert Meilen von der Stadt wohnte.

Der Mann meiner Tante war ein einfacher Handwerker, der seinen Lebensunterhalt mit Gelegenheitsaufträgen verdiente – mal für ein kleines Entgelt einen Bretterverschlag aufstellte, hier ein Dach reparierte oder dort einen Fußboden legte. Er war kein unsympathischer Mensch, und obgleich er mir alt vorkam, war er in Wahrheit doch wohl erst um die Vierzig. Sein Weib, meine Tante also, war durchaus freundlich gegen mich, ihm jedoch bezeigte sie nichts als Verachtung, vielleicht auf Grund der finanziellen Erwartungen, mit denen sie in die Ehe gegangen war und die sich nie erfüllt hatten. Das hatte unter anderem zur Folge, daß sie ihm jegliche Rechte verweigerte, die, wie mir heute klar ist, ein Mann billig von seiner Frau erwarten darf. Damals freilich hatte ich noch keine Ahnung vom Verkehr der Geschlechter untereinander und war mir folglich auch keiner Not des Onkels bewußt. Ich kannte weder den Grund für seine Nervosität noch wußte ich, warum er mich so gern auf den Schoß nahm, wann immer seine Frau außer Haus war. Dann ließ er mich allerhand Spiele spielen, die, so vermute ich heute, samt und sonders dazu ausersehen waren, meinen Körper so eng wie möglich mit jenem Teil des seinen in Berührung zu bringen, den die Mißachtung seiner Frau am schmerzlichsten traf. Er hütete sich jedoch davor, sich mir nackt zu präsentieren – vielleicht mehr aus Angst davor, ich könne ihn in kindlichem Geplapper verraten, denn aus mangelndem Verlangen, es zu tun –, und so wurde ich dreizehn Jahre alt, ohne mehr von den Männern zu kennen, als was sie in der Öffentlichkeit zeigten. Und obwohl mein eigener Körper anfing, weibliche Formen anzunehmen, wußte ich auch davon nicht mehr, als was ich im Spiegel erkennen oder durch die Erforschung meiner eigenen Hände auskundschaften konnte.

Als ich sechzehn war, bekamen wir einen neuen Hausgenossen, einen netten jungen Mann namens Robin, der meinem Onkel zur Hand ging, indem er ihm sein Werkzeug nachtrug und sich im Haus nützlich machte. Er war etwa zwei Jahre älter als ich und schon beträchtlich reifer. Ständig suchte er nach einem Vorwand, um sich mir unbekleidet zu nähern oder mich im Korridor zu streifen, und er machte Witze, die ich nicht verstand. Mich beunruhigte das aber nicht im geringsten, denn ich lechzte so sehr nach der Gesellschaft Gleichaltriger, daß ich froh war, ihn als Hausgenossen zu haben, und wir kamen recht gut miteinander aus, auch wenn ich nicht begriff, warum er lieber mit mir zusammen war als mit Jungen seines Alters.

Indes, ich fand den Grund bald heraus, denn eines Tages, als meine Tante ihre Base besuchte, die vier Meilen entfernt wohnte, und mein Onkel irgendwelche Besorgungen in Brighthelmstone machte, weshalb man Robin den Nachmittag freigegeben hatte, begab ich mich in den Garten hinaus, wo ich, verlockt von den linden Sommerlüften, meine Kleider ablegte und ein Sonnenbad nahm – etwas, wofür ich schon damals eine besondere Vorliebe hatte.

Es war so warm, daß ich wohl eingenickt sein muß, und als ich wieder zu mir kam (vielleicht weckte mich das Geräusch eines brechenden Zweigs), stand Robin über mir und gaffte mich mit offenem Mund an – offenbar genoß er einen Anblick, wie er sich ihm mit seinen achtzehn Lenzen noch nie geboten hatte. Auch ich fand etwas Interessantes zu bestaunen, denn Robins abgetragene Breeches waren so durchlöchert, daß sie an vielen Stellen den Blick auf festes Fleisch freigaben, und vorn in der Mitte entdeckte ich eine merkwürdige Ausbuchtung, so auffällig, daß die Hose an der fraglichen Stelle regelrecht vom Körper abstand – ob das wohl von einem Stock herrührte, den er in der Tasche trug? Allein, irgendein Instinkt – zusammen mit dem Umstand, daß er eilends die Hände in die Taschen schob, um den Wulst zu verbergen – sagte mir, dies sei nicht die rechte Erklärung. Ich kam gar nicht auf den Gedanken, meine Blöße zu bedecken – hatte vielmehr, als ich mich aufrichtete, meine Beine ein wenig gespreizt, was Robins Aufmerksamkeit seltsam fesselte und ihn ganz merkwürdig zu bewegen schien, denn ein Seufzer entrang sich seinen Lippen, und im nächsten Moment sank er vor mir auf die Knie und schien mich um etwas zu bitten, aber in solch unzusammenhängenden Worten, daß ich ihn beim besten Willen nicht verstehen konnte. Indes fand er mich offenbar nicht kaltherzig, denn im nächsten Augenblick streckte er schon die Hand aus, und ich spürte, wie er sie sehr sanft, aber gleichwohl fest auf eine Stelle meines Körpers legte, zu der sich bisher noch keines Menschen Hand außer meiner eigenen vorgewagt hatte.

Es wird euch nicht verwundern, daß ich, nach einem kurzen angenehmen Schrecken angesichts der ebenso ungewohnten wie unerwarteten Berührung, nicht geneigt war, sein Interesse als unverschämt zurückzuweisen. Vielmehr überlegte ich, ob er sich vielleicht wünsche, daß ich sein Tun erwidere; und darum langte ich so hoch an seinem Schenkel hinauf, wie ich's aus meiner liegenden Stellung nur irgend konnte, worauf er abermals niederkniete, auf daß ich das rätselhafte, spitz zulaufende Ding, das ich dort ertastete, um so besser erforschen könne. Es war geschmeidiger, als ich erwartet hatte, und schien an dem seinem Körper zunächst gelegenen Ende mit zwei kugelförmigen Anhängseln verziert, deren Zweck ich mir nicht erklären konnte, die indes ohne jeden Zweifel fest mit seinem Körper verbunden waren und von eher empfindlicher Natur zu sein schienen. Doch als ich sie nun prüfend in der Hand wog, schien ihm das ein angenehmes Gefühl zu vermitteln.

Meine Neugier wuchs schlagartig, und so griff ich nach Master Robins Hand, die sich inzwischen noch gründlicher mit meinem Körper vertraut gemacht hatte, um sie an weiterem Vordringen zu hindern, und bedeutete ihm, falls er seine Erkundungen fortzusetzen wünsche, müsse er sich ebenso nackt ausziehen wie ich. Dieses Ansinnen widerstrebte ihm keineswegs, und kaum hatte ich meine Bitte geäußert, da lagen sein Hemd und die Hose auch schon am Boden, und ich sah vor mir den ersten Rammsteven meines Lebens – nicht minder einschüchternd, als er schön war, und nicht minder erschreckend als erregend, denn obwohl Robin noch blutjung war, hatte sein Apparat doch schon beachtliche Ausmaße, nicht nur der Länge, sondern auch dem Umfang nach, und er bewies, wie er sich so in stolzer, knabenhafter Männlichkeit präsentierte, bewundernswerte Eleganz und Festigkeit.

Eine ganze Weile gaben wir uns damit zufrieden, einfach einer des anderen Leib zu erforschen, dann aber wurden wir kühner. Mit jenem schönen Instinkt, mit dem der Schöpfer die Menschheit ausgestattet hat, versuchten wir alsbald, uns in eine Stellung zu begeben, die es uns erlauben würde, jene Körperteile, die bereits jetzt von ungemein angenehmen Gefühlen durchpulst waren, noch wonniglicher zu beschäftigen und nicht nur wie bisher mittels unserer Finger zu stimulieren. Ihr könnt euch denken, daß wir nicht auf den Gedanken kamen, zu diesem Behuf unsere Lippen einzusetzen, die bislang nicht einmal im Küssen geübt waren, von jedweder gewagteren Unternehmung ganz zu schweigen.

Dank der grenzenlosen Erfindungsgabe der Jugend entdeckten wir freilich recht bald, wie der Schlüssel die Tür aufsperrt, und hatten einander binnen weniger Minuten glücklich gemacht. Nach kurzer Rast begannen wir das Spiel aufs neue und vertieften uns so sehr darin, daß wir meinen Onkel nicht heimkommen hörten. Als der nun in den Garten trat, sah er zwei nackte junge Geschöpfe sich ungeniert im Gras wälzen, die Glieder in unverhohlener Geilheit ineinander verschlungen und einem Spiel frönend, das ihm seit etlichen Jahren versagt geblieben war – denn ich halte ihn für viel zu scheu und ängstlich, als daß er es mit einer anderen als der eigenen Frau getrieben hätte.

Um es kurz zu machen – denn ich fürchte, ich beginne euch zu langweilen –, Robin, der eben noch zwischen meinen Schenkeln gelegen hatte, fand sich unversehens in hohem Bogen durch die Luft geschleudert, indes sein Herr, nachdem er sich nur die Zeit genommen hatte, den Hosenschlitz zu öffnen, mit solcher Begeisterung seinen Platz einnahm, daß er den Samen noch schneller verspritzte, als der Knabe es vor ihm getan, und sich so rasch wie jener erholte und zu einem zweiten Gefecht antrat. Ungeachtet der Tatsache, daß ich, da man mich gleich beim erstenmal so gründlich hernahm, ordentlich wundgescheuert war, kann ich doch nicht leugnen, daß ich dieses Stechen rundum genoß und mich auch fürderhin solch zwiefacher Liebesdienste erfreute – denn obgleich mein Onkel von nun an bei jeder sich bietenden Gelegenheit in mein Bett kroch und wahnsinnig eifersüchtig auf den jungen Rivalen war, konnte er Robin doch nicht fortjagen, aus Angst, der Bursche würde meiner Tante ein Licht aufstecken. So kam es, daß mich sechzehn Monate lang beinahe Nacht für Nacht einer der beiden Männer besuchte, und von beiden zusammengenommen lernte ich alles, was ein Mädchen meines Alters nur über die Freuden der geschlechtlichen Lust zu wissen braucht. Ein Unterschied zwischen meinen beiden Liebhabern war der, daß mein Onkel (um einer Schwangerschaft vorzubeugen, auch wenn ich das damals nicht wußte) mir zeigte, wie man eine Frau von hinten nimmt, was ich übrigens keineswegs verabscheute, sondern im Gegenteil mit der Zeit sogar zu genießen lernte, insbesondere wenn diese Praxis von geschickten manuellen Zärtlichkeiten begleitet war, und gelegentlich überrede ich meine ehrenwerten Herren noch heute, mich so zu nehmen, was ihnen manchmal mißfällt, sie meistens aber zu ihrem eigenen Erstaunen entzückt.

Als meine Tante uns schließlich doch ertappte – was natürlich unvermeidlich war, da wir doch alle im selben Haus wohnten –, war es mit unserem vergnüglichen Leben vorbei, denn die Tante erhob ein Gezeter, so laut, daß sie damit die ganze Dorfgemeinde über die Geschehnisse bei uns in Kenntnis setzte. Und danach war denn auch meines Bleibens bei den Verwandten nicht länger, denn da sie sich dem Leben ohne die zugegebenermaßen geringen Bequemlichkeiten, die das Haus meines Onkels ihr bot, überhaupt nicht gewachsen sah, wollte die Tante ihn nicht verlassen und jagte statt dessen lieber mich davon. Man schickte mich nach Brighthelmstone und überließ mich meinem Schicksal. Ich saß praktisch auf der Straße, und hätte mich nicht ein glücklicher Zufall noch am selben

Abend mit unserer lieben Freundin, Mrs. Jopling Rowe, zusammengeführt, wäre ich wohl in eine weitaus schlimmere Lage geraten als die, in der ich mich jetzt befinde.»

Als Xanthe ihre Geschichte beendet hatte, spendeten wir Zuhörer ihr begeistert Beifall, woraufhin sie – wie mir schien nicht ohne ein listiges Zwinkern, das die Enthüllung eines Geheimnisses versprach – ihre Freundin Rose überredete, als nächste ihr Schicksal zu erzählen.

«Meine Geschichte», begann Rose, «ist weniger aufregend und im übrigen bis auf Sie, Sir, allen hier Anwesenden bereits bekannt. Aber vielleicht amüsiert Sie ihr nicht gerade alltäglicher Ausgang.

Ich war ein Waisenkind, und Mrs. Jopling Rowe holte mich aus einem Haus am Rande von Brighthelmstone geradewegs in das Etablissement, in dem Sie mir zum erstenmal begegnet sind. Dort fand ich mehr Freundschaft als in meinem – zugegebenermaßen recht kurzen – Leben vorher zusammengerechnet, und dafür war ich Mrs. Jopling Rowe so dankbar, daß ich ihr zuliebe mit Freuden auch ein weitaus unangenehmeres Schicksal auf mich genommen hätte als das, für welches sie mich bestimmte, auch wenn mich ehrlich gesagt weder die Artigkeiten der gütigen Herren, die mich zur Frau machten, noch die Huldigungen anderer Männer, die mir späterhin geflissentlich die Ehre erwiesen, mich zu ihrer Bettgefährtin zu erwählen, auch nur annähernd so berückten wie meine Freundinnen hier.

In der Tat fühlte ich mich für den Beruf, zu dem man mich auserkoren hatte, völlig ungeeignet. Und nicht nur das – ich kam auch zu dem schmerzlichen Schluß, daß meinem Leben etwas fehlen müsse, denn während meine Freundinnen nicht müde wurden, fast prahlerisch die Wonnen aufzuzählen, die sie in der Umarmung bestimmter Kunden erlebten, verspürte ich selbst am Busen der schmucksten unter meinen Kavalieren nichts als das ungeduldige Verlangen, die Affäre rasch hinter mich zu bringen. Ihre Bärte rieben meine Haut wund, ihre starke Körperbehaarung war mir unangenehm und das energische Gerammele ihrer albernen Hinterquartiere reizte mich eher zum Lachen als zu leidenschaftlicher Glut.

Ich war so niedergeschlagen – angesichts des traurigen Mangels, mit dem ich mich behaftet glaubte –, daß ich nach einiger Zeit nicht mehr anders konnte als nach jedem Beischlaf in Tränen auszubrechen, bis eines Tages Xanthe, als sie in unser Zimmer trat, mich in solch einer verzweifelten Stimmung überraschte und wissen wollte, ob mich jemand beleidigt habe oder einer der Gäste zu grob gewesen sei. Für den Fall, daß ich Hilfe brauchen sollte, so erinnerte sie mich, sei doch Will stets in Hörweite. Aber ich hörte nicht auf zu schluchzen, und es dauerte eine ganze Weile, bevor ich es über mich brachte, ihr meinen Kummer zu beichten, dessen ich mich so bitterlich schämte – daß ich nämlich rein gar nichts von dem empfinden könne, was alle anderen spürten, daß ich folglich unnatürlich sein müsse und daß ich mich vor Neid verzehrte, weil die anderen Mädchen soviel Freude an einer Beschäftigung fanden, die mich im günstigsten Falle anödete und im schlimmsten mit Ekel erfüllte.

Aber ob ich denn überhaupt nie jene Sinnenslust verspürt hätte? wollte Xanthe wissen. Nicht einmal (und sie entschuldigte sich im voraus für eine so taktlose Frage), wenn ich mit eigener Hand an mir spielte, wie alle Mädchen es in frühester Jugend taten? Doch, räumte ich ein, diese Lust hätte ich wohl gekannt, aber solche einsamen Freuden seien nicht das, was ich suchte, und ob ich denn nie die Lust in den Armen eines anderen Menschen kennenlernen würde?

Statt einer Antwort streifte sie sich das Kleid über den Kopf und nahm mich, nackt wie ich war (ich hatte nämlich gerade einen Kunden, Mr. Miners, einen Fischhändler aus Brighthelmstone, verabschiedet) in ihre Arme. Natürlich hatte ich meine Freundin oft nackt gesehen, denn wir kannten voreinander keinerlei Scham, ja, wir hatten uns auch schon in aller Unschuld umhalst und gescherzt, doch noch nie hatte ich mich so leidenschaftlich an jemanden geklammert wie jetzt an meine treue Freundin, und das mit einer Glut, die mir völlig neu war und die sie ohne Zweifel erwiderte, denn als meine Brüste sich gegen die ihren drückten und ihre Schenkel sich teilten, so daß die meinen dazwischengleiten konnten, da erbebten unser beider Körper unter einem Gefühlsansturm, den wir kaum zu zügeln wußten. Ich gab mich dieser Umarmung so rückhaltlos hin, daß ich ohne das geringste Erstaunen feststellte, wie sich mein Kopf gesenkt hatte, um jene entzückenden Knospen, die auf den liebreizenden Brüsten der Freundin erblühten, zwischen die Lippen zu nehmen. Und es überraschte mich auch nicht, daß ich, als ich spürte, wie empfänglich ihr Körper für meine Liebkosungen war, ganz von allein den Weg zu jenem lichten Hain fand, darinnen Köstlichkeit und Süße nisten, und daß ich dort im weichen Dickicht graste, das soviel angenehmer und seidiger ist (mit Verlaub, Sir) als der struppige Weidegrund, der den Stamm des mächtigen Eichelmasts umgibt, mit dem die Männer uns so liebend gern bearbeiten.

Die Freuden dieses Nachmittags lehrten mich, was Liebe ist, und darin finde ich bis heute meinen Trost, denn obschon ich gelernt habe – zumindest hoffe ich es –, mich so zu verhalten, daß die Gentlemen, die zu mir kommen, glauben, ich würde ihre Umarmungen genießen, muß ich doch immer noch jene Seligkeit vortäuschen, die ich in Wahrheit nur in den Armen meiner geliebten Freundin verspüre» – und hier beugte sie sich vor und hauchte einen Kuß auf Xanthes Wange, die ihn errötend empfing und ganz so aussah, als wolle sie widersprechen. Rose aber legte den Finger an die Lippen und fuhr fort: «Damit Sie keine falschen Schlüsse ziehen, Sir, muß ich noch hinzufügen, daß meine Freundin ihre Lust am Verkehr mit männlichen Partnern nicht heuchelt. Aber sie ist so liebenswürdig, außerdem noch an meiner Gesellschaft Gefallen zu finden, und ich darf wohl sagen, daß Sie keiner von uns Nachlässigkeit in unseren Pflichten diesem Haus gegenüber nachsagen können. Allein, Sie wollten unsere Geschichte hören, und es hat wohl wenig Sinn, sie zu erzählen, wenn wir dabei nicht grundehrlich verfahren.»

Mich dünkte, daß sich ein etwas unbehagliches Schweigen über den kleinen Kreis senkte, als Rose mit ihrem Bericht zu Ende war, doch ich erkannte rasch, daß die Damen nur mit Spannung auf meine Reaktion warteten. So ergriff ich denn des Mädchens Hand, küßte sie und versicherte, daß ich mich durch ihr Vertrauen geehrt fühlen, die Sache respektieren und im übrigen nicht den geringsten Zweifel an ihrer Loyalität oder ihrem Pflichteifer hegen würde; worauf sich die Stimmung schlagartig wieder lockerte und wir alle befreit auflachten.

«So, und wer ist nun als nächste dran?» fragte ich. «Constance, wie steht's, möchtest du uns nicht auch mit deinem Schicksal vertraut machen?!»

«Auch ich», begann Constance, «war ein Waisenkind. Früh schon nahmen ein Schneider aus Brighthelmstone und seine Frau mich bei sich auf, aber weniger an Kindes Statt denn als Mädchen für alles, und so ist mir auch aus meinen frühesten Jahren nichts weiter in Erinnerung geblieben als schiere Sklaverei. Schon um fünf Uhr früh war ich auf den Beinen, um den Kamin auszufegen, und abends kam ich nicht vor zehn ins Bett, weil ich vorher noch meinen Herrn und seine Gnädigste bedienen mußte, die sich gern einbildeten, daß sie ein weitaus größeres Haus führten als in Wirklichkeit, denn sie zählten nicht zu den geachteten Persönlichkeiten der Stadt und ihre Nachbarn lachten über ihre Allüren.

Anders als Xanthe hatte ich nicht einmal das Vergnügen, von einem kraftvollen Jüngling in die Freuden der Liebe eingeführt zu werden, und noch als Sechzehnjährige kannte ich nichts Erfreulicheres als Putzarbeit – ich wurde nämlich sogar den Sommer hindurch im Haus festgehalten und hatte keine Freizeit, in der ich hätte frische Luft schöpfen können, und keinen Garten, in dem ich auch nur fünf Minuten hätte verschnaufen können.

Allein, so unangenehm dieses Leben auch war – woher ich den Mut nahm davonzulaufen, das weiß ich bis heute nicht, aber schließlich tat ich es eben: Eines Nachmittags, als mein Herr und seine Frau beide vom Haus fort waren, schlich ich mich davon. Zum Glück entdeckte mich unsere Wohltäterin, Mrs. Jopling Rowe, als ich ziellos am Strand entlangwanderte, regelrecht trunken von der ungewohnten frischen Luft, dem Sonnenschein und dem leuchtenden Blau, in dem Himmel und Wasser gleichermaßen strahlten. Gott allein weiß, wo ich Unterschlupf gefunden hätte, wäre diese gütige Lady nicht gewesen. Aber sie fand mich, nahm mich bei sich auf, betreute und erzog mich mit der gleichen Sorgfalt und Umsicht wie meine Freundinnen hier.

Es tauchten allerdings Probleme auf, als ich entdeckte, für welchen Beruf sie mich ausersehen hatte, denn mein früherer Herr war streng religiös gewesen, hatte andauernd in der Bibel gelesen und mir eingeredet, wenn ein Mädchen Verkehr mit Männern pflege (eine Wendung, die ich natürlich damals noch gar nicht verstanden hatte), falle es der ewigen Verdammnis anheim. Mrs. Jopling Rowe war freilich ganz und gar nicht dieser Meinung und überredete mich, ihrem Wunsch nachzugeben und mich von einem ihrer beiden verläßlichen Gefährten in die Freuden des Bettes einweihen zu lassen. Nun fand ich diese zwar nicht so uninteressant wie unsere Rose, genoß sie indes auch längst nicht so wie Xanthe und beschloß, mich mit der mir zugedachten Aufgabe nur meiner guten Herrin zuliebe abzufinden und das Beste aus meiner Lage zu machen.

Ich war keineswegs unzufrieden mit meinem Schicksal – ja, eigentlich schätzte ich mich ausgesprochen glücklich, weil ich, vorausgesetzt, ich ließ mich von den Herren, die mich von Zeit zu Zeit beehrten, willig betatschen, ein vergleichsweise unbeschwertes und behagliches Leben genießen konnte. Jede Frau in meiner Situation hätte über kurz oder lang jene kleinen Artigkeiten beherrschen gelernt, die einem Mann Lust bereiten, und ich fand bald heraus, daß ein bißchen vorgetäuschte Ekstase genügte – die Herren schmeicheln sich nämlich gern, daß ihr Körper unwiderstehliche Anziehungskraft auf das weibliche Geschlecht besitzt –» und hier warf sie mir einen verstohlenen Blick zu – «um mein Auskommen zu finden.

Meine große Leidenschaft war es, mich im Freien aufzuhalten, denn nach so vielen Jahren der Gefangenschaft genoß ich es sehr, im Meer baden zu können oder so, wie Gott mich erschaffen hat, am Strand entlangzulaufen, was ich auch tun konnte, ohne Anstoß zu erregen, denn bis auf die betriebsame Zeit im Jahr sind die Strände bei uns praktisch menschenleer, und die wenigen Leute, die auch zu anderen Jahreszeiten zum Schwimmen gehen, wollen mit dieser neumodischen Marotte, den sogenannten Badeanzügen, nichts zu schaffen haben. Ja, und dann machte ich es mir gern in unserem abgeschiedenen Garten gemütlich. Durch das viele Sonnenbaden wurde mein Körper mit der Zeit tiefbraun, was mir in unserem Gewerbe zum Vorteil gereichte, denn manch ein Gentleman hielt meine Haut für einen interessanten Kontrast zum milchweißen Teint der Damen von Welt.

Dann kam der Tag, an dem ein Kunde, ein ehemaliger Seemann in ziemlich angetrunkenem Zustand, Cissie zu einer Art des Verkehrs zu zwingen suchte, die ihr zuwider war. Drei von uns hatten all ihre Kraft einsetzen müssen, um ihn zu bändigen – ja, am Ende war es nur Xanthes Geistesgegenwart zu verdanken, die dem Grobian eine volle Weinflasche auf den Hinterkopf krachen ließ, daß die Auseinandersetzung ein glimpfliches Ende nahm.

Mrs. Jopling Rowe beschloß daraufhin, es sei höchste Zeit, daß ein Mann ins Haus käme. Sie machte sich in Brighthelmstone auf die Suche, doch als sie zurückkam, da führte sie keinen Mann mit sich, sondern einen Jüngling von wenig über zwanzig Jahren, einen kräftigen, aufgeweckten Burschen, den sie als Faktotum engagiert hatte und der ihren Mädchen jede erforderliche Hilfe angedeihen lassen sollte.

Ich darf wohl sagen, daß Will (so hieß der Junge nämlich) sich vorkam, als wäre er gestorben und geradewegs ins Paradies versetzt worden. Und umgekehrt mag die eine oder andere meiner Gefährtinnen bei seinem Anblick – er war nämlich ein schmucker Bursche – gedacht haben, mit ihm stünden uns reizvollere Vergnügungen ins Haus, als die zumeist ältlichen Herren sie boten, die in der Regel zu uns kamen – zu welchem Zweck, das wissen Sie ja, Sir.

Allein, wie der Zufall es wollte, erfuhr ich nichts von Wills Anstellung und wußte natürlich auch nicht, an welchem Tag er mit seiner Arbeit bei uns anfangen sollte.» Hier wurde Constance von allgemeinem Gelächter und Ausrufen ungläubigen Staunens unterbrochen, denen sie freilich energisch entgegentrat. «Aber ich versichere euch, das ist die reine Wahrheit! Ja, und so kam es, daß ich am fraglichen Tag in der Nachmittagshitze im Evaskostüm auf einem kleinen Hügel in einem lauschigen Winkel des Gartens lag und schlief – just in der Ecke, zu der Mrs. Jopling Rowe unseren neuen Hausgenossen schickte, damit er dort Unkraut jätete und die Erde auflockerte.

An dieser Stelle sah ich ihn zum erstenmal. Weil die Sonne gar so heiß herniederbrannte, hatte er sein Hemd ausgezogen und trug nur ein Paar alter Pantalons, die ihm um etliches zu groß waren, und da der Strick, mit dem er sie am Bund zusammenhielt, sich gelockert hatte, schlotterten sie ihm um die Hüften, so daß seine schlanke Taille sichtbar wurde und der betörende Ansatz der Zwillingskugeln seines Hinterteils, das mir zugewandt war. Ja, gerade dadurch, daß seine Kleidung die Körperteile, die sie bedeckte, nicht ganz verhüllen konnte, entstand ungewollt genau der Effekt, den wir Frauen absichtlich herbeiführen – das Anpreisen unserer Reize durch dezente und scheinbar unbeabsichtigte Offenbarung derselben.

Will hatte natürlich keine Ahnung, welchen Anblick er bot, während er da gewissenhaft seine Arbeit verrichtete. Die Muskeln an den leicht gebräunten Schultern und am Rücken wölbten sich unter dem Druck, mit dem er den mächtigen Rechen schwang, ein goldbraunes Haarvlies lockte sich zwischen den Schulterblättern und lief über die Wirbelsäule bis hinunter zu jenem Punkt, an dem ich deutlich den Ansatz der Spalte erkennen konnte, die einen allem Anschein nach so wunderhübsch gerundeten und geschmeidigen Popo teilte, daß meine Augen im Verlangen, ihn zu entblößen, fast den Hosenstoff durchbohrten. Oh, wie sehr wünschte ich mir, der Strick möge reißen, auf daß die Pantalons herunterrutschen und diesen betörenden Leib zur Gänze meinen Blicken freigeben würden! Oder daß irgendein glücklicher Umstand es mir erlauben würde, ihn zu lösen!

Doch gleich darauf schloß ich geschwind die Augen, denn mein

Adonis hatte sich umgewandt, und als er prüfend das Gelände überflog, da entdeckte er mich – die, wie schon gesagt, in all ihrer Blöße dalag, gleich Eva, als Adam sie zum erstenmal im wahren Garten Eden erblickte. Ich spürte fast, wie mich seine Augen verschlangen, und getraute mich nicht, die meinen wieder aufzuschlagen aus Angst, ihn zu verscheuchen, denn ich muß wohl zugeben, daß ich zum erstenmal im Leben das deutliche Verlangen spürte, mich in ein Paar starke Männerarme zu drängen!

Zum Glück war meine Angst ganz unbegründet, denn Will, der im Gegensatz zu mir aus einer großen Familie stammte, war zwischen vier Schwestern und ebenso vielen älteren Brüdern so ungezwungen aufgewachsen, daß er schon in sehr jungen Jahren mitbekommen hatte, was das Weib vom Mann erwartet. Ich hielt die Augen immer noch geschlossen, als ich auf einmal leise Schritte näher kommen hörte, begleitet von einem Stoffgeraschel. Und da konnte ich mich einfach nicht länger verstellen, sondern öffnete die Lider und erblickte direkt vor meinen Augen jenes Bild, das eine Frau unfehlbar beeindrucken muß – das eines makellos geformten Schwengels in geballter Erwartung kommender Lust, der aus einer dunklen Wolke hervorragte und sich imposant gegen den behaarten Hintergrund eines festen, flachen Bauchs abhob. Als er sah, daß ich die Augen aufgeschlagen hatte, stieß Will die Hose vollends mit dem Fuß fort und stand dann einen Moment lang reglos mit in die Hüften gestemmten Händen vor mir; es fiel ihm gar nicht ein, zu verbergen, wie sehr ihn der Kitzel stach, im Gegenteil – es hatte ganz den Anschein, als paradiere er regelrecht mit seiner Geilheit. Heute weiß ich freilich, daß er auf ein Zeichen der Empörung meinerseits wartete oder auf irgendein Indiz dafür, daß der Anblick seines mächtigen Sprosses mir zuwider sei. Da ich aber nichts dergleichen zu erkennen gab, schloß er ganz richtig, ich sei seinem Verlangen nicht abhold, und kniete sich zwischen meine Beine, beugte sich nieder, um einen zärtlichen Kuß auf meine willfährigen Lippen zu drücken, während seine von harter Arbeit rauhen, aber in ihrer Leidenschaft gleichwohl sanften Hände meine Brüste umspannten, dann hinabglitten zur Taille und endlich meine Schenkel noch weiter spreizten, so daß er bequem zwischen ihnen Platz fand. Während ich verwundert hinabspähte und mich nicht fassen konnte vor Staunen darüber, daß die Annäherung eines so offensichtlich lüsternen männlichen Apparats mich auf einmal statt mit Bangen mit Entzücken erfüllte, dirigierte er sein schwellendes Mundstück in den

Eingang meines Fötzchens, der bereits überschwemmt war von dienstbaren Säften, die ihm sein Eindringen nach Möglichkeit zu erleichtern suchten. Langsam glitt der lange Schaft in mich hinein – so langsam, so sachte und doch auch mit solcher Zielstrebigkeit, daß schon das Gefühl dieser gleitenden Bewegung mir fast die Sinne raubte. Dann endlich vermischten sich unser beider Vliese, und er begann mit allmählich wachsendem Tempo zuzustoßen, dieweil meine Hände umherstreiften und mir das Gefühl gaben, als schmiegten sie sich in das weiche Fell eines Satyrs, so vollständig waren seine Glieder mit betörend samtigem Pelz überzogen.

Muß ich betonen, welche Wonnen uns aus unserer Begegnung entsprangen? Die Sonne schien wärmend auf seinen und meinen Leib, die sich in trefflicher Harmonie hoben und senkten, und ich stieß ein ums andere Mal jubelnde Lustschreie aus, mit denen ich schließlich Xanthe und Rose herbeilockte, die angerannt kamen, um zu sehen, ob ich mir weh getan hätte! Doch als sie sahen, welcher Art die vermeintliche Verletzung war und welches Werkzeug sie mir beibrachte, da hielten sie inne und klatschten Beifall, worauf ein Schauder durch Wills Körper lief und seine Lust sich Bahn brach. Dann löste er sich von mir und griff nach seiner Hose, um sich zu bedecken.

Was mich anging, so empfand ich keinerlei Scham und blieb einfach auf der warmen Erde liegen, die Beine gespreizt, so daß der Tau ungehindert aus meiner aufs köstlichste befriedigten Grotte sickern konnte. Meine Freundinnen balgten sich lachend mit meinem Liebhaber, versuchten, ihm seine Pantalons zu entwinden, und schafften es endlich, ihn auf den Rücken zu werfen, wo er es sich ohne Unmut gefallen ließ, daß sie seinen nun schlaffen Lustzapfen untersuchten und – so erfahren und kundig waren sie – ihn binnen kurzem wieder auf sein stolzes Höchstmaß belebten. Kaum war das vollbracht, da entledigte sich Xanthe im Nu ihrer spärlichen Bekleidung und machte Miene, ihn zu besteigen.

Doch Will protestierte errötend. ‹Verzeihen Sie, meine Dame, aber ich war von jeher der Meinung, ein Mann solle sich jeweils nur an eine Frau halten – und diese eine ist sie!› Bei seinen letzten Worten hatte er auf mich gedeutet.

Wenn mich diese Rede überraschte, so doch nicht mehr als meine beiden Gefährtinnen, denn unser Geschäft hatte uns gelehrt, es als eine Eigenart der Männer zu betrachten, daß sie ständig nach einem anderen Geschöpf verlangten als dem, mit welchem das Schicksal sie zusammengespannt hatte. Nun gut, dachte ich, so mochte es eines Tages auch diesem schmucken Jüngling ergehen, aber bis dahin... Kurzentschlossen richtete ich mich deshalb auf und umfing meinen holden Freund aufs neue, so daß wir einander schon im nächsten Augenblick abermals genossen, während meine beiden Gefährtinnen sich trösteten, so gut es ging.

Seit diesem Tag ist Will mein Geliebter geblieben; ich kann wohl nicht sagen, daß er mein einziger Liebhaber ist, da mein Beruf eine solche Beschränkung ausschließt, aber er ist der Mann, dem meine Liebe gehört und nicht bloß einfach mein Körper, und was andere Männer betrifft, so bin ich eine geschickte Schauspielerin geworden. Ich glaube, Will wird mehr als erleichtert sein, wenn wir genug Geld gespart haben und ich mich von meinem gegenwärtigen Gewerbe zurückziehen kann, doch bis es soweit ist, duldet er meine Lebensweise.» Bei diesen Worten trübte sich, wie mir schien, Constances Blick, doch gleich darauf lächelte sie auch schon wieder. «Und das», schloß sie, «war meine Geschichte.»

Nun wechselten Sally und Cissie einen Blick und schickten sich, von Xanthe ermuntert, an, ihr Schicksal zu erzählen. Abwechselnd steuerte erst die eine, dann die andere ein paar Worte bei, denn sie waren so unzertrennlich und einander überdies so ähnlich, daß ich mich schon oft gefragt hatte, ob sie nicht am Ende gar Geschwister seien. Doch sie sagten: Nein, nein, sie wären bloß Cousinen und als letzte in Mrs. Jopling Rowes Institut gelangt, da sie erst zu Beginn der vorigen Saison von Bristol nach Brighthelmstone gekommen seien.

In ihrer Heimatstadt waren sie in benachbarten Häusern aufgewachsen, die ihren Vätern gehörten – zwei Brüdern, die als erfolgreiche Kaufleute in Bristol gewirkt hatten. Bis zu ihrem fünfzehnten Lebensjahr hatten sie eine Erziehung mit allen Vorzügen der guten Gesellschaft genossen – wofür sie allerdings, wie Sally gestand, nicht sonderlich dankbar gewesen seien, da das Treiben der feinen Leute ihnen unsäglich langweilig erschienen sei, hegten sie doch keinerlei Neigung zum Musizieren, für den Kontertanz oder die Konversationskunst. Tatsächlich brachten sie die meiste Zeit damit zu, auf den Docks zu spielen, ja litten in der Kindheit sehr darunter, als Mädchen auf die Welt gekommen zu sein und nicht als Knaben, die zur See gehen und nach Indien oder gar bis China segeln konnten.

«Indes», fuhr Cissie fort, «entdeckten wir bald schon eine Beschäftigung, die uns noch mehr Spaß machte, als bloß den Schiffsjungen auf den Kais von Bristol Schatten zu spenden.»

Ihre Väter hatten endlich ihren unermüdlichen Bitten nachgegeben – seit dem Zeitpunkt, da sie laufen lernten, waren die beiden Mädchen unzertrennlich gewesen –, hatten die Mauer zwischen den Dachkammern ihrer beiden Häuser niedergerissen und daraus einen großen Raum gemacht, den sich die Cousinen nun teilen durften. In diesem Zimmer standen ihre Betten, und hier waren neben ihren Kleidern all ihre Habseligkeiten untergebracht, und zudem war es groß genug (reichte es doch über die Länge beider Häuser hinweg), um als Achterdeck für all die Seefahrtsspiele zu dienen, welche die beiden sich unentwegt ausdachten.

An einem warmen Sommertag, nicht lange nach ihrem fünfzehnten Geburtstag (beide waren in der ersten Augusthälfte geboren), gesellten sich zwei junge Männer dem vertrauten Haushalt zu, die bei den Brüdern in die Lehre gehen und den Beruf des Schiffsausrüsters erlernen wollten. Die beiden bekamen ein Zimmer im Obergeschoß eines der beiden Häuser zugewiesen, das unmittelbar unter dem der Mädchen lag.

«Dies waren die ersten jungen Burschen, mit denen wir fortan täglich in Berührung kamen», sagte Sally, «denn Cissie und ich durften nicht mit den Schiffsjungen unten an den Kais freundschaften, und unsere Väter hatten uns überdies den Umgang mit anderen jungen Männern ausdrücklich verboten, da sie sich in den Kopf gesetzt hatten, uns an zwei bestimmte Gentlemen zu verheiraten und sich dank dieser Verbindung ihr eigenes kleines Imperium zu sichern. So war es denn nur natürlich, daß wir, als wir jetzt täglich mit Mr. Gossage und Mr. Mordan zusammentrafen – und sei es auch nur zum Frühstück (zu dem wir uns fortan pünktlicher einstellten als bisher) und zum Abendbrot –, ausgiebig über die beiden sprachen, sobald wir unbelauscht in unseren Betten lagen. Sie waren leidlich hübsche junge Mannsbilder von etwa siebzehn Jahren, gut gewachsen und aufrechter Haltung, und ihre Glieder besaßen jene Geschmeidigkeit und Spannkraft, die in der Jugend einer jeden Bewegung Anmut und Reiz verleihen.»

Es war Cissie, die schließlich auf ein Mittel sann, wie man diese beiden jungen Gewächse eingehender studieren könne: Von einem Zimmermann borgte sie einen Bohrer und trieb damit zwei Löcher in den Fußboden ihres Zimmers, das ja genau über dem der beiden Jünglinge lag. Am Abend, als das Werk vollbracht war, zogen sich die beiden Mädchen, Kopfweh vorschützend, frühzeitig auf ihre Kammer zurück und warteten, bis man hörte, wie unter ihnen die Tür ins Schloß fiel. Dann begab sich jede an ihr Guckloch – wo sie sich gleich darauf mit dem Anblick der beiden splitternackten Lehrlinge belohnt sahen. Mr. Gossage und Mr. Mordan lagen an diesem schwülen Abend bäuchlings auf ihren Betten und studierten jeder ein Buch mit mathematischen Aufgaben, über die sie am nächsten Morgen geprüft werden sollten.

«Unserer Freude über den gelungenen Streich entsprach allein unsere Wißbegier», erzählte Sally, «denn nie zuvor hatten wir einen Vertreter des anderen Geschlechts nackt gesehen – sieht man einmal von den kleinen Jungen ab, die täglich am Kai badeten und deren kindliche Körper uns begreiflicherweise nicht zu solchen Empfindungen angeregt hatten, wie sie jetzt die langgestreckten Rücken der beiden jungen Männer unter uns hervorriefen, die so angenehm entspannt dalagen und deren wohlgerundete Hinterbacken so ganz anders geformt waren als die unseren.»

«Und dann», nahm Cissie das Wort, «legten auch wir unsere Kleider ab, um den Unterschied zwischen unseren Popos und denen der Gentlemen besser erforschen zu können. Der Vergleich ergab, daß die ihren runder waren und höher, während die unseren eher ovale Konturen hatten und wohl auch voller waren. Wir kamen überein, daß ihre Körper bei weitem interessanter seien als unsere eigenen, und wünschten uns sehnlichst, sie würden noch mehr enthüllen, denn zwischen Mr. Gossages gespreizten Beinen zeigte sich ein dunkler Schatten, der, so dünkte uns, etwas ungewöhnlich Interessantes verbergen mochte.

Nach einer Weile, als weiter nichts geschah, dachten wir schon daran, uns zurückzuziehen, denn obwohl wir auf Kissen lagen, ist es auf Dauer nicht sehr reizvoll, flach auf dem Boden hingestreckt ein Auge an ein Loch in einem Dielenbrett zu pressen. Doch da warf Mr. Mordan sein Buch beiseite und sagte (mit dem scharfen Ohr der Jugend konnten wir nämlich, wenngleich sehr gedämpft, ihre Unterhaltung mithören): ‹Nun ist genug gelernt, Bob. Wie wär's mit einem kleinen Wettstreit vor dem Einschlafen?› Worauf sein Freund sein Buch – sorgfältiger als zuvor der Angeredete – auf den Boden legte, aufstand und zu unserem Erstaunen ans Bett des anderen trat, sich niedersetzte, eine Hand auf den Hintern des Freundes legte und zwischen die Backen schob, bis sie auf jenem Etwas ruhte, das dort verborgen lag und sich nun zu regen schien.

Daraufhin drehte Mr. Gossage sich um, richtete sich neben seinem Freund zum Sitzen auf und fragte, wie hoch der Rekord sei. Mr. Mordan antwortete, er liege bei einem Meter fünfzehn. Ohne ein weiteres Wort langte nun jeder in den Schoß des anderen und begann dort mit der Hand Bewegungen auszuführen, die offensichtlich angenehme Gefühle erzeugten und bald auch uns heimlichen Zuschauern das Blut in Wallung brachten, bescherten sie uns doch zum erstenmal den Anblick von nicht nur einem, sondern gleich zwei Lustzapfen in voll erblühter Pracht. Als beide ihre größte Ausdehnung erreicht hatten, nahm jeder seinen Apparat selbst in die Hand und rieb ihn mit wachsender Begeisterung so lange, bis aus der Spitze eines jeden ein Strahl heller Flüssigkeit schoß, der über eine gehörige Strecke durch die Luft spritzte, ehe er auf die blanken Dielen niederging. Sodann holte Mr. Mordan aus seiner Tasche ein Maßband und maß die Entfernung vom Bett bis zu dem Punkt, an dem der weiteste Strahl gelandet war. Sein Freund, verkündete er, habe ‹den Rekord gebrochen›, der nun bei einem Meter zwanzig liege. Daraufhin lachten beide und warfen sich, nachdem sie erst den Boden und dann sich selbst mit ihren Taschentüchern gesäubert hatten, auf ihr Lager nieder. Uns Mädchen blieb nichts weiter übrig, als uns von unserem Guckloch zurückzuziehen, in die Betten zu kriechen und unsere Erregung mit manueller Geschicklichkeit zu befriedigen, wonach wir uns noch geraume Zeit über das eben Gesehene unterhielten.»

Abend für Abend begaben die beiden sich fortan an ihre zwei Gucklöcher, achteten nicht der Zugluft, die ihre Augen rötete, was ihren ahnungslosen Müttern Anlaß zur Sorge gab, und ergötzten sich am Anblick dieser beiden schmucken Burschen im Adamskostüm, die, so hatte es den Anschein, für sie regelrecht posierten, so trefflich führten sie ihre Körper von allen Seiten vor. Die Mädchen wußten sich regelmäßig kaum zu lassen vor Verlangen, auf die Jünglinge loszugehen – bis sie eines Abends hörten, wie Mr. Mordan und Mr. Gossage, die wieder einmal zusammen auf einem Bett lagen und miteinander tändelten, sich über niemand anderen als *sie beide* unterhielten. Wie gern Mr. Gossage Miss Cissie lehren würde, «wozu er gut ist» (worauf er auf sonderbar bedeutungsvolle Weise sein Zepter streichelte), während Mr. Morgan gestand, er sehne sich danach, Miss Sallys «Ding» in Augenschein zu nehmen. Daraufhin erhob sich Sally von ihrem Guckloch, winkte ihrer Cousine, ihrem Beispiel zu folgen, und gemeinsam schlichen die beiden aus der

Kammer die Treppe hinunter und öffneten, ohne anzuklopfen, die Tür zum Zimmer der beiden Gentlemen. Zur Freude der Mädchen zeigten ihre Angebeteten aber keinerlei Verlegenheit, sondern standen auf, um sie wie lange erwarteten Besuch zu begrüßen. Ganz natürlich schritten sie auf die beiden zu – ihnen voran, gleich einem Herold, jenes Glied, dem das stärkste Interesse der Cousinen galt.

Nachdem sie Cissie bedeutet hatte, sie solle die Tür schließen, streifte Sally ohne Zögern ihr Hemdchen über den Kopf und bot Mr. Mordan freien Blick auf das, was er seinem eigenen Bekenntnis zufolge so dringlich zu sehen wünschte, und was er nun, indem er vor dem Mädchen in die Knie sank, mit einem Kuß beehrte.

Zum Erstaunen der Cousinen fing Mr. Gossage plötzlich an zu lachen, und sein Freund stimmte fröhlich mit ein. Doch dann schlossen die beiden sie fest in die Arme. «Wir haben uns gleich gedacht, daß euch solche Reden herunterlocken würden!» riefen sie und gestanden, daß sie, durch zwei Häufchen Sägemehl auf dem Fußboden ihres Zimmers aufmerksam gemacht, die Löcher in der Decke schon gleich zu Anfang entdeckt und von da an allabendlich eine Vorstellung für die Mädchen inszeniert hatten – sogar ihre Stimmen hatten sie ein wenig lauter erhoben, um die Lauscherinnen durch ihre Reden noch mehr zu betören.

Sodann begaben die vier sich unverzüglich zu Bett, wo Cissie und Sally das Spiel der Liebe aus erster Hand erlernten. Doch, ach, nach zwei Wochen ungetrübter Wonnen schöpften ihre Eltern Verdacht. Eines Abends, als sie in einem Wettstreit zu viert begriffen waren, in dem kein einziger Körperteil der Beteiligten unangetastet blieb, hörten sie plötzlich lautes Geschrei aus dem Zimmer über sich, wo ihre Mütter, als sie die Vögel ausgeflogen fanden, die Löcher im Boden entdeckt und hindurchgespäht hatten. So hatten sie denn mitangesehen, wie Sally Mr. Gossages Hinterbacken geteilt hatte, um das, was dazwischen lag, um so eingehender mit ihrer Zunge liebkosen zu können, während besagter Gentleman sein Gesicht zwischen ihren Schenkeln vergrub. Und Cissie stand übers Bett gebeugt, auf dem sie sich mit den Händen abstützte, während Mr. Mordan ihre knospenden Brüste streichelte und sie von hinten nahm – mit schönen, kraftvollen Stößen, die der geilen Lüsternheit eines brünftigen Hirschs in nichts nachstanden.

Das Ende vom Lied war, daß die beiden Mütter in hellem Entsetzen davonstoben, um die Väter zu Hilfe zu holen. Diese jagten ihre Lehrlinge davon, und als sie in einem Journal das Inserat einer gewissen Mrs. Jopling Rowe lasen, die nach jungen Damen suchte, welche sich dem aufopferungsvollen Dienst an einsamen alten Menschen zu widmen gedachten, entsandten sie Sally und Cissie unverzüglich in ihre Obhut – mit dem ausdrücklichen Wunsch, die mißratenen Töchter möchten ihnen nicht eher wieder unter die Augen treten, als bis sie ihren Frevel bereuten. Doch da die Cousinen eher dem Vergnügen als der Reue zuneigten, war dieser Zeitpunkt noch immer nicht gekommen.

Die beiden hatten ihre Geschichte so schwungvoll und anschaulich vorgetragen, daß ich nicht umhin konnte, Gefallen daran zu finden, und in der Tat spendete der gesamte Zuhörerkreis begeistert Beifall. Kurz danach wurden zwei Kunden gemeldet, und die Tagesgeschäfte nahmen ihren Lauf. Ich ging nachdenklich aus dem Zimmer und verbrachte einige Zeit im Gespräch mit Aspasia, die inzwischen zurückgekehrt war. Zwar hatte ich schon immer den Verdacht gehegt, daß junge Damen, wie wir sie beschäftigten, den Geschlechtsverkehr als eine Art Pflichterfüllung absolvierten, aber daß er derart oft als so wenig angenehm empfunden wurde, bestürzte mich doch ein wenig. Waren denn ihr Lächeln und ihre Lustschreie, wenn sie sich dem Liebesspiel ergaben, immer nur Heuchelei?

Ja, sagte Aspasia, das sei weit häufiger der Fall als gemeinhin angenommen werde, denn eine Frau vom Gewerbe fühle nicht selten, daß die Männer, die mit ihr schliefen, dies nicht aus echter Verehrung heraus täten – «sondern, um es ganz deutlich zu sagen, Mr. Archer», fuhr Aspasia fort, «bloß weil sie zur Abwechslung einen Ersatz für ihre eigenen Hände suchen, statt daß sie der Schönheit einer Frau aufrichtig Tribut zollen». Es käme oft vor, daß die Herren den Mädchen nach dem Liebesakt mit Verachtung begegneten, ja, sie sogar mitunter wegen ihres Lebenswandels tadelten. Vorher schmeichelten sie ihnen ob ihrer Schönheit und hinterher könnten sie sich nicht genug tun im Moralisieren.

«Glückt ihnen der Sprung zwischen unsere Schenkel», sagte sie, «dann fühlen die Männer sich sofort als Sieger, zugleich aber bilden sie sich ein, indem wir sie gewinnen ließen, hätten wir sie irgendwie beleidigt. Ist die Vorstellung vorbei, fühlen sie sich besudelt und angeekelt, und diesen Ekel lassen sie uns nur zu deutlich spüren. Natürlich sind sie es, die von Rechts wegen ihr eigenes Handeln überprüfen müßten. Alles, was wir, in der Lage, in welcher wir uns nun einmal befinden, wünschen, ist, daß die Herren, die uns besuchen, sich halbwegs freundlich und kulant benehmen – was viele ja auch tun, und ich in meiner Position kann es mir leisten, die anderen fortzuschicken. In einem Etablissement wie diesem ist das schon schwieriger, aber ich werde alles daransetzen, eine Klientel aufzubauen, die nett und sympathisch ist, denn Frauen brauchen nun einmal mehr Zuwendung als Männer, und ich sehe keinen Grund, warum unsere Mädchen sie ganz und gar entbehren sollten.»

In nachdenklicher Stimmung kehrte ich auf mein Zimmer zurück. Alles, was Aspasia vorgebracht hatte, entsprach der Wahrheit, und wenngleich die Mädchen lieb und reizend waren, so hatte doch eine jede von ihnen in ihrem bisherigen Dasein schon einiges erdulden müssen.

Ich beschloß, mein Teil dazu beizusteuern, daß ihr Leben bei uns künftig so angenehm wie möglich verlaufen würde – jedenfalls soweit das in Anbetracht ihres Gewerbes möglich war, dem, wie ich zu unserer Rechtfertigung betonen möchte, nicht eine von ihnen gegen ihren Willen beigetreten war.

10. KAPITEL
Sophies Bericht

In den ersten paar Monaten ließ unser Experiment sich gar trefflich an! Ich hätte mir keinen besseren Einstand wünschen können. Die Burschen vertrugen sich so gut miteinander, daß Mißgunst, Eifersucht oder Rivalität gar nicht erst aufkommen konnten. Unsere Klientel entwickelte sich vom anfänglichen Rinnsal bald zu einem regelrechten Besucherstrom – kein so breiter und reißender, daß wir ihn nicht mehr hätten bewältigen können, aber doch einer, der nie versiegte, so daß wir alle genug Arbeit und ein reichliches Auskommen hatten.

Polly, Philip und ich lebten ebenfalls in schönstem Einvernehmen. Wenn Philip vielleicht auch mehr Zeit außer Haus verbrachte, als mir lieb war, erfüllte er doch gewissenhaft und pünktlich seine Pflichten, hielt ein wachsames Auge auf die Burschen, korrigierte etwaige Fehler und trug mit Vorschlägen und Anregungen dazu bei, den Tagesablauf reibungsloser und angenehmer zu gestalten. Polly erfreute mich weiterhin durch eine ideale Verbindung von Diensteifer und freundschaftlicher Zuneigung. Der einzige Schatten, der die Harmonie dieser ersten Wochen trübte, rührte daher, daß es mir an männlicher Gesellschaft fehlte.

Man mag sich wohl fragen, wie das angehen konnte, da ich doch förmlich umringt war von ansehnlichen Männern, deren einzige Aufgabe darin bestand, der Damenwelt zu Diensten zu sein. Aber die Wahrheit ist, daß es mir widerstrebte, das Lager mit meinen Burschen zu teilen (so, wie es Andy und mein Halbbruder meinem Eindruck nach mit den Mädchen in ihrem Institut in der Brook Street sehr wohl taten). Und was Philip anging – um der Wahrheit die Ehre zu geben, hatte sein anfängliches Interesse an mir sich inzwischen immer weiter abgekühlt, so daß unser Verhältnis jetzt nur mehr rein geschäftlicher Natur war.

Ich erkannte diese Veränderung schon an unserem offiziellen Eröffnungsabend, an dem ich das Vergnügen hatte, bereits vierzehn Damen unsere Burschen zu präsentieren. Der Einfall, die ehrenwerten Besucherinnen an das bewußte Fenster zu führen, wo sie ungehindert ihre Neugier befriedigen und dabei selbst unsichtbar bleiben konnten, erwies sich als voller Erfolg. Da ihr Aufenthaltsraum angenehm warm war, hatten die Jünglinge allesamt beschlossen, auf jegliche Kleidung zu verzichten, und der Kontrast zwischen diesem gewagten Auftritt und ihren sorgsam ersonnenen «lässigen» Posen rief allgemeines Entzücken hervor. Harry sah wie gewöhnlich so aus, als würde er mit seiner Männlichkeit geradezu protzen, William lag meist bäuchlings auf einer Chaiselongue, so daß sein hübscher Popo zwangsläufig sinnliche Gefühle weckte, Spencers fester, schlanker Körper kam vorteilhaft zur Geltung, während er mit Tom und Ben Billard spielte – und George –, ach, der bloße Anblick seines herrlichen Apparats sicherte ihm Aufmerksamkeit, gleichgültig, in welcher Haltung er stand, saß oder lag!

Unsere Wahl – oder besser gesagt Philips Wahl – erwies sich auf Anhieb als exzellent, denn die Damen, die uns aufsuchten, zeigten keinesfalls Neigung, einem Burschen vor den anderen den Vorzug zu geben, wenngleich ein gewisser Typ von Frauen Georges auffallende, ja einzigartige Erscheinung einfach unwiderstehlich fand, zumal da man im London jener Tage nur höchst selten einen Schwarzen zu Gesicht bekam. Interessant war freilich, daß William eine fast ebenso große Anziehungskraft besaß – reife Damen, so habe ich festgestellt, finden nämlich besonderen Gefallen an der Rückansicht des männlichen Körpers, und so wurde dann selbst für jene, die eigentlich eine eher muskulöse Figur vorgezogen hätten, die Aussicht auf einen Liebesritt mit William zur unwiderstehlichen Verlockung.

Als nun dieser erste Abend zu Ende ging, hatte das fortgesetzte Schauspiel, das ich zwar beobachten, an dem ich aber nicht teilhaben konnte (und wie Sie sich erinnern werden, waren die Körper der Jünglinge mir bis auf einen immer noch fremd und folglich um so begehrenswerter), mein Blut in Wallung gebracht – woran auch das nicht unbeträchtliche Lampenfieber schuld sein mochte und nicht zu vergessen das enthusiastische Lob unserer Kundinnen, die sich vor Begeisterung über das ganze Unternehmen gar nicht zu lassen wußten.

Als die letzten Gäste sich verabschiedet hatten, war es schon nach Mitternacht; ein paar unserer braven Burschen hatten das Angebot, im Haus zu übernachten, angenommen, und die erschöpfte Polly war auch gleich zu Bett gegangen, während Philip und ich noch bei einer Flasche Wein zusammensaßen, die Einteilungen für den nächsten Tag trafen und eventuell lohnende Veränderungen besprachen – deren es allerdings nicht viele gab. Er hatte seinen Rock abgelegt und saß in Hemdsärmeln neben, mir, während ich noch immer das tiefausgeschnittene, einteilige Musselinkleid anhatte, das ich den ganzen Abend getragen hatte – und zwar, wie es damals Mode war, ohne etwas darunter. Ich war ganz sicher, daß er sehr wohl spürte, wie leidenschaftlich mein Körper nach seiner Gunst verlangte, und doch saß er neben mir, ohne mir die geringste Zärtlichkeit zu gewähren, ja, er reagierte nicht einmal, als ich ihm, während ich mich vorbeugte, um ihm Claret nachzuschenken, die Hand auf den Schenkel legte.

Endlich, da mein Verlangen immer heißer brannte, neigte ich mich ihm entgegen und bot ihm die Lippen zum Kuß, während ich gleichzeitig nach seiner Hand griff und sie auf meinen Busen führte. Doch zu meinem Erstaunen erwiderte er meinen Kuß in einer Weise, die man nur brüderlich nennen kann; dabei blickte er ausgesprochen unbehaglich drein und mußte nach einer Weile notgedrungen zugeben, daß er mich nicht umarmen könne. Mein Blick sprach wohl Bände, denn er legte mir begütigend die Hand auf die Schulter und versicherte mich seiner allergrößten Hochachtung. «Aber», so fuhr er zögernd fort, «bedauerlicherweise steht es so um mich, daß ich nach *einem* Gefecht mit einer Frau gewöhnlich nicht imstande bin, dieses Vergnügen zu wiederholen...»

Und woran das denn läge? wollte ich wissen. Worauf er erwiderte, das wisse er selbst nicht, sich aber erbot, mir die nachstehende Geschichte seines Lebens zu erzählen, die denn freilich allerhand erklärte.

«Wie du weißt», hub er an, «wurde ich von meinem Onkel erzogen, bei dem ich seit meinem dritten Lebensjahr hier in dieser Villa lebte. Anfangs hatte ich eine Amme, aber nach meinem sechsten Geburtstag wurde sie von einer Reihe männlicher Hauslehrer abgelöst, die mich alle äußerst gut und freundlich behandelten, so daß ich in dieser Hinsicht keine Klagen vorzubringen habe. Mein Onkel führte ein sehr zurückgezogenes Leben, doch da man ihm nun einmal die Verantwortung für mich aufgebürdet hatte, war er auch entschlossen, das Beste für mich zu tun, und widmete mir während der Stunden, da ich nicht bei einem der ausgezeichneten Tutoren Unterricht hatte, großzügig seine Zeit und Gesellschaft.

Das heißt jedoch nicht, daß ich rasch über den Lauf der Welt aufgeklärt worden wäre, denn das Hauptinteresse meines Onkels galt der Literatur, und er widmete fast seine gesamte Zeit seinen Büchern, so daß meine Erfahrung mit gesellschaftlichem Umgang sich darauf beschränkte, ihm gegenüber am anderen Ende eines langen Tischs zu sitzen und mir ein bebildertes Werk anzuschauen, während er von Zeit zu Zeit nur eben so lange von seiner Arbeit aufblickte, um mir ein freundliches Wort zu schenken. Nach einer Weile bat ich, mich von diesen täglichen Zusammenkünften zu entbinden, blieb aber nach wie vor in meiner Bewegungsfreiheit auf das Haus und im Sommer auf den Park beschränkt.

Demzufolge hatte ich, als ich in die Pubertät kam, immer noch keine vernünftige Vorstellung vom menschlichen Körper und seinen Bedürfnissen. So war ich denn nicht wenig überrascht, als mein Onkel – dem man, wie ich vermute, von gewissen Flecken auf meinen Bettüchern berichtet hatte, die Zeugnis für meine erwachende Männlichkeit ablegten – mich eines Tags in die Bibliothek rufen ließ.

‹Mein lieber Philip›, sagte er, ‹wie ich höre, bist du inzwischen zum Manne geworden. Will sagen, hm, du bist nun imstande, jenen männlichen Akt zu vollziehen, den unser Schöpfer zur Fortpflanzung des Menschengeschlechts ersonnen hat. Du wirst ja wohl bemerkt haben, daß die Menschheit aus zwei Geschlechtern besteht, dem männlichen und dem weiblichen.›

Hier unterbrach ich ihn mit der Feststellung, daß ich von diesem Faktum zwar in der Tat Kenntnis besäße, indes nur theoretisch, da unser Haushalt ja nur aus Männern bestünde – selbst in der Küche waltete ein französischer Koch und nicht einmal zum Saubermachen waren Frauen zugelassen. Das hätte mir wohl einigen Aufschluß über gewisse Neigungen meines Onkels geben können, hätte ich je über dieses Thema nachgedacht, doch wie die Dinge lagen, war mir die Welt jenseits unserer Mauern nun einmal gänzlich fremd, und ich kannte keinerlei Maßstab für das, was normal und was ungewöhnlich war. Aber zurück zu meiner Geschichte. Mein Onkel fuhr folgendermaßen fort:

‹Ich habe stets die Erfahrung gemacht, daß das weibliche Geschlecht mir wenig Freuden bietet – weder in der Unterhaltung noch im intimen Umgang –, wenngleich ich annehme, daß ich hierin eine ziemliche Ausnahme darstelle. Natürlich habe ich nicht den Wunsch, dir Vorschriften zu machen, mein lieber Junge, doch ich habe Robert angewiesen, sich zu deiner Verfügung zu halten und dir, sollte dich das unbefriedigt lassen, eine Möglichkeit zu schaffen, deine Erziehung – hm – anderweitig fortzusetzen.›

Damit entließ er mich, und ich muß gestehen, daß ich, als ich aus dem Zimmer ging, kaum mehr wußte als zu dem Zeitpunkt, da ich es betreten hatte. Ich hatte keine Ahnung von den Freuden, die das weibliche Geschlecht mir bot, denn in Büchern abgebildete Frauen hatten, selbst wenn sie nackt dargestellt waren, bisher nichts in mir erregt. Ebensowenig begriff ich, daß mein Onkel mir, wie ich heute weiß, soeben seine Neigung zum eigenen Geschlecht eingestanden hatte, deren Vertreter er sich (wenn auch selten) zu Bettgenossen erkor, und daß er mir außerdem nahelegte, seinem Beispiel zu folgen. Letzteres sollte mir freilich bald deutlich werden, denn vor der Tür zur Bibliothek erwartete mich Robert – ein schmucker junger Lakai, dem ich natürlich schon oft im Haus begegnet war und der sich mir stets liebenswürdig bezeigt hatte. Ich wußte, daß er hauptsächlich als Leibdiener meines Onkels beschäftigt war, ohne jedoch zu erraten, daß dieser Rang in seinem besonderen Fall mehr bedeutete, als man in einem anderen Haushalt darunter verstanden hätte.

Robert grüßte mich freundlich – er war etwa fünf Jahre älter als ich – und sagte: ‹Nun, Master Philip, mich dünkt, ich habe die Ehre, Sie zu unterweisen?›

‹So erfuhr ich eben durch meinen Onkel, ja›, erwiderte ich, weil ich nicht wußte, was ich sonst hätte antworten sollen. Zu meinem Erstaunen legte er mir darauf ohne Zögern den Arm um die Schultern und führte mich nach oben in das Gästezimmer neben dem Schlafgemach meines Onkels (welch ersteres meines Wissens in den letzten fünf, sechs Jahren nur ein-, zweimal benutzt worden war, wenn mein Onkel seinen Rechtsbeistand oder einen literarischen Gelehrten zu Gast gehabt hatte). Als wir das Zimmer betraten, wandte Robert sich um und verschloß die Tür. Dann nahm er mich in die Arme und drückte mir einen schmatzenden Kuß auf die Lippen.

Ich muß gestehen, daß mir dies nicht unangenehm war, ja, ich erhob auch keinen Einwand, als er, nachdem er sich zuerst seiner Kleider entledigt hatte, daranging, auch mich auszuziehen, wobei er mich seiner höchsten Bewunderung versicherte – denn mein junges Geschlecht erhob sich wie von selbst unter den Liebkosungen, die er ihm zuteil werden ließ, was mich nicht wenig überraschte, hatte ich doch erst in den letzten fünf, sechs Monaten das Vergnügen entdeckt, es mit eigener Hand zu solch einem stolzen Stand zu bringen.

Indes sollten mich die Freuden, die wir im folgenden genossen, noch weit mehr verblüffen, denn es wäre mir nie in den Sinn gekommen, daß mein vermeintlich geheimes Vergnügen sich so köstlich steigern ließe, wenn man es mit einem Partner teilte. Und ich hätte erst recht nicht geglaubt, daß es mir Lust bereiten könnte (was es, nach einiger Zeit, gleichwohl tat), das Streicheln und Kosen meines Liebhabers zu imitieren.

Um aber diese Schilderung nicht über Gebühr auszudehnen, da sie deinen Ohren gewiß einigermaßen unangenehm ist –» eine völlig falsche Vermutung, denn in Wahrheit faszinierte mich sein Bericht über die Maßen – «will ich nur noch sagen, daß ich an Roberts Liebesdiensten großen Gefallen fand, und ihm waren, glaube ich, seine zusätzlichen Pflichten auch nicht unangenehm, denn mein Onkel war ein alter Mann und wenngleich großzügig und anspruchslos, so doch keine große Zierde als Bettgenosse mehr.

Eines Nachmittags, als Robert und ich nach einem stürmischen Liebesgefecht, in hitzigen Schweiß gebadet, beieinanderlagen, fragte er mich, ob ich denn nie das Gefühl habe, etwas versäumt zu haben, da ich noch nie mit einer Frau zusammen gewesen sei.

Nein, sagte ich, ganz und gar nicht, denn was könnten die Weiber mir schon bieten, das ich nicht auch bei einem Freund meines Geschlechts finden würde?

Nun, meinte Robert, es gebe da schon einige verlockende Reize, wie er aus eigener Erfahrung wisse, da er den Frauen durchaus zugetan sei, auch wenn die Umstände ihn gegenwärtig darauf beschränkten, in den Armen meines Onkels und meiner Wenigkeit Erfüllung zu suchen. Dennoch, er empfinde es als eine Schande, daß mir der Verkehr mit den Weibsbildern verwehrt sei, und er sehe durchaus nicht ein, warum ich mich für den Rest meines Lebens bloß auf der einen Seite der Welt umsehen sollte. Und von der Lust einmal ganz abgesehen, wie, wenn ich eines Tages den Wunsch hätte, Kinder zu zeugen? Das sei etwas, wozu einem kein männlicher Liebhaber verhelfen könne. Kurz gesagt, er überredete mich, mein Glück auf unbekanntem Territorium zu versuchen, und führte mich zu diesem Zweck mit seiner Schwester zusammen, die mit ihrer Mutter nicht weit von unserem Besitz lebte. Diese Schwester war eine schöne junge Frau Anfang Zwanzig und obendrein temperamentvoll genug, um die Gelegenheit willkommen zu heißen, mit einem hübschen Burschen (und ich gestehe, das war ich damals), der um ein paar Jahre jünger war als sie, das Lager zu teilen – kein Wunder, wenn man bedenkt, daß sie auch keine Einwände gegen die Umarmungen ihres leiblichen Bruders erhoben hatte; die beiden, mußt du wissen, waren in einem kleinen Dorf in der Grafschaft Kent, weit entfernt von jeder größeren Stadt, aufgewachsen, und damals begünstigten die schlechten Straßenverhältnisse in abgelegenen Regionen den Inzest.

Auf mein erstes Gefecht mit Robert war ich nicht vorbereitet gewesen, hatte mein Onkel mir doch keinerlei Hinweis auf das gegeben, was zu erwarten stand. Indes rüstete ich mich für die Begegnung mit Mary (so nämlich hieß Roberts Schwester) ganz so, wie ein Schüler sich darauf vorbereitet, seinem Lehrer im Examen gegenüberzutreten. Ich brütete stundenlang über jenen Büchern in der Bibliothek meines Onkels, die unbekleidete junge Frauen darstellten – und solche gab es zur Genüge, denn mein Onkel war ein unparteiischer Verehrer der schönen Künste, und wenn seine Vorliebe auch Bildwerken wie denen von Mr. Caravaggio galt oder den Skulpturen von Michelangelo oder Donatello (er hatte zum Beispiel eine schöne Miniaturkopie des David auf seinem Schreibtisch stehen), so besaß er ebenfalls eine stattliche Sammlung von Abbildungen anderer berühmter Gemälde. Unter diesen galt meine besondere Aufmerksamkeit Mabuses *Herkules und Deianeira*, auf dem die ganz und gar ineinander verschlungenen unteren Gliedmaßen des Paars von einer Verzückung zeugen, welcher auch der ernste Blick, mit dem die beiden einander fixieren, nicht zu widersprechen vermag; ferner Corregios *Io*, worauf eine junge Frau in der Umarmung eines umwölkten Ungeheuers regelrecht dahinschmilzt, und nicht zuletzt den zahlreichen Darstellungen mythischer Szenen, auf denen Götter und Göttinnen sich herzlich wenig darum kümmern, die ihrer Obhut anvertrauten Sterblichen zu beschützen, und sich statt dessen lieber der gegenseitigen Befriedigung ihrer Lust widmen.

Auch bat ich Robert um Rat, wie ich mich seiner Schwester nähern solle, worauf er mir versicherte, daß die Praktiken, in denen ich mich mit ihm geübt hätte – unter Hinzufügung einer weiteren, die er mir nach bestem Vermögen erklärte und die mir ebenso seltsam wie aufregend erschien –, das Mädchen ebenso entzücken würden. Aber, so fragte ich weiter, würde sie mir denn derlei Freiheiten gestatten? Er antwortete, daß er diesbezüglich keinerlei Zweifel hege, und betonte, daß nichts von dem, was wir beide miteinander getrieben hätten, seiner Schwester unangenehm sein würde.

Also trafen wir uns eines Nachmittags in dem Bootshaus, das auch heute noch unten am Flußufer steht. Die Sonne stand schon tief, sandte aber gleichwohl noch warme Strahlen über die sanftgeschwungenen Rasenflächen. Mary, meine neue Freundin, erwartete mich bereits, als Robert mich hineingeleitete, um dann vor der Tür Posten zu beziehen – denn mein Onkel, so sagte er, würde es vielleicht gar nicht gern sehen, daß ich Erfahrungen mit einem weiblichen Wesen sammelte. Mein erster Blick auf seine Schwester gemahnte mich sogleich an eine Szene auf einem Gemälde des Elysiums, denn sie lag bäuchlings und splitternackt auf einem Teppich am Boden, die Beine leicht gespreizt und mit einem Kissen unter sich, das ihren schönen Po recht hoch wölbte, den überdies noch die darauf fallenden Sonnenstrahlen vergoldeten.

Ich entkleidete mich rasch und trat auf ihren Wink hin näher, setzte mich neben sie und legte eine Hand auf ihren warmen Rücken, den ich ganz unwillkürlich der Länge nach mit sehnsüchtigem Druck zu streicheln begann, was ihr offensichtlich durchaus nicht mißfiel.

Zu meiner Schande muß ich gestehen, daß ich anfangs keinerlei Begeisterung für den in Aussicht stehenden Genuß bekunden konnte, denn ich war so nervös, daß meinem Glied die Kraft fehlte, sich aufzurichten. Allein, nach ein, zwei Augenblicken flößte das wohlige Schnurren, welches meine Liebkosungen der Schönen entlockte, mir eine Wärme ein, die alsbald ihre Wirkung auf mein Zepter zeigte. Dies wiederum veranlaßte Mary, ihre Hand bewundernd auf meinen Bolzen zu legen, als nächstes den Kopf zu neigen, um ihn näher in Augenschein zu nehmen, und ihn schließlich zu einer feuchten Umarmung zwischen ihre Lippen zu führen, was einen Wonneschauer durch all meine Glieder sandte. Im nächsten Moment schon hatte ich sie überredet, sich umzudrehen, und genoß nun zum erstenmal im Leben den Vorzug, ein wirkliches Frauenzimmer im Evaskostüm betrachten zu dürfen.

Mein Entzücken angesichts ihrer hinreißenden Brüste (und nicht weniger über deren zartes Gewicht, als ich sie zaghaft in den Händen wog) war ganz und gar aufrichtig. Indes konnte ich einen jähen Ausruf des Erstaunens nicht unterdrücken, als mein Blick nun von ihrem Busen abwärts über den leicht gewölbten Bauch glitt, in dessen Mitte ein bestrickender Nabel nistete, und weiter hinab bis zu ihrer geheimsten Stelle – denn dort sah ich ganz im Widerspruch zu dem rosig glatten Spiegel, welchen ich von Gemälden oder Plastiken her kannte, ein ebenso reich behaartes Nest wie das, welches zwischen meinen eigenen Schenkeln sproß!

Meine Verwunderung entging Mary natürlich nicht, und indem sie die Beine noch etwas weiter spreizte, ergriff sie meine Hand und führte sie in die Öffnung dazwischen, wo ich einen weichen, elastischen Spalt ertastete, der sich alles andere als unangenehm anfühlte. Du kannst dir vielleicht vorstellen, daß ich bald schon niederkniete, um dieses Wunder eingehender zu erforschen – und wer beschreibt mein Erstaunen, als ich, da ich dieses Kleinod liebkoste und küßte, dorten gewisse Veränderungen stattfinden sah, die ziemlich genau jene widerzuspiegeln schienen, welche ich an meinem und Roberts Körper beobachtet hatte: Die Lippen, kaum daß ich sie berührt hatte, schwollen an und öffneten sich, wechselten die Farbe von vordem zartem Rosa zu tiefem Purpur, und zwischen ihnen – o Wunder! – erschien *en miniature* das Ebenbild meines Zapfens; und als ich mit der Zungenspitze darüber hinfuhr, merkte ich an Marys Bewegungen und ihrem keuchenden Atem, daß diese Praxis ihr nicht unbeträchtliche Lust bereitete. Ja, als ich fortfuhr, jenes kleine Wunderwerk mit Zunge und Lippen gleichermaßen zu massieren, schon weil die Wirkung, die ich erzielte, mich ungeheuer faszinierte, wurde ihre Reaktion immer hektischer, bis ihr Körper sich endlich wild aufbäumte und ein leises Winseln ihren Lippen entfloh.

Als ich den Kopf hob, sah ich Robert noch immer am Eingang stehen, von wo er mir unmißverständlich anerkennende Zeichen sandte. Dann schob er den Zeigefinger der Rechten in einen aus Mittelfinger und Daumen der Linken geformten Kreis, um mir dergestalt zu bedeuten, ich solle seine Schwester in der Weise besteigen, wie er es mir an einer Zeichnung demonstriert hatte, die mehr ihres illustrativen als des künstlerischen Wertes willen Beachtung verdiente.

Also erhob ich mich aus meiner kauernden Stellung, kniete mich zwischen Marys noch immer gespreizte Beine und ließ mich so weit herab, daß mein Schwanz die Öffnung des Portals fand. Hier indes hielt ich inne, aus Angst, weiteres Vordringen könne dem Mädchen schmerzhaft sein – denn ohne prahlen zu wollen, muß ich noch einmal betonen, daß mein Apparat für einen Jüngling meines Alters von ungewöhnlichem Ausmaß war. Sie aber stemmte sich mir ungeduldig entgegen, so daß die Spitze meines Zepters wie von selbst zwischen ihre Schamlippen glitt, welche durch die Verbindung meines Speichels und jener natürlichen Säfte, die wir in Momenten der Leidenschaft absondern, herrlich gleitfähig geworden waren. Und so stieß denn mein Schwert der vollen Länge nach in jene empfangsbereite Scheide, derweil ich Brust an Brust auf ihren Leib niedersank und spürte, wie ihre Hände streichelnd und liebkosend über meine Schultern und den Rücken hinabfuhren, ehe sie zwischen unsere Körper glitten und in ganz der gleichen Weise, wie ihr Bruder es zu tun pflegte, mit meinen Trauben spielten.

Es bedürfte einer erfahreneren Zunge als der meinen, den Unterschied zwischen ihrer und ihres Bruders Umarmung zu schildern. Er und ich hatten nie nach Art der Sodomiten das Tier mit zwei Höckern gespielt, denn obgleich er sich dazu angeboten hatte, empfand ich gegen solches Treiben eine unüberwindliche Abneigung. Doch auch wenn wir von Angesicht zu Angesicht beieinanderlagen, führte die rasche Aufundabbewegung unserer Körper alsbald auf natürliche Weise zu jenem Lustrausch, den ich nun mit seiner Schwester erlebte – außer daß in letzterem Fall der Höhepunkt selbstredend auf eine Weise erzielt wurde, wie Mann und Frau sie seit urdenklichen Zeiten erprobt haben. Roberts seidenweicher Körper war dem seiner Schwester täuschend ähnlich; die kratzige Berührung eines behaarten Mannes ist natürlich ganz etwas anderes

– allein, das brauche ich dir, meine liebe Sophie, wohl nicht zu sagen, denn du hast gewiß deine Erfahrung damit.»

Philip schwieg einen Moment und sah mich an, so als versuche er herauszufinden, ob ich am Ende Anstoß nähme an seiner Schilderung. Mein Interesse überwog indes jede Regung gekränkter Weiblichkeit, und so bat ich ihn denn fortzufahren.

«Ich bin mit meiner Geschichte fast zu Ende», sagte er, «doch nun kommt der traurige Teil, denn wenngleich ich großen Gefallen an dieser neuen Erfahrung fand und Robert und seiner Schwester gleichermaßen dankbar dafür war, entdeckte ich leider bei meinem nächsten Zusammentreffen mit der schönen Mary, daß mein Glied völlig passiv blieb und sich auch ungeachtet ihrer inbrünstigen Liebkosungen nicht aufrichten wollte. So sehr ich es auch versuchte, ich konnte mich nicht dafür begeistern, unsere lustvolle Umarmung zu wiederholen, obgleich Mary sehr danach verlangte und, so fürchte ich, mir meine Apathie arg übelnahm. Und seitdem habe ich leider immer wieder die Erfahrung gemacht, daß ich zwar großen Gefallen an weiblicher Gesellschaft finde, aber unfähig bin, ihrer Schönheit mehr als einmal Tribut zu zollen – was mein Versagen, dich so zu lieben, wie du es verdienst, liebe Sophie, und wie glücklichere Männer als ich es gewiß auch noch oftmals tun werden, wenn nicht entschuldigen, so vielleicht doch erklären mag.»

Hier endete Philip. Mich aber hatte seine Geschichte so nachdenklich gemacht, daß ich nur meine Verwunderung zum Ausdruck bringen konnte.

«Ja, ich wundere mich selbst darüber», entgegnete Philip, «und manchmal glaube ich sogar, ich sei geheilt, denn es ist mir ein leichtes, eine Lady zu befriedigen, solange sie mir fremd ist – was dein Bruder bezeugen kann, denn bei meinem Besuch in der Brook Street habe ich eine recht erfolgreiche Probe meiner Männlichkeit abgegeben. Indes, obwohl die junge Dame dort mir eine so temperamentvolle und hübsche Partnerin war, wie man sie sich nur wünschen kann, fürchte ich doch, daß ich sie, sollten wir einander ein zweites Mal begegnen, enttäuschen würde.»

Es wäre vergebliche Liebesmüh gewesen, ihn glauben zu machen, daß ich nicht genauso enttäuscht war, und obwohl ich ein mitfühlendes Lächeln aufsetzte und ihn auf den Mund küßte, bevor ich mich entfernte, ging ich doch ungetröstet aus dem Zimmer. War ich zuvor schon erhitzt gewesen, so hatte Philips Schilderung seines Tête-à-têtes mit Miss Mary mein Blut erst recht in Wallung gebracht, und als ich nun auf den Korridor hinaustrat, war ich entschlossen, zumindest in der Abgeschiedenheit meines Zimmers jene unzulängliche Linderung zu finden, die uns die einsame Liebkosung der eigenen Hand gewährt. Doch wer stand da plötzlich vor mir, eben im Begriff, das Haus zu verlassen? Niemand anderer als Harry! Er sah mich lächelnd an, und noch bevor mir recht klar wurde, daß meine guten Vorsätze in sich zusammenfielen, ertappte ich mich dabei, wie ich ihm, so bedeutungsvoll es mir eben möglich war, tief in die Augen blickte – und das, fürchte ich, so unverhohlen einladend, wie nur eine der Damen aus der Brook Street es fertiggebracht hätte.

Seine Reaktion ließ nicht lange auf sich warten, denn schon im nächsten Moment hatte er mich hochgehoben und war in das Zimmer zurückgekehrt, das normalerweise meinen Burschen als Aufenthaltsraum diente, um diese späte Stunde aber leer stand. Hier bettete Harry mich auf einen Diwan, packte dann mein Kleid am Dekolleté und riß mir den zarten Stoff mit einem einzigen Ruck vom Leibe, während er fast gleichzeitig aus seinen Pantalons schlüpfte und sich über mich warf. In meinem benommenen Zustand, noch gesteigert durch den Wein, den ich genossen, war es mir, als ob sein mächtiger Schwanz, stark wie eine Eisenstange, bis in die tiefsten Tiefen meines Leibes vordringe, und sein gebräunter Körper schien unter meinen Händen wie aus Holz geschnitzt, so fest und hart war er. In meiner Verzückung riß ich ihm das Hemd von den Schultern und grub meine Zähne tief in sein Fleisch, was ihn nur noch zu heftigeren Stößen anspornte. Oder war daran am Ende nicht nur meine Leidenschaft schuld, sondern auch seine Angst vor der nahenden Erschöpfung? Immerhin hatte der Ärmste im Laufe des Abends bereits drei Frauen zu Diensten gestanden, deren letzte ihn erst knapp eine Stunde vor unserer Begegnung in Anspruch genommen hatte.

So inbrünstig, wie Harry zu Werke ging, so langsam reagierte dagegen sein Körper – was mir natürlich zu um so größerer Lust gereichte: Nicht weniger als dreimal kam ich zum Höhepunkt und entlud damit all die aufgestaute Erregung, bevor er mit einem erlösenden Schauder endlich von mir abließ und wie tot auf mich niedersank. Ich schlängelte mich unter seinem Gewicht hervor, griff nach einem Handtuch und säuberte seine schweißglänzenden Glieder. Dann rollte ich ihn auf den Bauch und trocknete ihm Rücken und Po – wobei ich einen seltsamen dreieckigen Fleck auf einer Hinterbacke entdeckte, ein vom dunklen Haarbewuchs fast verdecktes Muttermal.

Ich riet ihm, in unserem Haus zu übernachten, denn ich war sicher, er sei nun zu erschöpft für den Heimweg und außerdem so erhitzt, daß selbst die mildeste Nachtluft ihm schaden könnte. Er war einverstanden, und ich deckte ihn mit einem frischen Handtuch zu und beugte mich dann nieder, um den schon halb Schlafenden auf die Wange zu küssen, ehe ich mich in mein Zimmer und zu Bett begab, wohl wissend, daß ich töricht gehandelt haben mochte, als ich einem meiner Burschen so deutlich den Vorzug vor den anderen gab, und doch auch getröstet in dem Bewußtsein, daß dieser Abend eine große Ausnahme gewesen sei.

Als ich zur Tür ging, war ich fast sicher, daß ich hinter dem geschnitzten Fenster, jenseits dessen wir uns getummelt hatten, ein Rascheln vernahm. Der einzige Mensch, der uns von dort aus beobachtet haben konnte, war Philip. Hätte mich das mit Zorn erfüllen sollen oder gar mit Mitleid oder auch Spott? Im Augenblick konnte ich das nicht entscheiden, aber ich würde nicht zulassen, daß der Zwischenfall mich und Philip entzweite – wir waren einander zu freundschaftlich verbunden und verdienten überdies zuviel mit unserem Institut, als daß es sinnvoll gewesen wäre, eine Schranke zwischen uns aufzurichten. Im übrigen empfand ich vor allen Dingen Mitleid für ihn und fragte mich, da ich sehr wohl merkte, wie er heimlich kam und ging, oftmals, auf welche Weise er wohl jenes Verlangen befriedigte, das doch gewiß im Blut eines so jungen und männlichen Körpers pulsieren mußte. War er am Ende ein heimlicher und gleichwohl eingefleischter Hans Andersen? Allein, dies ging mich wahrhaftig nichts an.

Etwa zwei Wochen nach der eben erwähnten Episode erhielt ich eine Einladung zur Hochzeit von Viscount Chichley und Lady Frances Brivet; die Trauung war in St. George am Hanover Square anberaumt (wo, wie ich mich erinnerte, Sir William Hamilton jene Dame geehelicht hatte, die später die Geliebte Lord Nelsons wurde). Das Diner sollte dann in einem Haus am Portland Place, Mary-le-Bone, stattfinden, das Chichley am Rand jener großen Weideflächen erbaut hatte, auf denen damals gut tausend Kühe grasten, die einen Großteil des Milchbedarfs der Stadtbevölkerung deckten. Es war dies das einzige Haus nördlich vom Devonshire Place und bis hinüber nach Hampstead.

Der Leser wird sich denken können, daß ich viel Zeit und etliche Kosten auf die Anfertigung einer Robe für den festlichen Anlaß verwandte, denn ich wollte gebührend in Erscheinung treten, ohne freilich so auffällig zu wirken, daß ich womöglich die Braut ausstechen würde, die ein atemberaubendes weißes Kleid aus Paris trug. Chichley machte eine großartige Figur in seinem schlichten dunkelblauen Cutaway mit karmesinroter Weste – weder im Rock noch in den tadellos sitzenden Beinkleidern war auch nur die kleinste Falte zu entdecken.

Die Trauung wurde mit großer Feierlichkeit von einem Bischof zelebriert, den man eigens zu diesem Zweck aus der Provinz hatte kommen lassen. Er machte einen durchaus liebenswürdigen Eindruck, war aber offenbar nicht an solch prunkvolle Festivitäten gewöhnt, denn über den unmittelbaren Umkreis des Altars hinaus war seine Stimme kaum zu verstehen. Nach der Kirche brachte uns eine kleine Anzahl prächtiger Kutschen zu Chichleys Wohnsitz, der sich so geschmackvoll und standesgemäß präsentierte, wie man es nur immer erwarten konnte, und den der Hausherr nach dem neuesten Geschmack eingerichtet hatte.

Hier stand ein opulentes Festmahl bereit, dem die große Gästeschar aufs herzhafteste zusprach. Dieses Bankett überstieg an Verschwendung alles, was ich bisher gesehen hatte: Als ersten Gang gab es Austern, gefolgt von Geflügel, Fisch, Suppe, gebratenem und gekochtem Rindfleisch, Truthahn mit Selleriesauce, Schweinsfüße und -ohren, Zunge, Frikandeau, Hammelrücken, gebratene Waldschnepfen, Wildenten, dazu Spinat, Gemüse mit Speck, ferner Cremespeisen, Pasteten, Blumenkohl, Ragoût à la Française, Wild, Sellerie, Makkaroni und nochmals Pasteten und zum Abschluß Walnüsse, Rosinen und Mandeln, Apfeltorte, Birnen und Orangen. Dazu wurden außer Champagner (weiß und rosé) diverse Weine gereicht: Burgunder, Claret, Sherry, Hermitage (rot und weiß), Constantina, Sauterne, Madeira und Port – ferner auf besonderen Wunsch Dünnbier. Man brachte zahlreiche Trinksprüche aus – zuerst auf das Brautpaar, dann toasteten die Gäste einander gegenseitig so lange zu, bis die meisten Teilnehmer der Tafelrunde praktisch außerstande waren, sich aufrechtzuhalten oder verständlich zu artikulieren. Derbe Witze und erotische Anspielungen machten nun die Runde und gegen neun Uhr wußte die Hälfte der Gesellschaft nicht mehr, ob sie auf dem Kopf oder auf den Füßen stand. Der ehrwürdige und hochgelehrte Orientalist des Britischen Museums (der neben dem Portwein immer wieder auch dem Brandy kräftig zugesprochen hatte) sank schließlich bewußtlos unter den Tisch, wo die Dienstboten ihn auf Chichleys Geheiß hervorzerrten und in eine Droschke setzten, die ihn nach seiner Wohnung fahren sollte.

Mein Freund blieb, wie ich bemerkte, auffallend nüchtern, und seine Braut ebenso. Letztere hatte mich kühl empfangen, während ihr Gatte mich mit herzlichem Händedruck begrüßte, wenngleich er kein weiteres Zeichen der Vertrautheit gab, was ich freilich auch nicht von ihm erwartet hätte. Ich konnte indes nicht umhin, festzustellen, daß die beiden, wie sie da am Kopfende der Tafel thronten, sich gar nicht so benahmen, wie man es von einem jungvermählten Paar erwarten würde – sie tauschten kein Lächeln, drückten einander nicht verstohlen die Hand, geschweige denn, daß etwa er ihre Hand an seine Lippen geführt oder seine Wange an die ihre geschmiegt hätte. Statt dessen behandelten sie einander mit steifer Höflichkeit und so formell, wie sie sich sonst nur gegenüber den ihnen am wenigsten vertrauten Gästen betrugen.

Endlich kam, auch wenn keiner von beiden sich sonderlich darauf zu freuen schien, der Moment, da die Braut sich ins Schlafgemach zurückzuziehen hatte. Ihre Brautjungfern erhoben sich als erste, nahmen sie bei den Händen und geleiteten sie aus dem Saal. Chichley suchte gleich darauf meinen Blick, sah mir flehentlich in die Augen, stand auf und entschuldigte sich bei der Tafelrunde (kein schwieriges Unterfangen, da seine Gäste mittlerweile größtenteils sinnlos betrunken waren). Als er den Raum verließ, schaute er mich wieder an, so als wolle er mich auffordern, ihm zu folgen, was ich nach kurzem Zögern auch tat, nachdem ich mich zuvor vergewissert hatte, daß ich von niemandem beobachtet wurde. Aus dem Saal kommend trat ich in ein Vorzimmer, wo mein junger Freund trübsinnig am Kamin lehnte und mit melancholischem Blick in die verlöschende Glut starrte.

«Aber Mylord», sagte ich, «das ist doch keine Stimmung für einen Bräutigam in seiner Hochzeitsnacht!» Worauf er mich an den Ellbogen faßte und mit tränenumflortem Blick auf mich niedersah.

«Mir ist, als würde ich meine eigene Schwester heiraten», sagte er. «Sie hat heute nicht mehr Feuer als zu der Zeit, da wir achtjährige Kinder waren. Ach, Sophie, sie ist so kühl und reserviert, völlig unempfindlich gegen jegliche Annäherung, hat keine Ahnung von dem, was einem Mann Freude machen könnte – und an eine solche Frau soll ich nun für den Rest meines Lebens gefesselt sein!»

Ich fragte nicht, was ihn denn zu dieser Verbindung bewogen habe, doch ich nahm an, er sei wohl durch seine Familie dazu genötigt worden. Und ich gestehe freimütig, daß ich ihm auch keinen Widerstand leistete, als er mich nun an seine Brust drückte und meine Lippen mit Küssen bedeckte, denn ich merkte wohl, daß er weniger fleischliche Lust suchte als seelischen Trost; und wirklich begnügte er sich mit meinem Mund, ohne Anstalten zu machen, die Situation weiter auszunutzen.

Ich sagte nichts, und auch er schwieg, aber nach einer Weile gab er mich mit einem tiefen Seufzer frei – just in dem Augenblick, als ein paar seiner betrunkenen Freunde mit unverständlichem Gegröle zur Tür hereinplatzten. Sie packten Chichley bei den Schultern und bugsierten ihn (ich folgte unbemerkt) in die Halle hinaus und die Treppe hinauf in ein Zimmer, das offenbar das Brautgemach war. Ich hatte richtig geraten, denn kaum daß ich durch die Tür trat, sah ich die Braut aufrecht in einem breiten Himmelbett sitzen; sie trug jetzt ein schlichtes Nachthemd, dessen Dekolleté tief genug war, um einen Busen zu entblößen, den zu begehren kein Mann sich hätte schämen müssen, den sie aber jetzt mit einer keuschen Handbewegung verdeckte. Ihr Blick verriet weder Furcht noch Leidenschaft, sondern schiere Gleichgültigkeit und den Wunsch, daß diese Charade so schnell wie möglich ein Ende finden möge.

Unterdessen hatten Chichleys Freunde, die mit mißtönenden, unverständlichen Stimmen obszöne Lieder grölten, den Bedauernswerten bis zur Taille entblößt, wobei die anwesenden Frauen, die jetzt eher Vetteln denn Brautjungfern glichen, sie kräftig anspornten. Die so Ermunterten schickten sich nun an, den armen Bräutigam nackt auszuziehen. Erst fielen seine Beinkleider, dann die Stiefel und zuletzt Unterhose und Strümpfe, bis er schließlich nackt wie ein Neugeborener dastand und (worauf sie spöttisch aller Aufmerksamkeit lenkten) eine Männlichkeit vorwies, die auf die Größe einer Haselnuß geschrumpft war. Eine der Brautjungfern (die freilich den Titel «Jungfer» durchaus nicht verdiente) sank vor ihm in die Knie und versuchte, von seinen Freunden angefeuert, das schlummernde Glied zu erregen, womit sie allerdings kläglich scheiterte, was zu noch lästerlicheren Zoten Anlaß gab, von denen vielleicht ich allein wußte, daß sie gänzlich unbegründet waren, denn ich erinnerte mich nur zu gut, wie empfindsam sein Zepter reagieren konnte, wenn ihn die Nähe einer Frau erregte, von der er sich wirklich angezogen fühlte. Endlich wurden seine Freunde ihrer Scherze müde, warfen Chichley kurzerhand mit «Eins, zwei, drei!» aufs Bett und zogen die Vorhänge zu (wie dankbar er für diese Barmherzigkeit gewesen sein muß), ehe sie mit einem abschließenden Schwall obszöner Rufe aus dem Zimmer polterten.

Ich zögerte noch einen Moment. Vom Bett her ertönte nur ein leises Rascheln; kein anderer Laut, weder der Lust noch der Abwehr, war zu hören, und ich konnte nur folgern, daß dem neuvermählten Paar eine frostige Nacht – und sehr wahrscheinlich ein nicht minder frostiges Leben – bevorstand. Es war dies kein Schicksal, wie ich es Chichley gewünscht hätte, einem Jüngling, der, das wußte ich, ebensoviel Leidenschaft wie Humor und soviel Zärtlichkeit wie Temperament besaß. Pfui, sage ich, über alle Vernunftsehen.

Ich war entschlossen, das Haus ohne Säumen zu verlassen. Doch als ich aus dem Brautgemach trat und eben die Treppe hinabsteigen wollte, kam ich an einer offenen Tür vorbei und konnte nicht umhin, mit flüchtigem Blick die Orgie wahrzunehmen, die sich in dem Zimmer dahinter abspielte. Auf dem Bett, aber auch auf den Teppichen am Fußboden lagen zwischen acht und zwölf Personen beiderlei Geschlechts in allerlei lasziven Posen beieinander und ergötzten sich an jeder nur denkbaren Variante des Liebesakts – nicht nur Mann und Frau beim natürlichen Verkehr sah ich da, sondern auch Männer, die Männer, und Frauen, welche Frauen umarmten. Es war eine Szene, die, hätte ein Maler sie dargestellt, um die Lust des Betrachters zu schüren, oder wäre ich ihrer unter erfreulicheren Umständen ansichtig geworden, meine Sinne zweifellos gereizt hätte. Aber in diesem Fall hatte der Alkohol die beteiligten Personen so radikal jeder Empfindsamkeit beraubt, daß ihr Gebaren eher an das Verhalten von Tieren denn von Menschenwesen erinnerte – ein Umstand, der sich in einer gewissen gemeinen Fleischeslust widerspiegelte, welche dieser Paarungsorgie alle Rücksichtnahme, jegliches Zartgefühl und allen Takt nahm. Dies wurde um so augenfälliger, als zwei Grobiane, die von den Frauen, über die sie sich hergemacht hatten, aufblickten und mich in der Tür stehen sahen, nackt wie sie waren und vom Geschlechtsakt dampfend auf die Füße sprangen und mir entgegentraten. «Heißa!» brüllten sie. «Seht doch diese Stute dort! Komm her, Frauenzimmerchen, hier kannst du die Flöte blasen!» Das verstand ich nur mittels ihrer eindeutigen untermalenden Gesten, die keinen Zweifel daran ließen, daß sie mich zwingen wollten, ihnen zu Willen zu sein.

So sehr ich der Sinnenlust gewöhnlich auch zugetan bin, diesmal hatte ich gute Gründe für meine Abneigung: Erstens war ich zu bekümmert über Chichleys Leid; zweitens widerstrebte es mir, mich in ein solches Gewirr fremder Körper zu mengen, wie es da vor mir lag; drittens waren die beiden Männer, die nun dicht vor mir standen, nicht im mindesten anziehend. Der eine war furchtbar dick, ja sein mächtiger Bauch hing so tief, daß einzig sein aufgerichteter Dorn ihn zu stützen schien (der wiederum nicht das Ausmaß hatte, um selbst ein leichteres Gewicht tragen zu können). Der zweite dagegen war zwar mit einem mörderischen Gemächt behängt und verfügte offenbar über Körperkräfte, die unter anderen Umständen hätten verheißungsvoll sein mögen, aber er war so betrunken, daß er sich kaum aufrecht halten konnte. Auch wenn ich nicht den Verdacht gehegt hätte, daß dieser Zustand alsbald die Leistungskraft seines jetzt noch so prächtig erigierten Phallus traurig schmälern würde, wäre ich nicht bereit gewesen, in nähere Berührung mit seinem stinkenden Atem zu treten, vor dem mich schon auf einige Schritt Entfernung ekelte.

Allein, mein Widerwille kam gegen ihre Hartnäckigkeit nicht auf; ehe ich entwischen konnte, hatten die beiden mich schon ergriffen, und nun packte der eine mein feines, teures Kleid am Dekolleté und riß es mit einem einzigen Ruck bis zur Taille herunter, so daß meine Brüste frei wurden, auf die er ungeniert seine geile Pranke legte. Der zweite manövrierte sich derweil hinter mich und stieß mich ins Zimmer hinein, wo ich im Nu über das Durcheinander nackter Leiber stolperte und zu Boden stürzte – die entfesselte Bande war freilich so in ihre Ausschweifungen vertieft, daß niemand von meinem plötzlichen Erscheinen Notiz nahm. Ich wappnete mich unterdessen für den zu erwartenden Angriff.

Zum Glück gerieten sich nun jedoch meine beiden Gegner darüber in die Haare, wer mich als erster nehmen dürfe, und fingen alsbald in ihrem Rausch eine wüste Rauferei an: Einer rammte dem anderen die Faust in den Hängebauch, und der Getroffene erbrach sich reichlich über mehrere Paare, die ihm zunächst lagen. Das löste etliche Verwirrung aus, und dieser Tumult gab mir die Gelegenheit zur Flucht. In wilder Hast eilte ich die Treppe hinunter, die Fetzen meines Kleides über der Brust zusammenraffend, rief meine Kutsche herbei und ließ mich unverzüglich nach Hause fahren. Dort angekommen, fand ich mich so mitgenommen durch das grause

Abenteuer, daß ich nicht einmal mehr Polly Rede stehen mochte. Also begab ich mich in mein Bett, das, wenn auch noch einsamer, vermutlich nicht stiller war als Chichleys – dafür aber wenigstens Frieden und Ruhe bot.

11. KAPITEL
Andys Abenteuer

Es ist ein eigenartiges Phänomen, daß selbst die ungewöhnlichsten Umstände, sofern sie länger andauern, alltäglich werden und daß die erstaunlichsten Vorkommnisse, so sie sich wiederholen, bald kein Aufsehen mehr erregen. Wenn man mir nur ein paar Monate, bevor ich nach London kam, prophezeit hätte, ich würde dort die Verwaltung eines Freudenhauses übernehmen und Tag für Tag mit einer Reihe entzückender, teils leicht geschürzter, teils auch ganz entkleideter Frauen in Berührung kommen, so hätte ich mich glücklich gewähnt. Zumindest hätte ich nie geglaubt, daß ein solches Leben anders als aufregend sein könnte.

Indes, als die Wochen zu Monaten wurden, mußten Frank und ich uns gegenseitig eingestehen, daß wir allmählich unter einer gewissen Langeweile litten; ein Tag war wie der andere und die Stunden dehnten sich – aufrichtig gesagt – länger als uns lieb war, denn anders als Sophie fühlten wir uns verpflichtet, im Haus zu bleiben, solange Gäste anwesend waren, um die Mädchen vor eventuellen Unannehmlichkeiten schützen zu können. Blatchford, Will Pounce und Bob Tippett waren natürlich Manns genug, jeder physischen Gewalt zu trotzen, mit der man ihnen etwa begegnen mochte, aber ihre mangelnde Erziehung setzte sie leicht außer Gefecht, sobald jemand überlegen aufzutreten wußte, während ich, ungeachtet meiner niedrigen Geburt, inzwischen genügend Erfahrung gesammelt hatte, um aufsässige Kunden, gleich welchen gesellschaftlichen Rangs, in ihre Schranken zu verweisen, und Frank verfügte über eine angeborene Noblesse, die ihm in jeder Lage Autorität verlieh.

Mit der Zeit trafen wir jedoch ein Arrangement, das es uns erlaubte, abwechselnd Urlaub zu nehmen und so gut es ging in der

Stadt Zerstreuung zu finden, wobei wir freilich in der Regel darauf achteten, daß der Daheimgebliebene wußte, wo er den anderen im Notfall erreichen konnte. Ich begann erneut, auf meiner Gitarre zu üben, während Frank sich in einem nahe gelegenen politischen Club Geltung verschaffte, denn er trug sich mit der Absicht, vielleicht als Mitglied des Wahlbezirks, zu dem Alcovary gehörte, die politische Bühne zu betreten.

Ich fuhr fort, Näheres über unsere Mädchen und ihren Werdegang in Erfahrung zu bringen, wenngleich es hier, waren die wesentlichen Punkte einmal berichtet, wenig hinzuzufügen gab. Moll war die letzte, die mir ihr Geheimnis offenbarte, und zwar unter vier Augen, denn sie fühlte sich auf Grund ihrer etwas ungeschliffenen Manieren immer noch ein wenig befangen im Kreise ihrer Gefährtinnen, auch wenn sie zugestand, daß diese ihr nie anders als freundschaftlich und hilfsbereit begegneten, und wirklich fiel nie ein böses Wort zwischen ihnen.

Eines Abends klopfte es an der Vordertür und Will ging öffnen. Als ich gleich darauf einen lauten Wortwechsel hörte, trat ich aus meinem Zimmer, um ihm zu Hilfe zu kommen. Er versuchte eben, einem jungen Burschen den Einlaß zu verweigern, der mir irgendwie bekannt vorkam und sich mir in der Tat sogleich als Molls Bruder zu erkennen gab, den ich flüchtig gesehen hatte, ehe er bei meinem Besuch in der Church Lane Bett und Zimmer seiner Schwester verließ. Ich verschaffte ihm natürlich sofort Zutritt und ließ Moll herbeiholen, die ihn bewegt in die Arme schloß und sich mit ihm in ein Privatgemach zurückzog. Als der junge Mann schließlich wieder ging, fand ich Moll in Tränen. Ich schenkte ihr ein Glas Wein ein, legte den Arm um sie und erkundigte mich, nachdem ich sie so gut es ging getröstet hatte, was denn geschehen sei.

Es sei nichts weiter, sagte sie, als bloß eine herbe Enttäuschung. John sei gekommen, ihr zu sagen (und hier schluchzte sie wieder), daß seine Hoffnung, ihren verschollenen Bruder wiederzufinden, sich zerschlagen habe.

Mithin habe sie also zwei Brüder, forschte ich weiter, und einer davon sei verschwunden?

Sie bejahte. Der Verlorene sei ihr älterer Bruder, mit dem sie aufgewachsen sei. Er war fünf Jahre älter als Moll und hatte ihr, soweit sie zurückdenken konnte, immer beigestanden; auch hatten sie, seit ihrem fünften oder sechsten Lebensjahr, das Bett miteinander geteilt. Dadurch, fuhr sie fort, sei der Anblick des männlichen Körpers ihr vertraut gewesen, lange bevor sie den eines Fremden zu Gesicht bekommen habe. «Denn Harry hat mich niemals aus Sinnenlust berührt, und wann immer ich ihn zu necken versuchte – wie an dem Morgen, da ich erstmals seinen stolz aufgereckten Schwanz entdeckte und damit tändeln wollte wie mit einer Puppe oder sonst einem Spielzeug –, brachte er mich jedesmal davon ab. Und er hat mich nur ein einziges Mal geschlagen, als ich nämlich, während er schlief, seinen Peter in die Hand nahm und ihn rieb, bis er, da mein Bruder erwachte, unwillkürlich seinen Saft verspritzte. Und dann sagte Harry, es sei niederträchtig, wenn Bruder und Schwester so miteinander spielten.»

Fortan hielt Moll sich an sein Gebot, auch später mit dem kleinen John, und obwohl sie oft nackt zusammen im Bett lagen, erlaubten sie sich keine Vertraulichkeiten, die über geschwisterliche Liebe hinausgingen, ja, wenngleich sie auf engstem Raum zusammen lebten, betrugen sie sich so moralisch wie Pastorenkinder.

«Aber als meine Mutter starb», fuhr sie fort, «nachdem der Vater uns schon lange verlassen hatte (die Mutter ernährte uns seitdem mühsam durch niedrige Arbeit), da drohte der Besitzer unserer kleinen Wohnung, er werde uns auf die Straße setzen – worauf Harry, der damals erst fünfzehn war, mir versicherte, er werde für unseren Unterhalt sorgen. Aber dann verlor er seine Arbeit in einer Ziegelbrennerei, und wir gerieten in Schulden. Harry mußte immer weiter umherziehen, um neuerlich eine Anstellung zu finden, und so kam es, daß er fort war, als der Hauswirt erschien, sein Recht auf unsere Wohnung geltend machte und mich und John, der damals erst fünf war, auf die Straße warf.

Ich flehte ihn an, er möge wenigstens so lange warten, bis Harry zurück sei, doch ich wurde gnadenlos fortgejagt, so daß wir uns verfehlten, als Harry heimkam, und trotz aller Anstrengungen habe ich ihn seit acht Jahren nicht wiedergesehen, obgleich ich viele Male in der Hoffnung, ihm zu begegnen, in die Straße, wo wir damals wohnten, zurückgekehrt bin.

Um uns am Leben zu erhalten, mich und meinen Bruder, der ohne mich schon im Kindesalter als Schornsteinfeger oder in sonst einem anstrengenden Beruf hätte arbeiten müssen, entschloß ich mich nach einigen harten Jahren, da wir auf der Straße um Brotkrusten bettelten und uns nur dank der Hilfe einiger weniger Freunde über Wasser hielten, in das Gewerbe einzutreten, in dem du mich gefunden hast, obwohl meine Mutter stets aufs eindringlichste davor gewarnt hatte. Und als ich einmal den ersten Schritt getan hatte, gewöhnte ich mich rasch zu sehr an all die Annehmlichkeiten, die ich mir fortan ohne große Mühe leisten konnte, als daß ich noch hätte darauf verzichten mögen.

Doch ich habe nie die Hoffnung aufgegeben, Harry eines Tages wiederzufinden, und nun erfuhr John kürzlich, daß jemand, auf den seine Beschreibung zuträfe, beim Gräben ziehen in Southwark gesehen worden sei. Ja, und eben kam er, mir zu sagen, daß die Nachforschungen nichts ergeben hätten.»

Aber wie könne sie denn ihren Bruder beschreiben, fragte ich, wo doch ein junger Mann nicht viel anders aussehe als der andere und sie ihn überdies so lange nicht mehr gesehen habe – denn ein junger Mensch könne sich über acht Jahre hin schon sehr verändern.

Ja, räumte sie ein, Harry habe tatsächlich nichts Auffälliges an sich gehabt, und es würde wohl schwerhalten, eine Beschreibung ihres Bruders zu geben, die nicht auch auf viele andere Burschen seines Alters zuträfe, wäre da nicht ein dreieckiges Muttermal auf seiner rechten Pobacke – ein Erkennungszeichen, das andere Menschen nur im intimen Umgang entdecken würden und das sie wohl kaum publik machen könne, ohne Anstoß zu erregen.

Der Wein, von dem wir unterdessen eine ganze Flasche getrunken hatten, war für Moll eine sichtliche Belebung, und indem sie mir dafür dankte, daß ich ihr mein Ohr geliehen, erfreute sie mich mit jenen Intimitäten, die, wie sie aus langer Erfahrung wußte, dem männlichen Geschlecht so viel Vergnügen bereiten. Und da ich mich, wie stets, empfänglich dafür zeigte, entflammten wir alsbald beide in leidenschaftlicher Glut, worauf sie meine Breeches aufknöpfte, sich rittlings auf meinen Schoß setzte und meinen Schwanz in jenes warme, feuchte Freudental einführte, in dem er sich am wohlsten fühlt. In dieser lauschigen Umarmung verhielten wir und brachen eine zweite Flasche an, doch noch ehe wir uns ganz der Fleischeslust hingeben konnten, platzte Will Pounce ohne anzuklopfen ins Zimmer – eine noch nie dagewesene Unverfrorenheit.

«Master Archer! Master Archer!» rief er. «Unten steht ein Konstabler und verlangt, die Hauswirtin zu sprechen!»

Das war nun freilich eine schöne Bescherung, denn Aspasia hatte, einen lang versprochenen Besuch bei einem alten Freund vorschützend, Urlaub genommen. Und ausgerechnet jetzt hätten wir sie dringend gebraucht, war sie von uns doch eigens deshalb engagiert, weil es Männern streng verboten war, ein Etablissement zu führen, wie wir es in der Brook Street unterhielten; außer Aspasia gab es in unserem Haus keine Frau, die glaubhaft eine erfahrene Madam hätte mimen können.

In meiner Bestürzung war ich aufgesprungen und hatte Moll dabei unbeabsichtigt zu Boden geworfen; nun stand ich ratlos da und sah auf mein vor lauter Angst armselig geschrumpftes Gemächt nieder.

Aber Moll rappelte sich flink wieder auf und sagte: «Es nutzt alles nichts, Andy, *du* mußt den Kerl empfangen!»

Während ich sie noch verständnislos anstarrte, wies sie Will bereits an, hinunterzugehen und den Konstabler mit Ausflüchten hinzuhalten, bis seine Herrin nachkäme. «Oder noch besser», unterbrach sie sich, «du bringst ihn rauf, gibst ihm ein Glas Wein und führst ihn zu den Mädchen! Und sag ihnen, sie sollen recht nett zu ihm sein.»

Will sah mich fragend an, aber ich konnte nur hilflos nicken. Als er hinausging, hatte Moll mich schon beim Arm gepackt und führte mich, der ich mit einer Hand meine herunterhängenden Breeches raffte, in ein Zimmerchen auf der anderen Seite des Flurs, wo ein Schrank stand, in dem Aspasia einen Teil ihrer Kleider aufbewahrte. Moll riß ihn auf und griff nach einer purpurnen Samtrobe.

«Zieh das über!» befahl sie, und als ich zögerte, riß sie mir fast das Hemd vom Rücken, worauf ich wohl oder übel gehorchte und in Aspasias Kleid schlüpfte. Moll maß mich mit kritischem Blick, knüllte dann zwei Staubtücher zusammen und stopfte sie mir in den Ausschnitt, um das schlaff herabhängende Mieder auszufüllen.

«Um deinen Teint habe ich dich schon immer beneidet», sagte sie, «und jetzt wollen wir doch einmal sehen, was sich mit ein bißchen Kunstfertigkeit daraus machen läßt...» Damit nahm sie ein Schminktöpfchen vom Tisch neben sich, tupfte Rouge auf meine Wangen und rieb mir mit dem Finger, den sie erst kräftig mit Spucke angefeuchtet hatte, auch etwas Rot auf die Lippen.

«Nun brauchen wir noch eine Haube!» Sprach's und fischte eine aus dem Schrank, die altmodisch geschneidert war, Seitenklappen hatte und, als sie zugebunden war, meinen Kopf gänzlich verhüllte. «Versuch, leise zu sprechen», mahnte Moll. «Du darfst ja nicht die Stimme erheben! Die Fragen, die er dir stellen wird, kannst du gewiß beantworten. Vielleicht ist er ja auch bloß auf ein Bestechungsgeld aus.»

Das war gut möglich, denn die Londoner Wachmänner und

Konstabler waren zu jener Zeit hauptsächlich auf Nebeneinkünfte angewiesen und folglich fast ausnahmslos Erpresser, die jede Art des Verbrechens begünstigten, von Schankwirten und Bordellbesitzern (häufig der übelsten Sorte) Tribut bezogen und sogar als Hehler gestohlene Waren verhökerten. Es sollte in der Tat nicht allzu schwierig sein, mit einem solchen Kerl fertigzuwerden. Doch ich hatte immer noch Bedenken.

«Aber du begehst doch kein Verbrechen», sagte Moll, «und wenn du den Versuch nicht wagst, ist es um unser ganzes Unternehmen geschehen!»

Vielleicht war es ein Glück, daß sich kein Spiegel im Raum befand, in dem ich mich hätte sehen können. Also gehorchte ich einfach und schritt – ums Haar über die ungewohnten Röcke stolpernd – die Treppe hinab und bis vor die Tür des Salons, hinter der ich unter dem fröhlichen Stimmengezwitscher unserer Mädchen auch eine Männerstimme ausmachte. Ich holte tief Luft und trat über die Schwelle. Als die Mädchen mich erblickten, erstarrten ihre Gesichter in fassungslosem Staunen. Der Mann saß mit dem Rücken zu mir, aber auch als er sich umwandte, konnte ich sein Gesicht unter dem struppigen Bart kaum erkennen.

Ich trat näher und versuchte dabei angestrengt, meinen Schritt dem zierlichen Trippeln einer Frau anzupassen.

«Mit wem habe ich die Ehre, Sir?» fragte ich mit einer Stimme, der ich einen matronenhaften Klang zu geben suchte (wenngleich Cissies Gekicher anzeigte, daß es mit meinen Verstellungskünsten nicht allzu weit her war).

«Sergeant Muffin», dröhnte es mit dumpfer Stimme zurück. «Sind Sie die Madam hier?»

«Ganz recht, Sir.»

«Darf ich Ihnen dann zu diesen reizenden jungen Damen gratulieren?» fragte Muffin schon freundlicher. «Sie haben ein Temperament, das sich wirklich aufs schönste mit ihrem entzückenden Äußeren verbindet.»

«Ich danke sehr. Doch welchem Umstand verdanken wir die Ehre Ihres Besuchs, Sir?»

«Es gehört zu den angenehmsten Pflichten meines Berufs, alle Etablissements Ihres Genres aufzusuchen, um mich zu vergewissern, daß sie ordnungsgemäß geführt werden. Sie heißen...?»

«Misses Aspasia Woodvine», antwortete ich (erneutes Kichern von Cissie).

«Darf ich fragen, wo Sie die nötige Erfahrung gesammelt haben, um ein solches Institut leiten zu können?»

Ich hüstelte.

«Ah – in der großen Universität des Lebens, mein Herr», entgegnete ich endlich, diesmal Xanthe mit meiner Antwort zum Lachen reizend. «Sie haben wohl den Wunsch, das Haus zu inspizieren?»

«Nein, nein, Madam, schon dieses Zimmer hier hat mich überzeugt, daß alles aufs trefflichste eingerichtet ist, nicht zu reden von den außergewöhnlichen Qualitäten der jungen Damen, die kennenzulernen ich ja bereits das Vergnügen hatte. Indes, wäre es vielleicht möglich...» Und hier hob er die Brauen in einer Manier, die ich wohl zu deuten meinte.

«Wenn das so ist, Sergeant, dann dürfen wir Ihnen vielleicht die Gastfreundschaft unseres Hauses offerieren?»

«Verehrte Madam! Damit würden Sie mir die größte Freude machen.»

Ungemein erleichtert forschte ich weiter, ob er so gut sein wolle, mir zu sagen, von welcher der jungen Damen er sich am liebsten die Bäder zeigen lassen würde, die der größte Vorzug unseres Hauses seien? Allein, er zauderte.

«Ich hatte gehofft, Madam...» sagte er endlich und streckte, indem er vortrat, die Hand aus, so als wolle er sie mir auf den Busen legen. Ich spürte, wie mir das Blut aus den Wangen wich, als ich seine Absicht verstand. Doch was war das? Zu meinem Entsetzen sprang Moll, die neben mir gestanden hatte, plötzlich vor und krallte ihre Hand in den Bart des Sergeanten. Ich öffnete schon den Mund, um ihr Einhalt zu gebieten, als Moll einen kräftigen Ruck tat und im nächsten Moment triumphierend den Bart durch die Luft schwenkte. Der vermeintliche Sergeant war kein anderer als mein Freund Frank, der sich vor Lachen kaum noch halten konnte und atemlos in einen Sessel sank!

In meiner Erleichterung wußte ich nicht, ob ich ihm zürnen oder seine Heiterkeit teilen sollte.

«Verzeih mir, lieber Freund!» rief Frank, als er sich wieder einigermaßen gefaßt hatte. «Aber die Langeweile hat mich zu diesem Schabernack verführt, und außerdem war ich neugierig, zu erfahren, was dir wohl einfallen würde, falls tatsächlich einmal ein Sergeant vor unserer Tür stünde. Ich darf mir wohl zu meiner Verkleidung gratulieren, die euch alle bis auf eine Ausnahme so gründlich getäuscht hat.»

Ich wandte mich nach Moll um – gehörte sie etwa mit zum Komplott? Aber sie versicherte mir, sie sei völlig ahnungslos gewesen, und tatsächlich stellte sich heraus, daß Frank den Streich ganz allein ausgeheckt hatte und weder von Will noch von den Mädchen erkannt worden war.

«Ich denke, wir sollten uns rächen!» rief Xanthe unvermittelt. «Ergreift ihn, Mädchen!» – Ein Befehl, dem sie mit Freuden folgten, und alsbald hatten sie ihn splitternackt ausgezogen und warfen ihn, an Händen und Füßen gefesselt, auf einen Diwan, wo er ihnen nun hilflos ausgeliefert war. Dann legten auch sie, allerdings langsam und bedächtig, ihre Kleider ab und posierten vor ihm in ihrer gottgeschaffenen Schönheit – und obgleich ich, wie bereits mehrfach erwähnt, daran gewöhnt war, eine jede von ihnen im Evaskostüm zu sehen, muß ich doch zugeben, daß sie jetzt ein besonders reizendes Bild boten. Erst kam Xanthe, der das blonde Haar über die Schultern fiel und die den Arm um ihre Freundin Rose geschlungen hatte, so daß ihre zierlichen Körper, die kleinen Brüste und die schlanken Schenkel sich aufs trefflichste ergänzten; dann Constance, deren Haut fast so haselnußbraun glänzte wie früher draußen auf dem Land (denn sie stahl sich bei jeder Gelegenheit in den Garten hinaus, um dort in der Sonne zu baden – zur Freude Wills, der dann jedesmal bewundernd an ihrer Seite saß), Sally und Cissie, einander so ähnlich wie Xanthe und Rose, nur mit runderen Gliedmaßen, üppigeren Brüsten und breiteren Hüften, schlossen sich an; und als letzte kamen Ginevra und Moll, die jede ihre ganz besonderen, bezaubernden Reize aufs schönste zur Schau stellten. Ungeachtet meiner lächerlichen Kostümierung spürte ich, wie meine Männlichkeit sich regte, und der arme, gefesselte Frank hatte keine Möglichkeit, die Glut zu verbergen, welche diese Schönheitsgalerie in ihm entfachte – ein Umstand, auf den Xanthe aller Aufmerksamkeit lenkte, indem sie rief: «Seht doch nur, Mädchen! Was sich da regt, kann zwar bis jetzt kaum ein weibliches Wesen erschrecken, aber wir wollen sehen, was sich tun läßt!» Und damit nahm sie Rose in die Arme und führte sie, die das gern mit sich geschehen ließ, ans Fußende des Diwans, wo sie die Freundin mit Küssen und Liebkosungen überschüttete und mit den Händen über ihren Leib hinfuhr, um ihn in jeder nur erdenklichen Weise zu erregen und ihm mit Finger oder Zunge zu huldigen. Der Anblick war aufreizend genug, um selbst einen Toten zu beleben, und Franks Apparat schwoll alsbald auf seine volle Länge und zollte dem Schauspiel, das sich ihm bot, mit purpurner Spitze Beifall. Franks Lächeln war unterdessen verblaßt, und er grub die Zähne in die Unterlippe, um sich keine Klage entlocken zu lassen.

Aber wie lange konnte er das durchhalten? Entschlossen, auch mein Teil an der Rache zu bekommen, warf ich Aspasias Kleid von mir und drängte mich, nun selbst aufs äußerste erregt, zwischen Cissie und Sally, die ich rechts und links in den Arm nahm, um abwechselnd ihre knospenden Brüste zu küssen, während ihre Hände sich gleich plätscherndem Wasser, das unfehlbar den Weg in einen ausgetrockneten Kanal findet, über meinen Bauch und die Schenkel vortasteten, um sich dann besonders eingehend jenem Körperteil zu widmen, der schon darauf brannte, ihrer Schönheit Tribut zu zollen.

Jetzt konnte Frank sich nicht länger beherrschen und fing an, um seine Freilassung zu betteln, aber keiner von uns beachtete ihn, vielmehr konzentrierten wir uns alle nur um so stärker auf das eigene Vergnügen. Xanthe und Rose sanken neben dem Diwan auf den Boden, und ich kniete mich auf der anderen Seite hin, so daß Sally mich rittlings besteigen konnte und ich, während ich in sie eindrang, ihre Cousine mit der Zunge zu erregen vermochte, dieweil Cissies Hände sich, wo immer sie Platz fanden, an unseren ineinander verschlungenen Leibern zu schaffen machten.

«Aber vergeßt doch nicht unseren Gebieter!» rief Xanthe endlich und hob den Kopf vom Busen ihrer Freundin. «Constance, Ginevra, Moll – was ist mit euch?»

Zu Franks Entzücken näherten die drei Mädchen sich ihm sogleich folgsam – doch statt ihn zu befreien, setzten sie sich bloß auf den Rand des Diwans und widmeten sich dem immer noch Wehrlosen: Moll küßte ihn erst auf den Mund, ließ dann die Zunge über seine Brustwarzen schnellen, küßte bald seinen Hals und die Schultern, bald schnappte sie mit den Lippen nach dem Haar, das in seinen Achselhöhlen sproß, während seine Hände ebenso verzweifelt wie erfolglos versuchten, den Busen zu fassen, der aufreizend seine Unterarme streifte. Unterdessen spielte Constance mit der Zunge zwischen seinen Zehen und lutschte sie dann einen nach dem andern, während sie ihm mit den Händen Waden und Schenkeln massierte. Und die dritte – Ginevra, deren Lippen darin besonders geschult waren – brachte sein mittlerweile wild pulsierendes Glied wieder und wieder bis hart an den Schuß, indem sie mit federleichter Berührung bald die Spitze, bald die Wurzel liebkoste und dann wieder mit vollen, feuchten Lippen über den ganzen Schaft hinfuhr, um sie gleich darauf wie ein weiches Mützchen nur über die Eichel zu stülpen. Als er einen Augenblick den Mund frei bekam, schrie Frank um Gnade, doch Ginevra verlegte sich jedesmal, wenn die Anspannung seines Schwengels ihr signalisierte, daß der Schuß bevorstand, darauf, an seinen Trauben zu knabbern oder an jenem Muskel zu nagen, der wie ein zweiter, versteckter Schwanz an dessen Unterseite zuckte.

Endlich wußte Frank sich aber doch Erlösung zu verschaffen, indem er zu den Liebkosungen, die seinen Körper durchfluteten, die Einbildungskraft gesellte. Mit einem kräftigen Aufschrei krümmte er sich wie ein gespannter Bogen und verspritzte eine Fontäne, so hoch, wie ich es nie für möglich gehalten hätte – worauf auch ich, der ich schon geraume Zeit auf dem gleichen kritischen Punkt verhielt, mich in Sallys willfährigen Schoß ergoß.

Als wir Frank losgebunden hatten und er wieder einigermaßen erholt war, erfuhren wir von ihm, daß seine Maskerade zwar gewiß amüsant, aber auch eine Art Experiment gewesen sei, denn, so erklärte er, wir dürften die Möglichkeit, daß uns einmal ein echter Sergeant einen Besuch abstatten könnte, nicht völlig außer acht lassen, sondern müßten vielmehr stets für diesen Fall gerüstet sein. Und obgleich mein Auftritt als Aspasia Wagemut bewiesen habe, könne er sich kaum vorstellen, daß ich selbst den einfältigsten Polizisten lange damit hätte hinters Licht führen können (eine Befürchtung, die ich durchaus teilte!). Frank schlug deshalb vor, wir sollten Aspasia dazu bewegen, eines der Mädchen zu unterweisen, auf daß es in ihrer Abwesenheit den Platz der Madam einnehmen könne; ansonsten würde Aspasia selbst auch künftighin als Gebieterin über das Etablissement auftreten, während er und ich uns im Ernstfall als Kunden ausgeben würden, um nur ja nicht in den Verdacht zu geraten, daß wir etwas mit der Leitung des Hauses zu tun hätten.

«Will, Blatchford und Tippett brauchen sich nicht zu verstellen», meinte Frank, «denn es müssen sich hier im Haus ja Männer aufhalten, die sowohl für verschiedene Handreichungen wie auch als Beschützer zur Verfügung stehen. Aber es wäre doch ein Jammer, wenn unser Unternehmen auf Grund mangelnder Vorsicht ein jähes Ende finden sollte.» Damit hatte er nur allzu recht, denn wir verdienten inzwischen mehr, als wir je zu hoffen gewagt hätten. Auch die Mädchen kamen ganz auf ihre Kosten, denn unsere Gäste überließen ihnen, nach Entrichtung der vorgeschriebenen Gebühr, mit

Freuden noch einen Extra-Obolus in Anerkennung ihrer Dienste. Frank und ich fragten nie nach diesen freiwilligen Spenden, aber keines der Mädchen verheimlichte sie und alle waren mit dem Arrangement vollauf zufrieden.

Kurze Zeit nach diesem abenteuerlichen Zwischenfall erhielt Frank einen Brief, in dem ihm mitgeteilt wurde, daß Mrs. Jopling Rowe plötzlich verstorben sei und daß ihr Nachlaßverwalter ihn in dringenden Geschäften zu sprechen wünsche. Da wir beide seit geraumer Zeit nicht mehr aus der Stadt herausgekommen waren, entschied Frank, daß wir gemeinsam an die Küste reisen sollten. Es war inzwischen schon recht sommerlich, und deshalb schlug mein Freund vor, das Geschäftliche mit dem Angenehmen zu verbinden und ein, zwei Tage am Meer zu bleiben, um uns einmal richtig zu erholen. Die Aufsicht über das Haus in der Brook Street wurde Blatchford übertragen, wenngleich wir Tippett und Will zu verstehen gaben, daß sie alle drei Hand in Hand arbeiten sollten, denn wir vertrauten einem jeden von ihnen in gleichem Maße. Als alles geordnet war, mieteten wir zwei gute Pferde und ritten nach Brighthelmstone, das wir in zwei bequemen Tagesreisen erreichten. Die Nacht, die dazwischen lag, verbrachten wir in einem Gasthaus am Wege.

Wir kamen durch Worthing und an Mrs. Jopling Rowes Haus vorbei (vor dessen sämtlichen Fenstern jetzt die Laden geschlossen waren), ehe wir die Niederlassung ihres Anwalts erreichten: ein liebenswürdiger, untersetzter Herr, der uns aufs freundlichste willkommen hieß und sich sogleich nach den Mädchen erkundigte und in Sonderheit nach Constance (die offenbar sein ganz besonderer Liebling gewesen war). Sodann eröffnete er uns in aller Kürze, daß Mrs. Jopling Rowe, bevor sie sich angeschickt hatte, ihr Haus zu verkaufen, ein Testament gemacht habe, in dem sie ihren gesamten Besitz den Mädchen zu gleichen Teilen vererbte. Der Nachlaß belief sich auf eine stattliche Summe, die es den Damen ermöglichen würde, sich auf Wunsch unverzüglich von ihrem Gewerbe zurückzuziehen. «Mir scheint freilich», sagte der Anwalt, «daß die reizenden Geschöpfe ihr jetziges Leben viel zu sehr genießen, als daß sie eine solch plötzliche Veränderung wünschen würden.» Ich teilte seinen Optimismus nicht ganz, aber natürlich freuten Frank und ich uns herzlich über das Glück der Mädchen und versprachen, ihnen die gute Nachricht aufs schnellste zu überbringen, während Mr. Forfeit (so hieß der Anwalt) die Formalitäten erledigen würde.

«Ich hoffe», sagte dieser würdige Herr, «daß ich Sie nicht ohne Grund den Strapazen einer so weiten Reise ausgesetzt habe, aber die Angelegenheit erschien mir doch so wichtig, daß ich sie gern persönlich besprechen wollte, und was mich betrifft – ich begebe mich in meinem Alter nur noch ungern von zu Hause fort.»

Frank versicherte ihm, daß wir unseren kurzen Urlaub nur zu gern angetreten hätten, da die Geschäfte für uns in letzter Zeit recht anstrengend gewesen wären.

Mr. Forfeit war von Mrs. Jopling Rowe über unser Unternehmen ins Bild gesetzt worden und hatte nun eine Menge Fragen zu dem Projekt, die wir nach bestem Vermögen beantworteten. Dann baten wir ihn um die Empfehlung für eine Herberge, in der wir übernachten könnten.

«Ach», rief er aus, «da kann ich Ihnen mit etwas weit Besserem dienen! Ich besitze ein kleines Häuschen, das während der schönen Jahreszeit wochenweise vermietet wird, im Augenblick aber zufällig gerade frei ist. Sie können gern darüber verfügen, ja ich werde gleich nach dem Dienstmädchen schicken, damit es alles für Sie herrichtet, und nachdem wir uns an einem Glas Claret und einem guten Steak gelabt haben – denn ich hoffe doch, Sie machen mir das Vergnügen und speisen mit mir –, wird alles für Sie bereit sein.»

Als die nötigen Vorkehrungen getroffen waren, setzten wir uns auch wirklich mit unserem freundlichen Wirt zur Tafel, und er unterhielt uns mit höchst indiskreten Anekdoten über die Stadtbewohner, während wir Speis und Trank herzhaft zusprachen. Dann ließ er uns von seinem Diener zu dem Cottage führen, nicht ohne uns zu ermuntern, so lange dort zu verweilen, wie es uns nur immer gefiele.

Dieses kleine Haus stand auf der Höhe einer sanften Klippe oder Anhöhe nicht weit oberhalb des Strandes. Von den Fenstern genoß man einen herrlichen Blick aufs Meer, und wir wurden von einer drallen jungen Magd empfangen, die uns mit einem ehrerbietigen Knicks begrüßte und uns die Räumlichkeiten zeigte – was nicht viel Zeit in Anspruch nahm, denn es gab nur ein kleines Zimmer unten und darüber eine Schlafkammer (Worthing war inzwischen bei den Feriengästen so beliebt, daß selbst die kleinste Hütte während des Sommers einen beachtlichen Mietzins einbrachte).

Dann verabschiedete sich das Mädchen, nachdem es uns noch erklärte hatte, daß in der winzigen Küche kaltes Fleisch und Milch bereitstünden, im übrigen aber die Ortsmitte nur fünf Gehminuten entfernt läge, falls wir später noch Lust auf eine ausgiebige Mahlzeit verspüren sollten.

Es war inzwischen ein Uhr mittags geworden, und die Sonne brannte heiß vom wolkenlosen Himmel hernieder. Frank und ich begaben uns hinaus in den kleinen Garten, der nur durch eine niedrige Hecke von dem Fußpfad getrennt war, welcher zum Meer hinunterführte. Die Hitze machte uns bald schläfrig, und nachdem wir uns bis auf die Beinkleider ausgezogen hatten, schlummerten wir im sonnenwarmen Gras ein.

Es mochte wohl einige Zeit verstrichen sein, als mich ein geheimnisvolles Flüstern und Kichern weckte. Verwundert blickte ich ins helle Licht und sah, wie sich vor dem azurnen Himmel eine Reihe von Köpfen abzeichnete, die über die Hecke zu uns hineinspähten. Sie gehörten einem halben Dutzend Mädchen, deren Alter ich zwar nicht genau schätzen konnte, die mir aber noch recht jung vorkamen. Als ich nun seitwärts blickte, entdeckte ich auch, was sie angezogen hatte: Frank hatte sich nämlich vor dem Einschlafen, im Glauben, hier vor neugierigen Blicken sicher zu sein, auch seiner Breeches entledigt und bot nun als nackter Adonis ein so hübsches Bild, daß wohl kein weibliches Auge daran vorbeigekommen wäre.

Allein, die Mädchen hatten mein Erwachen bemerkt und zogen sich nun verschreckt zurück. Ich stieß Frank an, und als er die Augen aufschlug, teilte ich ihm mit, welches Schauspiel er soeben noch geboten habe, was ihn freilich nicht in Verlegenheit setzte – er wollte lediglich wissen, warum ich die jungen Dinger nicht hereingebeten hätte!

Alsbald wurden von unten ausgelassenes Kreischen und Plätschern laut, und als wir vorsichtig über die Hecke spähten, sahen wir, daß die Mädchen ihre Kleider abgelegt hatten und im Meer badeten – ein entzückender Anblick, denn zu jener Zeit war es noch nicht Sitte, seinen Leib in Badekostüme zu zwängen, und so tummelten sich die Nymphchen munter und frei wie die Fische im Wasser, ja, so, wie ihre Haut in der Sonne schimmerte, ähnelten sie tatsächlich rätselhaften Meereswesen, und wir hätten uns wohl nicht gewundert, wenn hier und da ein Nixenschwanz aufgetaucht wäre!

«Was hältst du davon», erkundigte sich Frank, «wenn wir uns jetzt die Freude gönnen, welche die vorwitzigen Dinger vorhin ungefragt an mir hatten?» Ohne meine Antwort abzuwarten, spazierte er aus dem Gärtchen, und als ich ihm nachging, überredete er mich, gleich ihm meine Hose abzulegen, denn, so sagte er, dies sei unser

Strand, und wir hätten das Recht, uns dort aufzuhalten und ihn ganz nach eigenem Belieben zu nutzen. Die Mädchen seien unbefugt hier eingedrungen und müßten auf etwaige Folgen gefaßt sein.

Der Leser kann sich wohl denken, welch einen Aufruhr unser Erscheinen auf der kleinen Sandbank hervorrief. Frank ließ sich dadurch nicht im mindesten beirren, sondern marschierte ohne zu zögern aufs Wasser zu, obgleich die hellen Sonnenstrahlen jeden Zentimeter seines Körpers in gleißendes Licht tauchten. Ich hatte weniger Neigung, mich derart zur Schau zu stellen, und blieb ein wenig zurück, doch Frank wandte sich nach mir um und winkte mir, ihm zu folgen – nun denn, warum sollte ich auch weniger Stolz zeigen als er? Schließlich hielt ich mich für nicht minder gut gewachsen.

Eine Zeitlang taten die Mädchen so, als hätten sie uns überhaupt nicht gesehen; kichernd und kreischend tummelten sie sich mit ausgelassenen Spielen im Wassser, doch während wir am Strand auf und nieder schritten, merkten wir wohl, wie sie aus den Augenwinkeln nach uns schielten, wann immer sie glaubten, wir sähen nicht hin.

«Wollen wir uns denn nicht zu ihnen gesellen?» fragte ich endlich, aber Frank war dagegen. Sobald wir ins Wasser tauchten, sagte er, würden die Mädchen die Gelegenheit zur Flucht ergreifen, und er sei nicht gesonnen, sie so glimpflich davonkommen zu lassen. Damit legte er sich behaglich genau in der Mitte des kleinen Strandfleckens nieder, und ich streckte mich neben ihm aus, wohlig den warmen Sand unter meinen Gliedern spürend. Aus dieser Stellung ergötzten wir uns weiter am Anblick der Mädchen, die sich nun zaghaft zusammendrängten und beratschlagten, was zu tun sei, denn die Ausläufer der Sandbank mündeten in schroffes, unpassierbares Klippengestein.

Binnen kurzem kamen sie aber doch zu einer Entscheidung und spazierten einfach beherzt auf uns zu. Wie die meergeborene Aphrodite und ihre Schwestern nahten sie: Erst tauchten ihre Schultern aus dem Wasser, dann zwölf hübsche Brüste (eine so reichliche Augenweide, daß ich gar nicht wußte, wohin ich den Blick zuerst wenden sollte) und schließlich Hüften, Schenkel und was dazwischen lag – nur zwei der Mädchen waren so sittsam, daß sie versuchten, ihre geheime Schatzkammer mit den Händen zu verdecken.

Die Anführerin war ein reizendes Geschöpf mit rotbraunem

Haar; sie kam ganz ruhig näher und blieb so dicht vor uns stehen, daß die Wassertropfen, die von ihrem Körper perlten, auf unsere Beine fielen und ich deutlich sehen konnte, wie sich, wohl weil sie fröstelte, eine Gänsehaut auf ihren Armen und Beinen bildete.

«Vielleicht haben die Herren nichts dagegen», sagte sie, «dies sonnige Plätzchen mit uns zu teilen? Natürlich nur, falls dieser Küstenstreifen nicht Ihr Privateigentum ist?»

Frank lächelte und klopfte einladend auf den Sand neben sich – wo das Mädchen sich auch ohne falsche Scham niederließ. Nach kurzem Zögern lagerten sich auch die anderen um uns, was ganz so aussah, als sei ein Grüpplein Meerjungfrauen plötzlich mit Menschenbeinen ausgestattet worden, freilich welche von so schlankem Wuchs, daß sie ihrer Schönheit durchaus keinen Abbruch taten.

«Ich habe zwar schon von den Mädchen von Worthing schwärmen hören», sagte Frank, «doch war ich nicht darauf gefaßt, ihnen schon so bald und so zahlreich zu begegnen.»

«Und wir», gab das Mädchen zurück, «haben schon von Seeungeheuern gehört, aber nicht damit gerechnet, leibhaftig welche anzutreffen, denn mit Mr. Forfeits Erlaubnis kommen wir regelmäßig an diesen Strand und sind bislang immer ungestört geblieben.»

Frank senkte den Kopf und räumte ein, daß er sie im Verdacht gehabt habe, den Strand unerlaubt zu benutzen. Nun aber, fuhr er fort, sei es seine Pflicht, sich zu entschuldigen – wenngleich er nicht umhin könne, ihr und ihrer Freundinnen vorwitziges Spionieren an der Hecke dafür verantwortlich zu machen, daß wir ihnen so dreist gefolgt seien.

«Keine Ursache», versetzte die Rothaarige, beugte sich vor und fuhr wie unabsichtlich mit dem Finger von Franks Schulter über Brust und Hüften hinab, weiter an der Linie entlang, wo Rumpf und Bein aufeinandertreffen, bis hin zu genau der Stelle, wo, eingebettet in einen lockigen Haarbusch, ein Glied lag, dem eben im Angesicht so vieler entzückender Geschöpfe der Kamm zu schwellen begann. Übrigens spürte ich, wie sich bei mir ähnliche Begeisterung regte, was, wie ich bemerkte, den jungen Damen nicht entging.

«Sie verzeihen wohl, wenn ich die Vermutung äußere», sagte Frank, «daß trotz Ihres zarten Alters offenbar keine aus Ihrem Kreis gänzlich unvertraut zu sein scheint mit dem männlichen Körper?»

«Nun, seine Formen sind uns nicht so vertraut», gab die junge Dame zurück, «daß wir eine Gelegenheit, sie näher zu erforschen, ausschlagen würden – was hoffentlich unsere anmaßende Neugier von vorhin erklärt und vielleicht sogar weiterreichende Vertraulichkeiten entschuldigt, zu denen diese Situation ja förmlich einlädt.» Und damit legte sie zwei Finger auf jenen Teil seiner Anatomie, der (so nahm ich an) ihren zärtlichen Druck nur zu gern willkommen hieß. Zur gleichen Zeit spürte ich zwei Hände auf meine Schultern niedersinken, die weiterglitten, bis sie meine Brust streicheln konnten, dieweil ich im Rücken den sanften Druck zweier kühler Brüste spürte, deren Knospen hart wie Kieselsteine waren – ob nun vor Kälte oder Verlangen, das war nicht auszumachen.

Im nächsten Moment versanken wir in einem Gewoge aus Leibern und Gliedmaßen, die anfangs noch kühl waren vom eben genossenen Bad im Meer, aber bald schon in der Hitze steigenden Verlangens und dank der wärmenden Sonnenstrahlen ebenso glühten wie unter dem wohligsten Federbett.

Wie weit diese Umarmungen nun wirklich echter Neugier entsprangen, ließ sich nicht entscheiden, aber die Nymphchen schienen jedenfalls entschlossen, all unsere Geheimnisse zu erforschen, denn ihre Finger bohrten sich in jeden Winkel und ihre Augen verschlangen jedes Fleckchen Haut. Ich wurde von einem Dreiergespann so sehr in Atem gehalten, daß ich nicht sehen konnte, was die anderen trieben, stellte mir aber vor, daß Frank sich etwa der gleichen Liebesdienste erfreute, wie sie mir zuteil wurden. Eine Schöne wollte unbedingt jeden Zentimeter meines Gesichts abküssen, und ihre Zunge folgte den Windungen meiner Ohren, streifte meine Augenwinkel, die Nasenlöcher, glitt unterm Kinn entlang, bis sie sich schließlich zwischen meine Lippen drängte. Gleichzeitig spürte ich, wie eine zweite meine Hände zwischen den ihren drehte, Finger für Finger ablutschte, dann die Vertiefung am Ellbogen nachzeichnete und über meine Achselhöhlen fuhr, ehe zarte Bisse – ebenso erregend wie schmerzhaft – ihr weiteres Vordringen über die Schulter und hinab auf den Brustkorb anzeigten. Und die dritte – ah, die Wagemutigste von allen – untersuchte meine mittleren Regionen; sie erforschte meine Nabelkuhle und zupfte mit weichen Lippen an den Haaren auf meinem Bauch, ehe sie zu den Oberschenkeln vordrang, mit offenkundigem Vergnügen hineinbiß und dann mit den Händen meine Knie auseinanderbog, so daß ihr Blick sich an jenem Körperteil laben konnte, der für gewöhnlich sittsam dort versteckt lag. Alsbald fühlte ich, wie ihre Fingerspitzen meine Trauben wogen, ehe sanfte Lippen sie einzeln umschlossen und dann zu jenem

Apparat vordrangen, der (ich brauche es wohl kaum zu betonen) inzwischen ob all dieser Zärtlichkeiten schier bersten wollte; erst maß sie ihn der Länge nach, dann schob sie mit behutsamen Fingern die Haut zurück, um nun die zuckende Eichel mit zärtlichen Küssen salben zu können.

Inzwischen war es den beiden anderen langweilig geworden, sich nur mit den ihnen wohl ohnehin nicht ganz unvertrauten Körperteilen eines Mannes zu beschäftigen, weshalb sie sich jetzt der dritten zugesellten, was mir das einmalige Erlebnis bescherte, drei weibliche Köpfe – zwei blonde und einen schwarzen – eng aneinander gepreßt meiner Männlichkeit huldigen zu sehen; ein Anblick, der sich wenige Meter entfernt wiederholte, wo Frank die gleiche Gunst zuteil ward. Unsere Blicke trafen sich, allein, unsere Lage war derart prekär, daß wir nicht einmal ein Lächeln zustande brachten, sondern nur einer den Zustand des anderen beobachten konnten, während wir uns auf einen nie dagewesenen Höhepunkt gefaßt machten. Mein Atem ging in kurzen Stößen, während die Lustsäule stieg und stieg. Ich griff mit den Händen nach den Schultern, die ich am ehesten erreichen konnte, spürte die drei Lippenpaare sanft und zärtlich saugen... Plötzlich merkte ich, wie ein Schatten über mein Gesicht fiel. Dann, welch ein Schock, als, da eben die Fontäne losspritzen wollte, jegliche Reizung erstarb! Verwirrt schlug ich die Augen auf und sah meine drei Quälgeister aufrecht über mir stehen und auf mich herabblicken – gerade so, wie die drei anderen Frank musterten, der halb aufgerichtet mit ebenso verdutzter Miene dasaß wie ich und zwischen dessen Schenkeln ein nicht minder bocksteifes, unbefriedigtes Glied emporragte wie zwischen den meinen.

«Gentlemen», sagte die rothaarige Anführerin der Bande, «wir wünschen Ihnen noch einen recht angenehmen Tag.»

Und ohne sich noch einmal umzublicken, stolzierte sie hinüber zu der Stelle, wo ihre Kleider lagen. Im Nu – die Frauen kleideten sich damals noch gern spärlich – hatten die Nymphchen sich angezogen und kletterten den Pfad vom Strand zum Garten hinauf.

Trotz unserer Verlegenheit brachte die Rache der kleinen Teufelinnen uns zum Lachen. Kurz entschlossen standen wir auf und stürzten uns in die Fluten, um unsere Glut zu kühlen – zurückblickend sahen wir sechs Arme zu uns niederwinken, ehe die Mädchen sich abwandten und um die Klippe herum der Stadt zustrebten.

Später erkundigten wir uns bei dem guten Forfeit, wer die jungen Damen wohl gewesen sein mochten, und staunten nicht schlecht, als wir erfuhren, daß es sich keineswegs, wie wir vermutet hatten, um Schülerinnen eines benachbarten Mädchenpensionats handelte, sondern um Angestellte eines Instituts in Brighthelmstone, das ganz unserem Haus in der Brook Street entsprach. «In jüngeren Jahren war ich dort Stammgast», sagte der Anwalt, «doch heutzutage fühle ich mich den Strapazen nicht mehr gewachsen und gönne mir nur noch das Vergnügen, den Mädchen im Sommer meinen Strand zur Verfügung zu stellen, wann immer sie an ihren freien Tagen herüberkommen. In Brighthelmstone könnten sie nämlich unmöglich baden, da sie in der Stadt zu bekannt sind.»

Von unserem Abenteuer erzählten wir Mr. Forfeit nichts, sondern amüsierten uns lieber im stillen darüber, daß wir uns derart hatten hinters Licht führen lassen. In dieser Nacht schliefen wir allein, doch am nächsten Tag fuhren wir nach Brighthelmstone hinüber und gönnten uns für ein bescheidenes Entgelt – bedeutend weniger, als wir in der Brook Street verlangten – das Vergnügen, die Bekanntschaft mit unseren Quälgeistern vom Vortag zu erneuern. Wir lachten gutmütig über den Scherz auf unsere Kosten und erreichten dafür diesmal ein Finale, das uns – und zumindest zwei der Mädchen – die schönste Erfüllung bescherte. Bald darauf kehrten wir nach London zurück, um unseren Damen in der Brook Street die frohe Kunde von ihrem unerwarteten Reichtum zu überbringen – in dessen Genuß sie freilich erst in etlichen Wochen kommen würden, da zuvor der Nachlaß geordnet, das Haus verkauft und das Testament offiziell anerkannt werden mußte. Ob die Mädchen danach weiter in unseren Diensten bleiben wollten, war eine Frage, mit der wir uns befassen würden, wenn die Zeit gekommen war.

12. KAPITEL

Sophies Bericht

Ich amüsierte mich königlich über den Streich, den mein Bruder Andy und den Mädchen in der Brook Street gespielt hatte, doch Philip, der mir davon erzählte, warnte mich gleichzeitig, daß ich sehr wohl auf einen echten Besuch der Polizei gefaßt sein müsse –

teils, weil ein so ungewöhnliches Etablissement wie das meine ihre Neugier erregen würde: «Aber auch», so fuhr er fort, «weil ihnen gewiß nicht lange verborgen bleiben wird, welch stattliche Gewinne wir erzielen, und sie sich ihren Anteil daran werden sichern wollen.»

Als ich fragte, wieviel ich den Konstablern denn würde abgeben müssen, wußte Philip keine Antwort, meinte aber, das hinge ganz von der Habgier der betreffenden Beamten ab.

Ich sollte indes nicht mehr lange im Ungewissen bleiben, denn als Polly eines Abends auf das Läuten der Türglocke hin öffnen ging, fand sie draußen statt einer Dame, welche die Hengste unseres Stalls zu inspizieren wünschte, einen Mann von der zuständigen Wache, der entweder Philip oder mich zu sprechen verlangte – da er namentlich nach uns fragte, stand außer Zweifel, daß er zumindest etwas über unsere Geschäfte in Erfahrung gebracht hatte.

Unglücklicherweise war Philip nicht im Haus, sondern ging wieder einmal seinem Privatvergnügen nach. Also empfing ich den Mann im vorderen Salon, den er ohne jede Höflichkeit betrat, wobei er mir zur Begrüßung nur flüchtig zunickte. Er war groß und kräftig, hatte kurzgeschnittenes Haar und versuchte gleich, mich einzuschüchtern, indem er seinen mächtigen Knüttel wie eine todbringende Waffe schwang. Auch nahm er kein Blatt vor den Mund.

«Sie haben gewiß schon mit einem Besuch der Behörden gerechnet, Ma'am», sagte er. «Ein Haus wie das Ihre mag geduldet werden – und sei es nur um seiner Originalität willen –, aber da die Krone uns nicht dafür bezahlt, daß wir Unternehmungen dieses Genres schützen, werden Sie wohl einsehen, daß unsere Mühe eine kleine Entschädigung verdient.»

Ich fragte nicht, welche Mühen er wohl auf sich genommen habe, da er unseres Wissens bis heute doch noch nie auch nur in die Nähe unseres Hauses gekommen war, sondern erkundigte mich nur, wieviel er denn verlange. Zu meinem Erstaunen antwortete er, daß 10 Pfund pro Woche genügen würden – eine wahrhaft unverschämte Forderung, wie ich ihm denn auch deutlich zu verstehen gab.

«Ob Sie zahlen oder nicht ist Ihre Sache», versetzte er gleichgültig, «aber Ihrem Freund dürfte klar sein, daß seine Beteiligung an diesem Geschäft ausreicht, um uns, sollte es hart auf hart kommen, das Etablissement schließen zu lassen – so sehr wir es auch bedauern würden, den vernachlässigten Ehefrauen aus dem West End so etwas anzutun.»

Während dieses Gesprächs war er unablässig im Zimmer umhergegangen und hatte die Einrichtung gemustert; nun trat er zum Wandschirm und spähte dahinter.

«Ah, sieh an», sagte er, «ich habe schon von dieser Vorrichtung gehört, und ich muß zugeben, sie ist wirklich erstaunlich raffiniert!»

Es war ein ruhiger Abend, aber all unsere Burschen waren beschäftigt – bis auf William, der nach seiner Gewohnheit, und sicher auch, weil er Stimmen gehört hatte und nun annahm, es sei neue Kundschaft eingetroffen, bäuchlings auf einer Chaiselongue lag.

«Sehr hübsch», sagte der Sergeant anerkennend. «Sie haben doch nichts dagegen, daß ich Ihre Burschen einmal ausprobiere?»

Ich muß wohl ziemlich verdutzt dreingeschaut haben, denn er fuhr fort: «Aber, aber Madam! Wär doch ein Jammer, wenn solch ein schmuckes Hinterteil nichts zu beißen bekäme.»

«Unser Haus dient keinen solchen Zwecken, Sir», sagte ich streng. «Außerdem würde William nicht einverstanden sein, und im übrigen habe ich kein Zimmer frei – die Boudoirs sind alle besetzt!»

«Das glaube ich Ihnen zwar nicht, Ma'am, aber wie dem auch sei, der Bursche kann ruhig da liegenbleiben, für mich ist diese Stellung nämlich geradezu ideal! Und er wird schon stillhalten, weil ich der Stärkere bin. Auf sein Einverständnis lege ich gar keinen Wert – ja, ein bißchen Widerstand gibt dem Spiel erst die richtige Würze. Wenn Sie inzwischen mein kleines – Trinkgeld bereitlegen wollen? Ich brauche nur ein paar Minuten, dieser Anblick hat mich schon ganz schön in Wallung gebracht!» Und damit stapfte er aus dem Salon.

Was sollte ich nun tun? Leise rief ich William durchs Fenstergitter beim Namen. Er erhob sich und wollte eben herüberkommen, als die Tür zum Aufenthaltsraum der Burschen aufging und der Sergeant hereinplatzte, der schon auf der Schwelle seinen Gürtel abschnallte.

«Nur ruhig Blut, Ma'am, schauen Sie zu, wenn's Ihnen Spaß macht, aber kommen Sie mir ja nicht in die Quere!» rief er in meine Richtung. Dann packte er den verblüfften William, warf ihn wieder auf sein Lager nieder und ließ unverzüglich seine Hose herunter. Zum Vorschein kam ein so gewaltiger Apparat, wie ihn wohl manch eine Dame gern in Empfang genommen hätte, vor dem ein Mann freilich nur zurückschrecken konnte, was William denn auch tat. Nur war er leider viel zu schmächtig, als daß er dem Sergeanten ernsthaft hätte Widerstand leisten können! Der hielt bloß inne, um kräftig in die Hand zu spucken und seinen Bolzen zu schmieren, ehe er sich auf William stürzte und ihn mit derart mörderischen Stößen bearbeitete, daß der Unglückliche ein Schmerzgeheul anstimmte, welches man im ganzen Haus hätte hören können – und auch wirklich vernahm, denn gleich darauf öffnete sich die Tür und auf der Schwelle stand Spencer, der eben seine Dame verabschiedet und auf dem Weg durch die Halle den Lärm gehört hatte. Er erfaßte die Situation auf einen Blick, sprang zum Diwan, packte den Sergeanten mit erstaunlicher Kraft am Arm, riß ihn von William fort und schleuderte den völlig Überrumpelten quer durchs Zimmer.

«Raus!» befahl er William mit einem Wink zur Tür hin. Der arme Junge erhob sich zitternd und verließ ohne Widerrede den Raum, während der Sergeant sich unter zornigen Flüchen aufrappelte. Doch obwohl sein Gegner weitaus größer und kräftiger war als er, bewahrte Spencer ihm gegenüber eine stumme Würde, die den Konstabler mächtig einschüchterte – und dann schien er Spencer auf einmal zu erkennen, denn er blickte ihn wie fragend an.

«Na so was, Sergeant Gross!» rief Spencer erstaunt.

Unwillkürlich nahm der Sergeant Haltung an – ein groteskes Manöver bei einem, dessen eines Bein sich in seinen Breeches verfangen hatte und dessen Hemdschöße nur notdürftig das jetzt kläglich geschrumpfte Gemächt verdeckten.

«Nein, wer hätte das gedacht, daß wir uns *hier* wiedertreffen!»

Der Mann schwieg.

«Ich habe freilich schon gehört, daß Sie der Wache unseres Bezirks zugeteilt worden sind», fuhr Spencer unbeirrt fort. «Welch ein Glück, daß gerade Sie uns aufgesucht haben, denn ich bin sicher, Sie werden gern Ihren Einfluß geltend machen und dafür sorgen, daß Ihre Kollegen uns nicht belästigen?»

Wer beschreibt mein Erstaunen, als der Mann – wenngleich er dreinblickte wie ein begossener Pudel – willfährig nickte!

«Sir...» nahm er dann zum erstenmal das Wort.

«Ich verlasse mich darauf, daß Sie sich nicht noch einmal hierher verirren», unterbrach Spencer ihn mit Nachdruck, «und außerdem werden Sie die Güte haben, künftig keinem meiner Gefährten mehr den Hof zu machen. Ich kann mir gut vorstellen, daß viele unglückliche Burschen hier in der Gegend ebenso an Ihre Laster gewöhnt sind, wie die Jungs im Feld es waren – aber in diesem Haus halten wir es mit herkömmlicheren Vergnügungen. Kurz gesagt, falls Sie sich noch einmal hier blicken lassen, wäre ich gezwungen, jenen Vorfall von La Haye Sainte an die Öffentlichkeit zu bringen, ja vielleicht sogar den Herzog persönlich über gewisse Umstände dieser unglücklichen Affäre in Kenntnis zu setzen.»

Der Sergeant erschauerte. «Nicht doch, Sir, gewiß, Sir, ich werde – wir werden –, man wird Sie nicht mehr belästigen.»

«Gut so, Sergeant, und nun schlage ich vor, Sie bedecken sich und gehen Ihrer Wege», sagte Spencer, indem er lässig auf der Kante des Billardtischs Platz nahm. Der Sergeant, der komischerweise immer noch den Eindruck machte, als wolle er zum Appell antreten, fuhr mit ungeschickter Hast in seine Hose, salutierte noch einmal und verließ fluchtartig das Zimmer – ja, er hatte es so eilig, daß, als ich in die Halle hinaustrat, die Haustür bereits hinter ihm ins Schloß gefallen war.

Ich eilte in den Aufenthaltsraum hinüber, wo Spencer ruhig, als ob nichts geschehen wäre, die Zeitung las.

«Ah, guten Abend, Missis Nelham», begrüßte er mich ganz unbefangen.

«Mein lieber Mister Middlemas», entgegnete ich – denn ich fand, ein wenig Höflichkeit sei das mindeste, was ihm nach diesem Heldenstück zustünde, «wie, um Himmels willen, haben Sie das nur fertiggebracht?»

Er hob eine Braue.

«Ah, Ma'am», sagte er dann, «ich hatte keine Ahnung, daß Sie Zeugin des bedauerlichen Vorfalls waren. Nun, äh... das war eine Kleinigkeit – zufällig kannte ich diesen Kerl von früher.»

«Offensichtlich, aber wie haben Sie es geschafft, ihn so gründliche in seine Schranken zu weisen? Und was war das mit La Haye Sainte?»

Spencer sträubte sich hartnäckig gegen jede weitere Erklärung – aber als ich in meinem Drängen nicht nachließ, gestand er mir schließlich, er habe unter dem Herzog von Wellington als Offizier in der großen Schlacht von Waterloo gekämpft und ganz nahe der Hauptstreitmacht des Herzogs auf La Haye Sainte gestanden. Die französischen Truppen hatten einen schweren Angriff gegen diese Festung unternommen, und ein englischer Sergeant, dem die Nerven versagten, hatte voreilig die Niederlage ausgerufen. Daraufhin ergriff die holländisch-belgische Brigade, die den Engländern zugeteilt war, das Hasenpanier, und man hatte die Stellung nur unter größten Anstrengungen halten können, bis eine Attacke der Kavallerie – Royal Scots Greys und Inniskillings – buchstäblich in letzter Minute die Rettung brachte.

«Jetzt verstehe ich – der feige Sergeant, das ist...»

«Ganz recht, Ma'am», bekräftigte Spencer. «Ich wußte zufällig, wer der Mann war, und erkannte ihn in jenem verhängnisvollen Moment gleich wieder. Doch ich habe ihn damals nicht verraten; wir fürchteten alle um unser Leben, und unter solchem Druck ist niemand voll verantwortlich für seine Taten. Der Herzog machte zwar Anstalten, den Schuldigen ausfindig zu machen, aber außer mir konnte ihn niemand identifizieren, und ich weigerte mich – und war deshalb leider gezwungen, meinen Abschied zu nehmen. Doch wenn es jetzt darum geht, Ihr Institut zu schützen, Madam, dann erscheint es mir durchaus gerechtfertigt, von meinem Wissen Gebrauch zu machen.»

«Ach, Mr. Middlemas, ich bin Ihnen ja so dankbar – wir alle stehen in Ihrer Schuld!»

«Ich bitte Sie, Ma'am, den anderen nichts zu sagen.» Und tatsächlich beharrte Spencer auf seinem Schweigegebot – vor allem wollte er nicht bekannt werden lassen, daß er an der großen Entscheidungsschlacht im Range eines Offiziers teilgenommen hatte. Zu schmerzlich war der Vergleich zwischen seinem früheren und dem jetzigen Beruf, zu dem traurige Umstände ihn gezwungen hatten. Und da ich seinen Wunsch respektierte, blieben die näheren Einzelheiten, die zu Williams Rettung geführt hatten, unser Geheimnis – obgleich William seinen Teil der Geschichte natürlich jedem im Haus erzählte, woraufhin seine Gefährten Spencer noch ehrerbietiger behandelten als zuvor, denn da er um etliche Jahre älter war als die anderen, hatte er schon immer ein nachgerade väterliches Ansehen in dem kleinen Kreis genossen.

Meinem Bruder Frank meldete ich den Zwischenfall, damit er gewarnt sei, sollte der nämliche Mann auch ihn belästigen, was freilich bei der beträchtlichen Entfernung zwischen unseren Häusern nicht anzunehmen war, und dann ging das Leben wieder seinen gewohnten Gang, bis eines Tages eine unerwartete Nachricht aus Brandenburgh House mich dorthin einlud, um einer Madame Fouquet, der derzeitigen Mieterin, meine Aufwartung zu machen. Sie entpuppte sich als temperamentvolle Dame von etwa 40 Jahren.

«Missis Nelham», begann sie, «wir sind einander zwar noch nicht begegnet, aber natürlich habe ich von Ihrem Etablissement gehört, das ja wohl jeder Frau in der Stadt ein Begriff ist.»

Ich neigte den Kopf und überlegte im stillen, ob sie womöglich die Absicht habe, mir Vorhaltungen zu machen, weil ich mein Geschäft sozusagen im Schatten ihrer Mauern führte. Aber nichts dergleichen folgte.

«Ich habe drei Töchter», sprach Madame Fouquet weiter, «Zwillinge von achtzehn und eine Kleine von sechzehn Jahren, die (auf Wunsch meines Gatten) so erzogen wurden, daß sie bis heute nur das Allernotwendigste über die Beziehung zwischen den Geschlechtern wissen. Ferner haben wir zwei englische Cousinen unserer Kinder zu Gast, die nicht minder ahnungslos und naiv sind. Mittlerweile scheint es mir aber an der Zeit, daß sie aufgeklärt werden, denn ich weiß ebensogut wie Sie, Ma'am, welche Probleme Unkenntnis auf diesem so wichtigen Feld einer Frau später im Leben bereiten kann.»

Sie hielt inne. Erwartete sie am Ende von mir, daß ich meine Burschen als Lehrmeister für ihre Töchter anbieten würde? Zwar würde eine solche Aufgabe ihnen keine große Mühe machen – aber nein!

Tatsächlich hatte ich den Wunsch meiner Gastgeberin erraten. Nur, daß sie noch mehr verlangte – damit die Mädchen nicht etwa durch allzu plötzlichen intimen Kontakt mit dem männlichen Geschlecht einen Schock erlitten, wollte Madame ihnen die Technik im vorhinein demonstrieren. «Und dazu», schloß sie, «erbitte ich Ihre Unterstützung. In Frankreich haben wir ein Buch, das vor 150 Jahren von den Herren Michel Millot und Jean L'Ange verfaßt wurde.»

«Sie meinen wohl *L'École des Filles* oder, wie der englische Titel lautet, *Die Schule der Venus*?» fragte ich.

Die Dame verneigte sich.

«Sie müssen mir verzeihen, Ma'am», sagte sie dann, «aber ich wußte nicht, daß ich es mit einer so gebildeten Frau zu tun habe.»

«Nun, allzu weit ist es freilich mit meiner Bildung auch nicht her, aber mit *diesem* Buch bin ich vertraut, seit ich mich für das bewußte Thema interessiere.»

«Leider zeigt keine von meinen Töchtern Neigung zur Gelehrsamkeit, und trotz seines anregenden Inhalts könnte ich sie wohl nicht dazu bewegen, das Buch zu lesen. Deshalb möchte ich – mit Ihrer Hilfe – aus dem Buch ein Theaterstück machen und dies dann den Mädchen vorspielen lassen.»

Das kleine Theater, das an die Villa grenze, fuhr sie fort, biete ja nur einem Dutzend Zuschauern Platz, und sie hoffe sehr, daß ich einen von meinen Burschen überreden könne, vor solch intimem Kreis mit einer Dame meiner Wahl auf die Bühne zu treten und einige Episoden aus dem Buch, die sie bereits ausgewählt habe, vorzuführen.

Kurz und gut, ich erkannte die Vorteile ihres Plans – nicht nur für die jungen Damen, sondern auch für die Darstellenden, denen Madame Fouquet jeweils 15 Guineen zu bezahlen versprach. Ich war sicher, daß ich ihren Auftrag würde erfüllen können, zumal Madame mir, als ich mich verabschiedete, die von ihr ausgewählten Stellen in Abschrift mitgab. Gleich am nächsten Tag fuhr ich in die Brook Street, versicherte mich der Dienste Xanthes, die mein Bruder freundlicherweise für mich freistellte, und machte sie mit Harry bekannt. Beide freuten sich königlich auf die Aufgabe, die ihnen bevorstand, und zeigten, wiewohl sie einander noch nie zuvor begegnet waren, wechselseitig großen Gefallen aneinander. Noch in derselben Woche zogen wir uns in das bequemste Boudoir meines Hauses zurück, um ungestört die Szenen einzustudieren, die es darzustellen galt.

Madame hatte den zweiten Dialog jenes hervorragenden Buchs gewählt, in dem Fanchon der reizenden Susanne erklärt, wie ihr Geliebter Robinet sie deflorierte. Harry würde natürlich die Rolle Robinets übernehmen und Xanthe die von Fanchon, während ich, am Bühnenrand sitzend, die Susanne vorzustellen, gleichzeitig aber auch Fanchons Text zu lesen hatte (was mir zwar dramaturgisch etwas verwirrend vorkam, sich jedoch als rein praktische Lösung anbot).

Zunächst einmal erklärte ich meinen Freunden die Situation: Susanne hat Fanchon gefragt, was zwischen ihr und ihrem Liebsten vorgefallen sei. In der nächsten Szene kommt dann Robinet in Fanchons Zimmer, wo diese mit einer Handarbeit beschäftigt ist und ihm nach einem höflichen Gespräch einen Kuß gewährt – der bald so leidenschaftlich wird, daß die Schauspieler Gelegenheit bekommen, ihren jungen Zuschauerinnen zu entdecken, welche Rolle die Zunge in einer hitzigen Umarmung spielt. Obschon das ziemliche Anstrengung kostete (denn sie mußten dazu ihre Köpfe immer in einem bestimmten Winkel halten), fanden Xanthe und Harry den engen Kontakt zueinander ansonsten offenbar durchaus nicht unangenehm, und so fiel es ihnen denn auch nicht weiter schwer, Fanchons Entdeckung einer mächtigen Schwellung in Robinets Hose vorzutäuschen sowie, ihrer Rolle gemäß, einer den Körper des anderen zu erforschen – bis hin zu Robinets Bitte an Fanchon, sie möge ihm sein Glied massieren. Die Szene endete schließlich damit, daß er sich seiner Beinkleider entledigte, damit sie sein Zepter ungehindert betrachten könne.

Wir richteten es so ein, daß Harry frontal zum Publikum stand, auf daß die jungen Damen, sobald er seine Beine spreizte, an Fanchons Entdeckung teilhaben konnten, indem sein Körper ihren Blicken ungehindert preisgegeben war. Xanthe postierten wir hinter ihm, so daß er, wenn er hinter sich langte, ihre Röcke heben und so tun konnte, als erforsche er seinerseits ihre Formen. Da ich annehmen durfte, daß den jungen Damen der eigene Körper vertraut sei, ging ich davon aus, daß sie entschieden mehr Interesse für Harrys Zubehör zeigen würden als für Xanthes reizenden Wuchs.

Allein, je mehr die Leidenschaft der Handlung sich steigert, bis schließlich Robinet, nachdem das Paar entkleidet ist, sich zwischen Fanchons Glieder drängt, desto schwieriger fand ich es, meine Schauspieler anschaulich zu postieren. Ich verwandte geraume Zeit darauf, ihre Stellung zu korrigieren – ja, es dauerte so lange, daß Harry, dessen Gemächt sich gleich zu Anfang angesichts der Reize seiner Partnerin wie von selbst aufgerichtet hatte, endlich ganz erschöpft war und wir eine Pause einlegen mußten, in der Xanthe ihm mit kundiger Hand wieder Kraft einflößte, damit er in sie eindringen konnte. Nun war es an mir, die verschiedenen Positionen aufzuzählen, welche die Liebenden einnahmen, bevor Robinet seine Fanchon schließlich vollends ihrer Jungfräulichkeit beraubte, und im folgenden die vielfältigen Liebkosungen zu schildern, die, war dieses Stadium einmal erreicht, einem Paar Lust spenden konnten.

Als wir die letzte Pose arrangiert hatten, in welcher Xanthe die Beine über Harrys Schultern kreuzte, der mit leicht zurückgebogenem Oberkörper auf ihr lag, da gewahrte ich, daß Philip (der natürlich von unserem Plan wußte) sich hereingeschlichen hatte und nun gleich mir das fertige Tableau bewunderte (denn ich muß gestehen, daß unsere Probe mich einigermaßen erhitzt hatte – ja, nicht nur mich, sondern auch die beiden Schauspieler). Offenbar sandte ich ihm einen sehnsüchtigen Blick zu, denn Philip legte mir lächelnd den Arm um die Schultern und sagte: «Verzeih, meine liebe Sophie, aber du weißt ja nun von meinem Problem. Allein, mit dieser jungen Dame hatte ich noch nicht das Vergnügen, und wenn ihr beide einverstanden seid – Sie natürlich auch, lieber Harry –» Und mit diesen Worten packte er Harry, zog ihn von Xanthe herunter und schob ihn zu mir herüber. Der liebe Junge war nur zu gern bereit zu diesem Partnerwechsel, und ich hieß ihn willkommen, indem ich meine Röcke schürzte und mich eilfertig auf den Rücken fallen ließ, während Philip sich im Nu seiner Hose entledigte und seinen Platz zwischen Xanthes erhitzten Schenkeln einnahm. Harry und ich waren durch die vorausgegangene Probe schon so erregt, daß wir fast augenblicklich zum Höhepunkt kamen; Xanthe erreichte gleichfalls im Nu die ersehnte Erfüllung, ja, nach ihren kleinen Lustschreien zu schließen, wurde ihr dieses Glück, dank Philips männlicher Kraft, alsbald noch ein zweites Mal zuteil. Als ich seinen schlanken Körper am Werk sah, konnte ich nicht umhin, wieder einmal das unglückselige Schicksal zu beklagen, das mich für alle Zeit der Hoffnung zu berauben schien, mein Verhältnis mit ihm zu erneuern.

Die Aufführung fand am übernächsten Abend statt. Das kleine Theater glänzte in festlichem Kerzenlicht, und als wir die Bühne betraten, lag bereits knisternde Spannung in der Luft. Anfangs verharrten die fünf jungen Damen und Madame Fouquet ganz still in ihren Sesseln, doch alsbald hörte ich sie kichern und mit sehnsuchtsvollen Seufzern Harry – dem ersten nackten Mann, den die Mädchen zu Gesicht bekamen – und seinem prachtvollen Körper Tribut zollen. Sie folgten jeder seiner Gesten mit atemloser Spannung, und als er endlich in Xanthe eindrang, da sprangen sie einmütig von ihren Plätzen auf und liefen vor zur Bühne, um aus nächster Nähe zu beobachten, wie der Akt vonstatten ging, ja, eine streckte sogar die Hand aus und zog an Harrys Knie, um deutlicher sehen zu können, wie sein Glied mit Xanthes Körper in Berührung stand. Alle fünf zeigten sich erstaunt darüber, daß ein so ansehnlicher Schwanz in eine Frau eindringen konnte, ohne ihr weh zu tun, ja, sie wollten Xanthe sogar darüber befragen, doch in der Rolle der Fanchon konnte sie ihnen natürlich nicht antworten. Als Harry – wie wir es verabredet hatten – sich unmittelbar vor dem Höhepunkt von seiner Partnerin löste, so daß seine Säfte für die Mädchen sichtbar auf ihren Bauch spritzten, ertönte ein einstimmiges, erstauntes «Ach», gefolgt von beeindrucktem Schweigen und dann von stürmischem Applaus, den unsere beiden Darsteller dankbar entgegennahmen.

Den Mädchen hatte die Vorstellung gehörig die Röte ins Gesicht getrieben, und nun waren sie erst einmal sprachlos über die seltsamen Vorgänge, die wir ihnen gezeigt hatten. Doch nach einer Weile sagte eine der Zwillingsschwestern: «Mama, du kannst doch nicht wollen, daß hiermit alles zu Ende ist? Gewiß dürfen wir nun auch selbst die Freuden kennenlernen, die man uns vorgeführt hat?»

Daraufhin entdeckte Madame Fouquet den Mädchen einen Plan, welchen sie heimlich mit mir abgesprochen hatte – daß nämlich in der Tat fünf meiner Burschen für das Vergnügen und eine eingehende Unterweisung der jungen Damen zur Verfügung stehen würden. Im Nu hatten wir in der linden, warmen Luft des Sommerabends die hundert Meter bis zu meinem Haus zurückgelegt, und hier führte ich jedes der Mädchen in ein Boudoir, wo sie bereits von dem ihnen zugedachten Herren erwartet wurden – denn für diesmal durften sie ihre Wahl noch nicht selbst treffen, was ja auch bei solch unerfahrenen jungen Dingern kaum verantwortbar gewesen wäre.

Ich hatte mir die Freiheit genommen, George von dem Unternehmen auszuschließen, da sein übermächtiges Geschlecht ein junges Mädchen bei seinem ersten Gefecht unfehlbar verletzt hätte, ganz gleich, wie beherzt dieses sich auch ins Vergnügen stürzen mochte. Daraus erwuchs für mich zwar ein kleines Problem, doch da ich wußte, wie rasch Harry seine Kraft wiedererlangen konnte, hatte ich mich hilfesuchend an ihn gewandt, und er hatte mir versichert, wenn eine knusprige Jungfrau von achtzehn Jahren in Aussicht stünde, würde er «ihn schneller wieder hochkriegen», als ich das Gebet zum St. Felicitas-Tag hersagen könnte. Und die Freude, mit der eine der beiden älteren Schwestern ihn begrüßte, ließ denn auch darauf hoffen, daß beide nicht enttäuscht sein würden.

Um sicherzugehen, daß auch keinem der Mädchen ein Leid geschehen würde, hatte Madame Fouquet mir das Versprechen abgenommen, Wache zu halten, und ich hatte mit den Burschen vereinbart, daß jeder seine Tür einen Spaltbreit offenlassen würde, damit ich einen flüchtigen Blick hineinwerfen oder etwaige Schreie hören könne, die von größerem Schmerz zeugten, als der Situation angemessen war. Ich muß nämlich gestehen, daß ich besorgt war, meine Burschen würden sich von dem ungewohnten Vergnügen, fünf Jungfrauen deflorieren zu dürfen, so mitreißen lassen, daß sie womöglich temperamentvoller zu Werke gingen, als der Lust der unerfahrenen Mädchen förderlich wäre.

Indes, die Sorge hätte ich mir sparen können: Jede Szene, auf die mein heimlicher Blick fiel, verkündete nichts als lautere Wonne. Wie es schien, hatte ich bei der Zuordnung der Paare eine glückliche Hand bewiesen, wenngleich ich noch zu Beginn dieser Woche keine der jungen Damen gekannt hatte; ja, hier konnte eigentlich nur der Zufall mitgespielt haben.

Im ersten Boudoir sah ich eine der englischen Cousinen rittlings auf Spencers Knien sitzen und sich in solch zärtlicher Freude wiegen, während aus ihren Augen träumerische Liebe strahlte, daß kein Bild von Vater und Tochter mich inniger hätte rühren können. In den beiden angrenzenden Räumen widmeten sich Tom und Ben den ihnen anvertrauten jungen Damen – mit Rücksicht auf ihre Leibesfülle hatten beide ihre Schützlinge dazu ermuntert, sich auf sie zu hocken, was den Mädchen überdies Gelegenheit gab, selbst darüber zu bestimmen, wie ihre unerfahrenen Körper den männlichen Dorn empfangen würden. Freilich schienen sie nicht sonderlich zaghaft, und jedenfalls überwog ihre Lust offenbar den Schmerz bei weitem.

William mit seinem leichten, geschmeidigen Körper beglückte eine der jungen Französinnen auf herkömmliche Weise, und als ich durch den Türspalt lugte, sah ich nichts weiter als jenen Popo, den neulich der Konstabler so bewundert hatte und um den sich jetzt ein Paar schlanke, aber gleichwohl muskulöse Beine wanden. Williams reizendes Hinterteil hatte allem Anschein nach durch die erzwungene Umarmung jenes groben Gesellen keinerlei Schaden erlitten. Jetzt bewegte er sich zwar langsamer als sonst beim Ritt mit seinen Kundinnen, spendete aber offenbar seiner jungen Partnerin – die ihn atemlos keuchend immer weiter anspornte – deshalb nicht weniger Lust.

Im letzten Boudoir endlich stellte der gute Harry seine Manneskraft erneut unter Beweis. Seine Gefährtin war das Nesthäkchen unter den französischen Schwestern, und zu meinem Erstaunen hatte sie die Beine gerade so über seine Schultern geworfen, wie vorhin in der Aufführung Fanchon ihren Robinet empfangen hatte, und Harrys Unterleib bewegte sich so ungestüm auf und ab, daß mir um das Wohlergehen des Mädchens ordentlich bange wurde. Indes, ihr Eifer war dem seinen durchaus ebenbürtig – und zwar gepaart mit so viel Geschick, daß ich mich des Verdachts nicht erwehren konnte, sie habe ähnliche Freuden auf die eine oder andere Art schon zuvor genossen. Dem mag durchaus so gewesen sein, denn meine jüngsten Abenteuer im Heimatland der Fouquets haben mich darüber belehrt, daß dort die Unterweisung im erotischen Spiel schon sehr früh beginnt, und zwar oft ohne daß Eltern oder Vormund davon Kenntnis besitzen.

Der Leser wird sich denken können, daß ich, während ich die Freuden meiner Schützlinge überwachte, selbst nicht ganz unbewegt blieb. Und als ich bei der Rückkehr in den Aufenthaltsraum George in verheißungsvoller Nacktheit, doch bislang noch ohne Kundschaft auf einem Diwan liegen sah, brach ich wieder die mir selbst auferlegte Hausregel (beinah hätte ich schon mit Hamlet sprechen können: «Ein Gebrauch, wovon der Bruch mehr ehrt als die

Befolgung») und hieß ihn, mir in mein Schlafgemach zu folgen. Dort hatte ich abermals Gelegenheit, das schöne, starke Werkzeug zu bewundern, das keiner langen Schmeicheleien bedurfte, um seine schlaffe Länge in einen fast marmornen Piston zu verwandeln, daraus wie eine bläuliche Maserung die Venen hervorsprangen. George war inzwischen so an Überraschungsrufe und die immer wiederkehrende Mahnung, sich nur ruhig wie ein Preisbulle inspizieren zu lassen, gewöhnt, daß er sich auch gegen mich so betrug – er saß ganz still da, die Beine gespreizt, und massierte nur hin und wieder seinen Ständer, damit der (was freilich kaum zu befürchten war) nur ja nicht den Kopf hängen ließe.

Sogar ich, die doch mittlerweile ganz an den Anblick gewöhnt war, den ich schon so vielen erstaunten Kundinnen vorgeführt hatte, konnte nicht widerstehen, ihm mit einem Kuß zu huldigen, und wunderte mich abermals über die Anstrengung, die es erforderte, meine Lippen weit genug zu öffnen, daß zumindest die Eichel dazwischenpaßte. Dann winkte ich ihn näher heran und rieb ihn mit der Salbe ein, die er auf mein Geheiß immer bei sich trug, um den Akt zu erleichtern – ach, und alsbald spürte ich in mir das wonnigliche Hochrelief, mit dem er selbst das geräumigste Futteral hätte ausfüllen können.

Später dann, als ich das vereinbarte Abendhonorar in Empfang nahm, in die glückseligen Gesichter unserer jungen Gäste blickte, den Burschen ihren Anteil ausbezahlte und mich mit dem zwiefachen Wohlgefühl zu Bett legte, in der Hand Gold zu spüren und weiter unten die angenehme Wärme jüngst genossener Sinnenlust – da war ich wieder einmal hochzufrieden mit der Vorsehung, die es mir gestattete, ganz unabhängig meinen Lebensunterhalt zu verdienen.

Etliche Tage nach diesem Ereignis hielt kurz nach sechs ein geschlossener Wagen vor der Villa, und eine Gestalt, die ganz von einem leichten seidenen Umhang verhüllt war, stieg heraus. Als die Dame den Salon betrat, zeigte sich, daß sie außerdem maskiert war.

Sie war zweifellos von vornehmem Stand, denn sie trug ein Kleid nach der neuesten Mode von ganz wunderbarem Schnitt und strahlte, wenngleich sie keinen Schmuck trug, doch eine unverkennbare Eleganz aus. Ihrem klaren Teint und der straffen Haut nach zu schließen konnte sie noch nicht alt sein, und ihre leise Stimme hatte einen melodischen Klang. Polly, die sie eingelassen hatte, holte mich herbei, denn die Lady hatte sich ausdrücklich nach der Dame des Hauses erkundigt. Als ich in den Empfangssalon hinunterkam, blätterte sie eben in einer Mappe mit Michelangelos Skizzen des männlichen Körpers, die ich zur Unterhaltung unserer Besucherinnen auf einem Tischchen ausgelegt hatte.

«Missis Nelham?» fragte sie mit leichtem Zögern in der Stimme.

Ich neigte bejahend den Kopf.

«Ich komme auf Empfehlung von Bekannten.»

Danach trat eine Pause ein, bis ich nach einer Weile vorschlug, sie möge es sich doch bequem machen. «Wir haben die Erfahrung gemacht», setzte ich hinzu, «daß etwaige Vorbehalte, die unsere Gäste zögern lassen, den Grund ihres Besuchs zu nennen, durch die Freundlichkeit all unserer Hausgenossen rasch zerstreut werden. Im übrigen dürfen Sie Ihre Maske ruhig lüften, denn hier bewahrt ein jeder äußerste Diskretion – andernfalls würde unser Institut ja auch gar nicht florieren können –, und es besteht ja auch nicht die geringste Aussicht, daß einer unserer Herren Sie jemals in der Öffentlichkeit wiedererkennen würde.»

Sie hob die Hand an ihre Maske, ein kunstvolles Gebilde aus schwarzer, silberdurchwirkter Seide, offenbar Teil einer vornehmen Kostümierung.

«Wenn Sie es mir nicht verübeln», sagte sie, «möchte ich die Maske doch lieber aufbehalten. Ich fürchte, ich bin es nicht gewohnt...»

«Das geht anfangs all unseren Damen so», beruhigte ich sie. «Soviel ich weiß ist dies das erste Etablissement seiner Art in der Stadt, denn bisher hat noch niemand daran gedacht, auch unserem Geschlecht jene Privilegien zu verschaffen, welche die Herren seit eh und je so freizügig genießen, und es ist daher auch gar nicht verwunderlich, daß Sie sich beim ersten Besuch ein wenig unsicher fühlen – aber ich bin sicher, das wird sich ändern. Behalten Sie unterdessen nur ruhig Ihre Maske auf. Und jetzt, wenn's gefällig ist, darf ich Ihnen vielleicht unsere Burschen zeigen?»

Sie nickte, und nachdem ich zuvor das gläserne Glöckchen, das eigens zu dem Zweck bereitstand, geläutet hatte, um uns anzukündigen, führte ich die geheimnisvolle Fremde an das Gitterfenster, hinter dem sich bereits alle sechs Burschen für die Abendunterhaltung bereithielten. Einen Moment lang schien meine neue Freundin zu taumeln, und sie stützte sich mit der Hand auf eine Stuhllehne, um ihre Fassung wiederzugewinnen. Der Anblick ließ sie augenscheinlich nicht unberührt. Nun nahm sie auf einem Sessel Platz und saß ein Weilchen stumm da.

«Ich weiß nicht recht...» stammelte sie endlich. «Welchen der Herren würden Sie mir denn empfehlen?»

«Das ist schwer zu sagen, Ma'am», gab ich zurück, «denn die Wahl richtet sich ganz nach persönlichen Neigungen, und mein Geschmack könnte dem Ihren nicht entsprechen. Der junge Mann auf dem Stuhl dort beim Fenster ist Harry –» Er stellte sich ganz nach seiner Gewohnheit raffiniert zur Schau, indem er einfach mit dem Gesicht zum Fenster saß, die Schenkel weit gespreizt hatte und so interessiert sein Geschlecht untersuchte, als habe er es nie zuvor gesehen. «Er ist von kraftvoller Natur, und falls Sie ein erschöpfendes Lanzenstechen wünschen, wird er Sie mehr als zufriedenstellen. Die beiden neben ihm sind Ben und Tom, und obgleich sie der äußeren Erscheinung nach eher zahm und behäbig wirken mögen, darf ich Ihnen versichern, daß beide in der Kunst des Liebesspiels äußerst erfahren sind. Es ist übrigens möglich – gegen einen kleinen Aufpreis –, beide gleichzeitig zu engagieren; auch all unsere anderen Herren stehen Ihnen gerne paarweise zur Verfügung.

Der Jüngling, den Sie dort auf dem Diwan ausgestreckt sehen, heißt William. Hinter seiner zarten, ja fast femininen Statur verbirgt sich eine erstaunliche Potenz, und sein Glied ist größer und kräftiger, als die Rückansicht vermuten läßt. Man sagt mir, er besäße einen ganz besonderen Charme, der selbst die trägsten Naturen zu erregen verstünde. Jener etwas ältere Herr, der dort drüben Billard spielt, erfreut sich großer Beliebtheit bei den Damen, die Reife und Besonnenheit zu schätzen wissen. Und als letzten haben wir noch unseren Freund George, der Ihnen gewiß schon aufgefallen ist.»

George vertraute mittlerweile der Anziehungskraft seines Säbels so weit, daß er wenig Anstalten machte, anderweitig Aufmerksamkeit zu wecken, und sich nur vergewisserte, daß seine Hauptattraktion den Blicken der Damen ungehindert preisgegeben war – so lag das Zepter denn jetzt, während George die Zeitung las, einfach quer über seinem Schenkel, ein Anblick, der selbst mich verblüffte, die ich doch kürzlich erst das Vergnügen genossen hatte, es zu beherbergen. Es sah aus, als sei es auf die staunende Bewunderung der schönen Unbekannten gefaßt und durchaus empfänglich dafür.

«Kann es mit diesem überhaupt – sicher sein?» fragte sie flüsternd.

«Durchaus», versicherte ich ihr, «und es ist ein denkwürdiges

Erlebnis, wenngleich ich einräumen muß, daß unser Freund kein großer Meister der Liebeskunst ist, weshalb denn auch das fragliche Werkzeug seinen einzigen Vorzug darstellt – dieses freilich ist wahrhaft einzigartig und sollte zumindest einmal erprobt werden.»

«Nun, ich denke, vielleicht sollte ich mich für Mr. Harry entscheiden?» meinte die Dame zaghaft. «Mein Gatte», fuhr sie im Flüsterton fort, «zeigt keinerlei Interesse am ehelichen Verkehr. Zwar hat er mich in der Hochzeitsnacht damit vertraut gemacht – ich war damals noch Jungfrau –, aber kaum, daß ich Gefallen an dieser überaus köstlichen Betätigung zu finden begann, verzichtete er darauf und meidet seitdem mein Bett...»

Ich spürte, wie ein leichter Schauder ihren Körper durchlief, als ich ihr die Hand auf die Schulter legte, und bin fast sicher, daß ihr hinter der eleganten Maske eine Träne ins Auge stieg.

«Meine Liebe», sagte ich, «wenn es Sie nach einem Salonstück verlangt, das all Ihre unerfüllte Sehnsucht stillt, dann kann ich Ihnen Harry nur aufs wärmste empfehlen.»

«Und er wird auch nicht versuchen, mir meine Maske abzunehmen?» fragte sie.

«Ich bin sicher, daß er Ihre Schönheit gern unverhüllt sehen möchte», antwortete ich, «aber all unsere Herren gehorchen der Weisung, daß die Wünsche der Gäste unter allen Umständen zu respektieren sind. Doch um Sie vollends zu beruhigen – bleiben Sie noch einen Augenblick hier, dann werden Sie selbst hören, wie ich meine Instruktionen erneuere...»

Damit ließ ich sie in einer Stellung zurück, die es ihr ermöglichte, alles, was im Aufenthaltsraum der Burschen vorging, sowohl sehen als auch hören zu können, während ich mich eben dorthin begab, um Harry mitzuteilen, daß eine Besucherin seine Dienste erwarte.

«Die Dame», setzte ich mit etwas lauterer Stimme als gewöhnlich hinzu, «ist maskiert und wünscht es auch zu bleiben. Sie rechnet mit deiner Diskretion.»

Harry erhob sich, und da er wußte, daß unser Gespräch von der Kundin mitangehört wurde, versicherte auch er mit erhobener Stimme, daß er das Inkognito der Dame selbstverständlich wahren werde. Dann nahm er seine Robe vom Haken, streifte sie über und ging mit mir aus dem Zimmer.

«Ich glaube, das vierte Boudoir wäre passend, Harry», sagte ich.

«Aha!» erwiderte er. «Sie wollen also zusehen?»

Tatsächlich interessierte ich mich lebhaft für die Identität der

Dame, denn ich hätte schwören mögen, daß ich sie von irgendwoher kannte, und im übrigen konnte ich mich des unguten Gefühls nicht erwehren, daß sie womöglich eine Spionin sei.

«Du hast's erraten», gab ich zu, «aber du darfst ihr natürlich auf keinen Fall die Maske abnehmen, denn falls sie wirklich nur eine besonders scheue Dame ist, würde so ein Zwischenfall rasch die Runde machen, und unser Renommee ist nun einmal ganz und gar auf Diskretion gegründet.»

Hier wäre vielleicht ein erklärendes Wort zu jenem vierten Boudoir am Platz: Während der Umbauarbeiten hatte Philip darauf bestanden, daß wir in einem Raum ein geheimes Guckloch installierten, denn, so argumentierte er, wir müßten damit rechnen, daß manche Lady den Wunsch äußern würde, ihre Lust durch die Beobachtung eines anderen Schäferspiels zu steigern. Und außerdem könnte so ein Beobachtungsposten mitunter auch für uns und unsere Sicherheit nützlich sein.

Ich war anfangs mit diesem Plan gar nicht einverstanden, denn das Ausspionieren argloser Leute ist mir von jeher verwerflich erschienen; außerdem hegte ich schon nach kurzer Bekanntschaft den Verdacht, daß Philip eine solche Vorrichtung zu seinem eigenen Vergnügen zu nutzen wünsche, und ich gewann später die Überzeugung, daß es sich in der Tat so verhielt. Trotzdem hatte ich mich damals von ihm überreden lassen, und so wurde denn ein kleines Kämmerchen, kaum größer als ein Wandschrank, abgeteilt, das man durch eine verborgene Tür am Ende des Korridors betreten konnte und in dem ein kleines Guckloch den Blick auf das dahintergelegene Boudoir freigab; dieses Loch wiederum wurde durch den Schatten eines großen Gemäldes von Venus und Adonis kaschiert.

Als ich zu meinem Gast zurückkehrte, fand ich die Dame schon merklich gefaßter vor, und sie begleitete mich nun ohne weiteres Zaudern in das Boudoir, wo Harry sie bereits erwartete. Ich begab mich unverzüglich in das Versteck, von wo aus ich alles würde mitansehen können, was sich zwischen den beiden abspielte.

Die Lady stand an der Tür, die sie eben hinter sich geschlossen hatte, und war anscheinend ganz gebannt von dem fürwahr ergötzlichen Anblick, der sich ihrem staunenden Auge bot – Harry lag nackt wie am Tag seiner Geburt auf dem Bett, und obgleich seine Männlichkeit noch nicht ganz stramm war, bekundete der halb aufgerichtete Ständer gleichwohl beachtliche Vorfreude auf die zu erwartende Begegnung. Die Dame verharrte so lange in ihrer Stellung und schaute ihn nur immer unverwandt an, daß er sich nach einer Weile aufsetzte und fragte, ob sie sich denn nicht zu ihm gesellen wolle.

«Verzeihen Sie mir», antwortete sie, «aber ich bin an einen solchen Anblick nicht gewöhnt. Bitte bleiben Sie in dieser Stellung, bis ich mich ausgekleidet habe» – was im Nu geschehen war. Dann trat sie an das Bett und kniete davor nieder, um – ja, ich finde wahrhaftig kein anderes Wort dafür – Harrys Körper anzubeten. Zuerst huldigte sie ihm allein mit den Augen, und zwar aus jedem nur erdenklichen Blickwinkel, dann streckte sie die zarte Hand aus und streichelte ihn von den Schultern bis hinab zu den Knöcheln; sie fuhr ihm mit den Fingern durchs Haar, bog einzeln jeden seiner Finger zurück, befühlte die Muskeln, welche Knie und Ellbogen Spannkraft verliehen, folgte der Linie seines Kinns und prüfte die unterschiedliche Hautbeschaffenheit an der Innenseite des Arms gegenüber Brust, Kinn und Bauch.

Daß Harry diese ungewohnte Huldigung genoß, bewies sein Zepter, das jetzt zu seiner vollen, beeindruckenden Größe anschwoll und an dessen Spitze einige Tropfen weißlicher Flüssigkeit austraten, die am Schaft hinunterrannen wie schlüpfrig machendes Gleitöl.

Der Körper der Dame stand dem seinen übrigens in nichts nach, ja, beide zusammen boten ein Bild, das ein Rubens oder Tizian gewiß mit Freuden gemalt hätte. Mir hatte sie den Rücken zugewandt – ein langer, schmaler Rücken (mit einer allerliebsten Delle in der Mitte, da, wo die Wirbelsäule eingebettet lag), der in zwei pralle Pobacken mündete, jede von einem reizenden Grübchen geziert; die Schenkel, auf denen diese allerliebsten Kugeln ruhten, waren kräftig und doch schlank und wohlgeformt. Und als sie sich jetzt umdrehte, da erhaschte ich einen flüchtigen Blick auf zwei unwiderstehliche Brüste in der Form bauchiger Weingläser und gekrönt von zarten, rosigen Knospen, die sich eben lustvoll emporreckten.

Doch jedesmal wenn Harry sich vorbeugte, um bald hier, bald da eine verlockende Rundung zu berühren, griff sie sanft nach seiner Hand und legte sie wieder an seine Seite, um ihrerseits ungestört weiter jedes Fleckchen seines Körpers mit Auge und Hand erforschen zu können. Das währte so lange, bis Harrys Blick sich verdunkelte, ein untrügliches Zeichen dafür, daß er seine Glut kaum noch zu bändigen vermochte.

Endlich hatte die Dame jeden Teil seines Körpers erforscht – bis auf den einen wesentlichen, nach dem sie erst jetzt zaghaft einen einzigen Finger ausstreckte, auf seine Spitze legte und an der Unterseite hinabführte bis hin zu den Trauben, die sich prall in der straffen Haut spannten. Dann beugte sie sich vor und drückte den zärtlichsten Kuß auf die purpurne Eichel, ehe sie ein paar leise Worte an Harry richtete, die ich zwar nicht verstand, die aber offenkundig – und endlich – die Aufforderung zum Handeln enthielten.

Unwillkürlich bewunderte ich die Zurückhaltung, mit der er aufstand und sie fast scheu in seine Arme schloß. Die Maske, welche die geheimnisvolle Fremde immer noch trug, hinderte ihn daran, ihre Lippen zu küssen, und so begnügte er sich damit, die Hände an ihrem Körper hinabzuführen, bis sie auf ihrem hübschen Po ruhten. Dann zog er sie fester an sich und immer fester, bis sie nicht mehr umhin konnte, jenes Werkzeug zu spüren, das nun in schöner Eintracht neben der Mündung ruhte, die so begierig darauf war, es zu empfangen.

Die Berührung schien ihr fast die Sinne zu rauben. Harry aber bettete sie auf den Diwan und machte sich nun seinerseits daran, ihrem Körper die gebührende Reverenz zu erweisen. Ihr Leib, der meinen Blicken nun ungehindert preisgegeben war, erwies sich tatsächlich als ausnehmend edel geformt; die Brüste waren so schön, wie die flüchtige Ansicht vorhin hatte vermuten lassen: Ihre schwellenden Knospen zeigten nun jeweils leicht nach außen und waren offensichtlich aufs zärtlichste erregt von Harrys Mund, der sie abwechselnd küßte und leckte. Zwischen ihren ebenmäßigen Schenkeln gewahrte ich jetzt ein kleines und gleichwohl dichtes Nest blonder Locken, unter dem – als Harry ihre Beine spreizte, um sein Liebeswerk zu erleichtern – ein Paar rosige Lippen zum Vorschein kamen, die sich bereits in freudiger Erwartung weiteten.

Endlich streckte sie die Arme aus, schlang sie um Harrys Hüften und führte ihn in ihren Körper ein; sein Schwanz, der nun ganz übergossen war von perlenden Säften, glitt widerstandslos in seine angestammte Wohnung – die der Schelm freilich unverzüglich wieder zu verlassen strebte, aber nur, um gleich noch einmal hineingelockt zu werden, worauf er abermals entschlüpfte und mit immer hitzigeren Bewegungen erneut willkommen geheißen ward. Ein winziger Blutstropfen perlte plötzlich auf Harrys Unterlippe, untrügliches Zeichen dafür, wie schwer es ihm fiel, sein Pulver nicht vor der Zeit zu verschießen, denn so, wie seine Partnerin dalag, den Kopf zurückgebogen, die Lippen leicht geöffnet, mit wogendem

Busen und die Beine um die Hüften ihres Galans geschlungen, befand sie sich offenkundig in einer Ekstase, die zu verlängern Harry nicht nur Pflicht, sondern auch Vergnügen war.

Endlich lief ein krampfhaftes Zucken durch beider Körper, so heftig, daß mir fast schien, der Raum müsse davon erbeben, und dann erstarben beide gleichzeitig in wonniger Erschöpfung. Einmal noch stemmte sie den Körper des Mannes mit einem letzten Stoß ihrer schmalen Hüften vom Bett hoch, dann bohrte er sie mit dem ganzen Ungestüm seiner Erfüllung schier in die Laken hinein. Als sie hernach vor Ermattung keuchend beieinanderlagen und ihm die Schweißperlen von den Lenden liefen, verließ ich meinen Aussichtspunkt – alles andere als stolz darauf, die Szene miterlebt zu haben, und gleichwohl sehr davon erregt. Indes hatte ich immer noch keinen Anhaltspunkt, der auf die Identität der Dame hätte schließen lassen. Trotzdem war ich sicher, daß ich sie von irgendwoher kannte.

Ich wartete in der Halle, bis Harry, nun wieder schicklich in seine Robe gehüllt, die Dame aus dem Boudoir geleitete. Er verabschiedete sich mit einer Verbeugung, und sie überreichte mir eine Börse mit dem vereinbarten Honorar.

«Ich hoffe, Sie beehren uns bald wieder, Ma'am», sagte ich und langte an ihr vorbei, um die Tür zu öffnen. Im selben Moment trat sie einen Schritt zurück und stieß gegen den Sockel einer großen chinesischen Vase, die neben dem Eingang stand. Rasch streckte sie die Hand aus, um das kostbare Stück zu stützen, dabei aber verfing sich ihr Ärmel im Saum der Maske, die fiel zu Boden und enthüllte – das bleiche Gesicht von Lady Frances Chichley, deren Hochzeit ich erst vor wenigen Monaten beigewohnt hatte!

Ihr Antlitz wechselte die Farbe.

«Missis Nelham», stammelte sie, «darf ich...»

«Gnädige Frau», unterbrach ich sanft, «Ihr Geheimnis ist bei mir sicher aufgehoben.»

Ohne ein weiteres Wort verließ sie das Haus. Ach, wie leid tat es mir, daß mein Freund so gar nichts von der stürmischen Leidenschaft ahnte, deren seine junge Frau fähig war. Und daß umgekehrt ihr die Himmelstöße vorenthalten blieben, mit denen er mich so reich beglückt hatte!

13. KAPITEL

Andys Abenteuer

Frank bestürmte mich nun schon seit geraumer Zeit, ihn endlich mit dem Theaterleben hinter den Kulissen bekanntzumachen. Denn da ich eine Weile als Mitglied der Truppe eines gewissen Mr. Samuel Prout Higgens den Westen des Landes bereist hatte, glaubte er, ich müsse in diesen Gefilden so gut wie zu Hause sein.

Der Himmel ist mein Zeuge, daß er sich in diesem Punkt gründlich irrte! Doch immerhin war ich mit den Gepflogenheiten des Bühnenvölkchens so weit vertraut, daß ich wußte, wie man gewisse Türen öffnet, und so begab ich mich denn zum Royalty Theatre am Wellclose Square, wo ich alsbald mit dem Pförtner Tony Rudge Bekanntschaft schloß. Nachdem ich diesem wackeren Mann von meiner früheren Verbindung zur Bühne erzählt und ihm einen kleinen Obolus zugesteckt hatte, fand er sich gern bereit, mich und meinen Freund während der Proben hinter die Bühne zu führen, eine Ehre, deren man damals noch leichter teilhaftig wurde als heutzutage.

Das Royalty Theatre (das zugegebenermaßen nicht zu den ersten Häusern der Stadt gehört) wurde vor etwa 30 Jahren erbaut, bekam aber auf Grund einiger gewagter Vorstellungen keine Lizenz mehr zugesprochen und blieb etliche Jahre geschlossen – oder «dunkel», wie das im Jargon der Theaterleute heißt. Dann aber erlebte es unter dem inzwischen verstorbenen Mr. Astley Junior eine Renaissance als Pantomimenbühne und wurde in jüngster Zeit in ein Theater für tänzerische Darbietungen umgewandelt, die regen Zuspruch beim Publikum fanden, doch freilich weniger wegen der künstlerischen Qualität als um der Tänzer willen, die dort auftraten – ein Umstand, der das Haus für Frank ganz besonders interessant zu machen versprach, denn er hat in rein künstlerischen Fragen immer nur höchst mäßige Kenntnis bewiesen.

Tatsächlich zeigte er sich hoch erfreut, als ich ihn eines Morgens einlud, mich ins Royalty zu begleiten. Der Weg dorthin führte uns durch allerhand enge, schmutzige Gassen in den Ostteil der Stadt. Mr. Rudge empfing uns breit grinsend mit verständnisvollem Augenzwinkern und dirigierte uns bis vor den Bühneneingang, wo eine Anschlagtafel bekanntgab, daß heute der Kriegerinnentanz aus *Der Kampf des Eurypylos* nach der Musik von Mr. Digby Trantrum (eine

Oper, die zum Glück schon bald in Vergessenheit geriet) geprobt würde und «die Damen und Herren vom Ballett sich Punkt 22 Uhr bereitzuhalten hätten».

Frank war erstaunt über den Schmutz und das Durcheinander hinter der Bühne, denn seine frühere flüchtige Bekanntschaft mit dem Theater hatte sich auf die scheinbar prächtigen Aufführungen beschränkt, wie sie sich aus der Sicht des Publikums darstellen. Heute freilich bot sich uns ein ganz anderes Bild: Durch eine Dachluke fiel spärlich trübes Tageslicht auf die blanken Dielen und auf einen Wirrwarr aus Seilen, Flaschenzügen und Hebelvorrichtungen, mit denen man die Versatzstücke bewegt. Punkt zehn hob sich der Vorhang und gab den Blick frei auf einen Zuschauerraum, der im fahlen Tageslicht, das durch die Fenster hinter dem Olymp hereinsickerte, nicht minder schäbig wirkte als die Bühne; oben auf der Galerie fegten eine Anzahl Besen, scheinbar von Geisterhand bewegt, hin und her und wirbelten dabei mächtig viel Staub in den ohnehin schon dunstverhangenen Saal. Gelegentlich schimmerte schwacher Kerzenschein aus einer der Logen, und an einem wackeligen Tischchen im vorderen Drittel des Parketts warf eine Kerze mit überlangem Docht ihr unstet flackerendes Licht auf einen Stapel Papiere, die, so nahm ich an, wohl die Choreographie des anstehenden Balletts enthielten.

Neben mir ertönte ein diskretes Hüsteln.

«Mich dünkt, Sir, Sie möchten einen Blick auf die Garderoben werfen?»

«Ach, Mr. Rudge, wenn das möglich wäre...» antwortete ich bescheiden, obgleich ich ganz genau wußte, daß wir, nachdem ich dem Mann eine halbe Guinee bezahlt hatte, auf dieses Vergnügen Anspruch hatten.

«Hier entlang, Gentlemen», sagte Rudge. Damit führte er uns an den seitlichen Bühnenrand und dann über eine fast senkrechte Leiter bis zu einer Öffnung in der Mauer – dahinter lag ein enger Gang, über den wir in eine Dachkammer gelangten, wo sich ganze Berge von Kulissen türmten: die Seitenwände eines chinesischen Hauses, eine italienische Brücke, ein reichverzierter Balkon, ein Boot auf Rädern...

Rudge geleitete uns bis ans andere Ende dieser Dachkammer, und als ich unter mich blickte, verriet mir ein Lichtschimmer im schummrigen Halbdunkel, daß zwischen den Dielenbrettern gefährliche Lücken klafften.

«So, und nun wählen Sie ganz nach Belieben, Gentlemen», rief unser Führer, «*Corps de ballet* gleich hier vorn, die Solotänzerinnen fünf Schritte zu Ihrer Linken.» Sprach's und war verschwunden.

Vorsichtig ließen wir uns auf die Knie nieder, brauchten aber nicht einmal das Auge an eine der breiten Ritzen im Boden zu pressen, um zu erkennen, daß wir uns direkt über der Garderobe befanden, wo die Elevinnen sich umzukleiden hatten. Aber leider waren die Damen vom *Corps de ballet* schon fast fertig; ihre Straßenröcke jedenfalls hingen hier und da über einer Stuhllehne, und sie hatten bereits die kurzen Tanzröckchen übergestreift, in denen sie proben würden; ansonsten behielten sie, wie damals auf den Proben üblich, ihre Alltagskleidung an.

«Hoffentlich haben wir mit den Ballerinen mehr Glück, was, Andy?» flüsterte Frank und kroch seitwärts zum zweiten Ausguck.

Tatsächlich kamen wir dort schon eher auf unsere Kosten, denn die Ballerinen genossen etwas mehr Freiheit als ihre minderen Kolleginnen und waren eben erst eingetroffen. So durften wir denn unbemerkt zuschauen, wie sie sich auszogen, ein Weilchen in unverhüllter Schönheit hin und her spazierten und sich unterhielten, bevor sie ihre Kostüme anlegten, die freilich nicht viel von ihren Reizen verbargen. Ihre Maske bestand aus goldenen Stiefelchen, einem goldschimmernden Tutu aus hauchdünner Gaze, das den nackten Popo nur andeutungsweise verschleierte, und endlich einem goldenen Küraß, der den Blick auf ihre Brüste kaum versperrte.

«Nun bin ich aber gespannt», flüsterte Frank, «was für ein Ballett sich in so einem Negligé aufführen läßt.»

Da vorderhand keine weiteren Enthüllungen zu erwarten standen, schlichen wir zurück in den schmalen Gang und über die Leiter hinunter an den dunklen Rand der Bühne, wo jetzt der Ballettmeister das *Corps de ballet* zum Takt eines Tambourins exerzieren ließ – eine Übung, die sich ohne Orchesterbegleitung wenig verlockend ausnahm.

«Miss Pollock, wo haben Sie Ihr Schwert?» fragte er eines der Mädchen.

«Das ist noch nicht fertig», gab sie zurück.

«Dann nehmen Sie einstweilen diesen Stock.»

Das Mädchen gehorchte, kam aber, als es das ungewohnte Requisit zu schwingen versuchte, aus dem Tritt.

«Halt! Halt! Halt!!!» schrie der Ballettmeister. Dann stampfte er so lange mit den Füßen und trommelte auf das Tambourin ein, bis das arme Ding sich wieder zurechtfand. Doch inzwischen hatten einige andere Mädchen aufgehört zu tanzen und sahen untätig Miss Pollocks Bemühungen zu. «Was denn, was denn», brüllte der Ballettmeister, «was gibt's denn da zu gaffen? Warum bewegt ihr euch nicht? Warum, zum Henker, ihr euch nicht bewegt, will ich wissen!»

Mich interessierte das ganze Spektakel sehr, aber ich spürte, daß Frank sich zu langweilen begann, da er ja kein Interesse an der eigentlichen Theaterarbeit hatte, sondern nur der Mädchen wegen hier war. Doch während ich aufmerksam den einzelnen Übungen folgte, fand er bald eine reizvollere Beschäftigung. Direkt vor ihm stand nämlich eine der Ballerinen und wartete auf ihren Einsatz. Frank, der ihren entzückend gerundeten Po unter dem durchschimmernden Goldstoff zum Greifen nahe vor sich sah, konnte nicht widerstehen, sondern schob eine Hand zwischen ihre prallen Schenkel und stahl sich sachte immer höher hinauf, bis sein kleiner Finger sich durch das dünne Flittergewand bohren konnte, das allein ihre Tugend schützte.

Nachdem das Mädchen ein paar Sekunden reglos stillgehalten hatte, sagte es gleichmütig über die Schulter: «Na, Süßer, wenn's ernst werden soll, dann mach 'n bißchen fix, ich bin nämlich in zwei Minuten dran» – woraufhin Frank im Nu seinen stoßbereiten Ständer aus der Hose zog und ihn, indem er das duftige Röckchen seiner Partnerin lüftete, von hinten einführte. Die Tänzerin reagierte nicht weiter, als daß sie sich ein wenig vorbeugte, um ihm das Eindringen zu erleichtern.

Während Frank nun aus Leibeskräften drauflospumpte, blieb sie scheinbar völlig ungerührt und klopfte nur gleichmütig auf einem Versatzstück herum, aber nicht etwa im Takt seiner hitzigen Stöße, sondern dem Tambourin des Ballettmeisters folgend. Erstaunlich fand ich auch, daß niemand sonst Notiz von dem aufreizenden Gefecht nahm – die anderen Mädchen schauten einfach weg, während die Bühnenarbeiter, die hin und wieder Requisiten vorbeitrugen, nicht einmal einen flüchtigen Blick für die beiden übrig hatten, die doch so intim miteinander zugange waren.

Schließlich bekam die Ballerina das Zeichen für ihren Auftritt und sprang ohne jede Vorwarnung auf die offene Bühne hinaus, während Frank, den ihre plötzliche ruckhafte Bewegung nicht minder stimuliert hatte als sein hitziges Geigen zuvor, in hilfloser Ohnmacht zurückblieb und die Dielenbretter mit dem Zeugnis seiner

Leidenschaft betaute – worauf er mit beschämter Miene sein Werkzeug in der Hose verstaute, begleitet vom Kichern zweier Ballerinen, die aus einiger Entfernung zugesehen hatten.

«Hah! Ich geh was essen», stotterte er unwirsch. «Wir treffen uns dann zur Vorstellung draußen wieder.» Damit drehte er sich um und verschwand.

Ich blieb, bis die Probe um halb vier zu Ende war und die Mädchen die Bühne räumten, um sich ein wenig zu erfrischen, ehe sie kurz nach sechs zur Vorstellung wieder antreten mußten.

Auch ich wollte nun eine kleine Erfrischung zu mir nehmen und wandte mich schon zum Ausgang, als ich über mir jemanden rufen hörte. Gleich darauf hangelte sich eine Gestalt, flink wie ein Äffchen, an einem Seil herunter, sprang federnd zu Boden und schlug mir höchst vertraulich auf die Schulter.

«Andy, was denn, sag ja nicht, du hättest mich vergessen? David? David Ham?»

Da drückte ich den Burschen in freudiger Überraschung an meine Brust. Wir hatten etliche Monate das Bett miteinander geteilt, als ich damals mit der Theatertruppe gereist war, in der er einen bescheidenen Part spielte, und obgleich seine Nachstellungen mir anfangs peinlich und durchwegs unwillkommen gewesen waren (auch wenn er einmal die ersehnte Erfüllung erlangt hatte, wie die Leser meiner früheren Chroniken sich erinnern werden), hatten wir uns doch als gute Freunde getrennt und begaben uns nun miteinander ins *Orange Coffee House*, wo ich Koteletts und Dünnbier spendierte und David mir das Neueste von unseren Freunden aus der Theaterzunft berichtete.

Mr. Prout Higgens und seine brave Frau, Mrs. Plunkett Cope, traten gegenwärtig im Royal in Richmond als Othello und Desdemona auf (was, wie ich mich noch gut erinnerte, zwei ihrer Lieblingsrollen waren, in denen sie freilich ihr Publikum zu solch ungestümen Lachsalven hinrissen, daß jeder Komödiant daneben vor Neid erblassen mußte). Ihre Tochter, Miss Cynthia Cope, hatte sich kürzlich von der Bühne zurückgezogen und einen reichen Kaufmann aus Shoreditch geheiratet. Hier, fuhr David fort, habe sie sich mit sämtlichen Lehrbuben und Schiffsjungen, ja mit jedem Mannsbild vom Sekretär hinauf zum Direktor eingelassen – kurz, mit allen, die was in der Hose hatten. Ihr Appetit fürs Ficken sei nämlich so unersättlich wie eh und je, und sie habe ihr Schwanzfutteral in den Salons von London mit solchem Elan angepriesen, daß kaum eine Schnalle in der Stadt es mit ihr aufnehmen konnte... Ich mußte herzlich lachen, denn ich hatte ganz vergessen, wie ausgezeichnet David sich auf den ordinären Gassenjargon verstand.

«Doch nun zu dir, David», sagte ich, «wie ist es dir inzwischen ergangen?»

«Ja, nun, ich bin nicht auf den Kopf gefallen», prahlte er. «Gewiß, ich arbeite hier im Royalty für ein paar armselige Pennies, um mit meinen Freunden zusammenbleiben zu können, aber ich habe einen Beschützer aufgetan –» und hier zwinkerte er mir verschmitzt zu – «der ganz wild ist auf meine arabische Möse und dem ich nach Lust und Laune leicht zwei Guineen abluchsen kann, so daß ich schon einen ordentlichen Batzen für meine alten Tage beiseite gelegt habe.» Bis dahin, dachte ich, hat es freilich noch gute Weile, denn David war nicht älter als ich.

Aber ich sagte bloß: «Nun, das freut mich für dich, David.»

«Danke! Doch nun erzähl mir, wie es dir inzwischen ergangen ist!» bat David, und daraufhin berichtete ich ihm in kurzen Zügen alles, was sich zugetragen hatte, seit ich aus seiner Truppe ausgeschieden war: Wie ich Frank und Sophie (an die er sich aus meinen früheren Schilderungen erinnerte) wiedergetroffen hatte und von unserem Haus in der Brook Street, wo er mich einmal besuchen müsse, obgleich er dort leider wenig Stimulanz finden würde, da wir keine Steckrüben anzubieten hätten (das war sein Ausdruck für jene Gentlemen, die den Verkehr mit dem eigenen Geschlecht bevorzugen).

«Ich komme, ich komme bestimmt!» versprach er. «Und du mußt meinen Freund und Gönner kennenlernen. Er wohnt in Chiswick, aber ich bin nie bei ihm zu Hause gewesen, denn er lebt da (glaube ich) im Schoße seiner Familie, wie man so sagt, und die hätte wohl nicht soviel Verständnis für seine Neigungen wie ich – oder wie du.» Und damit legte er mir die Hand aufs Bein und drückte es leicht, eine Geste, die ich, da ich um seine gute Absicht wußte und auch, daß er nur Spaß machen wollte, ganz ungezwungen entgegennahm.

Wir setzten unsere angeregte Unterhaltung fort, bis es Zeit war, ins Theater zurückzukehren, wo Frank mich sicher schon erwartete. Als ich David wissen ließ, daß mein Freund gern in näheren Kontakt mit den Damen des Balletts treten würde, gab er mir den Rat, wir sollten doch zwei der Mädchen nach der Vorstellung zu einer *Soirée dansante* in einem ihm bekannten Haus begleiten.

«Ich werde euch schon die richtigen Püppchen aussuchen», versprach er, «wir treffen uns dann nach der Vorstellung am Bühnenausgang.» Damit verschwand er eilends zwischen den Kulissen, und ich machte mich auf die Suche nach Frank, der um 3 Shilling eine Loge gemietet hatte, in der wir es uns nun bequem machten. Aber mein Freund war in düsterer Stimmung, denn Mr. Rudge hatte ihm den Zugang zu den Garderoben untersagt mit der Begründung, der Direktor habe dies streng verboten. Die halbe Guinee für seine Dienste habe er genommen, grollte Frank, aber bekommen hätten wir nichts dafür! Ich erzählte ihm von meiner Begegnung mit David, was ihn anfangs nicht aufheitern konnte, denn – «Ich will doch keinen dürren Knaben», maulte er, «sondern ein dralles Mädchen.» Doch als ich ihm Davids Vorschlag unterbreitete, da kehrte seine gute Laune allmählich wieder, und er unterhielt sich fortan damit, die Damen vom *Corps de ballet* zu betrachten und hin und her zu überlegen, welche er (falls ihm die Entscheidung überlassen wäre) sich nach dem Theater als Begleiterin wählen würde.

Über die Vorstellung selbst gibt es wenig zu sagen: Die Elfentänzerinnen schwebten an ihren Marionettendrähten auf und ab, die Kriegerschar stampfte mit den Füßen und schlug sich mit Macht auf die Schenkel, die Ballerina, die Frank während der Probe so gefällig gewesen war, erspähte ihn in der Loge und vollführte daraufhin ständig solch eindeutige Gesten mit ihrem Schwert, daß nur ein Blinder sie hätte mißverstehen können, was der Pöbel im Parkett mit Bravorufen und Applaus quittierte. Alles in allem und mit der Hilfe zweier Flaschen guten Weins befanden wir uns aber doch in recht gehobener Stimmung, als wir nach dem letzten Vorhang inmitten des zahlreichen Publikums auf die enge, belebte Straße hinaustraten und um die Ecke bogen, wo vor dem Bühneneingang schon etliche Kavaliere darauf zählten oder vielmehr hofften, sich bald weiblicher Gesellschaft zu erfreuen.

Endlich tauchte David aus der Menge auf, an jedem Arm ein junges Frauenzimmer – beide waren ein bißchen hühnerbrüstig, wie die meisten Ballettratten, die in der Regel nicht genug Geld verdienen, um sich so verlockende Pölsterchen anessen zu können wie beispielsweise unsere Mädchen in der Brook Street, aber die zwei waren gleichwohl munter und willig.

«Gentlemen», rief David, «ich schlage vor, wir dinieren in *Parker's Supper Room*, wo die Portionen reichlich sind und das anschließende Tanzvergnügen keine Wünsche offenläßt.» Dabei stupste er Frank vertraulich in die Seite.

Wir zwängten uns in eine Kutsche und wurden nach kurzer Fahrt vor einem dunklen Eingang abgesetzt. Doch als wir näher traten, schlugen uns gleißende Helligkeit und ein solcher Trubel entgegen, daß uns schier Hören und Sehen verging: Zwischen einem wahren Wald von Tischen stolperten die Kellner übereinander, während sie in wahnwitziger Hast bestrebt waren, hier einem Mann, der nur ein Bier bestellt hatte, gegrillte Nieren aufzutischen oder einem anderen, der nach einer üppigen Mahlzeit eingeschlafen war, ein Dutzend Austern vorzusetzen. David war hier offenbar gut bekannt, und die beiden jungen Damen, Miss Portland und Miss Markham, nicht minder, denn man geleitete uns nicht nur unverzüglich an einen Tisch, sondern es erschien auch sogleich ein Kellner und setzte ein schwer beladenes Tablett vor uns hin. Mit dem Appetit derer, die den ganzen Abend wacker gearbeitet haben, machten unsere Begleiterinnen sich über die Speisen her. Während sie eben die Hammelkeule zerlegten, bat David, ihn nunmehr zu entschuldigen. «Ich treffe meinen Freund im *Almack's*, gleich gegenüber», sagte er, «aber wir sehen uns bestimmt wieder, Andy, verlaß dich drauf!»

«Ein aufgeweckter Bursche», meinte Frank, «da hast du mir nicht zuviel versprochen.»

«Oh, der David», sagte Miss Portland zwischen zwei großen Happen Pastete, «der ist ein heller Kopf – und seine Beine könnten sich auch sehen lassen, falls er unter die Tänzer ginge.»

«Na, dir würden sie so oder so nichts nützen, seine Beine», warf Miss Markham ein und knuffte ihre Freundin in die Seite, worauf beide einen nicht enden wollenden Lachkrampf bekamen. Sie unterschieden sich in der Tat auffallend von den jungen Damen, die wir in der Brook Street zurückgelassen hatten, ja selbst Moll hätte ihnen in punkto Sittsamkeit und Anstand noch als Vorbild dienen können. Aber wir fühlten uns dennoch wohl in ihrer Gesellschaft, denn sie waren unwandelbar fröhlich und guter Dinge, und als ihr Hunger gestillt war, zeigten sie sich willig und geneigt, jetzt anderen Gelüsten zu frönen, denn kaum hatten sie die ihnen vorgesetzten Speisen und Getränke vertilgt, da sprangen sie auch schon auf die Füße und führten uns in den angrenzenden Saal, wo der Tanz bereits in vollem Gange war.

Dieser Saal war ein langgestreckter, schmaler Raum mit Sitzreihen an beiden Längswänden und einer Galerie für die Musikanten –

diese spielten bei unserem Eintritt gerade eine Polka, zu der eine dichtgedrängte Menge tanzte, ach, was sage ich: Männer und Frauen wirbelten im Kreis und schubsten und stießen sich gegenseitig in alle Himmelsrichtungen. In vielen der jungen Damen erkannte ich auf den ersten Blick die Ballerinen des Royalty wieder, die der strikten Disziplin der Bühne auf ein paar Stunden entflohen waren, um sich hier einem weitaus freieren Tanzvergnügen hinzugeben; sie hüpften und wirbelten mit großer Begeisterung umher, legten aber gleichwohl eine gewisse Eleganz an den Tag, die sie von den übrigen Frauen unterschied. Dies waren vermutlich meistenteils Handwerkertöchter, die ungelenk die Beine schwenkten und jedermann im Wege waren, wild die Köpfe warfen oder blindlings umherhopsten, tollten und kapriolten, während die Damen vom Ballett mit anmutig nach rechts geneigtem Köpfchen tanzten und sorgsam jeden Zusammenstoß vermieden. Die Männer stammten aus den verschiedensten Schichten, aber die Militärs waren – teils in Uniform, teils in Zivil – merklich in der Überzahl, und jeder schien entschlossen, sich einmal kräftig auszutoben.

Wir mischten uns nicht minder amüsierfreudig unter die Tänzer, wobei ich Miss Portland, die mit dem Vornamen Jenny hieß, zur Partnerin bekam, während Frank an Miss Markham geriet, die alle Welt nur Pussy rief, ein Spitzname, den sie nach eigenem Bekunden der Neigung verdankte, ihre Freunde mit katzigen Reden zu ärgern. Aber Jenny flüsterte mir vertraulich zu, daß sich hinter dem Beinamen in Wahrheit eine Anspielung auf ihren freizügigen Umgang mit jenem Körperteil versteckte, der bisweilen als Pussy bezeichnet wird. Vom Tanzen wurde uns bald warm, und da es unseren Partnerinnen gefiel, ihre Körper fest an die unseren zu schmiegen, erhitzten wir uns erst recht und freuten uns um so mehr auf spätere Abkühlung. Doch als wir eben im Begriff waren, einen Lokalwechsel zu einem beschaulicheren Ort vorzuschlagen, drängte sich eine junge Frau mit gerötetem Gesicht zu Pussy durch und flüsterte ihr etwas ins Ohr, was diese tuschelnd an Jenny weitergab, worauf beide sich sehr ernsthaft an uns wandten.

«Gentlemen, da Sie beide große Verehrer der schönen Künste sind», sagte Pussy, «würde Ihnen gewiß ein Spiel gefallen, das oben gerade in Vorbereitung ist.»

Frank gab zu verstehen, daß sein Bedarf an theatralischen Darbietungen mit dem heutigen Abend für mindestens ein Jahr gedeckt sei.

«Ich glaube aber», beharrte Pussy, «daß Sie diese Vorstellung doch anregend finden würden, denn wenn ich recht vermute, so fehlt es Ihnen nicht an Bewunderung für schöne weibliche Formen?»

Bei diesen Worten zeigte Frank schon mehr Interesse, und Jenny gab mir mit einem verschmitzten Wink zu verstehen, daß fürwahr ein pikantes Vergnügen in Aussicht stünde. Kurz und gut, wir folgten den beiden die Treppe hinauf und in einen Saal, vor dessen Eingang Franks Börse um nicht weniger als 5 Guineen für jeden von uns erleichtert wurde. «Ich kann nur hoffen», murmelte er, als er das Gold hinzählte, «daß dieses Opfer sich auch lohnt.»

Im Saal fanden wir ein kleines, aber ganz reizendes Theater vorbereitet und vor der Bühne gepolsterte, zweisitzige Bänke, von denen wir zwei nur wenige Reihen von der Bühne entfernt auswählten. Letztere war mit einem roten Samtvorhang drapiert, vor dem eben ein Bediensteter die Rampenlichter entzündete. Als nächstes erschien ein Geiger, der, sobald die Kandelaber im Saal erloschen waren, eine allerliebste Melodie anstimmte, die (wie Pussy mir zuflüsterte) aus einer neuen Oper, und zwar *La Muette de Portici*, stammte, woraus wir im folgenden eine Tanzeinlage von der berühmten Louisa Veron und ihrem Partner Jean Fiorentino sehen würden. Mir sank das Herz, als ich das hörte, denn obgleich ich ein großer Freund der Tanzkunst bin, hatte ich doch an diesem Ort mit pikanterer Unterhaltung gerechnet, und außerdem fürchtete ich, daß Frank sehr ungehalten sein würde über solchen «Firlefanz», wie er es nannte.

Allein, ich hätte mich nicht zu sorgen brauchen, denn als der Vorhang aufging und eine schlichte, schwarz ausgeschlagene Bühne enthüllte, da erblickte ich zugleich die beiden Tänzer in völliger Nacktheit – hübsch beleuchtet vom warmen Kerzenschein, der ihre Haut rosig überhauchte, so daß sie an die Figuren auf dem Gemälde eines jener alten Meister erinnerten, die noch mit Liebe an ihren Motiven hingen.

Mademoiselle Veron hatte ich schon oft in Gesellschaft rühmen hören, und jetzt belehrte mich der eigene Augenschein, daß keine der überschwenglichen Huldigungen mehr versprachen, als sie verdiente, selbst wenn ihr Publikum normalerweise nicht (so wie wir jetzt) in den Genuß kam, ihre Glieder unverhüllt bewundern zu dürfen. Ihre Pose war bald keusch und nachdenklich, bald wollüstig und verlockend; ihre Bewegungen wirkten einmal rasch und erregend, dann wieder schmelzend und hingebungsvoll. Wie eine

Schlange wand und drehte sie sich um ihren Partner – der, obschon von zierlich-knabenhaftem Wuchs, offenbar über große Körperkräfte verfügte, denn er hob die Veron so mühelos empor, als sei sie gar nicht aus Fleisch und Blut. Eben noch wirbelte er sie mit sich herum wie ein Blatt, das im Wind treibt, doch schon im nächsten Augenblick schritt sie wieder mit unnachahmlicher Nonchalance über die Bühne und zeigte uns stolz ihre schönen Arme und Schultern, den alabasterweißen Busen und ihre ganze wunderbar geschmeidige Gestalt.

Dann schoß sie erneut in die Lüfte empor und fiel alsbald in bebendem Krampf hernieder, bis der Kopf den Boden berührte und ihre Augen im Schein der Kerzen badeten. In all ihren Figuren, besonders in denen, die sie mit Monsieur Fiorentino (in den sie sehr verliebt zu sein schien) zusammen tanzte, waltete stets die gleiche Anmut, die gleiche Harmonie, der gleiche Liebreiz, kurz jenes immer gleiche und doch unvorhersehbare Etwas, das man von keinem Lehrmeister und in keiner Schule lernen kann.

Die Darbietung war nicht im mindesten anstößig und hätte, abgesehen von den fehlenden Kostümen, durchaus vor einem sittenstrengen Publikum bestehen können. Aber gerade der Umstand, daß die Tänzer nackt auftraten, machte die Szene wohl mit zum Erregendsten, was ich je gesehen hatte, denn leidenschaftliche Erwartungen wurden beständig geschürt, ohne doch je Erfüllung zu finden. Als Monsieur Fiorentinos Hand zwischen die Schenkel seiner Partnerin glitt, um sie über seine Taille zu heben, erwartete man, daß diese Geste zu dem Ende führen würde, das eine solche Annäherung im Schlafgemach unfehlbar gezeitigt hätte; statt dessen setzte er sie nur behutsam wieder auf die Bühne nieder, und das Ballett nahm seinen Fortgang. In ähnlicher Manier nahm sie etwa eine Pose ein, in der sie weit zurückgebeugt die Wange an den Schenkel ihres Partners schmiegte und dabei fast mit den Lippen sein Gemächt streifte, und doch blieb er unbewegt – was auch gar nicht anders sein durfte, denn der Tanz hätte unmöglich weitergehen können, wäre er ernsthaft in Erregung geraten.

Seltsamerweise reagierte das Publikum ganz besonders enthusiastisch auf Szenen wie diese; ja, im Verlauf der Vorstellung spürte ich fast, wie der Körper meiner Begleiterin immer mehr in Hitze geriet und wie ihre Wärme durch den dünnen Stoff ihres Musselinkleids auf mich übersprang. Und ich konnte nicht übersehen, daß auf dem benachbarten Sitz mein Freund, der seiner Leidenschaft seit jeher rascher als ich die Zügel schießen ließ, die Hand ins Mieder seiner Freundin geschoben hatte und ihren Busen streichelte, während ihre Hände sich in seinem Schoß zu schaffen machten. Bald merkte ich, daß die Vorgänge auf der Bühne die beiden nicht länger interessierten; ich zog es indes vor, meine Aufmerksamkeit weiterhin dem meisterlichen *Pas de deux* zu schenken, obgleich sich nun auch Pussys Hände an mir zu schaffen machten und meine Männlichkeit zu so heftiger Lust anstachelten, daß ich mich nur mit Mühe im Zaum halten konnte.

Als der Tanz zu Ende war und das Paar oben auf der Bühne sich verneigte, scholl ihnen nur spärlicher Applaus entgegen, denn die Hände des Publikums waren inzwischen fast alle anderweitig beschäftigt. Ich jedoch sprang auf und brachte den beiden herrlichen Künstlern eine stehende Ovation dar, nicht ahnend, daß Pussy inzwischen die Bänder an meinen Breeches gelöst hatte, so daß meine entblößte Männlichkeit Mademoiselle Veron nun ein Kompliment darbrachte, welches sie normalerweise höchstens in der Intimsphäre ihres Schlafgemachs entgegengenommen hätte.

Als der Vorhang fiel, beugte Pussy sich vor und drückte ihre Lippen auf mein Zepter. Dabei umklammerte sie mich mit einer Leidenschaft, die nahelegte, daß auch sie von der Vorstellung aufs höchste erregt war und nun nach Linderung verlangte. Aber ich stand zu sehr in Mademoiselle Verons Bann, als daß ich mich mit einer anderen Gefährtin begnügt hätte, mochte sie auch noch so willfährig sein. Also löste ich mich sanft, aber nachdrücklich aus ihrer Umarmung; woraufhin Pussy sich mit finsterem Blick abwandte, neben die Bank meines Freundes niederkniete und sich Frank und Jenny als Dritte im Bunde ihres Liebesspiels anbot, dem die beiden sich mittlerweile ebenso unverhohlen hingaben wie die meisten anderen Zuschauer um uns herum.

Ich hatte vorher schon eine Tür seitlich von der Bühne entdeckt, zu der ich nun meine Schritte lenkte – doch als ich sie öffnete, stellte sich mir ein bulliger Kerl in den Weg, den man offenbar eigens zu dem Zweck dort postiert hatte, aufdringliche Besucher fernzuhalten. Allein, als ich meine Börse zog, lockerte sich sein Griff auf meiner Schulter, und da ich zwei Guineen herausfischte und ihm mit ein paar geflüsterten Worten zusteckte, gab er mir den Weg frei und deutete auf eine Tür am Ende des Korridors.

Dort klopfte ich und wurde sogleich von einer weiblichen Stimme zum Eintreten aufgefordert.

Drinnen saß Mademoiselle Veron in einem seidenen Morgenrock an einem Toilettentisch. Als sie einen Fremdling in der Tür stehen sah, sprang sie erschrocken auf. Doch ich beruhigte sie eilends: «Madam, ich bitte Sie, haben Sie nur keine Angst! Ich komme nicht, Ihre Tugend zu bedrohen. Erlauben Sie mir nur, Ihnen meine Bewunderung zu Füßen zu legen und erblicken Sie in mir einen Mann, den die Schönheit Ihrer Gestalt und die Meisterschaft Ihrer Kunst verzaubert haben. Mit Worten allein wollte ich Ihnen mein Kompliment überbringen und meine Verehrung, und da Sie mir dies gütigst gestattet haben, werde ich mich jetzt zurückziehen.»

Mit einer tiefen Verbeugung wandte ich mich zum Gehen, doch da winkte sie mich lächelnd näher.

«Bitte, Sir, wenn Sie einen Augenblick Zeit haben, so nehmen Sie Platz und lassen Sie uns Bekanntschaft schließen.»

Folgsam setzte ich mich auf den Stuhl, den sie mir mit einer Handbewegung zuwies.

«Sie müssen mein Mißtrauen verzeihen, Sir», fuhr sie fort, «aber ich will vor Ihnen kein Hehl daraus machen, daß sich in der Vergangenheit zu viele Grobiane hier Zutritt verschafft haben, weshalb ich denn im allgemeinen nicht erfreut bin über den Anblick eines Fremden. Aber –» und hier lächelte sie wieder – «Ihre Worte haben mich beruhigt und Ihre Erscheinung bürgt mir für Ihre Vornehmheit.»

Hierauf konnte ich mich nicht länger zurückhalten, sondern fiel vor ihr auf die Knie und preßte die Lippen auf ihre zarte Hand, eine Geste, die sie offenbar anrührte, denn sie beugte sich vor, strich mir mit der Hand über den Kopf und drückte mir einen Kuß auf die Stirn. Ich muß gestehen, daß die Nähe jener beiden köstlichen Äpfel, auf deren Schönheit mein Auge vor kurzem erst ungehindert geruht hatte, im Verein mit der Güte der Lady mein Verlangen schürten, und noch ehe ich mir recht darüber klar wurde, wie es geschah, glühten meine Lippen auf ihrem Hals und meine Hände schickten sich an, die Seide von den verführerischen Schultern zu streifen.

Doch sie entwand sich mir und stand auf, um – so fürchtete ich – meine Frechheit zu tadeln. Aber nein! «Sir», sagte sie, «Ihre Komplimente sind die eines Gentleman, Ihr Benehmen verrät den zärtlichen Liebhaber – beide verirren sich nur selten hierher.»

Dann ließ sie selbst das seidene Gewand von ihren Schultern gleiten und stand wiederum in der nackten Schönheit vor mir, die ich schon auf der Bühne so glühend bewundert hatte, freilich ohne jede

Hoffnung, mich anders als mit den Augen daran laben zu dürfen. Mit einer Geschwindigkeit, um die mich selbst Monsieur Fiorentino beneidet hätte, entledigte auch ich mich meiner Kleider, und schon im nächsten Moment lagen wir beide ausgestreckt auf einem Diwan und wiegten uns in einem Tanz, der zwar weit häufiger inszeniert wird als die Figuren des klassischen Balletts, gleichwohl aber mit ebenso viel Grazie und Anmut aufgeführt werden kann. Nicht weniger als dreimal stieß Mademoiselle Veron im Übermaß der Lust einen spitzen Schrei aus, ehe ich endlich mein Pulver verschoß und der Vorhang sich über unsere Vorstellung senkte. Als ich mich schließlich von ihrem Körper löste (den nun der schöne Tau der Liebe netzte), da dankte sie mir lächelnd und deutete auf ihren Umhang, mit dem ich sie denn auch zudeckte, bevor ich mit einem Kuß von dieser überaus schönen und huldvollen Dame Abschied nahm und ihre Garderobe verließ.

Unten fand ich Frank mit Jenny und Pussy am Büfett; ihm war es gelungen, beide auf die eine oder andere Weise zu befriedigen, ehe sie das kleine Theater oben verlassen hatten. Er unterließ es, mich zu fragen, wo ich inzwischen gewesen sei, und ich hatte keineswegs die Absicht, es ihm freiwillig auf die Nase zu binden, denn das wäre mir entweder als Prahlerei ausgelegt worden oder als Klatsch über die heiligen Geheimnisse des Schlafgemachs, und zu beidem neige ich (wie meine Leser bezeugen können) überhaupt nicht.

Nachdem wir den Mädchen diskret ein paar Münzen zugesteckt hatten, verabschiedeten wir uns von ihnen und ließen uns von einer Droschke in die Brook Street fahren, wo, wie wir annehmen durften, um diese späte Stunde schon Ruhe eingekehrt war.

Als wir mit dem eigenen Schlüssel aufgesperrt hatten und in die Halle traten, erkannten wir freilich auf den ersten Blick, daß etwas Furchtbares geschehen sein mußte, denn Blatchford lag, an Händen und Füßen gefesselt und obendrein geknebelt, am Boden und blutete aus einer Wunde an der Stirn. Frank kniete eilends nieder, um den armen Jungen zu befreien, und als er ihm den Knebel aus dem Mund zog, machte Blatchford Anstalten, ihm etwas zuzuflüstern. Doch bevor er noch ein einziges Wort herausgebracht hatte, flog plötzlich die Tür zum Empfangssalon auf und heraus trat ein fremder Mann; hinter ihm sahen wir Aspasia und die Mädchen an einem Ende des Zimmers zusammengedrängt, während in der Ecke gegenüber Rose von zwei Männern in Schach gehalten wurde, deren einer ihr ein Messer an die Kehle gesetzt hatte.

«Gentlemen, treten Sie näher», rief zynisch der Mann an der Tür, «aber ganz ruhig, wenn ich bitten darf. Auch würde ich von jeder unbedachten Bewegung abraten, denn sonst müßte diese junge Dame dafür büßen.»

Wir traten ein und setzten uns auf die beiden Stühle, die man uns anwies, worauf der Sprecher einen Strick aus der Tasche zog und uns damit die Hände hinter dem Rücken fesselte.

«Also, nun zur Sache: Wer von euch beiden ist Sir Franklin Franklyn?»

Frank nickte schroff.

«Ah, sieh an! Sir Franklin, ich bin entzückt, Ihre Bekanntschaft zu machen. Ich habe den Auftrag, Ihnen eine Botschaft von etlichen Gentlemen zu überbringen, die in der gleichen Branche tätig sind wie Sie. Diese Herren lassen Ihnen ausrichten, daß sie nicht gewillt sind, weiter ruhig mit anzusehen, wie Ihr Etablissement ihnen den ganzen Profit wegschnappt. Denn es läßt sich nicht verhehlen, daß Sie mit dem aberwitzigen Kostenaufwand, mit dem Sie dieses Institut hergerichtet haben, Kundschaft anlocken, die eigentlich uns gehört. Aber Sie sind in der Stadt so gut wie unbekannt und haben keine Freunde hier. Wir dagegen sind gut bekannt und haben einflußreiche Freunde. Und wir sind der Meinung, daß Sie inzwischen genug verdient haben und sich irgendwohin aufs Land zurückziehen sollten, wo Sie meinetwegen Ihrem Gewerbe weiter nachgehen können, aber ohne uns das Geschäft zu verderben. Sollten Sie nicht parieren...» Er gab den beiden Männern, die Rose gepackt hielten, einen Wink, und im Nu erschien, nachdem der mit dem Messer einen winzigen Ruck gemacht hatte, ein dünnes Blutrinnsal unter ihrem Kinn.

«Wie Sie sehen, nehmen wir uns sehr in acht, damit die Schönheit der jungen Lady nicht zu Schaden kommt. Beim nächstenmal freilich – falls es, was wir sehr bedauern würden, ein nächstes Mal geben sollte – werden wir längst nicht mehr so entgegenkommend sein. Meine Damen, meine Herren, verzeihen Sie gütigst die Störung. Wünsche allerseits einen guten Abend.»

Hierauf ließen die zwei in der anderen Zimmerecke von Rose ab – die wie leblos zu Boden sank –, gesellten sich eilends zu ihrem Kumpan, und alle drei machten sich, die Haustür hinter sich zuschlagend, aus dem Staub.

Die nächste halbe Stunde herrschte begreiflicherweise ein heilloses Durcheinander. Frank und ich wurden losgebunden, Rose brachte man zu Bett; ihre Wunde war Gott sei Dank ganz harmlos, und es war eher Schrecken denn Schmerz, was ihren Schwächeanfall ausgelöst hatte. Blatchford wurde vollends befreit und litt, abgesehen von einem schrecklichen Kopfweh, mehr unter seinem Zorn als an der Verletzung. Im Keller fanden wir Tippett und Pounce, die gleichfalls gefesselt und geknebelt waren und nun schleunigst befreit wurden. Erst danach gelang es uns, herauszufinden, was genau sich während unserer Abwesenheit zugetragen hatte. Offenbar waren die drei Männer gegen neun Uhr in ganz manierlichem Aufzug (auch wenn zwei ein bißchen grob wirkten), und jedenfalls reichlich mit Geld versorgt, am Tor erschienen. Aspasia hatte sie eingelassen, und die drei waren ins Bad hinabgestiegen, ehe sie sich mit Rose, Constance und Ginevra nach oben begaben. Dort hatten sie sich ganz erwartungsgemäß verhalten, auch wenn sie ihr Liebesspiel vielleicht etwas gemächlicher führten als andere – augenscheinlich mit Absicht, denn erst als alle anderen Besucher das Haus schon verlassen hatten, kleideten sie sich an und gingen mit den Mädchen hinunter, wobei einer Rose bereits mit dem Messer bedrohte, das er unversehens aus seiner Hose gezogen hatte. Nur weil sie drohten, dem Mädchen ein Leid anzutun, ließen Pounce und Tippett sich widerstandslos fesseln, und als Blatchford so unvorsichtig war und eingreifen wollte, da hatte einer der Kerle ihn außer Gefecht gesetzt, indem er ihm mit seinem Knüppel eins über den Schädel gab. Alle Versuche der Mädchen, die drei Unholde zum Sprechen zu bringen, waren fehlgeschlagen, und erst als wir auftauchten, stellte sich heraus, was hinter diesem Überfall steckte.

Frank und ich schwankten zwischen Staunen und Entrüstung. Aspasia dagegen hatte schon früher erlebt, daß Leute, die ein Institut wie das unsere eröffneten, ohne zuvor mit dem, der in der Stadt das Sagen hatte, ein finanzielles Abkommen zu treffen, auf ähnliche Weise eingeschüchtert wurden. Der Kopf der Bande, sagte sie, sei ein gewisser Charles oder Carlo Gaskill. Wenn wir ihn aufsuchen und ihm einen stattlichen Anteil unserer Einnahmen bieten würden, ließe sich vielleicht noch alles ins Lot bringen, obwohl der Ton, den unsere Besucher angeschlagen hatten, auch bedeuten mochte, daß Mr. Gaskill tatsächlich die Absicht habe, uns – gewissermaßen als warnendes Beispiel – aus dem Geschäft zu drängen.

Frank wollte wissen, ob die Mädchen, da sie doch binnen kurzem über Mrs. Jopling Rowes Erbschaft verfügen könnten, es nicht vorzögen, wenn wir unser Etablissement auf der Stelle schließen würden? Denn sie würden ja nicht zu darben brauchen, für ihn und mich sei auch gesorgt, und er habe jedenfalls nicht die Absicht, seine lieben Freundinnen in Gefahr zu bringen.

Die Mädchen beschlossen jedoch einstimmig, daß wir im Geschäft bleiben und nicht vor solchen Drohgebärden klein beigeben sollten. Mit diesem löblichen Vorsatz schickten wir die Damen zu Bett – nur Aspasia blieb zurück, um Frank warnend darauf hinzuweisen, daß die Bereitwilligkeit ihrer Schützlinge, dem Feind zu trotzen, mehr der Unwissenheit der Mädchen entsprang als ihrem Mut, denn Mr. Gaskill sei ein furchtbar grausamer Mensch und ein gefährlicher Gegner.

Wir kamen überein, Sir Philip Jocelind um Rat zu bitten, da zu seinen Freunden vielleicht Leute zählten, die wußten, wie man mit einem Mr. Gaskill fertig wurde. Dann begaben wir uns in gedrückter Stimmung zu Bett; was wir nach den Abenteuern dieser Nacht noch an Verlangen gespürt haben mochten, war angesichts der mißlichen Lage, die uns drohte, gründlich abgekühlt.

14. KAPITEL
Sophies Bericht

Daß ich Lady Chichleys Inkognito bei ihrem Besuch in unserem Etablissement gelüftet hatte, hielt sie nicht davon ab, regelmäßig wiederzukommen, und fast immer fiel ihre Wahl auf Harry, für den sie offenbar eine echte Zuneigung entwickelte, und das nicht allein seiner körperlichen Vorzüge wegen.

Sie vertraute mir an, daß Chichley sich noch in der Hochzeitsnacht, nachdem er ihr die Gunst erwiesen, sie zur Frau zu machen, hinter jener formellen, kühl distanzierten Höflichkeit verschanzt habe, mit der er ihr seit jeher begegnet sei. Ihr Verlöbnis, so erklärte sie, reiche praktisch bis zum Tag ihrer Geburt zurück, denn ihre Eltern, benachbarte Landedelleute, hatten ihre Kinder füreinander bestimmt. Aber sie waren nur selten zusammengekommen, und wenn, dann unter den wachsamen Augen der Eltern, so daß sie sich bis ein, zwei Wochen vor der Hochzeit kaum richtig kannten.

«Nicht genug damit», fuhr sie fort, «daß Chichley findet, er sei noch zu jung, um sich an *eine* Frau zu binden – und ich glaube, der Meinung wäre er selbst dann, wenn er sich die Gattin hätte frei wählen dürfen –, nein, er scheint unserem Geschlecht gegenüber völlig gleichgültig, denn sein Liebeswerben in jener Nacht war äußerst kühl, oder vielmehr gerade gefühlvoll genug, um seine Männlichkeit unter Beweis stellen zu können. Als ich an den nächsten Abenden versuchte, mich ihm erneut zu nähern, wies er meine Bitten ungerührt zurück. Manche Frauen – ach, was sage ich, viele sogar – wären über einen solch teilnahmslosen Gatten wohl eher froh, besonders solche, die man aus Vermögensrücksichten an einen älteren und wenig anziehenden Mann vermählt hat. Aber Chichley ist ein stattlicher Mensch, und schon jene einzige, kurze Vereinigung mit ihm weckte in mir ein heftiges Verlangen nach seinem Körper. Doch er ist leider blind für die Reize unseres Geschlechts, und ich könnte ebensogut Witwe sein. Wundert es Sie da, Missis Nelham, daß ich Ihr Etablissement so regelmäßig besuche? Harry ist mir natürlich dem Stand und erst recht dem Vermögen nach nicht ebenbürtig, aber um ehrlich zu sein: Mir tun seine Liebesdienste über die Maßen wohl. Doch ich habe mich ja richtig verplaudert – bitte verzeihen Sie, daß ich Sie mit all diesen Details gelangweilt habe!»

Chichleys Betragen gegen seine Braut war mir ein Rätsel, denn meine zugegebenermaßen nicht ganz schicklichen Beobachtungen hatten mir deutlich gezeigt, daß diese junge Frau über so außerordentliche körperliche Reize verfügte, daß gewiß jeder Mann sie begehrenswert gefunden hätte. Ich beschloß, meine Bekanntschaft mit ihrem Gatten zu erneuern, um herauszufinden, was denn wohl in ihn gefahren sei, seit er mir sein Talent und seine Begeisterung für ein kraftvolles Lanzenstechen aufs schönste bewiesen hatte.

Unterdessen war der Frühling dem Sommer gewichen, die Tage wurden länger und mitunter schon recht drückend, was mich bewog, an einem Wochenende einen freien Tag zur Erholung anzuberaumen. Natürlich hielten wir das Institut am Tag des Herrn immer geschlossen; da blieben die Burschen daheim und widmeten sich zweifellos all jenen Aufgaben, die sie unter der Woche zum größten Teil vernachlässigen mußten. Nun aber bestimmte ich einen Sonntag, an dem sie bei mir zu Gast sein und wir es uns recht bequem machen würden; wir wollten essen und trinken nach Herzenslust und einmal so richtig der Ruhe pflegen.

Der festgesetzte Tag dämmerte klar und hell herauf, und als ich aus dem Fenster in den Garten hinunterschaute, da kam es mir in den Sinn, daß nicht einmal Alcovary meine jetzige Umgebung an Schönheit übertreffen könnte. Mein Zimmer ging auf den mauerumschlossenen privaten Teil des Parks hinaus, der sich bis ans Flußufer erstreckte, wo das Badehaus in den noch sehr schräg einfallenden Sonnenstrahlen weiß aufblitzte, weithin sichtbar vor den welligen Rasenflächen, die sich ebenmäßig und kurzgeschoren wie ein grünes Tischtuch unter mir ausbreiteten.

Sie waren alle zeitig auf. Die Burschen hatten, was für manch einen nicht ganz bequem war, im Haus übernachtet, und als alle versammelt waren, genossen wir gemeinsam ein köstliches Frühstück. Gegen zehn, als die Luft sich bereits erwärmt hatte, begaben wir uns in den Garten hinunter zum Fluß, wo die leichte Brise über dem Wasser Linderung vor der sengenden Sonnenglut versprach.

Trotzdem hatten wir uns bis zum Mittag alle der Kleider entledigt. William, George und ich lagerten uns zur Vorsicht im Schatten der Bäume, denn die beiden wollten sich gleich mir vor Sonnenbrand schützen. Die anderen aber entpuppten sich als wahre Sonnenanbeter: Bens und Toms Hintern färbten sich schon rosa, während Harrys ohnehin braune Haut eine mahagonifarbene Tönung annahm. Spencer, der, wie sich herausstellte, ein glänzender Schwimmer war, tummelte sich öfter im Wasser als auf dem Rasen.

Der Lunch wurde uns in Körben herausgebracht und während der Mahlzeit floß der Claret in Strömen. Als wir hinterher in wohliger Schläfrigkeit ruhten, entsann ich mich, daß Andy mir erzählt hatte, wie seine Mädchen ihn mit ihren früheren Abenteuern ergötzt hätten, weshalb ich vorschlug, wir sollten dieses Spiel nachahmen. Um die Unterhaltung in Gang zu bringen, schilderte ich als erste meine Erlebnisse in Miss Jessie Trents Pensionat (die den Lesern meiner früheren Chroniken gewiß noch im Gedächtnis sind). Diese Geschichte amüsierte meine Zuhörer aufs trefflichste, besonders, als ich in den lebhaftesten Farben ausmalte, welches Schicksal die rebellischen Zöglinge ihrer unausstehlichen Erzieherin bereiteten.

«So», schloß ich, «das war meine Geschichte – aber wer ist nun der nächste?» Dabei warf ich Harry einen bedeutungsvollen Blick zu, denn ich muß gestehen, daß er mich von all meinen Burschen am meisten interessierte und ich sehr gespannt darauf war, etwas über sein Vorleben zu erfahren.

«Ich kam», hob er an, «in London zur Welt. Meine Mutter war zwar arm, doch sie sorgte für mich und meine jüngeren Geschwister, einen Jungen und ein Mädchen, mit all der Hingabe, die ihr kärgliches Auskommen ihr gestattete. Mein Vater ließ uns kurz nach der Geburt meines Bruders im Stich, und meine Mutter verdiente mit Waschen und Saubermachen und allen möglichen anderen Diensten mühsam genug ihr Geld, aber sie gab sich niemals jenem Gewerbe hin, das streng puritanisch gesinnte Kritiker als verwerflich ächten. Wir hatten nur ein einziges Zimmer, und das Essen reichte oft kaum, um uns am Leben zu erhalten, und doch waren wir nicht unglücklich – nicht bis zu jenem traurige Tag, als meine Mutter, wohl weil die harte Arbeit ihre schwachen Kräfte aufgezehrt hatte, aus dem Leben schied. Ich war damals fünfzehn Jahre alt und hatte doch schon seit geraumer Zeit jeden Penny heimgetragen, den ich durch Botengänge, Pferde halten und seit kurzem auch durch schwerere Arbeiten verdienen konnte.

Meine Schwester Moll war fünf Jahre jünger als ich; an meinem kleinen Bruder und mir hing sie mit zärtlicher Liebe. Da wir sehr beengt lebten, hatten Moll und ich uns von klein auf ein Bett geteilt. Moralisten mögen das verwerflich finden, denn es brachte in der Tat eine Vertrautheit mit sich, wie sie zwischen Bruder und Schwester eigentlich nicht üblich ist, aber nach meiner Erfahrung kommt das bei armen Leuten häufig vor. Sie werden verstehen, daß wir auf diese Weise schon sehr früh darüber Bescheid wußten, wie Mann und Frau – oder vielmehr Mädchen und Jungen – sich körperlich voneinander unterscheiden, was indes nicht zu Peinlichkeiten, ja nicht einmal zu sonderlicher Neugier führte. Denn was uns wohlbekannt war, warf keine Fragen auf, jedenfalls so lange nicht, bis jener Teil meiner Anatomie, der mir in meinem jetzigen Beruf am nützlichsten ist, Anstalten machte, sein Köpfchen zu recken. Moll entdeckte dies, noch bevor es mir selbst auffiel, denn als ich eines Morgens erwachte, da spürte ich in den Lenden eine angenehm wohlige Wärme, und als ich vollends zu mir kam, da ertappte ich Moll dabei, wie sie ein seltsames Gewächs zwischen meinen Schenkeln streichelte und koste, und dieses Ding entpuppte sich bei näherer Untersuchung als mein Zipfel, den ich bis dahin nur als Pißmännchen gekannt hatte.

Es ist ein erstaunlicher Beweis angeborenen Schamgefühls, daß ich instinktiv fühlte, es wäre nicht recht, Moll zu ermuntern, sie möge sich weiter mit ihrem neuen Spielzeug befassen, auch wenn sie noch so ungern davon abließ. Allein, ich brachte sie doch dazu, meinen Peter loszulassen, auch wenn es mir schwerfiel, auf jenes höchst angenehme Gefühl zu verzichten, das ihre Berührung in mir geweckt hatte. Ja, so sehr hatte es mir gefallen, daß ich heimlich, nachdem ich Moll aus dem Bett geschoben und mit irgendeinem Auftrag weggeschickt hatte – vielleicht sollte sie sich um unseren kleinen Bruder kümmern, der damals erst vier oder fünf Jahre alt war –, die Gelegenheit nutzte, um zu prüfen, ob ich mir nicht mit eigener Hand einen Abglanz dieses Wohlgefühls verschaffen könne – mit gutem Erfolg, wie ihr mir getrost glauben dürft.

Moll war nicht leicht dazu zu bewegen, jenes neu entdeckte Wunder meiner Anatomie in Ruhe zu lassen, und eine Weile erwachte ich nachts immer wieder davon, daß ihre Hand sich daran zu schaffen machte. Aber nachdem ich eine Zeitlang beharrlich Desinteresse vorgetäuscht hatte (denn wäre ich böse geworden, hätte sie das eher angestachelt, statt sie von ihrem Tun abzubringen) und überdies ihre Neugier wohl befriedigt war, hörte sie doch auf, mich heimlich zu erregen, und als sie dann selbst zur Frau heranreifte, da wurde ich zum Glück (wenngleich es mich damals tief bekümmerte) von meiner kleinen Familie getrennt. Denn nach dem Tod unserer Mutter mußte ich uns drei allein durchbringen und war gezwungen, in immer entlegeneren Gegenden nach Broterwerb zu suchen.

Es war nicht leicht für mich, auch nur die Miete für unsere kümmerliche Wohnung zu verdienen, und wir kamen bald mit den Zahlungen in Rückstand – was zur Folge hatte, daß ich eines Tages bei der Heimkehr fremde Leute in unserem Zimmer vorfand; meine Geschwister aber waren fort, und niemand konnte mir sagen, wohin sie gegangen seien. Ich kehrte wieder und wieder in unsere alte Straße zurück in der Hoffnung, sie oder zumindest eine Spur von ihnen zu finden, mußte aber schließlich annehmen, daß sie entweder von bösen Menschen verschleppt worden seien, die sie nun wie Sklaven für sich arbeiten ließen, oder daß man sie womöglich umgebracht hätte, oder aber, daß sie einfach versucht hätten, allein ihr Glück zu machen.

Meine Trauer über den Verlust und die Enttäuschung darüber, daß Moll mich womöglich im Stich gelassen hätte, trafen mich just zu der Zeit, da meine Männlichkeit anfing, ihren Tribut zu fordern. Ich hatte damals gerade in Hampstead Arbeit gefunden, wo ich mit einem kleinen Handwerkertrupp ein Gebäude niederreißen sollte, das auf einer Hügelkuppe stand. Der Mann, der uns angestellt hatte

– mich und fünf andere Burschen –, schärfte uns ein, daß wir auf gar keinen Fall versuchen dürften, das Nachbarhaus, das von einer hohen Mauer umgeben war, zu erkunden. Sein Vorgesetzter hatte anfangs sogar verlangt, daß man uns allen die Augen verbinde – worüber er natürlich nur lachen konnte. Aber sein Brötchengeber, ein Geistlicher, der zwar schon einige Jahre Dienst tat, sich aber ganz und gar nicht auf die Menschen verstand, erklärte endlich, beide Häuser seien Eigentum der Kirche. Das, welches wir niederreißen sollten, war ein Priesterseminar gewesen, während im Nachbargebäude 25 junge Damen, die von ihren Eltern fürs Kloster bestimmt waren, auf ihr heiliges Amt vorbereitet wurden.

Unser Meister, der auf weitere Aufträge von der Kirche hoffte, drohte uns, daß jeder, den er dabei ertappte, wie er nach den jungen Damen Ausschau halte oder gar versuche, mit ihnen ins Gespräch zu kommen, auf der Stelle seinen Posten verlieren würde und außerdem mit solch harten Strafen zu rechnen habe, daß er es gar nicht wage, sie mit Worten zu beschreiben. Was mich betraf, so weckte er damit nur unstillbare Neugier, wenngleich meine Kameraden – bis auf einen – so ängstlich darauf bedacht waren, ihre Arbeit zu behalten, daß wir uns bald einen richtigen Spaß daraus machten, einander zuzurufen, eine der jungen Damen sei in Sicht, worauf alle davonstoben und sich in irgendeiner Ecke versteckten.

Solange wir an den oberen Stockwerken des Hauses arbeiteten, hatten wir natürlich freien Ausblick auf die Gärten des Pensionats und konnten gar nicht umhin, ab und zu einen Blick auf ein Kleid zu erhaschen, das auf der anderen Seite der Mauer vorbeihuschte. Ich muß gestehen, daß, da männliches Verlangen mich plagte, meine Neugier nicht größer war als mein Begehren, und ich nahm an, daß eine junge Dame, die hinter solch undurchdringlichen Mauern eingeschlossen war und ein solches Schicksal vor sich hatte, wohl leichte Beute sein würde, wenn ich nur Mittel und Wege fände, mich ihr zu nähern. Das Wetter kam meinen Wünschen trefflich entgegen, denn der Sommer war damals ebenso heiß wie dieses Jahr, und deshalb arbeiteten wir mit freiem Oberkörper. Und es dauerte auch nicht lange, bis mein Freund Bill und ich bemerkten, daß einige der jungen Damen – wie viele es genau waren, konnten wir freilich nicht feststellen – sich regelmäßig in einem kleinen Gebüsch unweit der Mauer versammelten – mutmaßlich, um uns zu beobachten.

Wir beachteten sie aber nicht weiter, bis Bill und ich uns eines Tages, während die anderen Arbeiter ihre Mittagsrast hielten, auf einem Gerüst in der Sonne aalten und dabei verstohlen in den benachbarten Garten hinabspähten. Da spazierten auf einmal zwei Mädchen aus ihrem Versteck im Gebüsch auf den offenen Rasen hinaus und winkten sogar zu uns herauf. Was ihre Zeichen bedeuten sollten, war uns anfangs nicht klar, doch die Geste an sich war immerhin so deutlich, daß wir ohne Zögern zurückwinkten. Als sie das sahen, hüpften und tanzten sie vor lauter Begeisterung und kreuzten die Hände vor der Brust, wie um anzudeuten, das, was von uns sichtbar sei, fände ihren Beifall – worauf wir uns hin und her drehten, um uns gebührend von allen Seiten zur Schau zu stellen. Und zu unserem Entzücken knüpfte eines der Mädchen (obwohl die andere sie daran zu hindern versuchte) ihr Mieder auf und enthüllte mit vielversprechender Lüsternheit ein Paar Brüste, deren Anblick uns auf der Stelle die Sinne geraubt hätte, wären wir ihnen näher gewesen. Ja, Bill hätte schon bei dem Versuch, in ihre Reichweite zu gelangen, indem er sich über das Gerüst nach unten beugte, um ein Haar den Tod gefunden! Unterdessen machte die junge Lady, die uns diesen ergötzlichen Anblick geboten hatte, abermals Zeichen, so als wolle sie uns zu einem Gegendienst auffordern – worauf ich mit einer Dreistigkeit, die man meiner Jugend zugute halten mag, meine Hose aufknöpfte und sie bis zu den Knien hinunterrutschen ließ, so daß eine von Anschauung und Einbildungskraft gleichermaßen erregte Männlichkeit zum Vorschein kam.

Die Wirkung auf die jungen Mädchen übertraf meine kühnsten Hoffnungen, denn der einen schienen die Sinne zu schwinden – obwohl ich daraus, daß sie gleichzeitig ihre Augen abschirmte, um besser sehen zu können, schloß, ihre Ohnmacht sei wohl zum Glück nur vorübergehend. Die andere bekundete ihr Entzücken, indem sie übermütig auf und nieder hüpfte. Doch dann verschwanden beide plötzlich hinter den Büschen, und gleich darauf, als ich eben hastig meine Hose hochzog, erschien eine ältere Dame in schwarzem Habit, deren Anblick uns daran erinnerte, daß die jungen Damen nicht in völliger Freiheit lebten.

Trotzdem waren zwei heißblütige Jünglinge wie wir nicht gesonnen, eine so herzliche Einladung auszuschlagen, und sobald die Nonne verschwunden und alles wieder ruhig war, kletterten wir bis auf die Höhe der Gartenmauer hinunter, wo zwischen Gerüst und Mauersims eine Stützplanke verlief, von der aus wir den Sprung wagen konnten – und das taten wir auch ohne Säumen, wenngleich wir statt mit elegantem Schwung eher mit einem bleiernen Plumps im Nachbargarten landeten. Doch unsere entzückenden Bewunderinnen hießen uns sogleich willkommen und zogen uns mit sich auf eine kleine Lichtung im Schutz eines Dickichts, auf der wir vier uns zwar nur mit knapper Not ausstrecken konnten, die dafür aber mit einem dicken, weichen Grasteppich bedeckt war, der unser Bett so bequem machte wie nur irgendeins, in dem ich seither geruht habe. Dort nun paarte sich der Wonnerausch der beiden jungen Damen in so glücklicher Vereinigung mit unserem Verlangen, wie unberührte Menschenkinder (und das waren wir allesamt) es sich nur irgend erträumen können.

Unsere beiden Freundinnen hatten (so ahne ich heute) einander schon in gemeinsamem Spiel Lust gespendet, denn wir spürten nichts von schmerzhaft durchbohrten Jungfernhäutchen, sondern nur atemberaubende Wonnen, die sich rasch in solch schwindelerregende Höhen steigerten, daß zwei Grünschnäbel wie wir, deren Erfahrungen mit dem anderen Geschlecht sich bisher auf die Bewunderung von ferne beschränkt hatten, fast davor erschraken. Da wir so dicht beieinanderlagen, konnten Bill und ich nicht umhin, einer der Freuden des anderen innezuwerden, und unsere Blicke trafen sich immer wieder in ungläubig staunender Freude über unser Glück, während unsere Gefährtinnen uns ein ums andere Mal molken bis aufs Mark – so wenigstens wollte es uns scheinen.

Es war so eng in unserem Versteck, und unsere beiden Schönen gingen vor lauter Angst, ihre Wonnen könnten ein vorzeitiges Ende finden, so ungestüm zu Werke, daß uns wenig Zeit blieb, sie zu bewundern; aus der Nähe sahen wir eigentlich nur hier eine Braue, da eine zarte Ohrmuschel oder, wenn wir sie arg bedrängten, eine seidig glatte, feste Brust. Aber nachdem ich zweimal meinen Nektar vergossen hatte, bestand ich endlich doch darauf, das Schlachtfeld in Augenschein zu nehmen – denn ich hatte zwar meine Schwester oft ohne Kleider gesehen, doch war sie damals noch ein Kind und folglich an jener entscheidenden Stelle nackt wie ein Spatz gewesen. Nun aber dünkte mich das seidige Nest, welches mich eben noch so zärtlich beherbergt hatte, derart bezaubernd geputzt und frisiert, daß es förmlich zu einem erneuten Gefecht einzuladen schien, eine Aufforderung, der ich, jung und frisch und überdies ein Novize in solchen Kämpfen, auch wacker Folge leisten konnte.

Binnen einer halben Stunde hatten wir (oder glaubten es doch zumindest) jede Variante der Lust ausprobiert, die unsere Körper zu bieten hatten – in Wirklichkeit war dem natürlich nicht so, denn

Jugend und Unerfahrenheit verschlossen uns die ausgefalleneren Vergnügungen. Allein, nach dieser halben Stunde lagen wir schweißbenetzt im taufeuchten Gras, und ich glaube gar, wir nickten kurz ein. Dieser Friede währte freilich nicht lange, denn alsbald weckte uns das Rascheln der Büsche ringsum, vor allem aber ein spitzer Zornesschrei. Als wir auffuhren, erblickten wir vor uns zwei schon recht alte, aber gleichwohl kräftige Männer und die Nonne, die wir schon von unserem Ausguck auf dem Gerüst gesehen hatten. Obgleich die Männer durch den Anblick der zwei nackten Mädchen abgelenkt waren und die Nonne durch ihre (wie ich glaube) erste Begegnung mit zwei nackten Männern nicht minder, hinderte dieses momentane Erstaunen das Trio doch nicht daran, uns festzunehmen. Man scheuchte uns unsanft aus dem Gebüsch, ja ließ uns nicht einmal die Zeit, unsere Kleider anzuziehen, sondern trieb uns erbarmungslos über den Rasen aufs Haus zu; erst auf der Hälfte des Weges machten unsere Wächter halt, damit wir in die Hosen schlüpfen konnten, denn die Nonne hatte entdeckt, daß sich ihre Zöglinge hinter den Fenstern drängten und allesamt den ungehinderten Blick auf unsere zwar nun erschöpfte, aber vielleicht immer noch beunruhigende Männlichkeit genossen.

Um es kurz zu machen: Wir verloren unsere Arbeit, wurden mit Schimpf und Schande davongejagt, und vielleicht mußten sogar unsere unschuldigen Kameraden für unseren Vorwitz büßen. Allein, weder Bill noch ich bereuten unseren Streich, und nachdem ich einmal auf den Geschmack gekommen war und die Freuden kennengelernt hatte, die der intime Umgang mit dem anderen Geschlecht zu spenden vermag, war ich durchaus nicht abgeneigt, diesem Vergnügen auch weiterhin zu frönen. Heute schätze ich mich glücklich, daß ich nach einigen Jahren freudloser Gelegenheitsarbeit eines Tages von Ihnen, werte Missis Nelham, beim Baden beobachtet und später dann von Sir Philip in ein Etablissement engagiert wurde, von dem man glauben könnte, es diene einzig dem Zweck, meinem Vergnügen Vorschub zu leisten!»

Nachdem man Harry mit Beifall und Gelächter für seine Geschichte gedankt hatte, sprang er auf die Füße, sauste über den Rasen und durchschnitt mit einem gewaltigen Satz die Luft, ehe er ins Flußbett eintauchte. Als nächsten bat ich George, uns mit den Abenteuern seines Lebens zu unterhalten, die doch gewiß ebenso ungewöhnlich wie interessant seien.

«Vor etwa 25 Jahren», so begann unser schwarzer Freund, «wurde mein Vater vor der afrikanischen Küste von portugiesischen Sklavenhändlern gefangengenommen und auf ein Schiff verschleppt, das ihn in die Neue Welt bringen sollte. Dort wäre er zweifellos elend zugrunde gegangen – denn mein Vater war ein stolzer Mann, der sich niemals der Peitsche eines Herrn gebeugt hätte –, wenn es ihm nicht gelungen wäre, von dem Schiff zu fliehen, als es auf den Kanarischen Inseln anlegte, um Vorräte an Bord zu nehmen. Hier bat mein Vater den Kapitän eines britischen Handelsschiffs, das in der Nähe vertäut lag, um Hilfe. Der Kapitän hätte ihn womöglich fortgejagt, aber zum Glück war der Eigentümer an Bord – ein christlich gesinnter, barmherziger Kaufmann, der meinen Vater nach England brachte und in sein Haus aufnahm. Dort diente mein Vater nun, und hier lernte er auch meine Mutter kennen, die er nach angemessener Frist heiratete. Sie stammte aus Westindien und war im Jahr zuvor von eben dem Kaufmann nach England gebracht worden, wo er sie im christlichen Glauben unterweisen ließ.

Meine Eltern waren sehr zufrieden mit ihrer Stellung, und als ich geboren wurde, war ihr Glück vollkommen, denn ihr Herr nahm sich auch meiner an, und als ich zehn Jahre alt geworden war und alles gelernt hatte, was seine Wirtschafterin mir beibringen konnte, da schickte er mich in eine Schule auf dem Land. Doch ich fühlte mich nicht wohl dort, denn alle hänselten mich wegen meiner Hautfarbe und haßten mich, weil ich nicht so war wie sie. Ja, sie trieben es so arg, daß ich es schließlich nicht mehr aushalten konnte und davonlief.

Ich wußte freilich nicht, wohin ich mich wenden sollte, denn zu meinen Eltern konnte ich nicht zurück: Sie wären entsetzt gewesen über meine Undankbarkeit ihrem Herrn gegenüber und hätten darauf bestanden, daß ich in die Schule zurückkehrte; das aber hätte ich nicht ertragen. Also schlief ich mehrere Nächte unter Hecken und Büschen, und als der Hunger mich endlich an ein Pförtnerhaus trieb, wo ich um eine Brotkruste bettelte, da entdeckte mich die Dame des Gutes, die eben in ihrer Kutsche vorbeifuhr. Sie hielt an, hieß mich einsteigen und erkundigte sich, wer ich sei. Leider muß ich gestehen, daß ich ihr eine Lügengeschichte auftischte: wie ich einem grausamen Herrn ausgerissen sei, der mich für den Sklavenhandel bestimmt hatte – ich hatte meinen Vater oft genug sein Schicksal erzählen hören, um einer solchen Erfindung Glaubwürdigkeit verleihen zu können. Und mein sicheres Auftreten (das ich mir angeeignet hatte, um mich gegen die Gehässigkeiten meiner Schulkameraden zu behaupten) sowie mein fehlerloses Englisch (für das ich meinem Herrn Dank schulde) beeindruckten die Gnädigste so, daß sie mich aufforderte, in ihre Dienste zu treten – was ich auch tat.

Meine Pflichten waren nicht beschwerlich; in Seide und Samt gekleidet und mit einer weißen Perücke auf dem Kopf hatte ich keine andere Aufgabe, als die Räume des Herrenhauses zu schmücken, in dem Missis Damerel weilte, sie zu bedienen und ihre Freunde und Bekannten mit meiner Gegenwart zu beeindrucken, was wirklich nicht viel Geisteskraft verlangte. Die anderen Dienstboten waren zum Glück recht nett zu mir, und ich hatte bald das Gefühl, ich müsse wohl zum Hausbediensteten berufen sein.

Mein Pech begann vier Jahre später, als meine Herrin eine gewisse Lady Curd zu Gast lud. Mir kam die Dame reichlich alt vor – wenngleich sie in Wirklichkeit wohl erst Anfang Vierzig war –, und sie machte jedenfalls kein Hehl aus ihrer wollüstigen Natur. Ihr Gatte war weit älter als sie und nicht mehr geneigt, ihr zu Diensten zu sein, und da Mylady nicht reich genug war, um sich ihre Liebhaber kaufen zu können, trieb ihr Verlangen sie in arge Verzweiflung.

Sie war noch keine fünf Minuten im Haus, da hatte sie schon ein Auge auf mich geworfen und wohl auch erkannt, daß sich unter meinen Breeches etwas verbarg, das ganz nach ihrem Geschmack war. Ich sollte hier vielleicht anmerken, daß auch meiner Herrin meine rasche körperliche Entwicklung nicht verborgen geblieben war; ja, erst einige Tage zuvor hatte sie bemerkt, meine Breeches schienen mir nicht mehr zu passen und ich müßte wohl neue Kleider bekommen. Die Wahrheit ist, daß meine Männlichkeit bereits stärker ausgebildet war als alles, was ein weißer Page wohl je zu verbergen hat, ja, ich sah mich gezwungen, mein Glied beim Gehen zwischen die Beine zu klemmen, und versuchte überdies, es durch einen leicht gebückten Gang zu kaschieren, womit ich freilich erst recht die Aufmerksamkeit auf jene unziemliche Schwellung lenkte, die sich einfach nicht erfolgreich verdecken ließ.

Lady Curd bat sich von meiner Herrin meine Dienste aus, und Missis Damerel – ein durch und durch naives Geschöpf – erhob keine Einwände, sondern hieß mich, ihrer Freundin behilflich zu sein, die mich denn auch sogleich in ihre Zimmer führte. Meine erste Aufgabe war, vorgewärmte Tücher für ihr Bad herbeizuschaffen, die ich aus der Küche holte, wo immer ein ganzer Stapel nahe dem

Feuer bereitlag. Bei der Rückkehr in Lady Curds Schlafgemach fand ich meine neue Herrin bereits in der Sitzbadewanne und sah mich mithin zum erstenmal im Leben mit dem Anblick eines unverhüllten weiblichen Körpers konfrontiert. Da ich nie auch nur ein Bild davon gesehen hatte, geschweige denn einen leibhaftigen aus Fleisch und Blut, nahm ich keinen Anstoß an den Falten am Hals, den schlaffen Brüsten oder den ausladenden Hüften, sondern spürte nur, wie meine Breeches sich spannten, um ein neugierig sich rekkendes Etwas im Zaum zu halten, das mich zu noch krampfhafteren Verrenkungen zwang als sonst.

‹George, die Handtücher!› rief Lady Curd. ‹Doch, nein! Warte, deine schöne Livree könnte naß werden! Besser, du ziehst sie zuerst aus.›

Die Dreistigkeit dieses Befehls entsetzte mich nicht allzu sehr, denn ich war an unbedingten Gehorsam gewöhnt. Ich gehorchte also und trug, nur mit meinem Hemd bekleidet (das, obgleich ich mich ordentlich zusammenkrümmte, zu kurz war, um mein Zepter zu verdecken), die Handtücher zur Wanne. Doch die Lady stand auf und befahl mir, sie abzutrocknen, was mir auch ohne Mühe gelang, da ich damals schon fast meine jetzige Größe erreicht hatte.

Ich konnte nicht umhin, zu bemerken, wie angenehm ihr die Berührung war, wunderte mich aber dennoch, als die Lady, nachdem sie – auf meine Schulter gestützt – aus dem Bad gestiegen war, die Handtücher fallen ließ und ihren Körper an den meinen preßte, wobei ihr vor Erstaunen der Atem stockte, sobald sie die Hand zwischen meine Beine schob.

Die Ursache ihrer Überraschung ahnte ich zwar damals nicht, doch auf Grund meiner späteren Erfahrungen nehme ich an, daß sie sich wie alle weißen Frauen über das Ausmaß meines Gliedes verwunderte, und ihr werdet mich für keinen Prahlhans halten, wenn ich behaupte, daß es wirklich schon damals sehr viel größer ist als bei hellhäutigen Männern normalerweise üblich. Die Berührung schien Lady Curd zu beleben, und indem sie mir das Hemd herunterriß, hielt sie meine Arme fest umklammert und zerrte mich zum Bett, wo sie mich auf den Rücken warf, bestieg und zu meiner Verwunderung meinen Schwanz in die Hand nahm und in eine Öffnung ihres eigenen Körpers einführte!

Da ich rein gar nichts über die Beschaffenheit des weiblichen Körpers wußte, hatte ich auch keine Ahnung, wie der Liebesakt vonstatten geht – ja, ich wußte nicht einmal, daß ein solcher Akt zwischen Mann und Frau möglich war, auch wenn ich von den anderen Dienstboten gelegentlich Andeutungen aufgeschnappt und die natürliche Anziehungskraft gespürt hatte, die den Jüngling zu seinem weiblichen Pendant treibt.

Jedem, der glaubt, ein Fünfzehnjähriger müsse sich von einer Frau abgestoßen fühlen, die vielleicht 30 Jahre älter ist als er, muß ich widersprechen. Zweifellos hätte ich einen anderen Eindruck gewonnen, wenn ein Mädchen meines Alters mich in die Freuden des Bettes eingeweiht hätte. Aber so, wie die Dinge nun einmal lagen, war ich überaus entzückt von dem, was mit mir geschah, und die Unersättlichkeit meiner neuen Herrin führte dazu, daß ich binnen weniger Tage fast jede Variante der Fleischeslust in Erfahrung brachte – denn sie erkannte rasch, daß sie in mir einen gelehrigen Schüler gefunden hatte, und zeigte mir auf der Suche nach eigener Befriedigung bereitwillig, wie Hände, Lippen und Zunge jene Wonnen vorbereiten, erhöhen und vollenden können, die ein kräftiger Schwanz verspricht.

Bei ihrer Abreise schenkte Lady Curd mir einen Beutel mit 5 Guineen und forderte mich auf, in ihre Dienste zu wechseln, wann immer es mir beliebte – ein Vorschlag, an dem ich, da sie im unwirtlich kalten Northumberland lebte, freilich keinen Gefallen fand. Doch ich bedauerte es, daß sie fort war und ich nun zu meinen früheren Pflichten zurückkehren mußte, denn meine Herrin, der Unschuldsengel, hatte keine Ahnung, warum ihre Freundin solchen Gefallen an meiner Gesellschaft gefunden und mich so überschwenglich gelobt hatte.

Binnen einer Woche war ich der Verzweiflung nahe, denn ich war nun an zwei oder drei Schnallenritte pro Tag gewöhnt und hatte wenig Neigung, im Dienstbotenquartier Befriedigung zu suchen, nachdem ich mich einmal so an saubere Wäsche und feine Parfums gewöhnt hatte, daß Schweiß und Schlimmeres, wonach die Küchenmädchen rochen, mir zuwider waren.

Schließlich wußte ich mir nicht mehr zu helfen und griff in meiner Verzweiflung zum äußersten, indem ich mit einem Messer den Saum meiner Breeches lockerte, ehe ich frühmorgens zu meiner Herrin hinunterging, um ihr aufzuwarten, während sie sich für den Tag herrichtete. Als ich erwachte hatte wie gewöhnlich auch mein Freund, nach Beschäftigung lechzend, den Kopf erhoben, und es hatte mich etliche Mühe gekostet, ihn so weit zu beruhigen, daß er seinen Platz in meiner Hose einnahm, ohne gleich hervorzuplatzen.

Meine Herrin, die damals erst siebenundzwanzig oder womöglich noch jünger war, saß in ihrem Negligé am Toilettentisch und war so reizend anzuschauen, daß meine Einbildungskraft, die mir vorgaukelte, was wir miteinander treiben könnten, genügte, um meinen Schwanz erneut zu solcher Begeisterung anzustacheln, daß er, als sie eben nach dem Flakon greifen wollte, den ich ihr reichte, sein Gefängnis sprengte und den Kopf zwischen den Säumen meiner Breeches hervorstreckte!

Das Parfumfläschchen fiel unbemerkt zu Boden, so erstarrt war meine Herrin von dem Anblick, der sich ihr bot. Was sie da sah, stand außer Frage: So ahnungslos war sie nun auch wieder nicht! Aber die Größe meines Apparats war auch für sie eine Überraschung, wenngleich keine unangenehme.

Die Wirkung erfüllte meine kühnsten Erwartungen. Der Gatte meiner Herrin war, soviel ich weiß, ein sehr einflußreicher Politiker, aber die Staatsgeschäfte nahmen ihn sehr in Anspruch, und wenn er auch jung, hübsch und vital war, so weilte er doch oft fern von daheim – wie auch diesmal, so daß meine Herrin sich nicht weniger nach einem Liebesgefecht sehnte als ich.

‹Was denn, George›, wisperte sie, ‹ist etwa das die Erklärung für Lady Curds Interesse an dir?›

‹Ich glaube schon, Ma'am›, antwortete ich. ‹Sie werden mir verzeihen, aber in dieser letzten Woche mußte ich meine Breeches so oft an- und ausziehen, daß sie davon wohl ganz fadenscheinig geworden sind...›

Darüber lachte sie, erhob sich sodann und meinte, da meine Breeches mir nun nicht mehr viel nützen könnten, müßten wir wohl andere Kleider für mich finden; und in der Zwischenzeit wäre es vielleicht ratsam, daß ich dieses anstößige Gewand ganz auszöge.

Der Körper meiner Herrin, der jünger und schöner geformt war als der von Lady Curd, steigerte und verschärfte meinen Appetit auf weibliche Schönheit, und sie war erstaunt über mein Verständnis für das, was einer Dame Lust bereitet. Dennoch war es, wie auch bei anderen Frauen, die Größe meines Gliedes, welche ihr die meiste Verwunderung und das größte Vergnügen entlockte. Ein Umstand, der, wenn ich das sagen darf, mit der Zeit ein bißchen ermüdend wird, denn die Damen, die die Güte haben, mich in ihr Bett einzuladen, scheinen das nur um dieses Naturwunders willen zu tun, während es doch auch andere Finessen gibt, für die ich begabt bin. Allein, ich beklage mich nicht, ebensowenig wie damals Missis Damerel, die nach diesem Vorfall ihre Zofe entließ und befahl, hinfort solle ich ihr die Morgenschokolade bringen – welche oft auf dem Nachttisch kalt wurde, während wir uns zwischen den Laken wärmten.

Kurze Zeit darauf aber wurde der Gatte meiner Herrin zum Generalgouverneur einer unserer entlegenen Kolonien ernannt, und ich verlor meine Stellung. Bei einem der Diners, mit denen meine Herrin und ihr Gatte sich von ihren Freunden verabschiedeten, waren auch Sir Philip Jocelind und sein verstorbener Onkel zu Gast. Wie Sir Philip herausfand, welchen Platz ich im Herzen meiner Herrin einnahm, das müssen Sie ihn schon selbst fragen, aber er suchte meine Bekanntschaft und berichtete mir von Ihrem Etablissement, und ich ließ mich nur zu gern dafür anwerben – denn um ehrlich zu sein: der Triumph, meinen Lebensunterhalt mit der Ausübung eines Aktes zu verdienen, der mir mindestens ebensoviel Vergnügen bereitet wie jedem anderen männlichen Wesen, ist schöner, als ich es mir je erträumt hätte.»

Als nächster war, nach allgemeiner Übereinkunft, William an der Reihe, uns seine Geschichte zu erzählen, denn, so sagte Harry (der nun wieder bei uns lag und von dessen Körper zarte Dunstschleier aufstiegen, während die Sonne ihn nach seinem Bad trocknete), William sei immer besonders verschwiegen gewesen und niemand im Haus wisse etwas über sein Vorleben.

«Dies», so erklärte William, «liegt daran, daß meine Familie über einiges Ansehen gebietet und euch allen wohlbekannt sein dürfte. Ihr wißt, daß ich mich Langrish nenne, aber das ist nicht mein richtiger Name. Den möchte ich euch auch weiterhin verschweigen, was ihr gewiß verstehen und mir verzeihen werdet, wenn ihr meine Geschichte erst einmal zu Ende gehört habt – oder vielmehr gleich zu Beginn, denn ich muß euch sagen, daß ich nicht nur auf dem Boden einer der ehrwürdigsten Kathedralen dieses Landes aufgewachsen bin, sondern überdies als Sohn des Dekans eines der bekanntesten Gotteshäuser Englands zur Welt kam.

Mein Vater», fuhr er fort, «war ein Mann von einigem Ruf in kirchlichen Kreisen, und er heiratete eine Dame, deren Schönheit und Geist ihrem Salon alle Ehre machten. Ich war das jüngste von sieben Kindern, aber zwischen mir und meinem nächstälteren Bruder Ned klafften sieben Jahre, so daß, als ich fünfzehn war, bereits all meine Geschwister aus dem einen oder anderen Grund das Elternhaus verlassen hatten: Zwei Brüder waren zur Marine gegangen und der dritte hatte sich als Hilfsgeistlicher in einer weit entfernten Gemeinde niedergelassen, während meine drei Schwestern unterdessen alle verheiratet waren. Meine Mutter war jetzt über vierzig und mein Vater gar schon fast fünfzig, und so schienen sie mir, wenngleich sie mich zärtlich liebten, doch uralt, und ich suchte mir meine Freunde unter den jüngeren Mitgliedern ihres Haushalts, nämlich den Küchenjungen und Dienstmädchen. Und da mein Vater sich zu dem Gebot bekennt, wonach alle Menschen gleich sind, erlaubte man mir auch große Freiheit im Umgang mit den Dienstboten, ja behandelte sie wie meine Brüder und Schwestern.

Jeder meiner Launen wurde nachgegeben, und so durfte ich denn auch mit allen möglichen Jungen und Mädchen meines Alters zusammenkommen und wuchs folglich in größter Freizügigkeit heran. Trotzdem lernte ich durch gutes Beispiel und treffliche Lehrmeister Freundlichkeit und Anstand zusammen mit vornehmem Betragen als die natürlichen Begleiter eines angenehmen und gottgefälligen Lebens zu betrachten. Ich war (auch wenn es aus meinem Mund kommt, dürfen Sie mir getrost glauben) ein gutaussehender Jüngling, und meine schmucke Erscheinung machte mich, im Verein mit einem freundlichen und offenen Wesen, zum Liebling aller – vielleicht ganz besonders, wenn ich als Mitglied des Domchors auf der Empore stand, wo mein frommes Antlitz, wie man mir versicherte, wahrhaft engelsgleich wirkte. Es fiel mir schwer, den Blicken und geflüsterten Komplimenten der weiblichen Gemeindemitglieder zu widerstehen; anfangs waren es jene älteren Damen, denen es Freude machte, mir nach dem Gottesdienst Süßigkeiten oder gar Geld zuzustecken, aber später erregte ich auch die Aufmerksamkeit der jungen Fräuleins, die mir im Alter näherstanden und zu denen ich mich auf unerklärliche Art hingezogen fühlte.

Weder mein Vater geschweige denn meine Mutter erteilten mir Verhaltensmaßregeln für den Umgang mit dem anderen Geschlecht; diese Aufgabe überließen sie meinen Tutoren, von denen einer, der erheblich jünger war als seine Kollegen, mir aufs anschaulichste jenen Akt beschrieb, in dem Mann und Frau ihr höchstes Vergnügen finden. Zufällig betrat aber einer der alten, vertrauten Diener meines Vaters just in dem Augenblick das Schulzimmer, als mein Tutor seine Unterwäsche heruntergelassen hatte, um mir zu zeigen, welche Ausmaße meine Geschlechtsteile annehmen würden, sobald ich die Pubertät erreichte, und mich zu überreden versuchte, es ihm, um des Vergleichs willen, nachzumachen – ein Ansinnen, das mir widerstrebte, wenngleich ich keinen triftigen Grund dafür hätte angeben können. Der junge Tutor verließ am nächsten Morgen das Haus und wurde durch einen älteren Mann ersetzt.

Die Erkenntnis, daß ich die körperliche Reife erreicht hatte, kam mir an einem schwülen Sommernachmittag, als ich in einem Wäldchen unweit von zu Hause beschloß, mich durch ein Bad im Fluß abzukühlen, und zu diesem Zweck meine Kleider ablegte, ehe ich ins frische Naß eintauchte. Nachdem ich mich vielleicht zehn Minuten lang in den Fluten erquickt hatte, kletterte ich ans Ufer und legte mich auf einem sonnigen Rasenflecken zwischen den Bäumen nieder, wo ich alsbald einschlummerte – als ich einige Zeit später erwachte, da entdeckte ich, daß ich nicht allein war.

Unweit von mir saßen zwei Schwestern, etwa in meinem Alter, die ich schon oft in der Kathedrale gesehen hatte. Beim Gottesdienst zwang die Gegenwart ihrer Mama sie natürlich zu äußerster Diskretion, aber ich hatte doch schon des öfteren bemerkt, wie sie manch einen verstohlenen Blick in meine Richtung sandten, und wenn ihre Mama und die meine nach der Kirche einen höflichen Gruß wechselten, machte ich den beiden einen artigen Diener und zögerte auch nicht, ihnen hin und wieder zuzulächeln.

Diesmal aber wirkten sie ungemein ernsthaft – was auch nur zu verständlich war, denn der junge Mann, den sie auf ihrem Spaziergang durch den Wald plötzlich zu ihren Füßen liegend fanden, unterschied sich doch sehr von dem Jüngling in der knöchellangen schwarzen Soutane oder in seinem besten Sonntagsanzug. Ich hatte nicht daran gedacht, mich zu bedecken, und im Schlaf war mein Liebesquell mächtig angeschwollen, was freilich nur für junge Damen überraschend sein konnte, die nicht einmal einen Bruder hatten, dessen Körper sie hätte lehren können, was von einem Mann zu erwarten sei.

Durch die gesenkten Augenlider sah ich, wie sie sich als dunkle Silhouetten gegen den hellen Himmel abhoben. Sie hielten einander umschlungen und reckten mächtig die Hälse, um jene verblüffende Erscheinung näher begutachten zu können; endlich schlichen sie auf Zehenspitzen dicht an mich heran, um das fremdartige Phänomen aus nächster Nähe zu erforschen. Ich lag ganz still, ja, zuckte mit keinem Muskel, um sie noch immer näher heranzulocken, so daß sie am Ende direkt neben mir knieten, überzeugt, ich läge in tiefem Schlaf, und sich niederbeugten, bis die goldenen Locken der einen meinen Bauch streiften – worauf sich meine Muskeln unwillkürlich anspannten und mein Schwanz zu zucken begann, was die beiden zugleich erschreckte und zum Kichern brachte.

Unterdessen hatte ich, neugierig auf ihre Reaktion, und da ich sah, daß sie ganz vertieft in ihr Forschen und Schauen waren, die Augen geöffnet. Doch als sie sich jetzt bewegten, da trafen sich unsere Blicke, und sie sprangen hastig auf die Füße.

‹Aber Miss Priscilla, Miss Louise›, rief ich, ‹so haben Sie doch keine Angst, ich bitte Sie!›

Sie blieben stumm, ergriffen aber wenigstens nicht die Flucht; ich stützte mich auf den Ellbogen und drehte mich so, daß ich, um ihnen die Furcht zu nehmen, meine Lenden mit der Hand bedecken konnte – oder zumindest so tun konnte als ob, was sie auch wirklich zu beruhigen schien.

‹Wollen Sie sich nicht auch ein Weilchen in die Sonne setzen?› fragte ich, und nach einigem Zögern kamen sie meiner Bitte in der Tat nach und ließen sich in einiger Entfernung von mir nieder.

‹Für die Jahreszeit ist es schon erstaunlich warm›, sagte Miss Louise, die vielleicht die keckere von beiden war. ‹Mir jedenfalls›, fuhr sie fort, ‹macht die Hitze recht zu schaffen!› Und sie fing an, sich mit der Hand Kühlung zuzufächeln.

‹Ja, wirklich›, stimmte ihr die Schwester bei, ‹diese Hitze macht einen ganz schwach.›

‹Darum habe ich vorhin im Fluß ein Bad genommen›, sagte ich. ‹Das hat mich herrlich erfrischt. Ich würde Ihnen ja vorschlagen, es mir nachzumachen …›

‹Aber wir können nicht schwimmen›, wandte die Ältere ein, ‹obschon Mama uns letzten Sommer in Margate erlaubt hat, uns im Meer zu tummeln.›

‹Ach, das macht nichts›, versicherte ich, ‹in Ufernähe ist das Wasser ganz seicht, und ich bin ja in der Nähe und werde schon darauf achten, daß Ihnen nichts geschieht.›

Kurz und gut, sie willigten ein, und nachdem sie am Meer gesehen hatten, wie Damen und Herren splitternackt zusammen badeten – wenn auch gewiß auf größere Entfernung voneinander, als sie gegenwärtig zwischen uns bestand –, zogen sie sich ohne weitere Umstände hinter einen Busch zurück, über dessen Äste im nächsten Augenblick schon ihre Kleider flogen, und dann sah ich zwei bleiche Gestalten mit unterdrücktem Kreischen ins Wasser gleiten. Ich hatte natürlich das Gefühl, ich müsse mein Wort halten und die jungen Damen vor möglichen Gefahren schützen, weshalb ich mich denn nach kurzem Zögern zu ihnen gesellte; die erfrischende Kühle des Wassers ließ mein Werkzeug alsbald auf ein Maß schrumpfen, das selbst die zaghafteste Lady nicht länger hätte schrecken können.

Während ich um sie herumschwamm, begnügten die Mädchen sich damit, bis zu den Schultern unterzutauchen und Wasser zu treten – hin und wieder freilich erhaschte ich, dank ihrer übermütigen Hopser, einen Blick auf eine rosenknospige Brust, was mich nicht wenig faszinierte.

‹Master William›, sagte Priscilla endlich, ‹könnten Sie uns nicht das Schwimmen lehren? Ich sehe, wie Sie die Arme bewegen, aber wenn ich's nachzumachen versuche…› Und indem sie probierte, sich rudernd über Wasser zu halten, tauchte ihr Kopf auch schon unter, doch gleich darauf kam sie prustend wieder hoch.

‹Gewiß könnte ich das, Miss Priscilla›, erwiderte ich, ‹wenn Sie erlauben, daß ich Sie stütze.› Und damit postierte ich mich dicht hinter ihr und schob meine Arme unter die ihren, so daß sie sich zurücklegen und treiben lassen konnte. Als ich nun meine Beine vom Grund abstieß und rückwärts schwamm, da schmiegte sie sich gar reizend an meinen nackten Körper und meine Hände lagen unversehens auf ihren bloßen Brüsten (denn es war unmöglich, sie anderswo zu placieren). Was ihr mehr Lust bereitete, das Gefühl, schwerelos dahinzugleiten, oder die erste Umarmung eines Mannes, wage ich nicht zu entscheiden.

Unterdessen verlangte Miss Louise lautstark, nun aber sei sie an der Reihe, und da ich ihrem Wunsch durchaus nicht abgeneigt war, entschuldigte ich mich bei ihrer Schwester und stützte nun Louise. Mittlerweile war ich so weit Herr der Lage, daß ich über ihre Schulter spähen und der Länge nach ihren Körper betrachten konnte, den das munter fließende Wasser kaum verhüllte; ja, über Brust und Hüften teilten sich die freundlichen Wellen und entdeckten mir zwischen ihren Beinen zarte Strähnen, die (wären wir im Meer gewesen) lichtes Seegras hätten sein können. Miss Priscilla war ihrerseits so in meinen Anblick vertieft, daß sie ihre Nacktheit ganz vergaß und sich im Wasser aufrichtete, das ihr jetzt nur mehr bis an die Hüften reichte. Glitzernde Tropfen rannen von ihren Schultern über die entzückenden Brüste, die ich nun zum erstenmal ungehindert in Augenschein nehmen konnte. Dieser Anblick und das erregende

Gefühl, ihre Schwester in meinen Armen zu halten, belebten meinen Liebesquell wieder zu voller Kraft – was Louise nicht entgehen konnte, da er sich mit Macht gegen ihren Rücken preßte. Im nächsten Moment griff sie denn auch hinter sich, um sich mit der Hand der Gegenwart dieses geheimnisvollen Etwas zu vergewissern, dessen Form und Größe sie mehr verwirrt hätte, wäre sie seiner nicht schon ansichtig geworden, als ich noch in tiefem Schlaf lag.

‹Mich fröstelt ein wenig›, sagte sie, ‹wollen wir uns nicht wieder in die Sonne legen?› Damit nahm sie mich bei der Hand und führte mich ans Ufer, das wir nun alle drei erklommen – ich für mein Teil, so muß ich gestehen, einigermaßen beschämt, da es mir kaum gelang, meinen wiederum aufgerichteten Schwanz vor ihnen zu verbergen. Auch war der Versuch ganz umsonst, denn beide Mädchen waren entschlossen, nähere Bekanntschaft mit diesem faszinierenden Körperteil zu machen. So drückten sie mich denn, ein williges Opfer, zu Boden, während sie sich über mich beugten, um das Phänomen aus nächster Nähe zu inspizieren.

‹Tut es nicht weh, wenn Sie's in Ihre Hose einzwängen müssen?› fragten sie. Und als ich erklärte, daß es nicht immer so groß sei, verwunderten sie sich gar sehr darüber und wollten wissen, warum es denn gerade jetzt solch gewaltige Ausmaße angenommen habe.

‹Das kommt daher, daß es Ihrer Schönheit Tribut zollt›, antwortete ich, was herzliches Gelächter hervorrief und zu der weiteren Frage Anlaß gab, ob dies in Gegenwart einer Dame immer der Fall sei, worauf ich erwiderte: Nur, wenn die Damen so hübsch seien wie sie, und das lockte ein holdes Erröten auf ihre Wangen. Sie können sich wohl denken, daß ich während dieses Wortwechsels nicht abgeneigt war, meine Augen so gut es ging an ihrer Anatomie zu weiden, wobei sich die Schilderungen meines früheren Tutors von der Beschaffenheit des weiblichen Körpers aufs schönste bestätigten.

‹Oh, sieh doch nur!› rief Miss Priscilla, deren kühle Finger sich an mir zu schaffen machten, ihrer Schwester zu. «Er weint! Warum weint er denn bloß?›

Mit einer Geistesgegenwart, die, denke ich, für meine Jahre außergewöhnlich war, antwortete ich, daß er nähere Bekanntschaft mit den jungen Damen zu machen wünsche. Und als sie fragten, wie das zu bewerkstelligen sei, da wir doch schon so nahe beieinander säßen, wie eine höfliche Unterhaltung es nur erfordern könne, erklärte ich, daß der Zweck, zu dem wir so unterschiedlich beschaffen seien, nur demonstriert werden könne, wenn wir einander umarmten, was sie offensichtlich nur zu gern versucht hätten, während sie sich gleichzeitig alle Mühe gaben, mir Widerstreben vorzugaukeln. Und nun wetteiferten sie mit Ausrufen wie: ‹Probier du's zuerst!› und: ‹Nein, du bist die Ältere!› und so fort, bis ich – im Vertrauen auf meine Kräfte – vorschlug, daß ich es ihnen beiden zeigen wolle und daß Miss Priscilla als der Älteren vielleicht als erster das Recht auf meine Gunst gebühre.

Auf der Zeichnung, mit der mein Tutor weiland seine Lektion der Liebe illustriert hatte, war nur die einfachste aller Positionen des Geschlechtsverkehrs dargestellt, und so bat ich denn Miss Priscilla, sich auf den Rücken zu legen – worauf sie sich gleich folgsam umdrehte – und ihre Beine zu spreizen, was sie mit größter Unbefangenheit tat, weil man ihr vermutlich nie gesagt hatte, daß dies unschicklich sei (denn ich bin sicher, daß weder ihre Mama noch ihre Gouvernanten dieses Thema je mit den Schwestern erörtert hatten). Dann kniete ich mich zwischen ihre Schenkel und führte, indem ich mich auf sie niederließ, die Spitze meines Gemächtes an ihre Schamlippen, was, nach ihren raschen Atemstößen zu urteilen, ihr nicht weniger Lust bereitete als mir, und gleich darauf schlang sie die Arme um mich und preßte mich so fest an sich, daß ich ohne weitere Anstrengung in den Hafen glitt und mit dem uns angeborenen Instinkt ein ums andere Mal zustieß. Dann aber wurde das Gefühl, das mich durchpulste, so übermächtig, daß ich förmlich meine Seele aushauchte – was Priscilla über die Maßen enttäuschte, denn als sie es mir nachmachte und die Hüften emporstieß, fand sie bei mir nur noch ein schwindendes Echo.

‹Ich habe nicht den Eindruck, daß mir dieses Spiel sonderlichen Spaß bietet›, bemerkte sie einigermaßen verstimmt, als ich mich von ihr erhob. ‹Wenn ich du wäre, Louise, würde ich mir gar nicht erst die Mühe machen!› Allein, ihre Schwester war entschlossen, ihre eigenen Erfahrungen zu sammeln, und dank der unverwüstlichen Spannkraft der Jugend entdeckte ich alsbald, daß ihre erregt tastenden, tolpatschigen Versuche, mich wiederzubeleben, in kürzester Zeit von Erfolg gekrönt waren. Und beim zweiten Anlauf konnte ich mich so lange zurückhalten, bis Louise mit einem Schrei, der laut genug war, um die Vögel in den Bäumen aufzuscheuchen, ihre Nägel in mein Hinterteil grub und ihren Leib in solch ekstatischem Krampf aufbäumte, daß ich mich unter ihr wegrollte aus Angst, ich hätte ihr weh getan.

‹Wie konntest du nur sagen, es sei nichts?› fragte sie ihre Schwester. ‹Also, das war das Köstlichste, das Wunderbarste, das Höchste...› Aber hier versagten ihr die Worte, freilich nicht, ehe sie Priscilla ermuntert hatte, sich einen zweiten Gang zu wünschen. Diesmal mußten beide Schwestern einige Zeit darauf verwenden, meine Säfte aufs neue zu beleben, doch ihre Anstrengungen stachelten ihr Verlangen nur um so heftiger an, so daß die Jüngere, als ich wieder imstande war, die Ältere zu besteigen, meine Hand zwischen ihre Schenkel schieben mußte, um sich sogleich Erleichterung zu verschaffen. Und auf diese Weise befriedigte ich sie beide – was recht gut war, denn ich bezweifle, daß ich selbst in dem Alter in der Lage gewesen wäre, ein viertes Mal binnen so kurzer Zeit meine Männlichkeit zu beweisen.

Es versteht sich wohl von selbst, daß wir uns in diesem Sommer noch viele Male trafen und im unbefangenen Spiel zahllose Annehmlichkeiten und Kniffe entdeckten, die hoffentlich später ihren Ehemännern (wenngleich sie davon überrascht sein mochten) ebenso zum Vorteil gereichten wie mir in jenen Liebesabenteuern, die ich fürderhin zu bestehen hatte. Und just zu der Zeit, da ich anfing zu glauben, ich würde dem langgehegten Wunsch meines Vaters nachkommen müssen und ihm in seinem geistlichen Amt folgen, machte ich an der Universität Cambridge die Bekanntschaft von Sir Philip, der seiner alten Alma mater einen Besuch abstattete und mich bald darauf mit Ihnen, verehrte Missis Nelham, zusammenführte, der ich mein jetziges Leben verdanke.»

Unterdessen hatte die Sonne sich dem Abend zugeneigt, und es wurde Zeit, uns anzukleiden und zum Haus zurückzukehren, wo wir uns wiederum bei Speis und Trank zusammenfanden. Und es war ein Vergnügen, für diesmal in trauter Gesellschaft verweilen zu dürfen, ohne darauf gefaßt zu sein, daß jeden Moment die Glocke ertönen und den einen oder anderen zu anstrengender, wenngleich auch ergötzlicher Demonstration seiner männlichen Kräfte abberufen würde.

15. KAPITEL

Andys Abenteuer

Obgleich zwei Wochen ins Land gingen, ohne daß jene Gentlemen, die uns so gefährlich bedroht hatten, wieder von sich hören ließen, beschäftigte der Vorfall uns doch fast ständig. Bei einem seiner Besuche zogen wir Sir Philip Jocelind zu Rate, denn er beehrte uns von Zeit zu Zeit. Obwohl er jedes unserer Mädchen irgendwann einmal engagiert hatte, schien er in jüngster Zeit aus irgendeinem uns unbekannten Grund nicht mehr gewillt, unser Haus zu dem Zweck zu nutzen, für den es gedacht war, sondern begnügte sich lieber damit, einen Abend lang mit Frank und mir bei einem Glas Wein zusammenzusitzen.

Als er von dem Überfall auf die Mädchen hörte, verdüsterte sich seine Miene, und er war mit Aspasia der Meinung, daß höchstwahrscheinlich Carlo Gaskill hinter dem Anschlag stecke. «Das ist ein Mann, der in den dunklen Winkeln von London nicht wenig Einfluß besitzt», sagte er, «aber ich weiß jemanden, den ich in dieser Angelegenheit konsultieren könnte; überlaßt das nur mir.» Und damit gab er dem Gespräch eine andere Wendung und verwunderte sich insbesondere über den seltsamen Zufall, daß ihm eines Abends in der Halle kein anderer als Viscount Chichley begegnet sei, der eine Zeitlang ein Vertrauter unserer Schwester Sophie gewesen war.

«Ich fand es merkwürdig, ihn hier zu treffen», sagte Philip, «denn er hat erst kürzlich eine Dame von makelloser Schönheit und Bildung geheiratet, die, wie mich dünke, die Zierde jedes Eheherrn sein müßte. Und daß er nun binnen weniger Wochen hierher kommt und Xanthe oder Rose zu Bett führt – womit ich nicht in Abrede stellen will, daß freilich jedes einzelne eurer Mädchen ein wahres Kompendium der Lust ist, was zu erproben ich ja selbst das Vergnügen hatte. Aber falls ich mich vermählen sollte, so möchte ich doch hoffen, daß wenigstens ein oder zwei Monate vergehen würden, bevor ich mich in ein anderes Bett verirrte, und Chichley ist schließlich noch sehr jung und hat sich den Appetit gewiß noch nicht durch allzu vertrauten Umgang mit dem Laster verdorben. Fürwahr, es ist merkwürdig, aber wir Männer sind nun einmal seltsame Geschöpfe, wenn's um die Liebe geht» – eine Feststellung, die Frank mit einem tiefempfundenen «Amen» besiegelte, denn, so setzte er hinzu, was sollte wohl aus uns werden, wenn Liebhaber nicht zur Untreue neigten und Ehemänner nicht gern fremdgingen?

Für mich war es jedesmal ein Vergnügen, mich mit Chichley unterhalten zu können, und nachdem wir eines Abends den ungeheuren Unterschied zwischen der Londoner Gesellschaft und jener selbst der fortschrittlichsten unter unseren Provinzstädten besprochen hatten, verschaffte er mir höchst großzügig eine Einladung zum Diner beim Lord Mayor, dem Oberbürgermeister von London, der regelmäßig Audienzen für die prominenteren Kauf- und Geschäftsleute abhielt. «Zu denen man auch Sie zählen muß, mein lieber Mr. Archer», sagte Chichley, «wenn Sie vielleicht auch den Charakter Ihres Geschäfts in dieser Runde nicht unbedingt publik machen sollten.»

Das Mansion House, manchmal auch City Palace genannt, erinnert in der Tat der Größe nach an einen königlichen Palast, hat aber durch seine Nähe zur Bank von England und zur Börse eine ungünstige Lage. Die Straßen sind so eng, daß das Gebäude gar nicht richtig zur Geltung kommt, und die Kutscher haben Mühe, es überhaupt anzufahren. Im Innern ist dagegen alles überaus prächtig ausgestattet, und ich war erstaunt über die bunte Vielfalt der Gäste – von Kaufleuten, deren einziges Privileg in ihrem Bankguthaben bestand, über Adlige bis hin zu Herzögen und Mitgliedern des Königshauses war einfach alles vertreten. Auch Chichley war mit seiner Frau erschienen, die er freilich merklich kühl behandelte. Die Adligen hatten ihren Platz zusammen mit dem Diplomatischen Corps auf einer erhöhten Plattform an einem Ende der Ägyptischen Halle, einem geräumigen Saal, der festlich erleuchtet war und in dem ein Orchester aufspielte. An den Tischen unterhalb dieser Plattform gruppierten sich die Bürger, und der Lord Mayor und seine Gemahlin präsidierten Seite an Seite (sie in voller Hoftracht).

Nach dem Mahl wurden Trinksprüche ausgebracht, die Musik spielte weiter, und die ganze Atmosphäre war sehr schön und festlich – wenngleich ich gestehen muß, daß mein Vergnügen ein wenig gedämpft war, weil meine Nachbarn steif und kaum gesprächig waren oder vielmehr nur geneigt, sich miteinander zu unterhalten, statt auch mir ein freundliches Wort zu gönnen, und das trotz meiner redlichen Bemühungen, mich gesellig zu geben.

Zu später Stunde fand in einem anderen Trakt des Hauses ein Ball statt, und wenn die Szenerie in der Ägyptischen Halle schon malerisch gewesen war, so wurde sie von der im Ballsaal noch übertroffen. Alle Türen standen weit offen, so daß man tausend reichgekleidete Damen in allen Farben erblicken konnte, welche die Natur nur immer hervorgebracht hat – es war ein Anblick, als habe der Frühling selbst im Saal Einzug gehalten. Keine Dame war ohne ihren Federschmuck, und der ganze Saal erschien als ein einziges Gewoge von blauen und roten, gelben und violetten sowie allerlei grünschillernden, vornehmlich aber strahlend weißen Federn. In den Brillanten, welche Hals und Finger der Damen schmückten, brach sich das Licht, so daß sie gleißend funkelten und hin und wieder Blitze aussandten. Nie zuvor hatte ich so viele Reifröcke gesehen: Jede der Damen schien sich aus einem güldenen oder silbernen Schutzwall zu erheben; es war eine Augenweide weiblicher Anmut und Grandezza.

Es hätte sich nicht für mich geschickt, Chichley anzusprechen, und ich getraute mich ebensowenig, mich den Gästen, denen ich unbekannt war, vorzustellen, besonders, da sie völliges Desinteresse an mir bekundeten. Nach einiger Zeit stimmte mich der Gedanke, den Abend so ganz allein inmitten dieser glänzenden Gesellschaft verbringen zu müssen, melancholisch, und ich beschloß zu gehen. Als ich mir aber den Weg zum Ausgang bahnte, hatte ich das Glück, daß eine Dame, die mir entgegenkam, stolperte und wohl gar hingefallen wäre, hätte ich sie nicht in meinen Armen aufgefangen. Unter anderen Umständen hätte ich einen solchen Vorfall vielleicht ausgenutzt, denn obgleich meine Schenkel regelrecht wundgerieben wurden von ihrem Reifrock, war doch ihr Oberkörper nicht auf solch abwesende Art verhüllt, und ihre weichen Brüste, die zum größten Teil entblößt waren und cremefarben schimmerten, belebten meine trüben Lebensgeister schon sehr.

Allein, ich stellte sie nur achtsam auf die Füße, worauf sie zum Zeichen ihrer Dankbarkeit einen Knicks machte, den ich mit einer Verbeugung erwiderte. Ich blieb noch eine Weile bei der Tür stehen und sah ihr nach, als sie den Ballsaal betrat, und dabei merkte ich, daß sie gleich mir allein war. Und obgleich sie offenbar nach jemandem suchte, kehrte sie doch ohne Begleitung zur Tür zurück, worauf ich es wagte, mich abermals zu verneigen.

«Sie werden verzeihen, Madam, wenn ich mir, da ich sehe, daß Sie ohne Begleitung sind, gestatte, Ihnen meine Dienste anzubieten, falls …?»

Hier brach ich ab aus Angst, sie durch meine Aufdringlichkeit zu kränken, aber sie lächelte überaus huldvoll.

«Sie sind zu liebenswürdig, Sir. Ich habe meine Tante aus den Augen verloren, mit der ich hergekommen bin. Falls Sie zufällig zum Erfrischungsraum hinübergehen, dürfen Sie mich gern begleiten, denn ich möchte vor allem etwas Kühles zu trinken.»

Ich bot ihr meinen Arm, sie legte ihre Hand darauf, und wir begaben uns in den Erfrischungsraum, wo auf langen Tischen große Terrinen mit gekühlter Rotweinbowle bereitstanden.

Meine Begleiterin war von so strahlender Schönheit, daß ich nicht umhin konnte, die bewundernden Blicke der Umstehenden zu bemerken. Sie hatte fast meine Größe, war etwa neunzehn oder zwanzig Jahre alt, schlank, ungemein elegant und hatte eine unnachahmlich arrogante Kopfhaltung – zugleich aber war ihre Miene freundlich und in ihrem Betragen gegen mich konnte ich nichts Herablassendes entdecken. Ihr Haar hatte einen sehr kleidsamen Braunton und war, darauf wage ich jede Wette, ganz und gar ihr eigenes – ohne falsche Löckchen oder gar Perücke. Ihre Stirn war klar und hoch, die Lippen voll, und ihre Augen strahlten in einem ungewöhnlich hellen Blau. Was ihre Figur angeht, so konnte ich, obschon ich von weiblicher Gesellschaft nachgerade übersättigt war, nicht umhin, die verführerische Schönheit jener Körperpartien zu bewundern, die nicht hinter dem stählernen Käfig unter ihrem modischen Rock eingesperrt waren. Und ich erlaube mir am Rande die Bemerkung, daß das plötzliche Verschwinden offenherziger Musselingewänder zugunsten dieser Barrikaden, die den Unterleib der Frauen einer uneinnehmbaren Festung gleichsetzten, mir ein einziger Greuel war! Doch zum Glück verhüllte die neue Mode den schwellenden Busen nicht, dessen Schönheit allein ausgereicht hätte, um meiner Begleiterin die Bewunderung des männlichen Geschlechts zu sichern.

Ich wagte es endlich, mich vorzustellen, doch sie dankte mir nicht mit der Nennung ihres Namens. Allein, wir unterhielten uns recht angenehm, bis nach einer Weile eine ältere Dame auftauchte, die kam, um ihre Nichte abzuholen, worauf die geheimnisvolle Schöne mir mit einem Knicks adieu sagte. Nach einer Weile folgte ich ihr, fand mich aber unterwegs von Chichley aufgehalten, der mich beim Arm nahm, mich einen gewitzten Glücksritter nannte und mir dazu gratulierte, daß ich mich an die reichste Erbin dieser Saison herangemacht hätte – eine Miss Mary Yately, einzige Tochter eines Privatiers, dem fast ganz Shropshire gehöre; die junge Lady, sagte er, sei noch ungebunden.

Ich war überzeugt, daß Chichley sich nur einen Scherz erlaube, indem er andeutete, ich hätte schon vorher gewußt, wer meine bezaubernde Begleiterin sei – oder daß ich mich gar an sie «herangemacht» hätte. Indes steigerte der Umstand, daß ihre Schönheit und ihr Liebreiz zusätzlich noch durch ein großes Vermögen vergoldet wurden, mein Interesse an Miss Yately enorm, und ich opferte die nächsten zwei, drei Tage für ein paar Nachforschungen über ihre Lebensumstände. Dabei fand ich heraus, daß sie für die Saison ein großes Haus in einer Seitenstraße von Piccadilly gemietet hatte, welches sie nun mit ihrer Tante bewohnte. Und Blatchford, der sich einen Vormittag über mit einem ihrer Lakaien unterhielt, den er in einem Wirtshaus kennengelernt hatte, beteuerte mir, sie habe bislang noch keinen festen Verehrer, wenngleich etliche Herren im Hause aus und ein gingen, vermutlich jene, die den Wunsch hatten, ihr Beau zu werden. Aber der Mann hatte zu Blatchford gesagt, die junge Lady wisse recht gut, daß ihr Vermögen Freier anlocke, die mehr am Geld interessiert seien als an ihr, und sie sei entschlossen, sich von keinem solchen Mitgiftjäger erobern zu lassen.

Ich grübelte und grübelte, aber endlich hatte ich doch einen Plan! Bei einem Juwelier in St. James's erstand ich zu einem stattlichen Preis ein kleines silbernes Ridikül, in das ich (nachdem ich mich bei unseren Mädchen, ohne ihnen meine Absichten zu entdecken, erkundigt hatte, was sie im Täschchen einer vornehmen Dame vermuten würden) ein paar hübsche Kleinigkeiten steckte – als da wären Taschentuch, Parfum et cetera. Dann, gegen drei Uhr nachmittags, begab ich mich nach Piccadilly und läutete an der Tür der Lady.

Ich nannte dem Lakaien, der mir öffnete, meinen Namen und erkundigte mich nach der Tante, der Ehrenwerten Mrs. Mathilda Yately, die ich vor zehn Minuten in ihrer Kutsche hatte abfahren sehen. Der Lakai sagte denn auch, Mrs. Yately sei nicht zu Hause, aber er würde mich Miss Yately melden. Dann verschwand er, kehrte aber binnen kurzem zurück und führte mich über eine herrliche Freitreppe hinauf in einen eleganten Salon, wo meine schöne Bekannte vor ihrem Stickrahmen saß.

Ich übertraf mich selbst mit meinen Entschuldigungen: Ich hätte nicht gewagt, sie zu belästigen, wenn ihre Tante nicht gerade außer Haus gewesen wäre, und dabei käme ich doch gerade wegen der Tante. Und dann zog ich das Ridikül aus der Tasche.

«Unmittelbar nachdem Sie gegangen waren», sagte ich, «fand ich dies Täschchen auf dem Boden, just da, wo Ihre Frau Tante gestanden hatte, und da ich annahm, es müsse ihr gehören, bin ich nun gekommen, um es zurückzugeben.»

Neugierig nahm sie es entgegen, aber nachdem sie es von allen Seiten betrachtet hatte, erkannte sie es zu meinem Erstaunen als ihr eigenes und versicherte mich ihrer tiefen Dankbarkeit! Ich nehme an, mir klappte wohl ordentlich die Kinnlade herunter, doch ich verneigte mich schlicht und sagte, ich sei entzückt, daß sie ihr Ridikül durch mich zurückerhalten habe. Was mochte dieses Spiel bedeuten? Hatte sie meine kleine List durchschaut und sah nun in mir einen weiteren Mitgiftjäger? Allein, sie blieb freundlich.

«Sie nehmen doch einen Tee?»

Ich lehnte ab; ich hätte ihre Zeit bereits zu sehr in Anspruch genommen.

«Aber nicht doch, es ist mir ein Vergnügen, unsere Bekanntschaft zu erneuern.»

Also wurde nach dem Tee geklingelt, und in der Zwischenzeit unterhielten wir uns. Ich verriet mit keiner Silbe, daß ich etwas über ihre Vermögensverhältnisse wußte, gab jedoch zu, daß ich große Mühen auf mich genommen hätte, um ihren Namen herauszufinden – was indes doch nicht so schwierig gewesen sei, da eine so außerordentliche Schönheit wie sie überall im Blickfang stünde und Mittelpunkt jeder Unterhaltung sei. Mich selbst bezeichnete ich als Geschäftsmann und deutete an, daß ich nicht unvermögend sei.

Während dieser ganzen Zeit verzauberte sie mich von Minute zu Minute mehr. Sie war jetzt eher fürs Boudoir als für den Ballsaal gekleidet, und das lose fallende Gewand, das sie trug, enthüllte mehr von ihrer wunderhübschen Figur, als ich bei unserer vorigen Begegnung hinter dem modischen Bollwerk hatte erahnen können. Und was ich jetzt sah, war sogar noch anmutiger, als ich es mir hätte vorstellen können – ja, es überstieg meine Erwartungen in solch hohem Maße, daß ich spürte, wie eine Leidenschaft sich in mir regte, die ich mir aber (ich wußte es wohl) nicht anmerken lassen durfte.

Doch die Dinge sollten eine jähe Wendung nehmen, und das schon sehr bald. Ich glaube allerdings, daß ihr Instinkt meine Gefühle irgendwie erriet, noch bevor ich mir selbst richtig darüber klar wurde, denn sie äußerte ganz plötzlich die Vermutung, ich hätte gewiß einen Großteil meines Lebens auf dem Lande verbracht? Und als ich fragte, woran sie das gemerkt habe, meinte sie bloß, sie könne einen Stadtlaffen schon von weitem riechen, während ich eine natürliche Lebhaftigkeit und – falls sie das sagen dürfe – eine erfrischend ungekünstelte Art hätte, was mich beides als Landbewohner zu erkennen gäbe.

«Ich bin in Shropshire aufgewachsen», fuhr sie fort, «und wenn ich dort auch auf einem großen Gut lebte, so sind mir die Gewohnheiten der Landbevölkerung doch durchaus vertraut. Hier in der Stadt dreht und windet man sich endlos hin und her, bevor man zum Wesentlichen kommen kann, während man dort das Kind ganz einfach beim Namen nennt.»

Ich schwieg einen Moment. Und dann: «Ich kann mir nicht vorstellen, Madam», sagte ich, «daß irgendein Gentleman aus der Stadt nicht ebenso rasch wie ich imstande wäre, Ihre Schönheit und Ihre Talente zu erfassen.»

«Ach ja, das mag schon sein», erwiderte sie, «aber würden sie's auch zeigen?»

Das war zweifellos ein Wink mit dem Zaunpfahl! Ich jedenfalls bedurfte keiner weiteren Aufforderung, sondern sprang auf die Füße, ergriff ihre Hand und führte sie an die Lippen – worauf auch sie sich erhob, ehe ich mich's versah ihren glühenden Mund auf den meinen preßte und dabei ihren Leib in unmißverständlicher Manier an meinen Körper schmiegte. Während wir einander so umschlungen hielten, stahlen sich meine Hände unter ihr Musselingewand, wo ich alsbald spürte, daß ihre perlmuttschimmernde Haut nicht nur schön anzusehen, sondern auch unvergleichlich zart war.

Endlich löste sie sich aus meinen Armen, und ich sah mit einiger Bestürzung, wie sie zu einer Klingelschnur an der Wand hintrat und kräftig daran zog. Gleich darauf aber begann sie, ihr Kleid aufzunesteln und ließ es ungeniert zu Boden gleiten, so daß der herbeigerufene Lakai bei seinem Eintreten die Herrin im Hemd erblickte, während am anderen Ende des Zimmers ein offenbar völlig verdutzter junger Mann – meine Wenigkeit – in fassungslosem Staunen mit den Augen rollte.

«Albert», sagte die Gnädigste ohne jede Spur von Verlegenheit, «ich bin die nächste halbe Stunde sehr beschäftigt. Sollte meine Tante vorher zurückkommen, dann sei so gut und melde ihr, ich möchte nicht gestört werden.»

Ohne eine Miene zu verziehen, senkte der Bursche folgsam den Kopf und entfernte sich wieder, während Miss Yately, noch ehe sich die Tür hinter ihm geschlossen hatte, auch das letzte spärliche Kleidungsstück über den Kopf zog und sich alsdann mit der ungeduldigen Frage an mich wandte, ob ich sie etwa gar enttäuschen wolle, indem ich mich auf einmal so begriffsstutzig stelle wie ein Stadtmensch?

Den Verdacht mochte ich natürlich nicht auf mir sitzenlassen, und so war ich im Nu ebenso entblößt wie sie, die sich unterdessen zu meinen Füßen auf dem weichen Teppich niedergelassen hatte: ein Bein angewinkelt, den Kopf auf einen Arm gebettet, so lag sie da und maß mich mit erwartungsvollem Augenaufschlag. Falls es noch einer weiteren Verlockung bedurft hätte, dann bot ihr wogender Busen, nun, da er vollends entblößt war, einen Anblick, der selbst den verwöhntesten Kavalier nicht kalt gelassen hätte.

Ich hatte Befehl, rasch zu handeln, aber mein Verstand arbeitete sogar noch schneller: Diese Situation hatte ich weder vorausgesehen noch war ich in der Absicht hergekommen, Miss Yately zu verführen. Schlimmer noch – ich fühlte mich weder geistig noch körperlich auf eine solche Liebesszene vorbereitet, denn am Abend zuvor hatte ich, da die Geschäfte ungewöhnlich ruhig gingen, eine glückselige Stunde mit Xanthe und Rose verbracht, und hernach waren wir alle drei so erschöpft gewesen, daß ich, trotz meiner Jugend, normalerweise mindestens 24 Stunden lang wohl kein neuerliches Verlangen gespürt hätte.

Dies war, wohlgemerkt, kein unüberwindliches Hindernis, denn welcher Jüngling unter zwanzig könnte nicht drei-, viermal am Tag vögeln, sofern die Gelegenheit günstig ist und die Dame sich ihm förmlich aufdrängt? Und das tat Miss Yately gewiß, aber ich hatte doch eher die Absicht gehabt, mich als Gentleman bei ihr einzuschleichen, statt mich ihr als Liebhaber anzubieten, und der Weg zum Geldbeutel einer reichen Erbin führte nicht unbedingt durch ihre …

Allein, da ich nun einmal in diese Lage geraten war, konnte ich nichts weiter tun, als sie nach besten Kräften zu meistern. Zum Glück hatte ich während der letzten vier, fünf Jahre eine beachtliche Lehrzeit als Beschäler absolviert und besonders in den letzten drei oder vier Monaten viel hinzugelernt, denn die Mädchen in der Brook Street zeigten mir ganz ungeniert, was ihnen Lust bereitete und was nicht. Da sie oft genug genötigt waren, das Verlangen zahlender Kunden zu stillen, ohne dabei selbst unbedingt auf ihre Kosten zu kommen, waren sie desto mehr auf die eigene Befriedigung bedacht, wenn sie mit Frank oder mir ins Bett stiegen. Denn wir waren zwar ihre Arbeitgeber, daneben aber auch ihre Freunde, und folglich konnten sie erwarten, daß wir auch auf ihr Vergnügen bedacht waren, statt ihre Gunst nur wie eine Ware zu empfangen.

Also machte ich mich mit dem Vorsatz ans Werk, meine neue Freundin regelrecht in Wonnen zu ertränken – und ich glaube, sagen zu dürfen, daß mir dies auch gelang. Da keine zwei Frauen in ihren Wünschen völlig übereinstimmen, verwandte ich zunächst einige Zeit darauf, zu erforschen, was ihr wohl am meisten Lust bereite: das Liebkosen der Ohrläppchen oder der Brustwarzen, das Lutschen der Unterlippe oder das Zungenspiel, das Streicheln von Po oder Schenkeln. Alsdann widmete ich mich mit schönstem Bedacht jenem Organ, das unmittelbar an der Schwelle des weiblichen Portals gelegen ist, diesem Schwanz in Miniaturform, und liebkoste es mit der Zunge; erst sanft, zartfühlend und gleichmäßig, dann allmählich immer rascher und heftiger, wobei ich freilich ab und zu innehielt, um es zu reiben und zu beknabbern. Derweil spielten meine Finger auf der ganzen Tastatur ihres Körpers und massierten insbesondere die steifen Brustwarzen, wobei ich deutlich spürte, wie die Muskeln ihrer Schenkel sich strafften, so als sehne sie sich danach, sie mir um den Hals zu schlingen und mich vor lauter Wonne zu erdrosseln! Tatsächlich empfand ich einige Erleichterung, als ihr Stöhnen immer lauter und lauter wurde und mir verriet, daß die Zeit für das eigentliche Lanzenstechen gekommen sei. Aber: Sollte ich sie von vorn nehmen oder von hinten, sollte sie unter mir liegen oder mich besteigen? Sollte mein Ritt ein gemächlicher sein oder ein scharfer?

Diese Möglichkeiten wurden alle der Reihe nach durchexerziert, und Miss Yately begrüßte jede neue Variante mit einem spitzen Schrei oder einer heftigen Geste, die unverkennbar ihre Befriedigung kundtaten. Auf jene langen, regelmäßigen Stöße, wie die meisten Frauen sie bevorzugen, reagierte sie allerdings nicht, sondern ermunterte mich eher, die Spitze meines Schwanzes nur ganz knapp zwischen ihre Schamlippen zu schieben, so daß ich nach jedem kurzen Vorstoß gleich wieder aus dem Futteral herausglitt und dadurch ihre Liebesgrotte unablässig reizte und kitzelte – was sie erreichte, indem sie ihre Schenkel fest zusammenpreßte und mir so ein wirkliches Eindringen verwehrte. Ich kam dabei natürlich nicht ganz auf meine Kosten. Überhaupt muß ich sagen, daß Mylady keine sehr rührige Partnerin war; vielmehr zog sie es vor, daß ich mich in ihrem Dienst erschöpfte, während sie all meinen Komplimenten keinen anderen Tribut zollte, als sich gierig daran zu laben, was natürlich gar nicht hilfreich war, als meine Kräfte, die ich ja schon in der Nacht zuvor verausgabt hatte, nach einer Weile abzuflauen begannen. Dies hatte allerdings den Vorteil, daß ich mich ganz nach ihrem Belieben im Zaum halten konnte, und glücklicherweise schüttelte ihr vierter Lustkrampf sie endlich so heftig, daß sie darüber fast die Besinnung verlor. Also küßte ich sie nach einer schicklichen Pause und erhob mich, und sie, die offenbar ganz auf ihre Kosten gekommen war, bat mich, ihrem Diener zu klingeln – ich tat's, und gleich darauf erschien Albert (der von unserer Nacktheit wiederum keine Notiz nahm) und servierte frischen Tee. Wir tranken und zogen uns dabei an.

«Mr. Archer», sagte Mylady endlich, «es war mir ein Vergnügen, die Bekanntschaft eines Herrn zu machen, dessen Energie und Geschick sich mit seiner distinguierten Erscheinung messen können. Ich hoffe sehr, wir werden uns wiedersehen.»

Das hoffte ich auch, denn ich muß zugeben, daß mir Miss Yately, obgleich ihr Liebesspiel einen gewissen Egoismus verriet, doch ungemein anziehend erschien – und ihr Vermögen sollte mich an sich nicht daran hindern, ihr den Hof zu machen. Die Haltung des Lakaien freilich bereitete mir einiges Kopfzerbrechen. Auch als er mich jetzt hinausbrachte, entdeckte ich in seinem Mienenspiel keinerlei Anzeichen von Anbiederei oder dreister Komplicenschaft. Bedeutete das nun einfach, daß er ein musterhafter Diener war, dem man erfolgreich beigebracht hatte, keinerlei Erstaunen oder Interesse für die Launen seiner Herrin zu verraten? Oder war es am Ende gar ein Hinweis darauf, daß Miss Yately nicht als die keusche Unschuld lebte, die ich in ihr sah, und daß der Anblick eines Liebhabers in ihren Gemächern nicht so ungewöhnlich war, wie ich geglaubt hatte? Daß sie keine Jungfrau mehr war, stand fest, und wirklich legten ihre Anspielungen auf das Landleben die Vermutung nahe, daß sie – wie viele Mädchen, die zwischen Feldern und Wirtschaftshöfen aufwachsen und von klein auf mitansehen können, wie die Tiere sich paaren – ihre Unschuld wahrscheinlich schon vor geraumer Zeit hinter einer Hecke oder wohl eher in einem verschwiegenen Winkel des väterlichen Parks an irgendeinen lüsternen Bauernlümmel verloren hatte.

Aber selbst wenn dem so war, dann ließ die Verachtung, mit der sie über die städtischen Stutzer und Gecken sprach, mich doch hoffen, und ihr offensichtliches Vergnügen am Liebesspiel – zumindest auf eigene Rechnung – ließ darauf schließen, daß ihr ein Kavalier willkommen wäre, der sich einzig für ihre Person interessierte und nicht für ihr Vermögen.

Ich kehrte in die Brook Street zurück und legte mich unverzüglich zu Bett, denn ich war über die Maßen erschöpft. Aber zu später Stunde wurde ich plötzlich unsanft wachgerüttelt. Es war Frank, der mir erklärte, unten im Salon würde gleich eine Konferenz über Mr. Gaskills Forderungen stattfinden. Philip hätte dazu einen Freund mitgebracht, der uns beraten solle – und ich würde gewiß überrascht sein, diesen Freund kennenzulernen.

Ich war in der Tat nicht wenig erstaunt, als ich nach unten kam und in Sir Philips Freund niemand anderen erkannte als David Ham, der sich bereits angeregt mit Jocelind, Blatchford, Will Pounce und Bob Tippett unterhielt. David grinste über mein verdutztes Gesicht.

«Ich hab dir doch von meinem Gönner erzählt, nicht wahr, Andy?» fragte er. «Nun, es ist Sir Philip hier!»

Philip hatte den Anstand, beinahe rot zu werden, und ich fand es wirklich einigermaßen verwunderlich, daß er sich David als Lustknaben hielt, während er doch gleichzeitig nicht nur unsere Mädchen vernascht hatte, sondern obendrein auch noch meine Sophie! Mein Erstaunen war indes nicht so groß, wie es wohl gewesen wäre, hätte Sophie mir nicht schon hin und wieder angedeutet, daß Philip mit den Damen gewisse Probleme habe. Und im übrigen war es nicht meine Art, die Nase über anderer Leute Vorlieben im Bett zu rümpfen, denn der Spielarten sind einfach zu viele, als daß nicht auch hin und wieder eine kleine Überraschung darunter sein dürfte.

«Ich wußte ja gar nicht...» stotterte Philip.

«O doch», rief ich, nicht abgeneigt, ihn ein wenig auf die Folter zu spannen. «David und ich, wir sind alte Freunde, ja, sogar Bettgenossen» – worauf Philip fragend die Brauen hob. Ich hatte freilich nicht die Absicht, ihm die näheren Umstände jenes intimen Zusammenseins zu offenbaren, welches durch einen seltsamen Zufall zustande gekommen war, der wiederum mit einer gewissen Theateraufführung zusammenhing. Jedenfalls war es zu unserer damalige Begegnung nicht durch mein Betreiben gekommen, und ich hatte auch seither keinen Schritt in eine solche Richtung unternommen.

«Tja», sagte David, «ihr sitzt da ganz schön in der Patsche, aber zum Glück ist eure Lage nicht hoffnungslos, denn ich weiß zufällig, daß euer Freund Carlo nicht mehr so beliebt ist, wie er's mal war – seine übermäßige Geldgier hat ihm viele Sympathien verscherzt. Etliche Leute meinen sogar, es sei an der Zeit, daß er abserviert wird, und was euch angeht, so ließe sich das nach meinem Dafürhalten wohl bewerkstelligen, wenn nur diese wackeren Burschen hier tüchtig mithelfen – besonders Mr. Tippett, der ein Junge ganz nach meinem Herzen ist. Als erstes, Frank – wenn ich mir die Freiheit nehmen darf, Sie so zu nennen? –» ein Einwurf, den Frank mit einem Lächeln quittierte – «als erstes also müßte ein Treffen mit diesem Mr. Gaskill vereinbart werden. Dazu schicken wir am besten eine Nachricht an eine mir bekannte Adresse. Zweitens müssen Sie dafür sorgen, daß die Damen sich nicht im Haus aufhalten, sondern an einem sicheren Ort verborgen sind, wenn er hierher kommt. Und drittens – aber das können Sie getrost uns überlassen!» Und dabei zwinkerte er vielsagend.

Ich glaube, Frank hatte zunächst wenig Neigung, diese heikle Angelegenheit einem so jungen und scheinbar unerfahrenen Bürschchen anzuvertrauen, aber ich fand Gelegenheit, ihn vertraulich darüber aufzuklären, daß David keineswegs so harmlos war, wie er aussah. In der Tat hatte eine unerfreuliche Nacht im Gefängnis von Bristol mir seinerzeit den nachhaltigen Beweis dafür geliefert, daß mein sauberer Freund gelegentlich dem Verbrechen frönte, wobei er meines Wissens bisher zwar vor einem Mord zurückgeschreckt war, sich ansonsten aber schon so ziemlich jeder strafbaren Handlung schuldig gemacht hatte. Wir schickten Gaskill also eine Einladung für den kommenden Abend; er sollte, so hatten wir uns ausbedungen, nur zwei seiner Männer zur Begleitung mitbringen, und dafür versprachen wir, daß eine Einigung zustande kommen und durch die Zahlung einer gewissen Summe in Gold besiegelt werden würde.

Am nächsten Abend war es auffallend still in unserem Etablissement in der Brook Street, und die vereinzelten Besucher, die dennoch bei uns anklopften, vernahmen enttäuscht, daß unser Haus für diesen Abend krankheitshalber geschlossen sei. Punkt 22 Uhr aber kündigte ein energischeres Pochen Carlo Gaskill an – einen hochgewachsenen Mann in mittleren Jahren mit finsterem Gesicht. Seine Begleiter waren zwei der Halunken, mit denen wir bereits einmal das zweifelhafte Vergnügen gehabt hatten.

Nur in Badetücher gehüllt traten Frank und ich ihnen in der Halle entgegen – ein Aufzug, der Gaskill nicht wenig erstaunte.

«Ich bin der Meinung, Sir», sagte Frank, «daß unser Geschäft streng vertraulich behandelt werden sollte. Und ich denke, Sie werden gleich mir der Ansicht sein, daß die Einzelheiten nicht für die Ohren Ihrer Begleiter bestimmt sind» – damit machte er seitwärts eine verstohlene Geste, die der Mann zweifellos auf die finanzielle Abmachung bezog und die ihm scheinbar einen größeren Anteil versprach, wenn seine Komplicen nicht in die Details eingeweiht würden.

«Wie Ihnen gewiß bekannt ist, haben wir hier für das Wohlbefinden unserer Kunden Bäder nach römischem Vorbild eingerichtet. Mein Freund und ich, wir sind unbekleidet –» hier schlugen sowohl Frank als auch ich unsere Badetücher auseinander, um ihm zu zeigen, daß wir keine Waffen bei uns trugen – «und wir möchten Sie nun bitten, sich gleichfalls auszuziehen und uns dann nach unten zu begleiten, wo wir die Angelegenheit in Ruhe über einer Flasche guten Weins besprechen können.»

Gaskill besann sich einen Moment und entschied dann, daß es ihm nicht schwerfallen würde, sich gegen zwei nicht eben kräftige Männer wie Frank und mich zu verteidigen. Also entledigte er sich im angrenzenden Kabinett seiner Kleider und begleitete uns, nun ebenfalls in ein Badetuch gehüllt, nach unten, während seine beiden Freunde im Empfangszimmer zurückblieben.

«Ihr Haus ist tatsächlich so großzügig und luxuriös ausgestattet, wie mir berichtet wurde», sagte Gaskill anerkennend, als er den Warmluftraum betrat. «Ich freue mich, daß wir eine Einigung erzielen können, denn wenn die Damen so hübsch und entgegenkommend sind, wie man mir vermeldet hat, dann sehe ich keinen Grund, warum Ihr Geschäft nicht auch weiterhin gedeihen, ja, sich womöglich noch vergrößern sollte!» Damit nahm er neben dem Wasserbecken Platz, und während der Dampf, der aus den Bodenleitungen quoll, uns langsam einhüllte, schenkte Frank reihum Wein ein.

«Dieses Schwitzbad ist fürwahr eine löbliche Einrichtung», sagte Gaskill, «und ich meine, sie sollte möglichst viele Nachahmer finden. Ich bin sicher, das Bad führt Ihnen fast ebenso viele Kunden zu wie Ihre Mädchen. Vielleicht sollten wir in Zukunft enger zusammenarbeiten. Doch zuerst lassen Sie mich hören, wie Sie unsere momentane kleine Differenz beizulegen gedenken.»

Frank begann mit einer weitschweifigen Einleitung über das Einkommen, das wir erzielten, sprach von hohen Kosten und dem Anteil der Mädchen und machte schließlich vage Andeutungen über den Prozentsatz, den wir im äußersten Fall als Abgabe an ihn, Gaskill, erübrigen könnten. Gaskill wurde spürbar ungeduldig, hielt aber seinen Blick aufmerksam auf uns gerichtet, die wir ihm gegenüber saßen – was ein Glück war, denn David Ham, Blatchford, Tippett und Will Pounce hatten sich unterdessen auf bloßen Füßen vom angrenzenden Kesselraum her hinter den Bösewicht geschlichen. Im letzten Moment freilich warnte diesen irgendein Instinkt, denn er schrak zusammen und fuhr blitzschnell herum. Allein, es war schon zu spät – David stülpte ihm fast im selben Augenblick einen Sack über den Kopf und Blatchford und Tippett packten ihn jeweils an einem Arm und tauchten ihn rücklings ins Wasser. Dann warf Tippett sich auf seinen zappelnden Körper und drückte ihn mit seinem ganzen Gewicht nieder.

Ich hatte nie zuvor mitangesehen, wie ein Mensch getötet wurde, und möchte die Erfahrung auch kein zweites Mal machen – aber wenn wirklich kein anderer Ausweg bleibt, so geht das Ertränken immerhin relativ rasch und geräuschlos vonstatten und erfordert überdies kein Blutvergießen. In weniger als zwei Minuten war alles vorbei, und die Männer zogen dem Schurken den Sack vom Kopf. Man sah deutlich, daß aus Gaskills Augen alles Leben gewichen war – genau wie die Luft aus seinen Lungen.

Ich kann nicht sagen, daß ich mich leichten Herzens auf diese Tat eingelassen hatte; egal, wie schwerwiegend ein Problem auch sein mochte, Mord erschien mir in jedem Fall als eine zu radikale Lösung, aber nach allem, was wir von Gaskill gehört hatten, war klar, daß er keine Skrupel gehabt hätte, unsere Mädchen zu verletzen oder zu verunstalten, ja, wenn wir uns ihm widersetzt hätten, wäre er mit Sicherheit auch vor einem Mord nicht zurückgeschreckt.

«Gut gemacht, Männer», sagte Frank ingrimmig.

David grinste breit. «Da haben wir ein gutes Werk vollbracht», rief er, «und ganz London wird dieser Ansicht sein! Nun aber rasch, wir müssen ja noch mit den beiden oben fertigwerden.»

Also schlichen wir wieder nach oben, kleideten uns an und bewaffneten uns mit Pistolen, ehe wir zu Gaskills Kumpanen hineingingen, die sehr betreten dreinblickten, als sie gewahrten, daß ihr Anführer nicht unter den sechs Männern war, die nun vor ihnen standen.

«Also, ihr Spitzbuben», sagte David, «Carlos ist unten ein bedauerlicher Unfall zugestoßen, und ihr müßt euch einen neuen

Herrn suchen – oder aber zusehen, daß ihr selbst das Kommando an euch reißt!» Die Halunken schauten einander ratlos an. «Ja doch, Johnson», fuhr David fort, «jeder in der Stadt weiß, daß du schon eine ganze Weile mit dem Thron geliebäugelt hast. Nun, er gehört dir, wenn du ihn noch haben willst, denn falls ihr brav abzieht und euch hübsch ruhig verhaltet, werden wir euch aus der Sache heraushalten; andernfalls könnte es leicht sein, daß wir den Konstablern ein Wörtchen flüstern – und alle Welt weiß, daß ihr Gaskill schon längst an die Kehle gegangen wärt, wenn ihr nur den nötigen Grips und Mut dazu aufgebracht hättet.»

Die Männer schwiegen. Einer betastete verstohlen seine Jackentasche, aber ein Blick auf unsere gezogenen Pistolen belehrte ihn eines Besseren, und er ließ seine Waffe, wo sie war.

«Also schön, Ham», sagte der Ältere schließlich.

«Aber daß wir uns recht verstehen», mahnte David, «keine bösen Gerüchte über dieses Haus; hier soll alles schön ruhig bleiben – so ruhig und still wie der alte Gaskill dort unten. Und nun ab mit euch!»

Einen Moment lang beratschlagten die Männer flüsternd untereinander und machten sich dann mürrisch, aber folgsam aus dem Staub.

«Von denen habt ihr nichts mehr zu befürchten», sagte David. «Johnson wird seinem Kumpan die Kehle durchschneiden, noch bevor sie Blackfriars erreichen. Dann hat er allein das Kommando über die Bande, und mit euch wird er sich keinen Ärger einhandeln wollen – er wird ohnehin alle Hände voll zu tun haben, um seine Herrschaft zu festigen. Wir können unseren Plan also in aller Ruhe zu Ende führen.»

Binnen zehn Minuten waren die Mädchen, hergerichtet wie für einen ganz normalen Geschäftsabend, im Salon versammelt; Philip und Pounce legten ihre Kleider ab und gingen mit Cissie und Constance hinunter ins Bad, um sich dort – für den Fall, daß es einem der Konstabler einfallen sollte, das Haus zu inspizieren – ganz wie echte Kunden zu vergnügen, während Aspasia sich wie üblich in vollem Staat in der Empfangshalle niederließ und ich mich auf den Weg machte, um einen Gesetzeshüter zu suchen.

Zehn Minuten später kehrte ich mit einem bulligen Konstabler vom Grosvenor Place zurück. Als wir die Halle betraten, eilte Aspasia uns schon entgegen. «Ach, Sergeant, endlich!» rief sie. «Ich hoffe doch, dieser bedauerliche Zwischenfall kann diskret bereinigt werden! Es war ein tragischer Unfall, der freilich unserem Geschäft sehr schaden könnte...»

«Tja, Ma'am», entgegnete der Konstabler und klimperte dabei selbstvergessen mit den drei Guineen, die ich ihm zugesteckt hatte, «da scheinen Sie ja wirklich in einer ganz üblen Klemme zu stecken. Wo ist denn der arme Gentleman?»

«Dort unten», antwortete ich und führte ihn ins Dampfbad, wo man Gaskills Leiche inzwischen auf eine Ruhebank gelegt und züchtig mit einem Handtuch bedeckt hatte. Der Konstabler untersuchte den Toten und erkundigte sich dann nach «der jungen Dame, die in den Unfall verwickelt war». Ich schickte nach Rose, deren kleine Wunde inzwischen wieder ganz verheilt war und die mich dringend um diese Genugtuung gebeten hatte; sie gab nun auch wirklich eine bravouröse Vorstellung.

Der Gentleman, sagte sie, habe zuerst ganz munter mit ihr geturtelt – «Sie müssen nämlich wissen, Sir, so ist die Wirkung vom Schwitzbad, das spitzt die Herren oft mächtig an» –, bis er sich plötzlich an die Brust gegriffen habe und schon im nächsten Moment in der Wanne zusammengebrochen sei. Sie selbst sei natürlich zu schwach gewesen, um ihn da herauszuziehen, und bis sie Blatchford geholt hatte, da war das Herz des armen Gentleman schon stehengeblieben – ob in Folge des Schwächeanfalls oder weil der Bedauernswerte zuviel Wasser geschluckt hatte, ja nun, das ließ sich wohl kaum mehr feststellen.

«Er sieht mir eigentlich ganz kräftig aus», sagte der Konstabler nachdenklich.

«Oh, aber gewisse Anstrengungen können selbst dem scheinbar größten Kraftprotz den Garaus machen», versicherte Rose. «Ich erlebe das nicht zum erstenmal.»

«So, so... und wer ist denn nun der Tote?»

«Da fragen Sie mich zuviel, Sir», antwortete Rose, und ich wies darauf hin, daß die Herren, die ein Etablissement wie das unsere aufsuchten, in der Regel entweder einen falschen oder überhaupt keinen Namen nannten.

«Nun gut», sagte der Konstabler, «daß es sich hier um einen Unfall handelt, liegt wohl auf der Hand, und das Beste wird sein, so wenig Aufsehen von der Sache zu machen wie möglich. Der Coroner muß natürlich verständigt werden, aber in meinem Bericht werde ich hervorheben, daß ich, nachdem Mr. Archer mich unverzüglich an den Unfallort gerufen hat, alles so vorgefunden habe, wie die junge Dame hier angibt, und dann werden Sie schon keinen Ärger bekommen.»

«Wir sind Ihnen außerordentlich verbunden», sagte Frank und fügte, als er sah, wie der Konstabler im Gehen einen Blick mit Moll tauschte, hinzu: «Vielleicht dürfen wir Sie gelegentlich an Ihrem freien Abend als Gast bei uns begrüßen?»

Der Mann war offensichtlich ganz entzückt von diesem Vorschlag und ging beschwingt seiner Wege. Und wirklich lief alles glimpflich ab; von der Bande hörten wir nichts mehr, die Leiche wurde abgeholt, und der Coroner verlor lediglich ein paar mahnende Worte darüber, daß Gentlemen eines gewissen Alters gut daran täten, der Fleischeslust nicht mehr allzu stürmisch zu frönen. Die ganze Angelegenheit fand ein ebenso rasches und stilles Ende wie unser Widersacher Gaskill selbst.

In den nächsten Tagen mußte ich unablässig an Miss Mary Yately denken. Ich will freilich nicht verhehlen, daß ich mich nicht sonderlich anstrengte, sie zu vergessen, denn sie war ja nicht nur ungewöhnlich schön, sondern obendrein auch noch überaus reich. Ich gefiel ihr offenbar auch nicht übel, und obgleich ich mich bisher in meinen wenigen Mannesjahren noch nicht mit dem Gedanken an Heirat getragen hatte, ging es mir nun auf einmal dauernd durch den Sinn, was für ein Glück eine solch glänzende Partie doch für mich wäre. Als Sohn eines einfachen Arbeiters geboren, hatte ich mich aus eigener Kraft in der Dienstbotenhierarchie bis zum Lakaien hinaufgedient und war später durch meine segensreiche Freundschaft mit Frank und Sophie beinahe in den Rang eines Gentleman aufgestiegen – denn als solchen behandelten mich zumindest die beiden, und der vertraute Umgang mit ihnen und den Kreisen, in denen sie verkehrten, hatte auch mir fast die Patina eines kultivierten Edelmanns verliehen.

Ich begann also, der Dame in vollem Ernst den Hof zu machen, wobei ich ihr natürlich meine Verbindung zur Brook Street sorgsam verschwieg und alle Fragen nach meinem Geschäft mit einer geheimnisvollen Zurückhaltung beantwortete, die mir, wie mich dünkte, in ihren Augen eine besondere Faszination verlieh.

Bereits ein oder zwei Tage nach meinem ersten Besuch machte ich ihr erneut meine Aufwartung und wurde, kaum daß ich meinen Namen hinaufgeschickt hatte, auch schon in den Salon gebeten, wo die junge Lady mich ihrer Tante vorstellte, der Ehrenwerten Mrs.

Mathilda Yately, die mich äußerst huldvoll begrüßte und mir – während ihre Nichte bei dem mustergültigen Albert den Tee bestellte – zuzuflüstern geruhte, daß sie von der lieben Mary schon sehr viel über mich gehört habe, und zwar nur zu meinem Vorteil. Nachdem die alte Dame eine einzige Tasse genossen hatte, verabschiedete sie sich bereits, und von da an währte es keine drei Minuten, ehe Miss Yatelys zarte Finger sich an meinen Hemdknöpfen zu schaffen machten; sie führte mich in ihr Schlafzimmer, wo die nächste Stunde über einer lustvoll-herzhaften Vögelei wie im Fluge verging. Als wir hinterher – nackt wie die Kinder des Paradieses – beieinanderlagen, gestand sie mir, daß sie sich mächtig zu mir hingezogen fühle.

«Du brauchst nicht länger vor mir zu verbergen», sagte sie, «daß du nicht von adligem Geblüt bist, denn zum einen verrät dich deine Sprache – wenn auch nur einem ganz besonders feinen Ohr –, und zum andern ist dein Liebesspiel um vieles zartfühlender und rücksichtsvoller als das der adligen Herren, denen es meist nur um ihre eigene rasche Befriedigung zu tun ist.»

«Dann hast du also schon Erfahrungen in der Liebe?» fragte ich dreist.

«Nun, ich bin nicht 25 Jahre durch die Welt gegangen», sagte sie – so alt war meine Angebetete also! –, «ohne mit dem einen oder anderen Schwanz Bekanntschaft zu schließen, und an Gentlemen, die bereit waren, mir ihre Fähigkeiten zu demonstrieren, mangelte es nicht, da ich – wie auch du ohne Zweifel gehört haben wirst – über ein beträchtliches Vermögen gebiete.»

Ich schlug wohl ein wenig indigniert den Blick zu Boden, aber sie fuhr unbekümmert fort: «Du brauchst nicht gleich rot zu werden – bestimmt hat man dir erzählt, daß ich eine reiche Erbin vom Lande bin, und dieser Umstand spielte gewiß auch eine Rolle dabei, daß du dich gar so rasch zum zweiten Akt unserer kleinen Romanze eingefunden hast. Allein, wie du siehst, habe ich dich nicht wieder fortgeschickt, und du kannst versichert sein, daß ich weder Narren noch Mitgiftjäger gern um mich dulde.»

Ich errötete nur um so heftiger, denn ich konnte mir nicht verhehlen, daß der Gedanke an ihr Vermögen einen gewissen Einfluß auf mein Werben hatte – wenngleich ihr Körper nicht minder köstliche Schätze verhieß und ich mich glücklich wähnte, über diese bereits jetzt zu gebieten. Und das bewies ich ihr, ehe wir uns trennten, zum zweitenmal, wogegen sie alles andere als abgeneigt schien.

Alsbald machte ich es mir zur Gewohnheit, Miss Yately fast jeden zweiten Tag zu besuchen – und das mit einer Regelmäßigkeit, die selbst Frank auf den Verdacht brachte, ich könnte einer Dame den Hof machen, auch wenn er in meiner Angebeteten kein Fräulein aus einflußreichem Haus vermutete. Auch die Mädchen merkten natürlich, daß ich sie vernachlässigte, und rächten sich mit derben Witzen; ich muß nämlich gestehen, daß ich ihnen bislang ein treuer und eifriger Gefährte gewesen war, wenn das Geschäft sie gerade nicht in Anspruch nahm – was manchmal so unvermittelt geschah, daß sie noch warm aus meinen Armen zu ihrem Freier eilen mußten, weshalb unsere Kunden häufiger, als sie's vermuten mochten, ein frisch gebuttertes Pastetchen serviert bekamen!

Miss Yately selbst machte kein Hehl daraus, wie sehr sie den Hauptzweck meiner Besuche bei ihr genoß, und ließ mich häufig sofort in ihr Schlafgemach führen, wo sie dann bereits entkleidet auf dem Bett lag, und zwar wiederum direkt vor Alberts Augen. Aber ich hatte ja bereits hinlänglich Gelegenheit, bei meinen Berichten auf die Angewohnheit der Oberschicht zu verweisen, ihre Dienstboten so zu behandeln, als könnten die ebensowenig sehen und hören wie ein Möbelstück, und folglich dachte ich, meine Gastgeberin hielte es mit ihrem Lakaien genauso.

Mrs. Yately wußte offenbar auch um unsere Affäre, denn als ich ihr einmal in der Halle begegnete, blieb sie stehen, stupste mich in die Rippen, zwinkerte dabei ganz lüstern und erkundigte sich, ob ich denn auch gut bei Kräften sei, da ihre Nichte schon den ganzen Vormittag «so aufgeregt herumschnüre», daß sie offensichtlich einen «Einlauf» nötig habe – was ich für eine altertümliche Wendung hielt, da ich den Ausdruck noch nie zuvor gehört hatte.

Endlich, nach etwa zwei Monaten, als der Sommer sich schon dem Herbst zuneigte und die ersten Blätter von den Bäumen fielen, beschloß ich, unser Verhältnis in geregelte Bahnen zu lenken – wozu ich einen Moment wählte, da ich, wie mir schien, meine Dame so in Ekstase versetzt hatte, daß sie mir nichts würde abschlagen können. Also hielt ich einen Augenblick lang in meinen Anstrengungen inne und fragte, ob sie es nicht auch für an der Zeit hielte, uns zu unserer Liebe zu bekennen, auf daß wir «dies hier» (und damit nahm ich den Schnallenritt wieder auf und packte sie gleichzeitig bei den Pobacken, um sie noch fester an mich zu ziehen) alle Tage und von früh bis spät genießen könnten?

«O ja! Ja!! Ja!!!» schrie sie, was ich entzückt als Zustimmung deutete und demgemäß ich unser Stechen zu einem wechselseitig befriedigenden Abschluß brachte. Nach einer schicklichen Pause küßte ich sie auf den Mund und fragte, wann sie mich denn nun zum glücklichsten Mann Londons zu machen gedenke – hier aber fing sie plötzlich zu stottern an und suchte allerlei Ausflüchte. Ungeachtet, daß ich all meine Überredungskünste anwandte, verweigerte sie mir beharrlich eine eindeutige Antwort, erregte mich aber mit aufreizender Neckerei zu einem zweiten Gefecht, und so beendeten wir denn den Nachmittag, auch wenn das Datum unserer Hochzeit noch immer nicht festgesetzt war, gleichwohl in schönstem Einvernehmen.

16. KAPITEL

Sophies Bericht

Die unglückliche Ehe meines Freundes Chichley ging mir einfach nicht mehr aus dem Kopf, denn auch wenn ich ihn seit geraumer Zeit nicht mehr gesprochen hatte, bewahrte ich ihm doch ein inniges Andenken – und das nicht nur, wie der uneingeweihte Leser glauben könnte, weil er mir als erster in der Hauptstadt die Freuden der Liebe gespendet hatte, sondern auch und vor allem um seines liebenswürdigen und noblen Charakters willen.

Ich war zunächst fassungslos, als mein Bruder mir erzählte, Chichley betrüge seine junge Gattin regelmäßig mit den Mädchen aus der Brook Street, doch dann erfuhr ich von Andy (dem Chichley sich anvertraut hatte), daß er Lady Frances kalt und teilnahmslos fände – was ich nur auf die Nervosität der Dame zurückführen konnte, denn in unserem Etablissement gab sie sich stets herzlich und aufgeschlossen und bewies einen nimmermüden Appetit für Harrys Liebesdienste. Außerdem war sie ein ganz besonders zartfühlendes Geschöpf und ihr Betragen mir und den Burschen gegenüber hätte nicht taktvoller sein können. Wir hatten hin und wieder Kundinnen, die meine Burschen nur benutzten, um ihr brennendes Verlangen zu stillen, ohne das leiseste Anzeichen, daß sie auch menschlicher Regungen fähig waren; Lady Chichley dagegen war immer die Liebenswürdigkeit in Person und verabschiedete sich nie von Harry, ohne ihm ein kleines Geschenk zu machen (eine ganz unnötige Aufmerksamkeit, wenn man bedenkt, welch hohe Gebühr sie vorab bereits an unser Haus entrichtet hatte). Er wiederum fand offenbar großen Gefallen an ihrer Gesellschaft, und zwar unabhängig davon, daß sie für seine Dienste bezahlte, ja, er behandelte sie nicht wie seine sonstige Kundschaft, sondern fast wie eine wirkliche Geliebte. Tatsächlich versicherte er mir aus freien Stücken, daß sie ihm vorkäme wie eine geschätzte Mätresse oder gar ein Eheweib und daß sie ebensoviel Zeit mit fröhlichem Geplauder und gefühlvollem Tändeln verbrächten wie mit der Befriedigung der Fleischeslust. Als ich unseren so gerngesehenen Gast auch mit Philip bekanntmachte, gab sie sich anfangs zwar schüchtern, vertraute inzwischen aber so fest auf die Diskretion unseres Hauses, daß sie bald gern den Tee mit ihm nahm und sich dabei in vertraulichen Plaudereien erging – wobei sie freilich nie ein Wort gegen ihren Gatten duldete, sofern es nicht von ihren eigenen Lippen kam. Und sie selbst gab sich große Mühe, ihn nach ihrem ersten, verzweifelten Geständnis mir gegenüber nicht mehr anzuschwärzen.

Das Los der Eheleute schien mir erst recht beklagenswert, als ich von Frank und Andy erfuhr, die Mädchen in der Brook Street hätten ihnen anvertraut, Chichleys Liebeskräfte seien selbst für ihre weitreichenden Kenntnis des männlichen Geschlechts ganz ohne Beispiel. Zwar entbehrten seine Degengänge vorläufig noch jener Feinheiten und Finessen, die eben nur die Erfahrung lehrt, aber er sei ein sehr eifriger Schüler und von Herzen dankbar für jede Lektion, die man ihm erteile, ja, er wisse heute schon besser als die meisten, was ein Mann den Gefühlen einer Dame schuldet, die bereit ist, ihn zu erhören.

Als ich mein Bedauern über den traurigen Fall zum Ausdruck brachte, stimmte Frank mir von ganzem Herzen zu, denn er schätzte Chichleys Gesellschaft ebenso wie ich, und auch, wenn er Lady Chichley noch nie gesehen hatte, so vertraute er doch meinem Urteil über ihre Schönheit und ihr leidenschaftliches Temperament. An dieser Stelle fragte plötzlich Andy, der unser Gespräch bisher schweigend mitangehört hatte, ob wir mit einem kleinen Täuschungsmanöver einverstanden wären, falls die Eheleute dadurch zusammengeführt werden könnten. Und als wir zustimmten, enthüllte er uns einen Plan, der zwar das Risiko barg, uns, sollte er fehlschlagen, das Mißfallen des Viscounts und seiner Gemahlin zuzuziehen, im übrigen aber große Aussicht auf Erfolg versprach.

Also erteilte ich meine Einwilligung und begab mich, nachdem wir die Einzelheiten besprochen hatten, zurück nach Chiswick. Ich wähnte das Haus leer, denn es war noch nicht Mittag, und keiner meiner Burschen brauchte so früh zu erscheinen. Wer beschreibt daher meine Verwunderung, als ich aus dem rückwärtigen Teil der Villa lautes Geschrei vernahm – derbe Rufe und dazwischen das ängstliche Jammern einer Frauenstimme! Ich eilte hinzu, und als ich die Tür des Boudoirs aufriß, aus dem der Lärm kam, da sah ich zu meinem Entsetzen drei Personen in einen hitzigen Kampf verwickelt: Als erstes erkannte ich Polly, die halb nackt, mit entblößtem Busen und zerfetztem Rock, von einem Mann festgehalten wurde, der halb unter ihr auf dem Diwan lag und ihr die Arme auf dem Rücken zusammenpreßte, während ein zweiter, nur mit einem Hemd bekleidet, zwischen ihren Schenkeln kauerte und ihr entweder bereits Gewalt angetan hatte oder eben im Begriff war, sich an ihr zu vergehen. Er hatte den Rücken zur Tür gewandt und war im übrigen so von seiner schändlichen Begierde durchdrungen, daß er mein Eintreten gar nicht bemerkte. Ich packte die einzige Waffe, die zur Hand war – meinen Parasol –, schwang ihn in blindwütigem Zorn und ließ ihn dann auf jenen Körperteil des Schurken niedersausen, der sich am ehesten für einen solchen Schlag anbot.

Der Schmerzensschrei des Wüstlings übertönte den ganzen Tumult, ja selbst Pollys kräftige Lungen, und gleich darauf stürzte er, qualvoll zusammengekrümmt, mitsamt meinem (jetzt leider arg verbogenen) Parasol neben dem Diwan zu Boden. Nun drückte Polly mit einem kräftigen Stoß ihrer Hinterbacken dem Kerl unter ihr die Luft ab, und dann ergriffen wir beide in Windeseile die Flucht – freilich nicht, ohne rasch noch den Schlüssel, mit dem das Boudoir normalerweise von innen abgeschlossen wurde, abzuziehen, damit wir die beiden einsperren konnten.

Nachdem ich Polly einen Brandy eingeflößt hatte, erholte sie sich rasch wieder und erzählte mir, was sich zugetragen hatte: Sie war, als es an der Haustür läutete, hinuntergegangen, um zu öffnen, und da hatten die beiden Männer draußen gestanden und sich erkundigt, ob es nicht in Haus oder Garten ein bißchen Arbeit für sie gäbe. Weil es kräftige Kerle waren, hatte Polly ihnen aufgetragen, einen kürzlich umgestürzten Baum zu zerhacken, denn wir fingen allmählich an, Brennholzvorräte für den kommenden Winter zu sammeln.

Noch aber war es draußen warm, und deshalb hatte sie die beiden nach einer Stunde in die Küche gebeten und ihnen einen Humpen

Dünnbier kredenzt. Ein Weilchen hatten sie ganz friedlich beieinander gesessen und sich unterhalten. Schließlich gestanden die Männer, daß sie ganz in der Nähe wohnten und allerlei Gerüchte über das Treiben im Haus gehört hätten, worauf sie fragten, ob es denn für sie keine angenehmere Beschäftigung bei uns gäbe als das Holzhacken.

Polly hatte geantwortet, im Augenblick sei unser Stall voll besetzt.

«Und außerdem, Ma'am», setzte sie hinzu, «waren das derbe Gesellen, aber nicht von der Sorte, die manche Lady gleichwohl anziehend findet – wie's zum Beispiel bei unserem Harry der Fall ist. Nein, die beiden waren schmutzig und unrasiert und sie stanken nach Schweiß und hatten keine Manieren.»

Die Männer schienen ihr die Abfuhr nicht übelzunehmen, und Polly ließ sie (was, wie sich herausstellen sollte, leider sehr unklug war) in der Küche sitzen, um in Ruhe ihr Bier auszutrinken, während sie hinaufging, um die Boudoirs sauberzumachen, die Handtücher zu wechseln und alles für die Abendkundschaft herzurichten. Wer aber beschreibt ihren Zorn und ihr Entsetzen, als plötzlich die beiden Männer auftauchten und verlangten, sie solle sich mit ihnen niederlegen. Da Polly sich weigerte, packten die Schurken sie und rissen ihr in der Erregung die Kleider vom Leib, was ihren Trieb natürlich nur um so heftiger anstachelte. Einer hielt sie fest, während der andere seine Hose herunterließ und ein purpurrotes Werkzeug zum Vorschein brachte, dessen Umfang Bewunderung verdient hätte, wäre sein Anblick willkommen gewesen. Tatsächlich war er eben gewaltsam in sie eingedrungen, als die Tür zum Boudoir aufging und ich samt jener Waffe erschien, welche dem Wüstling noch weit größeren Schmerz zufügen sollte, als Polly durch ihn erlitten hatte.

Sobald ich alles vernommen hatte, holte ich nur rasch die geladene Pistole, die stets für den Notfall in meinem Schreibtisch bereitlag, und dann schlichen wir zurück zu dem Kabinett, wo wir die beiden Schurken eingeschlossen hatten. Sie täten gut daran, riefen wir ihnen zu, friedlich herauszukommen und sich zu ergeben – wir seien nämlich bewaffnet.

«Weiber, die schießen können! Das klingt wirklich glaubhaft!» höhnte eine Stimme von drinnen. Doch da feuerte ich meine Pistole auf die Tür ab, deren schönes Holzwerk ich gern zu opfern bereit war, wenn es galt, diesen Schurken gebührend Angst einzujagen;

tatsächlich verstummten die beiden fürs erste. Doch schon im nächsten Moment hörten wir drinnen ein leises Tuscheln, und gleich darauf bettelten sie in sehr unterwürfigem Ton um Nachsicht und flehten uns an, sie freizulassen.

Wir überlegten, daß es auch für uns das Beste sei, die beiden ohne viel Aufhebens davonzujagen, statt sie auf der Wache anzuzeigen, denn je weniger unser Haus von sich reden machte, desto friedlicher und unbehelligter konnten wir unsere Geschäfte hier fortführen. Also schloß Polly auf und öffnete die Tür weit, während ich meine Pistole auf die beiden Halunken gerichtet hielt, die nun herausgeschlichen kamen: Einer hinkte arg und preßte seinen Hemdzipfel auf den Hintern, wo der Stoff, wie ich wohl sehen konnte, blutdurchtränkt war.

«Ich hoffe, Sie haben meinen Sonnenschirm nicht beschädigt, denn er ist ein Geschenk von einem sehr lieben Freund», sagte ich streng. «Haben Sie die Güte, ihn Mistress Polly zu übergeben» – und ich bestand eisern darauf, daß das Opfer meiner Zielsicherheit den Parasol wirklich unterm Diwan hervorholte und Polly aushändigte, was der Unglücksmensch offenbar nur sehr ungern und mit wenig Anmut vollbrachte.

«Und Sie, Sir», wandte ich mich an seinen Kumpan, «können Ihrem Schicksal danken, daß der Leib meiner geschätzten Freundin hier Sie vor einer ähnlichen Attacke beschützt hat. Sie sind noch einmal sehr glimpflich davongekommen...» Und dabei wäre es vielleicht auch geblieben, hätte der dreiste Mensch meine Worte nicht mit hämischem Grinsen quittiert. Doch als Polly sah, wie undankbar er sich gegen unsere Großmut bezeigte, da ergriff sie die Gelegenheit, als er an ihr vorbei mußte, und versetzte ihm einen Tritt, der, weil sie spitze Schuhe trug und ihr Zielvermögen ebenso akkurat wie ihr Bein kräftig war, ihn bis in die Eier traf und, seinem Schrei nach zu urteilen, höchst schmerzhaft sein mußte. Allein, angesichts der drohend auf sie gerichteten Pistole in meiner Hand wagten die beiden Halunken keine Gegenwehr, und wir scheuchten sie ohne viel Federlesens die Treppe hinunter und zur Tür hinaus, die wir sorgfältig hinter ihnen verriegelten.

Wir hatten eigentlich nicht die Absicht, Dritte durch die Schilderung des beklagenswerten Zwischenfalls zu ängstigen, aber als wenig später die Burschen eintrafen, blieb ihnen die durchschossene Boudoirtür natürlich nicht verborgen und mir denn weiter übrig, als die Gentlemen ins Bild zu setzen. Mein Bericht rief beträchtliches

Staunen, ja Entsetzen hervor; besonders der gute William war ganz außer sich, umarmte Polly und sprach ihr zärtlich Trost zu, was ihr offensichtlich durchaus nicht mißfiel; nur brach sie zu meiner Verwunderung abermals in Tränen aus, obgleich sie mir mehrmals beteuert hatte, sie sei ganz unverletzt, und bis eben auch nicht verstörter gewirkt hatte, als nach einem solch unangenehmen Zwischenfall nur billig schien. Doch da sie jetzt offenbar aufs neue von kummervollen Bildern heimgesucht wurde, erlaubte ich ihr, sich ein Weilchen niederzulegen, und William geleitete sie hinaus.

Auch Spencer nahm den Vorfall sehr ernst, denn, so argumentierte er, solche Grobiane hätten meist viele Freunde, und folglich könne man einen Racheakt auf unser Haus nicht ausschließen. Er schlug vor, wir sollten uns zusätzliche Waffen besorgen und diejenigen unter den jungen Burschen, die nicht damit umzugehen verstünden, in ihrem Gebrauch unterweisen. Ich widersprach, denn ich war von jeher der Ansicht, man solle Gewaltanwendung soweit nur irgend möglich vermeiden. Und je mehr Waffen wir zur Verfügung hätten, desto rascher würden sie auch benutzt werden, hielt ich Spencer entgegen, und das könne für uns ebenso schwerwiegende Folgen haben wie für unsere mutmaßlichen Feinde, gegen die wir uns zu wehren trachteten.

Binnen kurzem ertönte unten zum erstenmal an diesem Abend die Glocke, und da Polly nirgends zu sehen war, ließ ich selbst unsere erste Besucherin herein, die sich, als ich sie an das vergitterte Fenster führte, weidlich am Anblick der Burschen ergötzte, die eben hastig ihre letzten Kleidungsstücke ablegten – ja, sie folgte der Szene mit solch offenkundigem Vergnügen, daß mir (und zwar nicht zum erstenmal) der Gedanke kam, vielleicht sei es so stimulierend, einen Mann beim Ausziehen zu beobachten, daß selbst der abgestumpfteste Gaumen dadurch noch Appetit bekommen könne, ja, daß es sich womöglich lohnen würde, dieses Ritual mit in unser Programm aufzunehmen.

Nachdem die Dame sich mit Tom, dessen Leibesfülle oft bei Kundinnen von eher mütterlichem Typus Anklang fand, zurückgezogen hatte, machte ich mich auf die Suche nach Polly – und auch nach William, der, seit er sie auf ihr Zimmer gebracht hatte, ebenfalls verschwunden war. Nach meiner Gewohnheit trat ich bei Polly ein, ohne anzuklopfen, und da sah ich den dunklen Schopf des Mädchens unter Williams wohlgeformten, zarten Hinterbacken hervorlugen, während sie selig an seinem Schwanz nuckelte; sein Kopf steckte derweil tief zwischen ihren Schenkeln, wo seine Zunge ihr offenbar entsprechende Wonnen spendete.

Bei meinem Eintreten fuhr er verlegen hoch und machte Anstalten, um Nachsicht oder gar um Verzeihung zu bitten, aber Polly, die auf unsere Freundschaft und meine Zuneigung zu ihr vertraute (und das mit Recht), ließ nur von ihrem Leckerbissen ab, um mich wissen zu lassen, daß sie eines handfesteren Trostes bedurft habe, als bloße Worte ihn zu spenden vermochten.

«Aber es ist nicht bloß das, Ma'am», sagte William und setzte sich auf den Bettrand. «Ich verehre Missis Playwright nämlich schon seit langem über alle Maßen und möchte Ma'am fragen, ob Sie etwas dagegen hätten, wenn ich um ihre Hand anhalten würde. In der letzten Woche habe ich erfahren, daß mein armer Vater verschieden ist und mir, obgleich ich nur der jüngere Sohn bin, ein beachtliches Vermögen hinterlassen hat, das mir ein gutes Auskommen sichert, und meine Gefühle für Missis Playwright sind so tief und aufrichtig, daß ich einfach versuchen muß, sie zur Frau zu gewinnen, egal, ob ich nun erhört werde oder nicht.»

Polly machte währenddessen ein so verdutztes Gesicht, daß ich unwillkürlich lächeln mußte – sie hatte offenbar nicht die leiseste Ahnung gehabt, daß William ihr einen Antrag machen wollte; ja, einen Moment lang schien sie regelrecht böse auf ihn zu sein, weil er sich nicht zuerst ihr erklärt hatte, bevor er meine Einwilligung erbat – ihm die zu verwehren, hatte ich freilich kein Recht, selbst wenn das mein Wunsch gewesen wäre. Aber in den letzten Wochen war mir schon aufgefallen, wie gern meine Polly den hübschen Jüngling hatte, nicht nur, weil die beiden sich (wann immer Gelegenheit war) miteinander davonstahlen, sondern auch weil sie angefangen hatte, mit scheeler Eifersucht jene Damen zu beäugen, die sich William zum Gefährten für ein Schäferstündchen in einem unserer Boudoirs auserkoren, wonach Polly jedesmal so lange aufreizend mit Harry oder George flirtete, bis Williams flehentliche Blicke sie erweichten und er Vergebung fand.

Mithin läßt sich leicht denken, daß sie in diesem Fall ihre Bedenken sehr rasch überwand und ihm, indem sie sich auf den Ellbogen stützte, die Lippen zu einem so glühenden Kuß bot, daß beide einander alsbald wieder in feuriger Umarmung umfingen und ihr Liebesspiel, das durch mich unterbrochen worden war, mit verdoppeltem Eifer fortsetzten.

Meine Vermittlung war offensichtlich nicht mehr vonnöten, aber ich trat doch ans Bett und küßte die beiden auf die Schultern – die einzig harmlosen Körperteile, die mir jetzt noch zugewandt waren –, ehe ich leise aus dem Zimmer ging. Die beiden blieben den ganzen Abend zusammen, und ich entschuldigte William bei den beiden Ladies, die seine Dienste in Anspruch nehmen wollten. Und später, als auch die letzten Besucherinnen das Haus verlassen hatten, stießen wir alle mit Champagner auf die Verlobung an, auch wenn vorerst noch keine Heiratspläne geschmiedet wurden, weil Polly darauf bestand, daß sie und ihr Bräutigam es mir schuldig seien, so lange in Chiswick zu bleiben, bis ich Ersatz für sie gefunden hätte.

Zwei Abende später erschien erwartungsgemäß (denn sie war eine sehr regelmäßige Kundin) Lady Chichley und zog sich, wie es ihre Gewohnheit war, mit Harry zurück. Eine Stunde später brachte er (der in seinem seidenen Gewand sehr hübsch anzusehen war) sie nach ihrem Schäferstündchen auf mein Zimmer, damit sie (wie fast jedesmal) zum Abschied noch ein Glas Wein mit mir nehmen konnte. Mit dem ihr angestammten Zartgefühl reichte sie ihm diskret eine Goldmünze und küßte ihn auf die Wange, bevor sie sich niedersetzte und ihr Glas erhob. Eine ganze Weile plauderten wir über nichtssagende Dinge, aber ich deutete doch verschiedentlich an, daß es eigentlich etwas Ernsthafteres zu besprechen gäbe, und als ich fühlte, daß ihre Neugier gebührend geweckt sei, sagte ich an: «Lady Chichley, ich habe eine Bitte, die Ihnen unverschämt erscheinen mag, und wenn dem so ist, dann vergessen Sie bitte sogleich, daß ich sie zu äußern wagte. Aber mein Bruder, von dem ich Ihnen ja schon mehrfach gesprochen habe, hat mich wissen lassen, daß Sie einen glühenden Verehrer haben.»

Kaum eine Frau würden solche Worte völlig teilnahmslos lassen, und wenn Lady Chichley sich auch bemühte, gleichgültig zu erscheinen, bat sie mich doch alsbald um eine nähere Erklärung.

«Mein Bruder und ich kamen vor ein paar Tagen auf die Schönheiten der Hauptstadt zu sprechen, und dabei fiel auch Ihr Name, Gnädigste – nicht etwa von meiner Seite, wie ich eilends hinzufügen möchte, denn ich bin sehr auf Diskretion bedacht, nein, mein Bruder war es, der mir anvertraute, daß ein gewisser, ihm wohlbekannter adliger Herr ganz über alle Maßen in Sie verliebt sei. ‹Es ist ein Jammer›, sagte er, ‹daß Mylady so tugendhaft und überdies dem eigenen Gatten so ergeben ist, daß sie den Gentleman gewiß nicht erhören würde, denn er ist ein Muster an Diskretion, aus angesehener Familie, ausnehmend hübsch anzusehen, in Liebesdingen so kundig und erfahren wie kein zweiter in der Stadt – kurzum, der ideale Liebhaber. Gewiß, er hat ein paar Abenteuer hinter sich – soviel ich weiß konnten wenigstens zwei junge Damen nach einem Gang mit ihm vor Erschöpfung einige Tage ihre Gemächer nicht verlassen –, aber bislang hat er dennoch nicht die ideale Gefährtin gefunden, die ihn hätte glücklich machen können. Nun aber schaut er nicht mehr rechts noch links, sondern verzehrt sich nach Lady Chichley, die, wie wir alle wissen, ihn doch nie erhören wird.›»

Myladys Wangen hatten sich während meiner Schilderung merklich gerötet.

«Ich kann mich dafür verbürgen, daß der Ruf dieses Gentleman sich nicht etwa nur auf Gerüchte stützt», fuhr ich fort, «denn eine Dame, die auch Ihnen wohlbekannt ist – deren Namen ich freilich geheimhalten muß –, hat mir geschworen, daß ein einziges Abenteuer mit ihm genügte, um sie mit jedem anderen Liebhaber unzufrieden zu machen, und erst kürzlich hörte ich, daß die Ärmste sich mit dem Gedanken trägt, in ein Kloster zu gehen. Wenn Sie selbst, Gnädigste, mir nicht die Ehre erwiesen hätten, mich in Ihr Vertrauen zu ziehen, würde ich mich niemals erdreisten, Ihnen derlei Anekdoten zu wiederholen, aber nach dem, was mein Bruder mir erzählte, kam es mir in den Sinn, daß Sie vielleicht nicht abgeneigt wären, sich einen Geliebten *Ihres* Standes zu wählen. Sie wären nicht die erste vornehme Dame, die sich zu einem solchen Schritt entschließt, und es wäre eine dauerhaftere Lösung für Ihr Problem als die flüchtigen Begegnungen in meinem Haus, die zwar kurzzeitig einen vernünftigen Ausweg bieten, aber naturgemäß nicht zu einer dauerhafteren Bindung führen können. Falls Gnädigste also doch geneigt wären, diesen Gentleman zu erhören…»

Ich hielt inne, und sie erhob zu meiner Erleichterung nicht gleich Einwände.

«Seinen Namen darf ich Ihnen natürlich nicht preisgeben – schon deshalb nicht, weil er sich genau wie Sie in den höchsten Gesellschaftskreisen bewegt und Ihnen folglich bekannt sein dürfte, und da würde es unvermeidlich zu Peinlichkeiten führen, wenn Sie ihm, sollten Sie sich gegen eine längere Liaison entscheiden, später in der Öffentlichkeit wiederbegegneten. Aber ich darf Ihnen versichern, daß er absolut verschwiegen ist und Ihnen überdies so blind ergeben, daß er, ganz gleich, wie Sie seine Huldigung aufnehmen, dies heimliche Rendezvous später niemals preisgeben, ja, nicht einmal mit einem Lächeln verraten würde, daß Sie ihm je Ihre Gunst geschenkt haben.»

Lady Chichley hatte offensichtlich Feuer gefangen.

«Um Sie vor jeglicher Verlegenheit zu schützen, wäre der Gentleman auch damit einverstanden, daß Sie einander maskiert begegnen – er, damit Sie ihn nicht erkennen, Sie, um sich Peinlichkeiten zu ersparen. Sie werden nicht einmal miteinander zu sprechen brauchen, und bei einem *solchen* Stelldichein macht ja glücklicherweise die Tat alle Worte überflüssig.»

Da ich bereits wußte, von welch sinnlicher Natur Lady Chichley war, konnte sie mir jetzt nicht vorgaukeln, daß sie eine Abneigung gegen die Zärtlichkeiten des starken Geschlechts hege, und so mußte ich meine Überredungskünste nur noch ein wenig länger walten lassen. Ich hatte zu Recht darauf vertraut, daß ihr Liebeshunger mittlerweile so gewaltig war, daß ihr die Werbung eines ihr ebenbürtigen Gentleman unwiderstehlich erscheinen mußte, und wirklich willigte sie am Ende ein und versprach, in drei Tagen wiederzukommen, um ihren unbekannten Verehrer glücklich zu machen.

Ich sorgte dafür, daß an dem fraglichen Abend weder unsere Burschen noch Kundschaft im Haus waren. Der unbekannte Verehrer erschien als erster; Andy brachte ihn in einer geschlossenen Kutsche zur Villa und führte ihn in ein Boudoir, wo er sich maskieren und das Seidengewand anlegen konnte, das ich für ihn bereitgelegt hatte. Wenige Minuten später traf auch Lady Chichley ein, und ich geleitete sie in mein Schlafzimmer, wo auch sie sich ausziehen und in ein ebenso schlichtes seidenes Gewand schlüpfen konnte, ehe sie sich eine Samtmaske vors Gesicht band, die nur ihre Lippen freiließ, die Augen aber in so tiefe Schatten tauchte, daß man sie kaum noch wahrzunehmen vermochte. Sodann führte ich sie in das Boudoir, wo ihr angeblicher Anbeter sie bereits erwartete, und verweilte nur eben lange genug, um ihre Hand in die seine zu legen.

Der Gentleman war – wie der Leser bereits erraten haben dürfte – kein anderer als ihr Gatte, dem mein Bruder von einer wunderschönen Frau gesprochen hatte, die ihn bis zur Verzweiflung liebe und die sich nichts auf der Welt so sehr wünsche wie diese heimliche Begegnung.

Andy und ich begaben uns nun – ich schäme mich, es einzugestehen, doch der geneigte Leser wird uns wohl unsere Neugier nachsehen, ja, sie vielleicht sogar teilen – in das angrenzende Kabinett mit dem bereits beschriebenen geheimen Guckloch, durch das wir alles, was sich im Boudoir nebenan abspielte, verfolgen konnten.

Als wir unseren Beobachtungsposten erreichten, stellten wir fest, daß die beiden immer noch Hand in Hand beisammenstanden und eins so gebannt ins Aug des anderen starrte, daß ich – ungeachtet der Masken – schon fürchtete, sie hätten einander allein durch diesen Blickwechsel bereits erkannt. Endlich aber ließ Chichley die Hand der Dame los, um die Schleife aufzunesteln, welche seinen Umhang am Hals zusammenhielt. Als die Seide raschelnd zu seinen Füßen niederfiel, kam jener herrliche Körper zum Vorschein, den ich noch so gut in Erinnerung hatte – und dessen Anblick mich eingestandenermaßen einen Moment lang mit Bedauern darüber erfüllte, daß nicht ich es war, die seine Huldigung empfangen sollte. Er hatte die Anmut einer antiken Statue, und auch deren Ebenmaß: breite Schultern und schmale Hüften, eine Brust, die sich wölbte wie ein polierter Harnisch, einen flachen Bauch mit einer bezaubernden Delle, da, wo der Nabel nistete, wohlgeformte Schenkel, kräftig wie Eichenstämme, und dazwischen ein Zepter, das sich freilich, da es noch kaum erregt war, vorerst im Dickicht des Blondhaars verborgen hielt. Alsbald aber reckte es sich und bewies damit aufs schönste die lustvolle Bereitschaft seines Herrn für das in Aussicht stehende Gefecht.

Nun machte Chichley zwei Schritte auf seine Gefährtin zu, griff nach der Schleife an ihrem Hals und löste sie, so daß auch ihr Gewand zu Boden glitt und sie in all ihrer Schönheit enthüllte – worauf Andy, der die Lady noch nie gesehen hatte, plötzlich zu zittern anfing, als ob ihn ein Fieber befallen hätte. Im nächsten Moment aber spürte ich seine Hände auf meinen Schultern, und sein Körper preßte sich fest an den meinen, während er sich vorbeugte, um das Tableau im Nebenraum näher zu betrachten, denn Frances Chichley paßte zu ihrem Gatten, wie Eva und Adam auf alten Gemälden einander ergänzen: Ihre hohen Brüste zeigten leicht nach außen, waren voll, aber nicht schwer, fest und doch rund, ihre blühenden Hüften wölbten sich über kräftigen und gleichwohl unverkennbar weiblichen Schenkeln, zwischen denen ein dunkles, samtiges Kissen den Eingang zum Lusttempel beschattete.

Jedes war so verzaubert vom Anblick des anderen, daß die vermählten Liebenden im Nu wie durch magnetische Kräfte gelenkt zusammenfanden: Ihre weiße Haut verschmolz mit seiner bronzenen, doch vorerst wagten sie nur, einander die Hände auf die Schultern zu legen. Aber schon im nächsten Augenblick fingen ihre Finger an zu wandern, zuerst den Rücken abwärts bis zum Po, wobei sich sein Unterleib fester an den ihren schmiegte – was ganz die zu erwartende Wirkung zeitigte, denn als Chichley beiseite trat, um seine unbekannte Geliebte zum Diwan zu führen, sahen wir, daß er bereits für den Liebesakt gerüstet war: Sein kräftiger Schwanz bog sich so scharf nach oben, daß er fast gegen den Bauch stieß – meiner Erfahrung nach ein untrügliches Zeichen vielversprechender Männlichkeit.

Dies war freilich kein Indiz dafür, daß er seine Dame durch allzu ungestümes Verlangen erschrecken würde, denn nachdem er sie auf den Diwan gebettet hatte, erforschte er zunächst mit Muße jeden Zoll ihres Körpers: erst mit den Händen, dann mit den Lippen, und auch wenn wir ihr Gesicht nicht sehen konnten, so verriet doch ihr hingebungsvoll zurückgebogener Kopf, welches Feuer er in ihrem Körper entzündete.

Als er ihr das Kompliment erwies, ihr Moospolster zu liebkosen, lief plötzlich ein so sichtbarer Schauder der Erregung durch ihren Leib, wie er gewöhnlich erst den Höhepunkt der Lust begleitet. Und wirklich schob sie ihn gleich darauf sanft beiseite und bat ihn mit stummen Gesten, sich nun seinerseits auf dem Diwan auszustrecken. Dann kniete sie sich über ihn und spielte mit Lippen und Zunge auf allen Instrumenten seines Körpers, bis sie endlich seine Flöte zwischen ihre schlanken Finger nahm, sacht die Haut zurückzog, so daß der rosige Kopf stolz hervortrat, über den sie nun ihre feucht schimmernden Lippen gleiten ließ, während sie mit der anderen Hand seine Trauben massierte...

Doch was war das? Plötzlich versperrte Andys Hand mir die Sicht, und gleich darauf hatte er mich auf den Rücken geworfen und preßte seinen Mund auf den meinen, während seine Finger sich unter meinen Röcken emportasteten, bis sie in meine Liebesmuschel schlüpften, aus der, ich gestehe es, verräterischer Honig troff und bezeugte, welch tiefen Eindruck die Szene nebenan auch auf mich gemacht hatte.

Ungeachtet meiner momentanen Erregung hätte mich ein solch unvermuteter Angriff bei jedem anderen gleichwohl in Zorn versetzt, aber Andy und ich hatten von Kindheit auf miteinander gespielt, und es waren etliche Monate vergangen, seit wir uns zuletzt zusammen vergnügt hatten. Und wenn auch andere Männer mein Verlangen befriedigender gestillt hatten (Andy neigte nämlich stets dazu, sich allzu viel auf seine eigene Bravour einzubilden, als daß er ein wirklich idealer Liebhaber gewesen wäre, denn einer Frau ist doch gewiß immer der der liebste, der ihr die Möglichkeit gibt, ihm mehr Lust zu spenden als umgekehrt?), so war ich doch keineswegs abgeneigt gegen einen hitzigen Gang mit ihm, ja, fühlte ich mich durch das Treffen, das wir gemeinsam arrangiert hatten, so erregt, daß wir beide im Nu ebenso nackt voreinander standen wie unsere Gäste. Ich nahm mir gar nicht erst die Zeit, mich hinzulegen, sondern hob ein Bein und schlang es ihm um den Hintern, so daß er sich nur ein wenig zu bücken brauchte, um seinen Schwanz einzuführen; mit nicht mehr als zwei oder drei Stößen hatte er uns beide glücklich gemacht (denn wir waren gleichermaßen erregt gewesen). Nun brauchten wir uns nur wieder umzudrehen und schon konnten wir unsere Augen abermals an die Öffnung in der Wand bringen und mitansehen, wie sich die Lage im Boudoir nebenan entwickelt hatte, wo unsere Freunde indes weniger überstürzt zu Werke gegangen waren. Obgleich Chichley inzwischen in seliger Umarmung zwischen den Schenkeln seiner Dame lag, bewegte sich sein hübscher Hintern noch immer mit langsamen und gleichmäßigen Stößen auf und ab, deren Rhythmus aufs schönste dem lustvollen Stöhnen entsprach, das sich der Kehle seiner Gattin entrang, die nun wieder mit weit zurückgebogenem Kopf dalag und so ihren herrlichen Busen seinen Lippen feilbot.

Der Schrei, mit dem Lady Chichley den Höhepunkt ihrer Wonnen erreichte, schien laut genug, um die Mauern des Hauses zu durchdringen, und in diesem einzigen triumphalen Laut drückten sich soviel Ekstase und Befriedigung aus, daß ich unwillkürlich nach Andys halb erschlafftem Schwanz griff und ihn so fest umklammerte, daß er mich in die Schulter beißen mußte, um nicht seinerseits aufzuschreien und damit unsere Gäste zu erschrecken. Dieser Biß durchzuckte mich mit solch lustvollem Schmerz, daß davon meine eigene Leidenschaft aufs neue erwachte, worauf wir unsere Gäste abermals aus den Augen verloren; diesmal aber stürzten wir uns nicht gar so übereilt in den Kampf, sondern befriedigten einander mit schönster Muße – und ich mußte einsehen, daß mein Freund in den letzten Monaten offenbar viel über die Kunst gelernt hatte, in der er bis dahin fast ein Neuling gewesen war. Jetzt verband er mit jener fast animalisch verspielten Freiheit, die mich vor nun schon etlichen Jahren, als wir beide noch Kinder waren, so zu ihm hingezogen hatte, eine höchst beeindruckende Kenntnis der Finessen des

Liebesspiels. Und nun, da die erste, ungestüme Leidenschaft gestillt war, hatte er sich so vorbildlich in der Gewalt, daß ich ihn trotz aller Anstrengungen nicht zum Schuß reizen konnte, bevor er mich nicht zweimal befriedigt hatte.

Danach lagen wir eine Weile ermattet beieinander, ohne uns unserer Umgebung noch recht bewußt zu sein, und ich dachte im stillen – ja, ich gestehe es ein –, daß trotz all seiner Fehler doch kein anderer Mann mich so zu erquicken und mir soviel Lust zu schenken vermochte wie dieser mein Jugendfreund. Bald aber begaben wir uns abermals auf unseren Späherposten, wo wir nun sahen, wie Chichley über den Schultern seiner Frau kniete und ihr huldigte, während sie mit der Zunge seine reizenden Kürbisse erforschte und dabei gleichzeitig so gefühlvoll mit seinem Schwanz spielte, daß er sich vor Erregung kaum mehr zu lassen wußte. Als sie endlich, von eigener Wonne übermannt, die Zähne in seinen Hintern grub, verschoß er seine (wie wir vermuteten) dritte Ladung, ehe er mit einem wohligen Seufzer niedersank, so daß sein Kopf zwischen ihren Füßen zu liegen kam, während sie in überschäumender Reue mit zärtlicher Zunge die sichelförmige Blutspur aufleckte, die anzeigte, wo ihre Zähne sich in sein Fleisch geschlagen hatten.

«Ich glaube», sagte Andy, «nun ist es an der Zeit, unsere kleine List aufzudecken.» Damit hielt er mir den Rock hin, so daß ich bequem hineinschlüpfen konnte. «Und du, liebste Sophie, sei herzlich bedankt für diesen leidenschaftlichen Beweis deiner Zuneigung» – sprach's und drückte mir einen Kuß auf die Wange, den ich mit Freuden erwiderte.

Wir betraten das Boudoir, ohne anzuklopfen, was unsere Gäste nicht wenig überraschte, ja, Chichley sprang auf die Füße und hätte wohl unverzüglich seiner Empörung Luft gemacht, wenn ich ihm nicht zuvorgekommen wäre.

«Vergebung», sagte ich, «aber wir haben einen gewichtigen Grund, ungebeten hier einzudringen. Wir halten es nämlich für äußerst dringlich, daß Sie über gewisse Verhältnisse Aufklärung erhalten, solange Sie und diese Dame noch zusammen sind.

Ihre Gefährtin hatte keine Ahnung, mit wem sie sich hier treffen würde, glaubt aber, daß umgekehrt sie Ihnen bekannt sei. Und ich muß ihr nun gestehen, daß auch der gnädige Herr mitnichten weiß, mit wem er es zu tun hat.»

Bei meinen letzten Worten hob Lady Chichley erstaunt den Kopf.

«Ja, ich fürchte, Sie sind beide das Opfer einer Intrige geworden, deren mein Freund Andy und ich uns schuldig bekennen; eine Intrige, die aber hoffentlich das von uns gewünschte Resultat zeitigen wird. Mein Herr, würden Sie die Güte haben, Ihre Maske abzunehmen?»

Chichley zögerte einen Moment, doch dann zog er langsam den samtenen Schutz vom Gesicht und enthüllte jenes ernste, aber dabei nicht unfreundliche, männlich-hübsche Antlitz mit dem wohlgeformten Mund, der aristokratischen Nase, den scharfen Augen und der hohen Stirn, in die jetzt eine vom Tau der Leidenschaft benetzte Locke hing.

Lady Chichley fuhr zusammen und stieß einen Entsetzensschrei aus, vor dem mir schier das Herz stockte, war dies doch der kritische Augenblick, von dem alles abhing: Würde sie jetzt gekränkt sein, weil sie durch List dazu verführt worden war, dem Gatten, der ihren Körper vorsätzlich verschmäht hatte, eben diesen gedemütigten Leib anzubieten? Doch dann richtete sie sich auf und nahm ihrerseits die Maske vom Gesicht.

Lange sahen die beiden einander in ungläubigem Staunen an. Dann aber – wer beschreibt meine Erleichterung! – kniete Chichley zu Füßen seiner Frau nieder, ergriff ihre Hand und küßte sie mit ehrfurchtsvoller Zärtlichkeit; und als er nun die Augen zu ihr aufschlug, da baten seine Blicke stumm, aber gleichwohl beredt um ihre Vergebung.

Ich zupfte Andy an der Schulter, und leise schlichen wir hinaus – freilich erst, als die beiden einander abermals in den Armen lagen, diesmal nicht von Leidenschaft getrieben, sondern um sich wechselseitig zärtliches Erkennen, Verzeihen und hingebungsvolle Liebe zu bekunden.

Eine Stunde später klopfte es an der Tür des Zimmers, in dem Andy und ich bei einer Flasche Wein zusammensaßen, und gleich darauf traten Lord und Lady Chichley, nun wieder voll bekleidet, ein. Er kam direkt auf mich zu und reichte mir die Hand.

«Missis Nelham», sagte er, «ich bin Ihnen unendlich dankbar, daß Sie mir gezeigt haben, auf welchen Irrwegen ich wandelte – daß Frances nicht die unnahbare Aristokratin ist, für die ich sie hielt, sondern eine Dame, deren Schönheit sich aufs herrlichste mit ihrer Liebesleidenschaft verbindet. Ich habe Ihnen vieles zu danken, Ihnen und Mr. Harry Riggs – denn, ja, meine Frau hat mir ihre Abenteuer mit jenem Herrn gestanden, der den Quell ihrer Leidenschaft freilegte und zum Sprudeln brachte. Wenn ich mich Ihnen irgendwie erkenntlich zeigen kann... oder Ihnen, Mr. Archer, dessen Rolle in diesem charmanten Komplott ich ja erst jetzt zu würdigen weiß...»

Andy und ich versicherten natürlich rasch, daß es keines Danks bedürfte, ja, daß wir uns (was der Wahrheit entsprach) reichlich belohnt fühlten, indem unsere List solche Früchte getragen hatte; und dann wünschten wir dem glücklichen Paar eine gute Nacht.

«Weißt du, Sophie», sagte Andy, sobald wir allein waren, «es ist ein weiter Weg zu Fuß bis zur Brook Street, und es ist so spät in der Nacht...»

Ich lächelte.

«In meinem Bett wird immer Platz für dich sein», antwortete ich, «wenn es auch nach zwei solch aufregenden Ritten, wie du sie mir heute schon geboten hast, ein stilleres Plätzchen werden dürfte, als du vielleicht annimmst...»

Aber er küßte mich liebevoll, und als wir im Bett lagen, hielt er mich mit jener Zärtlichkeit in seinen Armen, die eher von Zuneigung denn von Leidenschaft zeugt, dabei aber nicht weniger erquicklich und jedenfalls für das Glück einer Frau genauso unentbehrlich ist.

Ich hatte keine Ahnung, wie spät es sein mochte, als das helle Klirren berstenden Glases mich plötzlich aus dem Schlaf aufschreckte, aber Andy und ich saßen im Nu kerzengerade im Bett, und ich spürte im Dunkeln seinen Arm um mich, während wir einen Moment lang atemlos warteten und lauschten, da wir uns nicht erklären konnten, was geschehen war. Doch gleich darauf vernahmen wir ein anderes Geräusch – von knarrenden Dielen. Es waren Einbrecher im Haus!

«Hast du eine Waffe?» fragte Andy und sprang aus dem Bett.

«Ja, aber die ist unten», antwortete ich, denn leider lag die Pistole wie immer in meiner Schreibtischschublade. Ich tastete nach dem Feuerstahl, und endlich gelang es mir trotz meiner zitternden Hände, die Kerze auf dem Nachttisch anzuzünden. In ihrem Schein sah ich, wie Andy versuchte, verkehrt herum in seine Hosenbeine zu schlüpfen. Hastig warf auch ich meine Kleider über, aber als wir die Treppe erreichten, war es unten in der Halle bereits hell und wir sahen mehrere finstere Gestalten herumschleichen.

«Da ist ja die dreckige Hure!» ertönte ein Schrei von unten, und ich erkannte die Stimme eines der beiden Männer, die versucht hatten, meine arme Polly zu vergewaltigen. Die Kerle – inzwischen hatte ich sie gezählt: es waren ihrer fünf – machten Anstalten, die Treppe zu stürmen. Andy sprang schützend vor mich hin und streckte die Hand aus, die freilich leer war.

«Kommt nur herauf, wenn ihr's wagt», rief er, «ich bin bewaffnet!»

Die Männer zögerten nur einen Augenblick.

«Wir auch!» schrie einer zurück. Es folgte ein lauter Knall und eine Kugel sauste haarscharf an uns vorbei.

Andy riß mich zu Boden, packte einen schweren Tisch, der oben am Treppenabsatz stand, kippte ihn um und ließ ihn mit einem kräftigen Stoß auf die Eindringlinge niederkrachen, die darob den Halt verloren und ausglitten, so daß einen Moment lang unten die größte Verwirrung herrschte.

«Komm schnell!» rief Andy mir zu, packte mich am Arm und zog mich hinter sich her ins Schlafzimmer zurück, wo er zuerst die Tür verschloß und dann mit meiner Hilfe einen wuchtigen Kleiderschrank davorzerrte.

«Ich fürchte mich nicht vor einem Kampf», sagte er schließlich atemlos, «aber ohne Waffen und gegen fünf...»

Von draußen hörte man ein Raunen und dann einen Schmerzensschrei, aus dem ich schloß, daß zumindest einer der Einbrecher beim Sturz verletzt worden war. Alsbald dröhnten Schläge gegen die Tür meines Schlafzimmers, und dann zerschmetterte ein Schuß das Schloß. Es folgten weitere Schläge, aber der Schrank, vor den wir inzwischen mit großer Anstrengung auch noch das Bett gewuchtet hatten, hielt stand. Wieder wurde draußen getuschelt, dann war es plötzlich still. Andy preßte sein Ohr an die Tür.

«Ich kann nichts hören», flüsterte er, «aber vielleicht ist das nur eine List, mit der sie uns dazu bringen wollen, die Tür zu öffnen. Es bleibt uns wohl nichts weiter übrig, als abzuwarten.» Wieder legte er tröstend die Arme um mich. «Es tut mir so leid, daß ich nicht mehr tun kann – ich fürchte, ich bin doch nicht so sehr ein Mann der Tat, als daß ich mich mit bloßen Händen auf bewaffnete Gegner stürzen möchte!» Ich antwortete ihm mit einem begütigenden Kuß.

Etwa fünf Minuten lang war nichts mehr zu hören; dann wurde unter uns die Haustür zugeschlagen. Als wir ans Fenster schlichen, sahen wir die Laternen der Einbrecher – eine, zwei, drei, vier, fünf – durch den Garten davonhuschen.

Im Nu hatten wir erst das Bett und dann den Schrank von der Tür weggezerrt. Aber schon roch es verdächtig nach Rauch, und als die Tür aufging, wobei das zerschossene Schloß gespenstisch knarzte, da tanzte draußen über der Flurdecke ein roter Lichtschein, der zusehends heller wurde. Noch ehe wir den Treppenabsatz erreicht hatten, sahen wir, daß die Flammen bereits die Stufen heraufzüngelten, und als wir uns einen Schritt weiter vorwagten, da schlug uns ein riesiger Feuerball entgegen. Andy wollte schon ins Schlafzimmer zurückeilen, aber ich ergriff ihn am Arm und hielt ihn zurück. «Nein!» schrie ich. Denn vor meinem Schlafzimmerfenster fiel die Mauer steil ab, und es gab nichts, woran man sich beim Abstieg hätte festhalten können, nicht einmal Efeuranken oder Kletterpflanzen.

Heißglühende Luft schlug uns entgegen, als wir an der Treppe vorbei zur anderen Seite des Korridors eilten, um ins Badezimmer zu gelangen, von dessen Fenster ein schmaler Sims fast bis an das Dach des daruntergelegenen Treibhauses reichte. Als ich mich eben durch dieses Fenster zwängte, hörte ich von unten jemanden rufen und hielt erschrocken inne, dachte ich doch, die Einbrecher seien zurückgekehrt; dann aber erkannte ich die Stimme von Philip, der uns, nachdem wir vorsichtig ganz hinuntergeklettert waren, sogleich mit ängstlichen Fragen bestürmte. Auf dem Rückweg von einem nächtlichen Rendezvous in der Stadt war er den davonschleichenden Schurken begegnet und hatte sich gleich gedacht, daß diese Kerle nichts Gutes im Schilde führten. Da er unbewaffnet war, hatte er sich versteckt und sie passieren lassen, doch dann erblickte er die Flammen – die eben jetzt, während er uns Bericht erstattete, das Dach der Villa sprengten.

Es war ein Zeichen der Zeit, daß mein Haus in Trümmern lag, bevor irgend jemand außer uns dreien zur Unglücksstelle kam. Obgleich der Fluß reichlich Wasser bot, gab es doch binnen zwei Meilen keinerlei Pumpvorrichtung, und keiner von uns wußte, wohin und an wen man sich hätte um Hilfe wenden können. Mit Eimern gegen ein solches Inferno loszugehen wäre sinnlos gewesen; wir konnten weiter nichts tun, als ohnmächtig zusehen: Andy voll Zorn über das geschehene Verbrechen, ich bekümmert darüber, daß die Arbeit eines ganzen Jahres und überdies ein Großteil meines Vermögens so mutwillig zunichte gemacht wurden, und Philip zweifellos schmerzlich bewegt angesichts der Zerstörung seines geliebten Heims. Als die Flammen schließlich erloschen, hatte sich ein

Grüppchen von Nachbarn um uns geschart, Schaulustige, die schwatzten und tuschelten, aber auch mitfühlende Seelen – denn wenngleich viele in der Gegend ahnten, was für ein Geschäft wir betrieben, so hatten wir uns etwa bei den Kaufleuten am Ort doch auch sehr beliebt gemacht und wurden keineswegs verachtet.

Da es für uns hier nichts weiter zu tun gab, machten Andy und ich uns auf den Weg zur Brook Street; Philip versprach, beim Haus zu bleiben, um meinen Burschen, wenn sie am nächsten Tag zur Arbeit kamen, von dem Unglück zu berichten und ihnen zu empfehlen, mich im Haus meines Bruders aufzusuchen. Ich würde zunächst eine Annonce aufgeben, in der ich unserer Kundschaft die Brandkatastrophe und die Schließung des Geschäfts anzeigte, und dann mußte ich mir Gedanken über die Zukunft machen.

Stumm schritten Andy und ich nebeneinander her; endlich aber hatten wir Glück und stießen auf eine Kutsche, die so spät noch zur Stadt zurückkehrte und uns mitnahm.

Ob denn mein ganzes Vermögen verloren sei? wollte Andy wissen.

Der größte Teil davon wohl schon, antwortete ich. Auch wenn ich während der letzten Monate allerhand Ersparnisse gesammelt hatte, die mich gewiß vor dem Verhungern bewahren würden, war ich ganz sicher nicht mehr Herrin über ein nennenswertes Kapital.

«Aber Frank wird dir bestimmt weiterhelfen», sagte Andy – womit er natürlich recht hatte, doch ich war so froh gewesen, endlich für mich allein sorgen zu können, daß ich nun schon im voraus meiner verlorenen Unabhängigkeit nachtrauerte. Indes, vielleicht würde sich doch noch alles zum Guten wenden, denn schließlich bin ich von jeher Optimist gewesen.

Andy saß eine Weile schweigend da, dann wandte er sich mir plötzlich entschlossen zu. «Du kennst meine Herkunft, liebe Sophie, und weißt daher, daß ich beileibe nicht aus einem so feinen Haus stamme wie du. Dir ist auch bekannt, daß ich nicht vermögend bin, wenngleich ich dank Franks Vermittlung inzwischen über einiges Kapital verfüge. Um es kurz zu machen – ich finde, wir würden ein prächtiges Gespann abgeben. Sag, Sophie, könntest du dich entschließen, meine Frau zu werden?»

Vor lauter Rührung küßte ich ihn auf den Mund. Doch dann erklärte ich ihm behutsam, daß ich zum einen zu sehr an meiner Freiheit hinge und daß zum andern meine Erfahrungen mit der menschlichen Natur mich bislang nicht dazu verleitet hätten, die

Ehe als Glücksgarantie zu betrachten, ja, wer weiß, vielleicht würde ein solches Band uns im Gegenteil sogar entzweien.

«Und das möchte ich nicht riskieren», fuhr ich fort, «denn ich bin keinem Mann so innig zugetan wie dir – aber die Ehe paßt nun einmal nicht in meinen Plan. Sei nicht traurig», bat ich, denn Andys Gesicht hatte sich verdüstert, «wir werden gewiß für alle Zeit gute Freunde bleiben und auch in meinem Bett wirst du stets willkommen sein – aber heiraten, nein, das kommt nicht in Frage.»

Eine Weile herrschte Schweigen. Dann nahm Andy meine Hand und führte sie an die Lippen.

«Meine herzallerliebste Schwester», flüsterte er. Nicht lange danach passierten wir die Stadtgrenze.

17. KAPITEL
Andys Abenteuer

Ich muß gestehen, daß ich hocherfreut, ja stolz darauf war, nicht nur Miss Mary Yatelys Zuneigung gewonnen, sondern sie überdies so kolossal beeindruckt zu haben, daß sie mich zum Gemahl nehmen wollte. Welch eine glänzende Zukunft tat sich jetzt vor mir auf! Ein so riesiges Vermögen wie das ihre (und wenn ich auch die genaue Summe nicht hatte ermitteln können, so belief sie sich zuverlässigen Gerüchten zufolge doch auf kaum weniger als eine Viertelmillion Pfund) würde mir einen Lebensstil gestatten, neben dem Franks Güter nachgerade verblassen mußten.

Ich muß ferner zugeben, daß solche und ähnliche Überlegungen nicht ohne Wirkung auf das Verhältnis zu meinem Jugendfreund blieben. Natürlich würde ich seine Güte und Großzügigkeit gegen mich niemals vergessen, aber er konnte dennoch nicht erwarten, daß ich mich weiter an unserem augenblicklichen Geschäft beteiligte, wenn ich erst einmal verheiratet war. Schon jetzt begann ich ganz allmählich, mich aus der Brook Street zurückzuziehen, und weilte immer häufiger bei Miss Yately. Es gelang mir, mich gründlich bei der Tante einzuschmeicheln und, indem ich ganz bestimmte Zeiten für meine Besuche wählte, auch einige Herren aus Marys

Freundeskreis kennenzulernen, von denen mich freilich der eine oder andere mit einer gewissen Herablassung zu behandeln schien. Die armen Stutzer hatten freilich keine Ahnung, daß *ich* hier schon bald der Hausherr sein würde; andernfalls hätten sie sich gewiß besserer Manieren befleißigt!

Manchmal kam es mir allerdings so vor, als ob meine Angebetete, wiewohl ich in ihrem Bett immer willkommen war und ihr Verlangen so unersättlich schien wie eh und je, mich in der Öffentlichkeit doch kühler behandelte, als es unserem Verhältnis entsprochen hätte. Allein, sie hatte darauf bestanden, daß ich unsere Verlobung vorerst noch nicht bekanntgeben dürfe, und ich glaubte, ihre Launen in der Gesellschaft (die sie manchmal so weit trieb, mich öffentlich zu brüskieren) dienten nur dazu, den Laffen Sand in die Augen zu streuen. Trotzdem wurde ich nach ein paar Wochen zunehmend ungeduldiger, und eines Tages, als wir uns eben von einem scharfen Ritt erholten, hielt ich ihr endlich vor, daß es an der Zeit sei, unsere Pläne öffentlich bekanntzumachen.

«Der Ansicht bin ich nicht», sagte sie.

«Ja, aber wann», fragte ich, «soll die Gesellschaft denn von unserer bevorstehenden Hochzeit erfahren?»

Meine Worte schienen sie zum Lächeln zu bringen, und das machte mich böse. «Wenn du nicht einmal bereit bist, mich vor deinen Freunden anzuerkennen», sagte ich, «dann...»

«Nun, was dann?»

«Na, ja...» begann ich und hielt inne, weil mir nichts weiter einfiel.

«Würdest du dann vielleicht deinen Antrag zurückziehen?»

«Nichts auf der Welt», beteuerte ich hastig, «könnte mich bewegen, einen solchen Schatz aufzugeben!» Und als ich sah, wie ihre Augen schmal wurden, setzte ich eilends hinzu: «Ich spreche natürlich von deiner Liebe, meine süße Mary!»

Das schien sie zu besänftigen, und wir trennten uns, wenn auch ein wenig kühl, so doch in Freundschaft. Als ich am nächsten Tag wiederkam, öffnete mir zu meinem Erstaunen Mrs. Yately persönlich die Tür. Aber sie erklärte, Albert habe in eigener Sache etwas besorgen müssen, und sie selbst sei auch im Begriff, das Haus zu verlassen, doch ihre Nichte habe befohlen, ich solle nur gleich zu ihr hinaufgehen. Ich wünschte der alten Dame höflich einen schönen Tag und verfügte mich in den Salon. Als ich den leer fand, wußte ich, wo ich meine Verlobte finden würde, und begab mich ins Ankleidezimmer, das mittlerweile auch zu dem meinen geworden war, zog mich aus und öffnete dann die Verbindungstür zum Schlafgemach meiner Liebsten.

Und wirklich, da lag sie und fieberte offenbar bereits meiner Ankunft entgegen, denn ihr gerötetes Gesicht und der wogende Busen (der nur eben ganz bezaubernd unter dem Laken hervorlugte) bezeugten die Erregung, mit der sie mich erwartete – nur, türmte die Bettdecke sich nicht gar wunderlich in die Höhe? Und war da nicht, etwa um ihre Taille, ein seltsames Rumoren im Gange?

Sie lächelte mir entgegen, und als ich näher trat, schlug sie die Decke zurück und enthüllte zu meinem Entsetzen den nackten Körper eines Mannes, der über ihrem Unterleib kauerte und den Kopf zwischen ihren Schenkeln vergraben hatte – und als er nun verdutzt den Kopf hob, da erkannte ich keinen anderen als den angeblich außer Haus beschäftigten Lakaien Albert!

Zornentbrannt sprang ich herzu, aber da erhob er sich vom Bett, und weil er ein großer, kräftig gebauter Bursche war, wich ich zurück, denn unbewaffnet hätte ich mich nicht gegen ihn erwehren können.

Ich verneigte mich kühl.

«Madam», sagte ich dann, «wie ich sehe, sind Sie beschäftigt...»

«Nun wohl», gab sie launig zurück. «Allerdings bin ich beschäftigt, und zwar mit Albert, der ein um kein Jota schlechterer Liebhaber ist als Sie, Mr. Archer. Und nun will ich Ihnen gleich noch in einem anderen Punkt ein Licht aufstecken: Unsere angebliche Verlobung, die ist nur ein Hirngespinst von Ihnen! Kein Gentleman hätte für seinen Antrag einen solchen Zeitpunkt gewählt wie Sie, und wenn, dann wäre er nicht so töricht gewesen, meine Antwort ernst zu nehmen! Haben Sie denn wirklich gedacht», fuhr sie fort, «daß ich mein Vermögen einem hergelaufenen Habenichts anvertrauen würde, der im Schweinestall geboren und im Küchentrakt aufgezogen wurde?»

Ich blieb stumm, denn sie sprach ja nur die Wahrheit, auch wenn ich mir eingebildet hatte, meine Herkunft durch vornehme Manieren zu verschleiern. Und ich konnte ebensowenig leugnen, daß mich in erster Linie ihr Vermögen angelockt hatte, wenn ich auch, sobald ich wieder einigermaßen gefaßt war, heftig dagegen protestierte. «Madam», rief ich aus, «ich gestehe alles, aber bitte glauben

Sie mir, daß es nicht Ihr Vermögen allein war, das mich verführte, denn wahrhaftig, ich schwöre, es war Ihre Schönheit, die mich als erstes betörte, und die Freuden, die Sie mit mir geteilt haben, werden mir immer in glücklicher Erinnerung bleiben!»

Diese Worte stimmten sie ein bißchen versöhnlicher, ja, sie lächelte sogar. Ich trat vor, worauf Albert sich wieder drohend in Positur stellte, was mich diesmal aber nicht aufhalten konnte; als ich neben ihrem Bett stand, ergriff ich ihre Hand und drückte sie an meine Lippen.

«Ich hoffe, Sie werden mir verzeihen», sagte ich, «daß ich bin, was ich Ihnen zu verbergen glaubte – ein Mitgiftjäger und ein ungeschickter obendrein!»

«So ungeschickt», erwiderte sie lächelnd, «daß ich's gleich von Anfang an erriet. Aber, mein lieber Andy, du hast dennoch einen Charme, dem mein Geschlecht nur schwer zu widerstehen vermag. Allein –» hier seufzte sie – «ich muß immer auf der Hut sein, weshalb ich denn auch...» Und sie warf einen Seitenblick auf den nackten Lakaien, der ehrerbietig den Kopf neigte.

«Albert», sagte Mylady, «es tut mir leid, daß wir unterbrochen wurden –» und wirklich hing sein Degen, der bei meinem Eintreten stoßbereit gewesen war, nun einigermaßen kläglich herab – «aber ich muß mich von Mr. Archer verabschieden.»

Der Mann, der es offenbar gewohnt war, jedwedem Befehl widerspruchslos zu gehorchen, verbeugte sich und ging hinaus. Zu meinem Erstaunen winkte Miss Yately mich gleich darauf näher, küßte mich erst auf die Lippen und widmete sich dann in beispielloser Manier der Aufgabe, jene Leidenschaft in mir neu zu entfachen, die der peinliche Auftritt eben völlig ausgelöscht hatte.

Um es kurz zu machen, wir versöhnten uns aufs herzlichste, und als ihr Höhepunkt nahte, da konnte ich mir die Frage nicht versagen, ob sie mir nicht stets ein leidenschaftliches Andenken bewahren würde, worauf sie «Ja! Ja!! Ja!!!» keuchte – freilich gleich darauf in unbändiges Gelächter ausbrach, in das ich gutgelaunt einstimmte.

Bei unserer letzten Unterhaltung gestand sie freimütig, daß ihr bisher noch kein einziger Mann begegnet sei, den sie nicht im Verdacht gehabt habe, ihr Vermögen mehr zu begehren als sie selbst. Deshalb begnüge sie sich damit, ihr Verlangen auf höchst berechnende Weise zu befriedigen, und, so sagte sie, bei den Dienstboten wisse sie immer, woran sie sei. Wenn sie sich aber – wie in meinem

Fall – einen Liebhaber außerhalb des Hauses wähle, erhoffe sie sich von ihm rein körperliche Befriedigung, derer sie sich vergewissere, indem sie sich einzig auf die eigene Lust konzentriere.

«Das hat mich selbstsüchtig gemacht», fuhr sie fort, «und manchmal fürchte ich schon, daß ein Verehrer, der es ehrlich mit mir meint, sich über meine Liebesdienste beklagen würde, weil ich mir angewöhnt habe, nur mein eigenes Verlangen zu befriedigen.»

Ich bemühte mich nach besten Kräften, ihre Ängste zu zerstreuen, und ich glaube wirklich, daß, wenn ihr eines Tages – was nicht ausbleiben kann – die wahre Liebe begegnet, daraus eine Partnerschaft erblühen wird, in der beide ihr Glück finden.

Nach einer letzten Verbeugung vor Mylady entfernte ich mich.

Etwa eine Woche später ersannen Sophie und ich jene kleine List, mit der wir Lord und Lady Chichley täuschten und die Sophie in ihrem Bericht bereits kundgetan hat – jene Intrige, auf die in den frühen Morgenstunden des nächsten Tages der Brand folgte, der Sophies schönes Haus in Chiswick in Schutt und Asche legte. Ich brauche ihrer Schilderung nur noch hinzuzufügen, daß der Antrag, den ich ihr in der Kutsche machte, vielleicht überraschend kam, aber gleichwohl völlig aufrichtig gemeint war, denn keine Frau hat mir in meinem bisherigen Leben mehr bedeutet als meine Adoptivschwester (und ich glaube, das wird auch in Zukunft so bleiben). Dennoch hatte ich meinen Antrag kaum vorgebracht, als ich auch schon hoffte, sie möge ihn ablehnen, denn mit knapp zwanzig Jahren hatte ich eigentlich noch nicht die Absicht, mir ein Weib aufzubürden – ausgenommen natürlich ein ungemein reiches!

Als wir in der Brook Street anlangten, war es noch sehr früh, und nachdem ich die Haustür mit dem eigenen Schlüssel geöffnet hatte, brachte ich Sophie rasch in mein Schlafzimmer, wo wir uns noch ein paar Stunden ausruhten, ehe wir beim Frühstück vor dem verdutzten Frank erschienen und ihn noch mehr in Erstaunen versetzten, als wir ihm von Sophies zerstörten Hoffnungen berichteten.

Sie sah den Dingen mittlerweile gefaßt ins Auge.

«Vielleicht», sagte sie, «war dieses Unglück ein verkappter Segen, denn eigentlich bin ich wohl doch noch zu jung, um mich schon auf ein so beschauliches Leben einzurichten, und nun zwingt das Schicksal mich, neue Abenteuer zu suchen.»

«Aber hast du denn schon eine Ahnung, was du anfangen wirst?» fragte ich.

Sie verneinte, setzte aber hinzu, daß sie seit langem den Wunsch hege, mehr von der Welt kennenzulernen als bloß England, denn ihre früheren Abenteuer hätten in ihr das Fernweh geweckt, und so überlege sie nun, ob sie nicht den Kontinent bereisen solle.

«Natürlich könnte ich nicht allein fahren», sagte sie. «Aber vielleicht könntet ihr Blatchford entbehren und ihn mir als Begleiter mitgeben...»

Dieses Ansinnen überraschte mich ein wenig, und das muß Sophie mir wohl angemerkt haben, denn sie setzte eilends hinzu: «Versteht mich bitte nicht falsch, ich meine nicht als Liebhaber, sondern schlicht als Bedienten! Was Liebhaber betrifft, so werde ich mir die bestimmt auch künftig selbst besorgen, so, wie ich es gewohnt bin.» Hier errötete sie leicht, denn wir waren über all ihre Amouren im Bilde und wußten, daß ihr Bett zwar kein öffentlicher Tummelplatz, aber dennoch rege besucht war, und zwar in der Regel von Gentlemen ihrer Wahl.

Frank nickte.

«Ich sehe keinen Grund, dir deine Bitte abzuschlagen, liebste Schwester, aber vielleicht können wir eine noch bessere Lösung finden, denn in jüngster Zeit habe ich mich nicht selten arg gelangweilt. Während du und Andy eure Abenteuer genießen konntet, bin ich ganz solide geblieben und habe außer dem Haus hier und der Universität kaum einmal etwas anderes gesehen. Die Einrichtung unseres Etablissements hat keineswegs Vaters ganzes Vermögen verschlungen, im Gegenteil, durch die beachtlichen Profite unseres Geschäfts konnte ich es sogar noch mehren. Wie wäre es, wenn wir – vorausgesetzt, ich finde jemanden, der das Haus übernimmt – alle zusammen diese Bildungsreise antreten würden? Du wärst doch mit von der Partie, Andy?»

Es war ein fabelhafter Vorschlag, mit dem ich mich ohne Bedenken einverstanden erklärte.

«Aber wer...?»

«Philip?» schlug ich vor, doch weder Sophie noch Frank trauten Jocelind zu, daß er unser Institut weiterführen könne, denn wenn er auch ein recht angenehmer Gesellschafter war, so hatte er doch kein wirkliches Interesse am Geschäft. Aspasia dagegen hatte in letzter Zeit mehrfach den Wunsch geäußert, ihr früheres Leben wieder aufzunehmen.

«Aber ich vergesse ja ganz», sagte Frank, «daß meine Mädchen schon bald ihr eigenes Erbe antreten werden und dieses Leben dann womöglich aufgeben wollen. Warum sollten dann deine Burschen, liebe Sophie, nicht einfach hierher übersiedeln und dein Etablissement von der Brook Street aus weiterführen? Wenn Polly und William heiraten, könntest du ihnen die Leitung des Hauses übertragen – vielleicht mit Hilfe von Spencer, diesem tüchtigen Mann?»

Dies schien uns eine für alle Beteiligten treffliche Lösung, und wir beschlossen, sie den anderen zu unterbreiten, wozu wir an einem der nächsten Nachmittage Gelegenheit fanden, als wir unsere Freunde nebst Philip in der Brook Street zu Gast hatten.

Alle erklärten sich sofort einverstanden. Die Mädchen hatten offenbar schon darüber beratschlagt, wie und wann sie uns begreiflich machen sollten, daß sie sich vom Geschäft zurückzuziehen wünschten. Polly war hocherfreut, daß ihre Herrin so viel Vertrauen in sie setzte, und Sophies Herren kannten sie alle gut genug, um sich ihr bereitwillig anzuvertrauen – obwohl ich glaube, daß Sophies Klientel nach Pollys und Williams Heirat auf die Dienste des letzteren wird verzichten müssen.

Als wir alle geschäftlichen Belange geklärt hatten, wollten unsere Gäste sich schon verabschieden, doch da schlug Frank vor, wir sollten den Rest des Tages in gemütlichem Beisammensein verbringen, denn, so sagte er, es sei schon erstaunlich, daß seine Mädchen und Sophies Burschen einander bislang noch nie kennengelernt hätten. Er habe sich bereits die Freiheit genommen, Wein zu bestellen in der Hoffnung, die Gesellschaft würde mit ihm auf den weiteren Erfolg des Etablissements anstoßen wollen!

Es stimmte, daß die beiden Häuser noch nie zusammengetroffen waren, und es war amüsant gewesen, zu beobachten, wie ihre Mitglieder einander höflich, aber distanziert im Salon gegenübergesessen hatten, während wir ihnen unsere Pläne darlegten. Nun aber begannen sie, sich wechselseitig vorzustellen, und nachdem ein paar Flaschen geleert waren, floß die Unterhaltung schon ganz zwanglos, und einige der Damen erboten sich, den Herren die Annehmlichkeiten unseres Dampfbads vorzuführen, von dem sie zwar durch Polly schon gehört, das sie aber noch nie mit eigenen Augen gesehen hatten. Mich überredete man, meine Gitarre herunterzuholen, um unseren Gästen aufzuspielen, und Wein, gutes Essen und angeregte Gespräche schufen alsbald eine trauliche Atmosphäre, die allmählich zu leidenschaftlicherer Betätigung lockte, so daß hin und wieder ein Paar aus dem Salon verschwand.

Unterdessen beschäftigte mich die Frage, wie das Haus sich wohl auf das neue Regiment einstellen würde? Ob die weiblichen Besucher zum Beispiel unser Dampfbad ebenso genießen würden wie unsere Herren? Darüber ließen sich einstweilen nur Vermutungen anstellen, und so nahm ich denn meine Gitarre und ging nach unten in der Absicht, unsere Mädchen zu fragen, wie sie darüber dächten. Aber als ich in den Baderäumen anlangte, sah ich, daß sich das erübrigte, denn hier herrschte allenthalben eitel Wonne, und obgleich sie natürlich gründlich vertraut mit den Örtlichkeiten waren, zeigten die Damen doch keinerlei Zeichen von Überdruß oder Unzufriedenheit.

Im Warmluftraum fand ich nur Ginevra und den Senior unter Sophies Herren, Mr. Spencer Middlemas; Ginevra hatte den älteren Mann bestiegen, wie um ihm unnötige Anstrengungen zu ersparen. Er revanchierte sich durch ungemein wilde Stöße, was ihr höchste Lust zu bereiten schien – vielleicht weil sein Schwanz, wie ich in den Intervallen sehen konnte, da sie sich auf die Knie erhob, groß und kräftig genug war, um ihren etwas beengten Liebesquell bewundernswert auszufüllen. Sie blinzelte mir zu, als ich vorbeiging; er hatte die Augen geschlossen und nahm mich folglich gar nicht wahr.

Im Schwitzbad hatten Rose und Sally, begleitet von Ben und Tom, Zuflucht in einem Becken mit frischem, kaltem Wasser gesucht. Die Gentlemen hielten sich dicht hinter den Damen, die, während sie mit den Armen auf den Beckenrand gestützt im Wasser knieten, durch ihre zufriedenen Mienen und nicht minder durch ein leichtes Wackeln verrieten, daß ihr Unterleib dem ihrer Partner nahe genug war, um beträchtliche Lust zu verspüren. Überdies wurden ihre Wonnen noch vermehrt durch den Anblick einer verblüffenden Szene, denn ihrer aller Aufmerksamkeit richtete sich auf zwei Gestalten in der Mitte des Raums – dort vollführten Xanthe und George mit schweißglänzenden Körpern eine Art Tanz, den ich alsbald mit den Klängen meiner Gitarre begleiten konnte.

Obwohl George nie aus England herausgekommen war, konnte man unmöglich bezweifeln, daß das Erbe seiner Ahnen in seinen Adern floß, denn sein sehnig-schlanker Körper bewegte sich in einem ganz eigenartigen Rhythmus, den ein Weißer schwerlich hätte nachahmen können; sein Rumpf war wie durch Gummigelenke mit den Hüften verbunden, ja, die beiden Hälften seines Körpers agierten scheinbar so unabhängig voneinander, als sei das Rückgrat nur durch Scharniere mit der Taille gekoppelt. Ich hatte ihn noch nie nackt gesehen und konnte jetzt die Anmut seiner Bewegungen nur rückhaltlos bewundern: Ruckartig und doch elegant stieß er den Hintern nach vorn und reckte dabei einen Schwanz empor, dessen gewaltiges Ausmaß der Legende gerecht wurde, die ich darüber gehört hatte (und zwar von Sophie, die errötend von ihrer ersten Begegnung mit ihm gesprochen hatte). Tatsächlich war er so lang und stattlich, daß George ihn mit der Bewegung seiner Hüften dazu brachte, einen ganz eigenständigen Tanz aufzuführen, was Xanthe offensichtlich in helles Entzücken versetzte. Auch sie sah dergleichen wohl zum erstenmal und starrte so gebannt darauf wie das sprichwörtliche Kaninchen auf die Schlange, wenngleich sie hocherfreut über den Anblick schien. Sie tanzte um ihn herum, streckte hin und wieder die Hand aus und ließ sie über seine glänzende, ebenholzfarbene Haut gleiten, schnippte eine Schweißperle von Schulter oder Brust, wölbte die Hand über eine seiner festen, kleinen Pobacken, während sie ihren Körper an seinem Rücken rieb und ihre Brüste dagegenpreßte, so daß ihre weiße Haut verblüffend gegen seine dunkle abstach. Endlich legte er ihr die Hände auf die Schultern, und sie sank in die Knie, öffnete mit einem lustvollen Seufzer ihre Lippen und nahm, so gut sie eben konnte, einen Teil jenes Apparats dazwischen, um dessen Besitz sie, wie ich fürchte, Rose und Sally beide von Herzen beneideten. Allein, die stürmische Art, in der Ben und Tom sich jetzt bewegten, verriet, daß die Mädchen alles empfingen, was das Rüstzeug der beiden wackeren Burschen hergab, und gewiß waren Ben und Tom so eindrucksvoll bestückt wie nur irgendein weißer Mann.

Da Xanthes Lippen außerstande waren, mehr als ein Drittel von Georges Schwanz zu beherbergen, wurde er bald ungeduldig und drückte sie sanft rücklings auf den Boden nieder, wo er, während der Dampf um sie aufwallte, seinen Schaft so langsam und vorsichtig in sie einführte, daß ihre Schreie eher von Lust denn von Schmerz zeugten. Da ich eine so intime Szene nicht länger bespitzeln wollte, ging ich in den benachbarten Warmluftraum zurück, den Ginevra und Spencer immer noch für sich allein hatten; die beiden waren noch in gleicher Weise beschäftigt wie vor zehn Minuten, denn Spencers Alter und Erfahrung befähigten ihn offensichtlich, seine Gefühle im Zaum zu halten; Ginevras Bewegungen waren notwendigerweise langsamer geworden, aber es war offensichtlich, daß sie nach wie vor in Wonne badete.

«Warum haben Sie uns nicht schon früher bekanntgemacht, Mr. Andy?» fragte sie. «Ich tanze schon auf der dritten Welle und sein Eifer ist immer noch ungebrochen!» – und sie fuhr in ihrem Ritt fort, während er die Hände hinter dem Kopf verschränkte und leise vor sich hin lächelte.

Ich ging nach oben, doch als ich eben durch die Halle kam, läutete es an der Tür. Draußen stand Sir Philip Jocelind, den Frank ebenfalls auf ein Glas zu uns gebeten hatte. Ich führte ihn in den Salon, den er freilich, wie ich ihm erklärte, im Augenblick verwaist finden würde, doch wenn er sich einen Augenblick gedulden wolle, würde er gewiß bald Gesellschaft bekommen. Da er mit jedem unserer Mädchen schon eine Stunde verbracht hatte, wußte ich wohl, daß er nicht ihretwegen gekommen war. Er nickte freundlich, nahm Platz und griff nach einer Flasche, während ich mich in die oberen Gemächer begab.

Im ersten Boudoir fand ich Polly mit William und Constance mit Will Pounce – zwei Liebespaare, die ich, da sie einander das Eheversprechen gegeben hatten, nicht weiter beobachtete, als um festzustellen, daß ihre Gefühlsbindung der Fleischeslust keinen Abbruch tat, der sie sich eben jetzt mit Begeisterung hingaben. Sie hatten offensichtlich beschlossen, daß, da jeder einem bestimmten Partner versprochen war, nicht der Wunsch bestehen könne, sich einer gemeinschaftlichen Amour hinzugeben, und obgleich sie ein und dasselbe Bett teilten, standen beide Paare doch nicht weiter miteinander in Verbindung, als daß gelegentlich Arm oder Bein einander streiften.

Im zweiten Boudoir gewahrte ich mit Freuden, daß Moll sich einem Mann widmete, dessen geschmeidige Glieder im Verein mit seiner zigeunerhaften Geschicklichkeit mich erraten ließen, daß es sich um keinen anderen handeln konnte als um Harry, den lebhaftesten von Sophies Burschen. Diesmal lag er auf dem Rücken, während seine Gefährtin zwischen seinen Beinen ruhte, den Kopf auf seinen Bauch gebettet, und mit seinem Gemächt spielte. Sie liebkoste es mit Küssen und Zärtlichkeiten, die sie bald an der Ober-, bald an der Unterseite placierte, während ihre Finger unablässig Schaft und Trauben massierten, welch letztere sich in lustvoller Erregung spannten.

Während ich diesem reizenden Spiel zusah, kam Harry just an den Punkt, da er sie nehmen mußte; indem er sich auf den Ellbogen stützte, drehte er sich so, daß sie unter ihm zu liegen kam und, wenn auch widerwillig, seinen Schwanz freigeben mußte, worauf er sich auf sie niedersenken und zwischen ihre Schenkel schmiegen konnte. Als er nun seinen Hintern lüpfte und sich anschickte (zu ihrer unermeßlichen Freude), in sie einzudringen, gewahrte ich zu meinem Erstaunen auf seiner rechten Pobacke, halb im Flaum verborgen, aber dennoch deutlich erkennbar, nichts weniger Auffallendes als ein rotes Muttermal in der Form eines Dreiecks!

«Harry!» rief ich aus. «Harry Riggs!»

Nicht minder erschrocken durch den Klang meiner Stimme als durch die Nennung seines Namens hielt er inne, und Molly stand vor Staunen der Mund offen. Die beiden hatten sich offenbar miteinander vertraut gemacht, ohne sich einander vorzustellen.

«Harry Riggs?» schrie Molly atemlos. *«Harry?»*

Ja, geneigter Leser, es war ihr Bruder, der, obschon er sich nun hastig zurückzog, gleichwohl so beflügelt war von den Liebesdiensten seiner Schönen, daß er sich nicht enthalten konnte, seine Lebenssäfte auf ihren Bauch zu ergießen – immerhin zum Glück nicht in den Leib seiner Schwester!

Erfreut und überrascht zugleich hielt er sie in seinen Armen und bedeckte ihren Mund mit Küssen, die, auch wenn sie jetzt brüderlich waren, doch nichts von ihrer Glut eingebüßt hatten. Ihre Freude aneinander war nicht geringer als zuvor, auch wenn sie jetzt notwendigerweise einen anderen Ausdruck fand. Allein, als er sich hastig anschickte, seine Blöße zu bedecken, konnte sie nicht widerstehen, sondern beugte sich vor und gab seinem schrumpfenden Schaft einen letzten Kuß, wobei sie ihm zuraunte, daß sie seit frühester Kindheit entschlossen gewesen sei, ihn einzufangen, und die Jagd nun für beendet ansähe.

Ich verweilte nicht länger, sondern ließ die beiden in ihrem Glück allein, und ich mag auch nicht darüber nachgrübeln, auf welche Weise sie ihrer Freude über ihre Wiedervereinigung weiterhin Ausdruck verliehen. Es genügte mir, daß ich jenes Muttermal, welches Harry identifizierte, rasch genug erkannt hatte und somit zum Werkzeug geworden war, das Bruder und Schwester endlich wieder zusammenführte.

Das angrenzende Boudoir hatten Cissie und Bob Tippett in Beschlag genommen; der lebhafte Bursche setzte alles daran, seiner Schönen zu beweisen, wie rasch er von einer Form des Liebesspiels zur nächsten zu wechseln verstand, und während ich den beiden zusah, nahm er sie erst von vorn, warf sie dann bäuchlings aufs Bett und drang von hinten in sie ein, wobei er sich ihre Beine zwischen seine Achselhöhlen klemmte, um auch recht ins Schwarze treffen zu können. Als sie dann unter seinen kraftvollen Stößen vor Lust zu keuchen begann, hielt er inne und überredete sie, sich auf die Füße zu stellen, worauf er sie emporhob, ermunterte, ihre Beine um seine Taille zu schlingen, während er seine Hände unter ihrem Hintern verschränkte und sie nun ohne jede andere Stütze als diese aufs neue fickte. Bald aber wurde er auch dieser Stellung müde, stellte eines ihrer Beine wieder auf den Boden nieder, während er umgekehrt ein Bein hob und um ihren Rücken schlang, so daß beide nur noch auf einem Bein standen, wobei er es fertigbrachte, sein Zepter während der ganzen Übung in ihrem Liebesquell verankert zu lassen. Dann manövrierte er sie beide wieder aufs Bett nieder und begann, gierig mit der Zunge über ihren Leib hinzuschlecken, während sie ihn anflehte, Gnade walten zu lassen und sie aus der Spannung zu erlösen, in welche seine Kunstfertigkeit sie versetzt hatte... Dieses rasch wechselnde Paarungsspiel erinnerte mich lebhaft an ein Buch in der Bibliothek von Philips Onkel in Chiswick, das gewisse indische Liebesrituale beschrieb, und ich konnte mich des Eindrucks nicht erwehren, daß Bob sich dieses Werk irgendwie verschafft haben mußte. Obwohl er immer nur als Botengänger nach Chiswick gelangt war, kannten seine Neugier und rasche Auffassungsgabe keine Grenzen, und ich wäre nicht überrascht gewesen, wenn sich herausgestellt hätte, daß er seine Nase in jedes offene Zimmer der Villa gesteckt hatte!

Unterdessen war ich meine Beobachterrolle leid geworden, und im übrigen verursachte mir mein Schwanz mit seinen beharrlichen Anstrengungen, dem Gefängnis seiner Breeches zu entweichen, höchst unbehagliche Gefühle. Kurz entschlossen ließ ich meine Gitarre zu Boden gleiten und entledigte mich meiner Kleider, was Tippett offenbar glauben machte, ich wolle mich zu ihm gesellen, denn er erhob sich von seiner Gefährtin, um mir Platz zu schaffen. Aber ich schüttelte nur lächelnd den Kopf, streifte das bequeme Gewand über, das hinter der Tür hing, und machte mich auf die Suche nach der einzigen Gefährtin, die ich begehrte.

Als ich auf den Gang hinaustrat, schlug abermals die Türglocke an, und ich ging hinunter, um zu öffnen. Draußen stand niemand anderer als David Ham, dessen lebhafte Augen amüsiert aufblitzten, als er mein Gewand erblickte. Er umarmte mich und schob dabei eine Hand unter den Stoff, um den Zustand meines Schwanzes zu prüfen; wenn er mich nicht besser kennen würde, sagte er, dann hätte er jetzt angenommen, ich wolle ihm ein süßes Willkommen bereiten!

In ernsterem Ton fuhr er dann fort, mir zu erklären, daß Philip sich hier mit ihm zu treffen wünsche – also führte ich ihn in den Salon, aber Jocelind war nicht mehr da.

«Keine Bange», sagte David, «den finde ich schon!» Damit trollte er sich, und ich machte mich erneut auf die Suche. Als ich die Ersehnte im Erdgeschoß nicht fand, ging ich wieder nach unten, wo ich Jocelind im Warmluftraum entdeckte; er lag nackt auf einer Bank und schlief, während ihm gegenüber Spencer und Ginevra in wohliger Trägheit ruhten.

«Ihr Freund ist gekommen», sagte ich und rüttelte Philip an der Schulter, «haben Sie ihn denn nicht gesehen?» Jocelind richtete sich schlaftrunken auf.

«Sprichst du von David?» fragte Ginevra. «Der hat vorhin hereingeschaut und ist dann ins Schwitzbad hinübergegangen.»

Aber als wir uns dorthin begaben, fanden wir nur die drei Paare, die ich schon zuvor gesehen hatte: Xanthe lag nun zusammengerollt auf Georges Leib; beide waren sichtbar erschöpft, aber sie hielt noch immer mit einer Hand sein nach wie vor mächtiges, wenn auch jetzt weiches Glied umfangen. Nicht weit entfernt ruhten Rose und Ben und Sally und Tom eng umschlungen so dicht beieinander, daß sich unmöglich ausmachen ließ, welches Glied wem gehörte.

Auf einmal erklang durch die offene Tür munteres Lachen aus dem angrenzenden Kesselraum. Als wir näher traten, erblickten wir im rötlichen Licht der offenen Feuerstelle Blatchford, der sich, die Schaufel in der Hand, vorbeugte, um den Ofen anzuheizen. Rußgeschwärzte Schweißspuren zogen sich über seinen nackten Körper. Direkt hinter ihm aber stand David, der sich offenbar eben erst seiner Kleider entledigt und sie, ungeachtet des Drecks, einfach auf den Boden geworfen hatte. Der dreiste Bursche langte Blatchford zwischen die Beine und streichelte ein Glied, das weniger stoßbereit war als sein eigenes, welches offensichtlich dringend eine Heimstatt suchte – nur bezweifelte ich, daß Blatchford ihm die gewähren würde. Doch das sollten wir nie herausfinden, denn Philip trat rasch vor, packte David bei den Schultern und zog ihn in seine Arme.

Blatchford blickte sich um, zwinkerte mir ganz gelassen zu und fuhr seelenruhig fort, Kohlen in die Glut zu schaufeln – woraus ich schloß, daß er, wie ich früher schon bisweilen vermutet hatte, den geschlechtlichen Verkehr für eine sehr seltsame Beschäftigung hielt, mit der man nur Zeit vergeudete, die doch durch Pferdestriegeln oder Dünnbiertrinken viel sinnvoller auszufüllen wäre. Diese Einstellung hatte ihn für unser Geschäft sehr wertvoll gemacht, denn wir durften ganz darauf vertrauen, daß Blatchford alle unsere Damen gleichermaßen unparteiisch behandelte und daß weder Leidenschaft noch Vorurteil ihn zu erregen vermochten.

Philip hatte David unterdessen bäuchlings auf einen Haufen leerer Kohlensäcke in einer Ecke geworfen, umspannte die Hüften des Jungen mit seinen Händen und lüpfte seinen Hintern, so daß er seinen eigenen Schwanz da einführen konnte, wo David ihn offenbar sehr gern empfing, denn während anfangs ein schmerzhaftes Zucken über sein Gesicht lief, grinste er mich doch alsbald glücklich an und zwinkerte mir zu. Ich wußte natürlich von früher her um seine Vorliebe für das eigene Geschlecht. Was Philip betraf, so war es nicht an mir, ihm dreinzureden, wenn er diesen Weg einschlagen wollte; ich hoffte nur, daß Sophie ihm nicht so zugetan war, um sich über seine Neigung zu grämen, wenn sie davon erfuhr, denn ich hatte die feste Absicht, sie darüber aufzuklären!

Ich konnte meine Suche jetzt nur noch im Obergeschoß fortsetzen, und also ging ich an den Kammern der Mädchen vorbei, bis ich zu Franks und dann zu meinem eigenen Schlafzimmer kam. Franks Tür stand offen, und so konnte ich nicht umhin, zu sehen, daß mein Freund sich mit der hübschen Aspasia vergnügte. Es war mir schon öfter aufgefallen, daß Frank von jung auf die Gesellschaft älterer Frauen vorzog, und diese wunderbare Lady, die schon weit über dreißig sein mußte, bedeutete ihm offenbar das *sine qua non* aller sinnlichen Freuden. Sie lagen in paradiesischer Nacktheit auf dem Bett, hielten einander jedoch nicht in den Armen – vielmehr blieben etliche Zoll Abstand zwischen ihnen. Beider Köpfe ruhten zurückgebogen auf dem Kissen. Die milchige Flüssigkeit, die über den Oberschenkel meines Freundes sickerte, ließ mich erraten, daß sie einander bereits beglückt hatten und sich nun zu einem zweiten Stechen rüsteten, denn jedes erforschte gemächlich den Körper des anderen, aber nur mit einer Hand. Die Finger der Dame zeichneten die Konturen seines Bauchs und seiner Schenkel nach, wobei sie von Zeit zu Zeit ganz sacht an jenem Werkzeug entlangstrich, das sich schon wieder aufzurichten begann. Unterdessen umspannte seine Hand eine Brust, die ungeachtet ihrer reifen Fülle und Schwere mit der festen Lustknospe in der Mitte dennoch einen erregenden Anblick bot.

Beide hatten die Augen geschlossen und sahen mich folglich nicht, und ich verweilte auch nicht länger, als bis ich mich von ihrem Vergnügen überzeugt und sie still darum beneidet hatte; dann schlich ich weiter bis zu meiner Zimmertür. Als ich sie aufmachte, sah ich, daß der Raum leer war. Offenbar war es mir als einzigem im ganzen Haus bestimmt, an diesem festlichen Abend unbefriedigt zu bleiben. Traurig schloß ich die Tür, legte mich aufs Bett, und während vor meinem geistigen Auge die Liebesspiele meiner Freunde vorüberglitten, die ich beobachtet hatte, verspürte ich unwillkürlich den Drang, meinen über Gebühr erregten Schwanz zwischen die Finger zu nehmen und zu massieren – als die Tür aufsprang und niemand anderer hereinspazierte als meine allerliebste Sophie!

«Wie schade, lieber Andy», sagte sie, «daß du auf ein solch einsames Mittel zurückgreifst. Aber wenn's dir lieber ist...» Und sie tat so, als wolle sie wieder hinausgehen.

Ich lächelte bloß, denn ich wußte wohl, daß sie mich besser kannte, als so etwas im Ernst anzunehmen. Tatsächlich schloß sie gleich darauf die Tür wieder hinter sich, legte ihre Kleider ab und entblößte abermals jenen Körper, gegen den auch noch so lange Vertrautheit mich nicht gleichgültig gemacht hatte: die hohen Brüste, die einladenden Hüften, Arme, die stets begierig waren, ihren Liebsten zu umschlingen, immer empfangsbereite Schenkel.

Wie wir uns amüsierten, geziemt mir nicht zu berichten und dem Leser nicht zu fragen, denn die Freuden der Liebe sind zu geheim, als daß man sie – außer im trauten Gespräch unter Freunden – enthüllen dürfte. Es genügt, zu verraten, daß wir, als wir uns eine Stunde später wieder erhoben, so phantasievoll Lust gespendet und empfangen hatten, daß uns darin, wie ich glaube, noch kein zweites Liebespaar übertroffen hat. Der Abend klang in freundschaftlichem Beieinander aus. Die ganze Gesellschaft versammelte sich im Salon, der, nun sich so viele wohlig gesättigte Leiber darin drängten, für viele zu einem riesigen Bett wurde, das die Erschöpfung freilich statt weiterer amouröser Freuden jetzt dem Schlaf zudachte. Ich gewahrte voller Freude, daß Sophie, als sie Jocelind mit seinem Geliebten im Arm hereinkommen sah, gelassen vortrat und beide umarmte, so als segne sie ihre Verbindung, wohl wissend, daß sie keinen Teil daran haben konnte.

William und Polly sowie Will Pounce und Constance wurden am selben Tag in derselben Kirche getraut, und alle unsere Freunde waren zur Hochzeit gekommen. Mr. und Mrs. Pounce waren besonders glücklich, denn sie hatten ein Schreiben von Viscount Chichley erhalten, in dem er ihnen mitteilte, daß sie ein Gasthaus, welches ihm gehörte und das nicht weit von seinem Gut entfernt lag, auf Wunsch sofort übernehmen könnten. Die beiden waren natürlich hocherfreut und sandten dem Viscount umgehend eine Nachricht, in der sie sein Angebot dankend annahmen; und nun konnte nichts und niemand sie mehr davon abhalten, noch am gleichen Tag aufzubrechen – nicht, wie geplant, auf Hochzeitsreise nach Worthing, sondern zu ihrem neuen Zuhause, dem *Mohren* – der Name des Gasthauses löste einige Heiterkeit aus, und das jungvermählte Paar versäumte nicht, Freund George aufs herzlichste einzuladen, sie doch jederzeit zu besuchen!

Chichleys Großzügigkeit war indes hier nicht zu Ende, denn er erklärte sich weiter bereit, Sophie das Land, auf dem ihre Villa gestanden hatte, abzukaufen, um dort ein Herrenhaus zu errichten, in das er hin und wieder seine Gemahlin führen könne, da dieser Ort für sie beide auf ewig eine besondere Bedeutung haben würde, waren sie doch dort dank unserer Vermittlung zum erstenmal wahrhaft zusammengekommen; und er zahlte Sophie offenbar beträchtlich mehr, als das Grundstück wert war. Mir verehrte er eine herrliche goldene Uhr, schenkte mir obendrein 100 Guineen und versicherte mich seiner Freundschaft und seines Beistands, wann immer ich ihrer bedürfe.

Mr. und Mrs. Langrish würden eine kurze Hochzeitsreise nach Alcovary unternehmen, wohin Frank sie mit der Aufforderung entsandte, sein Heim als das ihre zu betrachten. Und ich denke, daß sie diese Weisung stilvoll erfüllt haben werden, denn William war schließlich als Gentleman erzogen worden, und Polly verstand es mit ihrer raschen Auffassungsgabe, sich neue Eindrücke und feine Lebensart so mühelos anzueignen, daß sie sich zweifellos leicht in die Rolle einer Dame von Rang hineinfand. Später wollten die beiden dann in die Brook Street zurückkehren und die Leitung des Etablissements übernehmen, denn obgleich Williams Familie ihn schriftlich gebeten hatte, nach Hause zurückzukehren und eine in der Nähe freigewordene Pfründe zu übernehmen, war Polly der Meinung, sie sei nicht für das Leben einer Bischofsgattin geschaffen (sie war nämlich überzeugt, daß William in kürzester Zeit zu diesem hohen Amt aufsteigen würde). William wiederum war der Ansicht, er habe mittlerweile soviel Geschmack an einem lockeren Lebenswandel gefunden, daß er dies selbst unter der distinguiertesten Amtstracht nicht würde verbergen können. Also winkten wir ihnen nach, als sie in Richtung Hertfordshire davonfuhren, und ließen sie in dem Bewußtsein ziehen, daß wir das Geschäft in der Brook Street in gute Hände gelegt hatten.

Nun blieben nur noch wenige Vorkehrungen zu treffen: nämlich Pässe für uns drei zu besorgen und kleine Geschenke an die Mädchen zu verteilen, die sie unseres Dankes und unserer Zuneigung versicherten. Bei einem Silberschmied in der Bond Street hatten wir silberne Salz- und Pfefferstreuer in Gestalt des männlichen und weiblichen Gliedes besorgt: Das Salz rieselte aus einer kleinen Öffnung am Kopf des Phallus, während man den Pfeffer durch leichtes Schütteln aus winzigen Löchlein im feingehämmerten Haar rings um die weibliche Scham verstreute. Diese Geschenke wurden mit heller Begeisterung entgegengenommen, nicht zum wenigsten von Moll, die nun in ihr altes Viertel, in dem sie aufgewachsen war, zurückkehren wollte, um dort mit ihrem wiedergefundenen Harry und dem jüngeren Bruder einen ehrbaren Hausstand zu gründen, und sie beteuerte mir, daß sie sich schon auf ein Leben in langweiliger Wohlanständigkeit freue. Ich für mein Teil bezweifelte, daß sie sich lange damit begnügen würde.

Nie hatten wir das Haus so still erlebt wie an jenem Morgen, als wir zum letztenmal vor Antritt unserer Reise darin frühstückten. Bob Tippett war mit einer großzügigen Spende abgefunden worden und fröhlich seiner Wege gegangen; er betrachtete seine Zeit mit uns als einen Mordsspaß und beteuerte, daß er seine Freunde mit seinen Erlebnissen in der Brook Street auf Jahre hinaus würde ergötzen können. Blatchford würde als Hausdiener bleiben und weiter seine Arbeit verrichten wie bisher – Frank übergab ihm außerdem Pläne zur Umgestaltung der Bäder in eine zusätzliche Zimmerflucht; dies für den Fall, daß Brauch und Mode eines Tages einen solchen Wechsel erfordern sollten.

Um acht Uhr früh fuhren schließlich zwei Kutschen vor, unser Gepäck wurde verstaut und Frank, Sophie und ich stiegen ein. Als die Haustür sich hinter Blatchford schloß, zogen die Pferde an, und wir rumpelten südwärts, der Themse zu und über sie hinweg Richtung Dover – dem Postschiff entgegen, das uns zum Kontinent bringen würde, wo ohne Zweifel neue Abenteuer auf uns warteten.

Roald Dahl

Roald Dahls Eltern waren Norweger. Er selbst kam 1916 in England zur Welt. Dahl nahm an einer Expedition nach Neufundland teil, meldete sich mit Kriegsbeginn zur Royal Air Force und war Kampfpilot in Nordafrika. Damals begann er jene schwarzen Kurzgeschichten zu schreiben, deren Pointe man nie vorauszusehen vermag. Seine «Küßchen» wurden in zahlreiche Sprachen übersetzt. Dahl starb 1990 in England.

Küßchen, Küßchen! *Elf ungewöhnliche Geschichten*
(rororo 10835)

...und noch ein Küßchen!
Weitere ungewöhnliche Geschichten
(rororo 10989)

...steigen aus... Maschine brennt...
10 Fliegergeschichten
(rororo 10868)

Onkel Oswald und der Sudan-Käfer *Eine haarsträubende Geschichte*
(rororo 15544)

Mein Freund Claud
Erzählungen
(rororo 12764)

Kuschelmuschel *Vier erotische Überraschungen*
(rororo 14200)

Konfetti *«Ungemütliches + Ungezogenes»*
(rororo 15847)

rororo Unterhaltung

Ich sehe was, was du nicht siehst *Acht unglaubliche Geschichten*
(rororo 15362)

Boy *Schönes und Schreckliches aus meiner Kinderzeit*
(rororo 15693)

Der krumme Hund *Eine lange Geschichte*
(rororo 10959)

Im Alleingang *Meine Erlebnisse in der Fremde*
(rororo 12182)

Roald Dahl's Buch der Schauergeschichten
(rororo 12629)

Ein Gesamtverzeichnis aller lieferbaren Titel von **Roald Dahl** finden Sie in der Rowohlt Revue, kostenlos in Ihrer Buchhandlung, und im Internet: www.rowohlt.de

3213/6

Henry Miller

Henry Miller wuchs in Brooklyn, New York, auf. Mit dem wenigen Geld, das er durch illegalen Alkoholverkauf verdient hatte, reiste er 1928 zum erstenmal nach Paris, arbeitete als Englischlehrer und führte ein freizügiges Leben, ausgefüllt mit Diskussionen, Literatur, nächtlichen Parties – und Sex. In Clichy, wo Miller damals wohnte, schrieb er sein erstes großes Buch «Wendekreis des Krebses». Als er 1939 Frankreich verließ und in die USA zurückkehrte, kannten nur ein paar Freunde seine Bücher. Wenig später war Henry Miller der neue große Name der amerikanischen Literatur. Immer aber bewahrte er sich etwas von dem jugendlichen Anarchismus der Pariser Zeit. Henry Miller starb fast neunzigjährig 1980 in Kalifornien.

Eine Auswahl:

Insomnia oder Die schönen Torheiten des Alters
(rororo 14087)

Frühling in Paris *Briefe an einen Freund*
Herausgegeben von George Wickes
(rororo 12954)

Joey *Ein Porträt von Alfred Perlès sowie einige Episoden im Zusammenhang mit dem anderen Geschlecht*
(rororo 13296)

Jugendfreunde *Eine Huldigung an Freunde aus lang vergangenen Zeiten*
(rororo 12587)

rororo Literatur

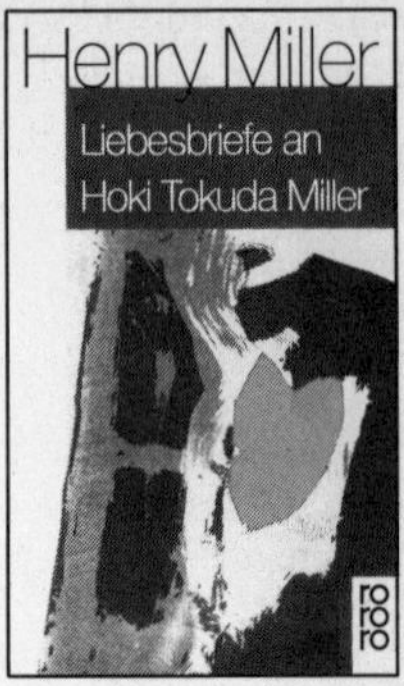

Liebesbriefe an Hoki Tokuda Miller
Herausgegeben von Joyce Howard
(rororo 13780)
Die japanische Jazz-Sängerin Hoki Tokuda war Henry Millers letzte große Liebe. Seine leidenschaftlichen Briefe bezeugen die poetische Kraft und Sensibilität eines der großen Schriftsteller des 20. Jahrhunderts.

Mein Fahrrad und andere Freunde *Erinnerungsblätter*
(rororo 13297)

Wendekreis des Krebses
Roman
(rororo 14361)

Wendekreise des Steinbocks
Roman
(rororo 14510)

Ein Gesamtverzeichnis aller lieferbaren Titel von **Henry Miller** finden Sie in der *Rowohlt Revue*. Vierteljährlich neu. Kostenlos in Ihrer Buchhandlung.
Rowohlt im Internet:
www.rowohlt.de

3254/3

Sjöwall / Wahlöö

«Man konnte zwar schon 1963 die zunehmende Versumpfung der schwedischen Sozialdemokratie voraussehen, aber andere Dinge waren völlig unvorhersehbar: die Entwicklung der Polizei in Richtung auf eine paramilitärische Organisation, ihr verstärkter Schußwaffengebrauch, ihre groß angelegten und zentral gesteuerten Operationen und Manöver... Auch den Verbrechertyp mußten wir ändern, da die Gesellschaft und damit die Kriminalität sich geändert hatten: Sie waren brutaler und schneller geworden.»
Maj Sjöwall

Maj Sjöwall / Per Wahlöö
Die Tote im Götakanal
(rororo 22951)
Nackte tragen keine Papiere. Niemand kannte die Tote, niemand vermißte sie. Schweden hatte seine Sensation...

Der Mann, der sich in Luft auflöste
(rororo 22952)

Der Mann auf dem Balkon
(rororo 22953)
Die Stockholmer Polizei jagt ein Phantom: einen Sexualverbrecher, von dem sie nur weiß, daß er ein Mann ist...

Endstation für neun
(rororo 22954)

Alarm in Sköldgatan
(rororo 22955)
Eine Explosion, ein Brand – und dann entdeckt die Polizei einen Zeitzünder...

rororo

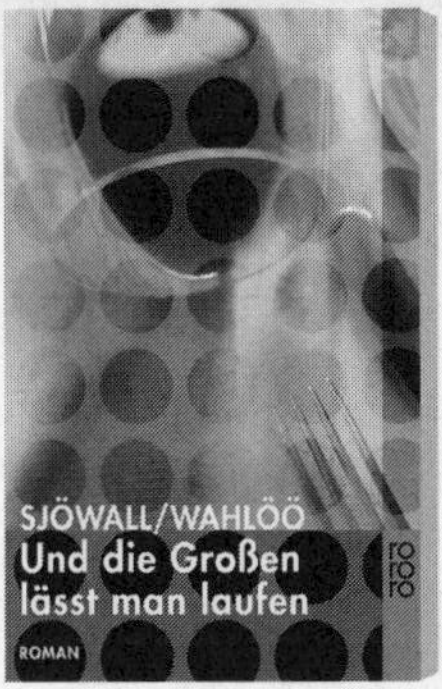

Und die Großen läßt man laufen
(rororo 22956)

Das Ekel aus Säffle
(rororo 22957)
Ein Polizistenschinder bekommt die Quittung...

Verschlossen und verriegelt
(rororo 22958)

Der Polizistenmörder
(rororo 22959)

Die Terroristen
(rororo 22960)

Maj Sjöwall / Tomas Ross
Eine Frau wie Greta Garbo
(rororo 43018)

«**Sjöwall/Wahlöös** Romane gehören zu den stärksten Werken des Genres seit Raymond Chandler.»
Zürcher Tagesanzeiger

3019/5

Virginia Doyle

Virginia Doyle ist das Pseudonym einer mehrfach ausgezeichneten Krimiautorin. Im Rowohlt Taschenbuch Verlag sind folgende Titel lieferbar:

Die schwarze Nonne
(43321)
Wir schreiben das Jahr 1876: Jacques Pistoux, französischer Meisterkoch und Amateurdetektiv, löst seinen ersten Fall auf dem Gut des Lords von Kent, bei dem er eine Stelle als Leibkoch angenommen hat.

Kreuzfahrt ohne Wiederkehr
(43352)
Nach seinem Abenteuer bei dem Lord von Kent beschließt Jacques Pistoux, dem britischen Inselleben den Rücken zu kehren und mit einer amerikanischen Reisegesellschaft eine Kreuzfahrt auf dem Mittelmeer zu wagen. Doch auch hier zieht der Meisterkoch das Verbrechen an wie der Honig die Fliegen.

Das Blut des Sizilianers
(43356)
Nach seinem Kreuzfahrtabenteuer hat es Jacques Pistoux nach Sizilien verschlagen, wo er ganz unfreiwillig zum ersten Undercover-Agenten der italienischen Justiz wird, die ihn als Küchenjungen auf dem Landsitz eines Mafia-Paten einsetzt ...
Nach literarischen Anlehnungen an Sherlock Holmes und Wilkie Collins orientiert sich Virginia Doyles dritter Roman an Abenteuergeschichten im Stil eines Joseph Conrad.

Tod im Einspänner
(43368)
Im Jahr 1879 verlassen der junge Meisterkoch und seine adelige Geliebte Charlotte Sophie Sizilien und erreichen nach einer abenteuerlichen Odyssee Wien. Auch dieser Band enthält wieder zahlreiche Rezepte der österreichischen Küche für Gourmets und Gourmands.

Die Burg der Geier *Ein historischer Kriminalroman*
(22809)
Jacques Pistoux befindet sich auf dem Weg nach Frankreich. In Heidelberg engagiert ihn ein adeliger Landsmann ... Und wieder begibt sich der junge Meisterkoch in ein schmackhaftes Abenteuer.
«Ein wahrhaft appetitliches Lesevergnügen.» *Norbert Klugmann*

Weitere Informationen in der **Rowohlt Revue**, kostenlos im Buchhandel, und im **Internet: www.rororo.de**

rororo

3750/1